MARTHA GRIMES

Américaine, Martha Grimes est née à Pittsburgh, dans l'Ohio. Après des études de lettres à l'université du Maryland, elle a suivi le très réputé atelier d'écriture de l'université d'Iowa. Docteur ès lettres, elle a longtemps enseigné l'anglais avant de se consacrer à plein temps à l'écriture.

Dès *L'énigme de Rackmoor*, son premier roman paru en 1990, ses enquêtes policières portent la griffe du commissaire Richard Jury et de son complice Melrose Plant. À l'exception de *Jetée sous la lune* (1994) et du *Meurtre du lac* (1999), on les retrouve dans tous ses romans, parmi lesquels *Le mystère de Tarn House* (1994), *La nuit des chasseurs* (1996), et *L'énigme du parc* (2000). Outre son sens très fin de la psychologie, son habileté à recréer l'atmosphère propre aux romans policiers britanniques « classiques » lui a valu d'être admirée de part et d'autre de l'Atlantique.

Martha Grimes partage actuellement son temps entre les États-Unis et l'Angleterre où de nombreux séjours sont nécessaires à ses repérages.

MEURTRE SUR LA LANDE

DU MÊME AUTEUR
CHEZ POCKET

L'ÉNIGME DE RACKMOOR

LE CRIME DE MAYFAIR

LE VILAIN PETIT CANARD

L'AUBERGE DE JÉRUSALEM

LE FANTÔME DE LA LANDE

LES CLOCHES DE WHITECHAPEL

LA JETÉE SOUS LA LUNE

LE MYSTÈRE DE TARN HOUSE

LES MOTS QUI TUENT

LA NUIT DES CHASSEURS

L'AFFAIRE DE SALISBURY

MARTHA GRIMES

MEURTRE
SUR LA LANDE

PRESSES DE LA CITÉ

Titre original :
OLD SILENT

**Traduit par
Claude Mallerin**

© Martha Grimes, 1989
Édition originale : Little, Brown and Company, Boston
© Presses de la Cité, 1998, pour la traduction française
ISBN : 2-266-09880-2

A
Kathy Grimes
Roy Buchanam
et mes chats, Felix et Emily
Tous entrés dans le silence éternel.

Les plus glaciales bourrasques laissent indemne un
                                        [verger ;
Mais sachez ceci : de la chaleur il doit se méfier.
Combien de fois t'es-tu entendu répéter :
Que le froid te garde, jeune verger.
Au revoir et que le froid te garde, verger.
Mieux te vaut temps rigoureux que trop clément.
Je vais devoir m'absenter un moment.

Robert Frost

Dès la naissance, vous êtes accroché
Et c'est très bien ainsi, dites-vous.
Mais qui donc a pu décrocher ?

Richard Hell

Remerciements

Quand on me demande où je trouve mon inspiration, je réponds habituellement : « Je ne la trouve pas. » Cette fois, je l'ai bel et bien trouvée.

Je voudrais remercier certaines personnes que je n'ai jamais rencontrées :

John Coltrane, Miles Davis, Edward Van Halen, Steve Vai, Jeff Beck, Joe Satriani, Ry Cooder, Mark Knopfler, Otis Reading, Eric Clapton, Jimmy Page, James Taylor, Yngwie, J. Malmsteen, Elvis Presley, Lester Bangs, Greil Marcus, Jimi Hendrix, John McLaughlin, Stevie Ray Vaughan, Tommy Petty et Frank Zappa.

Mille mercis également à ceux que j'ai rencontrés :

Elise Kress et le New Saint George band ; le commissaire divisionnaire Roger E. Sandell de la police du Norfolk ; Tony Walton de l'Hammersmith Odeon ; le guitariste Andrew Moffitt et Kent Holland, qui a fait la queue dans le froid afin d'avoir des billets pour le concert de Lou Reed.

Et Melrose Plant tient tout particulièrement à remercier Lou Reed.

PREMIÈRE PARTIE

AU REVOIR ET QUE LE FROID TE GARDE

1

Il l'avait vue plus tôt dans la journée au musée derrière le presbytère. Il était à présent dix heures du soir et, comme il avait été pratiquement certain de ne jamais la revoir, Jury ne pouvait s'empêcher de lever sans cesse les yeux de son journal local, curieux de savoir si, même maintenant, elle n'avait toujours pas conscience d'être observée.

C'était le cas. Elle se cala dans son fauteuil rembourré près de la cheminée, un verre de cognac sur la table à côté d'elle. Elle n'avait quasiment pas touché à sa boisson, semblant l'avoir oubliée, comme tout ce qui l'entourait. Son attention s'était momentanément fixée (et c'était la première ombre de sourire qu'il lui apercevait de la journée) sur un chat noir qui s'était approprié le meilleur siège de l'auberge, une de ces vieilles chaises à porteurs, en cuir marron au haut dossier garni de boutons. Les yeux jaunes du chat, qu'il plissait lentement, et son air possessif semblaient dire que les clients pouvaient bien aller et venir, il ne bougerait pas. Il avait des droits.

La femme, elle, donnait l'impression de n'en avoir aucun. Malgré l'élégance de sa mise, le saphir carré de sa bague, la parfaite coupe à la Jeanne d'Arc de ses cheveux, la première impression qu'elle lui avait faite subsistait : celle d'une personne déchue, ayant renoncé à tous ses droits et privilèges.

C'étaient là des idées fantasques, absurdes de surcroît. A partir des quelques fragments d'impressions qu'il avait rassemblés, il risquait fort de monter de toutes pièces une histoire tragique : celle d'une reine forcée d'abdiquer.

Il essaya de reporter son attention sur sa chope de bière amère du Yorkshire et sur les captivantes rubriques consacrées aux ventes de moutons et aux collectes de fonds pour le musée Brontë.

C'est au musée plus tôt dans la journée qu'il l'avait vue pour la première fois. Elle était penchée sur une des vitrines qui protégeaient les manuscrits. C'était la morte-saison pour les touristes, une froide journée de janvier.

Les seules autres personnes dans la pièce étaient une femme fluette et son mari à la calvitie prononcée, accompagnés de deux jeunes enfants. Avec leurs épais manteaux et leurs écharpes, le petit garçon et la fillette ressemblaient aux ours en peluche de Paddington qu'ils tenaient dans leurs bras. Dans son jean et son ample pull-over, la mère avait un air hagard, comme si elle venait juste de finir la lessive d'une semaine ; le père, un appareil photo en bandoulière, essayait de lire à haute voix un poème d'Emily Brontë à propos d'un oiseau en captivité, mais en était empêché par les jérémiades des enfants, impatients de fuir ces manuscrits abscons, ces lugubres portraits, ces odeurs de vieux cuir et de cire d'abeille pour la vive lumière et les arômes alléchants d'un des salons de thé de la ville. « Choco et biscuits » semblaient être leurs friandises favorites, car ils ne cessaient de répéter ces mots à l'unisson : *Chocoetbiscuits-chocoetbiscuitschocoetbiscuits*. Leurs petites voix enjôleuses enflaient et n'allaient pas tarder à se transformer en cris et en pleurs. La mère jetait des regards embarrassés autour d'elle, et le père tentait, en vain, de les calmer.

Les supplications geignardes des gosses parurent redonner à la femme au manteau en cachemire conscience de son environnement, telle une dormeuse se réveillant dans une pièce étrange, une pièce où elle serait entrée par erreur et qui pouvait abriter quelque vague danger. Son expression, en effet, était semblable à celle de l'émouvant autoportrait de Branwell Brontë, imaginant sa propre mort.

Elle remonta plus haut sur l'épaule la lanière de son sac en cuir et passa avec nonchalance dans la salle suivante. Jury eut le sentiment qu'elle était aussi indifférente aux secrets des Brontë que les enfants de Paddington. Penchée sur une vitrine, elle repoussait derrière l'oreille ses cheveux tirant sur le roux, comme s'ils l'empêchaient de voir les bottes étroites de Charlotte, ses gants minuscules, son bonnet de nuit. Mais ce n'était là qu'un examen superficiel, tandis que sa main se promenait distraitement sur le rebord en bois de la vitrine.

Jury détailla une vieille porte provenant de l'église qui avait été démolie. C'était une de ces portes qui séparaient en compartiments cloisonnés les bancs d'église. La légende disait qu'« une certaine dame de Crook House avait occupé le siège numéro 1 ». Les bancs devaient être attribués par roulement à cette époque.

A voir sa façon de faire lentement le tour de la table d'exposition dans la chambre de Charlotte, un œil moins entraîné que celui de Jury aurait conclu à un profond intérêt. Or ses prunelles en étaient totalement dépourvues. Les regards qu'elle jetait ici et là étaient exempts de curiosité ; intenses et intelligents, ses yeux paraissaient toutefois attendre quelque chose. Ou quelqu'un. Elle semblait errer là, dans l'expectative.

Du moins, décida-t-il, c'était l'impression que donnait son expression préoccupée, le rapide et léger mouvement de tête laissant supposer qu'elle était aux aguets, l'oreille tendue : dans son attitude, il y avait tout du rendez-vous manqué.

Elle n'avait sûrement pas enregistré sa présence. Son

regard avait glissé sur son visage, comme s'il n'était qu'un autre artefact Brontë, un simple portrait ou un buste en bronze. La lui eût-on présentée cinq minutes plus tôt, il doutait qu'elle se fût souvenue de lui. Ce qui parut retenir le plus longtemps son attention, ce fut, derrière la vitrine, la présentation des royaumes d'Angria et de Gondal, contrées imaginaires inventées par Branwell.

Puis elle se retourna et se dirigea vers l'escalier.

Jury avait de toute façon l'intention de partir, et il la suivit. Il fit une pause dans l'escalier pour contempler le fameux portrait des sœurs réalisé par le frère, notant la vague silhouette, là où Branwell s'était représenté avant d'effacer cette partie du tableau.

La famille de Paddington avait également quitté les lieux pour se rendre, de l'autre côté de la rue, au salon de thé que les enfants avaient envahi comme s'ils étaient une dizaine et non pas deux.

Tout d'abord il crut que la femme irait peut-être, elle aussi, prendre une tasse de thé, mais elle restait plantée au bord du trottoir, hésitant comme devant un passage clouté londonien. Mais au sommet de cette colline que les pèlerins gravissaient péniblement, la circulation était inexistante, à l'exception d'un taxi se dirigeant lentement vers l'office de tourisme et d'un jeune garçon qui talonnait un cheval de trait récalcitrant doté d'œillères.

Un vent froid balayait le trottoir pavé de galets, porteur d'un avant-goût de pluie, et la femme releva le col de son manteau, où ses cheveux se trouvèrent emprisonnés. Puis elle plongea les mains dans ses poches et se mit à remonter la rue. Il pensa qu'elle se dirigeait vers l'hôtel peint à la chaux, à l'angle, promesse de chaleur, peut-être vers le bar de l'établissement, c'est en tout cas ce qu'il espérait, car il aurait bien bu une pinte de bière. Mais elle le dépassa pour s'arrêter devant l'étroit bâtiment du musée du Jouet, dont elle franchit la porte.

Jury promena son regard sur la façade, puis dans le hall sombre où elle prenait un billet. Il commençait à se faire l'effet non seulement d'être un imbécile, mais aussi un voyeur. Il n'avait pas suivi une belle femme depuis l'âge de seize ans, hormis pour les nécessités d'une enquête.

L'étroit vestibule ou antichambre regorgeait de petits jouets — couvercles, figurines en bois, bonbons et souvenirs rassemblés sur des étagères. Un aimable jeune homme vêtu d'un sweat-shirt portant l'inscription Dallas Cowboys et une jeune fille à l'air malheureux étaient assis au guichet, le visage joyeux de l'un et l'expression de tristesse de l'autre formant comme les masques, placés côte à côte, de la comédie et de la tragédie. La jeune fille semblait surprise de voir une seconde personne de plus de douze ans tendre cinquante pence pour entrer voir l'exposition de jouets. Le jeune homme souriait, comme s'il appréciait ce genre de fantaisies chez un adulte. Jury lui rendit son sourire et présenta l'argent du billet.

A cet instant, un gosse, une mèche de cheveux couleur paille dressée au sommet du crâne, déboula de la salle du musée dans l'antichambre, fronçant les sourcils comme s'il n'en avait pas eu pour son argent. La jeune fille se montra compréhensive : elle dit à l'enfant de retourner dans la salle et de presser le bouton. Elle donna ensuite les mêmes instructions à Jury, au cas où lui aussi serait trop empoté pour faire fonctionner le train électrique. Car, évidemment, il ne pouvait marcher que si on appuyait sur le bouton.

Il la remercia et suivit le petit garçon dans le musée.

Elle était au bout de l'étroite allée qui courait entre les vitrines pleines à craquer de vestiges de l'enfance. Poupées de chiffon, poupées de porcelaine ; maisons de poupée sophistiquées ; jouets mécaniques et jouets en bois.

Il se demandait si le petit garçon debout à côté d'elle devant le train électrique était vraiment capable d'apprécier tout cela. C'était, en un sens, un musée pour adultes. Il regarda le gratte-ciel en Lego et se rappela combien il avait désiré posséder un tel jeu de construction. Sur le mur opposé s'appuyait la maison de poupée la plus élaborée qu'il eût jamais vue. Ses petites pièces étaient entièrement meublées, et elle était probablement conçue pour pivoter à l'aide d'une roue mécanique. Elle comportait même une salle de billard, avec une table recouverte d'un tapis vert et deux joueurs autour, l'un tenant sa queue de billard, l'autre penché sur la table.

Tout en parcourant ce catalogue de l'enfance, il percevait le léger bourdonnement des trains que faisait circuler le gamin aux cheveux blond filasse.

L'enfant et la femme au manteau en cachemire lui tournaient le dos, debout côte à côte. Si le gosse n'avait pas eu besoin d'un bon bain, et ses vêtements d'un sérieux raccommodage, si elle n'avait pas porté des habits aussi coûteux, on les aurait pris pour une mère et son fils, tant leur teint était semblable. Les trains roulaient et ils se tenaient là dans un sorte de silence complice. Ce fut le garçon qui parut le premier se lasser du spectacle ; il remonta l'allée, frôla Jury, et quitta la pièce, fronçant toujours les sourcils, comme si les trains, les pièces et les morceaux des bâtiments miniatures, et peut-être le peuple de jouets et ses animaux, n'avaient pas répondu à son attente.

Elle se tenait toujours au même endroit, appuyant sur le bouton pour remettre le train en marche. Il ne voyait que son dos et un infime reflet de son image dans la vitrine.

Puis elle eut un geste étrange. Elle leva sa main gantée, doigts écartés sur la vitre, et y appuya le front.

Elle paraissait contempler quelque objet dont elle avait eu un jour très envie, comme Jury du Lego.

C'est alors qu'il avait éprouvé une honte intense, s'était senti un voyeur, un intrus, un envahisseur dans sa vie privée. Il quitta le musée du Jouet, sachant qu'il devait la laisser.

« La laisser » : c'était là une curieuse pensée, empreinte d'un sentiment de possession à l'égard d'une personne avec qui il n'avait eu aucun contact, n'avait pas échangé une parole, ni même un regard, celui dont elle l'avait effleuré n'ayant probablement rien saisi de lui.

Et voilà qu'il décortiquait la situation, à la manière d'un adolescent, analysant leur présence simultanée dans deux lieux successifs comme en quête d'un détail indiquant qu'il avait éveillé chez elle au moins un intérêt passager...

Ce n'était qu'un signe supplémentaire — un « symptôme », aurait dit son médecin — de son état de fatigue.

La seule façon de mettre un terme à ce désir de s'attarder qui le ramenait à l'adolescence était de regagner le parking, de récupérer sa voiture de location et de poursuivre sa route jusqu'à Londres.

Mais il se contenta de s'installer au volant de l'Austin-Rover, de faire tourner le moteur, de regarder par la vitre le parking presque désert ainsi que les jardins au-delà, où les balançoires se soulevaient doucement et se tordaient sous l'effet du vent.

Il lui était apparu comme une idée amusante et réconfortante, après cette semaine infructueuse passée au quartier général de la police à Leeds, d'effectuer le court trajet jusqu'à Haworth et d'y passer la nuit.

Il se laissa glisser sur le siège, en se disant que cette brusque décision de rentrer était tout aussi ridicule *(et symptomatique, Mr Jury)*, puisqu'il avait prévu de s'arrêter là pour la nuit. Il était bien trop fatigué pour faire le voyage de quatre à cinq heures jusqu'à Londres. Son épuisement était partiellement dû à cette semaine à Leeds, où il n'avait quasiment réussi qu'à s'attirer des regards torves.

Ce sentiment de dévalorisation faisait partie intégrante du malaise qu'il éprouvait. *Asthénie, Mr Jury*. (Son médecin avait ainsi, avec affectation, qualifié son état, savourant le mot comme une nouvelle et délicieuse boisson.) Mais la vraie raison de son découragement était qu'il avait conscience d'avoir accepté cette mission pour quitter Londres et s'éloigner de Victoria Street et de New Scotland Yard, où, tous ces derniers temps, il avait eu la sensation de s'enliser dans la routine, de commettre des erreurs de jugement, de prendre de mauvaises décisions, de céder à des emportements dont il n'était pas coutumier.

A présent, contemplant la pente du parking recouverte d'une plaque de neige, là où la lumière s'estompait, à distance des balançoires, il se demandait dans quelle mesure il s'était effectivement conduit ainsi, dans quelle mesure il n'avait pas exagéré les choses. Aucun événement dramatique ne s'était produit, si ce n'est que, las d'entendre les litanies du commissaire principal Racer, qui lui reprochait ses échecs, même mineurs, Jury avait demandé sa mutation. Ce qui l'affligeait n'était pas tant le côté mélodramatique de la situation que sa banalité. L'idée avait jailli de son cerveau et il ne s'était même pas réjoui du dilemme qu'elle avait posé à Racer.

Asthénie. Des vacances, voilà ce qu'il vous faut. Vous avez trop travaillé... Puis il avait rempli l'ordonnance que Jury avait jetée dans la première poubelle venue en sortant du cabinet.

Asthénie. Un terme aussi valable qu'un autre, avait-il pensé, encore éveillé à trois heures du matin, ce qui, dernièrement, lui était devenu habituel ; peut-être son origine grecque lui ajoutait-elle du piquant, définissant un état que la langue vulgaire était incapable de décrire. Malaise n'était pas vraiment le terme adéquat, bien qu'il le préférât, car il suggérait une indisposition passagère, quelque chose qu'on pouvait attraper en bronzant sur les plages d'Amalfi et qui ne durait pas, comme un coup de soleil.

Il ne pouvait définir son état que par le terme, beau-coup plus simple, de dépression. D'une certaine manière, c'était là un mot rassurant, car tout le monde souffrait de dépression, ou disait en souffrir, de temps à autre. Seulement Jury ne croyait pas que cela lui passerait comme un coup de soleil ou une inflammation des yeux. A vrai dire, il se demandait pour quelle raison les gens semblaient associer la dépression à un état d'abattement, d'abrutissement, de désintérêt pour les événements, car en réalité il s'agissait presque du contraire. C'était un état actif, proche de l'angoisse que suscitent les sentiments conflictuels et les pensées fébriles relatives au travail, à la vie, à la faculté de réaliser certaines espérances, ambiguës et enveloppées de mystère.

Il n'était pas, il le savait, un homme satisfait. Mais il excellait à feindre l'expression, les manières, le calme extérieur de celui qui l'était. Arborer une telle façade lui était utile, peut-être même nécessaire pour être efficace dans son métier de policier. Il avait toutefois l'impression, lors de ses insomnies passées à contempler le plafond, que le vernis commençait à s'écailler.

Il se disait maintenant, assis dans sa voiture sentant le renfermé, qu'il avait probablement fait ce petit détour afin de jouir d'un ou deux jours d'anonymat. Etait-ce le sentiment d'absence de but, de possibilités aux contours non définis, d'heures creuses qui, au musée, l'avait rapproché de la femme ? Car elle semblait aller au hasard, tout autant que lui.

Il remit le contact et se dirigea vers l'office du tourisme, furieux contre lui-même de s'être encore laissé emporter par son imagination, chose inconvenante chez un homme qui consacrait sa vie à passer les faits au crible, tout en suivant quand même parfois son intuition.

A Leeds, on croyait qu'il était à Londres ; à Londres, qu'il était à Leeds. Il ne pouvait chasser de son esprit cette idée qu'ils faisaient, la femme au manteau en cachemire et lui, étape dans un no man's land.

Et c'est pourquoi, lorsque Jury était entré dans la salle à manger de l'*Old Silent* où il avait réservé une chambre, il avait éprouvé une impression moins de surprise que de confirmation.

Elle était installée seule à une table en coin. Elle dînait en lisant et elle ne leva pas les yeux de son livre quand Jury entra et s'assit.

Il avait son propre livre. Peut-être était-ce *symptomatique, Mr Jury*, mais il prenait plus souvent ses repas en solitaire avec un livre qu'il ne dînait en compagnie. Les personnages de fiction, avait-il découvert dernièrement, faisaient généralement des commensaux plus intéressants que ceux de chair et d'os. La veille, il avait souffert lors d'un petit souper donné par un inspecteur du quartier général de la police à Wakefield. L'hôtesse, tel un animateur de télévision, semblait croire que tout silence durant le repas était aussi nuisible à la dégustation de ses produits que les temps morts à l'antenne. Le temps, les valeurs immobilières dans le Nord et le Sud, Londres, le théâtre, New Scotland Yard — les mêmes vieilles questions et réponses affluant avec la soupe et refluant avec le dessert.

Ainsi, dans la salle à manger silencieuse, ils lisaient tous deux leur livre en silence, buvaient leur vin à petites gorgées, beurraient leur pain. Il était dix heures, ce qui expliquait probablement le peu d'affluence. Plusieurs tables témoignaient du passage récent d'autres dîneurs.

Il se demandait ce qu'elle lisait et si elle était absorbée par sa lecture, ou si, comme lui, elle désirait de la compagnie. Une compagnie sûre et cultivée. Il se dit qu'il aurait dû choisir un ouvrage spécifiquement Brontë, plutôt que celui du défunt Philip Larkin intitulé *Une fille en hiver*, qui nourrissait son esprit comme le *roast-beef* nourrissait son corps, avec une intrigue simple, un style élégant, et une héroïne malheureuse. C'était un livre tranquille.

Quand, après avoir posé sa serviette, elle se leva et passa près de sa table, toujours sans le voir, son livre serré contre son sac en cuir, il tourna légèrement la tête pour en lire le titre : *Le Mythe de Sisyphe*.

Le contraire d'un livre tranquille.

Au salon de l'auberge, il n'y avait plus qu'eux à présent. Un couple, arrivé trop tard pour avoir accès à la salle à manger, avait dîné dans cette partie de la longue pièce de devant réservée au bar du salon, et avait quitté les lieux. L'*Old Silent* était un pub chaleureux et accueillant : le cuivre et le laiton étincelaient ; des chaises en bois sombre et des bancs aux coussins fleuris étaient disposés autour des tables de façon à encourager le type de conversation amicale qu'avait tenue le couple qui venait de partir.

C'était dans le coin « saloon » que Jury était assis, près de la porte ouvrant sur la salle de bar d'où lui parvenaient des voix étouffées. Il n'y avait pas d'autre bruit que le tic-tac régulier de la haute horloge, et, par moments, le crachotement et le crépitement d'une bûche s'affaissant dans la cheminée.

Il pouvait très bien prendre son verre et aller s'asseoir au coin du feu dans la partie salon proprement dite. En effet, comme ils étaient maintenant les seules personnes dans la pièce, il aurait pu tout naturellement déplacer le chat noir de la chaise à porteurs en se livrant à un commentaire sur la façon dont les chats s'approprient toujours le meilleur siège de la maison.

Mais il y avait chez elle quelque chose qui décourageait une telle approche ; elle paraissait totalement plongée non pas dans son livre, dont elle n'avait pas tourné une page, mais dans un univers personnel, comme cela avait été le cas au musée, auparavant. Lorsqu'elle levait les yeux, son regard allant se perdre derrière Jury, elle donnait l'impression d'explorer quelque terrain intérieur pour y découvrir, en fronçant les sourcils, que quelque chose manquait.

Puis elle retournait à Camus, à la même page, le livre levé devant son visage. Sans son manteau, elle paraissait plus mince. Sa main restait posée avec détermination sur le sac placé à côté d'elle ; l'autre main tenait le livre d'une telle manière qu'il dissimulait son visage. Le poignet qui prolongeait la main élégante — aux longs doigts effilés — était légèrement osseux ; le bracelet en or avait glissé jusqu'au milieu du bras, et l'alliance en or paraissait trop grande pour son doigt.

Elle portait un tailleur en shantung, une jupe aux plis serrés et une courte veste, très classique et, estima-t-il, très coûteuse. La lumière diffuse de la lampe et du feu teintait du même ambre pâle le tailleur et ses cheveux.

Vingt autres minutes passèrent ainsi. Quand l'horloge sonna onze heures, elle leva les yeux. Jury pouvait entendre, dans la salle de bar, le patron lancer sa dernière sommation : c'était l'Heure ! Elle ferma son livre et le posa à côté de son sac, comme si elle avait l'intention de se lever et de partir. Mais elle n'en fit rien.

Les clients quittaient le bar et regagnaient le petit parking qui résonnait des bruits de leur départ ; quelques-uns sortirent par le salon.

Puis les phares d'une voiture éclairèrent vivement la fenêtre avant de s'éteindre. Une portière claqua, et Jury entendit des pas approcher sur le trottoir.

Elle était toujours assise dans cette attitude rigide de vieille fille qu'elle avait adoptée après avoir posé son livre, les mains jointes sur ses genoux et les pieds serrés l'un contre l'autre.

Un homme franchit la porte, vêtu avec la même élégance coûteuse qu'elle. Il approchait sans doute de la cinquantaine ; c'était le genre de personne à qui conféraient une apparence de santé l'exercice physique qui faisait défaut à Jury et le temps passé sous une lampe à rayons ultraviolets. Il jeta à Jury un regard indifférent.

Son attention était fixée sur la femme, qui se levait à

présent, avec la même difficulté qu'une personne âgée s'extirpant de son fauteuil.

Il n'y eut ni bonjour, ni poignée de main, ni baiser, ni même un échange de sourires. Le visiteur s'assit sans enlever son manteau, un Chesterfield noir, qu'il déboutonna avant de passer un bras sur le dos du canapé avec une nonchalance désinvolte. Les traits fins, la coupe des vêtements, la grâce du mouvement indiquaient qu'il s'agissait d'un homme du monde. La femme était restée debout. Si la conduite générale du nouveau venu n'avait pas permis à Jury de conclure à l'intimité de leurs rapports, son manque de courtoisie l'en convainquit. Il dit quelque chose, et elle se rassit avec un regard docile empreint de tristesse.

Jury jugea paradoxal d'avoir pu observer d'aussi près les détails physiques de sa personne, jusqu'à son alliance, et de ne pas être assez proche pour entendre leur conversation. L'homme parlait sur un ton doux mais avec précipitation. A ce flot de paroles débitées à voix basse, elle ne contribuait que par un mot glissé ici et là, à l'image du sac coincé entre le bras du fauteuil et elle, intervenant dès que son compagnon paraissait vouloir marquer une pause ; même alors, il levait la main pour lui imposer le silence.

Ses propos n'étaient visiblement pas pour lui plaire : cela se lisait à l'acier de son regard, à sa façon de détourner les yeux pour contempler le feu, et de les reporter ensuite sur le visage de son interlocuteur comme si elle n'avait, décidément, nul endroit où les poser. Le pâle corail de ses lèvres prenait, sous la lumière, un éclat doré, et sa bouche était aussi dure que le marbre. Elle paraissait résolue et inflexible.

Ayant achevé sa tirade ou exprimé son point de vue, peu importe ce dont il s'agissait, l'homme se laissa aller contre le dossier de son siège, sortit un étui à cigarettes qui scintilla à la lueur des flammes, et y tapota une cigarette avant de l'allumer. Au bout de quelques instants durant lesquels elle continua à fixer le feu, il se pencha en avant, comme désireux d'ébranler sa résolution, de ramener son regard sur lui. Ce qu'elle finit par faire, avec une extrême lenteur.

Il lui dit quelques mots et se leva, sans se départir de cette attitude insouciante mêlée d'une certaine agressivité.

Sa tête à elle, dorée par la lumière, était légèrement penchée ; elle avait l'air de quelqu'un s'inclinant devant la supériorité de son adversaire ou s'avouant vaincu à quelque jeu sérieux. Ses bras étaient posés sur ceux du fauteuil, les mains pendantes, un pouce malmenant l'alliance en or et la bague au saphir, qu'elle semblait vouloir retirer.

Lentement, elle tira son sac à main, tel un poids mort, sur ses genoux. Elle repoussa le rabat en cuir et en sortit ce qui semblait être une enveloppe ou une lettre. Plusieurs fois au cours du dîner, elle avait sorti et remis en place l'objet, comme sacrifiant à un rituel magique. Elle se leva, le morceau de papier à la main et dit quelque chose que Jury ne put entendre.

Elle continuait à tenir le sac devant elle, tel un bréviaire, son rabat de cuir ouvert ; le sac donnait désormais l'impression d'être vide, inutile et dépourvu de toute valeur personnelle.

Il tendit le bras, lui arracha la lettre et la jeta dans le feu.

Pendant un moment ils se regardèrent, n'ayant toujours pas conscience de la présence d'une tierce personne, tout à l'affaire, quelle qu'elle fût, qui les avait rassemblés. L'homme tourna les talons et se dirigea vers la porte.

Elle restait figée là dans l'ombre, son profil seul étant éclairé, comme transformée en statue de pierre par un dieu en courroux.

— Roger !

Ce fut le premier mot que Jury put saisir. L'homme fit volte-face et s'immobilisa ; elle plongea la main dans son sac, en sortit un revolver et tira sur lui, visant la poitrine. Il resta un moment debout, le regard hébété, comme aveuglé par la violence de la détonation. Puis, au cours des quelques secondes nécessaires à Jury pour se lever et faire le tour de la table à côté de lui, l'homme vacilla et s'effondra.

Elle abaissa l'arme et tira à nouveau.

2

I

Jury n'avait pas mémorisé le nom de Roger Healey quand il l'avait entendu dans cette auberge du West Yorkshire. Le policier qui avait arrêté la femme de Healey la nuit précédente à l'*Old Silent* avait dit à Jury que la victime était dans la peinture ou la musique — il n'était pas sûr de sa profession, il savait seulement que c'était un notable. L'inspecteur de police de Keighley connaissait assurément l'importance de la famille dans la région, et sa réticence à passer les menottes à l'un de ses membres était manifeste.

Le commissaire Sanderson était encore plus réticent à convoquer Jury en tant qu'unique témoin du meurtre de Healey ou à mettre à l'œuvre sur son secteur un membre de la police judiciaire de Londres. Sanderson était un grand échalas qui pratiquait un flou artistique ayant pour effet de déjouer la méfiance de chacun. Au cas, peu probable, où le témoignage de Jury serait utile, il aurait certes plus de poids que celui de quelque villageois souffrant de myopie. Mais pour l'heure, Jury pouvait quitter son secteur et laisser l'enquête en cours à la police du Yorkshire.

Sanderson ne rencontrerait dans cette affaire aucune difficulté. Il ne serait même pas nécessaire de rassembler des suspects, d'écouter les témoignages contradictoires des habitués de l'*Old Silent*, et les cinq personnes accourues du bar étaient visiblement soulagées de se voir épargner un interrogatoire. Elles étaient restées figées dans un silence horrifié jusqu'à l'arrivée des policiers. C'était Jury qui les avait appelés.

Et c'est à Jury que, tout aussi silencieusement, elle avait tendu son 22 automatique. Sans opposer la moindre résistance. Elle n'avait pas dit un mot, s'était rassise sur la même chaise, n'avait répondu à aucune de ses questions, ne lui avait plus adressé un regard.

L'enquête fut ouverte dès le lendemain, essentiellement pour établir certains faits, tels que l'identité du mort. L'identité de l'assassin ne faisait aucun doute.

Elle s'appelait Nell Healey et Jury avait vu juste quand à ses relations avec le défunt : elle était sa femme.

Etant donné la réputation, la richesse et l'influence de la famille Citrine, étant donné que son casier judiciaire était vierge, on lui accorda la liberté provisoire sous caution. Ce qui, Jury le savait, lui laisserait au moins une année de plus de liberté ; il était peu probable que l'affaire fût portée devant le tribunal de grande instance plus tôt, étant donné le nombre important de dossiers encore non classés. La seule question qui restait sans réponse était pourquoi elle avait agi ainsi. Il semblait que ce fût pour une grande part la sympathie engendrée par ses malheurs passés qui avait fait pencher la balance en sa faveur.

II

C'était le récit de ces malheurs que Jury lisait à présent dans le journal posé sur son bureau à New Scotland Yard. Il se souvenait avoir entendu mentionner les noms de Healey-Citrine, huit ans auparavant, et l'affaire l'avait frappé par son caractère particulièrement épouvantable.

— Une bien triste histoire, commentait l'inspecteur Alfred Wiggins, qui avait ressorti les coupures de presse et était, quant à lui, plongé dans *Time Out*. Comment peut-on faire ça à un gosse ?

Wiggins tourna lentement la cuillère dans son thé et en tapota le bord de la tasse avec la solennité d'un enfant de chœur balançant l'encensoir. Tout aussi religieusement, il ouvrit un paquet de biscuits médicinaux au charbon de chez Scott, en s'efforçant de ne pas faire crisser l'emballage. Il était rare que Jury ne lui répondît pas, mais c'était l'un de ses mauvais jours, et Wiggins était affecté, comme s'il en était responsable, par l'humeur massacrante du commissaire, habituellement d'un calme presque lénifiant, provoquée par une affaire qui n'était même pas la sienne. Aussi Wiggins se sentait-il obligé de continuer, obstinément, à parler, alors qu'il eût mieux valu se taire. Et comme les tours de phrase spirituels ou épigrammatiques n'avaient jamais été son fort, il s'enferrait toujours plus dans les lieux communs.

L'humeur de Jury était aussi noire que le biscuit que Wiggins émiettait à présent dans une tasse d'eau, et il éprouvait une irritation absurde à voir son collègue poursuivre quelque vague Idée platonicienne de la santé alors que lui lisait un article sur l'enlèvement d'un petit garçon et la disparition de son petit compagnon.

D'un ton plutôt tranchant, estima Wiggins, Jury dit :

— La plupart des gens se contentent de digestifs, Wiggins. Et ils n'ont pas à les faire dissoudre dans l'eau.

Plus que le ton de Jury, ce fut de le voir sortir de son mutisme qui déclencha la prompte réponse de Wiggins. Il déclara, l'air radieux :

— Oh, mais les digestifs ne vous font pas vraiment du bien, monsieur. En revanche, ce...

Voulant s'épargner un discours sur les bienfaits du charbon, Jury approuva :

— Je n'en doute pas.

Et il adressa à son collègue un sourire pour lui signifier qu'il n'avait fait que plaisanter.

Cela s'était passé en Cornouailles où Bill Healey et sa belle-mère, Nell Citrine Healey, étaient en vacances, avec un camarade de Billy, du nom de Toby Holt.

Sans quitter le journal des yeux, Jury tira une cigarette du paquet de Players et lut la déclaration de Roger Healey à la presse. Elle était ampoulée, à la limite du pédant, pleine de clichés pour exprimer sa peine et de commentaires sur le prodigieux talent de pianiste de son fils, si bien que le lecteur était presque convaincu que si le ravisseur ne veillait pas à ce qu'il travaille chaque jour son instrument, l'enfant risquait d'en souffrir, tel un diabétique en manque d'insuline. L'habituel « nous ferons tout ce qui est en notre pouvoir pour vous ramener votre enfant... » ; l'habituel « la police travaille jour et nuit » ; l'habituelle ritournelle.

Sauf que la belle-mère n'avait fait aucune déclaration.

Jury essaya de se mettre à la place d'un père dont le fils avait été enlevé. Il n'avait jamais eu d'enfants, mais il avait été assez proche de plusieurs d'entre eux pour avoir au moins une idée de ce que représentait la perte d'un gosse. Et bien sûr, il avait vu suffisamment de parents affligés dans le cadre de son travail. Certains étaient restés silencieux ; d'autres s'étaient lancés dans un véritable marathon verbal. Mais aucun n'avait tenu de discours digne des orateurs de Hyde Park. Il voulait bien admettre qu'il était injuste. Après tout, Healey était un critique et un chroniqueur musical habitué à traduire les pensées en mots ; il savait s'exprimer, et c'était probablement un homme posé.

La photo de Billy lui-même semblait presque déplacée au milieu de toute cette platitude. Ce vieux cliché de Billy Healey avait été pris à un moment où il devait être en train de regarder quelque chose au loin. Il avait le menton levé, la bouche légèrement ouverte, un regard fixe où se lisait une certaine perplexité. L'angle d'éclairage estompait une partie de son visage et faisait ressortir l'autre, accentuant le tracé du nez droit, la haute pommette. Il était beau, pâle, avec des cheveux soyeux tirant sur le brun. Il paraissait, pensa Jury, détaché des contingences de ce monde, d'un abord difficile, et l'intensité de son expression donnait l'impression que rien ne pouvait l'atteindre. Il ressemblait plus à sa belle-mère qu'à son père.

D'elle, il n'y avait que la photo où elle quittait son domicile sous escorte, une écharpe en cachemire relevée, probablement à la hâte, sur le visage. Comme elle avait également la tête baissée, les journalistes n'avaient pas grand-chose à se mettre sous la dent. Et ils restaient manifestement sur leur faim, à en juger par le ton de dépit sous-jacent à la mention que Mrs Roger Healey n'était pas disponible pour une déposition. On n'avait pratiquement entendu que le mari.

La belle-mère était un bon sujet : elle avait été la seule présente, à l'exception de l'ami de Billy, au moment de la disparition des enfants. Le fatras de clichés — plutôt de mauvais goût — rassemblés par le journal en question indiquait clairement qu'il voulait exploiter le côté sensationnel de l'affaire. Il présentait plusieurs vieilles photos de Billy, dont une de lui avec quelques camarades de classe, très floue, et une autre où on le voyait appuyé à une barrière en compagnie d'un garçon, Toby Holt. Assise sur une pierre au premier plan, une petite fille brune plissait les yeux, en direction de l'objectif.

— Et le chef n'est pas très content, comme vous pouvez l'imaginer, dit Wiggins, poursuivant le fil de ses pensées.

— Il ne l'est jamais, en ce qui me concerne.

— En tout cas, il se demande ce que vous faisiez à Stanbury.

— C'est à côté de Haworth. Je suis un fervent admirateur des Brontë.

34

— Alors que vous étiez censé vous trouver à Leeds ?

Jury leva les yeux.

— C'est une leçon de morale ? Epargnez-moi vos commentaires !

— Vous pourrez être amené à témoigner pour le tribunal de grande instance, continua Wiggins, implacable.

— Préférerait-il que je témoigne contre ? Il sait parfaitement que l'on ne me demandera pas de déposer. Sanderson transmettra mon témoignage. Cette enquête est l'affaire du West Yorkshire, pas la mienne.

Wiggins se confectionnait un petit sandwich, formé de deux biscuits généreusement tartinés d'une curieuse substance.

— C'est quoi, ce truc ?

— Des biscuits au charbon avec un peu de tofu. Ma digestion, comme vous le savez, me fait souffrir le martyre.

Le tout s'émietta quand il mordit dedans ; il s'essuya la bouche à l'aide de l'immense mouchoir qu'il gardait dans son col.

Jury détacha son regard des dossiers pour le reporter sur les notes prises par Wiggins.

— Cet éditeur pour lequel travaillait Healey, arrangez-moi un entretien avec lui.

Wiggins eut un geste hésitant vers le téléphone.

— Quand ?

— Cet après-midi. Trois, quatre heures.

— Il est presque deux heures. (Sa main libre resta en suspens au-dessus de l'appareil.) Je me disais seulement...

— Ce n'est pas mon enquête. Vous avez raison. Obtenez-moi quand même un entretien avec ce novice dans l'édition, Martin Smart, insista Jury avec un sourire.

Wiggins continuait à mâcher son sandwich.

— Le patron se plaint de...

Le patron ? Racer ? Depuis quand Wiggins l'appelait-il ainsi ?

— ... vous voir lanterner dans une ou deux affaires. Celle de Soho, par exemple.

Il y avait eu mort d'homme dans une affaire de drogue ; rien qui concernât la police judiciaire, une enquête facile à mener pour la Brigade des stupéfiants. Racer le savait parfaitement. Tout était bon pour empêcher Jury de mettre ses talents à profit d'une manière qui pût attirer l'attention sur lui. Le nom et la photo de son subordonné dans le journal ! Racer ne pouvait le concevoir.

— Je suis malade, Wiggins.

Wiggins prit son ton le plus compatissant, semblable à un médecin montrant de l'intérêt à ses patients.

— Je n'en doute pas, monsieur. Vous êtes blanc comme un linge depuis quelque temps. Vous avez besoin d'un congé, c'est moi qui vous le dis, pas d'une autre enquête.

Jury eut un large sourire.

— Je sais. Donc prenez-moi un rendez-vous avec l'éditeur de Healey.

Jury se leva, éprouvant une légèreté qu'il n'avait pas ressentie depuis plusieurs semaines.

— Ma digestion me fait souffrir le martyre, Wiggins. Je vais voir votre patron.

3

I

— Un congé maladie ?

Le commissaire divisionnaire A.E. Racer, dans un geste étudié, porta la main à son oreille, comme s'il n'arrivait pas à y croire.

— Un congé maladie ?

Jury savait que c'était là pour Racer la chance de sa vie, du moins celle de sa journée : la vieille cuirasse de Jury laissait apparaître un défaut, la vieille veste en velours révélait un accroc, et rappeler au commissaire Jury que la vie d'un policier était une vie de souffrances ne suffisait pas, puisqu'il en faisait apparemment l'expérience. Jury pouvait presque voir les petits pistolets que, dans sa tête, Racer braquait sur lui, prêt à tirer une salve interminable.

— Vous n'avez jamais demandé de congé maladie.

— Peut-être est-ce pourquoi je suis malade.

— Les congés maladie sont la spécialité de Wiggins. Il en prend pour nous tous.

Requête refusée. *Pointer. Travailler sans relâche. Il n'y a pas un seul d'entre nous qui n'aurait besoin d'un peu de repos, surtout moi. Mais vous ne m'avez jamais vu tirer au flanc.*

— Eh bien, moi, je lui trouve l'air malade, dit Fiona Clingmore, venue chercher deux grosses piles de dossiers, qu'elle tenait maintenant en équilibre sur ses avant-bras, les yeux rivés au piège installé par Racer pour attraper le chat Cyril.

Racer croyait-il vraiment pouvoir se montrer plus malin que Cyril ? Telle était la question que s'était posée Fiona, assise à son bureau, en train de se limer les ongles et de les tailler en griffes luisantes. *Il empire de jour en jour, le chef.*

— Si vous voulez que je vous apporte un mot de mon médecin, je le ferai.

— Je suis sûr que Wiggins pourra déchirer une page de son bloc d'ordonnances. Ou vous procurer du papier à lettres avec l'en-tête de Harley Street[1]. Son bureau doit en être jonché.

Racer adressa à Jury son sourire en lame de rasoir et le regarda par-dessus ses mains jointes, les pouces traçant des cercles l'un autour de l'autre.

Le regard de Fiona alla de Jury à Racer.

— Il est exténué, il n'y a pas à dire. Il suffit de le regarder pour constater qu'il tient à peine debout.

Comme à son habitude toute de noir vêtue, ce jour-là d'une robe de laine légère au corsage ajusté par une fermeture Eclair sur la jupe à plis étroits, Fiona avait l'air de se rendre à des funérailles, impression à laquelle contribuaient ses bas à coutures et le capuchon noir enserrant ses cheveux d'or pâle. A chaque fois qu'il la regardait, Jury avait des visions de vieilles malles remplies de ces robes en taffetas que les femmes mettaient à l'occasion des thés dansants, de lettres attachées par des rubans, de cartes de la Saint-Valentin découpées dans des livres que l'on faisait circuler à l'école.

Malgré ses haussements d'épaules, malgré son déhanchement provocant, Fiona était infiniment touchante. Mieux valait cesser de penser à elle et au passé, ou il se reverrait bientôt descendant Fulham Road, la

1. Rue très prestigieuse, à Londres, où consultent les grands médecins. *(N.d.T.)*

main dans celle de sa mère, ou peut-être contemplant à la laverie le linge qui tournait dans les machines. Une grande bouffée de nostalgie n'était guère indiquée pour guérir une grande dépression, même si d'être assis dans le bureau de Racer, les yeux fixés sur sa brillante invention pour piéger le chat Cyril, contribuait à l'atté-nuer. C'était une petite caisse en bois munie d'un pan-neau qui, activé par la pression du pied ou de la patte, se rabattait sur la caisse. Celle-ci contenait une boîte de sardines. Racer disait que cette idée lui avait été inspirée par le souvenir de vieux films avec des chas-seurs et des Hottentots (ou d'autres aborigènes), où les Hottentots tombaient toujours dans quelque trou cou-vert de branchages dissimulant des filets qui se resser-raient aussitôt sur eux.

Il oubliait que Cyril — le chat apparemment surgi de nulle part qui hantait les couloirs de Scotland Yard — n'était pas un Hottentot. Jury et Fiona s'émer-veillaient devant ce prodige de pure imbécillité que constituait le piège aux sardines. Certes, le panneau s'abaissait brusquement. Mais il suffisait à Cyril de le repousser d'un coup de museau après s'être régalé du contenu de la boîte de sardines. Ainsi, Racer avait dû concevoir quelque vague espoir d'attraper Cyril, de le trouver, au retour de son club, lacérant le panneau de ses griffes. Si jamais Racer et Cyril devaient se rencon-trer, avait dit Fiona, ce serait en enfer. Et ce serait, avait ajouté Jury, une brève rencontre, car Cyril pou-vait traverser les flammes sans même roussir sa four-rure cuivrée. Houdini, avaient-ils admis tous les deux, aurait été plus rapide à se libérer dans son fameux numéro sous l'eau s'il avait eu Cyril avec lui.

Fiona gardait dans ses tiroirs deux douzaines de boî-tes de sardines, avec lesquelles elle remplaçait réguliè-rement celles mangées par Cyril. Il adorait cette caisse ; c'était sa seconde maison. Pris de somnolence après son repas, il s'endormait parfois sur la boîte et Fiona devait le tirer dehors avant le retour de Racer.

Jury lui disait de ne pas s'inquiéter : Cyril flairait l'approche de Racer de très loin. Le chat pouvait entendre Racer, le sentir, et même le voir dès qu'il poussait la porte vitrée de New Scotland Yard. Ils ne voulaient pas que Racer pût croire que son piège ne fonctionnait pas ou que ses talents d'inventeur enregistraient une chute, car ils craignaient de le voir passer à d'autres méthodes, comme d'enduire le tapis de poison.

Oui, constatait Jury, la dépression le quittait quand il voyait Fiona parcourir la pièce du regard, à la recherche du chat Cyril. Le chat était invisible, mais, contrairement à Racer, Jury savait où il se cachait. Comme pris d'un malaise, il mit une main en visière, dans un geste qui lui permit de regarder au fond de la bibliothèque convertie en bar par Racer. De petits tintements de verre s'en échappaient. Racer avait beau mettre sa main en cornet, il devenait sourd.

Le meuble était muni de portes et il suffisait de crocheter la poignée du doigt (ou de la patte) pour les ouvrir. Malheureusement, il arrivait à Racer de les fermer d'un coup de pied. Il avait chargé Fiona de se procurer une serrure et une clé, se plaignant, avait-elle répété à Jury, que la femme de ménage se fût remise à picoler. (« Picoler, voilà comment il parle, vous imaginez ? Vulgaire, non ? » avait-elle ajouté, jetant sur le bureau sa lime à ongles pour prendre le polissoir.)

Dans le meuble étaient rangées deux ou trois bouteilles de Rémy, de Tanqueray, de Black Bush et de vieux scotch, tombées de l'arrière de camionnettes, selon Fiona ; cadeaux de malfaiteurs à qui Racer avait rendu de menus services. On y trouvait également un tonnelet de bière miniature pourvu d'un bec verseur, en fait rempli de whisky et accompagné d'une petite tasse pour les éventuelles éclaboussures. A portée du regard, si vous étiez un chat. Cyril sortait souvent du bureau d'une démarche hésitante, titubante.

— Il va tomber malade, s'était inquiétée Fiona après l'un des petits tours du chat au bar.

— Cyril ? Vous savez bien qu'il cherche seulement à faire enrager Racer.

— Peut-être devrait-il subir un examen du foie.

— Si vous voulez mon avis, dit Fiona, désignant d'un mouvement de la tête son cher commissaire à présent malade, quelques semaines de...

— Non, je ne veux pas de votre avis, miss Clingmore. Je n'ai pas même souvenir de la dernière fois, s'il en fut jamais, où j'ai souhaité avoir votre avis.

Il continuait à faire des cercles avec ses pouces, son regard allant de sa secrétaire à son commissaire avec une expression qui semblait dire : *Je vous ai coupé l'herbe sous le pied à tous les deux, n'est-ce pas ?*

Fiona avança ses lèvres d'un rouge éclatant et, soulevant la pile de papiers, déclara :

— Vous voulez donc que je détruise tout ça, je suppose ?

Elle mastiquait tranquillement son chewing-gum et le regardait d'un air impassible.

Le visage de Racer, déjà marbré par l'alcool, s'empourpra.

— *Détruire ?* Je ne *détruis* jamais aucun papier.

— Non ? Que dois-je faire de tout ça ? De *ces* lettres de l'année dernière au préfet de police ? Vous ne m'avez pas dit de les classer, en tout cas...

— Débarrassez-moi de ces papiers ainsi que de vos griffes rutilantes. (Fiona était passée maître dans l'art de la manucure.) Et assurez-vous que ce chat ne traîne pas dans les couloirs, qu'il ne se promène pas sur les tables du laboratoire médico-légal. *Vous m'entendez ?*

Pliant sous le poids des documents, elle parvint toutefois à hausser les épaules avec indifférence.

— Eh bien, je persiste à soutenir qu'une personne qui n'a jamais pris de congé de maladie en quinze ans mérite une plus grande considération. (Tournant les talons, elle ajouta :) J'emporte cela à la déchiqueteuse.

Fiona, excitée par le léger tintement du verre contre le verre.

II

Wiggins tenait toujours son exemplaire de *Time Out* d'une main, versant de l'autre une cuillerée de vinaigre, puis de miel dans un verre.

Jury se contenta de secouer la tête. Que Wiggins en fût arrivé à doser ses médications sans même interrompre sa lecture témoignait d'une longue pratique.

— Je ne parle ni des Fisherman's Friends ni des biscuits au charbon, Wiggins. Je parle de maladie, Wiggins. (Jury tira d'un coup sec un tiroir.) De maladie véritable, reconnue officiellement : celle qui vous met K.O. (Il prit un des formulaires rangés dans le tiroir du bureau de son sergent.) De quelque chose, toutefois, que suffisent à guérir une ou deux semaines à la campagne. Il faut bien que ces fichues feuilles servent à quelque chose, non ?

Il posa le doigt sur le formulaire multicolore.

Wiggins cessa de tapoter sa cuillère de miel contre le verre et leva son regard de *Time Out* pour le reporter sur le formulaire et sur Jury, en fronçant les sourcils.

— Je ne comprends pas, monsieur.

— Deux semaines de congé, les doigts de pied en éventail. Enfin plus ou moins.

Jury se gratta la tête, perplexe devant une des questions posées : *Quand cette maladie s'est-elle pour la première fois déclarée ?* Il avait envie de répondre : *Lors de ma première rencontre avec le commissaire divisionnaire A.E. Racer...*

Il jeta un coup d'œil au bureau de Wiggins. Celui-ci était légèrement pâle. C'était, supposait Jury, une chose de soigner, assis à son bureau, un mal de gorge avec du miel et du vinaigre ; c'en était une autre de faire valider la maladie par l'administration.

Jury cessa de se gratter, à demi conscient de la respiration irrégulière de l'inspecteur. Peut-être s'entraînait-il lui aussi pour une visite chez le docteur ? Il leva les yeux : Wiggins le regardait d'un air attristé. Dans un coin du magazine des arts et spectacles que tenait l'inspecteur apparaissait un gros titre : *La dernière rafale*. La couverture montrait le visage d'un jeune homme, la tête rejetée en arrière, les yeux clos, la bouche ouverte, avec autour du cou une courroie retenant une superbe guitare blanche. En travers de la photo du guitariste était écrit le mot SIROCCO, en lettres cursives blanches disséminées sur la couverture comme si elles avaient été soufflées par le vent.

— J'ai besoin d'un autre climat. Chaud. Mer, sables et brises tièdes.

Wiggins répondit :

— Mon médecin m'a suggéré cela il y a quelque temps. Il y a un ou deux ans.

Le ton légèrement envieux de Wiggins fit sourire Jury.

— Quelle maladie invoquez-vous, monsieur ? Non que vous n'ayez pas besoin d'un congé [1]...

Jury désigna le magazine du menton.

— Ou de distractions [2]. Dépression nerveuse, ça justifie un arrêt, non ? Ce jeune homme semble en être au bord.

Wiggins retourna le magazine, regarda la couverture et dit :

— Eh bien, c'est ce qu'il croit, apparemment. *La dernière rafale*. Il s'agit de son dernier concert.

— Le dernier concert de qui ?

Jury leva les yeux. Où avait-il déjà aperçu ce visage ?

— De Charlie Raine. C'est le guitariste soliste du groupe Sirocco. Vous avez sûrement dû l'entendre.

---

1. *Time off* : congé. *(N.d.T.)*
2. *Time Out* : nom du magazine. *Time out* signifie également temps libre, congé. Jeu de mots de Jury. *(N.d.T.)*

Il se rappelait à présent avoir vu des affiches placardées dans tout Londres.

— Son dernier concert ? Bon sang, il paraît avoir tout juste entamé sa dernière année de lycée.

— Dommage, n'est-ce pas ?

Jury répondit à une autre question stupide du formulaire.

— Un coup publicitaire, probablement.

— Je ne sais pas, monsieur. A vrai dire, quand on y réfléchit bien, le succès est assez difficile à vivre.

Jury posa son stylo :

— Nous sommes bien placés pour le savoir.

— Vers quelle mer et quels sables allez-vous ?

Son sourire avait le pâle éclat de la lune sur son déclin.

— Le Yorkshire.

Wiggins en fit choir son magazine sur le bureau ; le stylo tomba. Ils avaient traversé ensemble les landes du North Yorkshire des années auparavant. Ce n'était pas le sommet de la carrière de l'inspecteur.

— Le West Yorkshire, Wiggins. Il y fait plus chaud.

Wiggins lui adressa un faible sourire.

Jury se leva, s'étira et prit une cigarette. Il contourna le bureau de Wiggins et ajouta, regardant la photo du jeune chanteur :

— Et peut-être quelque temps en Cornouailles. N'avez-vous pas droit à un ou deux jours de congés, prochainement ? (Jury désigna le formulaire d'un mouvement du menton.) Pourquoi ne pas les prendre ?

Wiggins eut un instant de panique.

— Sans doute est-ce ce que vous appelez mer et sables, répondit-il avec un humour qui lui était inhabituel.

Jury alluma sa cigarette, regarda le visage sur *Time Out*.

— Heathrow était envahi par les fans. On avait déployé d'importantes forces de police, comme en prévision d'un attentat terroriste. Carole-Anne se trouvait probablement là-bas, dit Wiggins.

— Je croyais que Living Hell était son groupe favori.

— Oh, cela m'étonnerait ! Ils sont passés de mode.

L'inspecteur Wiggins le surprenait souvent par ses connaissances dans des domaines insolites, voire ésotériques, sans le moindre rapport avec son travail.

— Voilà maintenant une semaine qu'elle consacre tous ses loisirs à étudier cartes et indicateurs horaires.

— Elle part donc en voyage ? Elle me manquera.

Wiggins était capable de passer rapidement de la spéculation au *fait accompli* [1]. Jury se reconnaissait la même faculté. Il poussa le formulaire sur le côté du bureau, tambourinant des doigts avec impatience.

— Comment a réagi la gendarmerie du Devon-Cornouailles ? Qu'est-ce que le commissaire... quel est son nom déjà ?

— Goodall, monsieur. Il est décédé, monsieur. (Wiggins regarda le contenu de son verre comme s'il s'agissait d'un vin d'enterrement.) L'année dernière. J'ai pu toutefois parler à un inspecteur principal.

— Qu'a-t-il dit ?

Wiggins but une grande gorgée de son élixir au miel et au vinaigre.

— Rien de très utile. Il semblait réticent à faire resurgir cette affaire. Plus de huit ans se sont écoulés, après tout. Il n'arrivait pas à se souvenir de tous les détails.

— Personne ne lui demande de se souvenir.

Jury se pencha en arrière, leva les yeux sur les moulures du plafond. Une araignée se balançait, en équilibre précaire, sur un fil cassé de sa toile.

— Ils doivent avoir un dossier plutôt épais sur ce kidnapping ; je me rappelle l'essentiel, et je n'étais même pas en Cornouailles. Ne pouvait-il pas prendre

1. En français dans le texte.

la peine de demander à l'un de ses larbins de rouvrir les dossiers ?

— Je l'ai joint chez lui, monsieur. A Penzance. Il était dans le jardin, m'a-t-il dit, quand je l'ai appelé. A tuteurer quelque arbre ornemental ou je ne sais quoi ayant souffert de l'orage.

— Formidable ! Voilà bien la police du Devon-Cornouailles ! (Après un instant de réflexion, il prit le téléphone.) Peut-être Macalvie saura-t-il quelque chose.

4

La question n'était pas tant si le commissaire divisionnaire Macalvie savait *quelque chose* que s'il savait *tout*, conviction que lui prêtait et que s'efforçait d'ébranler son expert en « lieux du crime ».

Et comme Gilly Thwaite, l'expert en question, était une femme et que le manque de tolérance de Macalvie était légendaire, aucun des collègues de celle-ci au quartier général de la police du Devon ne pensait qu'elle résisterait plus de cinq minutes au punch de Brian Macalvie.

Mais la misanthropie de Macalvie n'avait rien à voir avec le sexe, l'âge, les croyances, la race. Sa tolérance était illimitée tant que personne ne commettait de faute au travail. Et il aimait dire que l'erreur était humaine et qu'il la comprenait. Mais si la gent simiesque avait pu écrire *Hamlet*, il aurait préféré emmener un singe avec lui sur une enquête plutôt que quatre-vingt-dix pour cent de ses collègues.

Il ne pouvait s'expliquer — en fait, il s'en fichait pas mal — pourquoi les gens trouvaient difficile de travailler avec lui. Parfois, un de ses hommes ayant obtenu une mutation — les demandes de mutation étaient devenues courantes — faisait irruption dans son bureau pour lui dire ses quatre vérités. Un policier avait accepté une rétrogradation à Kirkcudbright tout en déclarant à Macalvie que l'Ecosse n'était encore pas assez loin ; il avait demandé à être envoyé sur Mars.

Macalvie, à demi écossais lui-même, avait continué de mastiquer son chewing-gum, de se réchauffer les mains sous les aisselles, ses cheveux roux brillant dans un rayon de soleil, les chalumeaux à acétylène de ses yeux bleus légèrement baissés du fait de l'ennui, avant de répondre au sergent en question qu'il pouvait s'estimer heureux d'être envoyé en Ecosse parce qu'il avait oublié de remonter sa braguette, et qu'à Kirkcudbright il pourrait peut-être porter un kilt.

Tous ne le détestaient pas dans la police ; les chiens policiers l'adoraient. Ils savaient reconnaître un flic qui avait du flair. Les chiens appartenaient aux dix pour cent de la population que Macalvie jugeait équilibrés. Il regrettait de ne pouvoir dire la même chose de leurs dresseurs. Et des spécialistes en empreintes digitales. Et des experts légistes. Spécialement des médecins de la police. Macalvie avait lu tellement de livres de pathologie qu'il aurait mérité de se voir décerner un diplôme.

Ainsi ces dix pour cent — sept les mauvais jours — incluaient ceux qui, selon Macalvie, étaient capables de savoir ce qu'ils faisaient. Parmi eux se trouvait Gilly Thwaite, bien que sa conversation avec le commissaire au moment où il recevait l'appel de Jury ne permît pas de comprendre pourquoi il lui accordait une telle estime.

— Vous n'êtes pas médecin légiste, commissaire divisionnaire.

Quand elle avait décidé de se montrer sarcastique, Gilly Thwaite lui balançait son titre tel un os jeté à un chien, en omettant délibérément son nom.

A vrai dire, peu importait à Macalvie comment on l'appelait, sauf lorsqu'il était d'humeur caustique.

— Dieu merci je n'ai pas ses compétences ! lui répondit-il. La dernière fois qu'il a ouvert sa sacoche, j'ai cru voir un marteau et une clef à molette. Il ferait un bien meilleur plombier.

Il repoussa le diagramme qu'elle avait jeté sur son

bureau et se replongea dans la lecture du journal, oubliant la réflexion et le ricanement de Gilly à son arrivée : « Vous ? Lire au travail ? »

Il avait ignoré sa remarque tout comme il essayait à présent d'ignorer sa présence. L'argumentation de la jeune femme était intelligente de bout en bout ; seulement elle était erronée. L'article du *Telegraph* faisait monter sa pression sanguine.

Elle écrasa le doigt sur le diagramme représentant la trajectoire effectuée par une balle dans le corps humain, de son point d'impact à sa sortie de la blessure.

— L'entrée est *ici*, vous voyez, *ici*. La balle n'a pu se loger *là*...

Il lui jeta un coup d'œil par-dessus son journal.

— La balle a pu ricocher sur une côte.

— Macalvie, vous ne pouvez pas vous présenter devant le tribunal en déclarant que votre propre médecin légiste a tort.

— Je ne dirai pas cela. Je dirai que ce n'est pas un médecin légiste, mais un plombier.

Gilly Thwaite secouait la tête d'un mouvement rapide ; ses boucles brunes étaient plus longues que de coutume, car elle n'avait pas eu le temps d'aller chez le coiffeur.

— Vos cheveux se transforment en serpents, Méduse.

La sonnerie du téléphone l'empêcha de répondre. Elle abattit son poing sur le bureau avec une violence telle qu'elle fit sauter l'appareil, et elle se mit à hurler de frustration.

Il décrocha d'un geste brusque.

— Mon Dieu, Macalvie, vous égorgez un cochon ?

— Bonjour, Jury. Non, ce n'est que Gilly Thwaite. Sortez, voulez-vous ?

— Je viens juste d'arriver, dit Jury.

— C'est à elle que je parle. (Silence.) Je ferme les yeux. Elle est encore là. Allez donc vous faire couper les chéveux ! (S'adressant de nouveau à Jury :) Je lisais justement un article sur cette affaire.

Bien que légèrement surpris de voir Macalvie lire dans ses pensées, il n'en laissa rien paraître.

— Vous faites allusion au meurtre de Roger Healey, je suppose.

— Pour quelle autre raison appelleriez-vous, à moins que vous n'ayez, vous aussi, quelque stupide théorie à me soumettre sur la trajectoire d'une balle dans les organes humains ? Elle est toujours là. Je viens de lui faire un cours sur la cage thoracique. Comment tout corps en est doté, et qu'il y a un cœur et des poumons. Je crois qu'elle est prête pour le premier trimestre d'année préparatoire de médecine. Je m'estime flatté. L'enquête était entre les mains — rien moins qu'expertes — du commissaire Goodall de notre police de Cornouailles.

— Le commissaire avec qui Wiggins s'est entretenu lui a dit que l'affaire était close ; il a prétendu qu'il ne pouvait se souvenir de grand-chose.

— Billy Healey marchait sur un chemin public avec sa mère — rectification, belle-mère, ce qui semble faire une grande différence dans certains esprits —, un chemin en contrebas, à quatre cents mètres environ de leur maison sur la côte, une maison isolée...

De la tête, Jury fit signe à Wiggins d'écouter sur l'autre poste. Avec le plus grand calme, Wiggins décrocha le second appareil tout en sortant son calepin.

— Près de Polperro. C'est approximativement à cinquante, soixante kilomètres de Plymouth. Wiggins, comment ce mois de janvier vous traite-t-il ?

Comme s'il n'attendait que ce signal, Wiggins éternua et dit bonjour.

— Comment saviez-vous que j'étais là ?

Wiggins sourit devant ce petit tour de magie du commissaire divisionnaire.

— Personne ne respire comme vous, Wiggins. C'est un son qui fait plaisir à entendre. Dois-je reprendre ?

50

Jury dit :

— Je crois pouvoir me souvenir des détails de cette affaire. Je vais faire un effort de mémoire.

— Espérons-le. Bref, il était approximativement quatre heures, et ils marchaient. Nell Healey, la belle-mère, a dit qu'ils avaient pris ce chemin pour que Billy puisse trouver des œufs d'oiseau. C'était leur habitude en fin d'après-midi, a-t-elle expliqué, même s'ils n'en trouvaient jamais, mais c'était un fantasme dont ils semblaient tous les deux tirer plaisir. En tout cas, Billy a annoncé qu'il allait préparer des sandwiches pour Toby et lui. Toby était dans la maison.

« D'après la belle-mère, Billy avait effectué le trajet de retour en courant et marchant tour à tour. Il ne cessait de se retourner pour lui faire signe de la main. (Il marqua une pause et Jury entendit le froissement d'un papier et le cliquètement du briquet de Macalvie.)

Wiggins fronça les sourcils.

— Je croyais que vous aviez arrêté, commissaire.

— Si seulement vous faisiez partie de mon équipe d'experts légistes, Wiggins. Ils ne sont même pas capables de voir le bout de leurs chaussures, à plus forte raison de saisir ce qui se passe à l'autre bout du fil.

— Vous savez ce que votre médecin...

— Wiggins !

Jury lui lança un regard.

— Oh, mes excuses, monsieur ! Désolé de vous interrompre, Mr Macalvie. Donc Billy est allé préparer des sandwiches.

Macalvie poursuivit :

— Il n'est pas revenu.

Il y eut un silence, puis un raclement de gorge, comme si quelque chose y était coincé. On aurait pu croire que le commissaire divisionnaire devenait émotif.

Ce ne fut pas l'interprétation de Wiggins.

— Vous en êtes à combien de paquets par jour ?

— Volatilisé ! Elle a attendu, puis s'est décidée à

rentrer. Elle le pensait absorbé par quelque jeu avec Toby ; ne les trouvant ni l'un ni l'autre, elle s'est dit qu'il était peut-être en train de jouer à cache-cache avec elle. Aussi ne s'est-elle pas inquiétée tout de suite. Et, bien sûr, ce n'est pas comme perdre de vue votre gamin en plein milieu d'Oxford Street ou de Petticoat Lane. Au bout d'un moment, elle a regardé dehors, puis, après avoir cherché partout, elle a fini par appeler la police. Vous voulez que j'entre dans le détail ou seulement les grands traits ?

— Je n'en reviens pas que vous vous souveniez de tout cela. Ce n'était pas votre enquête.

Une autre pause.

— Eh bien, disons que je m'y suis intéressé. Un môme enlevé en échange d'une rançon de cinq millions de livres sterling !

Wiggins siffla et continua à prendre note.

— C'est une affaire qui ne peut que susciter l'intérêt. Et voir Goodall expédier l'enquête ! Ses hommes avaient fait une tentative avortée pour entrer en contact avec les ravisseurs. J'étais inspecteur alors.

Son ton était un mélange de nostalgie et d'étonnement.

Macalvie avait même été gendarme à une époque. Aujourd'hui commissaire divisionnaire, il n'hésitait pas à faire le travail d'un simple agent de police. Jury l'avait vu une fois dresser une contravention. Macalvie tendait son filet et examinait de près tout ce qui y tombait. Toute autre personne dans sa position aurait rejeté les petits poissons, refusé les affaires mineures. Macalvie disséquait le menu fretin.

— Vous vous êtes attribué cette enquête, en quelque sorte ? demanda Jury avec un sourire.

— Je me la suis attribuée.

Même à l'époque où il était brigadier, Macalvie avait la réputation d'être bien plus compétent que la plupart de ses collègues.

52

— Vous savez ce qui s'est passé ; apparemment vous avez lu les commentaires de la presse...

— Je préférerais entendre votre version.

— Je ne vous en blâme pas. Je me suis investi dans l'affaire Healey, parce qu'il n'est rien, absolument rien dont l'issue soit plus incertaine qu'un enlèvement. Je préférerais marcher sur des lames de rasoir que de négocier avec des ravisseurs. Vous savez quelles sont les pressions subies par les proches et les chances de récupérer la personne. Il est nécessaire de penser rationnellement. Or il est difficile d'être rationnel quand il s'agit de votre enfant. Et laissez-moi vous dire que la tornade d'émotions soufflant dans cette maison aurait pu balayer la moitié des docks.

« *Je t'ai dit et redit de ne pas venir ici seule*, ne cessait de répéter Citrine, le père de Nell Healey. Quelle scène, mais quelle scène ! La belle-mère se voyant reprocher de n'avoir pas assez veillé sur le gamin. Et le père, Healey, en proie à une vaine agitation, qui criait à la mère — pardon, la belle-mère — *"Comment as-tu pu le laisser seul, Nell ? Ne t'a-t-il jamais traversé l'esprit que Billy pouvait constituer une cible idéale pour des ravisseurs ?"* Je vous pose la question, Jury.

« *Maman, je vais préparer un sandwich* : pouvait-elle seulement s'imaginer qu'il allait être enlevé ? Bien sûr, je n'ai pas d'enfants... (Jury eut un léger sourire)... mais il me semble que le vieux Roger aurait pu consoler sa femme au lieu de l'abreuver d'insultes. Citrine, lui au moins, faisait preuve d'une pondération qui lui permettait de prendre les choses en main. Il semblait garder son sang-froid, bien qu'il fût manifestement ébranlé.

Regardant la minuscule araignée réparer sa toile, Jury demanda :

— Comment a-t-elle réagi ? Nell Healey, bien sûr. Qu'a-t-elle répondu à tous ces reproches ?

— Rien.

53

— Rien ?

Jury fronça les sourcils, tout en jetant un regard à Wiggins qui griffonnait toujours sur son calepin. Il était aussi précieux qu'un magnétophone.

A l'autre bout du fil, Macalvie laissa échapper un soupir.

— Rien. Assise sur la banquette dans l'embrasure du bow-window, elle regardait dehors, comme perdue dans la contemplation de la mer. Goodall ne cessait de parler. Il s'exprimait avec douceur, essayant de convaincre Citrine, toute la famille, que la police faisait tout ce qui était en son pouvoir. Il leur tenait le discours classique sur l'enlèvement : « *Mr Healey, comme nous avons affaire à un crime passible de réclusion à perpétuité, il est toujours possible que quelque chose arrive à la victime. Naturellement, vous avez besoin d'une preuve que le garçon est encore vivant...* » Et ainsi de suite. Citrine avait été averti que s'il payait la rançon, il serait préférable qu'il soit accompagné par un inspecteur de police, bref, les conneries habituelles. Une mise en garde contre les risques d'une intervention policière : plus elle serait importante, plus la vie du garçon serait en danger. Une mise en garde contre le marquage de billets. Une mise en garde contre un développement publicitaire de l'affaire. Une mise en garde devant l'*insistance* de Healey à payer. Devant la décision de Charles Citrine de parler à quelqu'un de la banque — il y avait là un V.I.P de chez Lloyd's. Et cetera.

— Mais Citrine a finalement refusé de payer la rançon.

Il y eut un autre silence.

— Ce n'était pas Citrine, voyez-vous.

— La rançon n'a pas été payée.

— Citrine était en train de demander à l'employé de chez Lloyd's de préparer l'argent. Malade d'entendre les âneries habituelles sur les « options » et les « alternatives », j'ai dit : « En remettant l'argent, vous signez l'arrêt de mort de ces deux enfants. »

Jury secoua la tête.

— C'est le principe même de ce genre de négociations que vous remettez en cause ?

— Jury, vous savez tout autant que moi, et je suis sûr que Goodall le savait aussi, quelles sont les chances de succès. Et vous connaissez le jeu, tout comme la façon de penser des gens de cette espèce...

— J'aimerais la connaître.

— Eh bien, ils se disent : « Maintenant que j'ai l'argent, que vais-je faire de la preuve ? » Tout particulièrement si celle-ci a des yeux et des oreilles ? Au moins, tant qu'ils n'ont pas l'argent, la victime a une chance de rester en vie.

— Je n'en disconviens pas, Macalvie. Poursuivez votre récit.

Une autre pause. Macalvie paraissait ennuyé de voir quelqu'un abonder dans son sens. Certains ont besoin d'être contredits pour débrouiller les choses. Macalvie ne cherchait pas l'approbation de son interlocuteur, mais la polémique.

— D'accord. A peine avais-je dit cela qu'ils se sont tous mis à jacasser comme des pies, la pire d'entre toutes étant le commissaire Goodall, qui m'a aussitôt sommé de la fermer. En fait, il était fou de colère. Roger Healey s'en prenait à moi. C'était la minute du « qu'en savez-vous ? » Citrine était blême, mais au moins il s'efforçait de garder la tête froide. Il a fini par dire : « Vous pouvez avoir raison, comme vous pouvez avoir tort. »

— Voilà qui englobe toutes les possibilités. (Il pouvait imaginer le sourire de Macalvie.) Ensuite ?

— Ensuite il a déclaré qu'il était prêt à payer n'importe quelle somme pour retrouver Billy.

— Mais vous l'avez fait changer d'avis ?

Les silences étaient rares chez Macalvie. Il avait marqué au moins trois pauses depuis le début de son récit, et voilà qu'il s'interrompait à nouveau. Jury pouvait presque entendre les mouches voler, là-bas, à Exeter.

— Non. Ce fut la décision de Nell Healey. Elle a détourné la tête de la fenêtre pour me lancer un regard à couper un diamant. Je dois avouer qu'il m'a cloué au mur. Mais, vous l'avez rencontrée...

— Continuez, Macalvie.

— Et elle a dit : « Je crois que vous avez raison ; ne payez pas. » Puis elle s'est retournée vers la fenêtre. Et moi qui croyais qu'elle n'entendait rien, qu'elle était en état de choc ! Eh bien, laissez-moi vous dire que cela m'a fait un coup. Apparemment rien ne lui avait échappé. Le discours de Goodall, les hurlements des autres, les intentions de son vieux : elle avait tout entendu. Et l'enfer s'est déchaîné. J'ai cru que Roger Healey allait l'étrangler. C'est tout le contraire des scénarios classiques, n'est-ce pas ? De tous ces films où la femme, folle de douleur, en larmes, supplie son mari, qui, lui, garde son sang-froid, de payer, payer, payer.

— Mais Healey n'a pas versé un centime. Je ne comprends pas qu'il lui ait cédé, vu qu'ils étaient deux contre un.

— Ils auraient pu être dix contre un, cela n'aurait rien changé. Seule Nell avait les moyens de payer.

Jury se redressa soudain.

— Je croyais que c'étaient Roger Healey ou son père à elle qui avaient de l'argent.

— Pas du tout. Healey en avait un peu, et Charles Citrine n'était pas non plus sans le sou, mais ils ne disposaient pas de cinq millions, pas d'une somme aussi importante. Ce n'était pas eux que les ravisseurs faisaient chanter, c'était la belle-mère. C'est elle qui avait l'argent. Celui de sa mère Helen, une fortune ! Une petite partie seulement était allée au mari, qui avait de son côté des biens personnels. Hormis un legs à la belle-sœur, elle avait laissé tout le reste à sa fille.

Certes, il avait été dit que la famille Citrine-Healey avait refusé de payer la rançon. Mais pas à l'unanimité. Charles Citrine était le porte-parole ; aussi avait-on supposé qu'il s'était rangé, de son propre gré, à l'avis de la police ; payer ne garantissait nullement la sécurité de son petit-fils. En vérité, cela risquait même de mettre sa vie en danger.

Jury avait la tête dans les mains ; il pensait à Nell Healey, se rappelant les quelques heures durant lesquelles il l'avait suivie.

— Huit ans plus tard, dit Macalvie, elle tue son mari. Pourquoi ?

Jury se passa la main dans les cheveux tout en se frottant le crâne, comme si ce geste pouvait réveiller son cerveau :

— Je l'ignore, Macalvie.

Un autre silence.

— C'est une femme qui en impose, Jury.

Ainsi Nell Healey entrait dans la catégorie des dix pour cent que supportait le commissaire divisionnaire Macalvie.

5

I

L'étroite façade de cette maison de Mayfair était flanquée d'une bijouterie et d'une galerie d'art, pratiquant l'une et l'autre des prix si élevés que chaque vitrine ne présentait qu'un seul article : un collier en saphir qui semblait flotter au-dessus de son présentoir en cristal ; et dans la galerie, un unique tableau au lourd cadre doré suspendu par des fils presque invisibles. Le quartier de Mayfair lui-même paraissait flotter dans une dimension échappant à la pesanteur.

En franchissant la porte des bureaux des Editions Smart, Jury se trouva transporté dans un nouvel univers lumineux et sonore : des haut-parleurs cachés diffusaient en sourdine une musique sylvestre, en harmonie avec la peinture jaune pâle des murs, adoucie par un dégradé de blanc cassé. On aurait dit une meringue sortie de l'imagination du rédacteur de la rubrique culinaire.

Dans la salle d'attente où il feuilletait *Segue*, Jury aperçut deux autres magazines : l'un sur papier glacé intitulé *Voyage Passion* et une revue d'art, dont le titre, *Nouvelle Renaissance*, lui plut. Elle était consacrée aux demeures des nantis et aux lieux qu'ils fréquentaient. Intérieurs en marbre, rideaux mauves, tapis Kirman et domestiques gantés ; fresques autour de piscines inondées de soleil ; hectares de jardins aménagés, sentiers ombragés bordés de cyprès et de saules, idéals pour les rendez-vous amoureux, ainsi que pour la méditation. Un monde à part, qui n'existait que dans *Nouvelle Renaissance*.

Segue était de loin le plus sérieux des trois périodiques, de surcroît le plus cher, le plus chic et le plus luxueux. Ce n'était pas le genre à se pencher sur le sort des musiciens de rue. Sur la couverture, un violoncelliste, à l'air inspiré, se détachait sur un fond de velours bleu. Jury essaya de se rappeler son nom ; il venait d'y renoncer, conscient de n'avoir jamais vraiment entendu ce virtuose, quand la réceptionniste entra, une tasse de café à la main. En porcelaine fine et non en plastique.

Elle se figea et lui demanda la raison de sa présence. Il lui dit qu'il avait rendez-vous avec Mr Martin Smart. Comme elle ne bougeait toujours pas, il ajouta, après lui avoir montré sa carte, que quiconque avait connu Roger Healey pouvait aussi bien faire l'affaire. Etait-ce son cas, par hasard ? Elle se précipita alors à son bureau pour prendre l'interphone.

Ayant obtenu le feu vert de son patron, elle annonça d'une voix aiguë et stridente qui jurait avec sa silhouette pulpeuse qu'elle allait le conduire à Mr Smart. C'était au troisième étage, et il n'y avait pas d'ascenseur.

Il la suivit de palier en palier. Ses hanches ondulaient doucement sous la robe en soie grise dont les reflets chatoyants s'accentuaient ou s'estompaient, au gré de ses mouvements. Par ailleurs, tout chez elle semblait former des pointes : ses seins et ses chaussures ; son menton, ses yeux en amande, au dessin souligné par un savant trait de khôl ; sa coiffure brillante hérissée de mèches laquées. Elle évoquait à Jury un petit promontoire rocheux. Comme il lui emboîtait le pas dans le couloir du dernier étage, il eut un pincement au cœur ; il lui trouvait un côté émouvant ; elle lui faisait maintenant penser à une fillette de treize ans vêtue de la robe d'une grande sœur, qui aurait été extrêmement jolie si elle n'avait pas cherché à jouer la grande dame.

Elle s'arrêta sur le seuil du bureau de Mr Smart, où n'était pas ce dernier, et lui dit :

— Il sera là dans une minute.

— Merci.

Elle répondit avec un peu d'hésitation au sourire de Jury et garda la main sur la poignée en porcelaine de la porte, qu'elle poussa légèrement en se mordant les lèvres. Peut-être pensait-elle pouvoir s'attarder en l'absence de son patron. Elle avait de toutes petites dents blanches. Treize ans sans aucun doute, décida-t-il, bien qu'elle en eût trente.

Jury s'installa dans un fauteuil luxueux dont le cuir souple sembla l'envelopper. Les murs vert sombre ornés de motifs peints au pochoir, en vieil or comme la moulure du plafond, les rayonnages grimpant du sol au plafond, l'escabeau de bibliothèque, le secrétaire en acajou abritant un minibar avec un petit évier, le bureau massif, les meubles italiens en cuir, tout semblait attendre l'imminent retour du P.D.G. Le bureau lui-même était jonché de documents et de magazines, savamment rangés en piles, en instance de dispatching. Jury tendit le cou pour regarder le minibar. Pas de chat ; Mr Smart se contentait d'y enfermer une bouteille de Courvoisier et des verres en cristal taillé à la main. La pièce tout entière semblait l'œuvre d'un artiste. Jamais Jury n'avait vu décor aussi étudié — tout était calculé, décoré et agencé selon des exigences précises.

Jury se retourna et esquissa un mouvement pour se lever, à l'entrée d'un membre du personnel, le seul que, dans ces bureaux, il n'eût pas vu sur son trente et un. Laissant dans son sillage une traînée de papiers, il jeta le reste sur le bureau et pivota sur ses talons, comme s'il s'apprêtait à ressortir, tout en adressant un signe de la tête à Jury.

Du moins Jury crut qu'il s'apprêtait à ressortir. Mais l'homme croisa les bras sous ses aisselles moites de sueur et lui demanda ce qu'il voulait, d'un ton distant et plutôt froid. Avant que le commissaire ait pu répondre, il s'était assis, avait parcouru de la main la surface lisse du bureau, pareille à un lac, et créé en l'espace de cinq secondes un désordre phénoménal.

Martin Smart fit entendre des claquements de langue irritants et maugréa : pourquoi diable touchait-elle à ses affaires, comment pouvait-il espérer trouver quelque chose ? Les dossiers bien classés quelques instants auparavant n'étaient plus à présent qu'une mer informe de paperasses. Apparemment satisfait, il fourra dans sa bouche un mégot froid et mâchouillé de cigare, croisa les bras et s'appuya lourdement sur les papiers, achevant de les disperser.

— Y a-t-il quelque chose que je puisse faire pour vous ? Oh, ne vous donnez pas cette peine !

Jury s'était penché pour ramasser quelques-unes des feuilles semées par Smart sur son passage.

— Je les trouve plus facilement par terre. Que puis-je faire pour vous ? répéta-t-il, son cigare éteint dans la bouche.

Il glissa les mains sous les papiers, à la recherche d'allumettes, puis, désespérant d'en trouver, ouvrit le tiroir, regarda à l'intérieur et demanda à Jury s'il désirait boire quelque chose.

— Non, merci. Vous voulez du feu ?

D'un geste sec, Smart ôta le cigare de sa bouche et, constatant son piteux état, haussa les épaules :

— A quoi bon ? (Il le posa sur les papiers.) Vous êtes commissaire principal, exact ?

— Exact.

Mr Smart manifesta son admiration par un sifflement accompagné d'un hochement de tête.

— Comment êtes-vous parvenu à un tel échelon ? Que vous a-t-il fallu faire pour grimper aussi haut ?

Il paraissait sincèrement intéressé, comme s'il avait

l'intention d'écrire la biographie de Jury ou de postuler pour un emploi dans la police judiciaire.

— Ce n'est pas l'air raréfié des sommets, vous vous en doutez. Commissaire divisionnaire, sous-préfet et préfet de police, tous sont au-dessus de moi. Vous, vous n'avez personne au-dessus de vous.

Martin Smart parut apprécier la comparaison. Il eut un large sourire.

— Faux. Vous oubliez les lecteurs. (Il plissa les yeux, se pencha par-dessus le fouillis de papiers, et dit :) Commissaire principal Jury. Jury. Jury. Jury. (Ses index égrenèrent un staccato). Où ai-je entendu ce nom ? Mais oui, bon sang ! Vous étiez dans ce bar du West Yorkshire quand...

— Roger Healey a été tué par balle.

Jury, sans savoir pourquoi, ne parvenait pas à dire *assassiné*.

Smart se frappa le front de la main. Il exécuta un vif mouvement tournant dans son fauteuil pivotant, le fit rouler jusqu'au bow-window aux rideaux verts et regarda dehors, tel un malade en fauteuil roulant devant sa fenêtre d'hôpital. Puis il se retourna et ramena lentement le siège à sa place.

— Roger. (Il finit par trouver une cigarette et un briquet argenté qui avaient réussi à se glisser sous la couverture d'un ancien numéro de *Segue*.) Nom de Dieu !

— Vous étiez amis, n'est-ce pas ?

— Pas exactement. Mais c'était plus qu'un employé : un collaborateur. Et l'un des meilleurs sans conteste. De premier ordre. Parfois il m'apportait un article et nous parlions. Un homme charmant. Absolument charmant. La vieille Alice, là-bas (il pointa sa cigarette vers le vestibule), avait un faible pour lui. Toutes les femmes en étaient amoureuses. Il les traitait avec égards. Il leur offrait des fleurs et des bonbons. (Du bout du petit doigt, il fit tomber la cendre de sa cigarette.) Quel drame épouvantable ! Personne ne peut se l'expliquer.

— Aviez-vous rencontré Mrs Healey ?

— Jamais.

— Quelqu'un parmi votre personnel connaissait-il Roger Healey ? En dehors des fleurs et des bonbons ?

Jury sourit pour atténuer l'ironie mordante de son ton.

— Vous pourriez poser la question à Mavis. Mavis Crewes.

Il se renversa dans son fauteuil et regarda les moulures rococo du plafond avec un froncement de sourcils, comme s'il les voyait pour la première fois.

— Mavis, Mavis, Mavis.

Les noms semblaient exercer un effet magique sur Martin Smart.

— Qui est-elle, et où puis-je la trouver ?

Jury avait sorti son calepin.

— La rédactrice en chef de *Voyage Passion*. N'est-ce pas un nom à la gomme ? Je voulais l'appeler *Voyage*, point. Nos commerciaux — et Mavis, bien sûr — ont avancé qu'il devait y avoir une dizaine de magazines ainsi baptisés. (Il adressa un sourire à Jury.) Trouvez-m'en un seul qui ne soit pas affublé d'un nom destiné à vous faire croire que vous allez remonter à la source de l'arc-en-ciel ? ! Aussi ai-je proposé de l'appeler *Saint-Graal*. Vous savez, je pense sincèrement qu'on l'aurait acheté. Mais je ne remets pas en question la compétence de Mavis ; elle est dans le métier depuis trente ans. Je lui fiche la paix.

Sous-entendu : il était heureux qu'elle lui fiche également la paix.

— Est-elle là aujourd'hui ?

Smart leva de nouveau les yeux vers le plafond tout en secouant la tête.

— Je lui ai dit qu'elle pouvait travailler chez elle quand elle le voulait. Bien sûr, la plupart du temps elle est partie : elle a la passion des voyages. Elle écrit d'excellentes choses sur l'Afrique, le Kenya, etc. Son mari était un fou de safari. Elle vit quelque part près de Kensington Gardens. La vieille Alice peut vous donner son adresse. Attendez. (Smart appuya sur le bouton de l'interphone, obtint Alice et nota l'information.) Tenez.

Il tendit le bout de papier à Jury. Puis il se mit à se gratter vigoureusement le crâne, ébouriffant ses cheveux. C'était, semblait-il, sa façon de se détendre, un moyen comparable au fameux somme de dix minutes que s'accordait Churchill.

— Puisqu'il ne fait aucun doute que sa femme l'ait assassiné, pourquoi êtes-vous ici ? Je ne comprends pas.

— Il y a quelques points que je désire éclaircir.

— A propos de Roger ?

— Pas seulement.

— Vous n'allez pas tarder à dire : « Enquête de pure routine, monsieur. » Les journaux ont fait toute une affaire de l'enlèvement de son fils à l'époque.

Jury acquiesça.

— Est-ce que les deux événements ont un rapport ?

— Je ne sais pas.

— Vous êtes une mine d'informations. (Smart balaya, sans raison apparente, la mer de papiers.) Vous devriez travailler à l'un de ces torchons que nous publions.

— Alors, tout le monde aimait Roger Healey ?

Martin Smart lança à Jury un regard perçant.

— Autant que je sache. Est-ce un tort ?

— Bien sûr que non. Seulement, une personne aimée de tous... (Jury haussa les épaules.)

— Et cynique avec ça ! (Le sourire rusé réapparut sur son visage.) Je vois ce que vous sous-entendez, bien que j'ignore où vous voulez en venir. Je ne dirais pas *aimé de tous*. Il y a sans doute quelques musiciens qui lui auraient volontiers fichu une raclée. Mais je ne saurais l'affirmer. En tout cas, ce que l'on peut dire de ses critiques, c'est qu'elles n'éreintaient pas les gens. Tranchantes, parfois, oui. (Il se mit à rassembler un certain nombre de papiers puis, après les avoir entassés en une pile bien nette, les dispersa de nouveau, tel un joueur de poker distribuant les cartes.) Certes, il y a Duckworh.

— Duckworth.

— Morry. Il est américain. Rhythm and blues, blues, heavy metal, reggae. New Wave, ce genre de trucs. On appelle ça rock'n'roll.

— Il n'aime — n'aimait pas — Roger Healey ?

— Cela ne veut pas dire grand-chose. Duckworth n'aime personne. A part moi. Je l'ai trouvé au Village [1], à New York, le casque sur les oreilles. Laissez-moi vous dire qu'il a fallu du temps pour l'attirer ici. Je ne vous cite Duckworth que parce que vous semblez fermement déterminé à trouver *quelqu'un* qui n'aimait pas Roger. Vous me semblez de parti pris, si vous m'autorisez cette remarque. Mais je suis sûr que la police londonienne a ses raisons que la raison ignore. Voici le numéro de Duckworth.

Il tendit à Jury un autre bout de papier, provenant, constata le commissaire, d'une lettre du président du conseil d'administration.

— Il s'agit probablement d'une prison.

— La police londonienne apprécie votre aide. Puis-je jeter un coup d'œil sur certains de vos vieux numéros de *Segue* ?

— Sur les articles de Healey ? Bien sûr. (Smart pressa de nouveau le bouton de l'interphone, parla à sa secrétaire, puis se renversa dans son fauteuil, les mains nouées derrière la tête.) Commissaire, que cherchez-vous au juste ?

Jury glissa son calepin dans sa poche, se leva, remercia Martin Smart et répondit :

— Rien de précis.

---

1. Greenwich Village. (*N.d.T.*)

— Vous devriez vraiment travailler ici.

Jury fit un mouvement vers la porte, puis se retourna.

— Voyez-vous un inconvénient à ce que mon collègue vienne, dans un jour ou deux, bavarder avec quelques-uns de vos employés ?

Smart contempla de nouveau le plafond.

— Bien sûr que non. Vous pouvez même m'envoyer toute votre satanée équipe. Elle mettra de l'animation dans la boîte. (Il plissa le front.) Pourquoi diable a-t-elle voulu le tuer ? (Il jeta un regard à Jury et, parfaitement sérieux, ajouta :) Peut-être traversaient-ils une mauvaise passe ?

— Possible, acquiesça Jury avant de prendre congé.

II

L'intérieur de cette maison donnant sur Kensington Gardens, à proximité de Rotten Row, stupéfia Jury. De l'extérieur, ce n'était qu'un étroit bâtiment de style géorgien comme tant d'autres, avec une porte jaune et un heurtoir de cuivre en forme de dauphin.

Mais dedans, elle semblait s'étendre à perte de vue et il avait eu l'impression de parcourir des kilomètres avant de déboucher sur la pièce où il se trouvait maintenant assis avec Mavis Crewes, une pièce qui semblait être à la fois un solarium et une immense volière, pleine de plumes, de pépiements d'oiseaux et d'arbustes faisant office de perchoirs. S'ouvrant et se refermant comme une lentille, un petit œil brillant le regardait à travers les frondaisons de plusieurs palmiers nains.

Et ce n'étaient pas les seules plantes vertes de la salle, qui était parsemée de pots contenant des espèces arborescentes, des variétés aux feuilles dures et plates, des sortes de fougères duveteuses, toutes évoquant la jungle, sa chaleur, sa poussière. Cette impression était renforcée par la présence d'un léopard en céramique, grandeur nature ou presque, qui vous contemplait, les yeux bridés, de derrière les caoutchoucs, et par la hure de sanglier qui, gueule ouverte, fixait sur Jury un regard vitreux, non loin d'un étui à fusil. Les pieds du commissaire essayaient d'éviter le contact du tapis en peau de zèbre sous la table, un meuble sculpté dans un arbre rapporté de Nosy Be par le mari de Mavis Crewes. Un arbre tabou, lui avait-elle expliqué. Son mari n'était pas superstitieux.

Mais il était mort, et Jury se demandait de quoi.

Installés dans ce solarium, environnés d'étranges plantes exotiques, de boucliers faits d'herbes tressées, de lances, et de masques Ibo, Jury et Mavis Crewes buvaient café et eau d'Evian, une carafe de whisky à portée de la main en guise de remontant.

Jury ne cessait de repousser les fines branches tombantes d'une bougainvillée. Ce décor, qu'il trouvait suffocant, paraissait apporter à Mavis Crewes paix et détente. La conversation était parsemée de silences provoqués en partie par l'évocation de la mort de Roger Healey, mais aussi par le manque de savoir-vivre de cette femme. Un œil de tigre brillait à la main qui caressait, tantôt un pétale, tantôt une feuille. Un gros diamant ornait celle qui tournait lentement le verre d'eau d'Evian, boisson, supposa Jury, à mettre au compte de ses efforts pour garder forme et minceur en vue de ses voyages.

Etant donné l'expérience de la rédactrice dans son métier, il la soupçonna d'avoir dans les cinquante ans, mais de n'en paraître que quarante, grâce à une permanente, des massages, un régime draconien et des séances de rayons ultraviolets. La toute dernière mode — Jury le savait pour avoir jeté un coup d'œil aux vitrines de Regent Street — était au look safari : tons du désert ou vert camouflage, chemises amples, jupes à ceinture basse et lourde, rien qu'une femme, selon lui, pût trouver flatteur. Mavis Crewes portait une veste de brousse, une chemise couleur sable et des bottes Hermès.

Dans ce cadre, avec sa mince silhouette, légèrement musclée, ces vêtements lui allaient à la perfection. Sauf peut-être que ce n'était pas une tenue de deuil, sujet qu'elle avait amené au début de leur entretien. Elle n'avait rien de noir, voyez-vous, mais elle estimait que ce n'était pas le moment d'aller faire des folies dans les magasins, alors que son « cher et vieil ami » venait de mourir. Si deux semaines après sa mort, elle envisageait encore de porter le deuil, c'est qu'elle voulait faire comprendre qu'il lui était vraiment très cher. Peut-être savait-elle, pensa-t-il, que le noir ne convenait pas à ses cheveux blond pâle coiffés en arrière. Ses yeux qu'il avait crus tout d'abord noirs étaient en fait d'un vert jungle sombre.

Après son divorce avec son premier mari et le décès du second, elle avait repris du gâteau et apparemment tiré la fève. Sir Robert Crewes, passionné de safari, était chevalier du Royal Victoria Order, décoration plus prestigieuse que celle de chevalier de l'OBE[1] reçue par son cousin. Ce titre avait fort impressionné Mavis Crewes, même si les chevaliers foisonnent parmi les fonctionnaires, les membres de la maison royale et du service diplomatique. C'était probablement une récompense pour avoir occupé un poste de diplomate à l'étranger, peu importe où.

Non pas que Jury doûtât de la sincérité du chagrin de Mavis Crewes ; il s'interrogeait simplement sur la profondeur de ses sentiments en général, exception faite, peut-être, de sa colère haineuse à l'égard de l'épouse de Healey, à qui elle paraissait vouloir refuser cette identité. « Cette femme », telle était l'expression à laquelle elle avait recours pour parler de Nell Healey.

— Une femme sans cœur, disait-elle à présent, continuant à faire tourner le verre fragile entre le pouce et

1. Order of the British Empire. *(N.d.T.)*

l'index, comme une tige qu'elle aurait risqué de casser. (Elle soupira.) Cette femme !

— Parlez-moi d'elle, Mrs Crewes.

— Nell était sa seconde femme. (Jury s'étonna que Mavis Crewes, qui avait eu plusieurs maris, pût mettre là une nuance péjorative). Ce n'était pas la mère du jeune Billy.

Elle jeta un regard de gorgone à Jury.

— Qu'est devenue la mère ?

— Elle est partie dans les Alpes suisses. Elle a eu un accident à ski.

— Et vous pensez que la belle-mère n'avait pas d'affection pour l'enfant ?

Il avait dit ce qu'il ne fallait pas ou son ton avait déplu à Mavis Crewes. Elle se cala dans son fauteuil, ses bras posés sur ceux du siège en osier blanc, les doigts repliés.

— A vous entendre, on croirait que vous avez de la sympathie pour elle, commissaire. C'est absolument stupéfiant ! On voit que vous ne la connaissez pas bien. (Elle lui adressa un petit sourire de connivence, comme s'ils avaient conclu un accord.) Je ne saisis pas clairement quel est votre rôle dans cette affaire. Pourquoi cette enquête ? Qu'elle ait assassiné Roger ne fait aucun doute. Ce qui par contre est contestable, c'est la manière dont elle a réussi à se faire libérer avant le procès. Les femmes comme Nell Healey arrivent toujours à obtenir ce qu'elles veulent. Un cœur d'acier, un cœur de pierre.

— La pierre se heurte en général à aussi dur qu'elle.

— Si vous insinuez que Roger était dur, vous vous trompez du tout au tout. Il était terrassé. Vous ne connaissiez pas l'homme. Sa chaleur, son charme, sa...

— Apparemment, vous, vous le connaissiez bien.

Elle fut assez intelligente pour ignorer le sous-entendu.

— Ils n'avaient rien en commun. Il aimait les voyages, les nouvelles expériences, les nouvelles...

sensations. Il avait un fol appétit de vivre. Elle se satis-
faisait d'une vie oisive dans ce coin perdu du
Yorkshire...

Elle promena les yeux sur les masques et les armes
comme si la Tanzanie était plus accessible.

— Avec Billy, ajouta Jury. (Elle lui jeta un regard
fulminant.) Vous avez été leur invitée, ai-je cru comprendre.

— En effet. Plusieurs fois. Charles Citrine considérait Roger comme son propre petit-fils.

— Mr Healey est toujours présenté comme un mari,
un père... un ami modèle... (Il laissa le mot en suspens.)
Martin Smart avait de l'admiration pour lui.

Il eut un sourire forcé.

— Oh, Martin... murmura-t-elle avec une moue
dédaigneuse à Jury. (Elle avait abandonné l'Evian pour
se saisir de la carafe de whisky.) Martin semble considérer l'édition comme une sorte de jeu ; il lui arrive
d'embaucher les gens les plus incompétents...

— Ceux que j'ai croisés m'ont assurément paru très
vieille école.

— Alors vous n'avez pas rencontré Morpeth Duckworth. Dieu ! quel sale type ! Savez-vous que je l'ai
surpris un jour dans mon bureau avec un seau et une
serpillière ? Il nettoyait !

Jury se passa la main sur la bouche.

— Pourquoi ?

— Dieu seul le sait. Eh bien, il a la tête d'un concierge. C'est l'impression qu'il fait à bon nombre de
gens. Même à Martin, qui trouve ça très drôle. Je soup-
çonne Duckworth de fouiller dans nos dossiers. Il est
américain.

— Oh !

Elle fit grincer l'osier de son fauteuil, en décroisant
et recroisant les jambes.

— Mais pourquoi toutes ces questions ? Qu'est-ce
que tout cela a à voir avec Nell Healey ?

— Je songeais plutôt à Billy. L'affaire n'a jamais

été résolue. Je suis désolé. (Il se leva.) Vous avez montré beaucoup d'amabilité dans un moment probablement fort pénible pour vous.

Son départ abrupt la prit au dépourvu.

— Non, non ! Attendez ! Pardonnez-moi si je suis à cran.

Les mains bronzées et nerveuses lui firent signe de se rasseoir.

Jury se rassit, lui adressa son sourire le plus rassurant et demanda :

— Les Healey étaient mariés depuis combien de temps quand le garçon a disparu ?

Du puits sombre de ses yeux jaillit une lueur plus inquiétante que le fer d'une lance brandie. Puis, baissant la tête, elle passa la main qui tenait le verre de whisky sur les plis de sa jupe.

— Cinq ou six ans, dit-elle d'un air vague.

Jury était certain qu'elle connaissait exactement la date. La période qui va de six à onze ans est très importante pour un enfant, tout particulièrement pour un enfant qui voit arriver une nouvelle mère. Mais sentant Mavis Crewes faire maintenant marche arrière, manifester de la réticence à répondre à ses questions, il renonça à fouiller les rapports — du moins à travers ce qu'elle aurait pu lui en dire — entre le petit garçon et sa belle-mère.

— Nell était — est — une Citrine. (Elle eut un geste impatient de la main, comme pour chasser la perplexité de Jury.) La famille Citrine est l'une des plus vieilles du pays. Vieille souche, vieille fortune. Charles avait refusé d'être anobli.

Etait-ce possible ! Son haussement de sourcils, très perceptible, insinuait que Jury devait forcément trouver la chose inimaginable, lui aussi. Cette fois, il garda son sourire pour lui-même, regrettant que son ami Melrose Plant ne fût pas présent pour entendre cela. « *Kindly Call Me God*[1] » était l'acronyme trouvé par celui-ci

---

1. Ayez l'obligeance de m'appeler Dieu. *(N.d.T.)*

pour désigner les détenteurs du titre de KCMG[1] et OBE était devenu « *Old Boy's End*[2] ».

Seul le cacatoès, battant d'une aile et s'agitant sur son perchoir, réagit à la mention de la conduite insensée de Charles Citrine, tandis que Mavis poursuivait :

— Comprenez-moi bien. Je n'ai rien contre les Citrine. Malgré ce qu'*elle* a fait. Certes, je suis scandalisée à l'idée que leur argent et leur influence aient pu acheter sa liberté provisoire. Mais s'ils peuvent la faire sortir, ils ne pourront pas la faire acquitter. Il ne manquerait plus que ça ! (Elle prit un petit cigare noir dans une boîte en argent ciselé et accepta la flamme que lui présentait Jury, avant de se réinstaller confortablement dans son fauteuil derrière un écran de fumée.) Charles est un homme admirable. Il a largement contribué à l'amélioration de la qualité de vie là-bas. Dans le West Yorkshire, j'entends. Il a obtenu des subventions pour les moulins, créé des emplois, là où d'autres les suppriment — eh bien, c'est là du thatchérisme, non ? Charles a fait preuve d'un grand civisme ; on lui a demandé à plusieurs reprises de siéger aux Communes.

Et elle continua à encenser le père de Nell Healey pour conclure :

— Je lui ai écrit un mot. Je voulais lui témoigner ma sympathie. J'ai estimé que c'était de circonstance.

L'entretien, qui avait été marqué à ses débuts, une heure auparavant, par les manifestations de chagrin d'une femme apparemment amoureuse, semblait à présent tourner en discussion sur l'emploi et la politique. Non. En fait, toutes ses paroles laissaient penser à Jury que Charles Citrine était pour Mavis Crewes bien autre chose qu'un possible candidat à une charge politique.

---

1. *Knight Commander (of the Order) of St Michael and St George* : Chevalier commandeur de l'ordre de saint Michel et saint George. *(N.d.T.)*
2. *Old boy* : ancien élève. *End* : fin, dans le sens de retraite, repos. *(N.d.T.)*

Elle devait avoir dix ans de plus que Healey. Et probablement dix ans de moins que Citrine.

— Bien sûr, il doit souffrir de solitude, j'imagine, dans cette immense maison, avec seulement Irene. Elle se fait appeler Rena. Ce n'est pas une compagnie, à mes yeux, pour un homme de l'intelligence de Charles. A vrai dire, je crois que sa sœur est devenue folle au cours de ces dernières années. Ce genre de choses va généralement en empirant, n'est-ce pas ?

— Jamais en s'améliorant, en tout cas. Si vous voulez parler de psychose.

— Charles excepté, je dirais que toute la famille est dingue. Nell en est bien la preuve. (Ayant définitivement remplacé l'eau d'Evian par le whisky, elle s'en servit un autre verre, le but d'un trait, le remplit à nouveau et reboucha la bouteille.) A dire vrai, je me demande si Roger ne l'a pas épousée pour son argent.

Elle regarda Jury comme s'il pouvait confirmer ses dires.

— Ce n'est pas chose rare, dit-il avec un sourire froid. Mais ne pouvait-il tout simplement l'aimer ?

Elle vida son verre.

— Qu'aurait-il pu aimer chez elle, sinon l'argent ? Oh ! elle n'est pas sans charme, mais...

Jury hocha légèrement la tête. Peut-être avait-elle réellement une aussi piètre opinion de Nell.

— Qu'est devenue la femme de Mr Citrine ? La mère de Nell Healey ?

— Morte.

Sous son bronzage, ses joues rosirent.

— Charles est veuf. (Puis, comme si elle venait de réaliser les implications de sa phrase, elle ajouta précipitamment :) C'est probablement une bonne chose qu'elle n'ait pas vécu pour voir cela.

En réaction à ces clichés, le cacatoès poussa un cri strident.

6

Les réjouissances du jour de l'an à Long Piddleton furent marquées par l'incursion au *Jack and Hammer* d'une bande de jeunes sybarites, venus du bourg voisin de Sidbury. Ils s'étaient introduits par l'arrière du bâtiment, faufilés dans l'escalier menant au débarras du premier étage, et, de là, avaient rampé sur la poutre sortant de la façade pour aller décrocher le pantin au manteau bleu qui servait d'enseigne au pub. Toute la bande avait ensuite ramené le bonhomme en bois à Sidbury. Cet exploit avait eu lieu trois ans auparavant et s'était renouvelé trois jours plus tôt. D'après Dick Scroggs, seuls les méfaits des supporters de l'équipe de football de Newcastle égalaient ceux des Sidburiens.

Marshall Trueblood, arborant des vêtements aux tons aussi vifs que ceux de « Jack », était assis à l'une des tables près de la fenêtre du pub avec son ami Melrose Plant, tous deux affairés devant un grand livre de découpage, et prononçant par moments de vagues paroles de commisération.

Scroggs, le patron du *Jack and Hammer*, tournait avec bruit les pages du *Telegraph* et, penché sur le comptoir dans le coin « saloon », se passait un cure-dents dans la bouche. Il ne s'était pas remis de ses émotions de la nuit de la Saint-Sylvestre, durant laquelle ces durs à la figure de papier mâché (tels étaient les termes employés par Trueblood) avaient été surpris par la police dans un champ gelé au milieu des herbes et des fougères, au moment où l'un d'entre eux mettait le feu aux branchages disposés autour du pantin, objet qui faisait la fierté et la joie du pub et constituait ce qu'il y avait de plus coloré à Long Pidd, à l'exception peut-être de Marshall Trueblood. On récupéra le bonhomme, son pantalon bleu-vert légèrement roussi, et on le rendit à Dick Scroggs.

— Les frasques de nos *propres* enfants sont déjà assez difficiles à supporter, dit Trueblood tout en détachant avec soin le visage d'un Dracula de son support, sans que nous devions tolérer les équipées de ces garnements de Sidbury dans notre village.

Melrose Plant resta silencieux. Les sourcils froncés, il s'efforçait d'accrocher une jambe au tronc découpé, essayant de ses longs doigts effilés de glisser une petite patte dans une fente étroite.

— Tu n'as pas encore la cape ? J'ai presque fini.

— Bref, toute cette histoire est trop idiote pour qu'on s'y attarde ; mais je ne vois pas pourquoi il faudrait accepter ce genre de conduite. Quand ces petits crétins viennent frapper à ma porte au jour de l'an, je leur pose ma main sur l'épaule, je les fais tourner jusqu'à ce qu'ils aient le vertige et les regarde partir chancelants. Ils croient que je m'amuse. Nom de Dieu ! (Il fit un pli au visage crayeux du Dracula, là où était indiqué *Pliez* et le tendit à Melrose Plant.) Tiens.

— N'oublie pas la cape.

Melrose désigna du menton le grand livre de figurines à découper.

Marshall Trueblood avait trouvé à la librairie Wrenn's Nest ce livre de monstres et vampires en carton à monter, et comme c'était le dernier exemplaire, il avait dû, pour l'obtenir, livrer un combat à mort à un sale môme qui le voulait aussi.

— Tu crois que c'est raisonnable de faire cela ici, en public ? Elle pourrait nous surprendre.

Il se pencha en arrière, alluma une Sobranie vert jade et regarda Melrose à travers un écran de fumée.

— Elle ne viendra pas. Elle est occupée à faire ses bagages, dit Melrose, qui avait réussi à fixer les deux jambes au tronc et s'occupait à présent du visage. Ou plutôt elle contemple ses malles, puis fixe le mur. J'ai soif.

Par-dessus son épaule, il cria à Dick Scroggs de les resservir.

— Je n'arrive pas à croire qu'elle ait vraiment l'intention de partir. Et toi ?

— Elle est fiancée depuis quatre ans ; j'imagine qu'elle doit commencer à trouver le temps long. Tu as le bateau ?

— Le voilà, vieux troupier.

Trueblood appuya le petit bateau en forme de canoë contre son verre de bière. Il faisait partie d'un lot acheté dans une vente aux enchères. Il était peint en bleu pâle et on l'avait rallongé pour lui donner l'aspect d'une gondole. Comptant le mettre dans le bateau, il avait détaché du livre un rat, qu'il plaça provisoirement dans le cendrier en étain.

— Dick ! Une autre tournée, si vous le voulez bien !

Tel n'était pas apparemment le bon vouloir de Dick Scroggs, car il garda les yeux fixés sur son journal. Lorsqu'il se décida finalement à bouger, ce fut pour répondre aux appels venant de la salle de bar, de l'autre côté, et prendre les commandes des joueurs de fléchettes.

— Oh, merde ! Faut-il que nous nous servions nous-mêmes ? Qu'elle soit fiancée avec lui, vieille bique, enchaîna-t-il, tirant sur la cape doublée de rouge, ne veut absolument pas dire qu'elle va l'épouser.

Melrose prit leurs verres et se rendit au comptoir que regagnait Dick par l'autre bout.

— La même chose, Dick.

Comme Dick plaçait les verres sous les manettes des pompes à bière, Melrose tourna la page du journal. Dick apparemment s'apprêtait à découper l'article sur le meurtre du West Yorkshire. Il possédait un petit instrument en forme de serpette dont il se servait pour tailler dans les journaux et les magazines. Melrose se demanda s'il constituait à son intention un press-book consacré à la carrière de Jury.

— C'est pas malheureux, quand-même ? remarqua Dick, repoussant la manette, alors qu'ils regardaient la mousse d'Old Peculiar monter dans les verres. On se demande ce qui peut bien amener une femme à tuer ainsi son mari. (Il passa un couteau sur la mousse et posa les verres sur le comptoir. Il mourait d'envie, bien sûr, de savoir si Melrose avait parlé à Jury de l'affaire.) Je suppose que cette pauvre femme n'a plus jamais eu toute sa tête après l'enlèvement de son garçon et tout ça. Vous avez lu tout ce qu'on raconte dans les journaux à ce sujet, j'imagine ?

Peut-être pensait-il que cette histoire salace avait échappé à l'attention de Melrose.

— En effet. Eh bien, pour une fois on ne peut pas dire que la police n'est pas là quand on a besoin d'elle. Merci, Dick.

Il prit les boissons et retourna à leur table, pour se figer en apercevant par la fenêtre, derrière Marshall Trueblood, une silhouette qui lui était familière.

— Oh, merde ! La voilà !

La silhouette disparut et ils entendirent la porte du pub s'ouvrir.

— Vite ! Fais-moi disparaître tout ça !

Melrose poussa le livre de découpage et le canoë vers Trueblood et étala son exemplaire du *Times* sur le Dracula en carton.

Tout en murmurant à son ami : « Bon sang ! ne me donne pas tout », Trueblood poussa le canoë-gondole derrière lui et glissa les morceaux déchirés dans le livre, qu'il agita frénétiquement avant de s'asseoir dessus.

— Bonjour, Vivian. Je te croyais chez toi à compter tes livres, dit Melrose d'un ton aimable.

Vivian Rivington donnait plutôt l'impression d'avoir compté les jours écoulés de son existence et conclu qu'il ne lui restait plus longtemps à vivre. Des mèches de cheveux cuivrées s'étaient détachées de son chignon noué en tresse lâche ; elle les écarta de son front en soufflant dessus tout en s'asseyant, l'air épuisé.

— Il y a trop à faire, c'est tout. Puis-je avoir un sherry ?

— Bien sûr, dit Melrose, lui adressant un sourire éclatant avant de retourner à ses mots croisés.

— Eh bien ? (Son regard alla de l'un à l'autre, puis balaya le bar, vide, à l'exception de Mrs Withersby qui avait posé son balai-éponge dans le seau pour subvenir à ses propres besoins en boisson.) Dois-je aller le chercher ?

— Dick sera de retour dans un instant. Tu es ravissante, Vivian.

En réalité, Melrose trouvait affreux le twin-set couleur moutarde, qui ôtait à sa peau son éclat habituel et jurait avec sa chevelure cuivrée.

Vivian abaissa les yeux sur son ensemble, comme pour s'assurer que ce compliment lui était bien adressé, puis elle contempla son interlocuteur les sourcils froncés :

— Vraiment ?

— Absolument, renchérit Trueblood. Tu es vraiment très séduisante.

— Eh bien, si je suis aussi séduisante, l'un d'entre vous n'ira-t-il pas me chercher ma consommation ?

Trueblood se tourna légèrement sur la banquette sous la fenêtre :

— Tu sais, cet horrible agent immobilier — Haggerty ? c'est bien son nom ? — m'a demandé si tu projetais de vendre ton cottage. Quel culot ont ces gens-là ! Naturellement, le pur Elisabéthain est rare de nos jours. On voit tant de cochonneries. Mais j'espère sincèrement que tu ne vas pas vendre, Viv-viv. Même s'il t'est arrivé de dire que tu en avais l'intention.

Elle rougit.

— Je ne suis pas encore partie. Je ne pars que dans dix jours.

— Ah ! Voilà Dick qui revient ! Scroggs ! Auriez-vous l'amabilité de servir vos clients ? Pour miss Rivington, ce sera comme d'habitude.

Dick glissa une cigarette derrière son oreille et cria :

— Il n'y a plus de Tio Pepe, mademoiselle. Mais j'ai une bonne bouteille de porto : un Graham 82.

— Peu importe, répondit Vivian avec mauvaise humeur.

— Culottés, je disais. Bon Dieu ! Ils veulent ta maison avant même que tu ne sois dans la tombe. Oh là là ! Désolé !

Trueblood leva les mains, feignant d'être horrifié par sa gaffe.

Vivian regarda les deux hommes avec dégoût.

— Comment voyageons-nous ? demanda Melrose, gardant son coude sur le journal quand il vit les yeux de la jeune femme errer dans cette direction.

— *Nous ? Je* prends le train, dit-elle, tripotant le bout de carton blanc qui représentait un rat. (Elle fronça les sourcils.) Qu'est-ce que c'est que ça ?

— Rien, répondit Trueblood. D'ordinaire, on ne dit pas « prendre le train » quand il s'agit de l'Orient Express.

Elle garda le silence.

Melrose savait qu'elle détestait être prise pour l'un de ces parvenus qui mènent grand train de vie en estimant que c'est là leur meilleure revanche sur l'existence.

— Mais c'est certainement par l'Orient Express que nous voyageons, reprit Trueblood, se poussant légèrement pour permettre à Dick Scroggs de poser leurs boissons sur la table.

— On dirait, poursuivit Vivian, louchant sur le rat dans le cendrier, que ça vient d'un livre de découpage.

Trueblood lui ôta habilement le rat des doigts et déclara :

— Il y en a plein les canaux, Viv-viv.

Comme elle lui jetait un regard meurtrier, Dick Scroggs adressa à la jeune femme un sourire radieux :

— Eh bien, miss Rivington, vous devez être tout excitée, n'est-ce pas ? Vous partez dans très peu de temps, non ?

— Pas avant une quinzaine de jours !

La brusquerie de son ton ne parvint pas à altérer le sourire de Dick.

— Inutile de vous inquiéter. Ça passera plus vite qu'il ne faut de temps à Mrs Withersby pour boire une pinte.

— C'est ridicule ! s'exclama Trueblood. Un mariage en plein hiver à Venise ! Seigneur ! Nous nous sommes pourtant efforcés de la convaincre de le repousser au printemps.

Elle regarda Melrose, dans l'espoir qu'il la comprendrait.

— Mais je l'ai déjà repoussé plusieurs fois !

— Et alors ? dit Melrose. Il peut encore attendre.

Elle le regardait maintenant avec suspicion.

— Dois-je voir là un double sens ?

— Je me demande, intervint Dick Scroggs, pourquoi vous ne vous mariez pas à Long Pidd. (Il posa son plateau et balaya l'air d'un large geste.) De vraies noces, je pourrais vous organiser, moi, mademoiselle.

— ... très aimable à vous, murmura Vivian, dessinant avec son verre de porto un cercle humide sur la table. Mais c'est impossible, Dick.

Une note de tristesse passa dans sa voix, comme si elle éprouvait déjà un sentiment d'exil.

— Ils ne savent pas voyager, dit Trueblood. La famille Giopinno a les voyages en horreur.

Le soudain accès de colère de Vivian la fit presque se soulever de sa chaise. Scroggs courut se réfugier derrière le comptoir.

— Vous ne savez absolument rien des Giopinno !

Elle fusilla du regard Trueblood, puis Melrose. Ce dernier, tout en veillant à garder son coude sur le *Times*, se tourna vers elle en disant :

— Ah oui ?

— Parfaitement. Vous avez tout inventé. Vous avez créé de toutes pièces une famille entière. Vous avez fabriqué son histoire au point d'être incapables de distinguer la fiction de la réalité. En fait, conclut-elle, ses paroles sonnant comme un jugement définitif, vous vivez tous les deux dans un monde imaginaire !

Elle semblait satisfaite de sa sortie.

— Vraiment ?

Voyant où se portaient les yeux de la jeune femme, Melrose reposa sur le journal la main qui venait de lever le verre de bière brune.

Les doigts pressés contre le bord de la table, comme pour se propulser loin de leur sotte compagnie, Vivian les sermonna d'un ton de maîtresse d'école :

— Vous traînez ici, passant votre temps à inventer des histoires...

— Je ne dirais pas cela, Viv...

Il y eut un froissement de tissu tandis que Trueblood essayait de recroiser les jambes.

— ... à propos de la famille de Franco. Sa mère n'est pas une matrone à la moustache noire. Malgré son ascendance, elle ne cuisine *pas* deux fois par semaine, pour ses cinq frères, des spaghetti carbonara et des calamars frits. Je ne fais que reprendre tes paroles, dit-elle d'un ton cinglant, à l'adresse de Melrose. La mère de Franco est petite, plutôt maigre ; elle porte des robes sans manches et parle quatre langues...

Tandis qu'elle continuait à mettre les choses au point à propos de la comtesse Giopinno, Melrose examinait les doigts de Vivian ; les ongles étaient rongés ; un petit morceau de peau dépassait du contour de l'ongle. Attendri, il voulut mettre sa main sur la sienne.

— Elle n'a *pas* sept cousins activant les soufflets et

fabriquant des petits chevaux en verre pour les touristes de Murano, ni six oncles dévoués corps et âme au parti communiste.

— Tu as une mémoire prodigieuse, chère Vivian, dit Melrose, notant la légère courbure aux commissures des lèvres, qui, malgré sa colère, lui donnait un air charmant.

Elle ignora sa remarque et tourna brusquement la tête vers Trueblood.

— A ton tour maintenant. (Sa voix, qui avait pris un timbre aigu au cours de son réquisitoire, faisait penser à une petite fille réprimandant ses poupées rassemblées à l'heure du thé sur la table de la nursery.) Sache qu'il n'a pas de sœur cadette ayant fait le mur du couvent et déshonoré le nom de la famille en suivant un cirque itinérant, ni de sœur aînée ayant auditionné pour le rôle du nain fou dans ce film de Du Maurier. Quant aux folies nocturnes de la grand-mère maternelle...

Grinçant des dents, Vivian remit les pendules à l'heure en ce qui concernait cette branche de la famille.

Melrose réprima un bâillement et remarqua l'expression absente de Trueblood, absence de l'idiot, du fou ou du quidam dont les pensées sont à mille lieues de là. Lui non plus n'écoutait pas vraiment.

— Mon Dieu, Vivian ! Nous avons dit tout ça ?

— Il n'y a pas un mot que vous n'ayez prononcé.

Trueblood pinça les lèvres.

— C'est Richard Jury qui a parlé de nain...

Elle abattit le poing sur la table, faisant sauter le rat du cendrier.

— Richard Jury a mieux à faire qu'à fantasmer toute la journée ! cria-t-elle.

Dick Scroggs fit tourner son cure-dents et dit :

— Vous avez lu le journal à propos de ce crime dans le West Riding, mademoiselle ?...

C'est précisément la lecture de ce fait divers qui, le soir-même, occupait Melrose ; il lisait les détails de l'affaire pendant qu'Agatha, assise sur son sofa Queen Anne, à Ardry End, s'empiffrait de petits gâteaux tout en parlant d'Harrogate.

— Je ne comprends pas pourquoi tu ne veux pas réserver une chambre au *Vieux Cygne* où Teddy et moi sommes descendues. Teddy serait ravie que tu viennes. Elle m'a dit plusieurs fois combien elle aimerait te voir.

Le désir de Melrose de revoir Teddy à Harrogate était considérablement refroidi par leur dernière rencontre à York, où il avait finalement accepté de conduire Agatha. Renouveler pareille corvée aurait pour seul avantage de laisser reposer un peu le service à thé George V. Il continua à lire l'article du *Times*.

— Melrose, aurais-tu l'obligeance de poser ce journal pour demander à Ruthven d'apporter d'autres tartelettes au lait caillé ? Et pourquoi n'y a-t-il pas de madeleines ? Martha ne savait-elle pas que je venais ?

Melrose plia le journal. Il songea à appeler son ami Jury, puis pensa qu'il avait suffisamment à faire avec sa tante. Sa coupe était pleine, comme l'était l'assiette d'Agatha, avec tout un assortiment de biscuits. Il posa le journal et récupéra le dernier roman policier de son amie Polly Praed là où il l'avait glissé : entre le coussin et le bras du fauteuil. *La Mort d'un doge* avait vu le jour sous le titre... *La Mort d'un dogue*, lui avait-elle dit, avec pour héros un chien d'aveugle — un dogue anglais en l'occurrence — jusqu'à ce que son éditeur prétende que de nos jours l'on écrivait beaucoup trop d'histoires policières avec pour personnages des chats et des chiens. Cela devenait des lieux communs. Polly avait raconté tout cela à Melrose sur un ton de rancœur comme s'il était en partie responsable de cette dérive, pour lui avoir suggéré de décrire une fête paroissiale où les participants à une course en sacs étaient poursuivis par un dogue. Peut-être était-ce son allusion à Vivian Rivington et à Venise qui avait transformé *dogue* en *doge*, et fête en carnaval. Jusqu'à présent, dix touristes anglais en voyage organisé avaient trouvé la mort dans pratiquement le même nombre de pages, tombant l'un après l'autre comme des dominos. A chaque nouveau roman, Polly répandait davantage de sang. La vie à Littlebourne devait être terriblement ennuyeuse, mais Melrose n'était pas encore parvenu à l'en faire bouger.

— Tu te montres particulièrement grossier, Melrose.

— Hein ?

Il abandonna Aubrey Adderly à son terrible sort, au moment où celui-ci se précipitait, déguisé en arlequin, dans quelque ruelle à la chaussée détrempée.

— Désolé, mais j'ai promis à Polly de lire son manuscrit afin de lui donner mon avis.

Agatha marmonna quelques mots à propos des « mauvais romans policiers » et ajouta :

— Franchement, ces derniers mois, tu as été une bien triste compagnie.

— Alors pourquoi désirez-vous ma triste compagnie pour passer une semaine à Harrogate ?

Il savoura son sherry, puis se réinstalla dans la bergère à oreillettes, son siège préféré pour les après-midi d'hiver au coin du feu. Sa chienne Mindy dormait sur un petit tapis de prière qu'elle avait rapporté d'une autre pièce.

Melrose se revit poussant sa bicyclette dans le froid glacial, ou attendant sous la pluie battante à la gare de Sidbury, ou encore se frayant un chemin dans une violente tempête de neige. Et pourtant, il ne se rappelait pas avoir vraiment vécu aucune de ces situations. En fait, c'était dans le cadre où il se trouvait présentement qu'il aimait penser à lui-même : les plafonds de style Adam, l'argenterie George V, les chandeliers en cristal, la longue perspective du salon dans lequel ils étaient assis, tandis que la pluie fouettait les croisées, un éclair brûlant la haie de troènes.

Il devait vraiment cesser de lire les romans de Polly

Praed. Les éléments se faisaient les complices de l'infâme criminel, des visages fantomatiques surgissaient, énormes, dans les marais battus par la pluie, des mains apparaissaient, tâtonnant dans les tourbières...

— Teddy et moi aurons besoin d'une escorte.

La question de Melrose fut, bien sûr, très terre à terre.

— Pour quoi faire ? Il n'y a rien à Harrogate, à part des colloques. D'importants groupes de gens s'y réunissent en permanence. Je me demande bien à quel sujet.

— N'importe quoi ! Harrogate est un endroit charmant, plein de ressources ; il y a les jardins, la Promenade, les Bains. Tu es un vrai bouseux, Melrose. Tu as de la boue jusqu'aux mollets. Tu n'étais pas comme ça autrefois.

Vraiment ? A l'entendre parler ainsi au fil des années, il se serait imaginé couvert de boue jusqu'aux yeux.

— ... plutôt ennuyeux. Je te préférais presque à l'époque où tu songeais au mariage.

Sachant qu'il aurait dû résister à la tentation de répondre, Melrose baissa cependant le manuscrit et lui lança un coup d'œil furieux. Si sa tante avait seulement voulu par ces paroles le faire réagir, il aurait gardé le silence. Mais elle était bien trop imbue de sa personne pour se donner la peine de le titiller. Aussi rétorqua-t-il :

— Et qu'est-ce qui vous fait croire que j'ai cessé d'y songer ?

— Ne sois pas stupide. Vivian partie, il ne reste plus personne à épouser.

Elle s'était levée et tirait sur le cordon de la sonnette.

— Au nom du ciel, qu'est-ce que peut bien fabriquer Ruthven ?

N'importe quoi pour éviter Agatha, supposa Melrose. Vivian Rivington avait toujours été la principale menace qui avait pesé sur les « espérances » de sa tante, et si elle employait le terme « d'odieux Italien », elle n'en avait pas moins poussé un soupir de soulagement quand la date du mariage avait été fixée.

— Tout particulièrement depuis que tu as gâché tes chances... continua-t-elle, laissant la phrase en suspens, tout comme le pot en argent qu'elle levait en examinant les gâteaux restés sur l'assiette.

Totalement décontenancé — ce qui n'était pas rare en la présence d'Agatha —, il demanda :

— Quoi ? Quelles chances ?

— Avec Lady Jane Hay-Hurt. A la garden-party des Simpson.

— Je ne me rappelle même pas avoir *parlé* à Jane Hay-Hurt. A vrai dire, je n'ai pas le moindre souvenir de cette garden-party chez les Simpson.

— Ah ! Cela ne m'étonne pas. Tu étais dans un de tes mauvais jours. Refusant de parler aux gens, seul dans ton coin, à ruminer et à nourrir les canards.

Tout ce dont il se souvenait était un jardin, des robes colorées, des conversations futiles. Rien de plus. Peut-être était-il sujet aux trous de mémoire, aux absences momentanées. A l'instant présent, il aurait souhaité vivre une telle absence.

Le décor de Polly Praed parut se dresser devant ses yeux ; la pluie forma comme un rideau et des trombes d'eau s'abattirent sur les portes-fenêtres. Sa tante continuait à parler avec une nette satisfaction du prochain mariage de Vivian et de l'occasion qui se présentait à elle, semblait-elle penser, de voyager à l'étranger.

— Oh ! ce sera si agréable de quitter le Northamptonshire !

Elle se pencha en arrière avec sa tasse de thé et le dernier muffin et se mit à palabrer, passant en revue les palazzi, les doges et les loggias, les canaux et les campaniles. Elle avait dû apprendre par cœur son guide de l'Italie, pensa-t-il.

— Si agréable de vivre dans un endroit frais, avec du carrelage, de l'eau qui coule.

— Si ce sont là tous vos rêves, vous n'avez qu'à rentrer à Plague Alley pour prendre une douche.

Il retourna aux aventures d'Aubrey Adderly, qui s'imaginait méconnaissable sous son mince déguisement. Combien d'intrigues policières, se demanda Melrose, se situaient à Venise durant le carnaval ? Combien de cadavres flottaient dans le Grand Canal ? C'était la faute d'Edgar Allan Poe et de sa fichue *Barrique d'amontillado*.

— Tu n'as pas l'âme romantique pour un sou, mon pauvre Plant. Il n'est pas étonnant que tu aies aussi peu de succès auprès des femmes.

Maintenant que Vivian s'était finalement décidée à épouser cet « Italien dissolu », le comte avait pris du grade dans l'estime d'Agatha. Ce n'était plus « ce coureur de dots sans le sou » mais « le comte Franco Giopinno jouant un rôle important dans la politique italienne », termes contradictoires, estimait Melrose. C'était ainsi qu'elle en parlait aux gens de sa connaissance, à sa femme de ménage, Mrs Oilings, et à la couturière qui lui confectionnait une robe en vue de ce grand événement. Que Vivian, malgré l'imminence de la noce, n'ait pas encore envoyé d'invitations était pour Agatha sans importance.

— Oh, je ne sais pas, dit Melrose, fixant son verre vide de sherry, la main sur le cordon de la sonnette. Je ferais bien une petite promenade sur le canal avec la belle Ortina Luna aux yeux limpides.

Mâchonnant le bout d'une cigarette russe, elle le regarda attentivement.

— De quoi parles-tu ?

Melrose ne répondit pas. Dans l'impossibilité d'avoir une absence ou de tomber dans un coma sur commande, il se replongea dans *La Mort d'un doge*, admirant l'adresse de Polly Praed à transposer son intrigue, qui, au départ, avait pour cadre les ruelles et les toits de Biddingstone-on-Water, dans le dédale plus aquatique des canaux vénitiens. La poursuite de l'aveugle et de son chien sur le vieux pont de Biddingstone qui constituait le dénouement original s'était transformée en une scène où le héros fuyait ses poursuivants sur le pont de l'Accademia.

Melrose était fasciné, non par le livre, qui ne pouvait être apprécié que par un aveugle, mais par la prodigieuse imagination de son intrépide auteur : elle ne prenait pas son essor pour s'élever vers les sommets, mais renversait tout sur son passage, faisant gicler ciment, gravier et mottes de terre sans se soucier le moins du monde des règles du genre qui entendaient susciter une complaisante crédulité chez le lecteur. Qu'elle se complût à cela ou non, Polly semblait n'avoir aucun scrupule.

Le malheur était devenu le lot d'Aubrey dès l'instant où, dans le palais Gritti, il avait posé les yeux sur la mystérieuse Orsina Luna.

Melrose garda, en guise de signet, le doigt sur le manuscrit et leva les yeux. Comme en voix off, l'incessant bavardage de sa tante se poursuivait, à propos de son voyage à Harrogate.

— ... un repas froid. Je pense que nous devrions prendre les restes du poulet à la Kiev prévu pour le dîner, et peut-être une bouteille de muscadet.

Melrose la regarda d'un air sombre.

— Crubeens, tarte à la courge, tripes et oignons, voilà ce qui est prévu pour ce soir. Le poulet n'est plus au menu du jour.

La dernière tartelette au lait caillé s'arrêta avant d'atteindre sa bouche.

— C'est quoi, des crubeens ? Jamais entendu ce mot nulle part.

— Des pieds de porc. Martha les prépare avec une sauce excellente...

— Oh, sois donc sérieux !

Sérieux, malheureusement il l'était. La chevelure cuivrée d'Orsina Luna sur le *vaporetto* l'avait ramené à celle de Vivian Rivington, Vivian qui serait peut-être bientôt là-bas.

Mais Melrose refusait cette idée.

— Laissez-moi vous rappeler, Agatha, que Vivian n'est pas encore mariée.

Un coup de tonnerre, accompagné d'un éclair frappant comme une dague, obligea Melrose à clamer sa sinistre déclaration, du moins sinistre pour Agatha.

Elle fit un véritable bond, quelle que fût la cause de son émoi : la violence du bruit ou la menace contenue dans la phrase de Melrose.

Melrose revint à Aubrey, qui ne se laissait pas aussi facilement intimider.

... Aubrey avait cru que son déguisement d'arlequin l'aiderait à échapper à ses poursuivants, vagues silhouettes dans l'ombre, mais il réalisa en approchant du pont du Rialto qu'il s'était fait des illusions. La cloche du campanile faisait entendre son carillon inquiétant...

Pourquoi, se demanda Melrose, au lieu d'un carillon inquiétant, les cloches de Saint-Rules faisaient-elles entendre ce bruit métallique discordant ? Probablement parce que Saint-Rules surplombait la boulangerie de Betty Ball et non la place Saint-Marc. Tandis que, consciencieusement, il retournait à l'effroyable poursuite, la voix de sa tante s'infiltrait dans le champ de sa conscience.

— ... et nous avons décidé que *Le Vieux Cygne* était plus central. Il est aussi beaucoup plus proche de la Promenade...

— Charmant endroit, dit Melrose, qui ne savait pas de quoi elle parlait.

Refoulant un sentiment de terreur, Aubrey se fraya un chemin dans la foule...

— Mais que fait donc Ruthven ? Devrai-je passer tout l'après-midi ici en n'ayant droit qu'à une ou deux cigarettes russes ?

— J'espère bien que non.

... se fraya un chemin dans la foule déferlant sur le pont. Des masques grotesques, des visages peinturlurés et poudrés, des costumes orange, écarlates, aux reflets bleutés, léchaient la nuit comme des langues de feu et, flammes dansantes, se reflétaient bizarrement dans l'eau noire du canal en contrebas, comme une vision de l'enfer...

— C'est merveilleux d'avoir tous ces hectares de verdure en plein centre-ville ; Teddy et moi pourrons nous y promener en bavardant pendant des heures.

Si ce n'est pas là une vision de l'enfer ! pensa Melrose.

Puis, comme il atteignait le palazzo en face du Grand Canal, les fêtards se dispersèrent en petits groupes, les traînes des robes flottant au vent, les capes volant...

Melrose bâilla. Si toute cette folle cavalcade et cette bousculade suffocante l'épuisaient, le vieil Aubrey, lui, devait être sur les rotules. Il était certainement à la recherche d'un endroit où souffler. Ah ! là, bien sûr, le palais Gritti. Tout le monde se retrouvait finalement au palais Gritti. Si Vivian était vraiment déterminée à aller jusqu'au bout de ce mariage insensé et s'il était invité à la fête, Melrose se promit de chercher quelque vieille pension miteuse et de laisser le palais Gritti à Aubrey, lequel avait déjà à son actif une course difficile à travers « le dédale cauchemardesque des rues » en arrivant à l'Accademia. Là, il se trouva de nouveau pris dans la cohue carnavalesque.

Il avait réussi, grâce à Dieu, à échapper à ses poursuivants. Aubrey dévala les marches vers l'embarcadère où il avait repéré le vaporetto à destination du Lido. Le bateau s'apprêtait à partir, et il sauta à bord juste au moment où le préposé larguait les amarres.

Sauvé !

Se dirigeant vers la poupe, il se figea soudain.

Orsina Luna ! Il était pourtant certain de l'avoir laissée au palais du doge !

Et tandis que le vaporetto prenait de la vitesse, et que le vent emmêlait les cheveux cuivrés de la jeune femme, il détourna le regard. Le Grand Canal était un tunnel d'obscurité...

Melrose leva les yeux de sa page, heureux de voir qu'Agatha était partie chercher d'autres gâteaux et des sandwiches au concombre. Il ne voyait pas comment de telles inepties (pardonnez-moi, chère Polly) pouvaient toucher une corde sensible en lui. Il parcourut du regard le salon, sombre et traversé d'ombres crépusculaires, comme s'il s'agissait du canal vénitien qui emportait le héros de Polly et la femme aux cheveux cuivrés, laquelle allait finalement tuer le doge en légitime défense et épouser Aubrey.

Bref, cette lecture l'ennuyait à un point tel qu'il passa directement aux dernières pages de façon à pouvoir offrir à Polly un beau mensonge quant à ses prouesses d'auteur de roman policier. Elle valait, à vrai dire, beaucoup mieux que toutes ces âneries.

Au moins le roman n'avait-il pas encore été publié, et Polly savait certainement pourquoi. Incapable d'en supporter davantage, Melrose ferma le manuscrit et le remit entre le coussin et le bras du fauteuil, souhaitant que tous ses « serrements de cœur » précipitent le vieil Aubrey dans le Grand Canal.

Malheureusement, tout en prenant son verre de sherry, Melrose sentit son estomac se nouer, tandis qu'au visage de la signora Orsina Luna se substituait celui de Vivian Rivington avec ses cheveux cuivrés coiffés à la Jeanne d'Arc.

« Serrement de cœur » était le seul mot adéquat pour décrire ce qu'il ressentait.

Assurément, cette prose était trop médiocre pour engendrer la moindre empathie à l'égard de ce vieil Aubrey, au bord de quelque dément...

Oh, nom de Dieu, voilà qu'il se mettait à parler comme ce vieil Aubrey ! Ou plutôt comme cette vieille Polly. Melrose avala d'un trait son sherry et s'enfonça dans son fauteuil. Des deux mains il se massa le crâne jusqu'à ce que ses cheveux se dressent en épis, dans l'espoir de retrouver la raison. L'ennui avec cette sentimentalité larmoyante, c'est qu'elle finissait par vous envahir...

Sa main serra le bras du fauteuil à la pensée de la main d'Aubrey agrippant le bastingage du *vaporetto* tandis qu'il plongeait son regard dans les yeux noisette de la signora... Non, c'étaient les yeux de Vivian qui étaient noisette.

Puis des images de Vivian commencèrent à défiler devant lui, comme sortant du roman : Vivian dans son twin-set au *Jack and Hammer*, aujourd'hui ; Vivian, sereine et douce à Stratford-upon-Avon ; Vivian dans un vieux peignoir défraîchi à Durham ; Vivian prenant le thé, un verre, son temps pour dîner.

Ses yeux s'agrandirent comme s'il venait de rencontrer toute une maisonnée de fantômes. Melrose se demanda s'il n'avait pas commis quelque redoutable erreur de calcul.

— Pourquoi diable fais-tu cette tête ? demanda Agatha, revenant à pas lourds avec une assiette de babas au rhum. On croirait que tu as perdu ton dernier... Qu'est-ce que c'est ?

La violence du coup porté par le heurtoir en cuivre sur la porte d'entrée fut telle que le lustre en frémit.

— Je ne comprends pas pourquoi ces horribles enfants ne se contentent pas de faire leurs farces au village, ni pourquoi tu n'envoies pas Ruthven au bout de l'allée pour les chasser...

— Généralement nous posons des pièges à loup, dit Melrose, tandis que du vestibule lui parvenaient des éclats de voix, puis le clac-clac-clac déterminé de talons sur le marbre.

Vivian apparut sur le seuil.

— C'est miss Rivington, monsieur, dit Ruthven avec toute la solennité dont il était capable, mais comme le domestique la suivait, marchant dans son sillage comme un chien obéissant, l'annonce était superflue.

Melrose se leva vivement, offrant à sa visiteuse un sourire éblouissant. Pour la première fois de sa vie, il ne croyait pas aux coïncidences, mais au destin.

— Vivian !

Debout dans son imperméable trempé, ses cheveux emmêlés dégoulinant de pluie, Vivian Rivington lui tendait un grande figurine de carton-pâte.

— Que diable est-ce *là* ?

7

— Partout où vous apercevez des cheminées, dites-vous que c'est fermé, tel fut le commentaire, bref et lugubre, du chauffeur de taxi à propos des usines du West Riding, jadis centre de l'industrie lainière.

Le taxi l'avait laissé devant un garage de location de voitures, et après la vallée fuligineuse de Bradford, la brusque apparition, sur l'immensité de la lande, de rangées monotones de toits en ardoise et de cheminées escaladant, comme des marches d'escalier, le flanc des collines aurait dû lui apporter un soulagement. Peut-être était-ce la saison, peut-être son humeur morose, mais Jury ne trouvait rien pour l'égayer dans le specta-cle de ces landes s'étendant à l'infini, de ces lointaines collines, mer brune de fougères et de bruyères, vagues grises de neige et de granit.

La propriété des Citrine, avec son bois de chênes et de buis et son enchevêtrement de vignes, se dressait à la lisière des landes de Keighley ou d'Oakworth. Il était difficile de dire là où commençait l'une et où finissait l'autre. Sur la petite route conduisant à la mai-son, le vrombissement du moteur de la voiture louée par Jury chassait les faisans de fougères mortes arri-vant à hauteur de genou. Il était passé devant une petite maison en pierre, autrefois peut-être le logis du gar-dien, mais aujourd'hui inoccupée, à en juger par la pel-licule de crasse couvrant les fenêtres. En tout cas ce n'était pas le genre d'endroit que l'on s'escrimait à

« entretenir ». Les broussailles, les branches mortes, la mousse et les vignes finiraient tôt ou tard par tout envahir.

Le cadre était relativement approprié à cette demeure ancienne, du XVe ou XVIe siècle. Une pierre noircie par la suie, un porche voûté, des rangées de fenêtres ouvrant sur des galeries, une tourelle à une extrémité, et une tour à l'autre. Très grande, la maison paraissait également très froide. Jury n'aurait pas aimé payer les notes de chauffage de Citrine. Il se demanda si c'était là la propriété de la famille depuis toujours ; il savait que les Citrine devaient leur argent à l'industrie lainière. Ce n'était tout de même pas la faute de Charles Citrine si le synthétique avait fait son apparition.

La pièce où Jury fut conduit par une servante était à peine plus accueillante que l'austère façade médiévale. Il devait s'agir de l'ancienne « grande salle », pensa-t-il ; elle en avait les dimensions ainsi que l'atmosphère. Son plafond voûté lui conférait un curieux aspect de crypte. Quasiment au bout de la pièce se dressait une grande cheminée avec une bordure carrelée et une hotte de cuivre, qui n'était certainement pas celle d'origine. Plus loin, recouverte d'un épais rideau protégeant des courants d'air, une imposante porte menait sans doute à l'office ou à la salle à manger et aux cuisines. Des poutres étayaient les murs en pierres apparentes. Peut-être les trouverait-il suintantes d'humidité s'il y portait la main ?

Les meubles de style Jacques Ier étaient lourds et sombres. Deux chaises baroques à haut dossier richement sculptées trônaient devant le feu, à l'opposé de la longue table aux pieds griffus, et l'on pouvait également voir un sofa et plusieurs fauteuils. Le sol dallé était recouvert, ici et là, de tapis orientaux, dont les tons fanés ne contribuaient guère à apporter chaleur et vie à la pièce. Disposés dans des vases en cuivre et en étain, des chrysanthèmes et des roses de Noël répandaient leurs pétales, paraissant s'abandonner à l'atmosphère hivernale. Mais cette touche de couleur ne suffisait pas à adoucir l'austérité du lieu.

Ce qui parvenait tout de même à atténuer l'impression de sévérité, c'était l'ouverture, dans le mur de droite, d'une sorte d'alcôve surélevée, assez vaste pour contenir deux grands pianos à queue. De magnifiques fenêtres en ogive éclairaient cette petite pièce semblable à une scène de théâtre.

Des partitions étaient disposées sur l'un des pianos. Le couvercle de l'autre était rabattu.

Laissé à l'abandon, le feu se mourait. Pourquoi la pièce n'était-elle pas plus chaleureuse, du moins son ambiance, à défaut de la température ? L'autre mur était recouvert sur toute sa hauteur de rayonnages aménagés dans des niches profondes. La présence de livres donne généralement l'air habité à un lieu, mais ces étagères n'étaient nullement rangées, les livres et les magazines étant simplement empilés ou jetés là négligemment, au hasard. Entre les étagères, une banquette était installée sous une haute fenêtre dont les vitres en verre cathédrale devaient recevoir les rayons du soleil matinal. Il se dirigea vers la fenêtre et trouva la vue lugubre : elle donnait sur la pente descendante de la colline et sur la ferme abandonnée, dont le bâtiment principal et les granges parsemaient la lande, tels des coquillages vides. Les seuls êtres vivants qu'aperçut Jury étaient des moutons à tête noire, émergeant des fougères.

Charles Citrine entra dans la pièce en traînant les pieds — c'était le seul mot qui vint à l'esprit de Jury pour décrire la démarche lente et nonchalante de cet homme, les mains dans les poches de son pantalon en velours trop ample, une chemise à carreaux sous sa veste en jean maculée de boue. De loin, on aurait dit qu'il venait de s'activer dans la grange ou de nettoyer l'étable ; de plus près, Jury vit sur son visage les rides du souci.

Il ne tendit pas la main à Jury et le regarda avec méfiance.

— Pourquoi êtes-vous ici, commissaire ?

— Je pensais pouvoir être utile.

— Je ne vois pas en quoi vous pourriez m'être utile. (Ces mots avaient été prononcés d'une voix éteinte, mais dénuée d'hostilité.) Rien de tout cela n'a de sens. Ni la mort de Roger ni la conduite de Nell, oh, merde ! Vous feriez aussi bien de vous asseoir... Voulez-vous du café ?

Citrine s'installa dans le fauteuil en bois sombre qui ressemblait à un animal ou à un oiseau mythologique, avec ses pieds griffus et ses pans inclinés striés comme des ailes.

Jury secoua la tête tout en le remerciant de son offre. Il s'attendait de la part de Charles Citrine, sinon à une franche hostilité à son égard, en tant que témoin du crime commis par sa fille, du moins à plus de réserve. Citrine semblait même avoir oublié que Jury n'avait rien à faire là. L'attitude de Nell qui n'avait pas cherché à s'enfuir, son silence obstiné quant au pourquoi du comment, la façon dont elle avait paru assumer son geste, sans rien nier, rendaient tout témoignage superflu.

Aussi le rôle de Jury était-il beaucoup moins important qu'il aurait pu l'être. Peut-être Citrine l'avait-il compris, ce qui expliquait son attitude.

Tout écrivain de roman féminin aurait décrit Citrine comme un « beau parti ». La soixantaine, il donnait une impression de vitalité, de vigueur, qui font défaut à bien des hommes n'ayant que la moitié de son âge. La rudesse de ses manières acquise au contact de la terre et la simplicité qu'il affichait, liée à la nature de ses tâches — bien que Jury l'eût plutôt vu en gentleman-farmer s'ingérant dans le travail de ses ouvriers —, étaient agrémentées d'une certaine distinction, née de la fréquentation de toutes sortes de gens. Malgré les tensions de ces derniers jours, il avait l'air de quelqu'un que laissent presque indifférent le monde extérieur et tout événement se déroulant au-delà de sa porte. Ce mélange de raffinement, de simplicité et d'innocence devait constituer un philtre puissant pour une femme. Jury se demanda si Mavis Crewes y avait goûté. Il ne pouvait les imaginer ensemble ; Citrine était beaucoup plus intelligent et distingué qu'elle.

La pièce n'était pas propice à la détente ; et pourtant, Citrine, bien que n'y paraissant pas à sa place, y semblait à l'aise — comment un homme pouvait-il sembler à l'aise dans ce monstrueux fauteuil jacobéen ? Cette pièce, l'atmosphère médiévale de la maison paraissaient moins son élément que les îles des mers du Sud. Son visage était tanné par tous les travaux de ferme auxquels il se livrait, et son hâle faisait ressortir l'argent mêlé d'or de ses cheveux et accentuait la profondeur de ses yeux, qui avaient la clarté d'une onde limpide. Les jambes de son pantalon roulées, débarrassé de ses chaussures, il pouvait passer pour un batteur de grève, un Robinson Crusoé heureux d'avoir fait naufrage.

Sa placidité mettait les nerfs de Jury à vif.

— Votre visite n'est-elle pas quelque peu anormale, commissaire, étant donné que vous êtes témoin à charge ?

C'était davantage le désir de comprendre que le reproche qui lui faisait poser cette question, ses yeux d'aigue-marine calmement fixés sur Jury.

— Je ne témoignerai pas, l'identité du criminel ne faisant aucun doute.

Il parut surpris.

— Je trouve cela curieux. Vous êtes le seul à avoir vu Nell, à avoir vu ce qui s'est passé.

Citrine regarda les bûches, guère plus grosses que des tisons.

— J'ai dit tout ce que je savais à la police du West Yorkshire. Au commissaire Sanderson.

Il n'avait pas tout dit, mais le reste ne pouvait être raconté. Elle s'était rendue au presbytère, dans un salon de thé, au musée du Jouet. Mais comment expliquer les nuances ? Son air absent, la main contre la vitrine du train électrique. Et quelles paroles, quels gestes de Roger Healey susceptibles d'avoir provoqué cette issue tragique aurait-il pu rapporter ? Jury avait bien sûr son idée sur la question, mais ce n'était que pure intuition. Attitude, atmosphère, évanescence. Sanderson lui aurait demandé, en lui jetant un regard ironique, si par hasard le chat du *Old Silent* n'était pas son démon familier. Et il l'aurait invité à ranger sa boule de cristal.

— Cela avait l'air d'une vive discussion, poursuivit Jury. Ou plutôt d'une sérieuse dispute.

Citrine retira une pipe de la poche de sa veste, vida le tabac froid dans un cendrier, la bourra de nouveau et l'alluma.

Une fumée au parfum fruité s'éleva, s'épanouit et se dissipa dans l'air froid.

— Etant donné l'issue, je dirais que c'était probablement le cas, dit sèchement Citrine, fourrant aussitôt la pipe dans sa bouche. Mais je ne comprends pas comment cela a pu arriver. Roger était un mari aimant, un homme admirable. Certes, il passait beaucoup de temps à Londres, à cause de son travail. Et je suppose que plus rien n'a été pareil après...

Il s'arrêta brusquement.

— Si vous parlez de votre petit-fils, je suis au courant. Je suis désolé, Mr Citrine. Sincèrement désolé. J'aimerais simplement connaître les raisons d'un tel drame (Il s'efforça de sourire.) Jetez-moi dehors dès que vous en ressentirez l'envie.

Charles eut à son tour un léger sourire.

— Ecoutez, nous aimerions *tous* les connaître. Ma fille ne voudra rien dire. Nous ne sommes pas... particulièrement proches. Je crois qu'elle s'entend mieux avec ma sœur qu'avec moi. Si vous souhaitez parler à Irene (il haussa les épaules), allez-y.

— Où puis-je la trouver ?

— Dans la tour. Ma sœur est moins une originale qu'une femme marquée par un certain nombre d'événements. Ainsi elle n'est plus tout à fait la même depuis que je l'ai reléguée dans la tour, avec les chauves-souris.

Citrine eut un sourire amer.

Celui de Jury se figea, en suspens comme un courant d'air.

— Et votre fille ?

— Je ne sais pas. (Il dévisagea Jury.) Et je ne crois pas que ce serait une bonne idée de lui parler. Je ne devrais probablement pas m'entretenir avec vous non plus. Je doute que cela plaise à mes avocats. Comme vous pouvez l'imaginer, cette affaire leur fait perdre la boule. Nell (il s'interrompit pour rallumer sa pipe) montre la plus grande indifférence.

Citrine semblait réellement convaincu de l'apathie de sa fille. Et pourtant, ce qu'il en disait ne pouvait être vrai. Certes, il est possible d'abandonner tout désir de vivre et de ne plus rien attendre de l'avenir, mais il faut d'abord avoir été attaché à la vie avant qu'elle ne vous malmène. Il n'allait pas, toutefois, remettre en question les affirmations de Charles Citrine.

— Elle n'a aucun remords ?

Se penchant pour piquer une bûche avec le tisonnier, Citrine leva les yeux :

— Pas le moindre. (Il aurait pu aussi bien parler de la bûche noircie. Il secoua légèrement la tête, perplexe.) Roger était un excellent homme, un homme de la meilleure espèce. J'avais bon espoir, quand il a épousé Nell...

L'on aurait attendu d'un père qu'il dise plutôt l'inverse : « quand Nell a épousé Roger », ou du moins : « quand ils se sont mariés ». Ses paroles faisaient paraître Nell Citrine comme un parti fort peu intéressant. Lorsqu'il marqua une pause, regardant les bûches qui refusaient de prendre feu, Jury lui souffla :

— Bon espoir... ?

D'un air absent, il s'accrochait au tisonnier, comme s'il s'agissait d'un bâton de marche ou d'une canne. Deux ou trois flammes bleues jaillirent, léchant la bûche.

— Qu'il parviendrait à l'équilibrer.

L'équilibrer ? Jury fut obligé de sourire.

— Elle semble la dernière personne à avoir besoin d'être équilibrée. Je n'ai jamais vu quelqu'un se dominant aussi bien.

Citrine appuya le tisonnier contre la pierre et se renfonça dans son fauteuil.

— L'insensibilité peut souvent passer pour la capacité à se dominer, vous ne pensez pas ?

Le portrait de Nell Citrine qui s'esquissait, de touche en touche — ou d'allusion en allusion ? — n'était pas très flatteur. Une femme dénuée de remords. Insensible. Instable.

— A vous entendre, ce serait une psychopathe.

Il eut un rire bref et sec.

— Mon Dieu, j'espère que non. Non. Vous savez ce qu'est la mélancolie, commissaire ?

Jury pensa à son propre état mental ces derniers mois.

— Pas vraiment, sauf qu'il s'agit d'une dépression chronique. Est-ce, selon vous, ce qui provoquerait cette apparente indifférence à l'égard du monde extérieur ?

— Je ne sais pas. Je ne crois pas que la dépression puisse l'expliquer.

— Et sa mère ?

— Helen était d'une nature optimiste, vraiment. Une femme charmante.

Il détourna le regard, l'air abattu.

— Cela doit être très difficile pour vous.

Mais le calme avec lequel Charles Citrine parlait

d'événements dont l'horreur frappait Jury le faisait s'interroger sur la justesse de sa remarque. L'homme avait belle prestance dans son fauteuil et y semblait à sa place, même si la simplicité de sa mise et de ses manières juraient avec la magnificence du siège. A la faible lumière du feu, Jury remarqua, dans l'angle formé par le pied griffu et le siège, une toile d'araignée en cours de tissage ; suspendue par un fil invisible, une petite araignée s'y balançait.

Citrine acquiesça d'un signe de tête et vida sa pipe contre le pare-feu.

— J'aime beaucoup Nell, mais je dois avouer que son acte me dépasse. Je ne comprends pas ses sentiments, les raisons de son silence destructeur.

Il se cala à nouveau dans son fauteuil, tout à sa pipe. Jury se demanda pourquoi les hommes s'embêtaient à fumer la pipe ; si toute l'attention accordée par les fumeurs de pipe à cet objet ne faisait pas office de soupape de sécurité, ne constituait pas une échappatoire aux contraintes des relations humaines. Avec un sourire désarmant qui, supposa Jury, devait le faire aimer de beaucoup de gens, Citrine dit alors :

— Je ne devrais même pas vous adresser la parole.

— Cela ne peut lui faire de mal, étant donné les circonstances, ne croyez-vous pas ?

Citrine secoua la tête.

— Je suppose que non. Parfois je me demande si elle a jamais éprouvé des sentiments forts pour Roger.

— Oh ! elle a dû en avoir.

— Parce qu'elle l'a épousé ?

— Parce qu'elle l'a tué, répondit sèchement Jury. Vous dites que tout cela vous dépasse, Mr Citrine. Mais les connaissant bien tous les deux, vous avez forcément émis des hypothèses quant aux raisons qu'elle avait de tuer son mari.

Il avait rallumé sa pipe et la fumée s'élevait en volutes, emportée par un courant d'air froid qui soufflait dans le cou de Jury, provenant sans doute de la fenêtre qui battait au bout de la pièce.

— Eh bien, il y a eu l'enlèvement de Billy, le fils de Roger. Vous m'avez dit être au courant, n'est-ce pas ?

Jury fit un signe de tête affirmatif.

— Et celui du jeune Holt. Mais c'était il y a bien longtemps.

— Oui. Les pauvres Holt ! Il s'agissait toutefois d'un enfant adopté, je crois.

Le fils de Roger. Et Toby, mais *il s'agissait d'un enfant adopté*. Le sang, par ici, coulait bien plus épais que l'eau.

— Pour une mère, ce pourrait être hier.

— La véritable mère de Billy est morte dans un accident quand celui-ci était encore bébé. Nell était sa belle-mère.

L'éternelle rengaine.

Pourquoi tout le monde tenait-il autant à le faire remarquer ? A souligner que Nell Healey ne pouvait avoir de véritables sentiments de mère, que l'eau ne pourrait jamais avoir l'épaisseur du sang ?

— Supposons que son geste ait à voir avec cet enlèvement d'il y a huit ans... (Citrine commença à élever des objections, qu'écarta aussitôt Jury.) Ce n'est qu'une hypothèse. Vous souvenez-vous d'un détail susceptible d'avoir provoqué un traumatisme chez votre fille au cours de toutes ces années ?

— Vous faites allusion au non-paiement de la rançon ?

Jury attendit.

— Vous vous demandez si elle a voulu se venger parce que nous avons refusé de payer...

Citrine eut un geste d'impuissance.

— Par « nous », vous voulez dire Roger Healey et vous, je suppose.

— Nous n'avons fait que suivre les conseils de la police, commissaire.

Comme Citrine remuait sur son siège, l'attention de Jury fut attirée par la minuscule araignée, qui, légèrement en contact avec le pied du fauteuil, dégringolait de son fil soyeux pour atteindre presque le sol. Jury n'avait jamais vu une famille ayant d'aussi mauvais rapports. Les liens du sang semblaient absents ; ténus, au mieux ; rompus, au pire.

Citrine ignorait, bien sûr, que Jury savait qu'il s'agissait de l'argent de Nell Healey et que Nell avait refusé de payer. Les seuls à savoir cela, en dehors de Charles Citrine, étaient lui-même, Roger Healey, Nell, le banquier de Lloyd's et le commissaire divisionnaire chargé à l'époque de l'affaire. Sans compter un certain inspecteur que Citrine avait peut-être même oublié : Brian Macalvie.

8

De l'autre côté du passage autrefois réservé, sous la porte centrale, à ceux qui arrivaient à pied, Jury trouva la petite porte de la tour. Au-dessus de la porte, fixée à une potence en fer forgé, pendait une cloche avec sa corde. Il la tira ; la cloche émit un son discordant ; au bout d'un moment, il entendit une sorte de bourdonnement. Jury regarda un instant la porte, perplexe, incapable d'identifier l'origine du bruit. Silence. Il tira de nouveau la cloche et le même bourdonnement se produisit. Alors, supposant qu'il devait s'agir d'un système de sécurité semblable à ceux que l'on trouvait dans les maisons londoniennes divisées en plusieurs appartements, il tira sur le gros anneau de fer. La porte s'ouvrit.

Elle s'ouvrit sur une obscurité presque totale. La faible lumière des lampes nichées dans le mur projetait la silhouette de Jury en ombres grotesques, tel un jeu de miroirs déformants dans une fête foraine, tandis qu'il progressait dans l'escalier en colimaçon. Dieu merci, il n'était pas sujet au vertige, pensa-t-il, sinon, à mi-chemin, il aurait été fichu. Il poursuivit son ascension, s'arrêtant seulement pour dénouer sa cravate. Lorsqu'il sentit, plutôt qu'il ne vit, quelque chose dévaler les marches, il se força à ne pas baisser les yeux.

Irene Citrine cultivait certainement la solitude, à défaut de l'amitié. Il était difficile d'imaginer ses amies montant en riant ces froides marches pour aller prendre le thé.

Un rayon de lumière filtra soudain dans l'escalier, et une voix flûtée lui parvint :

— Désolée pour cette ascension et pour le système de sécurité, dit Irene Citrine, dont la silhouette emplissait presque le cadre de la porte en haut de l'escalier, mais l'on ne sait jamais ce qui traîne sur ces maudites landes, n'est-ce pas ?

Elle prit la main de Jury et, la lui serrant vigoureusement, le hissa, lui et sa charpente d'un mètre quatre-vingt-huit, jusqu'à la porte.

Irene Citrine, qui se présenta comme Rena, lui expliqua que ce saint homme de Charles l'avait prévenue de son arrivée par l'interphone en l'exhortant au calme.

— Bien sûr, quelques échanges de coups de feu au pub du coin, c'est de la petite bière comparés aux meurtres de la lande et à ceux de l'Eventreur du Yorkshire. (Comme si elle s'attendait à le voir protester, elle leva la main dans un geste d'excuse.) Désolée, désolée. Je ne suis pas si insensible que ça. Cette pauvre Nell est dans un sale pétrin, mais nous l'en tirerons d'une manière ou d'une autre. Vous voulez boire quelque chose ?

Balayant le sol de son boubou à motifs d'hibiscus, elle se dirigea vers une vieille chaire.

Jury s'accorda un moment pour reprendre son souffle et examiner l'éclairage de la pièce. Si quelques lampes à pied diffusaient des cônes de lumière à proximité du sofa, Rena Citrine préférait les torchères à mèche flottante et les grosses bougies. Il y en avait plusieurs fichées sur des piques en fer fixées à des appliques. Les lampes à huile, toutefois, étaient allumées, et leurs ombres dessinaient de longs doigts sur la table en chêne épais.

Contre un mur était appuyé un banc médiéval parsemé de coussins aux vives couleurs qui ne parvenaient pas à lui donner l'air confortable. Le mur opposé était occupé par une curieuse cheminée. Son linteau branlant était surmonté d'une corniche richement sculptée d'une petite rangée de têtes qui, toutes sans exception, n'exprimaient rien de moins qu'une atroce folie. De vieilles fenêtres à ogive laissant filtrer des losanges de lumière s'ouvraient dans les murs octogonaux.

Un bureau en bois de citronnier rayé trônait dans la pièce, recouvert de papiers, de manuscrits, d'une machine à écrire, d'un ordinateur personnel Apple II relié par un immense cordon serpentant dans la pièce à une prise que ne pouvait voir Jury ; de quelques cendriers, contenant chacun une cigarette partiellement fumée, comme si Irene avait besoin de changer de cendrier à chaque cigarette ; d'un fatras de bouteilles ; de plusieurs toiles peintes à l'huile appuyées contre le mur ; de piles de livres, principalement des romans populaires. Sur l'étagère supérieure de la bibliothèque étaient disposées des photos encadrées, souvenirs de ses voyages apparemment.

Jury se pencha pour regarder les photos ; Rena Citrine sur une plage de sable blanc en bikini ; Rena sur une espèce de bateau de pêche ; Rena et une autre femme tenant entre elles un énorme poisson ; plusieurs autres photos de Rena dans des cafés et dans un club, probablement aux Caraïbes, à en juger par les frondaisons de palmiers, les tables, les chaises en rotin et l'orchestre en partie noir. Elle était serrée entre un homme et la femme de la photo au poisson, et ils arboraient tous ce sourire factice et trop gai que l'on réserve aux photographes des clubs. De chaque côté de la cheminée étaient affichés des posters des sables chauds et des mers étincelantes qui avaient sans doute inspiré ces photos. La Barbade. Les îles Bimini.

Le simple fait de les regarder rendit Jury plus sensible au froid de la tour. Il se demanda si ces images sur toile de fond médiévale n'étaient pas destinées à provoquer une sorte de choc culturel apocalyptique.

— Que diriez-vous d'une Tequila Sunrise ?

Jury tourna la tête, s'arrachant à la contemplation des posters.

— Une quoi ?

Rena Citrine agitait un shaker à cocktails en argent.

— Qu'est-ce que Charles vous a fait boire ? Un verre de thé froid ou bien est-il allé en clopinant vous chercher de l'eau au puits ?

Elle secouait le shaker d'un côté à un autre.

Jury sourit.

— Il m'a proposé un café, en fait.

— Mais s'est-il matérialisé ?

— Je n'en voulais pas.

Elle versa le contenu du shaker dans deux flûtes, et en tendit une à Jury, après avoir contourné la chaire qui faisait office de bar. La boisson était un mélange trouble d'un rose tirant sur le mauve. Il but une gorgée et s'étrangla.

Elle lui donna une bonne claque dans le dos. Rena était plus forte qu'elle ne le paraissait, avec ses épaules osseuses et ses bras minces.

— Ça vient tout droit de La Barbade. Un rhum inégalable !

Irene Citrine ramassa quelques papiers sur un banc et y poussa Jury. Puis elle fit le tour de la table et s'assit sur le banc opposé, enlevant d'autres papiers devant elle. Il fixa sur elle des yeux que faisait larmoyer le rhum, tandis que, son menton pointu posé sur ses mains jointes, elle le regardait avec des yeux d'ambre aux pupilles étrécies, de vrais yeux de chat. Elle avait d'étroites épaules, dont la courbe était accentuée par son ample robe en forme de tente. Ses cheveux, d'un rouge vif parsemé de gris, tombaient sur ses épaules d'un point central et paraissaient avoir une vie propre ; ils se dressaient comme sous l'effet d'une décharge électrique, et l'étrange jeu de lumières semblait les envelopper d'un lâche filet d'argent.

— A votre santé !

Jury prit la flûte poisseuse, but une autre gorgée du

liquide dont seul l'inspecteur Wiggins aurait pu apprécier la couleur, et toussa à nouveau, la gorge en feu.

— On s'y habitue. Je bois du rhum depuis qu'Archie — mon défunt mari — et moi sommes allés jouer les ramasseurs d'épaves à La Barbade. Vous aimez mes posters ?

Jury fit un signe de tête affirmatif.

— Est-ce votre mari qui est assis dans le club, là ?

— Lui ? Non, nous avons rencontré cet homme avec sa femme dans les îles Bimini. Mon lieu de prédilection. Archie n'aimait pas être photographié. Il était avare de son image comme de son argent. Charles me le rappelle sans cesse. Il ne vous a probablement pas dit que j'avais été mariée, n'est-ce pas ?

— Non, répondit Jury, les yeux posés sur le poster bleu et mauve représentant une des plages de Bimini où venaient se briser les vagues de l'Atlantique.

Le soleil allait bien à cette boisson, qu'il repoussa, craignant que le verre n'explose.

— Jamais il ne le dirait. Il refuse de reconnaître qu'une Citrine ait pu s'enfuir avec un Américain coureur de dots. (Elle leva de nouveau son verre.) A Archie Littlejohn ! Qu'il repose en paix.

— Je suis désolé.

— Désolé de quoi ?

— Eh bien, que vous l'ayez perdu.

— Que je me sois perdue serait plus exact. Là dernière fois où j'ai vu Archie remonte à trois ans. Il conduisait au large des îles Bimini un bateau de pêcheurs. Mes dernières mille livres y sont passées. Ma part de l'argent de papa. Mon cher père, très imprégné des valeurs victoriennes, estimait qu'on ne pouvait faire confiance aux femmes pour l'argent. Aussi Charles a-t-il eu la part du lion. Je dois reconnaître cependant que Charles a gagné la majeure partie de sa fortune ; ce n'en est pas moins un de ces veinards qui semblent attirer l'argent. Bref... Archie a pris le large et j'ai décidé de rentrer au bercail. Il faut dire que j'étais fauchée comme les blés. Nous avions dépensé tout ce qu'il me restait. (Elle parcourut la tour d'un regard satisfait.) Je me plais bien ici. Je lis beaucoup, je fais beaucoup de marche, je chasse le faisan avec Charles. Je suis meilleur fusil que lui. Mais surtout, j'ai ma peinture pour m'occuper.

Jury jeta un coup d'œil par-dessus son épaule à l'une des toiles. Sa surface sombre n'était éclaircie que par une minuscule tache de lumière.

— Il n'y a pas beaucoup de lumière pour peindre.

Elle haussa les épaules.

— Eh bien, mon œuvre gagne en impact visuel dans le noir. Vous ne me croirez pas, mais j'ai vendu quelques toiles.

Jury trouvait en effet cela difficile à croire, mais il la complimenta néanmoins.

— C'est magnifique.

— Mes clients ne sont plus de cet avis quand, une fois chez eux, ils regardent mes toiles à la lumière du jour.

Jury leva les yeux vers le trou recouvert de planches dans le toit de la tourelle.

— Vous construisez une lucarne ?

Elle loucha vers le plafond.

— C'est mon chauffage solaire. Le trou est apparu il y a une quinzaine de jours. Une entreprise devait venir réparer le toit. (Après trois Tequila Sunrise, elle pardonnait bien volontiers à l'entrepreneur sa désinvolture.) Je reçois la visite de quelques chauves-souris.

Elle prit la grosse bougie pour allumer une autre cigarette.

Lorsqu'elle se pencha vers Jury, le décolleté de son boubou révéla le haut de ses seins ronds, blancs comme l'hibiscus à la lueur de la bougie, et la flamme dorée de ses yeux dansa. Jury se demanda si elle savait qu'Archie ne l'avait peut-être pas épousée pour son argent, après tout.

— Que s'est-il passé ?

110

— Helen. Notre famille, les Citrine, n'était pas exactement pauvre. Je fais allusion à ce qu'ils ont emporté à la National Westminster dans une voiture blindée. Du *vrai* argent. (Rena reprit sa position sur le banc, tourna lentement le pied de son verre, l'air un peu triste.) J'aimais bien Helen. Elle était écervelée, extrêmement jolie, stupide mais bonne. Elle m'a laissé un joli legs que j'ai réussi à gaspiller en un temps record. Tout le reste est allé à Nell. Mon saint homme de frère avait, quant à lui, l'argent de papa. Mais suis-je seulement censée vous parler ?

Elle avait avalé le mot « censée » tout en l'accompagnant d'un sourire.

— Ce n'est probablement pas l'avis du commissaire Sanderson, dit Jury, en lui retournant son sourire.

— Vous êtes plus plaisant à voir que lui.

— Vous aussi. (Jury leva son verre, comme pour boire à sa beauté, mais en réalité pour l'empêcher de lui resservir de ce cocktail détonant.) Vous n'êtes plus que trois ici, est-ce exact ?

— Sans compter un ou deux domestiques. Je descends rarement, excepté pour dîner. Il y a toujours matière à rire. Pour l'apéritif, quelques sourires acides ; en entrée : éclats de rire ; en plat de résistance : prise de bec ; au dessert, silences.

— Sourires forcés, disputes et silences. Ça ne semble pas très réjouissant.

— C'est notre façon à nous de nous amuser. Ou du moins ça l'était. (Elle détourna les yeux pour regarder, par-delà le feu et les posters, vers la fenêtre étroite. Elle prit une cigarette sur un petit plateau, craqua une allumette sur le dessous de la table.) Roger savait nous divertir, reprit-elle d'un ton empreint d'ironie. Il personnifiait la publicité de Ralph Lauren. Polo. L'eau de Cologne, pas le sport. N'empêche que je l'aurais très bien vu le pratiquer.

— Ainsi vous êtes en désaccord avec votre frère ?

— Je l'ai toujours été, ne serait-ce que par principe. Vous voulez dire au sujet de Roger ?

— Mr Citrine me l'a décrit comme un homme admirable. Un père et un mari aimant.

Rena balaya la cendre sur la table.

— Oh, admirable ! Quoi que cela signifie dans le vocabulaire de Charles, Roger était charmant — beau, plein d'esprit, raffiné, talentueux. Et superficiel. Je ne m'y connais guère en musique, et pourtant je serais prête à parier que c'était un musicien raté parce qu'il n'y avait rien derrière l'épate technique. Ne faut-il pas avoir une âme pour être un grand musicien ? Même Billy avait plus de consistance. C'était un enfant doux, charmant — il tenait probablement cela de son père — mais paresseux. Il n'avait aucune envie de devenir un prodige, ce qui contrariait fort Roger. Il pouvait être un véritable tyran. (Elle tira une bouffée de sa cigarette et regarda les ombres mouvantes projetées par les bougies.) Je ne devrais pas parler ainsi de Roger, après toutes les épreuves qu'il a traversées avec Billy et cet autre enfant. Toby. Dieu ! Quelle décision !

— Qu'auriez-vous fait ?

— J'aurais payé, bien sûr. Mais, moi, je ne tiens compte de l'avis de personne. (Son visage se durcit.) Quel salaud !

Jury fronça les sourcils.

— Roger Healey n'avait pas l'argent pour payer la rançon.

— Citrine aurait pu payer, mais c'était sans doute au père de l'enfant de parler. S'il n'a pas insisté, alors... (Elle haussa les épaules.)

— Vous ne connaissez pas les statistiques sur...

— Je me fiche pas mal des statistiques, commissaire. La pauvre Nell n'avait pas son mot à dire, n'est-ce pas ? Elle n'était que la belle-mère. Et pourtant, elle se montrait une bien meilleure mère que bon nombre que je connais. Nell savait y faire avec les enfants. Toby Holt l'adorait ; il exécutait des petits travaux dans la maison pour lesquels elle le payait trop. (Rena sourit.) Elle leur faisait la lecture pendant des heures, leur racontait des histoires, leur récitait de la poésie, jouait au piano pour eux. Elle a même essayé de donner à Toby des leçons de piano. Mais il n'avait pas le moindre talent.

Elle alluma une nouvelle cigarette à la chandelle à côté d'elle.

— Vous pensez que c'est parce qu'elle n'a pas eu droit à la parole que votre nièce a tué son mari ?

— Si c'est le cas, elle a attendu bien longtemps pour le faire. (Elle ponctua sa phrase en reposant bruyamment la bougie sur la table.) Roger n'était peut-être pas le mari aimant que saint Charles décrit.

— C'est-à-dire ?

— Avez-vous parlé à des gens avec qui Roger a travaillé ? Il y a une femme du nom de Mavis Crewes, qui est venue ici deux ou trois fois. C'est la rédactrice en chef d'un magazine. Elle a prétendu qu'elle voulait faire un article sur la région. Qu'elle adorait notre maison. Si médiévale ! Parlez-lui.

— Et vous pensez que Nell Healey s'est doutée de quelque chose ?

— Nell n'est pas idiote. Réservée, mais intuitive. Confiante aussi. Peut-être un peu naïve.

Naïve n'était pas le mot que Jury aurait employé après avoir entendu le récit de Macalvie.

— En quels termes parle-t-elle — parlait-elle — de son mari ?

Rena Citrine eut un léger sourire.

— Elle n'en parlait pas.

— Mais après ce qui s'est passé, ils ont dû devenir des étrangers l'un pour l'autre ?

— Ils l'étaient probablement depuis le début.

— Alors, pourquoi n'ont-ils pas divorcé ?

— Roger était rarement là, mais il n'aurait certainement pas divorcé des millions des Citrine.

— Mais elle ?

— J'imagine que c'est à cause de Billy.

Jury fronça les sourcils.

— Billy a disparu.

— Peut-être croit-elle qu'il va revenir.

Jury détourna le regard.

— J'espère bien que non.

9

Il s'agissait seulement de la déposer.

Il se voyait s'en débarrasser un peu à la manière de l'agent Smiley abandonnant avec un naturel parfait le journal roulé qui contenait le message codé du Quartier Général destiné à déclencher l'explosion aux floralies de Kew Gardens.

Ou, pensa Melrose, des métaphores à la violence allant croissant lui venant à l'esprit tandis que la voiture tournait dans la direction de Harrogate, à la manière d'un terroriste israélien ou d'un partisan de l'IRA jetant par la portière, sans même ralentir, un attaché-case rempli de charges de plastic.

Malheureusement, Agatha, sur le siège du passager, faisait davantage penser à une malle sur un paquebot qu'à un attaché-case, et son intention de simplement la déposer — *Au revoir, chère tante... ah ! voilà un gamin pour vous aider à porter vos bagages... Vlan ! Les valises sur le trottoir, la voiture s'éloigne...* — avait été complètement remise en question quand il avait dû charger ses affaires dans la Bentley. Que n'avait-elle entouré d'une sangle son cottage de Plague Alley pour le traîner jusqu'à la voiture ? Malles, petites et grandes valises, quatre cartons à chapeaux, beauty-case, nécessaire de voyage — de quelle utilité pouvait être un nécessaire de voyage, vu qu'elle comptait séjourner là-bas une dizaine de jours ? — et panier de pique-nique, un tel déploiement de bagages aurait été plus approprié

115

à l'arrivée de Lord Kitchener à Pretoria qu'à des vacances de deux semaines à Harrogate. Toute une armée de Boers en sueur n'aurait peut-être pas suffi pour aider Agatha à porter ses « affaires ».

Ne cesserait-elle donc jamais de parler ?

Pendant tout le trajet jusqu'à Northampton, cela avait été Vivian par-ci, Vivian par-là ; Franco par-ci, Franco par-là ; la robe que lui confectionnait sa couturière de Northampton, bien qu'elle eût préféré aller à Londres, ce qu'elle aurait fait, si Melrose n'avait pas obstinément refusé d'aller voir son tailleur de Jerymn Street...

La boutique, aussi sombre qu'une cave, et le tailleur ratatiné qui semblait aussi petit que son dé n'avaient pas reçu la visite de Melrose depuis des années.

« ... et quelles loques as-tu l'intention de mettre pour le mariage, alors ? » Et les Giopinno seraient-ils snobs, les canaux pollués, l'hôtel envahi de touristes, l'église pleine de courants d'air, les pigeons dégoûtants ?...

Le pape polonais ?...

Aurait-elle une indigestion de pâtes, les Italiens lui pinceraient-ils les fesses ?...

Ce dernier point lui fit serrer davantage la bouche et il craignit de s'être fait saigner l'intérieur de la lèvre.

Mais surtout Agatha ne tarissait pas sur les événements de la nuit précédente, faisant d'une simple farce une abomination.

— ... quels *enfantillages* ! Je vous vois très bien au milieu de la bande d'enfants qui s'est introduite chez Scroggs... Oh, oh, Trueblood ! Oh, je n'arrive pas à comprendre comment une *personne* comme lui puisse faire une telle chose... Il a toujours été faux jeton...

Voilà comment Agatha réécrivait la biographie de Trueblood en la réduisant à un seul chapitre...

— Mais toi, Plant ! Comte de Caverness, cinquième vicomte Ardry !...

Ces titres sifflaient dans l'air, telle une sauvage équipée de motards dépassant la Bentley.

116

Il se murait dans le silence.

Etait-ce l'embranchement de Harrogate ? Oh, Dieu, je vous en supplie ! Je vous jure d'aller à la messe.

— ... ta chère mère, Lady Marjorie. Je n'arrive tout simplement pas à comprendre ce que tu as dans la peau. Te glisser dans la propriété de cette pauvre fille, te cacher dans les buissons, frapper à sa porte ! J'en reste sans voix !

Pour cela, il aurait fallu que Jack Nicholson vînt frapper à sa porte, la hache à la main, pensa-t-il, les lèvres pincées, les yeux sur la large rue bordée d'arbres qui menait au centre de Harrogate.

— Un de ces jours, on vous retrouvera tous les deux dans un arbre, à construire une cabane ! Des adultes ! Et cette pauvre, chère Vivian, qui a tant à faire...

Vivian n'avait droit aux qualificatifs de « pauvre et chère et merveilleuse » que depuis qu'elle avait fixé la date de son mariage, songea tristement Melrose, dans un moment d'inattention qui lui fit faire une embardée pour éviter une vieille femme dans un fauteuil roulant électrique, manifestement persuadée que ce moyen de locomotion lui conférait le droit de traverser à n'importe quel moment : aucun feu ne l'aurait arrêtée, pas même le buisson ardent devant lequel elle serait probablement passée à toute allure. Non mais, regardez-moi ça !

— Nom de Dieu ! Tu as bien failli renverser cette pauvre vieille handicapée dans son fauteuil !

Dans le rétroviseur, il vit la pauvre vieille handicapée lui faire un bras d'honneur tandis qu'elle se hissait sur le trottoir. Il continua à ne rien dire.

— ... manque de délicatesse ! Et si cette Mrs Oilings écrivait au *Bald Eagle* ! Tu as pensé à cela ?

La seule façon dont Mrs Oilings, femme de ménage et commère patentée à Long Pidd, avait pu apprendre ses frasques de la veille, c'était par Agatha, le matin même. Mrs Oilings avait refusé de l'aider à porter ses bagages, tout affairée qu'elle était à rattraper son retard dans la lecture du journal, appuyée sur son balai-éponge.

Ils roulaient à proximité du Stray, ce merveilleux terrain communal de cent hectares plein de jardins, d'allées et de ruisseaux.

— Je vois ça d'ici. (Du pouce et de l'index, Agatha traça dans l'air les mots d'un gros titre imaginaire.) *Le comte de Caverness et l'antiquaire de la ville fêtent le nouvel an.* Déclaration de Miss Vivian Rivington, résidente de longue date à Long Piddleton et bientôt épouse du comte Franco Giopinno : « C'était accroché à ma porte. Bien sûr, j'ai pensé que ce devait être les enfants... »

Luttant contre l'envie de hurler : *« La ferme ! »*, il s'imagina les lèvres cousues par son tailleur de Jerymn Street. Sa patience n'allait pas tarder à être récompensée. Pensez donc, deux semaines sans entendre jacasser cette pie, quel bonheur !

Comme il repérait la pancarte indiquant la direction de l'*Hôtel du Vieux Cygne*, elle dit :

— Tu as réussi ton coup cette fois, Melrose (Agatha fit claquer ses lèvres de satisfaction.) Elle ne t'adressera jamais plus la parole.

Si seulement il pouvait parvenir au même résultat en se livrant à quelque dégradation sur sa porte *à elle* !

Ils s'étaient engagés dans l'allée de graviers mouillés ; les arbres dégoulinaient encore de pluie après la dernière averse, l'air était vif, il allait sûrement neiger. Le *Vieux Cygne* était un des lieux célèbres de la ville, situé près des fameux Bains et assez grand pour loger, avec tous ses étages, les troupes de Kitchener. C'est dans cet hôtel que, disait-on, Agatha Christie avait séjourné, lors de sa mémorable disparition. Et si Agatha disparaissait ? La foudre, malheureusement, ne frappe qu'une fois, pensa-t-il, tout en freinant et faisant voler les graviers.

— C'est là, Plant ! Nous sommes arrivés !

Cela fut dit comme si Melrose, soudain frappé de cécité hystérique, allait dépasser la grille à cent trente kilomètres à l'heure. Agatha laissa son neveu et le personnel de l'hôtel se charger de ses bagages et se dirigea d'un pas énergique vers la porte.

Mentalement, il s'administra une tape dans le dos. Il avait gagné.

Trois cents kilomètres sans dire un mot ! Un tel exploit lui aurait valu le titre de chevalier s'il n'avait pas déjà balancé celui de comte ! En quatre heures, elle n'était pas parvenue à lui arracher la moindre réaction, malgré tous ses efforts pour l'asticoter, le provoquer. Melrose imagina ce qu'avaient dû souffrir les pauvres ours, avant l'interdiction de leurs combats avec les chiens, quand, enchaînés à des piquets, ils étaient livrés aux crocs de leurs assaillants. Tandis qu'il suivait dans le sillage des « affaires » d'Agatha — malles, petites et grandes valises, réticules... —, Melrose remarqua que le groom qui portait les cartons à chapeaux avait le même air insolent et sinistre que Robert Montgomery dans *La Force des ténèbres*.

Et toi, mon vieux ? se dit-il, s'interrogeant sur ses propres pulsions. Y avait-il en lui quelque violence cachée qui ne demandait qu'à s'exprimer ? Son inconscient était-il peuplé de haches, de chiens hargneux, de têtes coupées placées dans des boîtes ?

Tandis qu'Agatha apprenait aux réceptionnistes comment on gérait un hôtel et s'acquittait des formalités relatives à la location de sa chambre — donnant sur les jardins, bien sûr... —, Melrose prit une brochure parmi celles mises à la disposition des clients. Les établissements thermaux de Harrogate étaient, bien sûr, réputés. Il fut fasciné par l'article sur la comtesse de Buckingham, laquelle avait planté sa tente près de l'une des sources, apparemment pour avoir accès aux eaux ferrugineuses avant quiconque. Se déversant dans les thermes comme les eaux elles-mêmes, les foules affluaient en voitures et cabriolets pour prendre ces boissons malodorantes.

Seigneur, pensa Melrose, Harrogate était le lieu idéal pour Wiggins. L'inspecteur aurait été le premier à convenir que plus le soufre est nauséabond, plus grand est son effet, et plus réussie est la cure.

Il parcourut du regard le long couloir, aux fenêtres ornées des dernières fanfreluches à la mode que l'on pouvait se procurer à un prix élevé dans les boutiques de luxe de la ville. Dans une immense et belle salle à manger, des serveurs s'affairaient, mettant la dernière touche à l'arrangement des serviettes et des verres de cristal. A gauche s'ouvrait un grand salon, bar et salon de thé à la fois. Raides comme des manches à balai, les buveurs de thé se comptaient sur les doigts de la main : trois couples et une femme seule, tous d'un certain âge et paraissant entre la vie et la mort.

Assis là par une de ces froides et humides journées de janvier si caractéristiques du Yorkshire, on pouvait, en parcourant les lieux du regard, sentir l'histoire de Harrogate imprégner les murs du *Vieux Cygne*.

Nom de Dieu ! Allait-il cesser de penser à *Mort à Venise* ? Melrose ferma les yeux, avec force, pour chasser cette image de lui-même se promenant, comme Prufrock, en pantalon de flanelle blanche sur la plage.

— Par ici ! Hou hou ! Melrose, cher ami ! Melrose !

La voix flûtée dissipa, tels des cailloux jetés dans l'eau, cette nouvelle vision de lui-même à l'agonie dans une chaise longue près de bains publics. Il regarda autour de lui, déconcerté, puis entendit les beuglements d'Agatha en réponse à la voix.

— Teddy ! Teddy chérie !

Par les cloches de l'enfer ! Il s'était mentalement abandonné aux caresses du soleil italien alors qu'il aurait dû prendre la fuite. A présent, il était coincé — il n'y avait pas d'autre mot — car Agatha le dépassait en hurlant pour se diriger vers la table occupée par la femme seule. Il était, après tout, un gentleman ; il ne pouvait tout de même pas partir sans aller la saluer...

Et pourquoi pas ? Peut-être pas filer comme un voleur, mais poursuivre son vœu de silence ? S'il avait réussi à ne pas desserrer les dents pendant trois cents kilomètres, il pouvait sûrement jouer le jeu durant encore une demi-heure. Il consulta sa montre tandis qu'il s'avançait vers les deux femmes. Une demi-heure, de la chaise à la porte, l'épreuve décisive. Pourrait-il faire croire à un étranger qu'il avait pris part à ces échanges sans avoir proféré un mot ?

— Bonjour, Melrose.

Teddy lui tendit sa main veinée et baguée.

Plutôt que de lui serrer la main, il lui effleura les doigts de ses lèvres avec ce qu'il espérait être un sourire débonnaire.

Les petits yeux noirs de Teddy, moyennant une touche de fard à paupières et un trait de khôl, brillaient comme des sequins.

Melrose s'assit tandis que sa tante disait :

— Eh bien, on s'exerce pour le Continent, Plant ? Mais tu n'arriveras jamais à te débarrasser de ce vieil air de gentleman-farmer mangé aux mites...

Il sourit, refrénant le désir de lui demander si elle avait d'autres épithètes en réserve, se contenta de croiser les jambes dans son pantalon en worsted gris fait sur mesure, prit une serviette verte sur la nappe rose vif et s'appuya au dossier de sa chaise, pendant qu'Agatha racontait à Teddy qu'ils seraient bientôt tous en Italie.

Comme les deux femmes s'étreignaient, faisant semblant de s'embrasser, et se mettaient à babiller, Melrose se posait deux questions : il se demandait s'il allait pouvoir commander le thé sans ouvrir la bouche (le serveur venait d'arriver) et si c'était bien la même femme qu'il avait vue à York. Cette *Teddy-là* (Althea était son véritable nom, croyait-il) était une femme lourde et trapue à la chevelure orange vif recouverte d'une telle couche de laque que la plus forte bourrasque n'aurait pu en déloger une seule mèche. Cette *Teddy-ci* était plutôt maigre et elle avait apparemment renoncé au henné, car ses cheveux étaient d'un noir bleuté, coiffés en une ridicule imitation du style des années 20, avec quantité de bouclettes, mouillées en apparence, formant comme des grappes de raisin écrasé.

Et elle n'était plus cette vieille et quelconque Mrs Stubbs, car elle avait mis le grappin — Seigneur ! n'était-ce pas d'un banal ? — sur un noble vivant dans le sud de la France. Elle s'appelait De la Roche à présent. Y avait-il donc tant de princes et de comtes aux mœurs dissolues, de rois cinglés errant sans but, prêts à se passer la corde au cou ? Pensée qui tout naturellement le ramena au comte Dracula Giopinno et à la colère de Vivian, qui lui avait crié, ainsi qu'à Marshall Trueblood, qu'elle serait damnée si elle tolérait leur présence à son mariage...

Et vlan ! La porte de son cottage s'était refermée avec violence. Il se mordit les lèvres. Marshall avait un plan pour prendre l'Orient Express.

Mais enfin, Melrose ! Tout le monde se déguise dans l'Orient Express. Tu devrais les voir s'attrouper à la gare Victoria.

— Monsieur ?

Chassé par le serveur en veste blanche du seuil de la porte de Vivian, où il était pourtant déterminé à moisir, Melrose, pris au dépourvu, faillit répondre. Il se borna toutefois à retourner son sourire au garçon, ce qui eut l'effet désiré.

— Du thé pour tous les trois, monsieur ?

Dans les établissements comme le *Vieux Cygne*, les serveurs étaient formés pour aller au-devant des besoins de la clientèle. Il lui aurait plu d'être confronté à un menu en grec, ou à quelque autre difficulté. Non, ce serait trop facile, il lui suffirait de pointer le doigt.

Melrose ayant acquiescé d'un signe de tête, le garçon ajouta :

— Le thé avec les accompagnements habituels,

madame ? Ou préférez-vous des sandwiches ? Des toasts beurrés ?...

Par son « madame », le serveur venait de mettre un terme au plaisir pris par Melrose dans l'exercice difficile qui consistait à ne pas répondre. Nom de Dieu, « Madame » allait-elle remplir les trente minutes qu'il s'était imparties — vingt-deux minutes à présent — rien qu'en passant la commande ? !

— Et des tartelettes, bien sûr. Avez-vous des sandwiches au cresson ? Oui, nous prendrons ceux au concombre également...

Teddy intervint :

— Oh ! il faut que vous essayiez les toasts aux anchois, ma chère. Ils sont délicieux.

— Monsieur, dit le serveur avant de s'éloigner lentement, comme si c'était Melrose qui avait commandé.

Jetant un regard à sa montre, il décida de prolonger le temps qu'il s'était accordé jusqu'à quarante-cinq minutes, ce qui lui laissait, à partir de maintenant, trente et une minutes pour leur faire croire qu'il avait parlé alors qu'il n'avait rien dit.

Venir à bout des mots croisés du *Times* en quinze minutes semblait une bagatelle en comparaison. Lorsque plus tard il se remémora cette scène, il réalisa que seuls les acteurs possèdent ce talent : il suffisait à Bogart de serrer les lèvres, à Cagney de grincer des dents, à Gieguld de lever les sourcils ; quant à Gable... Bon sang, est-ce que quelqu'un se rappelait une seule de ses paroles en dehors de « Franchement, ma chère, c'est le cadet de mes soucis » ? Sûrement pas.

Ainsi pendant trente et une minutes, le temps de prendre deux tasses de thé, une bouchée de toast aux anchois, Melrose sourit, grimaça, mit la main sur la table, se balança d'avant en arrière sur sa chaise, rit sans bruit, se pencha en avant, se pencha en arrière, frappa sa jambe, plia le coude, arbora une expression intense.

Il était devenu, en une demi-heure, un brillant causeur.

Pendant qu'elles jacassaient comme des pies, il se leva, l'air navré de devoir partir, porta de nouveau la main de Teddy à ses lèvres et serra l'épaule d'Agatha en guise d'adieu.

Comme il s'éloignait, souriant à la ronde aux serveurs et aux clients aux visages de pierre, il se dit à nouveau : *J'ai gagné !*

Il avait fait du langage une caricature, des mots une parodie, de la parole un simulacre.

— Melrose !

Agatha hurlait dans son dos. Il s'arrêta, se retourna. Elle lui faisait signe de revenir.

Très bien.

C'est avec amabilité qu'elle lui dit :

— Mais, Melrose, tu n'as rien *remarqué* ?

Il leva les sourcils en un point d'interrogation, un léger sourire flottant sur ses lèvres.

— A propos de *Teddy* ! Tu ne trouves pas quelle a changé depuis York ?

Dans un murmure confidentiel, Teddy expliqua :

— Mon cher, j'ai été complètement refaite ! (Elle tendit les bras, se toucha le cou, les cheveux, tourna la tête à droite, à gauche.) Il y a une merveilleuse petite clinique à Zurich... Eh bien ? Qu'en pensez-vous ?

Il savait qu'il était assez intelligent pour se tirer de cette situation. Après tous ses efforts de la journée, il aurait pu commander les troupes de Wellington d'un simple claquement de doigts, battre Connors à Wimbledon en jouant avec un sachet de thé, dépasser Pigott d'une grande longueur, monté sur un cheval à bascule.

— Eh bien, Melrose ? Eh bien ?

Il étala ses bras sur la table, plongea son regard dans les yeux de Teddy et dit :

— A quoi bon gaspiller les mots ?

Hoquets de surprise et gloussements le suivirent tandis qu'il se dirigeait vers la sortie de l'*Hôtel du Vieux Cygne*.

10

I

Grignotant une cuisse de poulet qui avait échappé aux perquisitions d'Agatha dans le panier de pique-nique, Melrose traversa Ilkley.

Faire le tour des landes équivalait à faire le tour de Londres en métro par la Circle Line. La moindre petite ville semblait avoir sa lande. Ilkley Moor[1], Stanbury Moor, Haworth Moor, Keighley Moor ; elles se suivaient comme des stations de métro. Elles étaient très différentes des landes du North Yorkshire qu'il avait traversées plusieurs années auparavant sous la neige, vaste désert arctique. Elles n'avaient rien à voir non plus avec Dartmoor, paysage lunaire balayé de brouillards et de pluies obliques. Ici, dans cette partie du Yorkshire appelée West Riding, les landes étaient légion. La nature, détestant le vide, avait dû dire : Là où il y a un espace, jetez-moi une lande !

Et cet étroit ruban de route qu'il avait pris pour rejoindre Haworth semblait avoir été construit pour les moutons, non pour l'homme, en tout cas pas pour un homme en Bentley. Il leva les yeux vers le ciel, glauque comme une eau saumâtre, les abaissa sur un mouton à l'expression triste et se laissa glisser sur son siège, l'euphorie qui l'avait envahi se dissipant.

1. *Moor* : lande. (*N.d.T.*)

Regarde les choses en face, tu n'es pas un amoureux de la nature. Il poussa un soupir. La nature, il ne semblait capable de l'apprécier qu'à travers les images d'Epinal que constituaient les changements de saison dans son jardin à Ardry End : l'automne doré, le printemps embaumant le lilas...

Nom de Dieu ! C'était bien autre chose par ici. Il n'y avait pas un lilas à vingt lieues à la ronde.

Etait-ce la bonne route ? Elle ne semblait pas même achevée, goudronnée pendant quelques kilomètres, simple chemin de terre ensuite. Ne menant nulle part, supposa-t-il, qu'au milieu des landes omniprésentes. Il s'arrêta, mit le frein à main, déplia sa carte en accordéon. Deux moutons des landes levèrent la tête des fougères, avancèrent de quelques pas, le regardèrent avec fixité tout en mastiquant.

Oui, c'était apparemment la bonne route. Mais où se trouvait donc ce pub si clairement indiqué ? Tout pub indiqué sur la route méritait un arrêt.

On aurait dit qu'il n'était jamais sorti de Londres, tant, en cet instant, il se sentait citadin. Il regarda les deux moutons. Ils semblaient si gauches avec toute cette laine qu'il en éprouva de l'aversion à leur égard. Ils ne semblaient pas non plus très désireux de lier connaissance.

Il essaya de replier la carte, qui lui résista ; pourquoi faisait-on des cartes pareilles ? Impeccablement pliées quand vous les achetiez, elles se déployaient comme un ressort et paraissaient envahir toute la voiture, telle une végétation exubérante. Au diable les cartes impeccables ! Il la plia en carré et la fourra, non sans difficulté, dans la boîte à gants, puis resta assis là à broyer du noir.

Mais que lui arrivait-il ? Il fallait qu'il sorte, qu'il aille se dérouiller les jambes, faire une brève promenade — très brève — sur la lande. Dans un regain d'enthousiasme, il décida de prendre le panier de pique-nique. Il restait peut-être un autre morceau de poulet ou une tarte, et il avait faim. Agatha avait été si occupée à lui jeter ses échecs à la figure qu'elle en avait oublié quelques morceaux savoureux au fond du panier. Il crut apercevoir une mince tranche de saumon roulée, fourrée aux câpres et au caviar. Il se mit en route parmi les fougères et les rochers, se sentant l'âme d'un habitant du West Yorkshire.

Après avoir nettoyé ses chaussures maculées de crottes de mouton, enveloppé d'un mouchoir sa main ensanglantée par les piquants, dégagé prestement sa cheville coincée entre deux rochers au revêtement de mousse trompeur, Melrose trouva une pierre plate et s'y assit pour contempler le petit cours d'eau. Ruisseau était plus exact, pensa-t-il.

Regardant par-delà les bords partiellement enneigés du ruisseau, par-delà les fougères et les bruyères qui paraissaient brûlées, il aperçut au loin une femme, surgie de nulle part, tel un mirage sur ce fond d'irréalité que constituent les landes. Apparue sur la crête d'une colline dénuée d'arbres recouverte de neige, elle marchait, sa cape ondulant derrière elle, sans rien dans la main qui pût indiquer qu'il s'agissait d'une touriste, d'une randonneuse traversant les Pennines ou marchant dans les pas des Brontë : elle allait d'un point à un autre, au hasard. Fasciné, il suivit des yeux sa silhouette qui se détachait sur l'horizon blanc, jusqu'à ce que son attention fût détournée par un bruit. Une sorte de curieux toussotement, comme un raclement de gorge, suivi d'une espèce de miaulement. Il leva la tête et vit deux oiseaux décrire des cercles dans le ciel. Le cri des courlis ressemble à un miaulement, non ? Mais, s'ils tournoyaient au-dessus de lui, c'étaient probablement des buses.

Il reporta aussitôt son regard sur la ligne d'horizon. La femme avait disparu. Il alluma une cigarette, en contempla le bout incandescent, secoua la tête. Il était venu là avec son panier de pique-nique pour communier avec la nature. Il avait bonne mine dans son manteau Chesterfield avec un étui à cigarettes en or ! Il secoua encore la tête. Désespérant.

Il lui fallait prendre une décision.

Quelle décision ? On avait toujours décidé pour lui. Polly Praed était sans doute en ce moment même, ses yeux d'améthyste fixant la page de sa machine à écrire, en train de décider du sort des dogues ou des doges, et Vivian Rivington...

Oh ! n'avait-il pas honte de lui-même ? Tout était la faute de Trueblood ; c'était entièrement son idée. Mensonge. Trueblood s'était procuré le livre de découpage, mais c'est lui-même qui avait tenu à aller jusqu'au bout de cette farce. Eh bien, après tout, quels plaisirs pouviez-vous espérer de la vie s'il vous était interdit de jouer un tour à Vivian ?

Ce qu'il ne pouvait supporter, c'était le changement. Assis au bord du ruisseau, il se dit qu'il deviendrait peut-être un adepte du zen. S'il s'absorbait dans la contemplation de l'eau, s'il se laissait *couler* avec le ruisseau... N'était-ce pas la sagesse même ? Ne disait-on pas sans cesse qu'il faut se laisser *flotter* ? Qu'il faut renoncer à toute forme d'attachement ? Que la vie est comme un fleuve et que d'essayer de retenir l'eau dans sa main est totale illusion ? L'ennui toutefois, c'est que ce caractère éphémère des choses ne semblait s'appliquer qu'à l'amitié, l'amour et la beauté. Pas aux guerres, aux épidémies, aux gens que l'on détestait. Si seulement nos ennemis pouvaient flotter au fil de l'eau, emportés par le courant !...

Puisque tel n'était pas le cas, quelle sorte de réconfort pouvait offrir le concept *flotter* ?

Il voulait que les choses restent exactement comme elles étaient : le même petit groupe à la table du *Jack and Hammer* ; le même terrier posté devant la boutique de meubles d'occasion de miss Crisp...

Melrose regarda autour de lui, distrait par le retour du bruit.

Et l'éternité de l'instant ? N'était-ce pas une notion zen également ?

Il fouilla dans le panier et en retira une aile de poulet couverte de miettes de pain, et comprit que l'un de ses problèmes était l'absence totale de vocation, en dehors des conférences assommantes sur la poésie romantique française qu'il infligeait à ses étudiants. Il examina l'aile de poulet et pensa à Rimbaud.

Pourquoi avoir choisi un génie mort à dix-neuf ans ? A dix-neuf ans, tout ce que Melrose savait faire, c'était de tomber de cheval. Ses efforts pour trouver de la viande sur l'aile de poulet le faisaient loucher, et renonçant à en tirer quelque chose, il jeta le morceau dans le panier. Naturellement, Agatha avait bu la demi-bouteille de pouilly-fumé tout spécialement sortie pour lui par son cuisinier.

S'autorisant à s'apitoyer sur son sort, il poussa un énorme soupir. Il devait faire le point sur lui-même... gevrey-chambertin, château-margaux, montrachets à la finesse incomparable : chevalier, bâtard, chassagne. Chablis grands crus, vins que Dumas préconisait de boire agenouillé ; côte-de-girarmes, boisson chère à Napoléon. Et le porto... faire le point sur sa cave s'avérait bien plus intéressant.

Le bruit se fit entendre de nouveau, plus proche et plus distinct cette fois. Melrose remonta de sa cave envahie de toiles d'araignée pour jeter un coup d'œil entre les rochers moussus. Le miaulement qu'il avait attribué à un courlis était en fin de compte celui d'un chat : immobile, l'animal plissait ses yeux jaunes, l'air affamé.

Vous songez à votre réserve personnelle de porto et voilà que survient un incident, destiné à vous faire honte, se dit-il. Melrose mit le chat dans le panier, non sans en avoir ôté les os de poulet, et, trimbalant le tout, regagna sa voiture.

Une femme debout à un croisement où elle semblait attendre quelqu'un le dirigea vers un hameau au bout duquel se trouvait une clinique vétérinaire. Comme elle n'avait rien de mieux à faire, elle resta un bon moment plantée là, à regarder, bouche bée, la voiture.

II

La clinique vétérinaire des Vrais Amis des Animaux était située au bout d'un infernal chemin creusé de fondrières qui s'arrêtait devant un bâtiment carré en pierres grises et son parking, un terrain vague aussi cabossé que la route. Y étaient garés un camion Ford des années 40, une Mini Clubman Estate, une Jaguar, quelques bicyclettes munies de paniers en fil de fer. A peine avait-il pris congé de la femme qui suivait encore des yeux la Bentley, qu'une pluie diluvienne s'était mise à tomber. Il remonta le col en velours de son manteau et courut à petites foulées jusqu'à la porte, d'aspect si peu accueillant, des Vrais Amis.

La salle d'attente était meublée de trois bancs en bois, chacun contre un mur, et d'un bureau derrière lequel était assise, plongée dans une pile de dossiers, une femme à la mine fatiguée avec des lunettes cerclées d'acier et des cheveux comme un tampon Jex.

Melrose connaissait très peu de cabinets vétérinaires ; il se demanda néanmoins pourquoi ces établissements portaient toujours des noms comme « Refuge animalier » ou « Secours fraternel », alors que, la plupart du temps, ils ressemblaient à des prisons et leurs réceptionnistes à des geôliers. La geôlière en question lui dit que, n'ayant pas de rendez-vous, il devrait attendre que les *clients réguliers* fussent passés. Le ton de la femme trahissait sa désapprobation devant ce client imprévu et son chat trempé, plutôt bruyant. D'un signe du menton elle lui indiqua les bancs.

Non qu'un silence absolu régnât dans la pièce. Un bull-terrier et un berger allemand faisaient un effroyable raffut, chacun tirant sur sa laisse, brûlant de planter le premier ses crocs dans la cheville de Melrose. Totalement inefficaces s'avéraient les quelques grognements de leur maître, un homme d'un certain âge aux cheveux coupés au bol et au visage comme taillé dans la paroi d'une falaise. Il crut apparemment avoir le contrôle de la situation, quand l'un des animaux à sa charge finit par se coucher et l'autre par s'asseoir, les oreilles dressées, tous les deux ravalant leurs grondements, le bull-terrier montrant toutefois les dents au chat moucheté qu'un jeune couple avait glissé entre les deux chiens.

Assise à une extrémité du banc, la propriétaire de la Jaguar (de toute évidence) semblait convaincue que sa position tout en haut de l'échelle sociale empêcherait le bull-terrier de lui baver sur les pieds. Tout chez elle était chic et soigné — son tailleur Chanel, sa coiffure laquée, son caniche qui gémissait, le museau pressé contre le grillage d'une de ces sortes de sacs obligatoires pour le transport en avion des animaux. Elle adressa à Melrose un bref regard appréciateur, tripota ses perles et tendit le cou pour mieux voir le capot de la Bentley.

Les deux femmes à l'autre bout du banc avaient d'épais manteaux en laine et la tête couverte de foulards impression cachemire noués sous le menton. Elles tenaient sur leurs genoux deux sacs plats et noirs, pratiquement identiques. Interrompant leurs commérages à propos de quelque « vieille souillon », elles tournèrent leurs larges et agréables visages, aussi douceâtres qu'un pudding du Yorkshire, vers Melrose et manifestèrent qu'elles avaient remarqué sa présence, tout comme le temps qu'il faisait, en se livrant à des commentaires, qui ne pouvaient que le concerner, sur la pluie qui cinglait les vitres. « Un beau bourbier, que ça va faire », dit l'une des deux femmes, lui adressant un sourire tendu comme un élastique.

Melrose lui retourna son sourire tandis qu'il prenait place avec le panier sur le seul banc inoccupé.

Elles reprirent leur conversation, apparemment sans s'inquiéter du terrier Skye, allongé à leurs pieds, les yeux vitreux, les pattes de devant écartées, peut-être déjà mort, et sans s'apercevoir que la boîte en carton posée à côté de la femme qui avait adressé la parole à Melrose semblait avancer vers le bord du banc.

— ... je descends, et qu'est-ce que je trouve ? Les gosses, avec Mickey ici... (Elle désigna d'un signe de tête le terrier.) ... électrique et... dans l'Persil. Ah ! Une attaque que j'ai failli avoir, Missus Livlis... les gosses qui pleurnichaient... et ça tournait, ça tournait !

— Ooh, oui ! Cet' pauv' chose a l'air à moitié morte, pour sûr ! Eh bien, Perky, ici... (Elle frappa sur la boîte percée de trous d'aération) s'égosillait, coincé dans une essoreuse à rouleaux, et ah ! Alice qui hurlait...

Elle ouvrit la boîte et Melrose crut entrevoir le bec et la gorge d'un oiseau au plumage coloré avant que la dénommée Mrs Livlis ne le repousse à l'intérieur.

L'autre femme fit claquer sa langue.

— Oui, Missus Livlis, tout là-bas qu'il regarde...

Et elle offrit à la pièce entière un sourire gluant.

Interprétant ses paroles, Melrose comprit que le perroquet était à l'article de la mort, tant les deux femmes semblaient passionnées par leur sujet.

Il n'en croyait pas ses oreilles. D'après ce qu'il avait saisi de la conversation, les enfants de Mrs Malby avaient fourré le terrier dans la machine à laver (nouvelle acquisition des Malby, apparemment) et versé la lessive. Le terrier avait-il tourné dans le tambour avant que Mrs Malby ne vînt à son secours ? Leur accent prononcé ne lui permit pas d'élucider la question, mais, à voir le terrier, il aurait juré qu'il avait bel et bien été essoré. Le sort du perroquet était critique. Coincé dans une essoreuse à rouleaux ? Il semblait que Mrs Livlis (Lovelace, peut-être ?), n'ayant pas la même chance que Mrs Malby, avait dû faire sa lessive dans une vieille lessiveuse et que le perroquet s'était perché sur l'essoreuse à rouleaux.

C'est sur cette scène de tumulte, de carnage et de drame ménager que la porte d'entrée s'ouvrit, livrant passage au vent, à la pluie et à une petite fille couverte, presque des pieds à la tête, d'un ciré jaune à capuche et chaussée de bottes en caoutchouc. Melrose se prit à espérer que la boîte qu'elle abritait renfermait quelque chose d'aussi ordinaire qu'une portée de chatons. Nullement impressionnée par les hurlements sanguinaires que son entrée avait provoqués chez le berger allemand et le bull-terrier, elle se dirigea d'un pas déterminé vers la réception.

Par bonheur, la réceptionniste invitait le propriétaire des chiens à rentrer chez lui, et le berger allemand et le bull-terrier, jouant des griffes et des mâchoires, traversèrent la pièce, s'en prenant au passage aux bottes de l'enfant, qui ne parut pas même s'en rendre compte, ou du moins s'en soucier, tandis qu'elle posait sa boîte à terre. L'abattant était levé et la boîte vide, aussi supposa-t-il qu'elle venait chercher son animal. Ce qui le rassura, car il n'était pas certain de ressortir vivant des Vrais Amis, étant donné les cris perçants et les glapissements qui sortaient des entrailles du bâtiment.

D'un ton las, la réceptionniste posa une question à la fillette. Trop loin pour entendre ce qu'elle disait, Melrose saisit toutefois le mot « rendez-vous ».

Le menton de l'enfant effleurait le bureau. C'est avec un air plutôt ahuri qu'elle répondit « non » et ajouta quelques mots au sujet d'un docteur, là.

Avec cette impatience que certains adultes réservent aux enfants, la réceptionniste aux cheveux grisonnants lui demanda :

— Tu as amené ton animal ?

La petite fille haussa la voix.

— Non.

Elle semblait avoir la gorge nouée.

— Bon, comment t'appelles-tu ?

— Abby. C'est pour ma chatte.

Les mots avaient explosé comme une bombe.

— Le docteur t'a dit de venir la chercher, c'est ça ? Quel est le nom de ta chatte ?

— Buster, dit d'une voix qui avait grimpé de plusieurs tons la fillette qui alla s'asseoir sur le banc à côté de Melrose, tout en veillant à mettre suffisamment d'espace entre eux. Les bras croisés sur la poitrine, les poings serrés, elle regardait droit devant elle.

La réceptionniste secoua plusieurs fois la tête et lui cria à travers la pièce :

— Est-elle à la clinique ?

Elle pointa son crayon vers le plafond.

— *Elle est morte !*

La réceptionniste changea aussitôt d'attitude, réalisant que Buster était morte chez les Vrais Amis. La réaction des clients était prévisible : *Nous n'avons pas entendu, elle n'a pas dit cela.* Les têtes se détournèrent de la furie assise là. Les maîtres du chat moucheté qui lui faisait l'affront d'être vivant s'éclaircirent la gorge à l'unisson. Mrs Malby et Mrs Livlis eurent le bon goût de paraître sincèrement attristées. La propriétaire de la Jaguar se glissa au bout du banc et se pencha avec un air mielleux vers l'enfant furieuse, essayant d'intercepter son regard.

Eh bien, pensa Melrose, s'affaissant sur son siège, il y aura toujours des gens pour vouloir mettre les doigts dans les prises électriques et tirer les perroquets des essoreuses à rouleaux. Il savait ce qui allait suivre.

Malgré le refus de la petite fille de la regarder, elle comme son infect caniche, la femme bien habillée dit :

— Ne t'en fais pas, ma chérie ; tu pourras toujours trouver un autre petit chat.

Les Furies, Médée et Pandore réunies n'auraient pu déchaîner plus de violence que n'en exprimait le visage de l'enfant quand son regard se posa sur la personne qui venait de lui adresser ces paroles. Les yeux sombres de la fillette se rivèrent à ceux bleu pâle de la femme, laquelle eut un mouvement de recul pour éviter une gifle éventuelle. Et le coup de tonnerre qui ébranla alors la pièce fut interprété par Melrose comme une manifestation de la parole divine : Dieu avait quelque idée du sort qui attendait le caniche et le faisait savoir.

Heureusement, au moment où la petite fille, dans une sorte de transe, se levait pour faire face à la femme, la réceptionniste se précipita vers elle pour lui rendre sa boîte, manifestement plus lourde à présent.

L'enfant la prit sans mot dire, se retourna et franchit la porte que Melrose était allé lui ouvrir.

La pluie tombait à verse d'un ciel gris-noir tandis qu'elle descendait la route, s'éclaboussant dans les flaques d'eau.

Melrose s'interrogeait sur les circonstances qui avaient amené cette fillette à accomplir seule une telle démarche. Il l'aurait volontiers conduite là où elle voulait, mais il ne le lui proposa pas. Il avait le sentiment qu'elle savait parfaitement où elle allait et qu'elle savait comment elle voulait y aller : qu'elle devait repartir comme elle était venue, portant son épouvantable fardeau. Deux fardeaux, pensa-t-il, restant debout sur le seuil de la porte à se faire saucer : sa colère et Buster, sa chatte morte.

11

Jury remontait en voiture l'allée de la maison des Citrine, rêvant du bain chaud, du bon repas et de la jolie serveuse qu'il espérait trouver à l'*Old Silent*, quand il l'aperçut.

Du moins il pensa que ce devait être elle, Nell Healey. C'était à une certaine distance, sur un chemin tortueux en partie masqué par les arbres, mais il était sûr d'y avoir vu bouger une silhouette de femme.

Jury descendit de voiture et quitta l'allée pour s'engager sur le chemin qui dessinait des méandres capricieux parmi les pins et les ormes aux branches épineuses. Pas un souffle de vent. C'était comme s'il n'y avait pas eu d'orage. Le bois au crépuscule était encore plus sinistre qu'il ne lui avait paru plus tôt dans l'après-midi : un lieu de tristesse et de désolation.

Maudit, tel fut le mot qui lui vint à l'esprit. Des galles s'accrochaient à l'écorce et aux branches des chênes ; les squelettes de bouleaux se profilaient contre le ciel gris. Jury reporta son regard sur la masse sombre de la loge, sur ses minuscules fenêtres derrière lesquelles ne brillait aucune lumière. Lugubre et aveugle, elle paraissait presque malfaisante. Le chemin était bordé des restes rigides de vergerettes et de pulicaires ; des feuilles gelées s'accumulaient entre les racines des arbres ; les pierres étaient glissantes, recouvertes de lichen.

Il se demanda s'il y avait des lieux qui pouvaient

infecter l'esprit, éroder le cœur, ronger l'âme. Et pourquoi certains choisissaient, comme elle semblait l'avoir fait, de vivre dans un endroit aussi froid, au milieu d'une nature aussi ingrate, que même la venue du printemps ne devait guère embellir.

Elle était debout derrière un orme. Debout et non pas appuyée, regardant apparemment vers le bout du chemin où pendait, de guingois, une grille inutile. Inutile car, de chaque côté, les montants de pierre avaient quasiment disparu. Au milieu de ce mur qui ne délimitait plus rien, le portail était superflu.

— Mrs Healey ?

Bien qu'elle lui tournât le dos, elle l'avait certainement entendu venir, entendu ses pas sur les éclats de pierre et les brindilles. Il n'obtint aucune réponse. Mais pendant les quelques minutes qui suivirent, il pensa qu'elle était plongée en elle-même, que le bois, le chemin, le portail, le paysage entier s'étaient fondus en elle.

Il n'eut pas à répéter son nom, car elle se retourna brusquement et regarda dans sa direction.

— Oh, bonjour.

Elle le dévisagea sans feindre de ne pas le reconnaître, sans jouer non plus la surprise.

Elle tenait, bouquet incongru, une poignée de feuilles arrachées à l'automne, comme si, partie cueillir des fleurs d'hiver, c'était tout ce qu'elle avait pu trouver. Sa peau avait un éclat diaphane, semblable à celui de ses cheveux. Il crut tout d'abord que c'était l'absence de maquillage qui rendait son visage aussi pâle ; puis il comprit que ce qu'il avait pris à l'*Old Silent* pour une pâleur maladive n'était rien de tel. Elle avait le teint transparent d'un enfant ; ses cheveux n'étaient pas d'un blond cendré, mais parsemés ici et là de reflets plus clairs et de mèches tirant sur le roux. Ils étaient diaprés, comme ses yeux. Et si le regard qu'elle lui adressa était étincelant, lumière froide tombant sur une eau froide, l'iris n'en laissait pas moins apparaître, figées dans le prisme, des taches de la même couleur que les feuilles dans ses mains ; mouchetées d'or, de vert et de brun et éclaboussées d'argent. Ses habits étaient dans les mêmes tons : pull-over vert sombre noué autour de ses épaules, corsage en soie dorée, pantalon marron. Une tenue automnale. Par on ne sait quelle mystérieuse alchimie, elle avait absorbé les dernières couleurs de la nature. Ou peut-être, avec la sagesse du caméléon, essayait-elle de se fondre dans le décor, pour s'y cacher.

Au bout de quelques instants durant lesquels son regard alla du portail à lui pour retourner au mur en ruine, elle dit :

— Je ne cherchais pas à éviter...

Elle s'interrompit et poussa un long soupir.

— A m'éviter ? demanda Jury avec un petit rire. Je ne voudrais pas avoir à vous poursuivre, le jour où vous chercherez à fuir.

Elle se perdit de nouveau dans la contemplation du chemin et du portail. Jury suivit son regard.

— Vous attendez quelqu'un ?

— Non.

Il était mal à l'aise ; il supportait mal son silence, croyant toujours qu'elle allait se mettre à parler, et peut-être lui pesait-il d'autant plus qu'il était habitué aux gens qui déballaient leur vie.

Il regarda le chemin.

— Voilà une perspective qui semble vous fasciner.

Elle eut un faible sourire.

— Je n'en ai aucune, répondit-elle d'une manière ambiguë et presque hors de propos. Un portail inutile, non ? Je suppose que cet endroit était entouré par un mur d'enceinte au Moyen Age.

Il se rapprocha, à une distance d'où il aurait pu obtenir davantage d'attention, si cela avait été possible. Elle garda la même attitude étrange, paraissant tour à tour remarquer sa présence et l'ignorer.

— Mrs Healey ?

— Nell. (Son sourire était irrésistible.) Nous avons été suffisamment proches l'un de l'autre. Je crois que vous pouvez m'appeler par mon prénom. (Elle détourna à nouveau les yeux, pour les poser, cette fois, sur les ormes et les bouleaux environnants.) Je me demande pourquoi vous êtes revenu.

Ce n'était pas une question ; elle ne semblait nullement intéressée par les motivations de Jury. Elle lui donnait le sentiment que les dés étaient jetés, que tout était fini pour elle. Son ton ne décelait aucune hostilité, aucun espoir non plus. Elle regardait le chemin, paraissant examiner les pierres, les feuilles, les racines des arbres. Mais ce n'était pas ce qui l'entourait qui semblait retenir son attention, pas plus que Jury ; peu soucieuse de sa réponse, elle paraissait plongée dans ses pensées.

— Si je suis revenu, comme vous l'avez dit, c'est dans l'espoir d'apprendre pourquoi vous avez tué votre mari.

Elle ouvrit la bouche comme pour dire quelque chose. Il attendit ; rien ne vint. Quelque part, il entendit le doux plop d'une pomme de pin tombant sur le sol. Elle se tenait de profil, les bras croisés sur la poitrine, les mains enveloppant les coudes.

Il n'interpréta pas son immobilité et son silence comme de l'obstination.

— D'après votre père, vous auriez pu agir par vengeance.

Au bout de quelques instants, elle se contenta de dire d'une voix cassée : « Vraiment ? », et ramena son pull sur elle.

Avait-elle le sentiment de n'être pas assez habile, pas assez convaincante pour soutenir ce mensonge ?

— Mais cela ne vous surprend pas ; ce sont probablement les arguments sur lesquels comptent s'appuyer vos avocats : vengeance et folie passagère.

Un rose fiévreux monta de son cou à son visage,

marbrant son teint pâle. Mais sa réaction ne semblait pas due à l'embarras. Ses lèvres frémirent aux commissures.

Jury cherchait à l'arracher à sa placidité de nonne, à cette calme acceptation de son destin. Et il s'étonnait que sa brusque apparition ne suscitât chez elle nulle colère, pas même de l'agacement. Il poursuivit :

— Au bout de huit ans, rouvrir cette enquête ne va pas être une tâche facile, même pour quelqu'un d'aussi brillant que Sir Michael.

Elle laissa passer quelques secondes avant de répondre par ces seuls mots :

— Je m'en doute.

Elle ne faisait qu'exprimer sa plus sincère conviction, sur un ton tel qu'on eût pu croire qu'elle se moquait bien de ce qui lui arrivait. Elle se tenait les mains nouées derrière le dos, les yeux fixés sur le bout du chemin. Jury regarda vers la grille, vers le mur et au-delà, en direction d'un petit verger d'arbres étêtés, aux troncs rabougris, aux rameaux aussi fins que des crayons, aux branches saillant comme des membres osseux. En été, le verger devait être plus agréable, les arbres invitant les enfants à grimper dans leurs branchages pour en cueillir les fruits.

— Votre fils jouait-il ici ?

— Oui. (Il lui fallut un moment pour ajouter :) Avec Toby.

Curieusement, elle n'avait dit que le prénom, comme si elle savait qu'il connaîtrait Toby.

— Toby Holt.

Nell tira davantage sur les manches de son pull-over et hocha la tête.

— Ils étaient bons amis, ce qui est étonnant, étant donné que Billy avait douze ans et Toby presque seize. A quinze ans, eh bien... (Elle ne termina pas.) Je pense qu'il admirait Billy. Naturellement, Billy paraissait plus vieux que son âge, sans doute à cause de sa musique. C'était un magicien. Il pouvait jouer n'importe

140

quoi. Pauvre Toby ! Malgré tous ses efforts, c'est à peine s'il pouvait tirer un son d'un peigne. Et Abby, ils avaient tous deux adopté la petite Abby. Elle n'avait que trois ans. Comment va-t-elle ? Et les Holt ? Je me demande comment ils vivent la disparition de Toby.

Secouant la tête, elle contemplait le sol. Elle contemplait le sol et secouait la tête comme si elle était confrontée à une énigme, un mystère qui dépassait sa faible compréhension. Et curieuse était sa façon de s'interroger sur le moral des Holt, comme si la mort de l'enfant n'était survenue que la semaine dernière.

Apparemment, elle ne doutait pas qu'il irait trouver Abby, trouver les Holt. Il était sûr qu'en cet instant elle ne le voyait pas comme un policier, peut-être même ne le voyait-elle pas du tout. Elle se parlait à elle-même. En tout cas, elle parlait.

Jury était persuadé qu'elle pouvait voir, derrière le mur délabré, le fantôme de Billy Healey grimper à un arbre. Et quand il la regarda de nouveau, elle lui parut avoir pris l'aspect du verger : elle lui sembla rapetissée, amaigrie, recroquevillée sur elle-même. Son teint si parfait présentait de minuscules ridules, telles des craquelures sur la porcelaine. Elle avait tiré de sa poche un petit livre de poèmes, qu'elle tournait et retournait entre ses doigts, qu'il trouvait squelettiques à présent.

— On dirait (elle désigna du menton la rangée d'arbustes) qu'ils sont en train de mourir de froid. Mais ils sont seulement au repos. Un réchauffement atmosphérique en cette saison serait dangereux et même catastrophique. (Elle marqua une pause.) Je pense à un poème où un personnage contemple son verger et lui dit : « Au revoir et que le froid te garde. »

— Vous semblez estimer cela réconfortant.

Un vent froid se mit à souffler, qui fit voler, dans un léger bruissement, quelques feuilles et libéra du peigne en écaille de tortue ses cheveux dont quelques mèches vinrent lui cingler le visage. Elle les ramena en arrière, comme un voile, les écartant de sa bouche et de son menton, et rattacha le tout.

— Vous aimez la poésie ? demanda Jury.

— Oui.

Les yeux de Jury étaient fixés sur les mains qui remettaient de l'ordre dans la chevelure. Elle paraissait extrêmement jeune.

— J'aime la poésie parce que c'est un langage fiable. Je déteste parler.

Jury sourit.

— C'est clair comme de l'eau de roche. C'est la seule chose qui le soit chez vous.

S'il espérait par ces paroles la pousser à se dévoiler, il se faisait des illusions.

Elle poursuivait le cours de ses pensées.

— Les mots sont comme de la gaze. Semi-transparents, fragiles, toujours effilochés.

Elle eut un sourire hésitant, comme si elle voulait s'assurer de son effet. Elle semblait satisfaite d'avoir dit ce qu'elle pensait vraiment.

— Vous avez probablement raison, mais c'est tout ce dont nous disposons, et les poètes sont rares parmi nous. Je vous garantis que l'avocat de la Couronne n'aura rien d'un poète quand il vous appellera au banc des accusés. (Il se plaça devant elle pour la forcer à le regarder.) Ecoutez, ne croyez-vous pas que votre silence, cette aversion pour la parole, n'est que vanité : celle de croire qu'il y a quelque vérité enfouie que vous pourriez atteindre si vous trouviez les mots parfaits ? Que le monde est sourd et muet, et que par conséquent il est absurde d'essayer de frayer avec lui ?

A l'instant même où les mots sortaient de sa bouche, il sut que c'était exactement ce qu'il ne fallait pas dire, mais ç'avait été plus fort que lui. Elle le mettait en colère. Quand elle tourna de nouveau le visage vers le chemin, il s'excusa :

— Je suis désolé. Ce n'est pas à moi de vous poser des questions, encore moins de vous fustiger. (Il eut un petit sourire ; il s'était fait piéger par le souci de trouver le mot exact et il en avait choisi un qui avait une sonorité étrange, un goût aussi étrange que l'eau de mer.) Mais je suis persuadé que vous cachez beaucoup de choses. Peut-être avez-vous fait des révélations à vos avocats ; peut-être suis-je la dernière personne à qui vous accepteriez de parler. Mais je doute que vous leur en ayez dit plus qu'à moi. Je sais que vous avez quelque autre raison d'avoir tué votre mari.

Le silence s'allongea comme les ombres sur le chemin. La nuit était presque tombée pendant leur conversation. Le ciel mauve était partagé en deux par une bande d'or pâle. Les bras contre ses seins, elle fit un petit pont de ses doigts entrelacés et y posa le menton. Elle avait un répertoire réduit de mouvements ; ils étaient étriqués et parcimonieux, comme ses mots. Depuis que Jury lui avait adressé la parole, elle n'avait pas bougé de plus de la longueur de son bras.

— Pourquoi ? fut tout ce qu'elle dit.

Après un moment d'hésitation, il répondit :

— Vous semblez avoir beaucoup trop de retenue pour une femme mue par la vengeance.

Elle baissa les bras, les mains toujours jointes devant elle. Elle fronça les sourcils.

— Vous devez être capable de voir beaucoup de choses en quelques secondes.

— Ce n'était pas quelques secondes. Souvenez-vous : nous étions tous les deux dans la salle à manger au même moment.

Lentement, elle leva la tête :

— Je lisais un livre, c'est tout.

— Pas n'importe quel livre. Je feuillette toujours Camus quand j'ai besoin de réconfort.

Elle ne répondit rien, mais leva les yeux vers le ciel violet foncé où deux courlis tournoyaient, faisant entendre leur étrange miaulement.

— Et avant cela, au musée Brontë.

Fronçant à nouveau les sourcils, elle dit :

— Je ne vous ai pas vu.

— Je sais. Vous étiez trop absorbée, mais non par les vieux manuscrits. Je vous ai vue aussi au musée du Jouet.

Elle fronça davantage les sourcils et détourna le regard pour le poser de nouveau sur lui.

— Vous m'avez *suivie*. (Jury acquiesça.) *Pourquoi ?*

— Je l'ignore.

La chose semblait plus l'amuser que la contrarier. Elle secouait de nouveau la tête, très lentement.

— Mais vous ne m'avez pas adressé la parole.

A son tour il garda le silence, d'une part parce qu'il faisait une entorse à ses principes et qu'il en éprouvait de la honte, d'autre part parce que plus elle parlait, plus il se taisait. C'était comme si les mots étaient en nombre limité, insuffisant pour deux personnes à la fois. Ce fut lui qui détourna le regard, vers le portail et les arbres au-delà.

— Je ne comprends pas, ajouta-t-elle, sans en paraître pour le moins affectée.

Finalement, il lui dit ce qu'il n'avait pas encore dit, ce qu'il savait qu'il n'aurait pas dû dire, sauf à l'avocat de la Couronne. Mais cela aurait alors anéanti tout espoir — aussi faible fût-il — de voir Nell acquittée.

— Je sais que vous mentez. Vous et votre père. Votre mari mentait aussi.

Elle tourna brusquement la tête, un étonnement sincère sur le visage, les yeux écarquillés. Dans la pénombre, on ne pouvait voir les taches multicolores de ses pupilles. L'iris semblait s'être fondu dans un vert doré.

— Mentir à propos de quoi ?

— Mais de votre mobile. Vous n'avez peut-être pas parlé, mais vous n'avez pas nié non plus. La vengeance, parce que Roger Healey avait — ou que vous aviez tous les deux — pris en compte l'avis de la police de Cornouailles et refusé de payer la rançon de

144

Billy. Et votre père ? Avez-vous l'intention de le tuer, lui aussi, par vengeance ? demanda Jury avec douceur.

Il n'obtint pas de réponse ; elle se figea davantage.

— Votre mari n'avait pas l'argent suffisant. Vous si. Les autres avaient beau se comporter comme s'il s'agissait de leur argent, c'était à vous de signer le chèque, si l'on peut dire. Mais vous ne l'avez pas fait, vous n'avez pas voulu le faire.

Elle posa de nouveau son menton sur ses mains, et elle se tint les yeux fermés, les paupières serrées, comme si, dans cette posture, elle pouvait contenir ce qui menaçait de sortir : larmes, mots, sentiments. Puis son corps se relâcha et elle demanda avec calme :

— Comment savez-vous cela ? Le commissaire...

Elle s'arrêta aussitôt, se rendant probablement compte qu'elle était en train d'avouer.

— Goodall avait-il promis à Charles Citrine que le rapport serait légèrement modifié ? Après tout, peu importait à la police lequel d'entre vous prenait la décision.

— L'inspecteur !... dit-elle, le regardant de nouveau avec étonnement. C'est l'inspecteur qui vous a dit cela ! (Elle tira sur son pull — le froid était tel à présent qu'elle n'était plus assez couverte, mais Jury doutait qu'elle en fût vraiment consciente.) Je me souviens très bien de lui. Il s'appelait Mac-quelque chose.

— Macalvie. Il n'est plus inspecteur ; il est devenu commissaire divisionnaire. C'est quelqu'un de très haut placé.

— Alors, vous l'êtes également ?

Jury sourit.

— Je n'ai pas une position aussi élevée. Même Dieu n'est pas plus haut placé que Macalvie.

Jury fut étonné de la voir sourire. Non seulement parce que c'était le premier vrai sourire qu'il lui voyait, mais aussi parce qu'elle était capable de sourire aux dépens de Brian Macalvie.

— Vous ne le détestez pas ? Pour avoir donné aussi franchement son avis.

Qu'elle pût le détester parut la laisser perplexe.

— Pourquoi le détesterais-je ? Je n'étais pas obligée de suivre son avis. Et son conseil n'était guère différent de ceux que n'avait cessé de nous donner la police. L'autre policier tenait le même discours, mais sans être aussi convaincant. L'inspecteur parlait avec beaucoup de force et d'intensité ; il prenait probablement un risque. J'ai eu le sentiment qu'il était absolument persuadé d'avoir raison.

Jury sourit.

— Il serait le premier à en convenir.

— Il n'avait pas l'air prétentieux.

— Oh, la prétention n'a rien à voir ! Il est simplement très conscient de ses propres talents, et ils sont considérables, croyez-moi. Que vous n'ayez pas retrouvé Billy ne signifie pas qu'il ait eu tort. Mais vous avez bien dû penser, parfois, que si vous aviez payé la rançon...

Elle recula et parut se concentrer sur l'écorce sombre d'un chêne.

— Tout est fini. Mais c'était déjà fini ; je n'ai guère de chances de gagner le procès, comme vous me l'avez dit.

Jury alla jusqu'à l'arbre, posa la main sur le tronc.

— De le savoir ne changera pas grand-chose, je le crains.

Elle le regarda en fronçant les sourcils.

— Il sera assigné à comparaître, et vous...

— Le rapport officiel de police disait que la « famille » avait refusé de payer la rançon. Le fait est que Macalvie et moi pourrions nous montrer de plus ardents serviteurs de la justice. Mais vous (Jury haussa les épaules), je doute que vous ayez le même souci. Vous me faites l'impression de quelqu'un qui a mené à bien une tâche difficile, et qui, au bout du compte, se moque pas mal des conséquences.

Il s'était placé dans son champ de vision, et comme il était assez grand et assez près pour lui masquer la vue, elle fut obligée de le regarder. Elle fixa le chandail de Jury, son imperméable, et évita ses yeux.

— Vous me croyez insensible ?

Son expression était triste.

— Non. Lointaine, mais pas insensible.

Elle resta à contempler les arbres aux branches tortueuses sans rien dire, s'enveloppant dans le silence, comme dans son pull-over qu'elle ramenait sur elle.

— Au revoir, Mrs Healey.

— Au revoir.

Il avait fait déjà quelques pas dans le chemin quand il l'entendit lui lancer :

— Et que le froid vous garde !

12

« Infiniment désolée de ne plus avoir de chambre libre » : La réceptionniste du *White Lion*, à en juger par son expression, semblait vouloir prendre sur elle l'entière responsabilité de la chose. Lorsqu'elle revint du bureau où elle s'était éclipsée « juste pour s'assurer qu'il n'y avait pas eu d'annulations », elle renouvela ses excuses et tamponna son nez rouge et irrité. Melrose craignait que sa soudaine apparition au *White Lion* suivie d'un départ tout aussi abrupt n'eût provoqué quelques crises de larmes, quelque remue-ménage parmi le personnel de l'hôtel, bouleversé par la déconvenue d'un client potentiel. Mais le nez congestionné et les yeux rougis n'étaient pas dus à l'émoi de voir Melrose disparaître dans le froid. La réceptionniste avait un rhume et de la fièvre. Elle lui fit une suggestion : le *Black Bush*, de l'autre côté de la rue ? Non, il y était déjà allé. C'était stupide de sa part de n'avoir pas réservé de chambre.

Pourquoi l'aurait-il fait ? En janvier, les hôtels étaient généralement vides à Haworth. Elle semblait avoir peur qu'il ne se reproche sa stupidité et ne se laisse écraser par le poids de sa propre responsabilité, alors que son sort était déjà accablant.

Commençant à se prendre pour l'un des personnages des *Misérables*, Melrose essaya de lui remonter le moral en lui assurant que l'office du tourisme à côté lui trouverait bien une chambre. L'employée semblait au désespoir. Se confondant en sourires et prenant congé, il se demanda si, plus que les virus et les meurtres, ce n'était pas la mélancolie des Brontë qui infectait les habitants de Haworth.

Pendant que l'employée de l'office du tourisme renseignait une femme d'un certain âge, Melrose parcourut la petite pièce du regard et ramassa quelques brochures, ainsi que des cartes postales en noir et blanc des landes et du village. L'une d'entre elle représentait le presbytère et le cimetière et il se dit qu'il l'enverrait à Vivian pour lui faire savoir dans quelle sorte d'endroits il traînait ses guêtres depuis leur dernière entrevue. Tandis qu'il partait à la reconnaissance des trésors offerts par les présentoirs, il fut suivi par un petit garçon au visage en forme de tourte, âgé de dix ou douze ans, qui tenait à la main un grand sac de chips et léchait une sucette violette au milieu de laquelle tournait en une folle spirale une bande d'un vert écœurant : sans doute le rejeton de la femme au bureau. L'enfant avait des yeux inexpressifs, aussi mornes qu'une pièce de monnaie, et, dans son désœuvrement, s'amusait à rapprocher ses doigts poisseux du manteau en cachemire de Melrose.

— Branwell Brontë ? demanda Melrose, comme si le gamin lui avait posé une question.

Il se mit alors à lire, à voix aussi haute qu'il le put, les propos tenus par Branwell à propos du *Lord Nelson*, lesquels accompagnaient la photographie du fameux pub : « Je donnerais ma main à couper plutôt que de continuer à m'adonner à la maligne et froide débauche qui a trop souvent caractérisé ma conduite ici. » Melrose marqua une pause, regarda l'enfant mal élevé, et d'un ton posé et clair, dit :

— Eh bien, je ne sais pas où il trouvait ses drogues, moi.

La femme à la toilette turquoise et au long visage cireux, qu'allongeait encore l'espèce de haut turban noir dont elle était coiffée, se retourna vivement et cria : « Malcolm ! » d'une voix grave, presque de basse. Elle regarda Melrose derrière ses paupières tombantes et saisit Malcolm par la main. L'enfant se dégagea avec promptitude ; Melrose était davantage son style.

Sur le mur au-dessus du bureau était accroché un immense agrandissement des ruines de la vieille ferme dont Emily Brontë, disait-on, s'était inspirée pour *Les Hauts de Hurlevent*. La femme en quête d'informations, visage rond surmonté d'une boule de cheveux jaunes, demandait d'une voix fluette quel était l'état de la route qui menait à la ferme. Lorsque l'employée de l'office du tourisme lui eut expliqué patiemment qu'il n'y avait pas de route, qu'elle devait *marcher* sur la lande pendant environ quatre cents mètres, elle se tourna vers Melrose, comme pour chercher du réconfort, et demanda dans un murmure :

— Puis-je regarder un moment la photo, à défaut ?

— Absolument, madame. C'est ainsi que j'ai fait l'escalade du Kilimandjaro. Campant à son pied, munie d'une grande carte et de quelques punaises, j'ai atteint sans encombre le sommet. J'ai lu Hemingway pour l'atmosphère. Après tout, pourquoi vouloir la réalité quand on peut se contenter de l'apparence des choses ? Pourquoi chercher la substance quand on peut marcher dans son ombre ? A quoi bon, par pitié, perdre du temps ? Le temps, c'est tout ce que nous possédons.

L'enfant au visage de gnome le regarda d'un air rêveur.

— Je n'ai jamais...

Melrose était sûr qu'elle ne mentait pas. Il se dirigea vers un autre présentoir de cartes postales, suivi à la fois par Malcolm et par le regard suspicieux en même temps qu'aguicheur de la mère du petit monstre.

— Nous n'allons pas dans ce trou (Malcolm montra du menton la photo), nous *allons* au mur d'Hadrien.

Melrose fit tourner le présentoir et dit :

— Eh bien, dépêche-toi de filer. Ton mur est dans le Northumberland.

— Maman le connaît.

Melrose détourna les yeux d'une carte postale représentant les rues pavées de Haworth.

— Quoi ? Qui ?

— Hadrien. L'empereur Hadrien.

Il fourra une poignée de chips dans sa bouche et attendit de voir la réaction de celui qu'il prenait pour un alpiniste.

Melrose s'éloigna.

Le Petit Monstre le suivit.

— Vous comprenez, elle voit des choses. Elle peut lire les cartes et elle voit des fantômes. Elle a comme une seconde vue.

Manifestement, ce n'était pas le cas, car si elle avait pu lire l'avenir, elle n'aurait jamais mis au monde pareil enfant. Melrose le fixa du regard.

— Va-t'en.

Le Petit Monstre lui tira la langue, une langue vert et violet, et fut emmené de force par sa mère tandis que la blonde ramassait ses cartes et ses plans et adressait à Melrose un sourire éclatant en guise d'adieu.

Ce fut enfin le tour de Melrose.

Il se vit indiquer plusieurs adresses, toutes commençant par un B.

— Il y a Mrs Buzzthorpe ; son petit déjeuner est bon et copieux ; c'est la seule chambre qu'elle ait et vous y serez au calme. Si l'on peut espérer avoir du calme par ici maintenant. (Elle passa la main sur son front inquiet.) Je suppose que vous savez...

— Je cherche plutôt un hôtel ou une auberge. Il y a l'*Old Silent*, à ce que j'ai cru comprendre.

Du moins c'était là que Jury lui avait dit séjourner.

La pauvre femme tira sur son pull-over et dit :

— Ah ! Mais c'est là qu'il y a eu cet horrible *meurtre*. (Elle savoura le mot.) Il y a seulement deux jours. (Sa voix n'était plus qu'un faible sifflement tandis qu'elle se penchait par-dessus le bureau.) Un homme y a été assassiné. J'imagine que c'est pour ça qu'il est difficile de trouver une chambre.

Elle plissa le nez de dégoût.

— Des amateurs de frissons.

— Mais est-il plein ? demanda Melrose, baissant lui aussi la voix.

— L'établissement a été fermé un moment par la police de Keighley. Je peux me renseigner.

Elle appela l'auberge et annonça à Melrose que ses quelques chambres étaient prises. Elle retourna à sa liste.

— Le *Weavers Hall*. C'est un endroit très agréable. (Elle hésita un instant, regarda les vêtements de Melrose, le pommeau en argent de sa canne, et la Bentley dans la rue, puis sourit, en désespoir de cause.) Mais je ne suis pas sûre que ce soit votre standing.

— Peu m'importe le standing par les temps qui courent. Où est le *Weavers Hall* ?

Soulagée de le voir accueillir avec une telle magnanimité ce qu'elle semblait considérer comme un bien pauvre choix, elle se jeta sur ses cartes et ses crayons.

— C'est tout à côté, près du réservoir. (Elle planta le bout aiguisé de son crayon sur un point de la carte à une faible distance du village.) C'est la route à droite après Stanbury, à un kilomètre et demi. En tout, ça ne fait pas plus de trois kilomètres.

— Vous êtes très aimable. Merci. Peut-on y prendre ses repas ? Fait-il restaurant ?

Elle le regardait d'un sale œil, comme si, après l'avoir tiré d'affaire, elle lui en voulait d'être obligée de le décevoir.

— Non, mais le repas du soir y est excellent, dit-elle vivement.

Il sourit. L'expression « repas du soir » lui évoquait toujours un jarret de bœuf accompagné de purée de pommes de terre. Eh bien, de toute manière, il dînerait avec Jury, ce soir.

152

— Sa carte des vins est-elle conséquente ? Peu importe, ajouta-t-il en lisant de la surprise dans ses yeux bruns. Je ne faisais que plaisanter.

13

Le Petit Monstre était occupé à torturer un chat gris quand Melrose tomba sur lui dans les terres du *Weavers Hall*, immédiatement après avoir garé sa Bentley. Il se traita de tous les noms pour ne pas avoir compris que la femme de l'office du tourisme avait sans doute envoyé là toute sa famille, puisque c'était l'un des rares endroits où l'on pouvait encore trouver à se loger.

Derrière une grosse pierre plate, au centre d'un tas de pierres plus petites menaçant de s'écrouler, le Petit Monstre était presque assis sur le chat, lui enfonçant dans le gosier des chips au sel et au vinaigre, tout en lui frappant la tête avec un poster roulé. Un grand sac était appuyé contre l'une des pierres. Le chat se débattait et poussait des miaulements pitoyables. L'enfant avait le dos tourné et une bande de chair blanche et flasque apparaissait là où son T-shirt « République des Bananes » était remonté et son jean descendu.

Probablement à cause du radiocassette portable qui crachait du rock'n'roll, l'enfant n'entendit pas Melrose approcher. De l'autre côté d'un grillage, des poulets grattaient le sol, des canards titubaient, comme ivres, et un coq allait et venait, l'air décontenancé.

Le poste était de ceux que les jeunes traînent avec eux comme des chiens ou promènent sur leurs épaules, n'ayant pas d'autres fardeaux à porter. Lorsqu'il entendait l'un de ces appareils sur les trottoirs de Londres, Melrose avait toujours l'impression d'entendre un appel tribal, comme si l'une des bandes de Regent Street signalait sa présence à ses consœurs de Piccadilly. Celui-ci déversait un hachis musical, constitué de quelques centaines de cymbales se mêlant au bruit d'une fusillade à Chicago dans les années 30.

Sur la pierre plate était posée une bouteille de limonade que prit le petit garçon tandis que le chat se tortillait sous lui, essayant de lui échapper, et Melrose réalisa qu'il avait l'intention d'introduire de force l'objet dans la gueule du chat. Il dégagea aussitôt sa canne des sangles de cuir de sa valise et l'abattit sur le poignet qui tenait la bouteille, l'envoyant voler en l'air. Elle retomba avec un bruit sourd sur le sol près de la clôture. Quelques canards, battant des ailes, accoururent en se dandinant pour voir ce qui se passait.

L'enfant poussa un hurlement, et une vive rougeur envahit son visage, annonciatrice d'une crise de nerfs. Il s'était levé et se convulsait sous l'effet de la colère. Le chat se redressa et se secoua.

— C'est ma limonade !

Mais ses yeux étaient fixés sur la canne d'aspect inoffensif, en réalité un gourdin, un tube en cuir rempli de minuscules grains de plomb. Melrose s'appuyait dessus, regardant le tas de pierres s'écrouler.

— Tu as été à Stonehenge, toi aussi ?

Le petit garçon lui jeta un regard aussi furieux que le permettait l'épaisseur de ses verres de lunettes. Le chat s'arrêta, hagard, comme s'il venait d'être torpillé, sur la route conduisant aux dépendances — ferme, étables et petite annexe en pierre. Un chien au pelage blanc et fauve comme les chiens de berger écossais se mit à aboyer à l'approche du chat, soit pour l'inciter à avancer, soit pour le faire déguerpir. Melrose se dit qu'une armée de chiens aurait paru au chat gris plus rassurante que la compagnie du Petit Monstre, qui à présent regardait Melrose, tout en mâchant sauvagement ses chips. La bouche pleine, il dit :

— Vous êtes stupide.

— Je suis aussi plus grand que toi, dit Melrose, tapant la canne contre sa paume.

Malcolm recula d'un pas et ses cils arachnéens battirent à plusieurs reprises. Il semblait réfléchir, et cette tâche ardue tordait son visage comme un caramel mou.

— Je le dirai à Maman.

— Oh, vas-y ! Maman viendra me voir et je lui dirai, moi, à ta maman, ainsi qu'à tout le monde ici, ce que tu faisais.

Les yeux de l'enfant se plissèrent ; il regarda la voiture de Melrose et dit :

— Notre voiture est plus belle que la vôtre.

Melrose glissa la canne entre les sangles de la valise et répondit :

— Faisons l'échange.

Il ramassa sa valise ; il s'apprêtait à tourner les talons quand le petit garçon augmenta le volume de son poste et le poussa vers le grillage. Dans tous leurs états, les poulets caquetaient et tournaient en rond, et les canards s'enfuirent à l'autre bout de la clôture.

Oh ! pour l'amour de Dieu ! se dit Melrose.

— Arrête ça ! dit-il.

— Je me suis dit qu'ils aimeraient être au premier rang pour entendre Sirocco. Vous ne savez même pas qui ils sont, n'est-ce pas ? demanda-t-il avec suffisance, couvrant la musique.

— Un vent chaud venant du Sahara. Au revoir.

— Idiot ! hurla l'enfant dans son dos, comme il s'éloignait. C'est l'un des meilleurs groupes de rock du monde ! (Il agita le poster.) J'ai des sièges au premier rang !

Melrose continua à avancer. Il espérait que Peter Townsend et les grandes stars du rock comme lui continuaient à casser leur guitare, à mettre le feu à leur batterie, etc., faisant voler jusqu'aux sièges du premier rang en éclats et flammèches. Comme il approchait du chemin caillouteux, il tourna la tête vers la gauche et vit une petite fille sortir de la grange. C'était la Furie, la fillette qu'il avait croisée chez le vétérinaire. Ses cheveux noirs brillaient comme un casque ; un châle blanc lui tombait presque jusqu'aux chevilles, jeté sur une robe trop longue pour elle.

Si elle le vit, elle n'en laissa rien paraître. Son pas décidé et l'expression de son visage lui firent douter qu'elle pût voir autre chose que l'objet de sa rage, là, près du grillage. Elle portait le chat gris sur son épaule, tel un sac de farine.

Plusieurs canards quittèrent le remue-ménage de la basse-cour pour courir se réfugier dans un coin de la clôture, cherchant à se rapprocher le plus possible de la fillette, comme s'ils sentaient quelque chose venir, un dîner de préférence, et le coq les rejoignit d'un pas incertain, plantant chaque griffe dans le sol.

A la vue de la petite fille, Malcolm lâcha le poste toujours allumé et essaya de fuir en se faufilant à travers le grillage. Impossible ! Comme les canards, Melrose pouvait flairer quelque chose dans l'air tandis que la fillette posait le chat sur le tas de pierres. Le félin se lécha calmement la patte, toute menace de danger apparemment oubliée maintenant qu'il était sous la protection de sa maîtresse.

Melrose lâcha sa valise et se dirigea vers la Furie qui s'avançait vers le petit garçon. Cette enfant vivait-elle chaque jour dans le drame ? se demanda-t-il.

Ça semblait être le cas. Avant qu'il n'eût pu l'arrêter, le bras vola, portant un coup foudroyant au menton du garçon qui craqua.

Un vent de folie soufflait parmi les poulets ; raide comme le monstre de Frankenstein, le coq arpentait la cour, tandis que du poste de radio jaillissaient, rugissant crescendo, de frénétiques applaudissements, sifflements et acclamations. Glissant le long de la clôture, le petit garçon poussa un hurlement qui se mêla assez bien aux ovations menaçant de faire voler le radiocassette en éclats.

— Arrête ça immédiatement !

La voix fit se retourner Melrose et il vit, accourant du *Weavers Hall*, la femme enturbannée à la toilette turquoise, la mère du Petit Monstre. Elle fit sursauter le chat gris qui, flairant un nouveau danger, fila sur la route. Les poulets allaient et venaient en tous sens, entrant en collision, tandis que la femme poursuivait la petite fille de sa haine et de ses cris. Melrose perdit un précieux moment qu'il aurait pu mettre à profit pour maîtriser la harpie ou même la renverser — tous les moyens étaient bons — et l'empêcher de frapper la Furie du revers de la main, d'un coup qui aurait pu envoyer l'enfant rouler au sol, mais qui ne la fit pas même fléchir. La petite fille restait plantée là avec obstination, les pieds écartés, refusant d'aller au tapis.

Il se pencha vers elle :

— Tu vas bien ?

Elle fit un signe de tête affirmatif et le regarda en fronçant les sourcils, non pas de mécontentement, mais comme si elle essayait de se rappeler où elle l'avait déjà vu. Contrairement à ce qu'il avait tout d'abord cru, elle n'avait pas les yeux marron. Ils étaient, en cet instant, d'un bleu sombre et profond, et brillaient des larmes qu'elle retenait. Elle détourna son regard vers les collines au loin, indifférente à la tache rouge qui marbrait son visage, telle la marque indélébile imprimée par la main d'une sorcière. Ses yeux se fermèrent, sa bouche s'incurva vers le bas.

— Beurk, beurk, beurk !

Elle frappa des pieds comme si elle avait marché sur des charbons ardents. Puis elle fit brusquement volte-face et se mit à courir en direction de la grange, les bras levés, les pans de son châle battant comme des ailes. Elle s'arrêta, tourna tel un derviche, et reprit sa course, comme poursuivie par la colère de Dieu, le châle blanc volant autour d'elle, ses cheveux aussi noirs que le péché.

14

Pendant que Melrose regardait le châle blanc disparaître dans la grange, une femme était apparue sur l'allée et s'était mise à balayer les dalles. A la voir là, également enveloppée d'un châle qui lui descendait jusqu'aux chevilles, vaquant à des tâches ménagères, il eut le sentiment que tout était rentré dans l'ordre. Et quand elle se redressa, Melrose eut la curieuse impression que c'était la femme qu'il avait vue sur la lande. Son attitude, son air décidé, son long châle, tout contribuait à cette sensation de déjà-vu.

Elle était séduisante, en dépit d'une certaine morosité. Il ne pouvait voir ses yeux, baissés sur son travail, mais il remarqua ses cheveux acajou ainsi que l'éclat de sa peau, aussi claire que celle d'une petite fille. Elle lui évoquait une image désuète de l'enfance, un vêtement acheté l'année précédente qui gardait sa tenue, bien que décousu aux coutures. La mère de la petite fille, très probablement ; elle montrait dans le travail l'ardeur de quelqu'un dont la dernière chance est venue de faire ses preuves.

Brusquement, elle leva les yeux :

— Oh ! désolée. J'étais plongée dans mes pensées. (Son sourire était tendu.) Vous êtes Mr Plant ? Le monsieur envoyé par l'office du tourisme ?

Melrose acquiesça. Sa beauté était incertaine, comme si tous les éléments étaient là sans être aboutis, telle l'esquisse d'un portrait réalisée par un peintre :

les yeux étaient bien espacés, mais l'iris était d'un bleu délavé ; la bouche, pleine, tombait aux commissures ; le teint, malgré sa transparence, montrait des marques de varicelle, héritage de l'enfance.

Elle lui tendit la main.

— Je suis Ann Denholme.

Elle avança la main vers la valise, mais Melrose la prit à sa place.

— La famille a dû arriver avant moi. Puis-je vous demander leur nom ?

Ils franchirent la grande porte en chêne pour pénétrer dans un hall rempli de meubles en bois sombre et de tapis turcs fanés.

— Les Braine, mère et fils. (Elle eut un regard dégoûté vers les chambres à l'étage.) A peine étaient-ils arrivés qu'une dispute a éclaté entre le garçon et Abby, et Mrs Braine a menacé de faire ses bagages. (Elle avait pendu son châle au portemanteau fixé à la porte et, les bras maintenant croisés, se frottait les coudes avec embarras.) Cet enfant est abominable...

Melrose sourit et acquiesça d'un signe de tête.

— ... mais Abby ne semble pas comprendre qu'elle ne peut pas traiter les clients comme bon lui plaît.

— Ce n'est pas Abby qui a commencé. C'est moi.

Ann Denholme s'arrêta dans le couloir qu'ils avaient emprunté et se retourna vers lui.

— Vous ?

— Cet enfant est du genre à arracher les ailes aux machaons et aux perruches inséparables. (Ils avaient atteint le palier.) Quand je suis arrivé ici... (Melrose s'interrompit. Ce n'était pas tant le sens de l'honneur qui lui interdisait de rapporter les bêtises des autres, que le privilège de sa richesse et le sentiment de ne pas avoir besoin de ce genre de revanche. Il était étonnant de voir comment l'argent contribuait à résoudre les petits problèmes de la vie.) Je l'ai réprimandé.

Comme il dépassait plusieurs portes aux encadrements en beau noyer, elle demanda :

— Pourquoi ?

Ainsi le Petit Monstre n'avait rien dit ; il ne voulait pas que la version de Melrose fût entendue. Et puis, celui-ci pouvait arpenter le couloir avec son gourdin pendant la nuit.

— Il embêtait les poulets. Quelle est ma chambre ?

— Les poulets ?

Elle le regarda d'un air suspicieux tout en ouvrant une porte, puis s'immobilisa la main sur la poignée, pour le laisser passer.

C'était une chambre de style victorien, encombrée d'un lit à baldaquin, de chaises en velours, d'un double bureau, de longs rideaux avec de lourdes embrasses, d'un lavabo contre le papier mural à motif fleuri, d'un soufflet doré dans l'âtre vide, de céramiques sur le manteau de la cheminée. Charmante, cependant, peut-être parce qu'on y sentait la vie, comme si une petite vieille en coiffe et robe à volants s'était affairée dans la pièce, ajoutant des éléments de décoration qui ne s'imposaient pas.

Tout en défaisant les sangles de sa valise, il dit :

— J'ai vu votre fille chez le vétérinaire hier. Les Vrais Amis, je crois.

— Abby n'est pas ma fille.

Son ton lui parut froid.

— Non ? Mais elle vous ressemble tellement et comme elle vit ici, j'ai pensé que...

— C'est ma nièce, la fille de ma sœur. Ce qui explique la ressemblance, j'imagine. (Ses yeux étaient fixés sur la robe de chambre de Melrose en soie impression cachemire, cadeau que Vivian lui avait rapporté de l'un de ses voyages en Italie.) C'est magnifique. J'aime les tissus, même si je ne peux m'en offrir d'aussi riches.

Aussi flatteur que cela pût être, Melrose trouva quelque peu curieux de la voir assise là sur son lit, à admirer sa robe de chambre. Les choses semblaient se déclarer assez brusquement au *Weavers Hall* — bagarre, sexe. Telle une soudaine éruption de boutons.

On frappa un bref coup au chambranle de la porte, et une femme au visage rougeaud en forme de pensée, approchant sans doute des soixante-dix ans, proposa :

— Une tasse de thé, monsieur ?

Elle lui tendit une tasse en faïence de Delft.

— Merci, Mrs Braithwaite, dit Ann Denholme d'une voix sèche. (Comme si de rien n'était, la femme fit une petite révérence et s'en alla, le même sourire aux lèvres qu'à son arrivée.) Je sers toujours le thé dans le salon en bas à cette heure, mais j'ai cru, étant donné les circonstances...

Sa voix s'estompa.

— Vous avez cru que je voudrais éviter Mrs Braine et son fils, si je comprends bien. (Melrose n'appréciait guère cette invite à ne pas bouger de sa chambre et à rester tranquille). Eh bien, je serais tout au contraire ravi de rejoindre les autres clients pour le thé.

— Vraiment ? Il n'y a que deux autres clients. Je doute que vous vous trouviez beaucoup de points communs avec un major d'un âge certain et une princesse italienne disons... euh... sur le déclin. Princesse, c'est du moins ce qu'elle prétend. (Ann Denholme sourit pour lui signifier que ses paroles n'étaient pas méchantes. Puis elle ajouta :) Sachez que la mère était extrêmement fâchée contre Abby. Et contre vous.

— Miss Denholme, sachez que je ne suis pas fâché contre les Braine. Mais le fils devrait être pupille de l'Etat.

Le visage d'Ann Denholme se colora légèrement, tandis que, manifestement, elle se rendait compte qu'elle ne s'y était pas prise de la bonne manière.

— Bien sûr. Mrs Braithwaite vous a apporté votre thé, mais je peux lui demander de vous mettre une autre tasse dans le salon.

Il leva la tasse en faïence bleue de Delft.

— Celle-ci fera très bien l'affaire.

— Non, non. Je vais dire à Mrs Braithwaite...

— Je vous en prie, ne vous donnez pas ce mal. J'ai

rendez-vous dans deux heures avec un ami pour dîner au...

Elle avait déjà refermé la porte.

Melrose poussa un soupir et secoua la tête.

Il aurait dû cafarder.

Des sons discordants sortaient du salon, comme si le chat se promenait sur les touches du piano.

L'instrument était quelque part derrière la porte ouverte. Il ne pouvait le voir, mais il savait que c'était le Petit Monstre qui tapait ainsi dessus. La mère le laissait poursuivre son vacarme, assise devant le feu avec, sur les genoux, une tablette recouverte de cartes. Installée dans une chaise longue, la troisième occupante de la pièce était une belle femme d'une soixantaine d'années, élégamment vêtue de soie lavande.

Melrose ne pouvait imaginer toilette plus turquoise que celle de Mrs Braine. Elle s'était débarrassée de la veste bouffante, mais elle portait toujours le même pantalon bleu-vert moulant. Elle avait toutefois ajouté quelques accessoires à sa tenue : des chaussures à talon haut avec une bride à la cheville, turquoise également ; des pendeloques en verroterie bleu et vert, qui ressemblaient à des tessons de bouteille ; une épaisse couche d'ombre à paupières, turquoise bien sûr. Melrose chaussa ses lunettes à monture d'or tandis qu'il s'avançait dans la pièce, saluant ces dames d'un signe de tête avant de venir s'arrêter devant les rayonnages couvrant le mur du sol au plafond. Il remarqua le livre ouvert sur la table couverte de miettes à côté de la mère du sale môme. *Oh ! non !* pensa Melrose. *Et si ! Elégie turquoise* de Mr John D. MacDonald. L'ensemble était parfait. Ou plutôt la perfection fut atteinte quand Mrs Braine glissa une cigarette dans un fume-cigarette... turquoise. Elle était la femme la plus turquoise qu'il eût jamais vue. Seuls détonnaient dans cette perfection ses yeux, ses cheveux et son turban, qui étaient noirs !

Maître Malcolm s'était arrêté, moment béni ! gardant toutefois ses doigts, écartés comme les pinces d'un crabe, sur les touches en ivoire. Melrose lui dit avec un sourire :

— Rejoue donc ça, Sam ![1]

Stupéfait, l'enfant se retourna vivement sur le tabouret du piano.

— Quoi ?

— Je ne faisais que plaisanter. Eh bien, quel charmant tableau ! dit-il cordialement, en s'approchant du feu et en s'y réchauffant les mains.

La dame à la toilette lavande lui jeta un coup d'œil par-dessus son livre — un mince volume, lu précisément afin de pouvoir jeter des coups d'œil par-dessus, pensa-t-il — et le considéra avec attention.

Aussitôt après que Melrose lui eut adressé la parole, maître Malcolm glissa de son tabouret et se dirigea vers Maman, qui lança un regard furieux à Melrose, et, entourant d'un bras son fiston, lui marmonna des mots comme « mon petit chou » et autres termes affectueux qui semblèrent le hérisser. A en juger par son expression, il aurait mille fois préféré être dehors à donner des coups de pied aux chiens.

— Alors, vous faites une réussite ? Ah ! c'est un tarot. Très bien.

Ramona Braine le regarda du fond du puits de ses yeux charbonneux et dit :

— Taureau.

— Je vous demande pardon ?

— Votre signe. Vous êtes né sous le signe du Taureau. Têtu, sujet aux accès de colère. Bien que vous puissiez être loyal. Je savais que nous aurions des ennuis. Je l'ai senti. Et ce n'est pas fini. Il y en aura d'autres. Beaucoup d'autres.

Il se serait cru dans la roulotte d'une gitane de fête

1. Allusion à *Le Chanteur de jazz*, premier film parlant réalisé en 1927. (*N.d.T.*)

foraine. Quand surviendraient les ennuis, elle avait omis de le préciser, aussi sa prédiction était-elle relativement inoffensive.

— Je suis Verseau en fait, dit-il avec un sourire.

— A peine, répondit-elle, rassemblant ses cartes.

Puis elle parcourut la pièce du regard, comme s'il en émanait soudain une puanteur pestilentielle, et ne mentionna le courant d'air froid que lorsqu'elle franchit le seuil de la porte.

— Ecoute-moi bien, dit-elle, tirant Malcolm à elle.

— Ah, lâche-moi, maman.

Le garçon s'arracha à son étreinte et avança d'un pas chancelant jusqu'à une chaise où il s'assit, les mains dans les poches et le menton sur la poitrine.

Elégie turquoise se leva, ajusta ses bracelets bleus et ordonna à son Malcolm chéri d'approcher.

Ils sortirent de la pièce, Malcolm n'oubliant pas de frapper sur le piano un dernier accord tonitruant avant de se retourner pour fusiller Melrose du regard. *Et voilà !*

Bien que le premier accord dissonant l'eût fait sursauter dans sa chaise longue, la femme près du feu, toute de retenue, s'était contentée de tourner la page de son livre sans changer d'expression.

Mais le départ des Braine était pour elle un soulagement évident. Elle posa son livre ouvert sur ses genoux et poussa un soupir.

— Eh bien ! dit-elle, ces simples mots en disant long sur les horreurs de la vie familiale.

Melrose, toujours debout près de la bibliothèque, caressait du doigt les volumes de l'œuvre de MacDonald. Les titres étaient étonnants, chacun doté d'une couleur particulière. La femme dans la chaise longue portait une robe de soie couleur lavande au corsage en soie ruchée. La jupe tombait droit. Ce n'était pas le genre de femme que Melrose se serait attendu à trouver dans un « bed and breakfast » amélioré. A la lueur des flammes, les reflets bleutés de ses cheveux argentés rappelaient les tons de sa robe. Ah oui, pensa-t-il, le bras sur l'étagère, son regard tombant sur l'ouvrage intitulé *Symphonie lavande*. Tout à fait ça. Puis ses yeux se reportèrent sur le livre que tenait la dame, tout aussi élégant qu'elle : petit, étroit, la reliure en cuir repoussé, la tranche dorée. Elle marqua sa page du ruban destiné à cet effet, referma l'ouvrage et soupira de nouveau.

— Croyez-vous qu'il reste une goutte de sherry ?

Il y avait de la malice dans sa voix. Regardant tour à tour Melrose et les restes de thé-sherry-chocolat répandus sur la table en palissandre, elle eut un léger sourire.

Il souleva la carafe pour constater qu'elle contenait tout juste un fond de liquide doré, mais estima que ce serait suffisant pour un verre.

— Je suis sûr que miss Denholme sera ravie de nous en rapporter.

Il parvint à remplir la moitié d'un verre, qu'il lui tendit.

— Certainement, elle est très aimable, mais je déteste faire figure d'enquiquineuse.

Melrose en doutait, mais il aimait les manières élégantes de cette femme.

— Il n'y a pas là de quoi faire figure d'enquiquineuse, surtout vu la table que lui ont laissée ses autres clients.

— Ils ne restent que deux nuits, Dieu merci ! Il est impossible de choisir sa clientèle dans ce métier, je suppose. Depuis que je suis ici, j'ai vu de tout. Enfin, je me passerai de commentaires.

— Et vous êtes ici depuis combien de temps ?

— Je viens de temps à autre, depuis... euh... douze ans.

Elle but une gorgée de son sherry et fit de ses mains une coupe où elle posa le pied du verre.

Melrose n'aurait pas imaginé qu'une femme de sa classe pût descendre au *Weavers Hall*.

— Vous devez vous plaire ici, alors ?

— Pas particulièrement. Puis-je avoir du feu ?

Elle avait sorti d'un étui en argent ciselé un cigarillo.

Melrose sourit et, tout en allumant son petit cigare, lui dit pour l'obliger :

— Votre robe est très belle.

Elle baissa les yeux, paraissant elle aussi l'admirer.

— Merci. Elle vient de chez Worth. Je considère que la moitié des problèmes du monde pourraient être résolus si les gens s'habillaient bien. Dior, Givenchy, Worth. (Elle soupira.) S'ils avaient existé du temps d'Henri VIII, ses femmes n'auraient pas eu autant d'ennuis. Surtout Anne Boleyn. Mais je vois que vous comprenez l'importance d'une bonne coupe, ajouta-t-elle, regardant la veste de Melrose. Ceci (elle désigna le blazer du menton) est le genre de vêtement que peut massacrer le prêt-à-porter. (Elle frissonna.) Le major Poges — avez-vous rencontré George Poges ? Non ? Je dirai ceci en sa faveur : il s'habille bien. Il rend aussi cet endroit plus supportable. Malheureusement, mon mari est mort.

Se demandant pourquoi elle séjournait dans cet endroit insupportable, Melrose dit :

— Je suis désolé.

Il tira une cigarette de son propre étui en or.

— Feu mon mari appartenait à une vieille famille italienne, les Viacinni di Belamante. La chance m'a fait devenir la princesse Rosetta Viacinni. Mais appelez-moi Rose. Je suis née à Bayswater. (Elle eut un pâle sourire, comme pour s'excuser de ses origines.) Et vous êtes ?

Elle pencha la tête.

— Plant. Melrose Plant.

— Et vous comptez rester longtemps ici, Mr Plant ? Vous marchez dans les pas des Brontë ? Vous escaladez les hauteurs à l'air raréfié de Top Withins, pour vous évanouir devant ses ruines ? Vous êtes un pèlerin ?

— Certainement pas un pèlerin, répondit Melrose en souriant. Mais c'est une belle région, n'est-ce pas ?

Il n'en avait pas vu grand-chose, en dehors de ses rêveries mélancoliques au bord du ruisseau.

— Belle ? Seigneur !

Elle haussa les sourcils.

Avec une expression d'ennui, elle détourna la tête vers le feu, et Melrose vit qu'elle avait dû être autrefois très belle, ses charmes dépassant largement ceux du paysage. La beauté s'était quelque peu enfuie du front ridé, des yeux aux lourdes paupières, mais elle subsistait dans les hautes pommettes, le nez droit et le maintien élégant.

— Viacinni di Belamante ? (Melrose regarda le bout de sa cigarette.) C'était un noble italien ?

— Oh, oui ! Un homme merveilleux, malgré son engagement quelque peu fanatique en politique. Aussi surprenant cela soit-il, il aimait passionnément l'Angleterre. C'est ici que je l'ai rencontré.

Comme elle parlait de son mari défunt, Melrose retint ce cri : *Oh, non !* Ces nobles italiens croiseraient-ils toujours son chemin, où qu'il se rendît ? Les verrait-il flâner dans les jardins de Kew Gardens, dans les librairies de Northampton ? Canoter sur la Cam[1] ? Devenait-il fou ? Quand avait-il vu quelqu'un faire de la barque sur la Cam ? C'était comme si la décision de Vivian d'épouser l'un d'entre eux était le symptôme de quelque épouvantable maladie. Ces aristocrates surgissaient n'importe où : dans une banale conversation, dans la signalétique du métro, dans les journaux.

— C'est ainsi, disait-elle, qu'avec un peu de chance, un peu de beauté, beaucoup de sociabilité et beaucoup plus encore d'intrigues, je suis devenue princesse.

1. Rivière traversant Cambridge. (*N.d.T.*)

Elle étendit les mains, feignant l'étonnement.

La voix de basse, qui précéda son propriétaire dans la pièce, déclara :

— Je vous ai entendue, Rose. Un peu de beauté, mon œil ! (Un homme de haute taille entra.) Vous auriez le Tout-Londres à vos pieds si vous y étiez allée plus souvent.

Melrose se demanda si les bonnes manières voulaient qu'il se levât en la présence du major George Poges. Ce ne pouvait être que lui, malgré l'idée qu'il s'en était faite. Il l'avait à tort imaginé comme un militaire retraité au dos voûté, vêtu d'un costume sombre à la poitrine bardée d'une rangée de médailles datant de l'Antiquité, un sac à provisions en plastique à la main, ne cessant de radoter.

Le major Poges, qui était à présent assis sur le sofa en face de Melrose avec la prestance d'un cavalier sur sa monture, montrait une assurance exubérante et une bonne humeur qui auraient fait oublier l'imperfection d'un visage, d'une silhouette ou d'une tenue vestimentaire. Mais on ne trouvait chez lui aucune de ces imperfections. Melrose estima qu'il devait avoir dans les soixante-dix ans, mais c'était l'une de ces personnes, qui, comme la princesse elle-même, paraissaient sans âge. La peau tendue, légèrement colorée ; les yeux froids, mais d'un bleu saisissant ; la moustache grise et nette ; l'apparence de quelqu'un qui jouit de privilèges, même s'il ne les faisait pas valoir dans la conversation ; la parfaite coupe de son costume en tweed : tout cela détruisait les autres images qui s'étaient formées dans l'esprit de Melrose.

Il avait déjà rencontré le major Poges, oh, pas *ce* major Poges, mais son double : à Wimbledon, dans les tribunes centrales, en pantalon de coutil blanc ; sur le champ de courses de Newmarket, en veste et chapeau de tweed, fixant de ses jumelles les starting-gates ; en cravate blanche et queue-de-pie, lors d'un concert au Royal Victoria et à l'Albert Hall, ou à l'occasion d'un

concert-promenade ; aux premières brumes de l'automne, dans la propriété du vicomte quelque chose,
pointant son fusil sur l'oiseau qui restait suspendu dans
le ciel voilé couleur de malt, pour le simple plaisir de
se faire abattre, s'offrant en sacrifice pour le dîner du
major Poges ; il l'avait vu franchir au galop, vêtu de
rose, un océan de gazon, une multitude d'obstacles, son
cheval bai sautant les haies lors des épreuves hippiques
organisées par les célèbres clubs du Quorn ou du Cot-
tesmore ; il l'avait vu descendre Rotten Row [1] à cheval,
chasser le cerf sur l'île de Mull ; il l'avait vu à Traquair
House [2], à Hambledon Hall [3], au *Brown's Hotel* [4]... Le
major Poges était l'incarnation de l'Angleterre éternelle, l'essence de l'hymne national.

Que diable faisait-il là ? Dans cette maison qui, si
elle avait connu son heure de gloire, ne payait guère
de mine aujourd'hui, cette pension dont la propriétaire
pourvoyait aux besoins de gens comme les Braine.

— Où est le sherry ? demanda Poges, saisissant la
carafe par son long col, comme s'il s'apprêtait à tordre
le cou à une grue.

Dégoûté, il se rassit, sortit un étui à cigares en cuir
et le tendit à la ronde, même à la princesse, qui refusa
avec un sourire, agitant son cigarillo. Il se réinstalla
confortablement, tapant le bout de ses chaussures avec
sa canne, fronçant les sourcils. Puis il leva les yeux.

— Ah, ah ! Le sherry a trouvé son chemin dans le
gosier de cette Braine. Seigneur ! Avez-vous déjà vu
quelqu'un afficher autant son goût pour la couleur ?
Turquoise, en plus !

Il déchira l'emballage en papier marron du paquet

1. Allée de Hyde Park où les aristocrates viennent faire de
l'équitation. (*N.d.T.*)
2. Manoir célèbre appartenant à une vieille famille d'Ecosse.
(*N.d.T.*)
3. Manoir célèbre appartenant à une vieille famille d'Angleterre.
(*N.d.T.*)
4. Hôtel londonien réputé pour son luxe. (*N.d.T.*)

qu'il tenait dans ses bras et en retira une bouteille de Tio Pepe.

La boisson favorite de Vivian. Melrose tressaillit.

— Des réserves, il faut toujours avoir des réserves. Il leur versa à chacun un verre plein. Pourvu de son cigare, de sa boisson, il poussa un soupir de soulagement. De quoi était-il soulagé, Melrose n'aurait su le dire. Le major n'avait passé la journée ni à la mine ni à l'usine.

— Vous savez pourquoi ce village est envahi par les touristes, n'est-ce pas, Mr Plant ?

— Non, je l'ignore. C'est pourtant la saison morte.

— Bon Dieu, personne ne vous a mis au courant de ce qui s'est passé dans cette auberge sur la route ? A un kilomètre et demi environ. L'*Old Silent*. Une femme a tué son mari et nous la connaissons tous.

Il était heureux comme un roi d'être le premier à en informer Melrose.

La princesse soupira.

— *J'allais* le lui apprendre, major. Vous m'avez une fois de plus devancée.

Il feignit d'être désolé.

— Ma chère princesse, je suis navré, s'excusa-t-il, laissant entendre qu'il avait marqué un point. (Il l'empêcha d'argumenter en poursuivant :) Tout cela est très étrange, et je n'arrive pas à croire que cette femme soit dérangée, son visage ne trahit aucun signe de démence. Et je ne sais pas si vous savez qu'elle est...

— ... venue ici, s'empressa de dire la princesse, adressant à Melrose un sourire triomphant, satisfaite d'avoir coupé l'herbe sous le pied au major.

— Vous connaissez donc cette femme ?

Avec un petit geste de la main, le major Poges autorisa gracieusement la princesse à répondre.

Elle s'assit sur le bord de son fauteuil et se pencha vers Melrose.

— Je ne peux pas dire que je la connaisse très bien, mais je crois que c'est une amie d'Ann Denholme. Elle ne vous en a pas parlé ? Tout le village est atterré. La propriété des Citrine n'est qu'à quelques kilomètres d'ici.

— A cinq kilomètres et demi, précisa le major, débouchant la bouteille de Tio Pepe. Je me promène sur Keighley Moor presque tous les jours.

Il remplit de nouveau son verre et celui de Melrose ; la princesse protégea le sien de la main et secoua la tête.

— Non, miss Denholme ne m'a rien dit.

Le major Poges regarda la princesse :

— Eh bien, voilà qui n'est guère étonnant, Rose. Ne trouvez-vous pas cette femme fort secrète ? (Il se tourna vers Melrose.) Lorsque je lui ai demandé ce matin où était passée la marmelade d'orange, elle a réagi comme si j'usais là de quelque subterfuge, comme si mes paroles avaient un double sens et que l'un d'entre nous fût à la tête d'un réseau d'espionnage...

La princesse se mit à rire.

— Quelle hyperbole ! Notre cher major exagère toujours. On ne peut rien croire de ce que vous dites, George.

Il leva son verre avec un sourire penaud.

— Je ne peux m'en empêcher. La vie est si morne, autrement. Mais je suppose que vous avez raison. (Sa mine contrite signifiait qu'il n'avait nulle intention d'arrêter.) Mais vous admettrez qu'Ann Denholme semble voir la vie comme une boîte fermée à clef contenant des secrets. D'ordre sexuel, j'espère.

Sa moustache frémit.

— Vous pouvez toujours espérer, dit la princesse.

Suite à sa brève conversation avec son hôtesse un peu plus tôt, Melrose était enclin à penser que la métaphore du major Poges était juste. Elle expliquait l'érotisme que dégageait la présence physique d'Ann Denholme, absente par ailleurs, son regard relativement lointain étant celui d'une femme qui n'est pas vraiment là.

La princesse se pencha davantage en avant ; ses yeux avaient perdu leur velouté gris et brillaient à présent de l'éclat de l'acier.

— J'ai appris par Ruby — la servante et serveuse trébuchante qui nous apporte nos délicieux repas — que Mrs Healey amenait ici son fils pour qu'il joue avec Abigail, la nièce d'Ann.

Abby ne pouvait alors avoir plus de trois ou quatre ans, une étrange compagne de jeu pour un petit garçon de douze ans. Toutefois, étant donné son caractère, la Furie était probablement intéressante même à l'âge de deux ans.

— Quelle terrible tragédie que l'enlèvement du fils de Mrs Healey et de ce garçon de Haworth ! Je ne peux croire que vous n'en ayez pas entendu parler. C'était dans le *Times*, dit le major, cherchant par sa remarque à connaître la couleur politique de Melrose et éliminant d'office tout autre journal.

Avant que Melrose eût pu glaner d'autres informations, Ann Denholme passa la tête par la porte et annonça le dîner. Il était huit heures.

— Flûte ! dit le major à voix basse, écrasant sa cigarette dans le grand cendrier.

La princesse soupira. Le major et elle venaient juste de partir pour de merveilleux moments de commérage. Il éleva la voix :

— Merci, miss Denholme. Je me demandais toutefois si nous allions tous être installés à la même table. (Son ton suggérait que c'était quelque chose à éviter.) Je ne peux envisager de dîner avec maître Malcolm.

Il finit son verre à grandes goulées.

— Vous avez pourtant bu le thé avec Abby, major Poges, répondit leur hôtesse.

Il renifla, absorba du sherry par le nez et sortit un immense mouchoir.

— Par Dieu ! madame, ne mélangez pas les tor-

173

chons et les serviettes. Votre nièce est humaine, d'une curieuse manière, je vous l'accorde, mais le fils Braine est un essaim de guêpes à lui tout seul. Je ne voudrais pas le voir se poser sur mon assiette.

— C'est une très longue table, major, comme vous le savez. Ils seront assis à l'autre bout.

— Balivernes ! Je suis sûr que ce garçon dispose d'un pistolet à air comprimé pour de telles occasions. Oh ! très bien, venez, prin...

Il s'arrêta net pour dévisager la personne qui franchissait la porte et à qui Ann Denholme adressait un signe amical de la main.

Comme la personne en question avait encore son casque — de motocycliste ? cascadeur ? pilote de course ? —, il était impossible de savoir si c'était un homme ou...

Une femme, c'était une femme. Ses cheveux, dans un fouillis absolu, étaient couleur d'avoine et elle les secouait comme une crinière, tout en balançant le casque qu'elle venait d'enlever. Elle était habillée de cuir noir, ou plutôt en était enveloppée du col aux orteils. Elle avait dû tenir une quincaillerie, car elle portait une grande quantité de chaînes autour du cou, des pendants en métal ourlé aux oreilles et plusieurs bracelets autour des poignets. Ce qui lui fit traverser la pièce dans un bruit de ferraille, comme le fantôme de Marley.

Ann Denholme leur présenta la jeune femme comme étant miss Ellen Taylor. Le major inclina la tête, la princesse murmura un bonjour, Melrose sourit. Miss Ellen Taylor était d'un total égocentrisme ; elle eut un vague sourire, qu'elle laissa flotter à différents endroits de la pièce, sans jamais vraiment l'adresser aux trois clients présents.

Se penchant pour sortir un cigare, le major Poges dit tout bas à Melrose :

— L'aigle s'est posé.

La princesse, la main sur la porte, sourit à miss Taylor :

— J'ai appris que Dior remettait à la mode le blouson d'aviateur ; voilà un ensemble fascinant !

Melrose déclina l'offre du major de se joindre à eux. Il avait quelqu'un à voir à Haworth.

Et de toute façon, le rideau venait de se lever sur l'acte suivant.

15

Le *Weavers Hall* ressemblait à un cabaret ou un théâtre dont le rideau se lève en une multitude de plis et s'abaisse en cascade. Le sofa faisant office de première loge, il ne lui restait plus qu'à attendre le spectacle. Les phoques dressés n'allaient pas tarder à faire leur apparition. Il sourit.

Miss Taylor était trop occupée à étudier les rayonnages pour le voir sourire. Ce harnachement de cuir noir évoquait en effet la peau d'un phoque. Souple, brillant d'un éclat humide, il captait la lumière, tandis qu'elle se penchait, se redressait, se penchait encore pour déplacer et replacer divers livres.

D'un ton dédaigneux, elle dit :

— Bon Dieu, on dirait que l'on apprécie les romans policiers ici !

Une Américaine. Et pourtant, il n'avait pas de l'Américain cette image stéréotypée de quelqu'un toujours vêtu de noir, roulant à moto, parlant fort avec un dur accent, comme c'était assurément le cas de miss Taylor.

Sans savoir pourquoi, il attribua toutefois sa façon de parler à la nervosité, quand elle se jeta à l'autre bout du sofa, jacassant et se plaignant du temps, de l'air vif, de la route couverte de neige, des ornières qui avaient failli la faire tomber. Elle avait posé son casque à terre et tordait ses longs cheveux comme pour s'étrangler avec cette corde de fortune ; d'une petite poche secrète

176

— le blouson en cuir en possédait plusieurs — elle sortit quelques épingles à cheveux, qui, à présent, hérissaient sa bouche comme des épines, tandis qu'elle les retirait pour les planter ici et là dans sa crinière, tentant d'y remettre de l'ordre. Ce faisant, elle proféra quelques paroles inintelligibles, que Melrose ponctua de hum et de oh. Dans le rai de lumière qui filtrait de la lampe d'architecte, il imagina le tapis oriental en train d'onduler, le plancher vibrant légèrement sous l'effet de la voix, toujours forte, malgré la gêne causée par les épingles.

Ellen Taylor était extrêmement séduisante, bien que sa beauté ne fût pas mise en valeur. L'abondante chevelure aurait eu besoin d'un bon shampooing ; les mains qui la tripotaient étaient graisseuses, les ongles rongés ; seuls ses yeux étaient maquillés, d'une couche trop épaisse d'ombre à paupières qui semblait vouloir compenser la négligence du reste. Les cils badigeonnés de mascara ressemblaient à de petites brindilles sèches qui, au lieu de les faire ressortir, dissimulaient ses yeux marron foncé.

Ce qui intéressait encore plus Melrose était l'ambivalence de la jeune femme ; elle élevait la voix comme pour se dissocier des autres ; mais, alors qu'elle avait une demi-douzaine de sièges à sa disposition, elle s'était affalée sur le sofa à côté de lui.

Loin de donner d'elle-même l'image qui lui était chère, celle de la jeune Américaine effrontée, elle apparaissait davantage à Melrose comme un jeu d'ombre et de lumière. Il regrettait toutefois que crier fût sa vocation...

Ah, mais non ! ce n'était pas le cas, découvrit-il quand il lui demanda si elle faisait du tourisme et qu'elle lui répondit :

— Je fais des recherches pour mon prochain livre.

Ayant rassemblé ses cheveux en une sorte d'énorme fleur, elle se replia sur le sofa et appuya sa tête contre le dossier. D'une poche à fermeture Eclair du blouson en cuir, elle sortit un paquet de Benson and Hedges qu'elle secoua, offrant une cigarette à Melrose avant de se servir. Lorsque cliquetaient les anneaux de son collier en métal et les pendants de ses boucles d'oreilles en bronze martelé, elle évoquait un forçat enchaîné à ses compagnons d'infortune.

— Un livre ? Vous êtes écrivain, alors ?

Elle acquiesça, exhalant un rond de fumée qui resta suspendu dans l'air entre eux tandis qu'elle tournait la tête pour le regarder à travers ses cils abaissés.

— J'ai du succès, un succès fou, à New York en ce moment. Et vous savez ce que c'est, avoir du succès à New York (New Yawk) ?

Elle détourna la tête pour tirer une grande bouffée sur sa cigarette.

— Ma foi, non.

Ses yeux s'agrandirent tandis qu'elle posait la joue sur le sofa pour lui offrir un splendide regard de surprise.

— Répétez-moi ça ! Vous voulez dire que vous n'avez jamais été à *New York* ? Dieu, qu'y a-t-il en dehors de New York ?

— Eh bien, puisque vous parlez de Dieu, il y a Rome justement.

Elle plissa le nez.

— Vous plaisantez ? C'est là qu'est le pape.

— Aux dernières nouvelles, il y était en effet. Et Londres ?

— Trop provincial.

— Moscou ?

— Voyons, Moscou n'est qu'un logo et une façade !

Son jugement englobait au moins toutes les futures rencontres au sommet, aussi changea-t-il de sujet.

— Je ne crois pas avoir lu un seul livre d'Ellen Taylor ; mais ma connaissance des jeunes écrivains américains à succès est très limitée.

Craignant de lui avoir paru agressif, il ajouta vivement :

— Ce qui ne remet nullement en cause votre succès. Je ne suis guère allé plus loin que Rimbaud.

Elle médita son aveu.

— Il n'est pas mauvais.

— Je crois qu'il avait du succès à l'époque.

— Cela ne m'étonnerait pas. (Un nouveau nuage de fumée obscurcit l'air.) De toute manière, Taylor n'est pas mon nom d'auteur. C'est Tamara.

— Ellen Tamara ? Hmm. Peut-être n'avez-vous jamais été publiée en Grande-Bretagne ?

— Pas Ellen, Tamara tout court. Comme Cher ou Sting ou Dante.

Elle parut chercher sur la table un verre propre, et, n'en trouvant pas, prit celui légèrement maculé de la princesse, qu'elle essuya avec une serviette.

Melrose, qui avait commencé à remplir le verre qu'elle lui tendait, suspendit son geste :

— Vous avez oublié Michel-Ange.

— Quand j'écrivais sous mon vrai nom, il m'était impossible de vendre un seul fichu livre. Je n'y serais pas arrivée même si j'avais écrit comme Hemingway. A qui je ressemble, à ce propos.

Comme elle cherchait un cendrier, chaînes et bracelets firent entendre leur bruit métallique.

— Ernest ou Mariel ?

Tout en riant, elle exhala une autre bouffée de fumée.

— Très drôle. Heureusement, j'ai le sens de la plaisanterie. La célébrité ne m'a pas changée, pas plus que « l'habitude n'a émoussé mon infinie diversité[1] ». Malgré ma renommée, je reste humble.

Alors Cléopâtre, elle aussi, était humble, s'abstint-il de rétorquer.

— Normalement, lorsque vous avez été mordu par

1. *Antoine et Cléopâtre*, Shakespeare, II, 2, 233-4. Ellen s'approprie l'éloge de Cléopâtre fait par Enobarbus, ami d'Antoine. (*N.d.T.*)

la célébrité, vous êtes fichu. Mon éditeur me disait :
« Dans votre cas, il faudrait un chien atteint de la
rage. » (Elle leva son verre comme pour boire à la
santé de son éditeur.) Il m'est d'un grand soutien.

— Voilà un homme brillant.

Elle haussa les épaules.

— Mais il pense que je devrais me remettre à écrire
comme au début.

— C'est-à-dire ?

— Pas de manière aussi expérimentale ; une intri-
gue pure et dure en quelque sorte. Le genre gothique.
Un peu comme les sœurs Brontë, un peu comme Le
Fanu, un soupçon de James.

Melrose, qui venait de prendre une gorgée de sherry,
s'étrangla :

— Henry James ?

Tout en lui administrant une claque dans le dos, elle
demanda :

— Ça va ?

— Non. (La gorge lui brûlait, sa voix était rauque.)
Non. Vous allez devoir me faire une trachéotomie de
toute urgence. Ecoutez, personne n'écrit comme Henry
James aujourd'hui, et Dieu sait que personne n'a
jamais écrit comme Henry James, sauf Henry James
lui-même. Et comment vous débrouillez-vous pour
l'inclure dans votre liste illimitée du genre gothique ?

Elle tourna la tête avec une brusquerie telle que les
boucles d'oreilles en métal tintèrent contre son visage.

— Osez me redire cela ! Et *Le Tour d'écrou* alors ?

Il dut reconnaître que c'était un peu gothique.

Elle examinait ses ongles, comme si elle espérait y
trouver encore quelque chose à ronger.

— Et il y a *Un portrait de femme*. Vous l'avez sûrement lu.

Elle mâchouillait à présent son pouce.

— Bien sûr.

— Ceci met un terme à ma plaidoirie.

— Quelle plaidoirie ?

Il s'en était pris à son propre pouce, dont il mordillait l'ongle. Etait-elle folle ?

— Vous n'y avez sans doute rien compris, répondit-elle.

C'en était trop. Cette fille arrogante au langage d'une telle pauvreté avait-elle seulement la moindre culture, le moindre talent ? Sûrement pas.

Elle avait jeté un coup d'œil à sa montre, bien trop lourde pour son poignet osseux, et disait :

— Eh bien, je dois filer. Je pense que je vais probablement dîner au village. Dans un de ses hôtels peut-être.

Elle se leva vivement et enfila son casque. Son petit visage ainsi tourné vers lui sous le dôme noir, elle avait l'air d'un cosmonaute qu'un long séjour dans l'espace aurait ratatiné.

Melrose se leva à son tour.

— Je dois y aller également.

Il prit son manteau et sa canne et franchit la porte à sa suite.

Comme ils traversaient la cour pavée, Melrose jeta un coup d'œil par la fenêtre à meneaux de la salle à manger, où dînaient, à un bout de la longue table, la princesse et le major Poges, à l'autre bout, les Braine. Mais les vitres étaient embuées et une telle profusion de lierre couvrait la fenêtre que les visages et les silhouettes baignant dans une lumière rose et doré étaient morcelés en carrés mouvants — une tache turquoise, un bout de lainage sombre, l'éclair lavande d'une manche. Les ayant vus en pleine action, Melrose trouvait curieux le spectacle qu'ils offraient sous cet éclairage tamisé. Tels les fragments d'un kaléidoscope, ils semblaient se dissoudre et se reconstituer selon de nouvelles configurations. Autour de la table, allait et venait Ruby, la servante, en tablier blanc amidonné. Ann Denholme s'encadra dans l'un des carreaux, puis disparut.

— ... seulement vingt-neuf ans, et je suis millionnaire. Vous vous rendez compte ?

— Et alors ?

— Je suis trop jeune, bon sang ! dit-elle, envoyant
d'un coup de pied une pierre rejoindre le tas dans la
cour.

Ils étaient arrivés à sa « moto », laquelle laissa Melrose pantois de surprise. Il s'attendait à quelque beau
vélo à dix vitesses et il se retrouvait en face d'une
BMW, approximativement de la taille d'un élé-
phanteau.

— Vraiment, vous conduisez *ça* ?

Elle soupira, alluma une autre cigarette et secoua la
tête.

— Non. Je la tiens en laisse.

Puis elle continua à parler de ses premiers succès,
levant les yeux vers le ciel nocturne aussi lisse et noir
que l'onyx, éclairé de quelques rares et froides étoiles,
qui semblaient à des années-lumière et qui l'étaient
probablement. La lune était pleine, brillante, resplen-
dissante. Vue de là, la fenêtre de la salle à manger
paraissait aussi irréelle qu'une cascade d'arcs-en-ciel.
De la grange, dont les contours se fondaient dans l'obscurité, provenait une série d'aboiements furieux, et un
chien sortit de l'ombre pour se découper sur une par-
celle de terrain éclairé par la lune. C'était le colley que
Melrose avait aperçu plus tôt dans la journée. Le chien
était un peu trop braillard à son goût. Il préférait sa
chienne, Mindy. « Une chienne de luxe avec un air
campagnard, disait Trueblood, un animal de race sous
tout ce poil emmêlé. »

De l'enclave réservée aux canards et aux poulets
jaillissaient par moments des gloussements furieux. La
journée avait été mouvementée pour la basse-cour,
pensa Melrose. Le lendemain elle voudrait probablement visiter la Tour de Londres. Plus proche à présent,
le chien s'était remis à aboyer.

— « Il nous faut noter le bizarre incident du chien pendant la nuit [1]. »

Mais Ellen était encore plongée dans ses rêves agités de gloire.

— Je suis millionnaire, reprit-elle, allumant une cigarette avec un Zippo. (Elle jeta un regard en biais à Melrose, pour voir s'il était impressionné comme il se devait.) En livres sterling. Avec une seule œuvre, ajouta-t-elle, n'omettant aucun détail.

— Voilà qui est étonnant. De quelle œuvre s'agit-il ? Etait-ce votre premier livre ?

— Mon second. (Ellen semblait vouloir enterrer le premier. Elle s'appuya contre la moto, chevilles croisées, dans une pose de mannequin.) C'est sur New York City. *Savant Sauvage* est son titre. A propos, L.A. est aussi très prisé. Mais naturellement, si vous êtes un écrivain qui a du succès, c'est à New York que ça se passe, n'est-ce pas ?

— *Savant Sauvage*, répéta Melrose.

Quel titre prétentieux ! Cela devait être le prix à payer pour être un jeune écrivain new-yorkais à succès. Avec ce qu'il estimait être le petit sourire d'un homme branché, il observa :

— Je suppose que les « sauvages littéraires » doivent abonder dans votre ville.

— Répétez-moi ça ?

— Je fais seulement allusion au titre.

— C'est le nom d'une épicerie fine dans le Queens.

Le colley, qui s'était encore rapproché, penchait la tête d'un air interrogateur. Melrose essaya de se remémorer les divers quartiers de New York ; il ne put situer le Queens sur sa carte mentale.

— Je vois.

1. Citation de Conan Doyle ; « Flamme-d'Argent », *Les Mémoires de Sherlock Holmes*. (*N.d.T.*)

Il était pratiquement certain, à l'expression du chien, que celui-ci savait qu'il mentait. Totalement immobile, l'animal n'en avait pas moins les sens en alerte. Son silence était impressionnant, son regard poignant. S'il ne pouvait lire dans les esprits, peut-être pouvait-il lire sur les lèvres.

— Le propriétaire est français, et le peintre qui a réalisé l'enseigne est son cousin, français également. Ne me demandez pas pourquoi ils sont venus dans le Queens. François — je l'appelle Frankie — voulait une enseigne qui soit française et intelligente. A l'origine, ce devait être « saucisse », mais son cousin n'arrivait tout simplement pas à voir le rapport. Qui l'aurait pu ? Une saucisse sur votre pain de seigle avec de la mayo ? Frankie est têtu comme un âne, et c'est pourquoi je l'aime bien. Il sait que je suis la coqueluche de New York et il compte sur moi pour faire de son établissement l'un des endroits les plus en vogue de la ville, vous savez, dans le genre de l'Algonquin où traînait Dorothy Parker. C'est quand j'ai commencé à avoir un gros succès qu'il a eu l'idée du « savant ». Depuis, il se coiffe avec une raie, met un tablier qui lui monte jusqu'aux aisselles, porte la moustache. Je crois qu'il la dessine au stylo à bille. Eh bien, il ne se passe pas grand-chose dans le Queens si l'on en croit les auteurs publiés, et je ne suis pas Dorothy Parker.

Sa modestie soudaine quant à ses talents d'écrivain le déconcertait quelque peu.

— Qui est-ce ?

Tout en fixant l'attache du casque, elle poursuivit :

— Vous comprenez, je voulais faire quelque chose de différent ; je n'aurais pu supporter de voir paraître un autre livre sur Manhattan. Je suis prête, pour ma part, à vomir sur la vitrine de Double Day[1] si je vois encore en devanture un livre sur Manhattan. Je compte

1. Maison d'édition à Londres. (*N.d.T.*)

faire tous les autres *boroughs*. Ce sera une sorte de trilogie, non, une tétralogie, j'imagine.

Elle réfléchit tout en étudiant le ciel nocturne.

Le chien levait-il la tête, lui aussi ? se demanda Melrose. Le colley et Ellen avaient-ils quelque affinité ?

— Le Bronx, Staten Island, Brooklyn, le Queens. Peut-être y ajouterai-je la côte du Jersey.

— Ce n'est pas New York.

Melrose toucha la patte du berger de sa canne pour voir s'il en obtenait quelque réaction. Il ne broncha pas.

— Qui peut encore en être sûr ?

Melrose fit sauter sa canne d'une main à l'autre, pensant à cette ville exotique, si grande qu'une partie formait une île entourée d'autres îles et de *boroughs*, chacun une ville à part entière. Il se demanda s'il ne devait pas se remettre en question : passait-il trop de temps au coin du feu à boire son porto et à lire le journal ? A traîner dans les rues de son village jusqu'au jour où, succombant à une attaque, il s'effondrerait sur les pots de chambre de miss Crisp ? Trop de temps chez Agatha, dans son cottage de Plague Alley ?... *Ressaisis-toi*, se dit-il, puis il sourit. Le moment était venu de refaire son testament. Il se livrait à cette tâche une fois tous les six ans environ, pour le plaisir de rendre Agatha folle.

— Vous allez bien ? demanda Ellen, dont les mains gantées frottaient le guidon. (Le bruit du moteur déchira l'air glacé.) Vous faites une drôle de tête. (Elle plissa les yeux.) A propos, vous avez de grands yeux. Ils sont vraiment verts.

Melrose savait que ses yeux étaient verts. Mais grands ? Il ouvrit la bouche pour la remercier...

— On dirait des scarabées.

Il referma la bouche. Comme elle appuyait de nouveau sur l'accélérateur, il dit :

— Je serais heureux de vous conduire quelque part (il pointa le doigt en direction de la Bentley, astiquée et brillant de tout son éclat, au-delà de laquelle luisait, au loin, le réservoir) ; seulement, je ne vais pas au village. J'ai rendez-vous avec un ami dans une auberge sur la route.

— Est-ce celle devant laquelle je suis passée ?

— Probablement. L'*Old Silent*.

— Eh bien, peut-être pourrais-je grignoter quelque chose là-bas ?

Melrose se maudit pour avoir mentionné l'auberge.

— Ah, je... ne pense pas. Elle est plus ou moins fermée au public. Il y a eu un crime, vous comprenez.

Le bruit s'arrêta.

— Répétez-moi ça ?

Une fois de plus, il regretta ses paroles.

— Comment se fait-il que vous vous y rendiez ? Si elle est fermée au public ?

— Je... ah... je ne fais qu'y rencontrer quelqu'un.

— Que s'est-il passé ? Quel crime ?

— Un homme a été tué il y a quelques jours.

— Tué ? Vous voulez dire *assassiné*, n'est-ce pas ?

Elle fronça les sourcils comme si le coupable se tenait devant elle, là sous le clair de lune.

— Eh bien, oui, c'est le mot.

Il avait le curieux sentiment d'inclure le colley dans ses réponses. Le chien dressa les oreilles ; il paraissait aussi avide de détails que la fille.

Elle secoua la tête, proféra quelque imprécation contre le ciel et les dieux.

— Jééééésus ! Je vois : vous n'en direz pas davantage.

Elle tourna brusquement la tête.

— Vous êtes flic, n'est-ce pas ?

— Non, absolument pas.

— Nom de Dieu ! Dire que j'ai passé tout ce temps en la compagnie d'un flic !

— Ecoutez, je ne suis *pas*...

— Stranger !

L'appel venait de la grange. Melrose se retourna

vivement pour apercevoir la faible lueur d'une lampe à huile ; levée, elle ne projetait sur le sol qu'un vague halo de lumière.

Sa surprise n'aurait pas été plus grande si un bandit de grand chemin, masqué et enveloppé d'une veste-manteau, avait surgi de l'ombre pour arrêter sa diligence. Il n'y avait dans la voix aucune menace : elle était suffisamment forte et claire pour dominer le bruit du moteur qu'Ellen continuait à faire tourner.

Comme le chien s'élança en direction de la lampe, fendant, tel un nageur, la brume qui s'élevait du sol, elle demanda :

— Qui est-ce ?

— Une petite fille. Elle s'appelle Abigail, je crois.

— Elle habite ici ?

Melrose acquiesça. Il suivit des yeux la lampe fantomatique, pendue au bout d'un bras invisible.

Ellen fit démarrer la moto, dit : « A bientôt », et fila comme l'avait fait le chien, mais dans la direction opposée.

Il la regarda descendre l'allée jusqu'à ce que le tunnel d'arbres eût avalé la jeune fille et sa BMW. A travers les troncs, il apercevait la moire d'un clair de lune sur le réservoir.

Puis il tourna la tête vers la fenêtre sombre treillissée de lierre, se demandant, en proie à une soudaine anxiété, si cette luminescence dorée, ces taches de couleur, cette danse sous-marine n'avaient existé que dans son imagination. Non, il n'avait pas rêvé. Il y avait bien de la lumière, mais argent et turquoise s'étaient effacés et les seuls mouvements dans la pièce étaient ceux de la servante. Il voyait la tache noire de sa robe virevolter de carreau en carreau, tandis que, l'une après l'autre, les lumières s'éteignaient et que le vêtement était lui aussi gagné par l'ombre. Alors, comme si Ruby avait actionné un dernier interrupteur, la lune s'éteignit à son tour, masquée par un nuage.

Melrose alluma une cigarette, davantage pour voir

jaillir la flamme, pensa-t-il, que par véritable besoin de fumer.

Comme il s'installait dans sa voiture et s'empressait de mettre les phares, il entendit de nouveau la voix. Le cri « Stranger ! » fut suivi par de brefs aboiements.

16

L'*Old Silent* se dressait, au cœur de la lande, sur la route de Stanbury. Emergeant de la sombre étendue de bruyère, des murs de pierres sèches couraient vers les collines aux arbres bas battus par les vents, silhouettes de sorcières se détachant sur le ciel. Melrose n'avait jamais vu paysage plus désolé, de jour comme de nuit. Quand l'auberge surgit dans une descente de la route, il lui trouva le même aspect irréel, tronqué, que la cour qu'il venait de quitter.

Lorsqu'il se gara dans le parking, l'*Old Silent* lui apparut sous un éclairage plus normal, lui offrant l'image rassurante d'un bâtiment en bois brun bien entretenu, blanchi à la chaux et agrémenté d'une cour où, par beau temps, l'on sortait les tables. Fermé durant les dernières vingt-quatre heures après avoir été érigé, contre toute attente, en « lieu du crime », il avait gagné en célébrité. A neuf heures à peine, le parking était plein. A travers les fenêtres éclairées d'une lumière ambrée, il pouvait voir la salle comble du bar.

Une bonne chaleur régnait à l'intérieur et Melrose eut le sentiment de revenir à la réalité. Il prit sa boisson et l'emporta dans un salon doté d'une belle cheminée en pierre au-dessus de laquelle était accrochée une peinture représentant l'auberge ; en face de l'âtre était placée l'une de ces vieilles chaises à porteurs à haut dossier. Il avait toujours rêvé trôner sur un tel siège, entouré de sa cour, et attendit que le chat noir, l'actuel occupant de la chaise, daignât bouger. Le chat avait d'autres intentions.

En attendant Jury, Melrose fit le tour du salon et examina avec intérêt, par-dessus les lumières vacillantes et les petites lampes à abat-jour, les peintures, les objets de cuivre ornant les murs, la notice expliquant l'origine du nom *Old Silent*[1]. Il soupira. C'était l'une de ces histoires que l'on racontait à propos de Charles Edouard Stuart, dit Bonnie Prince Charlie. L'auberge était un des lieux qui lui avaient offert un refuge, avec de surcroît, dans ce cas précis, « le silence » des habitants du coin. Etant donné le nombre de haltes effectuées par le jeune Prétendant, Melrose se demandait comment il avait bien pu atteindre sa destination. Il avait certainement passé beaucoup de temps à voyager. Melrose ferma les yeux et imagina le prince voyageant avec Agatha. Alors l'*Old Silent* n'aurait pas porté ce nom...

— Tu dors toujours debout ?

Il savait que c'était Jury, mais il n'ouvrit pas les yeux.

— Je pensais à Agatha.

Il sentit une main lui serrer l'épaule.

— Pas étonnant.

Ils avaient étudié le menu et opté pour un brochet en couverture.

— C'est parce que ce nom m'enchante, dit Melrose Plant à Richard Jury. J'imagine le brochet bordé dans un petit carré de laine fermé par une épingle de nourrice.

Penché sur une soupe de queues de bœuf, Melrose acheva de raconter à Jury les événements de la journée, surpris ce faisant que tout cela se fût vraiment passé en une seule journée.

— Dire que ce matin encore je prenais le café avec

1. Littéralement : Vieux Silencieux. *(N.d.T.)*

Agatha et son amie ! Bien sûr, Agatha a un certain côté lunaire. Dans les bois derrière Ardry End, des hurlements se font entendre au loin...

— Cette soupe est excellente, dit Jury, secouant la poivrière sur toute la surface de l'assiette.

— Cette soupe est excellente, répéta Melrose avec un soupir. Je ne connais qu'une seule personne ayant un tour d'esprit plus poétique que le tien : le commissaire divisionnaire Macalvie. J'imagine que pendant que tu traînais chez les Citrine et que le *Weavers Hall* me procurait tant de divertissements, Macalvie résolvait au moins trois cas.

— Quatre, dit Jury, comptant sur ses doigts. Une rixe, un meurtre et deux cambriolages. Je vais en Cornouailles ; j'ai l'intention de jeter un coup d'œil sur la propriété des Citrine.

— Tu crois que la réponse est là ?

— Je crois que la question est là.

— On dirait Gertrude Stein. Le travail de la police est sûrement plus simple que cela.

— Simple ? (Jury secoua la tête.) Je veux seulement dire qu'à mon sentiment on pose les mauvaises questions. Mais ce n'est pas nouveau. Tu disais que George Porges...

— Poges.

— Si le major Poges aime la marche, pourquoi ne l'accompagnerais-tu pas ? Tu pourrais apprendre quelque chose.

Jury leva les yeux de son petit pain.

— Parce que c'est de l'exercice. Je n'ai rien contre l'exercice qui tend vers un but, comme aller à bicyclette au *Jack and Hammer*. Mais je déteste le genre d'exercice qui apparaît comme un but en soi. J'ai vu aujourd'hui, courant sur le chemin des Pennines, une femme qui faisait du jogging. En rouge flamboyant, un rouge néon. Eh bien, je te pose la question : trois des esprits les plus mélancoliques de la littérature, Dieu les bénisse, ont situé leurs récits de désespoir, de désolation, de cœurs brisés au milieu de ces landes. Aussi sinistres que des mines, arides, rocheuses. Comment peut-on oser les traverser à petites foulées en survêtement rouge ? La femme en question avait probablement sur elle un pain complet et une bouteille de Perrier pour perdre du poids. Et toi, Richard, que fais-tu pour te maintenir en forme ? Course ? Racquetball ? Dix fois le tour de la colonne Nelson ?

— Rien. Naturellement, j'y pense.

Melrose pointa le doigt sur lui.

— Ah ! Tu vois, nous suivons tous les deux la vraie tradition. Nous sommes des hommes qui pensons à faire de l'exercice. Voilà, Jury, un mode de vie qui a disparu. Même Trueblood a un rameur dans son antre.

— C'est seulement pour te faire enrager. Trueblood n'est pas assez bête pour utiliser ce fichu appareil. (Jury regarda autour de lui.) Où est donc ce poisson en couverture ? J'ai une faim de loup.

— Mais je peux voir, dit Melrose, pensant à Long Piddleton, que cela est en train de nous atteindre. Oh ! nous n'avons pas encore de joggeurs, mais j'ai fait un saut à l'épicerie. Eh bien, là où l'on voyait avant du Weetabix, on trouve maintenant des céréales aux germes de blé-fruits-amandes-noix de coco. C'est une meute sur nos talons, tous ces joggeurs et ces mangeurs de fromage de chèvre, alors que l'on pourrait tout simplement déguster un délicieux morceau de fromage de Stilton avec un verre de porto, du Cockburn's de préférence. Tout cela témoigne d'une mobilité vers le haut. Si je dois être mobile, j'entends que ce soit latéralement.

— Moi aussi, dit Jury. Voici notre serveuse.

Elle posa leurs assiettes devant eux. La « couverture » s'avéra du parchemin. Sa surface vernissée était gorgée de vapeur et Sally, la serveuse, brandissait ses grands ciseaux affûtés au-dessus de la portion de Melrose. Elle ouvrit le parchemin craquant et en fit sortir un mélange aromatique de vin, d'herbes et d'ail agrémenté (Sally soupira) d'une goutte de cognac. La mixture aurait dégagé les narines les plus bouchées et vaincu la sinusite la plus tenace.

— Voilà qui tiendrait ton inspecteur loin des cabinets médicaux pendant les dix prochaines années, dit Melrose.

— Ça sent merveilleusement bon, Sally, commenta Jury avec un sourire tout aussi merveilleux.

Elle pivota sur ses talons, s'éloigna précipitamment et fit voler la porte de la cuisine derrière elle.

— Nell Healey était l'amie de cette Ann Denholme ? demanda Jury après quelques instants de solennelle dégustation.

— Je ne fais que te répéter ce que m'ont dit le major Poges et la princesse. Peut-être ont-ils appris cela de la moribonde Ruby, je ne sais pas. A moins qu'Ann Denholme n'ait elle-même mentionné ses rapports avec Nell Healey. J'imagine que toute cette publicité aurait pu délier n'importe quelle langue au *Weavers Hall*. (Melrose porta à sa bouche une cuillerée de la liqueur poissonneuse.) Il manque un soupçon d'Old Peculier, mais c'est plutôt bon. Je trouve assez agréable d'avoir apéritif, dîner et digestif servis en même temps, le tout emballé dans du parchemin. C'est une considérable économie de temps.

Jury venait de finir son plat.

— Continue à me parler du *Weavers Hall*.

— On se serait cru à un spectacle de variétés. Tamara, oh pardon ! Tamawa-a, quel pseudonyme ! De New Yawk. (Il posa sa cuillère.) Sauf que...

— Sauf que quoi ?

Melrose haussa les épaules.

— Que l'endroit est inquiétant. (Il s'apprêtait à ajouter quelque chose, ne trouva pas ce qu'il voulait dire et haussa de nouveau les épaules.) Je ne sais pas. « Inquiétant » n'est pas le bon mot. Je ne sais pas quel serait le terme exact. Etrange ? Non.

Melrose sentit resurgir l'anxiété qui l'avait envahi

dans la cour et qui lui avait fait allumer une cigarette pour le seul réconfort de voir jaillir la flamme dans la nuit.

— Peu importe le mot exact. Qu'as-tu ressenti ? fit Jury en écartant son assiette.

— Pourquoi un tel acharnement ? Je viens de te faire un récit détaillé des trois dernières heures riches en divertissements que j'ai passées au *Weavers Hall*.

Melrose lui décrivit la scène dans la cour.

— Les détails ne sont peut-être pas aussi importants que l'effet qu'ils te produisent.

— Toi, un commissaire de police, prétendre que les détails ne sont peut-être pas importants ! Tu veux des sentiments ?

— Pourquoi ne dis-tu pas la première chose qui te vient à l'esprit ?

— Mélancolie. Obscurité. Un gouffre, une tristesse, une tristesse obsédante.

Jury ramena son assiette devant lui, croisa les bras et pensa à Nell Healey.

— Tu sais que Nell Healey a bel et bien tiré sur son mari, dit Melrose. Innocence ou culpabilité, là n'est pas la question.

— La question concerne le mobile.

— Mais crois-tu sincèrement que cela la sauvera ? demanda Melrose, les sourcils froncés.

Il sortit son étui à cigares.

— Il me semble qu'elle ne souhaite pas être sauvée. Et si, accablée par le remords de ne pas avoir payé la rançon, elle se moquait pas mal de ce qui pouvait lui arriver ?

— Elle se serait alors suicidée, elle n'aurait pas tué son mari, qui, selon Macalvie, était hors de lui quand elle a refusé de payer. Roger Healey était loin d'être indigent ; il avait une certaine aisance financière, mais pas l'argent suffisant pour la rançon. Pas une fortune. Charles Citrine non plus. Mais l'argent n'était pas le seul enjeu ; ils étaient placés devant un cruel dilemme, obligés de décider ce qui était le mieux pour Billy. (Jury prit un cigare dans l'étui de Melrose.) Et bien sûr, Billy était le fils de Roger ; il était seulement le beau-fils de Nell.

Melrose, qui s'apprêtait à allumer leurs cigares, se figea :

— Seulement ? Grand Dieu ! Tu défends maintenant la théorie que le sang est plus épais que l'eau ?

— Bien sûr que non. Mais presque tout le monde adhère en paroles à ce vieux principe. Les médias auraient trouvé la chose bien risible si l'on avait su que c'était Mrs et non Mr Healey qui avait pris la décision de ne pas payer. Voilà une femme riche comme Crésus qui refuse de payer la rançon de son beau-fils. De quoi ça a l'air ? La marâtre regarde dans le miroir et voit s'y refléter un visage plus beau que le sien. Il y a rivalité, mais dans le cas présent, il ne s'agit pas de Blanche-Neige mais du fils de son mari.

— Je ne peux imaginer hypothèse plus sinistre.

Jury acquiesça.

— Certes, mais je l'ai vue dans ce bois regarder, comme en transe, un vieux portail sans utilité, à proximité duquel Billy Healey et Toby Holt avaient l'habitude de jouer. Il y avait dans son regard une telle intensité que je n'aurais pas été surpris de voir Billy se matérialiser devant mes yeux. Peut-être s'était-il matérialisé devant les siens.

Tous deux se retournèrent quand un homme corpulent, légèrement voûté, coiffé d'une casquette à carreaux et vêtu d'un cardigan brun, un déplantoir à la main, s'avança d'un pas traînant vers leur table. Un air de perpétuel mécontentement se lisait sur son visage, et sa bouche aux contours noircis par le tabac tombait comme celle d'un bulldog. Son regard alla du plat en argent contenant les légumes à Jury, puis à Melrose, tandis qu'il demandait :

— Alors, ces haricots à rames ?

Comme ils étaient apparemment les seuls à dîner à

l'*Old Silent* ce soir-là, les employés avaient toute l'auberge à leur disposition. L'individu qui se tenait devant eux semblait bien décidé à rester planté là, à chiquer son tabac, jusqu'à ce qu'il ait obtenu un rapport sur les légumes en question.

— Excellents. Et vous êtes Mr...

— Oakes. Jimmy Oakes.

Il débarrassait la table en ruminant, se plaignant apparemment de la qualité des haricots à rames cette année.

— Une bien mauvaise récolte.

— Mais ceux de notre assiette étaient très goûteux.

L'homme haussa les épaules et fit entendre un sifflement.

— Plutôt dégueus, ouais. J'les ai eus à Ha'erth.

— Je ne comprends pas, Mr Oakes. Vous voulez dire que c'est votre récolte personnelle qui était mauvaise ? demanda Melrose, en proie à une soudaine illumination.

— C'est ça. Mauvaise. Oublié d'les planter.

Il s'éloigna, balançant son déplantoir et toujours traînant les pieds.

— Roger Healey, poursuivit Melrose, tout en suivant Mr Oakes du regard, quelle sorte de personne était-il ?

— Droit comme une flèche, d'après tous ceux à qui j'ai parlé. Les gens qui travaillaient avec lui l'adoraient. Charles Citrine pense que c'est l'un des hommes les plus admirables qu'il ait jamais connus et bénit le jour où il a épousé sa fille. Nell Citrine, vois-tu, avait alors dans les trente ans, elle était célibataire et — pour reprendre les mots du père — instable.

— Est-ce que cela veut dire que miss Citrine a pu faire des séjours en maison psychiatrique ou qu'elle avait tout simplement du mal à trouver la sauce adéquate pour accompagner le veau ? Quand un homme dit d'une femme qu'elle est instable, cela signifie généralement qu'elle est en désaccord avec lui.

Jury essuya la dernière goutte de sauce avec un bout de pain.

— Légèrement excentrique, a-t-il dit.

— Elle ne partageait pas ses opinions politiques, en d'autres termes.

— J'apprécie que tu la défendes sans même l'avoir rencontrée. Il te reste un cigare ?

Melrose sortit un étui en cuir de sa poche de poitrine.

— Je ne l'ai pas rencontrée, mais toi si, et tu n'as pas une seule fois mentionné son « instabilité » ou son « excentricité ».

— Ce qui est étrange, c'est que, pour une femme qui a tué son mari dans le salon d'une auberge... (il alluma le cigare et éteignit l'allumette), elle m'a paru tout à fait normale.

A part son silence, choisit-il de ne pas ajouter. Jury croisa les bras sur la table et porta le cigare à sa bouche.

— Citrine est un homme très affable, mais extrêmement discret. Les mains dans les poches, il marche et parle comme quelqu'un qui se déprécierait.

— Notre Mr Oakes aussi, mais je ne lui confierais pas pour autant mes plants de haricots.

— Pourquoi Nell Healey est-elle le fléau qui s'abat sur ces beaux épis de parfaite moralité ? Le Papa, après avoir proposé une boisson au commissaire qui est son témoin à charge, lui dit qu'elle est instable. Roger est le chevalier blanc aimé de tous. Sauf de la tante.

— Une exception notable, peut-être.

Jury dessina un cercle avec son verre de vin et pensa à Rena Citrine.

— La tante déteste toute la famille à l'exception de Nell Citrine. Toutefois, elle me paraît si préoccupée d'elle-même que je la vois mal se décarcasser pour la sauver.

— Cela fait quand même trois personnes de son côté.

— Quatre en réalité.

Melrose sourit en voyant arriver, roulant lourdement sur le plancher en chêne, le chariot des desserts, poussé par Sally.

— Qui est le quatrième ?

— Brian Macalvie.

— Comment peut-il seulement se souvenir d'elle après une brève rencontre, il y a huit ans ? Oh, toutes mes excuses ! Le commissaire divisionnaire Macalvie n'oublie jamais rien.

Comme le chariot s'approchait, il aperçut un énorme saladier en verre rempli d'une charlotte tremblotante.

— Il a parlé d'elle comme d'une « femme redoutable ».

— Bon Dieu, c'est encore mieux que l'appui de la Reine ! Ce n'est pas une cause perdue.

— Quand il s'agit de Macalvie, aucune cause n'est perdue. Tant qu'il s'agit de la sienne.

— Que prendront ces messieurs ? leur demanda un moment plus tard, au salon, le gérant de l'*Old Silent*.

— Une liqueur de perche, répondit Melrose. Ou, si vous n'en avez pas, un verre de Rémy. Et un café, merci.

Le téléphone fit entendre un brr insistant tandis que le gérant interrogeait Jury du regard.

— Un café seulement.

— L'*Old Silent*, dit avec une certaine réticence l'homme en décrochant, comme s'il craignait, par ce seul nom, de déclencher un nouvel assaut des enquêteurs.

Puis, posant la main sur le récepteur, il appela Jury et s'en alla servir à Melrose son cognac.

— Prie le ciel pour que ce ne soit pas Racer !

C'était Wiggins.

— Comment... (Décidant de ne pas aller jusqu'au bout de la formule *comment allez-vous*, qui, loin de n'être qu'une simple formule d'usage, constituait toujours pour Wiggins une véritable question, il préféra dire :) Bonjour, Wiggins.

Mais, bien qu'on ne lui ait rien demandé, Wiggins se mit à raconter comment il allait et quel était le temps, les deux étant étroitement liés.

— Un temps pourri, il fait ici, monsieur. Une pluie d'hiver. Vous savez ce que c'est...

— Je n'ai jamais remarqué de différence entre l'hiver et l'été, Wiggins. Qu'avez-vous... ?

— Il y en a une assurément, monsieur.

Patiemment, Jury attendit que Wiggins mette un terme à ses prévisions concernant à la fois l'évolution de sa bronchite et celle de son ciel intérieur. Puis réalisant enfin que la raison de son appel était l'enquête qu'il avait entreprise à Londres, et non son état de santé, il annonça :

— Monsieur, il y a de bonnes et de mauvaises nouvelles. Lesquelles préférez-vous entendre en premier ?

— Peu importe.

— Eh bien, je commencerai par les mauvaises nouvelles : de toutes les personnes à qui j'ai parlé, il n'y en a pas une qui ait émis un jugement négatif sur Roger Healey. J'en ai questionné une dizaine parmi le personnel du magazine, et tous disent la même chose, avec des mots différents. Roger Healey était à leurs yeux un homme merveilleux, un critique incisif, un musicien accompli. Selon plusieurs d'entre eux, Billy n'était pas loin d'être un prodige, et son père était fier de lui. Et la plupart ont décrit Roger comme un monument de force et de courage face à la douleur de perdre un enfant...

Un tel courage face à une perte aussi tragique semblait à Jury assez effroyable, et les clichés employés par Wiggins lui évoquaient un homme plutôt dépourvu de sentiments.

— ... mais ce qui est étrange, c'est que même les personnes habilement étrillées par Healey dans ses articles, tout au moins les trois avec lesquelles je me suis entretenu, ne lui ont pas tenu rigueur de ses propos, n'ont conçu aucune haine à son égard. Le librettiste, par exemple, dont Healey avait disséqué et massacré l'opéra, en riait et reconnaissait que c'était de la merde. Son opéra, pas l'article de Healey.

Plant avait apporté son verre de cognac et son café près du feu, et il essayait de chasser le chat de la chaise à porteurs.

— Avez-vous parlé à Mavis Crewes ?

— Non, monsieur. Elle a dit qu'elle ne voyait pas pourquoi elle répondrait à mes questions, qu'elle en avait assez de Scotland Yard et de ses insinuations. Qu'avez-vous insinué ?

— Que Nell Healey était un mélange de Scylla et de Charybde. Et Martin Smart ?

— Je l'ai vu. Il s'est montré d'une grande amabilité, mais il ne comprenait pas pourquoi j'étais là, étant donné que vous étiez déjà venu.

— A propos, Racer sait-il que vous interrogez les gens ?

— Le commissaire divisionnaire ne croit jamais que je travaille, répondit Wiggins avec une pointe de rancœur.

Jury entendait en arrière-plan des craquements qui pouvaient avoir diverses origines, du froissement du sachet de pastilles pour la gorge à l'émiettement des fameux biscuits noirs. La persistance de tels bruits dans une conversation téléphonique avec Wiggins rappelait le grésillement d'une bande magnétique, écoutée à plein volume.

— Bref, le flûtiste, du nom de William Browne, était un peu plus amer ; toutefois, il a admis que Healey n'avait pas essayé de l'éreinter ; sur les cinq morceaux qu'il avait interprétés, Healey en avait aimé partiellement un.

— Un sur cinq ! Il ne lui a pas fait de cadeau !

— Mais j'ai lu ces comptes rendus, monsieur. Je dois dire que Roger Healey ne *paraît* jamais se tromper dans ses jugements et qu'il ne semble pas non plus assener des coups de hache. Ses critiques négatives sont presque toujours formulées sur un ton d'excuse.

— Ce qui peut être une manière efficace de démolir quelqu'un.

Wiggins garda le silence un moment avant de remarquer :

— Vous me semblez plutôt prévenu contre Healey, si vous m'autorisez à parler ainsi.

Jury eut un léger sourire.

— Je vous y autorise. Et vous avez raison.

Jury observait la progression du chat noir vers la chaise à porteurs, que feignait d'ignorer Plant après avoir chassé l'animal de son siège favori.

— Et pourtant, il y a peut-être du vrai dans vos propos.

— Merci. Poursuivez.

— Comme je le disais, j'ai lu cet article dans *Segue* : il s'agit du compte rendu d'un concert de bienfaisance. Healey y fait l'éloge de tous les participants, à l'exception du hautboïste et d'un autre. Ecoutez : « L'événement de la soirée fut l'apparition de Stan Keeler de l'Orchidée noire. Je dis "événement" à cause de la vénération dont ses admirateurs fervents (fanatiques) entourent ce groupe "avant-garde". Mr Keeler a montré une technique extraordinaire. Etrangement, la technique est ce qu'il garde si souvent en arrière-plan à chacune des rares prestations d'Orchidée noire. Orchidée noire est le groupe le plus exhibitionniste qui se soit produit depuis Peter Townshend et The Who. J'ai joint mes applaudissements à ceux du public lorsque Mr Keeler nous a interprété sa plus fameuse chanson, *La Dame blanche*. J'ai applaudi parce que Mr Keeler n'a pas chanté un seul couplet correctement. » Voilà où je veux en venir, monsieur : eh bien, même Stan Keeler ne s'est guère montré affecté par cette critique.

— Vous lui avez parlé ?

Il y eut une pause dramatique, ou peut-être Wiggins

s'était-il tout simplement tourné vers la plaque chauffante et la bouilloire pour remplir de nouveau sa tasse.

— Mais certainement, monsieur. Je suis allé le voir dans son appartement de Clapham. Sa propriétaire est une espèce de folle qui le protège de la presse, des journalistes. Une femme vraiment bizarre.

— Quel avis a-t-il émis sur cette critique ?

— Il s'est mis à rire et s'est resservi à boire. Il était allongé de tout son long au beau milieu du parquet. Il a prétendu que ça l'aidait à réfléchir. (Le brusque silence de Wiggins semblait indiquer qu'il avait une opinion personnelle sur la conduite du musicien.) L'article en question a paru laisser Keeler indifférent.

— Et si vous passiez aux bonnes nouvelles, Wiggins ? A moins que ce ne soit tout ce que vous avez à dire ?

— C'est à peu près tout, mais j'ajouterai encore une chose. Comme je quittais les bureaux du magazine, j'ai croisé un type dans le hall. Jeans et T-shirt noir. Il portait un seau et un balai-éponge.

Wiggins marqua une nouvelle pause comme s'il attendait que Jury s'accorde avec lui pour dire que, certes, il aurait très bien pu s'agir du concierge.

— Je vois de qui vous voulez parler. Mais il fait partie de l'équipe éditoriale.

— Oui. C'est le chroniqueur le plus populaire qu'ils aient. C'est leur spécialiste de la pop. Vous savez, jazz, rock'n' roll. Il s'appelle Morpeth Duckworth. Je crois l'avoir reconnu parce qu'il accompagne toujours ses articles d'une petite photo de lui au-dessus de sa signature. Je l'ai arrêté et je lui ai demandé ce qu'il pensait de la mort de Healey. « Sa femme a rendu à la critique musicale le plus grand service qu'on ait pu lui rendre », m'a-t-il répondu. Il fumait, appuyé sur son balai-éponge, et j'ai pensé que c'était peut-être même de l'herbe. Je veux dire, dans les bureaux...

— Vous avez raison, Wiggins. Continuez.

— Bien sûr, je lui ai demandé ce qu'il entendait par

là. Il m'a répondu... (Jury entendit le froissement de pages tournées rapidement.)... je vous répète ses paroles : « Les généreuses contributions de Healey à ce magazine ont beaucoup fait pour donner du clinquant à la merde. » Mais la suite est encore plus intéressante : « Healey était le charlatan au quotidien du monde musical. » Puis il a pris son seau et son balai-éponge et a traversé le hall. Je pense vraiment que vous devriez lui parler. Seulement...

— Seulement quoi ?

— Si vous me permettez, monsieur, je vous conseillerai de vous renseigner un tant soit peu en ce qui concerne le rock. Pour comprendre ce type.

Jury sourit, autant des injonctions de son collègue que des manœuvres de Plant visant à repousser le chat à l'aide d'un exemplaire roulé de *La Vie campagnarde*.

— A quoi bon, puisque je vous ai. Bravo pour votre enquête, Wiggins. Je sens qu'il y a quelque espoir. Après tout, ce n'est peut-être pas un saint qu'on va découvrir en Healey. Peut-être pourrons-nous le faire descendre de son piédestal. Vous avez accompli un excellent travail.

— Toujours heureux de vous être utile, dit Wiggins, avec un brin de suffisance dans la voix.

Mais son ton et le petit bruit régulier de la cuillère contre la tasse laissaient penser à Jury que Wiggins était ravi de ce compliment.

— Je le verrai, soyez-en sûr. Autre chose ?

— C'est tout, monsieur.

Jury s'apprêtait à dire au revoir à son collègue quand il se souvint de sa première entrevue.

— Wiggins, comment avez-vous fait pour passer outre la propriétaire de Stan Keeler ?

— Je me suis plus ou moins évanoui dans son entrée.

Jury fronça les sourcils.

— Quelle était la raison de votre malaise ?

— J'ai fait semblant d'en avoir un.

17

Occupé à creuser la terre couverte d'une mince couche de glace, le chien aux oreilles tombantes dénommé Stranger s'était immédiatement arrêté en voyant Melrose approcher sur la route du *Weavers Hall* et était parti monter la garde devant la porte de la grange.

A dix heures du matin, Abby Cable vaquait en silence à ses occupations, assistée d'une petite fille que Melrose entendit appeler Ethel dans les phrases suivantes : « Ethel, tu as *encore* raté la bouillie » et « Tu ne peux pas planter ça dans la *pierre.* » Le premier reproche avait trait à une cuvette d'où dépassait une cuillère, le second visait un poster devant lequel se tenait Ethel, debout sur une chaise.

Ethel était de la même taille et probablement du même âge qu'Abby Cable. Elle s'obstinait à vouloir enfoncer une punaise à l'un des coins du poster. L'infortunée punaise sautait sans arrêt et le coin s'enroulait. L'autre punaise du haut tenait, plantée dans le chambranle en bois de la porte, moins dur que les murs, faits de blocs de pierre meulière.

Constatant l'inutilité de ses efforts, elle sauta de la chaise, tournant vers Abby un visage qui était l'image même de la frustration.

C'est au roux clair de ses cheveux que se résumaient les couleurs d'Ethel. Son teint était aussi pâle qu'il était possible de l'être dans le monde des vivants, parsemé ici et là de minuscules taches de rousseur. Le cou légèrement atrophié, les épaules étroites et tombantes, elle portait une robe chemisier d'une blancheur aussi impeccable que celle de son tablier et de ses chaussettes. Elle évoquait à Melrose un pot de crème. Ethel brillait de propreté, comme si plusieurs chats lui avaient fait sa toilette à coups de langue. La fillette formait un contraste frappant avec la Furie, qui, bien qu'en plein œil du cyclone, paraissait encore crottée de boue. Peut-être était-ce simplement l'effet de contraste ; toujours chaussée de ses bottes de caoutchouc, avec sa robe en lainage noir et, ce matin-là, un châle également noir, elle donnait l'impression de vouloir prouver à tout prix qu'elle était une personne quelconque et sans attrait.

Melrose observait les fillettes du seuil plongé dans l'ombre de la porte, car Stranger avait été rejoint par un chien beaucoup plus gros, au poil lisse, de la taille d'un limier écossais, dans les quarante-cinq kilos. L'animal s'avança lourdement pour voir s'il se passait quelque chose d'intéressant et resta là, ne paraissant guère plus désireux que le colley de lier amitié avec le nouveau venu. D'avoir pris la défense du chat ne semblait pas pour autant faire admettre Melrose dans le cercle fermé des autres animaux, et il en concevait de la contrariété. Le chat, étendu de tout son long dans une flaque de pâle soleil, s'intéressait encore moins à son sauveur que les chiens. Assis l'un à côté de l'autre, eux au moins le regardaient.

Il se demanda si c'était bien une grange ou s'il s'agissait de l'une de ces vieilles maisons tout en longueur qui abritaient pêle-mêle hommes et animaux. Les poutres du plafond étaient hautes avec d'épais supports et, à une extrémité, trois rangées d'ouvertures étroites dispensaient l'aération nécessaire pour évacuer les odeurs de fumier provenant de l'étable, tout au fond, à gauche. Par ces mêmes ouvertures, se déversait, en cette matinée plus belle qu'à l'ordinaire, une pluie de lumière qui mouchetait le sol de confettis dorés.

L'étable, où Abby était en train de donner des soins à une vache, abritait également, dans des stalles, structures en bois revêtues d'ardoise, le poney et l'âne qu'il avait aperçus la veille derrière le bâtiment.

Ce qui devait être autrefois l'aire s'étendait d'une porte à une autre de la grange. La porte en face avait été condamnée. Sous les pieds de Melrose le sol était en ardoise, parsemé de petits tapis jetés ici et là pour donner une note de confort, imagina-t-il.

Devant la cheminée en pierre étaient placés une table de fortune, une planche oblongue montée sur des tréteaux, une lourde chaise en acajou et un haut tabouret. Il en conclut que c'était le coin salle à manger, et que la cuisine se trouvait à côté ; là était dressée une table couverte d'une toile cirée sur laquelle on avait posé une miche de pain, de la viande et du fromage. Le bord de la fenêtre faisait office de réfrigérateur, et l'on y apercevait une bouteille de lait à côté d'une plaquette de beurre sur une assiette. Une bouilloire était suspendue à une tige en fer qui se balançait dans la cheminée.

Au fond, contre le mur de droite, était appuyé un lit d'enfant qui devait certainement grincer, enseveli sous une montagne d'édredons. Près du lit, sur une caisse renversée, des livres s'empilaient à côté d'une lampe.

Mais ce qui frappa particulièrement Melrose était le nombre d'affiches et de gravures couvrant les murs : Dire Straits, Elvis Presley. La récente acquisition qui avait donné tant de fil à retordre à Ethel était un poster du groupe Sirocco. Et il y avait de fortes chances pour que ce fût le poster au papier glacé, la veille encore en la possession de Malcolm. Il était accroché à côté d'un paysage de Cornouailles avec une falaise, lui-même suspendu à côté de... oh, non ! d'une vue de Venise. Venise flottant de façon surnaturelle par-delà la lagune. Malgré son irréalité, elle semblait encore plus vraie que ces falaises de Cornouailles où venaient se briser de hautes vagues empanachées d'écume...

Une grande et belle gravure dans un cadre baroque — Melrose était certain qu'il s'agissait d'un Magritte, de l'une de ses nombreuses versions de *L'Empire des lumières* — trônait au-dessus de la caisse aux livres. De le voir ici, dans cette grange — mais Abby Cable semblait avoir fait de cet endroit sa maison —, était très étrange. Aussi étrange que l'image elle-même, qui montrait une maison avec une fenêtre éclairée et un lampadaire brillant dans l'obscurité ; mais le ciel au-dessus de la maison était d'un bleu éclatant, bien que parcouru par quelques nuages. Il avait déjà vu des reproductions en carte postale du tableau.

Ayant été apparemment autorisé à pénétrer dans ce sanctuaire, Melrose ne savait trop que dire, mais quand les mots sortirent de sa bouche, il les aurait volontiers ravalés sur-le-champ.

— Eh bien, en voilà une jolie grange !

Abby Cable tourna vers lui un regard qui aurait pu être façonné par les bâtisseurs de Stonehenge, un regard qui avait traversé les âges avec Antigone et Lady Macbeth, un regard qui s'était usé au contact du monde. Un regard qui ne supportait pas les idiots. Comme si cela n'était pas suffisant pour arrêter un train, il était de ce bleu profond souvent attribué à tort, à moins que ce ne soit une tournure poétique, à la mer Egée et au ciel des îles.

— Si vous aimez les granges, dit-elle.

Puis paraissant se rappeler qu'il avait sauvé son chat, elle ajouta :

— C'est Ethel.

Ethel se montra beaucoup plus avenante, car Melrose lui permettait de laisser tomber sa tâche odieuse pour venir s'offrir à son regard, avec sa robe chemisier plissée, ses rubans de fantaisie. Elle lui adressa un grand sourire qui révéla deux dents manquantes.

— Nous allons prendre le thé. Vous pouvez le prendre avec nous, t'es d'accord, Abby ?

N'obtenant nulle réponse d'Abby, occupée à fixer

les attaches du sac d'avoine autour de la tête du poney, Ethel ajusta le nœud dans ses cheveux et parut répondre à sa propre question par cette affirmation :

— Je suis plus vieille qu'Abby.

Comme Melrose ne la félicitait pas et qu'Abby ne manifestait par aucun signe l'avoir entendue, la fillette se précipita vers la table où était posée la miche de pain complet et entreprit d'en couper des tranches.

— C'est mon chien, là-bas. (Elle pointa le couteau à pain dans la direction du gros chien.) C'est pas un simple chien de berger ; c'est un kuvasz.

Elle appuya sur le mot en regardant Melrose pour voir si la mention de cette race exceptionnelle paraissait l'émouvoir. Devant son absence de réaction, elle poursuivit, paraissant réciter un livre appris par cœur :

— C'étaient les chiens du roi de Babylone qui avait fait des lois spéciales pour eux. Pour qu'on les tue pas et qu'on les embête pas. Bien longtemps avant ça, le roi de Summertime en faisait l'élevage. Mon chien est hongrois et il s'appelle King.

Abby Cable eut une grimace d'exaspération devant cet historique du pedigree de l'animal.

— Je t'ai déjà dit qu'il n'y a pas de roi de Summertime. Il n'y en a jamais eu. Et il s'appelle Tim, pas King. Tim était son nom quand tu l'as eu.

Le sourire de Melrose alla d'une fillette à l'autre.

— C'est pourtant une histoire charmante, il faut le reconnaître. Le roi de Summertime. (Lorsque le regard de la Furie se posa sur lui, il comprit qu'il avait fait une erreur de tactique.) Mais je suis d'accord : je doute qu'il ait jamais existé.

Il se demanda toutefois ce que — ou qui — Ethel avait confondu avec « Summertime ». Un roi de Sumer peut-être ? Ce devait être ça.

— Je t'ai dit qu'il était pas si bête, dit Abby, traînant jusqu'à l'âne le seau contenant sa nourriture.

Melrose hésitait entre s'estimer flatté parce qu'elle avait apparemment parlé de lui à Ethel et se poser cette question : quelle dose de bêtise lui attribuait-elle, s'il n'était pas si bête ?

Ethel, la bouche serrée en une petite ligne maussade, coupait le fromage.

— C'est juste de grossiers sandwiches, dit Abby d'un ton neutre.

Elle sortit de la stalle et referma la porte au loquet. Celle-ci fermée, Melrose aperçut un autre poster. Chaque animal semblait avoir son poster attitré. Il ne pouvait voir celui de la vache, mais la stalle de l'âne était décorée d'une vieille affiche de Dylan, et le box du poney du portrait d'un chanteur américain, décédé, lui semblait-il. Ricky Nelson.

— Merci beaucoup, mais il n'est guère plus de dix heures, et je ne crois pas que je pourrais manger un sandwich. Pas après cet énorme petit déjeuner que m'a servi ta tante. (Comme elle n'insistait pas, Melrose ajouta, entendant la bouilloire siffler :) Mais je prendrais volontiers une tasse de thé.

Tandis que le poney, satisfait d'avoir sa ration d'avoine, faisait entendre des bruits de déglutition, Abby recula, les mains sur les hanches, regardant Ricky Nelson, à moins que ce ne fût l'animal. Elle avait le dos tourné, aussi Melrose ne pouvait-il savoir ce qui retenait son attention. Ricky apparemment, car elle dit :

— Nous allons devoir enlever ton poster, Ricky.

Ethel se retourna vivement, le couteau à la main.

— C'est *mon* poster !

— C'est *ma* grange !

Ethel gémit.

— Je l'aime.

— Dommage, dit Abby avec fermeté. (Melrose crut entendre l'écho des mots qu'elle avait jetés à la face de la réceptionniste chez le vétérinaire quand elle ajouta :) Il est mort.

Stranger s'assit, sentant venir une altercation.

— Il est au *ciel*, alors, dit Ethel d'un ton geignard.

Il chante au ciel. Et je pourrai l'épouser quand je serai là-haut.

Elle avait achevé sa phrase d'une petite voix claironnante, aussi radieuse que l'archange Gabriel.

Très terre à terre, Abby répondit :

— Qui dit qu'il y a un ciel ?

Elle porta dans l'entrée un seau rempli d'une pâtée destinée à la basse-cour.

Scandalisée par ces propos hérétiques, Ethel ne trouva rien à répondre. Elle flanqua deux assiettes sur la table à tréteaux couverte d'une nappe, faisant, dans sa fureur, sauter le pain et le fromage. Puis elle ramena le tabouret branlant à l'intention de Melrose et le posa brutalement à un bout de la table.

Abby regarda Ethel d'un air affligé.

— Il est trop petit pour lui. Je peux lui laisser ma chaise. Je prendrai l'autre.

Avant de ramener la chaise, elle monta dessus, fouilla dans sa poche et en retira un chewing-gum, qu'elle se mit à mâcher tout en tenant le coin supérieur du poster abandonné par Ethel. Puis elle colla la boule gluante sur la pierre et y pressa le coin du poster.

Ethel, le visage tout rouge, tira la langue à Abby qui avait encore le dos tourné, puis, entendant des voix à la porte, elle s'empressa de changer d'attitude et s'efforça de reprendre ses airs de princesse. Melrose savait toutefois qu'elle cherchait à avoir le dernier mot, à assener le mot qui tue.

— Eh bien, tu trouveras *jamais* ma cachette. J'allais te la dire...

Un mensonge. Même Melrose n'était pas dupe.

Abby ne fléchit pas.

— T'as pas le droit d'avoir une cachette dans ma grange.

C'était apparemment un conflit de longue date, qu'interrompirent les voix à l'extérieur. Une ombre allongée se projeta sur l'aire, qui se dédoubla quand l'homme et la femme se détachèrent dans l'encadrement de la porte. Abby tapa une dernière fois sur le coin du poster et dégringola de sa chaise.

— Bonjour, Abby.

— Bonjour.

Ils avaient parlé en même temps, la femme avec un peu plus d'autorité que l'homme, dont le bonjour, pourtant accompagné d'un sourire, manquait d'assurance.

S'arrachant à la contemplation du poster, Abby se contenta de se retourner vers les nouveaux venus, leur rendit leur bonjour d'un ton morne, puis entreprit de recoller le chewing-gum qui n'avait pas tenu.

— Vous prenez le thé ? dit la dame, son regard allant de Melrose à Ethel, puis de la table de fortune à Melrose tandis qu'elle abaissait la capuche de son manteau, révélant des cheveux cuivrés parsemés de reflets argentés, effet de l'âge ou simple coloration, il n'aurait su le dire. Elle paraissait avoir la quarantaine et portait un long et ample vêtement, patchwork éclatant, dont la princesse aurait apprécié la pure extravagance.

Comme Abby gardait le dos tourné, absorbée par sa tâche, la femme s'avança vers elle en disant « Rena », alors que Charles Citrine venait de la présenter comme « Irene ». Elle tendit à la fillette un petit paquet, « de la part de Nell ».

Abby regarda l'emballage brun et glissa le paquet dans l'une des grandes poches de sa jupe.

Melrose saisit des bribes de leur conversation — du moins de ce que disait Irene — tandis qu'il était entrepris par le frère. Après lui avoir parlé du temps, de la campagne en janvier et du *Weavers Hall*, Citrine fit un vague signe de tête en direction des terres derrières l'auberge et expliqua qu'il vivait là-bas dans une vieille maison « sur la lande ».

Irene Citrine continuait à converser avec Abby, bien que le mot *converser* ne fût pas tout à fait adéquat, étant donné que la fillette ne participait à cette conversation que par monosyllabes. Melrose parvint à saisir que la boîte venait de Nell, qui tenait tout particulièrement à l'offrir à Abby... Avait-elle essayé le mastic au caoutchouc pour faire tenir le poster ?... Un beau poster... Qui étaient les jeunes gens dessus ?... Nell était désolée de n'avoir pu... le troupeau de Nelligan... besoin de quoi que ce soit ?...

Elles allaient d'un sujet à un autre, sur des chemins où il était décidément difficile de se perdre, à en juger par les réponses d'Abby :

« Merci. »

« Non. »

« Oui. »

« Un groupe de rock. »

« Bien. »

« Oui. »

« Non. »

En d'autres termes, c'était là un échange typiquement « abbyesque » avec quelqu'un qui n'inspirait qu'indifférence à la fillette, même si elle paraissait faire grand cas du cadeau, à défaut de celle qui l'avait apporté. Melrose se dit que celle-ci essayait certainement de faire de son mieux.

Charles Citrine aussi. C'était un homme que l'on pouvait dès le premier abord qualifier d'« affable ». Dans les circonstances présentes, toutefois, son amabilité était affectée. Les pensées de l'homme étaient ailleurs ; ses yeux bleu pâle fixés sur sa sœur et Abby, il n'en épuisait pas moins toutes les possibilités de conversation avec Melrose au sujet du temps, de la campagne, du *Weavers Hall*.

Ses propos constituaient peut-être tout simplement une version plus sophistiquée des réponses fournies par Abby à la tante de Nell Healey.

Après le départ des Citrine, Abby se rendit à l'étable, puis dans sa « chambre » avant de revenir à la table où elle troqua la tasse épaisse et ébréchée qu'Ethel avait préparée pour Melrose contre une tasse à cannelures et une soucoupe dépareillée avec de petites fleurs bleues.

— Eh bien ? C'est quoi ? demanda Ethel. C'est quoi ton cadeau ?

— Je ne l'ai pas ouvert, dit Abby calmement.

Ethel battit des mains, tout excitée.

— Ouvre-le, ouvre-le !

— Il est dans ma cachette. Va chercher la bouilloire.

Abby s'assit, les mains jointes.

L'air furieux, Ethel décrocha la bouilloire avec un chiffon épais et versa l'eau dans la théière, tandis qu'Abby s'installait sur la chaise basse. Comme Ethel s'asseyait d'habitude sur le tabouret rehaussé d'un vieux coussin, les deux fillettes étaient à des hauteurs inégales autour de la table, et Melrose eut le sentiment de les regarder de ce ciel dont Abby avait nié toute connaissance.

Abby servit le thé, remplit en premier la tasse de Melrose, reposa bruyamment la théière sur la table et prit son sandwich. C'étaient en effet de grossiers sandwiches, des portions mal coupées de fromage disposées entre deux quignons de pain.

— Eh bien ! voilà un moment de répit bienvenu après les événements de la matinée.

Quand Abby le regarda, avec l'air de douter que d'une matinée au *Weavers Hall* puissent naître de grandes choses, il regretta cette jovialité dont il semblait incapable de se départir.

Un silence religieux les enveloppa pendant qu'ils buvaient leur thé. Les deux chiens avaient eu leur ration de nourriture et Stranger vit là un signal l'autorisant à relâcher sa surveillance pour venir se coucher près du feu. Tim était parti en quête d'un spectacle plus excitant que celui de ces personnes oisives.

Abby partagea son attention entre son assiette et le vide derrière Melrose.

Pour une petite fille aussi impeccable, Ethel mangeait sans la moindre discrétion, mastiquant bruyamment son fromage, buvant son thé avec de grands slurps, frappant le pied du tabouret de ses talons. Ayant trouvé autre chose pour faire enrager son amie, elle dit à Melrose :

— J'ai caché des choses dans la grange, et Abby ne sait pas où.

A en juger par son regard glacial, Abby, apparemment, la croyait.

— Tu peux pas avoir une cachette dans la grange de quelqu'un d'autre, je te l'ai déjà dit.

Ethel minauda :

— Eh bien, j'en ai une. Tu la connais pas, je pourrais y cacher une arme.

Puis elle se mit à parler, se montrant intarissable, du meurtre à l'auberge.

— Du sang partout...

— C'est pas vrai ! la contredit Abby d'une voix tranchante. Arrête de parler de ça !

Mais étant donné l'affront sacrilège fait au chanteur défunt, Ethel avait clairement l'intention de rendre à Abby la monnaie de sa pièce. Des miettes au coin des lèvres, elle continua :

— Elle lui a tiré dessus. Splat !

— *Ethel !*

Melrose lui-même aurait hésité à poursuivre, fixé par de tels yeux, mais Ethel comptait bien remuer le couteau dans la plaie. De toute façon, ce n'était pas tous les jours que se présentait l'occasion de commérages aussi juteux dans cette région isolée.

— Nous ne devions pas en parler.

La voix d'Abby était égale, mais son regard aurait paralysé tous les animaux de l'étable.

— Cette Mrs Healey, c'est *ton* amie !

Malgré sa blancheur laiteuse, ses rubans, ses plis, ses fossettes, Ethel était un petit démon, réalisa Melrose, un petit démon qui, léché par les flammes de sa chevelure, brandissait sa fourchette comme un trident.

— Et elle peut pas venir ici, hein ? Parce que ta tante ne veut pas.

Cela fut assené d'une voix narquoise et chantante destinée à attiser la rage de son hôtesse. Ethel sortait l'artillerie lourde.

— Et de toute manière, tu as des photos de personnes mortes... (elle désigna du menton la caisse couverte de livres)... juste là. Je les ai toutes vues. Il y a des photos de ce petit garçon, Billy, et de son ami. (Comme elle n'obtenait aucune réaction, elle ajouta :) Ce sont des gens affreux, maman me l'a dit. Elle dit qu'ils ont laissé mourir le petit Billy. J'ai vu toutes les photos de toi et de lui et de cet autre garçon, ce Tony.

— Toby.

La correction, faite machinalement, avait jailli d'un cerveau et d'une bouche qui n'étaient pas ceux d'Abby.

Melrose continua :

— Je te conseille de cesser de parler de choses dont tu ne sais rien.

Il repoussa sa chaise, regarda Abby, se demanda si elle était une sorte d'aimant attirant les ondes négatives de la planète. Dès le premier instant où il l'avait aperçue, elle lui était apparue assaillie de problèmes.

Abby gardait le silence, mais les vibrations qu'elle émettait, aussi figée qu'une statue, semblaient faire trembler la table et le sol en terre battue sous leurs pieds ; l'expression peinte sur son visage était celle que l'on imaginait à Médée au retour de Jason.

— Rentre chez toi, finit par articuler Abby.

— Nous avons un enterrement. Tu me l'as dit.

C'est alors seulement que Melrose remarqua la boîte drapée de noir près du lit. Une bougie votive, éteinte, était dressée au bout du petit cercueil. Buster. Melrose détourna le regard.

Et Abby se contenta de répéter.

— Rentre chez toi.

— Mais nous *devons* enterrer Buster ! Ou ça va sentir dans toute la grange.

L'air aurait déjà dû commencer à empester, se dit Melrose, vu que le chat était là depuis vingt-quatre heures.

— Rentre chez toi, répéta Abby de la même voix sans timbre.

Ethel jeta ce qui restait de son sandwich et se leva d'un air hautain, comme si cela lui était bien égal de rester ou de partir. Mais en se dirigeant vers la porte, poussant les manches de sa robe dans son manteau, elle décocha une dernière flèche.

— Et s'il n'y a pas de ciel et si nous nous changeons seulement en vapeurs, alors, où est *ta* mère, j'aimerais bien le savoir !

Abby tourna les yeux vers les vieilles poutres du toit.

— Avec Ricky Nelson.

DEUXIÈME PARTIE

LE ROI DE SUMMERTIME

18

Cause perdue était un terme qui ne s'appliquait jamais à une enquête menée par Brian Macalvie, alors qu'on pouvait souvent reprocher à ses subalternes de baisser les bras.

Souvent, mais pas toujours. La voix féminine que Jury entendait dans le laboratoire médico-légal au bout du couloir appartenait à Gilly Thwaite, expert de Macalvie en « lieux du crime ».

Quand Macalvie aperçut Jury dans le cadre de la porte ouverte, il l'invita à entrer d'un signe impatient de la main, comme s'il s'adressait à un arbitre en retard.

Non qu'il eût besoin d'en consulter un ; campé dans la posture qui lui était coutumière, les mains enfoncées dans ses poches de pantalon, rejetant en arrière l'imperméable qu'il semblait ne jamais quitter, sûr de lui, il mastiquait du chewing-gum à un rythme pratiquement aussi rapide que le débit de Gilly Thwaite.

Elle se penchait vers lui, de l'autre côté de la table, comme sous la poussée d'un vent violent.

Jury s'assit sur un siège pliant laqué de blanc et le fit basculer en arrière, les yeux fixés sur Macalvie planté là comme un arbre indéracinable. La jeune femme essayait de lui tenir tête, à propos d'empreintes digitales, ou plutôt de leur absence dans le cas présent.

— ... ni partielles, ni susceptibles d'apparaître, effacées tout simplement ! Pour la sixième fois. Rien !

Ses grosses lunettes à bordure noire lui couvraient la moitié de son petit visage triangulaire à la manière d'un masque de plongée.

Elle était plus tendue que d'habitude, estima Jury. Elle avait assez d'intelligence pour comprendre que ce que les collaborateurs de Macalvie prenaient pour de l'arrogance de la part du commissaire divisionnaire était en fait la simple conviction d'avoir raison. Quatre-vingt-dix-neuf fois sur cent. Et il avait rarement tort. Macalvie admettait une marge d'erreurs ou de catastrophes naturelles : crue de la rivière Dart, effondrement de la cathédrale d'Exeter, disparition de la côte du Devon-Cornouailles, ou pis encore, la rétention d'informations. C'est pourquoi Gilly Thwaite était sur la défensive, Jury le savait. Elle avait le sentiment que Macalvie allait lui couper l'herbe sous le pied.

— Le siège des cabinets, Gilly ? Je veux dire dessous. Même un saligaud capable d'y fourrer le crâne d'un vieillard peut être très méticuleux...

— Oui ! Dessous, dessus, dans la cuvette !...

Elle se rapprocha et faillit le frapper avec le dossier qu'elle brandissait sous son nez. Macalvie l'écarta d'une chiquenaude comme s'il s'agissait d'un moustique.

— Dites, vous semblez oublier que je ne suis pas votre experte en empreintes...

— Le ciel en soit loué, Gilly, dit Macalvie, ses lèvres serrant la cigarette qu'il allumait. Allons à la cabine téléphonique du coin. A 13 h 05, on a appelé ce numéro. A 13 h 10, le vieux était assassiné.

— Deux cabines, commissaire ! Deux !

Elle leva deux doigts devant le visage de son chef.

Macalvie restant imperturbable, elle laissa finalement retomber la main. Il haussa les épaules :

— Je parle de la seule cabine d'où ce misérable aurait pu appeler pour arriver en quatre minutes à cette maison. Mais si vous tenez à envisager deux possibilités, cela revient au même, il faudra seulement plus de temps.

— On a passé ces cabines au révélateur d'empreintes ; croyez-vous que sur toute notre équipe, il n'y ait pas au moins un cerveau ?... Je retire ce que j'ai dit.

Gilly ne rougissait pas facilement, mais cette fois le sang lui montait le long du cou, Jury était témoin de son embarras.

— Peut-on y utiliser des cartes de crédit ? Des télécartes ?

Wiggins, qui examinait, s'interrogeant sur leur contenu, une rangée de fioles sur une des tables, leva les yeux vers les deux interlocuteurs :

— Ce sont des cabines normales.

Gilly Thwaite feignit de dédaigner ce détail, sachant qu'il était important et qu'elle était fautive. Jury pouvait presque voir son esprit courir, foncer sur la piste où l'entraînaient les remarques de Macalvie, s'efforçant de rester à sa hauteur, si elle ne le devançait pas.

Il continuait à mastiquer son chewing-gum, tandis que Gilly se taisait.

— Vous avez pensé à appeler les Télécom ? demanda-t-il enfin. (Il fit tomber la cendre dans sa main.) Ça va probablement remplir leur journée, quelques pinces, une hache ou deux...

Elle le regardait, les sourcils froncés, sans répondre.

— Pensez-y.

Il consulta sa montre comme s'il chronométrait Gilly, puis se dirigea vers la porte.

— Pourquoi sous-estimer les capacités de vos collaborateurs, Macalvie ?

Ils étaient dans le couloir menant à son bureau.

— Pour voir s'ils en ont. Et elle est une des rares à en avoir. Qu'est-ce qui ne va pas, Wiggins ?

L'inspecteur Wiggins paraissait décidément troublé.

— Quoi ? Oh rien ! Rien.

Il faisait froid dans le bureau, car Macalvie laissait toujours une fenêtre ouverte quelle que fût la saison. Comme, selon toute apparence, il n'enlevait jamais son manteau, étant plus souvent dehors que dedans, le froid ne le gênait pas. Jury fut surpris de voir la fenêtre ornée de guirlandes aux teintes bleu passé et orange sale, tristes vestiges de la saison qui s'écoulait. Le soleil tardif y projetait ses rayons qui se réfractèrent sur les cheveux cuivrés de Macalvie et firent étinceler ses yeux d'un bleu intense. Dieu réglait l'éclairage pour Macalvie.

Il s'était laissé tomber dans son fauteuil pivotant devant un bureau encombré de cendriers, de papiers, de tasses à café ; de cette accumulation qui, supposa Jury, représentait le reliquat d'affaires anciennes que Macalvie se refusait à clore et à classer, il extirpa un dossier qu'une secrétaire aurait mis une semaine à trouver.

Wiggins se recroquevilla dans son imperméable chaudement doublé et regarda la fenêtre d'un air malheureux. Il tira de sa poche des gants épais et les enfila tout en fixant Macalvie. Allusion sans grand effet ; Macalvie ne pouvait concevoir les malaises du corps tant que l'esprit carburait, au summum de sa forme.

Jury n'avait pas pris la peine d'enlever son manteau, non plus que de s'asseoir, occupé à regarder les photos que Macalvie avait étalées devant son nez.

— Qu'est-ce que c'est, Macalvie ?

— Eh bien, des photos.

Macalvie tira d'un tiroir une bouteille de Glenfiddich, qu'il mit sur la table avec quelques gobelets en papier, puis il se renversa dans son fauteuil et posa les pieds sur le bureau.

— Les restes d'un jeune garçon et de son chien.

— De quoi parlez-vous ?

— Regardez les photos. Ils ont aussi enterré le chien.

Jury leva la tête.

— Je ne fais pas partie de votre équipe, Brian. N'attendez pas que je devine où vous voulez en venir. Si vous parlez de Bill Healey, on ne l'a jamais retrouvé, et Toby Holt a été tué par un camion. Nous ne sommes pas ici aux courses de Dunstable, et peu m'importe si mon cheval est gagnant, placé ou dans le peloton. Je veux seulement obtenir un résultat au moment décisif.

— Tous les moments sont décisifs. Prenez un gobelet.

Il servit à chacun une petite dose de whisky.

Wiggins, qui d'ordinaire avait pour l'alcool la même méfiance que pour les lézards, vida son verre d'un trait, s'étrangla et sortit sa boîte de pastilles pour la gorge.

Jury refusa la boisson d'un geste. Appuyant les mains sur le bureau du commissaire divisionnaire, il lui dit d'un ton calme :

— Ecoutez-moi : vous êtes commissaire principal, commissaire divisionnaire, vous n'êtes pas Sam Spade. Vous allez jusqu'à appeler votre secrétaire Effie et vous vous comportez comme si Joe Cairo et le Gros allaient passer la porte. Vous dirigez un service, alors cessez de vous prendre pour Sam Spade ou Marlowe. Arrêtez de jouer au plus fin, d'accord ?

Wiggins s'empressa de sortir ses biscuits au charbon, analgésique universel — indigestion, colère — et en poussa un vers Jury. Celui-ci le prit machinalement, en enfourna une moitié et se mit à mâcher l'infecte chose. Pas étonnant que Wiggins fût presque toujours malade s'il croyait se soigner avec ces horreurs.

Macalvie ouvrit de grands yeux, pleins de surprise feinte... d'inquiétude feinte... seulement feintes.

— Vous avez fini ?

Jury avala, s'étrangla et saisit le gobelet que lui présentait Macalvie. Il but une gorgée et reprit :

— Je peux seulement, puisque vous ne m'avez rien dit, et puisque je suis ici pour travailler sur l'affaire Nell Healey, *supposer* que vous avez découvert le corps du jeune garçon. Comment, je l'ignore ?

Macalvie eut l'air étonné.

— Comment ? Simplement en poursuivant les recherches, Jury.

N'importe quel flic n'en ferait-il pas autant ? disait clairement sa mimique.

Jury examina les photos des squelettes, ceux d'un être humain et, apparemment, d'un animal, prises par la police sous tous les angles, d'abord dans la tombe, puis à côté, sur le sol où on les avait disposés.

— Nell Healey ne semble pas savoir que vous avez trouvé quelque chose.

Macalvie ôta ses pieds du bureau, rangea les photos en pile et les replaça dans l'enveloppe marron qu'il tendit à Jury.

— Vous voulez l'en informer, Jury ?

Wiggins toussa, suça sa pastille avec bruit et promena son regard de l'un à l'autre. Macalvie s'était levé et coiffait une casquette de tweed.

— Sans connaître toute l'histoire ? Venez, nous partons en Cornouailles !

Wiggins fit glisser la pastille sous sa langue pour parler :

— Eh bien, cela nous aiderait si vous nous racontiez tout. (Il éternua.) Monsieur.

Jury ajouta, souriant à Macalvie :

— Assurez-vous que vous laissez la fenêtre ouverte. Vous ne pouvez savoir quand Dieu vous appellera pour vous envoler vers lui.

La fenêtre claqua et la vieille peinture murale se fendilla aux angles.

— C'est un plaisir de vous avoir, les gars !

Ils passèrent près du bureau de la secrétaire de

Macalvie dont les yeux étaient baissés sur un tambour à broder.

— Vous reverrai-je ? demanda-t-elle en se suçant un doigt — sans doute une piqûre d'aiguille due à l'arrivée de son patron —, ou bien dois-je laisser en place les décorations jusqu'à Noël prochain ? (Elle leva son visage anguleux vers la moulure du plafond parcourue de tristes guirlandes poussiéreuses.) Miss Thwaite a appelé pour dire que les Télécom sont en train de vous couper le téléphone, à votre domicile.

Sa casquette abaissée au niveau du nez, Macalvie lui répondit :

— Je n'ai pas de domicile, je n'ai pas de bureau, je n'ai pas besoin de secrétaire. Au revoir, Effie !

Elle parut méditer ses paroles tout en lâchant d'une main sa broderie pour se gratter l'aisselle, comme un chat.

— Alors, je peux enlever ces satanées guirlandes mangées aux mites ?

Jury sourit à la secrétaire.

— Nous aurions tous bien besoin d'un peu plus de brillant. (Il regarda les festons ternis.) Je suppose que l'idée des décorations n'est pas de vous.

Le tambour à broderie fut abandonné sur la machine à écrire, une IBM datant de plusieurs décennies.

Elle eut un grand sourire, à la dimension des guirlandes.

— Elle est de lui. Tous les ans, il veut qu'on installe ces fichus machins.

Wiggins fit entendre un bruit entre gloussement et éternuement quand le manteau de Macalvie eut passé la porte.

Jane appuya son menton carré sur ses ongles également carrés.

— Et chaque année, il me fait le même cadeau.

— Des sels de bain, dit Jury d'un ton solennel.

— Des sels de bain, reprit Jane, le sourire plus éclatant que jamais. De chez Crabtree & Evelyn.

— Au revoir, Jane.

Elle replia une ou deux fois ses doigts sur sa paume en signe d'au revoir.

19

— C'est bon, Wiggins, je conduis, dit Macalvie alors que Wiggins faisait une tentative pour prendre la place du conducteur.

Jury s'assit à côté de Macalvie tandis que Wiggins s'installait à l'arrière et se mettait — selon toute apparence — à prier.

Macalvie se retourna.

— Nous pouvons prendre la A 38, mais mieux vaut le raccourci par Dartmoor : pas de circulation.

Visiblement hanté par le souvenir d'un voyage sous une pluie diluvienne et d'une route bordée de murs que Macalvie avait démolis, Wiggins sortit l'artillerie lourde : son inhalateur.

Macalvie lui lança un regard de dégoût. Jury montra la route devant eux.

— Prenez la A 38.

Macalvie haussa les épaules et démarra en trombe.

Au moment où ils atteignaient le rond-point, une Lamborghini noire leur coupa le passage. La femme au volant, couverte de bijoux et d'une fourrure de renard, leur fit un bras d'honneur et monta à 150 kilomètres à l'heure pour gagner l'autoroute.

— Madame ! Madame ! soupira Macalvie en attrapant le gyrophare bleu qu'il flanqua sur le toit de la Ford.

— Brian, nous allons en Cornouailles. Vous ne...

Un coup d'accélérateur projeta Jury contre son dossier.

— Suivons-la, nous gagnerons un sacré temps.

Et il arbora un large sourire.

Wiggins fut pris d'un accès de toux et Jury secoua la tête quand la Ford vint serrer la Lamborghini.

— Vous n'êtes pas agent de la circulation, nom de Dieu !

— Et alors ? Il n'y en a jamais quand on en a besoin.

La Lamborghini finit par se garer. Macalvie s'arrêta sur l'accotement, prit dans la boîte à gants un carnet de procès-verbaux et déclara :

— Ce ne sera pas long.

Il aimait, Jury le savait, faire le flic, fonction offrant des possibilités infinies.

Wiggins, qui suivait la scène à travers la vitre arrière, demanda :

— A votre avis, monsieur, a-t-il eu une enfance difficile ?

— Non. (Jury soufflait sur ses mains.) Mais il a sans doute été un enfant difficile.

— Voilà une vieille Lambo qui ne prendra pas les grandes routes avant six mois.

Macalvie, son devoir accompli, déboîta et s'engagea en sifflotant dans le flot de circulation.

Une heure plus tard, ils passaient à vive allure devant un *Petit Chef* brillamment éclairé. Wiggins regarda avec convoitise la cafétéria comme si, par la vitre ouverte du conducteur, lui parvenaient les fumets de carrelet-frites et de haricots blancs sur toasts.

Macalvie s'était lancé dans le récit détaillé de ce qui s'était passé, huit ans auparavant, dans la maison sur la côte cornouaillaise. Il avait déjà donné tous ces détails à Jury, mais Macalvie aimait que les choses fussent claires.

— Jury, vous les auriez entendus, Healey et Citrine,

quand elle a refusé de rassembler l'argent de la rançon ! J'ai cru que Roger Healey allait prendre le tisonnier et lui régler son compte. Le père n'a pas été aussi violent, mais il semblait au bord de la crise cardiaque. « Es-tu folle, Nell ? C'est mon fils ! » disait l'un. Et l'autre : « Bon Dieu, tu dois payer ! Il est pour moi comme un petit-fils. » Personne ne semblait considérer que Billy Healey était quelque chose pour elle.

Macalvie s'acharnait à klaxonner un vieil autocar, cherchant à lui faire dégager la voie rapide, mais celui-ci continua son petit bonhomme de chemin dans un bruit de ferraille. A travers la vitre arrière crasseuse du car, Jury distingua un groupe de personnes apparemment costumées. Finalement, la Ford le doubla sur la voie lente et Macalvie se pencha pour jeter un coup d'œil. Sur le flanc du bus, une large bannière blanche annonçait : les Twyford, groupe de danse folklorique anglaise. Ils avaient l'air d'être en train de chanter ; en tout cas, ils rythmaient un air en battant des mains. Ils semblaient soûls comme des bourriques.

— C'est probablement un éléphant qui conduit.

L'éléphant adressa un sourire à la Ford et leva son gobelet en plastique.

— Oh, zut ! s'exclama Jury.

Le gyrophare bleu remonta sur le toit.

— Vous trouvez normal que ce canasson se traîne ainsi sur l'autoroute, Jury ? Pas étonnant que les vieux se fassent toujours renverser sur les passages cloutés. C'est probablement votre connarde de P.J. qui les écrase.

Il héla le car et lui fit signe de prendre la prochaine sortie.

— Il vous faut reconnaître, monsieur, dit Wiggins à Jury, au moment où ils obliquaient vers une aire de repos, que Mr Macalvie a raison. On ne peut tolérer cette sorte d'engin sur les routes.

L'inspecteur eut un sourire à la vue d'une enseigne au néon bleu à laquelle il manquait des lettres : CAF.

Quand le bus déversa ses passagers, qui continuaient à chanter, à battre des mains et à picoler, Jury n'en vit aucun qui lui parût avoir moins de quatre-vingts ans.

— B'jour, mon joli ! lança une femme à la chevelure bleu lavande en prenant Wiggins par la main et en essayant de l'entraîner dans une danse sur le parking.

Un vieillard plus maigre qu'un clou exécutait, accroupi, les bras croisés sur la poitrine, des mouvements tenant plus de la danse russe que de la danse anglaise. Tous portaient des chemises à jabot et des bretelles.

Jury se débarrassa, avec le sourire, d'un trio de femmes genre fil de fer qui cherchaient à l'attirer au milieu d'un cercle de danseurs. Macalvie, lui, passait un joyeux moment avec l'énorme chauffeur aux boucles sépia, au pantalon moulant qui, vu de dos, évoquait deux lunes ; un être à qui son identité sexuelle ne semblait pas poser de problème.

Macalvie criait comme un entraîneur de football en glissant dans la poche de veste de l'éléphant un PV dûment complété :

— Maintenant, vous avez le droit de faire danser vos petits orteils et vos tambourins dans ce café, mais n'envisagez pas d'en sortir avant de pouvoir marcher sur les mains. (Il alla vers Jury.) Ne me regardez pas avec cette expression de reproche, Jury. Nous devions nous arrêter de toute façon ; Wiggins a besoin de sa tasse de thé.

— Alors, voici ce qui est arrivé.

Tous trois s'efforçaient d'ignorer les « B'jour, les mignons », les gestes d'amitié, les serviettes de papier agitées à la longue table en formica bleu moucheté, au bout de la salle.

Trois cafés à emporter, ce n'était pas l'idée que se faisait l'inspecteur Wiggins d'une pause-thé, pour ne pas parler de repas. Il eut juste le temps de manger à la hâte un Kit-Kat, et ils se retrouvèrent dans le brouillard, claquèrent les portières, et Maçalvie, d'un coup d'accélérateur, fit déborder les gobelets de café.

Avec le commissaire divisionnaire, il n'y avait jamais de formules marquant une restriction, pas de « je crois », de « on pourrait penser que », de « à mon avis ». Jury secoua sa main éclaboussée de café chaud et laissa Macalvie poursuivre son récit. Ils avaient déjà traversé la moitié du Devon et il n'avait pas encore parlé des photos du squelette prises par la police.

— Alors, voici ce qui est arrivé. Billy Healey entre dans la maison pour préparer « le thé » — « le thé » pour Billy et Toby ne comprenait pas moins de dix tasses et deux miches de pain, à en croire Maman. (Macalvie eut un léger sourire, comme s'il était un membre de la famille ou, du moins, un parent éloigné.) Donc, il se trouve dans la cuisine avec son chien, Gnasher. Il met la bouilloire sur la plaque chauffante, coupe le pain en tranches, y étale une épaisse couche de confiture de groseilles, sort le lait et le beurre pour Toby.

Wiggins regarda derrière lui avec envie une autre cafétéria qui s'éloignait dans le brouillard. Comme la voiture s'engageait sur la route d'Ashburton, il déclara :

— C'est stupéfiant que vous vous souveniez de tels détails. La confiture de groseilles, et tout, et tout. C'est comme si vous aviez été là.

Macalvie ne pouvait qu'en convenir.

— Dommage pour le Devon-Cornouailles, je n'y étais pas. Le temps que j'arrive à la maison, le ménage avait été fait. On aurait pu marcher à quatre pattes, tant c'était propre.

— Je vois, dit Jury. Continuez.

— Nell Healey disait que même les vitamines étaient bien rangées : vitamines C, A, calcium et autres. C'est le point sur lequel je croyais qu'elle allait flancher. Elle harcelait toujours Billy pour qu'il prenne du calcium parce qu'il était allergique au lait. Et elle pensait que, comme tous les gosses, il mentait quand il lui certifiait avoir pris ses médicaments.

Ils étaient maintenant sur le terrain de Wiggins, qui n'était pas Ashburton, mais les allergies. L'inspecteur croisa les bras sur le dos du siège de devant.

— Cela peut faire de sacrés dégâts, j'en sais quelque chose.

Jury avait abaissé la vitre et jeté le café imbuvable.

— Vous n'êtes pas allergique au lait, Wiggins.

Il se tourna pour voir Wiggins sortir une fiole brune de sa pharmacie de poche.

— Une par jour. (Il avala la gélule avec son café.) C'est particulièrement important quand on n'a pas le temps de prendre un vrai repas. Ce qui arrive continuellement, ajouta-t-il d'un ton amer.

— Oui. De toute évidence, quelque chose a interrompu le petit repas de Billy Healey il y a huit ans, dit Macalvie. Quelqu'un est entré et a surpris Billy. Et ce quelqu'un a lui-même été surpris quand Toby est arrivé pour prendre son thé.

— Il pouvait être, lui aussi, dans la cuisine.

— Non. D'après les photos, expliqua à contrecœur Macalvie, qui n'aimait pas se voir couper la parole, la tartine de confiture avait été à moitié mangée. On n'avait pas touché au pain beurré, ni à la deuxième tasse de thé. Je reprends : donc Billy prépare le thé et l'annonce probablement à Toby, où qu'il ait pu se trouver et, pendant ces quinze à vingt minutes, entre par la porte de la cuisine — pièce située à l'arrière, face à la route boueuse — quelqu'un que connaissait Billy Healey.

— Supposition terriblement hasardeuse, Macalvie !

— Alors, c'est que vous n'avez pas été attentif. Mais, c'est quoi, ça ?

Une voiture marron foncé les doubla sur la voie lente. Elle devait rouler à 160 kilomètres à l'heure.

Jury fit la grimace.

— Macalvie, c'est une Jaguar, une XJSC, moteur

douze cylindres. Le haut de gamme ! Nous sommes dans une Ford 8 cylindres bas de gamme ; vous ne pouvez pas rattraper...

Les paroles de Jury se perdirent dans le vrombissement de l'accélération.

20

I

La maison était à moitié ensevelie sous les hautes herbes. Le jardin, qui, bien plus que d'être désherbé, semblait avoir besoin d'être bel et bien moissonné, entourait une petite construction carrée au badigeon crème, d'aspect plus fonctionnel qu'agréable. Surmontée d'une enseigne au néon, elle aurait passé pour une cafétéria d'autoroute.

Une grande fille maigre à l'air bougon ouvrit la porte que Macalvie martelait à coups de poing. C'était un raid, plutôt qu'une visite, pensa Jury. Un teint cireux donnait au visage renfrogné de la jeune fille l'aspect d'un bronze et ses yeux bruns, profondément enfoncés dans leurs orbites, louchaient. Un torchon sur l'épaule, elle traînait un aspirateur. Elle les informa que le « professeur » prenait son repas et qu'ils pouvaient le rejoindre. Avec le manche du Hoover elle désigna d'un geste vague une pièce sur l'arrière et disparut.

Dennis Dench était en train de déguster une caille accompagnée de salade et arrosée d'une demi-bouteille de vin blanc.

Il avait placé tous les petits os dans un plat, non pas au hasard, mais en respectant la structure du volatile. Après un salut à Macalvie qui s'excusait, de façon peu convaincante, de troubler son repas, le docteur Dench retourna à sa caille, mâchant avec application.

Puis il salua également Jury, se leva et posa sa serviette.

Dennis Dench but une dernière gorgée de vin avant de dire :

— Bonjour, Brian. Ce ne sont pas les restes du jeune Healey.

En sortant de la salle à manger, Dench lança, pardessus son étroite épaule tombante, un coup d'œil à Macalvie, derrière lui.

— Vous devriez le savoir ; je vous l'ai expliqué une demi-douzaine de fois.

— C'est sûr, reconnut Macalvie, du ton inexpressif auquel il avait généralement recours pour signifier son refus de discuter.

Ils prirent un couloir d'un blanc terne, quoique bien éclairé, menant à une porte. Jury s'arrêta devant une grande estampe qui mettait dans la maison la seule note de couleur qu'il eût jusqu'à présent remarquée. Ce devait être une œuvre d'O'Keeffe, celle qui avait peint un crâne de vache.

— Joli, cela, dit Dennis, revenant près de Jury. (Il tripotait ses verres épais comme un microscope mal réglé.) Très réussi. (Il recula un peu, pencha la tête, fronça légèrement les sourcils.) Pour autant qu'un peintre puisse réussir dans ce genre particulier.

Le laboratoire au sous-sol n'était guère plus aseptisé que le reste de la maison, bien que beaucoup plus intéressant. Il évoquait non pas un tableau d'O'Keeffe, mais portait plutôt la griffe de Dali, par son étalage d'ossements, de peau tannée, de choses flottant dans de grands bocaux, tout cela moins horrible que surréaliste. Il y avait deux squelettes en pleine floraison, si l'on en jugeait par l'œillet rouge vif planté entre les côtes de l'un et la guirlande de marguerites entourant la clavicule de l'autre.

Dennis Dench secoua la tête.

— C'est une habitude de Minerve.

— Minerve ? s'enquit l'inspecteur Wiggins, délaissant le bocal qu'il examinait.

— Celle qui vous a ouvert. Elle trouve cela rigolo.

Jury ne pouvait imaginer la jeune femme qui leur avait ouvert la porte rigolant de grand-chose ; son visage lui faisait penser à un masque mortuaire.

Dennis décrocha d'une patère une blouse blanche amidonnée.

— Je lui ai dit une douzaine de fois qu'il n'était pas nécessaire de passer le laboratoire à l'aspirateur, mais elle continue à prétendre que le parquet a besoin d'être nettoyé et les squelettes époussetés. Je crois qu'elle leur a donné un nom. Naturellement, elle ne touche à rien d'autre, parce que je lui ai dit que je la jetterais dans la cuve, là (il montra une sorte de tub), et que ses os seraient dispersés dans l'estuaire de la Salcombe.

— Qu'est-ce que tout cela ?

Macalvie désignait du menton la longue table de formica blanc où reposaient à un bout un bac de sable, à l'autre la cuve diabolique. Du bac dépassaient des os, apparemment en train de sécher ; dans la cuve remplie d'un liquide visqueux, d'autres os se dépouillaient de leur reste de chair. Dennis enfila ses gants de chirurgien et sortit plusieurs osselets qu'il plongea dans un autre bain. De la lampe suspendue descendait une lumière éblouissante, un soleil artificiel.

Dennis se tourna vers Jury.

— Je lui ai dit de ne pas vous imposer toute cette route depuis Exeter.

— Vous êtes une personnalité, docteur Dench. Ce n'est pas du temps perdu.

Dennis adressa à Macalvie un petit sourire pincé.

— Appelez-le Dennis, intervint Macalvie qui, s'approchant d'un cabinet, y frappa comme s'il s'attendait qu'on vînt lui ouvrir de l'intérieur.

— Voyons le squelette de Billy Healey, d'accord ?

Après avoir plongé deux os dans la cuve, Dench les planta dans le sable et répondit :

— Vous pouvez voir le squelette, mais ce n'est pas celui de Billy Healey.

Macalvie essayait d'ouvrir la porte du cabinet.

— Ce n'est pas parce que je ne suis pas diplômé en ostéologie que je n'ai rien lu sur le sujet. Qui diable a construit ce cabinet ? Le Dr Caligari ?

— Le squelette est ici, Brian. Vous n'avez jamais eu la patience de Job.

Il retira le linge blanc recouvrant le squelette d'un enfant, un pré-adolescent, estima Jury. Il était reconstitué, sauf quelques fragments épars disposés en demi-cercle près de la jambe. Au-dessous du squelette de l'enfant, étaient placés les os plus petits d'un animal.

Macalvie, immobile, les mains dans les poches, son imperméable rejeté en arrière, montra du menton les fragments d'os.

— Vous ne pouvez pas reconstituer complètement le squelette ?

— Cela n'en vaut pas la peine. Il s'est probablement produit un certain gauchissement. Vous n'apprendriez rien de plus.

Las de contempler les photos fixées au mur et les choses innommables qui macéraient dans les bocaux, Wiggins se rapprocha pour jeter un coup d'œil. Il parcourut de ses mains la cage thoracique et, comme s'il avait compté les côtes, hasarda :

— Il semble que tout y soit. Quel est le plus difficile à déterminer, professeur, d'après les restes ?

— L'âge, assena Macalvie.

Dennis Dench détourna les yeux, peiné.

— Combien de fois devrons-nous avoir cette discussion, Brian ? L'âge, chez un enfant, est la chose la plus facile à déterminer. Vous savez parfaitement, d'après vos lectures, que la soudure des épiphyses n'est achevée que chez l'adulte. (Il s'adressa à Wiggins et à Jury.) Dans le cas présent, c'est assez simple. Il s'agit du squelette d'un garçon pubère de race blanche, entre quatorze et seize ans, je dirais.

Le jeune Healey n'avait que douze ans.

Macalvie secoua la tête à plusieurs reprises.

— Ne me dites pas que vous pouvez être aussi précis.

— Ce serait le diable que je ne le puisse pas. A part quelques variations dues à l'environnement, on connaît exactement le degré de soudure des os, année par année, chez un enfant au cours de sa croissance.

Macalvie se fit conciliant.

— Très bien, mais même si je vous accorde que...

— Et le rapport de l'odontologiste ? Tout indique que c'est le squelette d'un garçon plus âgé que Billy Healey.

— Vous avez parlé de variations dues à l'environnement, intervint Jury. La malnutrition pourrait en faire partie, n'est-ce pas ?

Dennis fronça les sourcils.

— On n'en trouve aucun signe ici. Vous pensez à l'allergie du jeune Healey aux produits laitiers ?

— Billy était censé prendre de fortes doses de vitamines et de calcium, reprit Jury. Mais on ne sait pas dans quelle mesure il suivait son traitement.

Sans laisser à Dench le temps de répondre, Macalvie déclara :

— Je sais ce que vous allez dire, Dennis : « L'absence de signes de malnutrition n'exclut pas que ce soient les os du petit Healey. »

— Brian, je déteste vous le rappeler : j'ai écrit trois livres sur ce sujet.

— Je sais, je les ai lus.

Debout devant le bureau de Dennis, il caressait du doigt des ouvrages reliés. Puis il en saisit un, le feuilleta, trouva le passage qu'il cherchait et dit :

— Je cite : « Les centres d'ossification sont souvent difficiles à reconnaître et parfois même impossibles à repérer chez un individu non adulte. »

Tandis que Dennis levait les yeux au plafond, Macalvie continuait à parcourir le livre.

— Ici, vous mentionnez le cas d'un jeune garçon dont la taille ne peut être déterminée qu'à huit centimètres près. Ça fait une sacrée marge, huit centimètres.

— Allez, Brian ! Il n'y a qu'à regarder des enfants jouer au ballon dans une école pour constater qu'un garçon de douze ans peut-être aussi grand qu'un de seize. Et la différence de taille entre Billy et Toby n'était pas si importante. Trois, quatre centimètres. De toute façon, il ne s'agit pas ici de taille, mais d'âge.

Les regards que portait Dennis sur le squelette étaient emplis de regret, sa main suivait le long fémur comme s'il caressait encore son enveloppe de chair et de sang.

— Vous oubliez quelque chose, Denny, reprit Macalvie. Admettons que vous ayez raison pour l'âge. Le seul point sur lequel vous fondez vos conclusions est un unique petit détail...

— Ce n'est pas un petit détail. Chaque épiphyse se soude à la diaphyse de l'os à un âge précis...

— Pouvez-vous laisser cela de côté une toute petite seconde, le temps que je continue...

— Non !

Dennis remit soigneusement le fémur du chien dans l'alignement de son bassin.

Avec précaution, Macalvie appuya les mains sur la table au-dessus du crâne et se pencha sur le petit squelette.

— Bon Dieu, je suis heureux que vous ne fassiez pas partie de mon équipe médico-légale !

— Moi aussi ! (Dennis étouffa poliment plusieurs bâillements.) Vous avez la tête dure. (Ses yeux s'attardèrent sur le visage de Macalvie.) Au sens propre.

— Vous travaillez dans le vide, Denny. Je vais vous dire pourquoi j'ai raison.

— Vous avez tort.

— Point numéro un... (Macalvie enleva de leur support deux éprouvettes)... ces prélèvements de terre. Le pasteur de l'église vous a dit — mais comme par hasard vous l'avez oublié — que personne, à sa connaissance, n'a été enterré dans ce cimetière désaffecté depuis quarante ans. Or nous découvrons que de la terre y a été récemment enlevée et remplacée. J'en ai envoyé un échantillon, pour analyse, aux médecins légistes.

— Je croyais que vous n'aviez pas confiance en eux ?

Dennis était revenu jeter un regard affligé sur le petit squelette du chien.

— Ils ignoraient le but de ma démarche.

— Je pouvais vous dire la même chose qu'eux.

— Peut-être, puisque vous semblez tout savoir. La modification du sol et de sa composition, révélant la présence de zinc et d'autres substances récentes, indique que cette tombe a été creusée dans la période de deux ans où l'on a foré un puits de mine à proximité. Voilà pour le premier point. Deuxième point : Au cours de ces deux années, il n'est pas de pré-adolescent mâle de race blanche porté disparu dans la région qui ne soit revenu de lui-même, ou qui n'ait été retrouvé, lui ou ses restes.

Wiggins cessa d'examiner les photos de la tombe et de ses environs, et fronça les sourcils.

— Pardon, monsieur, mais n'est-ce pas là un argument erroné ? Et les disparitions qui n'ont pas été signalées ?

— C'est juste, je vous l'accorde. Mais en l'occurrence, nous avons ici un garçon disparu enterré avec son chien dans une ancienne excavation rebouchée. (Il s'adressait à Wiggins par-dessus son épaule, tenant fermement la table comme s'il craignait que Dench ne la tire.) Et enterré dans un cimetière abandonné, à moins de quatre cents mètres de la maison des Citrine. Et malgré toutes ces preuves, vous êtes là à parler d'une différence possible de trois ou quatre ans dans la soudure des os.

— C'est vrai. Moi, je ne me fonde que sur les faits, vous, sur votre raisonnement. A partir de quelques informations, vous tirez une conclusion. Mais il manque un élément à vos informations. Ergo, conclusion erronée, dit Dennis calmement.

Macalvie secoua la tête d'un mouvement vif, tel un baigneur chassant l'eau de ses oreilles. Il regarda Jury, qui était resté appuyé à la table.

— Vous n'avez strictement rien dit. Quelles chances y a-t-il, selon vous, que deux enfants et deux chiens aient pu être enterrés secrètement, dans ce même laps de temps et si près de la maison Citrine ?

Le petit squelette du chien sous les pieds du jeune garçon avait retenu l'attention de Jury, son esprit les avait enchâssés dans la pierre, comme les gisants qu'il avait si souvent vus dans les églises et les cathédrales : le seigneur, la dame, le comte, la comtesse, avec leurs pieds reposant, comme sur un coussin, sur un petit chien, quelquefois deux. Et il se rappelait la position que Dennis avait inférée : les os du chien étaient placés en haut du squelette de l'enfant. Il avait peine à respirer, mais son esprit restait libre et objectif ; ses yeux n'étaient plus éblouis par l'éclat de la lampe suspendue, par la fluorescence, la blancheur presque aveuglante des murs, du formica. Tout cela s'était estompé progressivement, mais ses oreilles avaient capté les propos des autres. Tout en les entendant parler, il avait vu la lumière disparaître comme les phares d'une voiture s'éloignant dans le brouillard et laissant derrière elle une obscurité totale. Il pouvait à peine respirer. Lequel des deux avait avalé la dernière bouffée d'oxygène ? L'enfant ? Le chien ? Au moins l'enfant avait eu le chien près de lui. Mais Jury doutait qu'on eût enfermé l'animal dans la tombe pour lui tenir compagnie.

Mais qui le savait ? Qui donc pouvait imaginer les actes d'un esprit aussi pervers ?

— Je m'interrogeais au sujet de Toby, dit finalement Jury, en réponse à la question de Macalvie.

— Toby ? Il est mort. Vous avez lu le rapport.

— Il avait quinze ans.

Dennis Dench lâcha un petit rire.

— Ça m'aurait bien arrangé.

— Il est certain que cela arrangeait bien le ravisseur. L'unique témoin meurt dans un accident. Notez la coïncidence !

— Je l'ai fait, croyez-moi, dit Macalvie. Selon votre police, il n'y avait pas la moindre raison d'établir un lien entre ce conducteur de camion et Toby. Le camion était arrêté à un passage clouté — je ne savais pas que c'était dans leur pratique — et le gosse s'est précipité pour traverser au moment même où il démarrait. Il faisait sombre, il pleuvait. Le véhicule a fait une embardée pour l'éviter. Trop tard !

— Autre question : que diable faisait ce garçon à Londres ?

— Il était en fuite. Y a-t-il un meilleur endroit pour se cacher que dans la foule ?

— Le réflexe naturel d'un enfant, c'est de se réfugier chez lui.

Macalvie soupira.

— Pas si « chez vous » quelqu'un sait que vous avez été témoin d'un enlèvement.

— C'est votre théorie, Macalvie.

— Eh bien, et quelle est la vôtre ?

— Je n'en ai pas.

Macalvie s'approcha de Wiggins qui étudiait le montage photographique. Il déplia une vieille coupure de journal et l'étendit sur la table près du montage. La photo du journal avait été prise en studio ; elle montrait un jeune garçon qui plissait les yeux, l'air inquiet, le capuchon de laine de sa veste rabattu sur sa tête comme celui d'un moine.

Macalvie examina la photo un moment et se tourna vers Dennis.

— Je serais incapable de reconnaître ma vieille mère si ses yeux n'étaient plus que des disques argentés ; vous permettez que j'apporte une modification ?

— Oui.

Dennis était en train de recouvrir le petit squelette.

Tout en posant la question, Macalvie s'était mis à découper un bout de papier ; il y crayonna quelque chose en regardant la coupure de journal et plaça sur la photographie la petite bande découpée.

— Donnez-moi vite votre écharpe, Wiggins.

Non sans réticence, l'inspecteur dénoua son écharpe marron avec le même soin qu'un médecin enlevant ses bandages à un patient qui viendrait de subir une intervention ophtalmologique.

Macalvie arrangea l'écharpe autour du crâne du montage à l'imitation de la photo du journal. Il plaça le prolongement de l'écharpe sur le côté gauche du visage. Ce qui restait à découvert était une approximation confuse mais acceptable de visage.

— Si ce n'est pas Billy Healey, je suis prêt à abandonner mon grade pour redevenir simple agent de police.

Dennis borda dans la couverture les squelettes de l'enfant et du chien, tel un père venu souhaiter bonne nuit à sa progéniture.

— Encore faudrait-il qu'on accepte de vous rétrograder. Voilà un pari qui n'en est pas vraiment un.

Avec un large sourire, Macalvie dit :

— Merci de nous avoir consacré votre temps.

Ils traversèrent en sens inverse la salle à manger où traînaient encore des plats ainsi qu'une bouteille de vin. Dennis prit trois verres dans un buffet et les mit sur la table.

— Vous allez goûter ceci, c'est un régal ! Du chablis.

Macalvie leva le breuvage vers la lumière et le fit tourner dans le verre. Dennis l'observait.

— Il est aussi expert en vins qu'en soudure des os, déclara-t-il.

Macalvie goûta le vin, le faisant rouler dans sa bouche.

— Plein et franc. Un bouquet subtil, quoique un peu violent. Admirablement sec. Qu'en dites-vous, Wiggins ?

Wiggins but une gorgée et fit la grimace :

— Très sec, monsieur.

— Sec comme un os, ironisa Jury.

II

— Ce type est génial, conclut Macalvie tandis que les trois policiers arrivaient à la voiture.

Un vent accompagné de pluie venant de l'estuaire projeta en arrière l'écharpe de Wiggins. Il l'empoigna, ne voulant manifestement pas en être dépouillé deux fois la même soirée.

— Dommage qu'il soit si entêté, ajouta Macalvie en claquant la portière.

— A quelle distance sommes-nous de la maison des Citrine ? demanda Wiggins, le regard perdu dans le nuage de pluie.

Jury se retourna pour répondre :

— A une distance suffisante pour distribuer sur le trajet deux ou trois contraventions, probablement.

Jury, assis le dos tourné aux autres, se demandait si la police du Devon-Cornouailles munissait toutes ses voitures d'un lecteur de cassettes ou si c'était là un aménagement propre à Macalvie, juste pour écouter Elvis.

Trente kilomètres plus loin, après *Heartbreak Hotel*, Elvis évoquait le souvenir d'une journée d'été radieuse, mais sans lendemain, comme l'étaient d'ordinaire les éclatantes journées d'été.

Wiggins, assis à l'avant près de Macalvie, n'en finissait pas, depuis un quart d'heure environ, de parler de cabines téléphoniques, sans doute, pensa Jury, une tentative pour amener Macalvie à s'expliquer sur la cabine de Gilly Thwaite et sur le rôle joué par les Télécom.

— C'est comme les autobus rouges à impériale. Ce sont des points de repère, ces cabines rouges, et ils les enlèvent toutes. Ils n'en laissent que quelques-unes, par nostalgie, sans doute. Je suis surpris que celles d'Exeter soient encore debout. Comme celle dont parlait miss Thwaite...

Aucune réaction. Macalvie chantait avec Elvis « les chaises vides, le salon nu. »

— C'est tellement dommage, reprit Wiggins.

— Quoi ? demanda Macalvie, quand se furent évanouis, s'estompant comme le paysage derrière eux, le salon et la porte de *Are You Alone Tonight*.

— Que les cabines disparaissent ! Le gouvernement a décidé de n'en garder que deux cents environ du type K2, le modèle le plus répandu, comme celle dont parlait miss Thwaite...

Wiggins fit une pause. Devant le silence de ses collègues, il poursuivit avec un soupir :

— J'ai toujours admiré le type Jubilé[1], avec son toit un peu fantaisiste. Il aurait une très grande valeur aujourd'hui. (Wiggins laissa fuser un petit rire.) Les Télécom ne risquent pas de s'attaquer à une de ces cabines.

Nulle réponse ne lui vint des autres sièges. On aurait pu croire que leurs occupants n'utilisaient jamais le téléphone.

---

1. Cabines installées pour le jubilé des vingt-cinq ans de règne du roi George V. (*N.d.T.*)

Wiggins poussa cette fois un soupir énorme.

— Si vous en vouliez une, je parle des cabines du roi George, il vous serait possible de l'acheter. Ça vous coûterait plus d'un millier de livres, peut-être deux. Il y a une société qui les exporte. Ils les remettent à neuf. Les Américains les mettent probablement dans leurs halls. En fonte, rouge bureau de poste. Je me demande comment fonctionnent les cabines téléphoniques en Amérique. Comment en sort-on les pièces de monnaie ?

Jury se retourna pour lui jeter un regard.

— Au bulldozer.

Et, secouant la tête, il tourna de nouveau le dos.

Wiggins ne se démonta pas.

— Les antiquaires les achètent et les revendent, figurez-vous.

— Je m'attends à tout de la part des antiquaires.

Macalvie pressa le bouton « eject » et Elvis sortit de l'appareil.

Jury songeait aux ossements de Dench, essayant de réfléchir tout en regardant, dans la mesure du possible, le paysage assombri que Macalvie se hâtait de laisser derrière lui, avec notamment l'une de ces horreurs de nouvelles cabines téléphoniques en plexiglas abhorrées de Wiggins. Soudain, un rythme de heavy metal secoua la voiture.

— Bon Dieu, Macalvie ! Baissez le volume !

— Led Zep ? (Macalvie se dévissa à moitié le cou.) Vous n'aimez pas même Led Zep ?

Pas même. Jury le ringard en matière de musique.

— Et gardez les yeux sur la route !

— Une belle voix, ce Robert Plant, dit Wiggins, qui se mit à fredonner *Stairway to Heaven*.

— Et la guitare de Page ! Ce jeu d'archet est cosmique[1] ! Mais je ne suis pas du tout fana des autres andouilles, Edward, Yngwie, et consorts...

1. Jimmy Page joue de la guitare avec un archet. (*N.d.T.*)

Andouilles ?

— Oh ! je ne suis pas d'accord avec vous sur ce point, mais absolument pas ! Ne les considérez pas uniquement comme des monstres de virtuosité. Yngwie a des mélodies aussi classiques que possible, protesta Wiggins.

Yngwie ? Edward ? Tous les fans avaient-ils pour règle de désigner leurs idoles par leurs prénoms ?

— Et Charlie ? lança Jury.

De nouveau Macalvie se tordit le cou :

— Charlie qui ?

Jury soupira :

— Raine. Vous ne suivez pas l'actualité ?

— Vous parlez de ce groupe à Londres ? J'ai quelque chose ici.

A la consternation de Jury, il lâcha le volant d'une main pour fouiller parmi les cassettes et en passa une. Une voix, claire comme une nuit glacée, s'éleva en plein milieu d'une chanson.

> *... ciel*
> *était bleu au-dessus*
> *des arbres, mais cela*
> *ne dura qu'un instant.*

Ces paroles ramenèrent Jury à l'éclatante journée d'été évoquée par Elvis. La lumière cédait à l'obscurité, l'été à l'hiver, les murs de pierre aux ravages du temps, les falaises au déchaînement des vagues.

> *Je regarde le réverbère*
> *En bas, dans la rue*
> *Je te regarde te retourner*
> *Je te regarde t'éloigner.*

— Bien, bien, s'écria Macalvie, arrêtant la bande au passage d'une voiture de sport qui doublait la Ford en faisant hurler son moteur sur la route par ailleurs déserte.

Le coup d'accélérateur de Macalvie projeta Wiggins en arrière.

Jury soupira.

III

La villa des Citrine, dont la blancheur se détachait sur le ciel, était située à environ trois kilomètres d'une falaise longeant une partie déserte de la côte de Cornouailles. Le chemin, raviné et gelé, n'était pas fait pour encourager les visites. Nell Healey avait été la seule à l'emprunter. Elle avait dû aimer son isolement. C'était cet isolement, songea tristement Jury, qui avait dû jouer contre elle.

L'arrière de la maison faisait face à l'extrémité du chemin boueux. Ils entrèrent par la porte de la cuisine qui n'était fermée ni à clé ni au verrou.

— Personne ne se donne donc la peine de fermer ? s'enquit Wiggins.

— Elle s'est sans doute dit qu'il ne restait plus rien de valeur à prendre, répondit Macalvie.

Wiggins détourna le regard.

Ils étaient debout dans la cuisine : Macalvie fixait la longue table de chêne, au centre de la pièce, comme s'il pouvait encore voir les sandwiches, l'un à moitié mangé, l'autre intact, à côté des vitamines de Billy. Macalvie désigna une rangée de fenêtres à meneaux.

— Billy n'aurait rien entendu...

— Personne ne pouvait savoir que Mrs Healey n'était pas dans la maison ; c'est par un pur hasard qu'elle se trouvait dehors, dit Wiggins.

— Bien sûr. Donc, s'il s'agissait de quelqu'un qu'elle connaissait, ce quelqu'un pouvait très bien lui dire, la trouvant, disons dans la cuisine, qu'il avait préféré ne pas engager la voiture dans le chemin. Il ne se serait pas délibérément annoncé par un bruit de moteur.

Ainsi, Billy n'aurait rien entendu. N'importe qui pouvait s'introduire dans la propriété, mais Nell et Billy connaissaient la personne qui est entrée, j'en suis persuadé.

Jury, le dos appuyé contre un buffet gallois en châtaignier vermoulu, bras croisés, considérait la cheminée et les chaises autour. C'était le genre d'endroit qui donnait envie de prendre une tasse de thé.

— Rappelez-vous seulement, Macalvie, que vous n'étiez pas présent, que vous n'étiez pas dans cette cuisine !

Il regarda, dehors, le ciel sombre.

— Eh bien, faites-moi part de votre théorie.

— Je n'en ai pas.

Wiggins arriva de la pièce de devant :

— Ils ont un piano demi-queue. Bon Dieu, monsieur ! Fermez cette porte !

Avec un coup d'œil sévère à Macalvie, il remonta, les serrant sur sa gorge, les revers de son manteau.

Macalvie ferma la porte de la cuisine.

Grâce à la description de Macalvie, Jury reconnaissait, après la cuisine, la salle de séjour dont le centre était occupé par le bureau où Charles Citrine devait être assis lors de sa conversation avec le commissaire de police. Sous la fenêtre était encastrée la banquette d'où Nell Healey avait regardé vers la mer. Aucune couverture, aucun drap ne protégeait les meubles. Malgré l'humidité et les années écoulées, on avait l'impression que les habitants de la maison venaient juste de quitter la pièce : un livre ouvert était posé, retourné, sur la table basse ; les coussins aux couleurs pâles du fauteuil gardaient l'empreinte de son occupant ; le feu était préparé, attendant d'être allumé ; des partitions s'entassaient sur le piano. Puis l'un des trois hommes remarqua le dos craquelé du livre, les pages raidies par le temps, le papier jauni des feuillets de musique, la poussière qui couvrait le piano.

— Ils devaient prendre la musique très au sérieux pour avoir un demi-queue dans une maison qu'ils n'utilisaient que peu de temps dans l'année, remarqua Wiggins.

— Billy passait pour une sorte de prodige musical. Le piano (Macalvie le désigna d'un signe de tête) était l'idée du père. Healey était un pianiste frustré qui vivait sans doute à travers son fils son rêve d'être Rachmaninov. Je parie que c'était un véritable tyran. De toute façon, le gosse ne s'en est pas servi.

— Comment le savez-vous ? demanda Jury, que la clairvoyance de Macalvie ne surprenait plus outre mesure.

— Il n'y avait pas de partition sur le pupitre. Le couvercle était baissé. J'y ai passé le doigt. Une poussière d'enfer. (Macalvie sourit.) Il n'en jouait pas ici, elle n'époussetait pas. Ça en apprend sur eux, n'est-ce pas, leur intérieur ?

Ses lèvres souriaient, mais non ses yeux, remarqua Jury. Puis il cessa de sourire et se dirigea vers la porte-fenêtre donnant sur un bord de mer dont on pouvait entendre les vagues sans les voir.

— Cette femme a de la sympathie pour vous, Macalvie, dit Jury, souriant à son tour. Vous devriez aller la voir. Je suis sûr que vous n'aurez aucun mal à entortiller Sanderson.

Il n'obtint aucune réponse.

— Je jette un coup d'œil à l'étage, Brian ?

Sans se retourner, Macalvie déclara :

— La chambre de Billy est tout en haut, la chambre d'amis à côté. C'est celle qu'occupait Toby.

Tandis que Wiggins visitait la chambre d'amis, Jury entra dans celle de Billy Healey. Comme la salle de séjour, cette pièce avait encore l'air habitée ; toutes ses affaires d'enfant semblaient avoir été laissées exactement comme il les avait placées : la batte de cricket, posée en travers d'une chaise de châtaignier sculptée, la casquette, suspendue à son crochet, la pile vacillante de magazines et de livres brochés glissant contre le mur du fond, les fossiles et les coquillages ébréchés sur le bureau ; un spécimen particulièrement beau reposait sur un morceau de papier qui portait cette inscription au crayon : *plage de Chessil* ; jauni aux extrémités, le papier commençait à ressembler à un parchemin. Mais le regard était attiré par un tapis oriental fané au pied du lit, sur lequel se déployait, avec sa voie ferrée aux multiples entrelacs et ses bâtiments miniatures — peut-être des pièces de Monopoly —, un train électrique. Il resta un moment à le contempler en se mordillant la lèvre. Puis, cédant à la tentation, il s'agenouilla et pressa le bouton de mise en marche. La locomotive, un peu rouillée, se mit en branle, lentement, laborieusement, haleta le long des rails et entra dans un tunnel en papier mâché.

Il la laissa fonctionner et alla examiner les livres contre le mur, s'asseyant à même le plancher. Jury pouvait presque voir se succéder les années, en fonction des lectures de Billy. Livres d'images, bandes dessinées... Le nom de son chien, Gnasher, devait provenir de l'une de ces vieilles B.D. : *Beano*. Puis *Oliver Twist, L'Ile au trésor*, rien des sœurs Brontë — peut-être possédait-il leurs œuvres dans le Yorkshire et en était-il saturé — et de la poésie. Il reconnut le petit recueil de poésie américaine qu'il avait vu entre les mains de Nell Healey. Il le tira de la pile, le feuilleta, arriva à Robert Frost, pages où il trouva une quantité surprenante de passages soulignés, de notes dans les marges. Apparemment, sa belle-mère avait une influence considérable sur les lectures de l'enfant. Il trouva le poème intitulé : *Au revoir et que le froid te garde* et le lut deux fois entièrement.

> *Mais de la chaleur il doit se méfier.*
> *Combien de fois a-t-il fallu te répéter :*
> *Que le froid te garde, jeune verger.*
> *Au revoir et que le froid te garde...*

Jury mit la tête dans sa main, continua à parcourir le livre et s'arrêta sur un poème d'Emily Dickinson, dont le texte était lui aussi abondamment souligné. Son œil fut immédiatement attiré par la ligne :

« *Ce n'était pas le gel, car sur ma peau, je sentais ramper le sirocco...* »

Le mot sirocco était souligné de deux traits et, dans la marge, un gribouillage orné de boucles donnait la définition suivante : « vent chaud du désert ».

— J'en avais un autrefois, mais pas de cette qualité.

La voix de Wiggins fit se retourner Jury.

— Un quoi ?

— Un train, monsieur.

Wiggins était agenouillé près du circuit. La locomotive traversait le tunnel, sans doute pour la dixième fois. Jury avait oublié le train.

— C'était à qui rassemblerait le plus de pièces. J'étais le seul à posséder un Pullman. Le vôtre était de quelle sorte, monsieur ?

— D'aucune. C'est quoi un sirocco, Wiggins ?

L'inspecteur leva les yeux de la gare miniature en fronçant les sourcils.

— Vous voulez parler du groupe ?

— Non. Je vous demande ce qu'est un « sirocco ». Ce que ce mot signifie.

Wiggins secoua la tête.

— Aucune idée. Drôle de nom, à y réfléchir. Ils ont généralement des noms comme *Baiser de la Mort*, ou qui constituent des jeux de mots comme *Dire Straits*. Bien trouvé, celui-là. (Wiggins se leva.) La chambre d'amis est dans un ordre parfait. Rien qui semble pouvoir nous aider.

— Je vais jeter un coup d'œil. (Jury fronça les sourcils.) Avez-vous encore ce numéro...

Wiggins se retourna sur le seuil, regardant Jury.

— De quoi, monsieur ?

— Rien. Rien.

IV

Il s'était mis à pleuvoir pendant le court trajet jusqu'au « cimetière de Macalvie ». Il entourait inégalement, sur trois côtés, l'église désaffectée et il parut à Jury présenter plus d'intérêt que ne lui en avait accordé Macalvie. Ils pataugeaient dans la boue et les hautes herbes, marchant, s'imaginait Jury, sur des tombes dont les pierres, en glissant, s'étaient enfoncées si profondément dans la terre qu'on les distinguait à peine. Quand ils eurent quasiment atteint le mur, Macalvie abaissa sa torche électrique, s'agenouilla et enleva la bâche tendue en travers de la tombe.

Celle-ci avait été soigneusement jalonnée par Dennis Dench. Les marques indiquant la position du corps étaient toujours là. Le site était dégagé de sa végétation sur trente centimètres de côté. Seuls ces détails indiquaient qu'un cadavre avait été exhumé de la fosse, et qu'elle n'avait pas été creusée pour un futur enterrement.

Sans compter, se dit Jury, que personne ne fréquentait plus ce cimetière. A travers l'obscurité, il jeta un coup d'œil aux stèles curieusement penchées, presque cachées sous les grandes herbes. Il pleuvait toujours.

Wiggins se tenait au pied de la tombe, les yeux baissés, serrant comme une bible entre ses mains gantées le livre empaqueté de Dench. Il ne fit aucun geste pour remettre en place son cache-nez qu'un vent subit avait dérangé ; il ne maugréait pas contre le temps.

Jury leva les yeux vers le vieux mur qui s'effritait, comme le mur d'enceinte de la maison des Citrine dans le West Yorkshire. Quelles pensées avaient bien pu traverser l'esprit de cette pauvre femme hors de son interminable contemplation devant le portail qui gîtait comme les pierres tombales le long de ce mur croulant ? Quels scénarios avait-elle imaginés pour expliquer la mort de son beau-fils ?

Il était clair qu'elle n'espérait pas le revoir un jour.

Elle ne surveillait pas ce petit verger gelé dans l'attente d'une réapparition miraculeuse, dans l'espoir de le voir sauter de l'arbre où il était caché. Le sentiment de l'irrémédiable l'enveloppait comme un brouillard.

Parmi ses plus sombres hypothèses sur la manière dont il était mort, Nell Healey avait-elle pu envisager celle-ci ?

Une chouette ulula. Les trois hommes restaient là, immobiles, les yeux fixés sur l'excavation qui se remplissait de pluie.

Wiggins ne se plaignait pas de la pluie.

21

Melrose se refusa à ouvrir les yeux quand il entendit poser à son chevet ce qui devait être une tasse de thé. Il les ferma encore plus fort quand les rideaux furent tirés lentement sur leur tringle de bois et que la fenêtre s'ouvrit. Pourquoi les gens semblaient-ils croire qu'on ne pouvait se mettre en branle sans son thé du matin et s'estimaient-ils le droit d'entrer dans la chambre de quelqu'un comme si c'était le Liberty Hall ? Les pas de la personne ne s'éloignaient pas. Elle était sans doute plantée au pied du lit : la lente respiration paraissait venir de là. Un regard de vampire pesait sur son sommeil. Il n'y avait rien de plus perturbant sauf, peut-être, d'être étendu dans une tranchée, immobile, avec l'ennemi penché au-dessus de vous qui se demande si vous êtes bien mort.

Enfin, il l'entendit se retirer furtivement et fermer doucement la porte.

Au bout de quelques secondes, il ouvrit un œil sur le soleil d'une belle journée et sur une vache qui le contemplait par la fenêtre, en ruminant.

Melrose rejeta les couvertures, sans donner à la vache la satisfaction de savoir qu'il l'avait remarquée.

Le major Poges et la princesse étaient les seuls à être attablés quand il entra dans la salle à manger. Ruby venait de servir au major ses œufs à la coque. La princesse buvait du café, assise à plusieurs chaises de distance, de l'autre côté de la table. Elle salua Melrose d'une voix flûtée.

Ruby avait les cheveux tirés en arrière, le teint jaunâtre et un visage en losange. Elle annonça à Melrose un menu assez copieux, qui comprenait des côtelettes de mouton. Il commanda du thé, des toasts et du porridge. Ruby prit la commande d'un air solennel, ramassa un peu de vaisselle sale et s'éloigna.

— Et rapportez-nous de l'eau chaude, Ruby ! lui cria le major.

Il y aurait beaucoup à dire — Melrose s'était toujours complu à cette réflexion — sur la façon dont chacun attaque son œuf à la coque. Le major Poges ne le décapitait pas comme Agatha, mais en tapotait doucement la calotte du dos de sa cuillère et le décortiquait ensuite.

Du bout de la table, la princesse les admonesta.

— Nous sommes les derniers ! Ou plutôt, vous l'êtes. Il est presque dix heures.

— Miss Denholme paraît très libérale quant aux heures de repas.

— Et quant à la nourriture, ajouta la princesse dont l'assiette vide, d'après ce que pouvait voir Melrose, semblait démentir l'assertion. Elle cuisine en fonction de vos goûts.

La princesse leva au plafond son visage aux traits fins et exhala un nuage de fumée. Ce matin-là, elle portait un ensemble en laine rose, avec un des châles du *Weavers Hall* — de couleur magenta — ramené sur ses bras. La broche de prix qui l'attachait scintillait dans un rayon de soleil.

— C'est aussi quelqu'un de très bien, en dépit de sa mélancolie. La première fois que je suis venue ici, elle était partie s'occuper de sa sœur ; Iris, je crois. Les médecins redoutaient pour la pauvre femme une fausse couche. Je n'ai jamais eu d'enfants moi-même.

Son ton suggérait qu'elle ne pouvait comprendre pourquoi on en avait.

— Si elle avait eu des enfants, ce seraient tous des Malcolm. (Le major plongea la cuillère dans son œuf.) Elle ne me paraît pas avoir le tempérament maternel. Pourquoi a-t-elle pris sa nièce avec elle ? Elle n'a pas l'air d'avoir beaucoup d'affection pour la fillette. Quant à cuisiner selon vos goûts... (Le major se fit une tartine de confiture.) Quels goûts ? Vous ne mangez pratiquement rien. (Il se tourna vers Melrose.) Elle n'avale que ce qui ne nécessite aucun effort et n'a pas besoin d'être coupé. (La regardant de nouveau, il prit un ton grondeur.) Pour l'amour du ciel, venez vous asseoir à votre place habituelle !

Ce fut pour la princesse l'occasion d'une repartie qui, manifestement, la démangeait, à en juger par l'expression de son visage.

— Je suis assise ici, monsieur, parce que je tiens à ma cigarette du matin. Et que c'est un manque de savoir-vivre de fumer à table. Ce sont des manières répugnantes, m'a-t-on dit.

A mi-voix, le major répondit :

— Oh, la ferme ! (Puis l'apostrophant de nouveau :) Nous refusons de hurler de notre place. Je me suis plaint une seule fois, le jour où vous avez fumé ce cigarillo. Reprenez votre place habituelle.

— Ah ! s'écria-t-elle. Merci infiniment.

Melrose sourit de la voir, d'un pas languissant de femme apparemment sous-alimentée, contourner la table jusqu'au siège que le major avait tiré sur sa gauche.

Il poussa un gros soupir résigné et afficha un air de martyr. En se glissant à cette place d'honneur, elle lui adressa un sourire figé, empreint d'un respect feint, comme l'avait été son *merci infiniment*.

— Une qui me fascine, c'est la Braine. Elle est complètement cinglée. Savez-vous qu'elle se rend au mur d'Hadrien ? Elle affirme être en communication avec l'empereur, ce qui doit être difficile puisqu'il est mort depuis plusieurs siècles. (La princesse se pencha vers Melrose.) Elle prétend avoir un don de seconde vue. Elle savait qu'on commettrait un meurtre près d'ici. C'est ce qui est apparu dans son « champ magnétique ». Elle a été « attirée » ici par une force irrésistible.

— Très souvent, le don de seconde vue n'est rien d'autre que la faculté de prendre du recul, j'ai eu l'occasion de m'en apercevoir. J'imagine que cette femme a pour habitude de prédire des ennuis ?

— Comment le savez-vous ?

Le major Poges le regarda, légèrement surpris.

— Je n'en sais rien. Mais on ne court guère de risque à prédire des ennuis, n'est-ce pas ? N'y en aura-t-il pas toujours ?

— Pas étonnant que Malcolm soit un sale môme. Ils partent, a-t-elle dit, rencontrer l'esprit d'Hadrien. Demain, vers midi. (Elle fit tomber sa cendre dans une assiette.) Et ce sont les assassins qu'on traite de fous !

— Est-ce la folie dont on taxe cette femme qui a tué son mari ? On doit se livrer à une foule de suppositions.

— Des suppositions, oui. C'est une très vieille famille de noblesse terrienne, dit le major. Je les ai rencontrés. Enfin, lui, Charles Citrine. Je l'ai accompagné à quelques parties de chasse.

— Le fusil que voici, dit la princesse en désignant Poges d'un signe de tête, n'a jamais rien rapporté pour améliorer notre frugal repas.

— Cessez de m'appeler ainsi ! Tout ça parce que j'aime faire une promenade matinale sur la lande, et une partie de chasse de temps en temps...

— Il fait mouche une fois sur mille.

Melrose sourit.

— Ce Charles Citrine...

Il fut interrompu par l'arrivée de Ruby avec un plateau. Elle posa le porridge et le thé devant Melrose, l'eau chaude devant le major. Puis elle se mit à rassembler les plats sales avec des gestes furtifs de voleur.

Elle resta un moment, avec une expression absorbée, un verre à la main, les sourcils froncés devant son contenu rouge sang ; puis elle le plaça vivement sur le plateau, ramassa une assiette avec plusieurs os de côtelettes de mouton et sortit en courant presque.

— Est-elle toujours comme cela ? demanda Melrose en mettant dans son porridge un gros morceau de beurre, qu'il regarda fondre.

— C'est une oie. Ne faites pas attention à elle, répondit le major, occupé à puiser dans le pot de marmelade.

— Je n'ai pas pensé au porridge, dit la princesse, se penchant pour mieux voir dans le bol de Melrose.

Le major leva brusquement les yeux.

— Ne lui en donnez pas. Elle louche dessus, Mr Plant, mais ne lui en donnez pas. (Il se tourna vers elle.) Si vous voulez du porridge, vous n'avez qu'à en commander.

Il reposa brutalement le pot de confiture. Un délicat ruban de fumée se déroula dans l'air, tandis que la princesse rétorquait :

— Le service prend des heures.

— Alors, prenez un œuf à la coque.

Il poussa vers elle le plat d'argent. La princesse s'écarta légèrement en faisant la moue.

— Si vous tenez à perdre du temps à tapoter, casser et décortiquer, libre à vous. Et il faut encore tailler autour du blanc pour l'extraire, presque un travail de sculpteur. Non, merci. Vous ne semblez pas vous amuser avec le vôtre. (Elle se rapprocha de l'assiette du major.) Regardez tous ces petits morceaux de coquille !

— Vous êtes la femme la plus paresseuse que je connaisse.

Lui tournant à moitié le dos, il posa sa cuillère et d'un geste sec ouvrit son journal. Mais il n'en avait pas fini avec la princesse.

— Presque toute nourriture est pour elle trop difficile à manger. (Il glissa à l'oreille de Melrose :) Savez-vous ce qu'elle a pris hier soir ? Une assiette de purée de pommes de terre et de rutabagas, avec une cuillerée de petits pois. Une !

Il leva son index.

La princesse lui tira la langue, puis posa son menton sur le dos de ses mains en une pause très étudiée.

— On peut difficilement manger des pois quand ils ont quitté l'assiette, non ? Je n'allais pas me lancer à leur poursuite.

Le major enfouit son visage dans le journal froissé.

— Quand nous étions à Londres, j'ai commis un jour l'erreur de lui proposer de dîner chez *Wheeler*. Qui penserait qu'une sole pêchée près de Douvres soit difficile à manger ?

— C'est le cas. Ils ne découpent jamais les filets convenablement. Ils laissent toujours cette bizarre arête d'une longueur propre à transpercer le cœur de Dracula.

Elle but une gorgée de café et tira une profonde bouffée de sa cigarette.

Melrose se demanda si les hasards de la vie devraient sans cesse lui rappeler le prochain mariage de Vivian.

La princesse soupira.

— Le seul ustensile de cuisine dont vous ayez besoin, c'est un robot ménager. C'est tout ce que j'ai, moi, dans ma cuisine.

— Cuisine ? (Le major leva les yeux de son journal pour la regarder.) Quelle cuisine ?

— Major, vous savez bien que j'ai une maison à Londres.

Il haussa les épaules et retourna à son journal.

— Oh, cette cuisine-là ! Elle est sans doute condamnée depuis bien longtemps. Ah ! voilà ce que je cherche. On ne s'attendrait pas à voir ce meurtre à l'auberge relégué dans les dernières pages du journal. Je présume que c'est parce qu'il n'y a rien de nouveau.

260

Ils ont simplement repris, en le remaniant, l'article précédent.

La princesse écrasa sa cigarette et joignit à nouveau les mains sous son menton.

— Je trouve très intéressant que l'on continue à faire valoir la réputation extraordinaire du mari, ainsi que son « courageux » refus, à l'époque, de payer la rançon de son fils. C'est comme si la femme, elle, n'était pas concernée ! Les rares fois où je lui ai parlé, Mrs Healey m'a paru plutôt réservée, mais certainement pas de bois, ni dénuée de tempérament.

Melrose avala sa dernière gorgée de thé.

— Il semble que vous éprouviez une certaine méfiance à l'égard du mari.

— Mon Dieu, je me méfie de quiconque a une réputation sans tache. De toute façon, c'est une version des faits machiste : le mari courageux et la femme prise de vapeurs. C'est comme si elle n'avait rien à dire en la matière. Mais, elle l'a finalement dit, non ?

Le major plia son journal en éventail :

— C'est à croire que vous approuvez son geste.

— Bien sûr ! Un geste si théâtral ! Pas de tentative pour essayer de l'abattre dans une ruelle obscure. Ses avocats seraient idiots de ne pas la faire acquitter.

— Acquitter ! Elle l'a tué sous les yeux d'un policier !

Elle répondit au major, mais en regardant Melrose :

— Le mobile reste le même : le mari a refusé de payer la rançon.

Elle brandit une cigarette dans la direction de Melrose qui l'alluma en objectant :

— Cela ne tiendrait pas. Si elle l'avait tué tout de suite après, ou six mois plus tard, ou même un an, j'imagine qu'ils pourraient plaider la dépression parvenue à son dernier degré.

La princesse ramassa son étui à cigarettes et se leva.

— Je ne savais pas qu'il y avait prescription pour le désespoir, Mr Plant. Il se remet à neiger. Voilà mon après-midi à Leeds de fichu. Dînerez-vous avec nous ? Je le souhaite. Cela nous changera.

Elle laissa un sillage de parfum floral en quittant la pièce.

Le major Poges la regarda partir en bougonnant.

— Sacrée bonne femme ! Elle aura toujours le dernier mot, soyez-en sûr ! Eh bien, moi, je vais me promener, neige ou pas neige. Voulez-vous vous joindre à moi, Mr Plant ?

Melrose leva les yeux.

— Oh, pardon ! Non, je ne crois pas. Je pensais à miss Taylor : l'avez-vous vue ce matin ?

— Pas ce matin, pas depuis que je l'ai entendue pétarader dans la nuit sur cette moto qui a sans doute tout dévasté sur son passage.

— Justement. Nous aurions dû l'entendre rentrer.

Le major Poges regarda sa montre, la secoua et la porta à son oreille.

— Qui nous dit qu'elle est rentrée ? Elle est de New York après tout.

Il tourna les talons et sortit de la salle en marmonnant. Melrose crut comprendre qu'il avait l'intention de forcer Rose à l'accompagner sur Stanbury Moor.

Qu'on soit de New York ou pas, il n'y avait pas grand-chose à faire à Haworth. Habité par un sentiment de malaise, il resta assis à contempler la lente chute de neige. Il ruminait depuis cinq ou cinquante minutes les risques de collision sur les routes glacées quand une voix le ramena à la réalité.

— Alors, vous venez ?

Il se détourna de la fenêtre et vit Abby Cable, harnachée comme un Esquimau. A peine pouvait-il entrevoir son visage ; toutefois, il perçut l'éclat de ses yeux, tels des cristaux de glace frappés par la lumière.

— Quoi ? Aller où ? Tu as construit un igloo ?

Il y eut un silence. Elle avait la tête emmitouflée d'écharpes, de châles et d'une chose aux extrémités garnies de plumes qui frémissait sous son souffle. Mais il sentit son regard le pénétrer.

— Chercher les moutons. Vous avez dit que vous vouliez venir.

L'avait-il dit ? Comme il ne bondissait pas de son siège, elle enchaîna :

— Eh bien, au revoir.

Les adultes mentent. C'est d'un ton innocent qu'il proféra son mensonge :

— Je ne sais pas comment m'habiller pour cette aventure.

Silence. L'Esquimau se retourna.

— Un manteau serait utile.

Elle quitta le seuil où se précipita Melrose.

— Peux-tu attendre trois minutes ?

Elle ouvrit la porte sur le vaste paysage enseveli sous la neige, devant lequel attendait le chien appelé Stranger, son pelage parsemé de flocons.

— D'accord, fit-elle sans plus de commentaire.

Tout en enfilant ses bottes de caoutchouc, il pouvait entendre le tic-tac de la pendule.

22

Il avançait péniblement, une houlette à la main, avec un sentiment de ridicule.

— Il vous la faut, avait-elle dit. Votre espèce de bâton ne vous servira à rien.

Ce n'était pas, avait-il protesté, une « espèce de bâton », mais un gourdin du XIXᵉ siècle. Découvrant que c'était une arme, Abby s'y était intéressée. Elle l'avait soupesée, examinée et lui avait demandé si la police s'en était servie pour tuer des gens. Elle sembla déçue en apprenant que ce n'était pas là son utilisation principale. Elle montra un regain d'intérêt quand il ajouta que, naturellement, il pouvait frapper des coups mortels. « Pourquoi veux-tu savoir cela ? » s'enquit-il.

La question resta sans réponse tandis qu'ils prenaient la direction du nord.

— Pourquoi ne pas rester dans les chemins ? remarqua Melrose avec humeur au bout d'une marche de vingt minutes, endurée avec stoïcisme.

Ce qu'il pensait être la dernière trace de civilisation se trouvait maintenant derrière eux, sur la route d'Oakworth où se dressait, solitaire, une cabine téléphonique rouge. Il vit deux chemins qui s'entrecroisaient, longues entailles creusées dans la neige fraîche ; elle ne formait pas une couche épaisse, mais le paysage la rendait dissuasive.

Réalisant à quel point il était inutile d'emmener avec elle cet individu ignorant tout des mœurs des moutons, elle poussa un profond soupir, ponctué d'un grand coup mortel de la matraque qu'elle s'était appropriée. Vlan !

— Les moutons ne prennent pas les chemins. Certainement vous ne connaissez rien aux moutons.

Devait-elle obligatoirement, persuadée d'avance de sa totale ignorance, réduire à zéro tout éventuel savoir de sa part en commençant chacune de ses phrases par des « certainement vous ne » par-ci, des « certainement vous ne » par-là ?

— Bien sûr que si ! Je sais que sous leur manteau extérieur, ils ont une protection intérieure qui leur conserve la chaleur.

Melrose, qui essayait, en la bougeant, de maintenir la circulation dans la main qui tenait la houlette, aurait bien aimé avoir, lui aussi, ce revêtement intérieur. Ses doigts lui paraissaient être des brindilles recouvertes de glace.

Mais elle foula au pied ce rudiment de connaissance ovine.

— On croit qu'ils sont stupides. Ils ne le sont pas. Heurtez une vieille brebis hargneuse, et vous verrez.

C'était presque un défi car elle pointait le gourdin dans la direction d'un grand mouton à tête noire campé à une certaine distance.

— Vraiment ?

Abby ne répondait pas aux questions posées uniquement pour la forme. Elle n'avait aucune raison de revenir sur ses affirmations. Qu'il comprenne ou pas, cela n'avait pour elle aucune importance. Melrose se dit que tout renseignement qu'il obtiendrait d'elle sortirait aussi sec qu'un toast froid sans confiture. Elle n'était assurément pas de celles qui brodent, comme Ethel.

— On ne sait jamais où sont les moutons de Mr Nelligan. Ils s'égarent.

— Qui est Mr Nelligan ?

En guise de réponse, Abby se tourna et indiqua du gourdin un flanc de colline à moins d'un kilomètre, estima-t-il. Apprécier les distances dans un tel paysage, c'était tout un art.

— Cette caravane là-bas !

Melrose, la main en visière au-dessus des yeux, regarda vers la colline, au loin, sur le flanc de laquelle il crut voir une petite construction avec des volutes de fumée sortant du toit.

— Une caravane avec une cheminée !

— Il a découpé un trou dans le toit.

Il ne prit pas la peine de contester ce point.

— Alors, pourquoi Nelligan n'est-il pas là, dehors, à garder son propre troupeau ?

— Il boit du whisky. Une fois, plus d'une centaine de ses moutons sont descendus dans une ravine. Stranger les a rassemblés.

Elle secoua la tête, laissant entendre que, sans son chien, ils seraient encore tous dans la ravine.

Ils continuaient à crapahuter, se dirigeant vers un mur « là-bas ».

Melrose s'avisa qu'il ignorait leur destination. Il s'arrêta.

— Où allons-nous ?

— Partout où va Stranger, dit-elle en levant la tête vers lui.

Au-dessous du cercle de son capuchon, ses yeux brillaient d'un éclat bleu foncé, impénétrables.

— C'est le chien, que nous suivons ?

Pas de réponse.

— Ma chienne me suit, elle.

Ce n'était pas tout à fait vrai. Rares étaient les fois où son appel à la promenade interrompait les séjours de Mindy au coin du feu. Mais Mindy était vieille. Et il se sentait vieux, lui aussi. Dix minutes de plus, et il lui pousserait une barbe de givre. Il plissa le nez. Ses narines semblaient collées l'une à l'autre par l'air froid et sec.

Le paysage était comme le négatif de celui qu'il avait vu la nuit dernière, quand il s'était attardé dans la cour du *Weavers Hall* avec Ellen. Où était-elle, au fait ? Une lune toute blanche contre un ciel noir ; en dessous, le réservoir aux reflets argentés. Le ciel d'aujourd'hui était d'une pâleur maladive avec de lourds nuages de plomb ; la lande, sombre et sèche, sous sa couverture de neige, de fougères et de bruyères, avait l'aspect d'une terre brûlée. On aurait dit un cratère lunaire. Melrose appréciait le cadre naturel de sa maison, ses bois et ses sentiers ; la vue grandiose, le panorama spectaculaire. Parfois, assis dans son confortable fauteuil devant le feu, à contempler Mindy menant sa vie végétative, il était pris d'une brusque envie de se lever, de saisir ses jumelles et de courir observer les oiseaux. Un gentilhomme campagnard doté d'une bonne éducation et de gros moyens aurait certainement dû s'intéresser davantage à la nature environnante. Melrose avait opté pour un compromis : il gardait ses jumelles près de lui et, à l'occasion, les prenait quand, par la fenêtre du salon, il voyait voler quelque chose.

— Où sommes-nous ? demanda-t-il à nouveau, cherchant des yeux dans ce désert de neige un repère, un panneau indicateur.

Un moment auparavant, ils avaient fait la traversée — risquée, à son avis — d'un ruisseau dont les eaux, gonflées par la fonte des neiges de la veille, recouvraient les racines et léchaient les pierres.

— Nulle part en particulier, répondit-elle.

Il s'arrêta, planta sa houlette dans la neige :

— Tu veux dire que tu ne sais pas où nous sommes, c'est cela ?

Elle le dévisagea calmement :

— Vous n'êtes pas perdu.

Le chien, recrachant de la neige, courut vers un vieux mur de pierres sèches.

Melrose se sentait perdu.

— J'aurais dû emporter une carte routière.

Il la regarda marcher devant lui, vers le mur et le chien, brandissant le gourdin. Pour elle, c'était sans doute une joyeuse aventure, une sorte de jeu. Il se rendit compte qu'il ne savait toujours pas quel but précis ils poursuivaient.

— Attends, pour l'amour du ciel ! Quel est le but de cette communion avec la lande ?

— Certainement vous n'aimeriez pas être enterré vivant dans une tombe !

Ses yeux bleus semblaient briller de fureur.

Les paroles de la fillette rappelaient à Melrose les propos énigmatiques de la Braine sur les troupes d'Hadrien.

Elle fit claquer sa langue et Stranger se mit à patrouiller le long du mur. Le vent y avait amoncelé la neige, et le chien avançait lentement, flairant, reniflant.

— Ici, enfoncez le bâton !

— Je suppose que nous cherchons des moutons. Mon Dieu ! S'il y en avait de bloqués là, ils seraient morts.

— Non, ils ne le seraient pas, dit-elle d'une voix neutre. Certainement vous ne savez pas que leur respiration produit des trous d'aération...

— Oh, tais-toi !

Mais il obéit aux ordres de la fillette, en essayant de garder son calme. Il n'obtiendrait jamais rien d'elle s'il la poussait à s'enfermer dans le silence. Le bâton ne rencontra aucune résistance ; que feraient-ils de ces moutons ensevelis, s'ils en découvraient ? se demandat-il. Stranger avait atteint le bout du mur et se retournait, haletant.

— Tout va bien, conclut-elle. Il y a un autre mur là-bas.

— Tu sais donc où nous sommes.

— Plus ou moins.

Elle se remit en marche, tenant la matraque levée au-dessus de sa tête, comme une baïonnette. Ils arrivèrent à un autre mur. Stranger le longea en courant, revint, s'assit et, au claquement de langue de sa maîtresse, se précipita pour s'engouffrer dans un trou du mur.

Ils s'en approchèrent.

— De toute évidence, on ne peut pas passer par là.

— Si, à quatre pattes, dit-elle.

Elle posa soigneusement le gourdin près de l'ouverture, s'y faufila en avançant sur les mains et les genoux.

La dernière chose qu'il vit d'elle fut une mitaine qui revenait chercher la matraque pour la faire disparaître dans le trou. Puis le silence retomba.

Il considéra les dimensions du trou, se rappela la taille du mouton à tête noire et estima pouvoir passer s'il rampait sur le dos ou sur le ventre. Il cria :

— Je suis bien trop gros pour passer par là.

Pas de réponse. Le vent emporta le son de sa voix. Il en perçut l'écho lointain. Aucun bruit ne lui parvenait de l'autre côté du mur, pas même l'aboiement du chien. Il mit les mains en porte-voix et lança des ohé ! ohé ! Il siffla, s'imaginant que l'animal allait venir à son appel. Qui dupait-il ainsi ? Ce chien n'aurait prêté aucune attention à Attila le Hun.

Il s'agenouilla et jeta un coup d'œil dans le trou. Aucune trace à sa sortie, ni de la fillette ni du chien. Et zut ! où était-elle ?

En dehors du murmure du vent dans les arbres à feuillage persistant, là-bas, à l'est, le silence s'épaississait. Les nuages paraissaient plus bas, le ciel plus blafard, les courlis rétrécissaient leurs cercles, comme s'ils avaient l'intention de se poser bientôt, tels des vautours. Oh, Dieu merci, ce n'était qu'une illusion engendrée par cette lande perdue.

— Je rentre à l'auberge, cria-t-il d'un ton irrité en plantant sa houlette dans le sol.

Pourquoi poursuivre cette équipée absurde ? Pour le prix de sa peine, il n'avait obtenu aucune information précieuse, rien que des réponses de style télégraphique. Le peu qu'elle avait dit sur son chien, Stranger, constituait, pour Abby Cable, un discours de parlementaire. Elle avait bien dû prononcer deux ou trois phrases.

— Eh bien, au revoir !

Il n'obtint aucune réponse, bien qu'elle fût probablement, à son avis, de l'autre côté du mur, à dessiner des figures dans la neige avec sa canne-gourdin.

Tout de même. On ne savait pas qui on pouvait rencontrer. Il pensa à la silhouette à la cape noire marchant sur la lande. En outre, ils ne devaient pas être très loin de la propriété des Citrine, pensa-t-il, se cherchant des raisons de rester, tout en agitant le bâton dans le trou et en s'allongeant sur le dos, bras tendus pour prendre appui sur la pierre.

Mon Dieu ! Il s'aplatit, se traîna dans le trou où restaient accrochées de la laine ainsi qu'une odeur de mouton. Puis il se leva et secoua la neige de son manteau.

Ils étaient exactement de l'autre côté du mur et Stranger s'activait à l'une des extrémités, Abby à l'autre. Melrose marcha le long de la congère jusqu'à l'endroit où elle fourrageait avec le gourdin.

— Utilisez votre bâton, lui dit-elle.

— Tu m'as entendu appeler. Pourquoi n'as-tu pas répondu ?

Mécontent, il enfonça la houlette dans la neige.

— Vous avez dit que vous alliez rentrer.

Elle haussa les épaules et le regarda en clignant des yeux comme pour se protéger d'un rayonnement céleste ou d'une vision infernale.

— Vous êtes encore là, non ?

Il résista à la tentation de lever son bâton. A l'entendre, on l'aurait prise pour une extralucide. Les événements qu'elle escomptait se produisaient.

— Je ferais mieux de parler au chien. L'as-tu eu tout jeune ?

— Non.

Il soupira, regardant Stranger renifler le long de la congère.

— Eh bien, *comment* l'as-tu eu ?

— Il passait par là, répondit-elle simplement.

Le chien, à coups de patte, éparpillait la neige.

— Je pensais que la disparition d'un colley assez intelligent pour faire remonter d'une ravine une centaine de moutons ne serait pas passée inaperçue.

Abby parut accorder une certaine considération à cette remarque.

D'une voix sans timbre, aussi plate qu'une crêpe, elle dit :

— Personne n'y a peut-être prêté d'attention. (Puis, comme le chien creusait toujours, elle ajouta :) Il en a trouvé un.

Le moment le plus marquant de cette matinée fut pour Melrose celui où il extirpa un mouton du tunnel de neige où il était enfoui. Il ne semblait pas en trop mauvais état quand Stranger le guida vers la sortie.

— Maintenant, que faisons-nous ?

— Nous, rien. C'est lui qui fait.

Elle se tourna et se remit à arpenter la lande, en direction sans doute du mur éloigné.

Comme il ne parvenait à rien en lui posant des questions qu'il espérait susceptibles d'apporter, au détour de la conversation, des révélations sur sa vie, sur Mrs Healey ou autres, il décida de se montrer direct, même si le sujet était macabre. Le rempart qu'Abby Cable avait dressé entre elle et le monde devait la rendre aussi forte face à l'horreur que devant la nécessité d'aller secourir des moutons prisonniers de la neige.

— C'est terrible ce qui est arrivé à l'auberge de l'*Old Silent*, n'est-ce pas ? Tu as dû être passablement bouleversée.

Si elle l'était, cela ne se voyait pas. Un masque d'impassibilité collait à son petit visage comme les lointains affleurements de grès collaient à l'horizon.

— Puisque c'est une de tes amies, à toi et à ta tante, lança-t-il, cherchant à savoir si les deux femmes avaient vraiment été amies.

— Je ne crois pas.

— Tu ne crois pas quoi ?

— Qu'elle soit une amie de tante Ann.

Elle fit entendre un petit claquement de langue et Stranger, qui n'était déjà plus qu'un point dans la neige, se retourna et revint en courant.

— Oh ! Je croyais que Mrs Healey rendait visite à ta tante.

— C'est à *moi* qu'elle rendait visite.

La violence de sa colère le frappa comme l'un de ces vents sibériens qui balaient la neige et courbent les arbres.

— Billy, Toby et moi étions de très bons amis.

Elle se retourna et essaya de courir, mais ne put qu'avancer par bonds, engoncée qu'elle était dans ses lourds vêtements.

— Un agneau mort, dit-elle, quand Melrose l'eut rattrapée.

Immobile devant le petit être aux pattes repliées, elle resta un moment à le regarder, puis, avec son sens pratique habituel, elle le couvrit de neige.

— Ecoute, tu ne penses pas que nous avons eu assez de morts et de malheurs pour la matinée ?

Mais elle avait déjà suivi le chien de l'autre côté du mur, sous un vent qui s'était intensifié au point de faire plier les pins à l'est. Quel endroit exécrable ! Quel temps exécrable ! Si Cathy Earnshaw[1] avait souhaité être chassée du paradis pour revenir ici, c'est qu'il devait faire bien froid au paradis ! Melrose leva la tête et songea avec envie au pub qui n'était sûrement pas très loin.

Abritant ses yeux de la main, il se détourna de la haute lande pour regarder vers le bas. Etait-ce un pub, sur la route, là où les voitures étaient parquées, minuscules à cette distance, pareilles à des scarabées ? S'ils ne s'arrêtaient pas toutes les trente secondes pour déga-

1. Héroïne des *Hauts de Hurlevent* d'Emily Brontë. (*N.d.T.*)

ger des moutons ensevelis ou enterrer des agneaux morts, ils pourraient y être en vingt minutes. Chaleur ! Lumière ! Hospitalité ! Oui, l'image qui surgissait avait les couleurs mêmes de la convivialité : le patron rubicond, accueillant, les clients chaleureux au comptoir, la bière brune, le bois poli, le cuivre étincelant, l'éclairage rosé des fenêtres à meneaux.

Où était-elle, pour l'amour de Dieu ? Le vent soulevait des tourbillons de neige avec un sifflement de serpent. Il l'aperçut enfin, avec son chien, au bout du mur, et il fut un peu surpris d'éprouver du soulagement. Il l'appela sans obtenir de réponse.

Suivant ses instructions, il marcha vers l'enfant, plongeant au hasard son bâton dans la neige accumulée. Il espérait presque le planter dans un mouton, là où cela lui ferait vraiment mal. Ah ! Ah ! se dit-il quand il rencontra enfin une résistance. Il s'accroupit, assez fier de lui, et se mit à déblayer la neige avec ses mains, définitivement brûlées, il l'aurait parié, par le gel. Il fit apparaître un peu de neige rose sale et une manche noire. Il se redressa vivement.

La manche était raidie par le gel, les doigts de la main dépassaient, pliés comme s'ils avaient cherché à s'accrocher à quelque chose. A la vie, peut-être. Il resta immobile à fixer la main gelée, tout comme Abby avait regardé le cadavre pitoyable de l'agneau.

A peine conscient de ce qu'il faisait, il chercha la moto des yeux, comme s'il s'attendait à la trouver, noire et luisante, appuyée contre le mur de pierres sèches. Il n'avait pas vu Ellen, personne n'avait vu Ellen depuis qu'elle avait disparu, la nuit dernière, dans l'allée, sa silhouette se profilant contre le ciel obscur et le réservoir argenté...

C'était une image qui, il le savait, le hanterait le reste de sa vie. Avec acharnement, il dégagea le bras et le visage de leur suaire de neige.

Les yeux d'Ann Denholme étaient ouverts, leurs orbites à moitié comblées par la neige. Son visage regardait le ciel et ses cheveux noirs que la gelée hérissait en épis grisâtres semblaient avoir blanchi en une nuit à la suite d'un choc terrible. Son manteau avait la rigidité de la glace, mais, quand il lui souleva le bras, le poignet était flasque.

Melrose tourna le regard vers la droite, et voyant Abby et Stranger longer l'autre partie du mur, il entreprit de recouvrir le corps.

La neige était maculée à cet endroit, mais il pensa ou espéra que le vent effacerait à la fois les traces de son intervention et l'odeur du sang. Il ne pouvait pas laisser la pauvre enfant (c'est ainsi qu'il pensait à elle maintenant) trouver le cadavre de sa tante.

Quand ils s'approchèrent de lui, Stranger pencha la tête sur le tas de neige et renifla, encore et encore. Melrose fit semblant de glisser et tomba en travers du corps. Sa propre odeur chasserait peut-être l'autre. Stranger, il en était sûr, pouvait sentir la présence de la mort.

Bien que le chien parût seulement vouloir gratter autour de l'endroit où Melrose était assis, Melrose lui donna quelques rudes tapes et essaya de l'écarter. Stranger n'était pas près de céder.

Abby inclina la tête, puis la secoua doucement, avec un regard de profond mépris au maladroit qu'était Melrose. Le méprisait-elle pour sa chute ou pour son incapacité à faire obéir son chien à des ordres banals ? Il n'aurait su le dire. Abby regarda Stranger, fit un bruit avec la bouche, et le chien se figea. Ils étaient là, à moins d'un mètre de la tombe enneigée d'Ann Denholme, tous deux immobiles, comme s'ils jouaient au vieux jeu des statues.

Comment diable les faire partir ? Et comment ensuite se rendre à l'auberge ou à la cabine téléphonique qu'ils avaient dépassée sur la route d'Oakworth ? Il se demanda si c'était ce genre de regard qu'elle adressait à Mr Nelligan, le berger fainéant.

Melrose se redressa et gagna du temps en arrangeant

son pardessus et en passant les doigts (gangrenés, il en était persuadé) dans ses cheveux raidis. Pendant tout ce temps, il imaginait et rejetait diverses ruses. Finalement, il déclara :

— C'est trop pour moi. Il faut que nous rentrions au *Weavers Hall*.

Quel ton solennel ! La situation n'en évolua pas pour autant. Abby restait là, tenant d'une main la houlette, de l'autre le gourdin de Melrose, tous deux plantés dans la neige comme des béquilles. Ce sacré chien va m'hypnotiser, à me regarder de cette façon, se dit Melrose qui ressentait un léger vertige.

— Eh bien alors, en route ! dit-elle, malgré sa contrariété.

— Très bien.

Melrose fit un pas, puis s'arrêta brusquement comme s'il venait de se rappeler quelque chose.

— Oh ! à propos, je sais où est la cachette d'Ethel.

Il se mit à compter tout en s'éloignant : « Un et deux et trois et quatre. »

A quatre, le chien et l'enfant le dépassèrent en flèche, se glissèrent dans le trou et prirent la direction d'Oakworth, en faisant voler la neige autour d'eux.

23

— Ça a été terrible, mais je ne vois aucun moyen de vous aider, dit Mrs Holt, dont les traits épais frémissaient d'irritation. Nous avons assez souffert à l'époque.

Sans que la police se mette à tout ressortir, disait son regard à Jury avant qu'elle ne le détournât. Elle était assise en face de lui, dans un fauteuil rembourré, les yeux rivés non sur sa personne mais sur le cendrier posé au milieu de la table entre eux ; aussi Jury attribua-t-il son attitude fuyante, moins au sort tragique de Toby Holt, qu'à la cigarette qu'il avait écrasée dès son entrée dans la pièce. Il en avait la conviction en la voyant renifler comme un lapin. Owen Holt, un gros homme au visage carré, à l'air malheureux, ne regardait pas vraiment Jury, mais derrière lui, par la fenêtre apparemment. Ses yeux étaient du même bleu grisâtre qu'un jean délavé.

Mrs Holt l'avait accueilli sur le seuil de sa maison mitoyenne, vêtue d'un bleu de travail, coiffée d'un turban, tenant un plumeau aux couleurs de l'arc-en-ciel et une peau de chamois dans sa main gantée de blanc. Son triste salon bien rangé, où son mari Owen semblait lui-même un visiteur, évoquait à Jury ces photos d'agence immobilière invitant le passant à sauter sur l'occasion d'un trois pièces vendu à crédit. Le canapé et les deux fauteuils étaient recouverts d'une horrible étoffe multicolore aux motifs en zigzag bleus, roses et jaunes qui ne s'accordaient pas le moins du monde avec les coussins à frange posés par-dessus. Tout cela jurait également avec le papier mural vieillot de teinte sépia, parsemé de minuscules bouquets de fleurs aux tiges nouées par de petits rubans flottants. Les fausses bûches d'une cheminée inutilisable auraient bien trouvé leur place sur ce genre de photo.

Mais ce qui dans le salon des Holt frappa surtout Jury n'était pas tant la discordance entre papier, couleurs et motifs que l'absence de toute décoration. Il n'y avait ni souvenirs, ni petits groupes de figurines, ni photos encadrées, ni napperons brodés ; aucun livre, seulement un tas de magazines empilés sur une table basse. Dans le buffet était rangée de la vaisselle en porcelaine qui ne devait pas avoir servi depuis des années. La seule note de fantaisie était un rideau de perles de verre et de bois sous la cage d'escalier.

— Une assistante sociale est passée, répondit avec réticence Mrs Holt à une question de Jury. (Sa voix s'estompa tandis que, presque inconsciemment, elle avançait la main pour se saisir du cendrier.) Pour nous dire qu'ils avaient à régler le cas, toujours très triste, d'un petit orphelin. Et comme Owen avait pensé que ce serait peut-être bien d'avoir un enfant près de nous... (Elle se leva pour aller vider les détestables cendres.) Les gens causent, mais qui s'en soucie ?

Sur ces propos elliptiques, elle disparut de la pièce, tenant le cendrier à bout de bras.

Quant à Owen Holt, soit il était habitué à laisser la parole à sa femme, soit il était silencieux par nature. Il n'avait participé à la conversation que par intermittence. Mais voici qu'il se mettait à parler :

— C'était un enfant tranquille. J'avais l'intention de l'adopter. Il n'y a jamais eu d'adoption officielle, mais je l'ai toujours considéré comme mon propre fils.

Il continuait à regarder au-delà de Jury, à embrasser tout ce qui se passait dans la rue.

La pendule à long coffre émettait un tic-tac aussi discontinu que les propos d'Owen. Jury se taisait.

— Excusez-moi, finit-il par dire. Cela a dû vous être particulièrement pénible d'avoir à...

Ses lèvres formèrent le mot « identifier », mais aucun son n'en sortit. *Identifier le corps.*

L'esprit de Jury s'obscurcit. A l'image d'Owen, les yeux baissés sur le jeune garçon gisant à la morgue dans l'un de ces compartiments réfrigérés que l'on tire à soi comme un tiroir de bureau, se superposa, comme en surimpression, le souvenir de cette nuit si lointaine où lui-même avait contemplé les décombres de leur appartement, le bras étendu de sa mère, la main arrondie en coupe, sa manche de velours noir, puis avait tenté désespérément de la dégager de l'amoncellement de plâtre et de bois qui la recouvrait, tandis que tombaient d'autres gravats. Cette main semblait répéter le geste par lequel elle l'avait si souvent invité à venir la rejoindre, *sur-le-champ.*

Tel le flash sans merci d'un photographe, l'image revenait, précise après toutes ces années, quand il regardait un bras de femme tendu de cette manière. Ce qui avait failli le rendre fou, c'est que sa mère était seule alors.

— Ça l'a été. (Holt hocha la tête lentement, plusieurs fois.) Et Alice ! Alice ne s'est jamais arrêtée de nettoyer pendant toutes ces années.

Jury fut quelque peu troublé d'avoir porté sur Alice Holt un jugement aussi superficiel. Son mari avait expliqué par cette seule remarque la frénésie ménagère de cette femme qui s'évertuait à maintenir les choses en ordre, à les remettre à leur place, à balayer de son esprit les détritus du passé comme elle balayait maintenant dans son salon la poussière du présent. Et il repensa aux décombres qui avaient enseveli sa mère.

Alice revint, s'assit, s'empara du plumeau, comme d'une arme pour se défendre, et poursuivit :

— Ce ne devait être que pour un moment. Le temps

que les choses s'arrangent pour l'enfant. Avec son arthrite, Owen avait dû quitter l'usine. Nous avions assez d'ennuis sans une autre bouche à nourrir. (Elle fixait l'endroit exact sur la table basse où Jury avait pris son carnet et son stylo.) Bien sûr, il y avait la solution de l'orphelinat. Mais...

D'un geste furtif, elle allongea le bras pour astiquer le bout de la table où avait été posé le carnet.

Jury sentit son cœur se serrer au souvenir des lugubres couloirs du Bon Espoir, où il avait passé six ans de sa vie. Mais au moins, il pouvait se rappeler les visages de ses parents morts. C'était un privilège, comparé à certains, à certains comme Toby Holt.

— Nous avons donc gardé l'enfant pour la vie.

Tout en parlant, Alice passait un doigt ganté de plastique blanc sur le pied d'une lampe et jetait un coup d'œil sur l'abat-jour.

— Une courte vie, dit Owen.

Elle donna l'impression de faire une impasse totale sur cette vie, en ignorant la remarque de son mari. Elle enchaîna sur les Citrine.

— Ce ne sont pas eux qui prendraient en charge des enfants malheureux, eux qui pourtant ont les moyens...

Jury interrompit ce qui s'annonçait comme une litanie de doléances.

— J'ai cru comprendre que Toby et Billy Healey étaient de grands amis.

— Les meilleurs amis du monde, répondit Owen.

— Il aurait mieux valu pour Toby de ne jamais avoir eu affaire à cette famille. Elle lui a mis des idées dans la tête ; une mauvaise influence qu'elle avait sur lui.

Owen écarta d'un geste la réflexion de sa femme, un sourire patient sur les lèvres.

— Quelle sorte d'idées ? s'enquit Jury.

— Des dons de musicien, elle lui prêtait, comme en avait son propre enfant. (Elle brandit son plumeau multicolore.) Pourquoi ? J'aimerais le savoir. Toby n'avait absolument pas d'oreille. C'est Billy qui savait jouer du piano.

Owen fit entendre un petit rire inattendu.

— Elle voulait seulement faire plaisir à Toby. Mais il a essayé !

— Un entêté ! affirma Mrs Holt.

Le terme pouvait tout aussi bien s'appliquer à Toby, à Owen qu'à Jury lui-même, puisqu'elle le regardait.

Elle observa Jury d'un air soupçonneux, ses sourcils se rejoignant.

— Vous êtes de Scotland Yard, à Londres. Qu'est-ce que Scotland Yard a à voir avec le meurtre d'un Healey à l'auberge de l'*Old Silent* ? La seule fois, autant que je me souvienne, où Scotland Yard est venu ici, c'était au sujet de Peter Sutcliffe.

Alice semblait penser que Jury menait une enquête de la même importance que l'affaire de l'Eventreur du Yorkshire.

— Rien de comparable, répondit-il d'un ton vague.

Elle entreprit de remettre en ordre une pile de magazines, pourtant parfaitement empilés.

— Tout ce que je sais, je l'ai raconté alors à la police. Ce sont les Citrine que vous devriez interroger. Des gens sans le moindre sentiment. Ce n'était pas assez de refuser de payer la rançon de leur propre fils. Ils ont aussi fait tuer Toby.

Elle mit fin à l'opération qui consistait à passer le gant sur les rainures d'un guéridon.

— Ce n'est pas de leur faute, Alice !

— Non ? S'il n'était pas parti en voyage avec elle, il serait vivant aujourd'hui !

— Toby était très attaché à Mrs Healey. (Owen n'avait apparemment pas conscience qu'en mentionnant cet attachement il risquait de provoquer la jalousie de sa femme.) Savez-vous qu'il a même tenté de faire un jardin sur ce sol sablonneux ? Il avait de la volonté. Et Mr Citrine a été bon avec nous, en me donnant du travail, alors que je peux à peine tenir un râteau.

— Il s'achetait une conscience, c'est tout.

— Tais-toi ! fit Owen Holt d'un ton d'une brusquerie que Jury considéra comme une manifestation atypique de mauvaise humeur. Il baissa les yeux sur ses mains infirmes.

Jury, une fois de plus, parcourut la pièce du regard. Le téléviseur massif, le réfrigérateur qu'il avait aperçu tout à l'heure, la porcelaine de qualité (bien que non utilisée) ne signifiaient pas nécessairement — il connaissait la générosité de l'Etat-providence — que les Holt avaient d'autres revenus que leurs allocations, mais tout cela donnait une impression de richesse qui surprenait chez un homme handicapé depuis plusieurs années et sans travail à part un peu de bricolage dans la propriété des Citrine... Puis il se rappela les propos de Nell Healey : elle avait fait ce qu'elle pouvait.

— Je suis sûr qu'ils se sont sentis responsables de ce qui est arrivé. J'imagine qu'une rente viagère, après ce que vous avez traversé...

Alice Holt se redressa :

— Nous refusons la charité. L'argent que nous avons accepté était pour Toby...

— Alice !

C'était un nouvel avertissement que lui lançait Owen.

— Eh bien, je ne vois pas quel mal il y a à cela. (Elle s'adressa à Jury.) Elle a ouvert un compte de dix mille livres sous forme de fidéicommis pour l'éducation de Toby... Deux semaines après, il disparaissait... (elle leva les yeux au plafond, non pour le contempler, mais pour empêcher les larmes de couler)... et on le retrouvait mort. Alors, elle a pris de nouvelles dispositions et nous a dit d'utiliser le fidéicommis pour nous-mêmes.

Owen se contenta de secouer la tête.

— Tout cela n'intéresse pas la police. (Il regardait à présent Jury avec une certaine hostilité.) C'est notre affaire !

Brusquement sa femme posa les yeux sur lui.

— Tu as bu presque la moitié de la bouteille !
(Désormais, elle semblait considérer Jury comme son
allié.) Boire et jouer, belle occupation ! Là-bas, au
Black Bush, avec ces types avec qui tu faisais des parties de cartes. Pas un n'avait deux pence à frotter l'un
contre l'autre et ils ont réussi à te faire payer leurs
consommations !

Holt se mit à se balancer sur sa chaise en secouant
de nouveau la tête.

— Je te l'ai dit cent fois, c'était parce que je suis
devenu fou de douleur après la mort de Toby. Je ne le
fais plus, non ?

— Non. (Alice Holt se renversa dans son fauteuil,
déposa le plumeau et retira ses gants qu'elle tint serrés
dans sa main comme un drapeau d'armistice.) Non, je
suppose que non.

L'échec, non d'une discussion mais d'une vie, pesait
sur sa voix.

Owen Holt tourna de nouveau la tête, l'air indifférent, pour regarder par la fenêtre. Jury se demanda un
moment qui cette attitude lui rappelait, et l'image de
Nell Healey lui revint, les yeux fixés sur le verger.
Comme elle, Owen Holt avait peut-être espéré voir
Toby lui apparaître là, jardinant sur ce bout de terre
sableuse, pour réussir au bout du compte à faire pousser quelques fleurs.

24

I

Jury oublia le téléphone, devenu muet, dans sa main.

Il regardait depuis un moment à travers les petits carreaux de la porte de la cabine téléphonique : certains étaient couverts de givre ; six d'entre eux présentaient des fêlures diverses. Il les avait comptés.

Quand il était sorti de chez les Holt, il bruinait. Vingt minutes plus tard, il s'était mis à pleuvoir franchement. Au moment même où il entrait dans la cabine. Les fêlures et la pluie modifiaient l'aspect de la rue pavée, du mur d'en face, des silhouettes courant sous l'averse, un journal sur la tête.

Suite au message laissé par Melrose Plant à l'auberge de l'*Old Silent*, Jury avait rappelé son ami, qui lui avait fait part des derniers événements.

Tout en écoutant, Jury s'était demandé s'il devait imputer à quelque trouble de vision ce tremblotement des vitres.

Il s'en voulait, maintenant que Plant avait raccroché, de ne pas avoir demandé plus de détails. Sa main serrait encore la poignée de la porte, comme s'il venait seulement de la fermer pour donner son coup de fil.

Du moins était-il parvenu à faire cesser cette succession rapide de pensées qui défilaient dans sa tête comme les silhouettes sous la pluie, le temps de féliciter Melrose d'avoir écarté la fillette, lui épargnant ainsi un terrible choc.

Abby, lui avait répondu Melrose, risquait beaucoup moins d'être traumatisée que lui-même.

Jury raccrocha le combiné.

Deux meurtres en quatre jours !

Il espérait que Nell Healey avait un alibi.

Il dépassa plus d'une dizaine de voitures garées en file sur la route d'Oakworth, certaines avec deux pneus dans le fossé, comme des véhicules abandonnés.

Il y avait des heures que Melrose Plant avait appelé le commissariat de police local. Pourtant, il restait deux voitures, gyrophare bleu en marche, dans le parking de l'auberge, à un bon kilomètre de l'endroit où les autres s'étaient arrêtées.

— Tiens, tiens ! dit d'un ton léger le commissaire Sanderson, sans tourner la tête, regardant vers la lande enneigée qui s'étendait devant lui.

— Je suis en vacances, vous vous rappelez ?

— Ah, bien ! Janvier est un mois prisé par les vacanciers, ici dans le Yorkshire. Presque autant que dans le Lake District.

Sanderson gonflait les joues comme des soufflets pour essayer de ranimer un cigare froid.

Sanderson devait bien avoir une vingtaine d'hommes dans les parages, sans compter ceux qui se trouvaient plus loin et que Jury ne pouvait voir.

Cinq heures s'étaient écoulées depuis la découverte du cadavre d'Ann Denholme. Jury gardait, lui aussi, les yeux fixés sur la lande.

— N'est-ce pas la maison des Citrine, par là-bas ? demanda Jury.

— A un kilomètre d'ici, à vol d'oiseau, comme vous le savez.

— Je ne crois pas qu'un nouveau meurtre à sa porte, si je puis m'exprimer ainsi, soit fait pour arranger les affaires de cette femme.

Sanderson ôta le cigare de sa bouche :

— Vous pouvez vous exprimer comme il vous plaît, commissaire.

Et il regarda Jury avec un sourire narquois.

Jury s'obstina.

— Mrs Healey a échappé de justesse à l'emprisonnement après l'assassinat de son mari. Les Citrine connaissaient Ann Denholme. Roger Healey aussi, j'imagine. (Il détourna les yeux de la lande pour les reporter sur Sanderson.) Vous l'aurez mise en garde à vue d'ici vingt-quatre heures.

Il ne fit aucun effort pour cacher sa rancœur et tourna le dos, s'apprêtant à partir.

Il fut surpris d'entendre Sanderson acquiescer :

— Très probablement.

Au moins, pensa Jury, le voyant laisser tomber son cigare dans la neige sale, Sanderson ne souriait pas.

Melrose Plant jeta un regard mauvais aux canards, qui ne manquaient pas d'accourir à chaque fois qu'il sortait dans l'avant-cour. Comme il rejoignait Jury à sa voiture, il remarqua l'agent posté devant l'auberge par la police de Keighley.

— Essaie de te rappeler tout ce que tu peux, lui demanda Jury. Ce n'est pas Sanderson qui risque de m'apprendre beaucoup de choses.

Il examinait la carte routière que Plant avait tirée de la poche de sa veste.

— Près du mur, là, dit Melrose. A environ six mètres du trou.

— Que peux-tu dire de l'état du corps ?

Melrose frissonnait, vêtu d'un simple pull de cachemire, les bras serrés sur la poitrine.

— Mes connaissances en matière de rigidité cadavérique se limitent strictement aux rares moments de silence d'Agatha. Ça commence par la mâchoire, n'est-ce pas ?

Jury approuva.

— Du haut vers le bas. Elle n'a pu déjà se dissiper. Ça demande au moins trente heures. Plus, probablement, avec le froid.

— Le poignet était mou. Sa mort est donc relativement récente. La dernière personne qui l'ait vue est Ruby, quand elle est allée se coucher la nuit dernière, vers 11 heures. Ruby a trouvé bizarre son absence au petit déjeuner, ce matin.

— Des coups de fil ?

— Pour elle ?

— Ou qu'elle aurait passés la nuit dernière, ce matin ? (Sur un signe négatif de Melrose, Jury déclara :) Alors, je dirai qu'elle a été tuée ce matin, très tôt. La rigidité cadavérique ne survient qu'au bout de douze à quinze heures par un tel froid. Il est peu probable qu'elle soit sortie se promener sur la lande au beau milieu de la nuit.

Jury leva les yeux vers l'une des fenêtres.

— Qui est-ce ?

Melrose suivit son regard.

— Malcolm. Tout oreilles, sans aucun doute.

Le visage du petit garçon s'écrasait contre la fenêtre à battants, gargouille grimaçante au-dessus du chat gris efflanqué couché sur le rebord.

— Je ne vois pas pourquoi il nous faut encore revenir sur cette terrible affaire, dit Ramona Braine, s'adressant à ses cartes disposées avec soin devant elle plutôt qu'à l'ensemble du groupe, auquel s'était joint Jury, ramenant par sa présence les clients de l'auberge au meurtre de leur logeuse.

— Moi, si, rétorqua la princesse, d'un ton impatient. (Elle adressa à Jury un regard brillant et, afin de faire de la place au nouveau venu, ramassa la jupe à godets de la belle robe en lainage rose qui s'était déployée sur sa chaise.) Vous êtes un ami de Mr Plant ? Ravie !

Avec un sourire neutre, Jury opta pour le canapé en

face, près de Malcolm, nonchalamment étendu, à la grande surprise de celui-ci. La manœuvre, toutefois, causait à l'enfant un plaisir évident. Il tira de sa poche un Spitfire miniature, et fit celui qui n'était pas impressionné. Il brandit l'avion, tout en simulant le bruit du moteur en faisant vibrer ses lèvres protubérantes.

Jury accepta une tasse de thé tiède, se renversa sur son siège et écouta leurs différents témoignages. La princesse et le major Poges se coupaient et se contredisaient à tout moment. Puis, pendant un bon quart d'heure, la parole fut à Ramona Braine qui, après avoir follement désiré se rendre dans le Northumberland — Melrose avait informé Jury de ses intentions —, paraissait satisfaite d'avoir été retenue et de pouvoir ainsi tirer de ce qu'elle avait pu observer des présages rétrospectifs.

— J'ai su, au moment où elle a dit qu'elle était Sagittaire...

— Le coin est envahi par la police, on croirait que nous sommes tous suspects, remarqua George Poges.

— Je l'espère bien, rétorqua la princesse en lui tendant sa tasse pour être resservie.

Jury abaissa les yeux sur Malcolm et son Spitfire à la dérive, et lui demanda sur le ton de la plaisanterie :

— Et où étais-tu quand la dame a disparu ?

Jury savait par expérience que la police néglige ordinairement d'enquêter auprès des enfants.

Malcolm arrêta son avion en plein piqué et leva les yeux vers le nouveau venu, bouche bée.

— Moi ?

— Oui, toi.

Laissant de côté tout ce qui avait trait au monde des esprits, Ramona Braine s'avança brusquement sur son siège et manqua de renverser la planchette qu'elle utilisait pour poser ses cartes de tarot.

— Au lit, bien sûr !

Jury ignora cette intervention, de même que Malcolm. Celui-ci, visiblement ému de l'intérêt que lui portait un parfait inconnu, n'avait que faire du faible alibi de son sommeil. Il plissa les yeux, pinça les lèvres en un petit sourire crispé et se glissa plus près de Jury.

— A quelle heure, ce matin ?

Sa voix avait une tonalité triomphante.

Naturellement, il avait probablement eu sa ration des épisodes de Cagney et Lacey, comme tous les gosses de Grande-Bretagne.

Jury lui donna une tape amicale sur l'épaule.

— Bonne question. (Il les regarda tous.) Oh, vers cinq heures, n'est-ce pas ?

Avec un mépris simulé, Malcolm répondit :

— Ce n'est pas avec des *vers cinq heures* que vous allez les prendre sur le fait.

Poges cria :

— Il ne s'agit pas d'un de tes bains de sang de la télé, mais de la vie réelle !

Loti d'une telle mère, pensa Jury, les confrontations de Malcolm avec la vie réelle devaient être limitées.

La princesse intervint :

— George ! Cessez de houspiller ce pauvre enfant ! Il ne sait rien.

— Ah oui ? (Malcolm fit redescendre son avion avec des vroums.) J'en sais assez pour savoir que vous mentez. (Silence.) Pas vous, dit-il en regardant la princesse stupéfaite. Lui. Le major.

Et il se mit à dessiner des huit avec l'aéroplane.

Cette déclaration laissa sans voix jusqu'à sa mère, lui faisant perdre sa loquacité habituelle. Ils étaient tous figés comme des figures de cire, sauf Plant, qui allumait en souriant un de ses petits cigares.

— Au nom du ciel, que se passe-t-il ici ? demanda George Poges. Nous n'allons pas croire les divagations d'un gamin malveillant...

Dans les cartes de Ramona Braine, l'insulte faite à son fils prit nettement le pas sur le meurtre.

— Cessez de traiter Malcolm de tous les noms, vieille punaise...

— Je vous en prie ! s'écria la princesse en portant les mains à ses tempes.

Malcolm, accompagnant de vroums les montées et les descentes de son avion, se payait du bon temps à mettre tout le monde sur les nerfs ; il s'accrochait à l'attention qu'on voulait bien lui accorder et semblait prendre plaisir à tous les noms qu'on lui donnait.

Jury lui attrapa le poignet et lui enleva l'avion du poing, ignorant ses hurlements.

— Je le garde une minute.

Il prit sur la table basse une boîte en cuivre munie d'un petit tiroir où il glissa le Spitfire.

— Là, dans ce hangar.

Malgré sa contrariété, Malcolm s'empara de la boîte-hangar et la tripota, visiblement amusé de voir cet inconnu entrer dans son jeu. Jury se dit qu'au cours de sa jeune vie, Malcolm n'avait sans doute jamais expérimenté son pouvoir sur les adultes autrement que par des méthodes grossières d'enfant, en faisant du bruit, en donnant des coups de pied dans les meubles et en effrayant les chats jusqu'à ce qu'ils se réfugient dans un arbre. Tel un acteur dans un rôle de témoin au tribunal, Malcolm montra le major du doigt.

— Vous n'avez jamais dit la vérité à la police. J'étais à cette fenêtre.

Il montra le rebord où sommeillait le chat gris.

— Il espionne ! s'exclama le major, lui lançant un regard d'acier.

— Je vous ai vu sortir par-derrière, tôt ce matin, avec ce chapeau à bords flottants, vos caoutchoucs et votre... fusil.

Malcolm glissa du canapé avec une mine un peu effrayée.

Cette courte pause avant la mention du fusil amena Jury à se demander si c'était là un enjolivement hasardeux.

— Où étais-tu, Malcolm, quand tu as vu cela ?

— Malcolm, je t'interdis de dire un mot de plus !

— Pourquoi ? Je n'ai rien fait, répondit-il à sa mère, en garçon raisonnable. J'étais là-haut, dans ma chambre. De là, je voyais parfaitement la partie arrière de la lande.

Il en parlait comme s'il s'agissait du jardin de derrière. Gravement, il rajusta son T-shirt, se réinstalla confortablement sur le canapé et ajouta, pour faire bonne mesure :

— Il allait sans doute vers les buttes de tir.

Le major Poges ouvrit et referma la bouche.

— Absurde ! s'écria la princesse. Absolument absurde ! Le major Poges ne ferait pas...

Il l'interrompit avec un faible sourire.

— C'est exact, Rose. (Et s'adressant à eux tous :) L'enfant dit la vérité. Mais il n'y a pas lieu de dramatiser. Je n'arrivais pas à dormir, alors j'ai décidé d'aller faire un tour sur la lande, histoire de voir si je pouvais mettre une grouse dans ma gibecière.

— Vous vous dirigiez donc vers les buttes de tir ? demanda Plant, en regardant Jury.

— Non, non. Il faut un rabatteur pour y attirer les oiseaux. Non, je me rendais au réservoir de Keighley. Il faisait noir comme dans un four. Il était environ quatre heures trente, cinq heures, et j'avais l'intention de marcher jusqu'au lever du jour. J'estime y être resté une heure environ. Une bécassine ou deux se sont posées, mais ni faisan ni grouse. Je n'ai pas l'étoffe d'un chasseur, de toute façon. J'aurais probablement manqué ces fichus oiseaux ou m'y serais efforcé. (Il eut un pâle sourire.) Ce n'était qu'un prétexte pour faire un peu d'exercice. Je suis revenu au bout d'une heure. (Il avala une gorgée de sherry.) C'était un peu après sept heures, comme maître Malcolm peut certainement le confirmer.

Il y avait cette fois plus d'humour que d'amertume dans son intonation.

Maître Malcolm semblait se désintéresser de la situation difficile dans laquelle se trouvait le major, occupé à rentrer le Spitfire dans son nouveau hangar pour l'en ressortir aussitôt.

— Vous auriez dû dire cela au commissaire Sanderson, intervint Melrose.

Le teint de Poges vira au gris cendre.

— La première chose qui m'est venue à l'esprit, c'est que j'avais pu me trouver près de l'endroit où a été tuée Ann Denholme, et avec un fusil de chasse ! Très bien, je dois reconnaître que j'ai menti.

La princesse agita son fume-cigarette.

— C'est naturel. Qui n'en aurait fait autant ?

Elle dirigea le fume-cigarette vers Melrose qui s'approcha pour lui offrir du feu.

Ramona Braine cessa de passer les mains au-dessus des cartes et leva les yeux.

— Comment saviez-vous qu'elle a été tuée par balle ? Quand ce policier m'a interrogée, il n'a pas précisé la chose.

Elle sourit méchamment.

Le sourire de la princesse fut encore plus méchant.

— Il me l'a précisé, à moi, ma chérie. Et j'ai transmis l'information à Poges, ici-même. (Avec un soupir, elle remonta ses cheveux de soie et d'argent.) Je suis arrivée à lui tirer les vers du nez, en quelque sorte.

Et elle adressa à Jury un sourire aussi lumineux que la nacre de son fume-cigarette, qui se dressa vers le plafond quand elle mit le coude sur son genou, balançant un pied mince chaussé de pantoufle.

— Rose essaie seulement de me défendre. J'en suis touché.

Son ton était tout à fait sincère.

Ramona, ses boucles d'oreilles oscillant, leva soudain les yeux au ciel et se mit à psalmodier :

— Un danger nous menace...

La princesse la regarda, excédée :

— Vous faut-il faire appel aux esprits pour dénicher de semblables perles ?

Ramona lui jeta un regard furieux, écarta la plan-

chette de ses genoux et tira Malcolm du canapé. Celui-
ci n'avait pas la moindre envie de suivre sa mère.

La princesse tourna vers Jury ses paupières
abaissées.

— George parle toujours de promenades. Il s'en est
payé plus d'une, terriblement tôt le matin. Je le sais
parce que je l'ai accompagné un jour. (Elle frissonna
légèrement.) A six heures du matin. Nous avons vu
quelques moutons. Je n'avais encore jamais réalisé que
des créatures vivantes étaient sur pied à cette heure...

— Rose ! (George Poges lui lança un coup d'œil et
poursuivit :) Voilà, je crois, la raison de mon silence :
je savais qu'elle avait été assassinée là et j'étais sorti
avec l'idée de tirer un coup de fusil. (Il haussa les
épaules et ajouta avec une ironie désabusée :) Mais
j'espère bien que le commissaire ne poussera pas trop
loin la coïncidence.

— A part Malcolm, personne ne vous a vu ?
demanda Melrose.

La princesse, qui s'apprêtait à parler, garda le
silence.

— Pas que je sache.

Jury se pencha en avant pour poser sa tasse :

— Quelqu'un vous a peut-être vu. Cela pourrait
vous aider.

Poges secoua la tête.

— Il n'y a pas foule là-bas sur la lande, « à cette
heure-là » ! à en croire Mr Sanderson. (Il eut un sourire
forcé.) Mon itinéraire... Votre carte routière, Mr Plant.
Permettez-moi de la regarder un instant. (Melrose tira
la carte de sa poche et la lui tendit. Le major y traça
quelques traits.) Voilà le chemin que j'ai suivi.

Il la rendit à Melrose, comme s'il comptait sur lui
pour défendre sa cause. Jury jeta un coup d'œil sur le
parcours en forme de coude crayonné par le major.

— Le bouquet de pins, le terrain de chasse. Voici
le mur, et, plus loin, le réservoir. C'est mon itinéraire
habituel. Demandez à Abby.

La princesse porta vivement la main à sa bouche. Puis elle dit :

— Abby. La pauvre enfant ! Qui a seulement eu une pensée pour elle ?

— Moi, répondit avec tristesse Melrose Plant.

Mrs Braithwaite entra, les larmes aux yeux, pour débarrasser la table, et elle fut surprise de voir un nouveau pensionnaire dans le groupe. Ou plutôt dans le sillage de la princesse qui sortait en annonçant que c'était l'heure de sa sieste. Le major Poges la suivit.

— Vous auriez dû me dire, monsieur, que l'un de vos amis venait prendre le thé. Je vais en refaire.

Elle restait la parfaite servante, malgré les larmes qu'elle essuyait de sa manche.

— Ne vous tracassez pas, Mrs Braithwaite, dit Jury, s'emparant du plateau à thé. Je vais vous le porter.

Melrose le rappela :

— Tu n'aurais pas, par hasard, rencontré une motocycliste ?

II

Jury se sentit plus à son aise dans la cuisine, la main serrée autour d'une tasse de café très chaud, avec un petit feu brûlant dans l'âtre. La cheminée était flanquée de deux fauteuils perdant leur paille et couverts d'un tissu indien fané. L'arôme du café mêlé à l'odeur des petits pains fraîchement cuits se répandait dans la pièce. La vapeur dégagée par la bouilloire embuait les vitres. Il était cinq heures et il faisait déjà presque nuit.

— Et voilà ce que je lui ai dit : « J'ai assez de travail sans le repas du soir. »

L'attention de Jury s'était momentanément détournée de Mrs Braithwaite. Après lui avoir servi son café, elle s'était lancée dans des doléances contre la cuisinière, Mrs Hull, qui, à l'arrivée de la police du Yorkshire, apprenant la mort de sa patronne, s'était écroulée comme une masse.

— ... elle s'est mise à trembler comme une feuille et à bafouiller. (Mrs Braithwaite crachait son mépris pour ces personnes qui ne savaient pas faire face à l'adversité.) Et tous ces gens, il faut encore les nourrir, non ? J'y ai dit : « J'ai du chagrin, moi aussi, mais c'est pas une raison pour faire les choses plus mal ! Je tiens le coup, moi », que j'y ai dit.

— Ce doit être une épreuve pour vous, Mrs Braithwaite. Il y a des gens qui se replient sur eux-mêmes, en état de choc.

La gouvernante était une femme toute ronde aux bras courts et épais, petite mais robuste, toujours prête à remplir son devoir. Elle n'avait cessé de s'activer, allant et venant, ouvrant et refermant placards et buffets, pendant les dix minutes où Jury l'avait laissée sévir dans la cuisine. Elle avait, en privé, pleuré la mort de sa patronne, comme en témoignaient la poche de son tablier gonflée de mouchoirs et ses yeux rougis.

— Ça l'est, oui, vraiment. Tous ces policiers partout, et même là-haut dans la chambre de la patronne, touchant à tout.

Elle leva le couvercle d'une lourde bouilloire et la vapeur qui s'en échappa alla embuer les fenêtres.

— Merci pour le café, Mrs Braithwaite. Désolé de vous causer un dérangement supplémentaire.

Elle s'essuya les mains sur son tablier, protestant que ce n'était pas un dérangement, quand il s'agissait d'un ami de Mr Plant qui était un « vrai homme du monde, bien comme il faut ». Et n'était-ce pas terrible que Mr Jury, venu le voir, ait trouvé tout ce remue-ménage ?

Jury la remercia encore, souriant intérieurement de la naïveté de cette femme, qui ne paraissait pas trouver bizarre que l'ami de Mr Plant se fût installé là, devant le feu, dans l'un des fauteuils, l'invitant à venir près de lui, comme s'il était le maître de maison.

— Pourquoi ne prenez-vous pas un café ? Laissez-les tous autant qu'ils sont se débrouiller. Ils sauront bien envoyer quelqu'un chercher du poisson frit et des frites. (Il se leva.) Allez, venez vous asseoir. (Il la prit par le bras et la conduisit au fauteuil en face du sien. Elle s'y enfonça avec une expression de soulagement, en éventant de ses mains son visage plat et rond.) Je vais chercher le café. (Il prit une seconde tasse dans l'évier, y versa le café et demanda :) Vous avez quelque chose à mettre dedans ?

— L'étagère du bas, dans le buffet près de la porte, répondit-elle, les yeux sur les braises.

Il lui apporta son café agrémenté de cognac et se rassit.

— Depuis combien de temps travaillez-vous ici ?

— Presque douze ans. Apportez donc la bouteille. J'en boirai bien un coup. Vous trouverez des verres sur la même étagère.

Jury versa le cognac dans de petits verres ballon et reposa la bouteille.

— Je suis navré de ce qui vous arrive.

La gravité de son ton faillit provoquer une nouvelle crise de larmes. Mais, posant la main sur sa bouche, la gouvernante les refoula. S'étant ressaisie, elle dit :

— Pourquoi la pauvre fille a-t-elle acheté cet endroit, c'est un mystère. Elle en était propriétaire depuis une douzaine d'années. Elle n'a pas dû le payer cher. Les Denholme sont des gens de Londres. Pourquoi a-t-elle voulu venir vivre ici, en pleine campagne ? Plusieurs fois j'ai pensé m'en retourner à Harrogate — c'est tellement joli — mais j'aurais eu l'impression de la laisser tomber. Je ne crois pas que miss Denholme avait un grand sens des affaires.

Jury réfléchit un moment, puis lança :

— Et sa nièce ?

Elle leva les yeux, un peu surprise du tour que prenait la conversation.

— Abigail ? Nous l'appelons Abby. (Elle tourna

son regard vers quelques photos collées autour d'un vieux miroir qu'il aurait été nécessaire de réargenter.

— La voilà, avec sa tante Ann.

Jury se leva pour regarder la photo. Malgré son petit format et le contre-jour qui estompait la silhouette de l'enfant, il put constater la forte ressemblance entre la nièce et la tante.

— Pourquoi Abby est-elle venue ici ? Et sa mère, son père ?

S'échauffant sous l'effet du feu, du cognac et du changement de conversation qui lui permettait de détourner son esprit de la mort d'Ann Denholme, Mrs Braithwaite se pencha en avant et dit :

— C'était la sœur d'Ann, Iris. Pauvre fille, elle avait déjà fait deux fausses couches et son médecin voulait qu'elle reçoive les soins nécessaires. (Accentuant ses mines de conspiratrice, elle poursuivit :) Ce n'était pas son mari qui pouvait les lui donner. Iris était une femme pâle et maigre ; parfois, je m'imaginais pouvoir passer ma main à travers elle. Ann est partie six ou sept mois pour s'occuper de sa sœur. Et trois ans plus tard, à sa mort, Ann a pris Abby avec elle. Trevor est venu ici. Trevor Cable, le père d'Abby. Je boirais bien une autre petite goutte de cognac, merci. Il ne voulait pas de sa fille, ou alors il sentait qu'il n'était pas capable de l'élever. Il semblait penser qu'Abby avait besoin d'une femme auprès d'elle.

— Et Ann Denholme aimait-elle sa nièce ?

— Si elle l'aimait ? Eh bien... je crois. (Elle avait l'air inquiète qu'on pût poser une telle question.) Ann était du genre mélancolique. Toutes ces longues marches sur la lande... (La fin de sa phrase se perdit dans un reniflement.) N'allez pas penser que c'était à cause d'un chagrin d'amour.

— Pourquoi penserais-je cela ?

La question resta sans réponse.

Le claquement d'un couvercle provenant d'une marmite sur la cuisinière vint leur écorcher les oreilles.

Comme Mrs Braithwaite s'efforçait en grommelant de s'extirper de son fauteuil, Jury lui dit :

— Ne bougez pas, je vais m'en occuper.

— Oh, vous feriez ça ? C'est cette soupe. Si vous voulez juste la remuer et baisser le gaz.

— Que croyez-vous qu'il va advenir d'Abby, maintenant ? s'enquit Jury qui, lui tournant le dos, remuait l'épais potage. Retour chez le père ? Prise en charge par les services sociaux ?

En allant se rasseoir, il vit son visage rouge de colère.

— Elle ne retournera pas chez cet homme-là tant qu'il me restera un souffle de vie. Oh, non ! (Elle secoua violemment la tête.) Il ne veut pas d'elle, c'est ce qu'Ann disait.

Jury attendit un moment, fit quelques commentaires sur la campagne, puis reprit :

— Vous avez certainement eu assez de drames comme ça dans le coin. Il y a eu ce meurtre à l'auberge de l'*Old Silent*...

— Oui, c'est terrible ce qui est arrivé à Mrs Healey. Mr Citrine était justement ici à midi pour présenter ses condoléances. Il a apporté une couple de faisans.

Jury la regarda, mais elle avait la tête inclinée.

— Charles Citrine était un grand ami à elle ?

— Je ne dirais pas « un grand ami ». Ann connaissait la famille, et Mrs Healey venait ici avec... (Elle plaqua encore une fois la main sur sa bouche, loucha sur les braises, cracha, le teint cendreux.) Ce pauvre petit Billy !

— Billy ?

Elle essuya ses larmes avec sa manche, négligeant la boule de mouchoirs dans sa poche.

— Je n'ai jamais compris, monsieur. Un si charmant homme, Mr Healey ! Il était fou de son fils. Ça a sans doute failli le tuer.

Elle s'arrêta brusquement, comme si elle reconnaissait une certaine justesse à sa remarque, sans savoir toutefois quelle était la vérité.

— On pourrait dire la même chose pour la mère...

Jury s'interrompit.

— Oh, oui, oui ! s'empressa-t-elle de dire. Mais ce n'était pas sa vraie mère, n'est-ce pas ? Je veux dire, je sais qu'elle aimait beaucoup l'enfant, mais elle ne pouvait pas avoir les sentiments d'une véritable mère.

Jury commençait à avoir froid. Il se pencha pour lui resservir à boire.

Le cognac ne semblait plus avoir beaucoup d'effet sur elle.

— J'ai abusé de votre temps, dit-il en se levant.

Mais la façon dont elle s'accrochait à sa main montrait qu'elle n'était pas de cet avis.

— Voulez-vous juste remuer encore un peu cette soupe ?

25

Assis devant la porte à double battant de la grange, un colley blanc et noir s'informait en reniflant du temps qu'il faisait. Il regarda Jury avec curiosité, mais ne lui manifesta aucune hostilité, se contentant de le suivre à l'intérieur en lui collant aux talons.

Le soleil n'allait pas tarder à se coucher ; la lumière déclinante dessinait des carrés sur le sol, qui s'allongeaient en travers de la grange. Les grandes portes de l'autre côté étaient hermétiquement fermées, les interstices bouchés avec du tissu. Sur sa gauche, à l'arrière, Jury aperçut dans l'ombre une étable d'où provenaient les mugissements d'une vache. Une partie du mur en pierre était occupée par une cheminée à laquelle faisaient face une table et des chaises dépareillées.

Au bout de la grange, face à l'étable, était installé un petit lit couvert de plusieurs édredons. A proximité, une caisse renversée servait de casier à livres et à disques, avec, à côté, un tourne-disque que Jury estima plus vieux encore que le sien. Sur un tabouret bas au pied du lit se dessinaient, sous une draperie noire, les contours d'une boîte, à peine plus grande qu'une boîte à chaussures. Sur la caisse était posée une petite lampe qui éclairait le bas d'une grande gravure encadrée représentant une maison entourée d'arbres sombres. Elle n'était pas plus déplacée dans cette grange que les affiches fanées de Venise (elles lui rappelaient qu'il devait, bon sang, appeler Vivian) et une vue de la côte de Cornouailles aux falaises battues par des vagues frangées d'écume. Entre elles, un espace vide avec des taches de colle laissait supposer qu'on y avait apposé une autre affiche. Celles de Venise et de la Cornouailles avaient perdu leurs couleurs, mais le portrait d'Elvis tout jeune était en parfait état.

La fillette sortit de l'ombre de l'étable roulant contre son estomac un poster, avec une lenteur solennelle. Les yeux baissés sur sa tâche, elle faisait mine de ne pas s'apercevoir de la présence d'un étranger dans la grange, mais elle savait qu'il était là, il le sentait.

— Bonjour, l'interpella Jury.

Elle ne répondit pas, concentrée sur son travail, s'arrêtant par moments de rouler le poster pour en rentrer les coins. Puis elle dit :

— Je décroche Ricky Nelson.

— Le chanteur ?

La tête brune fit un signe d'assentiment, tout en restant baissée.

— Il est mort.

Son ton empreint de fatalisme aurait fait taire toute remarque sentimentale sur le réconfort qu'on trouve dans les objets souvenirs. Elle regarda l'âtre près duquel était étalé le nouveau poster, plaqué au sol par le poids d'un marteau d'un côté et par celui du chien endormi de l'autre, les coins du haut cornés vers l'intérieur.

— Je le remplace par eux. Ethel les avait mis ailleurs, mais c'est là leur place.

Eux, c'étaient les membres du groupe Sirocco qui, tout aussi talentueux que Ricky Nelson, avaient du moins l'avantage d'être vivants. C'est ainsi qu'Abby paraissait considérer les choses. Jury avait vu le même poster, en plus grand, dans la vitrine d'un magasin de disques à Piccadilly. Adossé, dans une pose étudiée, à un arbre dénudé qui constituait le point central de la photo, Charlie Raine fixait l'objectif, tandis que ses quatre compagnons regardaient ailleurs au milieu d'un paysage désolé.

Ricky Nelson était mort depuis quelques années, mais peut-être, dans le patchwork qu'était, aux yeux de Jury, la vie de la fillette, les événements écoulés formaient-ils la trame où se tissait le présent, et cette cohabitation du présent et du passé par petits bouts cousus les uns aux autres pouvait expliquer qu'elle n'eût pris conscience de la mort du chanteur que récemment. Les vêtements disparates de l'enfant contribuaient également à l'impression de patchwork ; le châle blanc quelque peu boueux qui lui descendait jusqu'aux chevilles, le pull aux bandes en zigzag et la jupe de laine marron dont l'ourlet couvrait le haut de ses vieilles bottes.

Mais quand elle leva le visage pour lui adresser un regard sévère, il fut frappé par sa beauté. Ses yeux étaient d'un bleu profond, dont la mer au large de la Cornouailles ne pouvait égaler l'intensité.

— C'est pas bien, je crois, d'exposer l'image d'un mort. (Il la vit alors lancer un coup d'œil à Elvis au bout du mur, qui avait voisiné avec le poster de Ricky Nelson.) Peu m'importe si Ethel est furieuse. C'est ma grange !

D'une poche cachée par son châle, elle tira une boulette de ficelle emmêlée, puis un élastique qu'elle passa soigneusement autour du poster. Elle reporta ensuite sur Jury ses yeux bleus et parut attendre.

— Veux-tu que je t'aide à le fixer ?

Manifestement, elle ne comptait pas se laisser piéger par une telle offre.

— Je suppose que, vous aussi, vous êtes policier ?

Sous ce regard assuré, il se faisait l'effet d'un suspect. Il eut un léger sourire.

— Il en est donc venu un ici ?

— Deux. Ils ont pas arrêté de poser des questions. L'un d'eux était presque aussi grand que vous. Il m'a demandé si j'aimais le rock.

Elle considéra Jury et attendit.

Il était peut-être aussi grand, mais était-il aussi intelligent ?

— Il est évident que tu aimes le rock, non ? (Elle ne confirma pas.) Je ne pose pas beaucoup de questions, moi.

— Ils posent tous des tas de questions. (Elle tenait toujours le poster serré dans ses mains et Jury pouvait voir des traces de sueur là où elle l'avait roulé entre ses paumes.) Mais ils ne vous disent jamais rien. Sauf que tante Ann a eu un accident.

Les mots étaient sortis bien détachés, comme des gravillons tombant d'un concasseur. Elle avait compris que les policiers mentaient.

Le silence emplit la grange, rompu par des bruits de sabots dans la stalle de la vache.

— Il faut que je lui donne son médicament, dit-elle. (La vache malade venait à propos détourner la conversation.) Vous pouvez regarder.

Ils se rendirent à l'étable.

— Parfois, je dois aussi soigner les moutons de Mr Nelligan.

Elle jeta un bref coup d'œil à Jury, sans doute pour voir s'il croyait une aussi jeune personne capable de soigner les animaux.

— Qui est-ce ?

Abby reboucha la bouteille et descendit du tabouret sur lequel elle était montée pour administrer son médicament à la vache.

— Il vit à l'écart, sur la lande, dans une vieille caravane. Il ne s'occupe absolument pas d'eux.

Elle ramassa l'affiche qu'elle avait posée sur le sol de terre battue. Deux portes fermaient les stalles vides ; sur l'une, Jury aperçut un poster de Mike Jagger, sur l'autre, un de Dire Straits.

— Je fais disparaître celui-ci, dit-elle, en se dirigeant vers une vieille malle.

Elle se courba, défit les fermoirs en cuivre terni de

la malle, souleva le couvercle et rangea soigneusement le poster. Puis elle se redressa vivement et laissa retomber le couvercle.

— Nous allons prendre notre thé, annonça-t-elle.

Elle retourna à la cheminée où le colley était maintenant couché près d'un chien plus grand, qui, pattes allongées, suivait des yeux chaque mouvement de Jury.

Jury eut un léger sourire, subodorant que le « nous » englobait Abby et les chiens.

— Vous pouvez en boire aussi, dit-elle, sans montrer si elle se réjouissait de l'inclure parmi eux.

— Merci.

Pendant le grave moment de la préparation du thé, Jury resta silencieux, doutant de pouvoir pénétrer les pensées de la fillette, aussi enchevêtrées que les ficelles dans sa poche.

— Je n'ai que des sachets, déclara-t-elle, et, enlevant le couvercle d'une boîte marquée P & G, elle en mit plusieurs sur la table.

Jury sourit :

— Si le prince Edward s'en contente, je le peux aussi.

Elle le regarda par-dessus une assiette de petits pains, perplexe.

— Il y avait dans le journal, il y a plus d'un an, une photo d'Edward à ses débuts — il veut être acteur. Il tenait une boîte exactement comme celle-ci.

Jury désigna la boîte d'un signe de tête.

Les sourcils froncés, elle jeta trois sachets dans la théière.

— Eh bien, moi, si j'étais sa mère, je veillerais à ce qu'il ait du thé convenable. (Dans un accès de colère, elle flanqua un pain pour chacun sur deux petites assiettes.) Il est tout ce qui lui reste, à elle.

Cette triste considération sur la solitude de la Reine interdisait tout commentaire sur le prince Charles, son frère ou sa sœur, tous trois partis du Palais et mariés. Aussi se contenta-t-il d'acquiescer :

— Oui, cela doit être dur pour la Reine de voir ses enfants grandir et s'en aller.

Elle jouait avec son châle, sans rien dire.

Jury parcourut du regard les murs de la grange.

— Tu as quelques très jolis posters.

Elle versa de l'eau sur le thé.

— Ethel m'a donné celui avec les chats, dit-elle d'un ton hésitant.

Abby montra du doigt le poster, dont un des coins se repliait sur lui-même, faute de punaise. Puis elle jeta un coup d'œil à la malle, comme si, restant inachevé dans son esprit, le cadeau d'Ethel la troublait encore. Jury avait déjà vu cette reproduction : une évocation populaire et sentimentale de l'enfance. Une petite fille vêtue d'une robe somptueuse au tissu épais, un bol de lait sur les genoux, adressait un sourire creusant ses fossettes à tout un assortiment de chats faméliques qui attendaient leur repas.

Cela dut rappeler son chien à Abby car elle prit le broc émaillé et versa du lait dans une assiette en étain près du feu. Le colley ne tarda pas à s'y affairer.

— Elle me l'a donné, probablement parce qu'elle trouve que la fille lui ressemble. Ethel a des cheveux bouclés un peu roux, comme elle. Et la peau blanche. (Abby écarta ses joues avec ses doigts, déformant l'ovale de son visage en une lune caricaturale.) Elle est ronde, sa figure, dit-elle entre ses lèvres serrées, étirées comme un élastique. Ethel est ma meilleure amie. Comment la trouvez-vous ? demanda-t-elle, attendant son verdict.

Que Jury et Ethel ne se fussent jamais rencontrés ne posait aucun problème à Abby. Il devait être capable de juger en faisant une synthèse de sa description et de l'image.

Il se leva de son siège et s'approcha du poster. L'enfant avait un nez retroussé, des fossettes, un charme trop sophistiqué pour qu'on y croie.

C'est seulement quand Abby se racla la gorge qu'il réalisa qu'elle était derrière lui.

— Hum.

Il pencha la tête à droite, à gauche, et déclara :

— On dirait un bonbon poisseux. Et sous ses airs de petite fille sage, elle semble prête à jeter cette jatte de lait sur le chat noir qui agrippe sa jupe.

— C'est Ethel tout craché !

Et Abby s'éloigna.

Jury embrassa du regard le reste de cette partie de la grange : le coin occupé par le petit lit et la caisse couverte d'une pile de livres et de bandes dessinées.

— Je peux regarder tes livres ?

— Oui, mais pas *Jane Eyre*.

— Ah ? Pourquoi ?

— Si vous voulez vous rendre malade !

Mais *Jane Eyre* semblait avoir été lu presque entièrement, malgré sa faculté de rendre malade. En feuilletant le vieux et lourd volume, il remarqua de nombreuses pages cornées.

— Celui-ci est plus intéressant, dit-elle, s'agenouillant pour écarter l'étoffe noire de la boîte qui — Jury le constatait maintenant — avait contenu des bottes. (Elle leva le couvercle et sortit un petit livre.) C'est Mrs Healey qui me l'a donné. Sa tante me l'a apporté. Je regrette qu'elle ne soit pas venue, elle.

C'était le recueil de poèmes que tenait Nell quand il l'avait vue dans le chemin. Un autre exemplaire du livre que Bill Healey avait également dans sa chambre. Il tourna les pages du pouce. On y trouvait les mêmes passages soulignés et les mêmes annotations dans la marge.

— On dirait que tu en as fait ton livre de chevet.

— C'était mon livre de chevet.

Elle le reprit, le remit dans la boîte et replaça l'étoffe noire.

Jury fronça les sourcils.

— Pourquoi le gardes-tu là ?

— C'est une cachette. Venez.

Elle se leva et, comme il était encore accroupi, elle le tira.

— Pourquoi alors, avoir couvert la boîte de noir ?

— C'est pour les obsèques de Buster. Elle est morte.

— Elle ?

— C'était ma chatte.

Jury semblait fasciné.

— Tu l'as enterrée ?

La mort semblait cerner Abby.

— Pas encore. Venez.

Revenu à la table, il la regarda verser du lait dans sa tasse et ajouter quatre cuillères à café de sucre. Elle versa la même quantité de lait et de sucre dans celle de Jury.

Il se sentait oppressé par le silence, tandis qu'ils buvaient chacun une gorgée ; puis il s'appuya au dossier de sa chaise, plongeant son regard dans sa tasse, comme si le fond lacteux pouvait, à l'instar du marc de café, lui révéler son destin. La Reine ne faisait peut-être pas un thé convenable, mais Abby avait, quant à elle, ouvert les sachets et vidé leur contenu dans le pot qu'elle avait coiffé d'une serviette en guise de couvre-théière. La tasse de Jury était décorée d'une vue de la cathédrale de Winchester.

Abby leva les yeux droit devant elle et Jury suivit son regard. Elle tirait sur son châle en contemplant le petit enclos du lit, le casier à livres, ou peut-être, pensa-t-il, la gravure au-dessus suspendue au mur, dans un cadre massif.

— Où l'as-tu eue, celle-ci, Abby ?

Elle répondit sans le regarder :

— La maman de Billy, Mrs Healey. (Elle tourna alors vers lui un regard sombre.) Vous ne l'avez jamais retrouvé.

Son expression semblait dire qu'elle ne le tenait pas

personnellement pour responsable, mais il était policier et il devait porter le poids de l'échec de ses collègues.

— Je sais.

— Il est parti. Il est mort. C'était mon ami, avec Toby. Nous avions l'habitude de jouer là-bas, chez lui. Nous grimpions aux arbres.

Dans le verger qu'on avait laissé dépérir. Elle devait alors avoir trois ou quatre ans, pas plus.

— Et maintenant, je pense qu'on va m'envoyer à l'école de Lowood, dit-elle, toute raide sur sa chaise.

Il ouvrit la bouche pour répondre, mais elle ne lui en laissa pas le temps.

— Eh bien, s'ils me croient aussi bête que Jane Eyre, ils vont voir ! Pas question qu'un directeur me pende une pancarte autour du cou. (Elle plissa les yeux et serra les lèvres, comme si l'horrible scène se déroulait devant elle.) Et s'ils croient qu'ils vont m'obliger à faire des tours et des tours sous la pluie comme cette imbécile d'Helen !... (Elle décocha à Jury un regard furibond.) Stranger sera derrière le mur, et il me tirera de là. Pas question que je tourne sous la pluie en toussant. (Elle mima alors un accès de toux.) Et voilà Helen qui se retrouve au lit, mourante et souriant béatement, comme si tous les anges étaient là, en train de la nourrir de Kit-Kat. (Elle secoua avec rage ses cheveux noirs coupés au carré.) Elle me fait penser à Ethel.

Combien de temps était-elle restée assise sous cette lampe, plongée dans les péripéties du roman tout en écoutant la pluie sur le toit de la vieille grange, la pluie dans la grange, la pluie dans son esprit ?

Jury regarda le colley, assis bien droit, les oreilles dressées, réceptif à tout signe de détresse.

— Ce chien me paraît assez intelligent pour porter secours à quelqu'un.

Abby ramassait les assiettes.

— Il n'est pas assez intelligent pour sauver Jane Eyre. C'est un cas désespéré.

Elle tenait sa tasse comme si elle pesait lourd entre ses mains en conque. Lorsque Jury ajouta « comme Ethel », les coins de sa bouche se redressèrent.

Il examina la reproduction accrochée de l'autre côté de la grange.

— J'aime ton tableau.

Elle posa les assiettes.

— C'est mon poster préféré. (Après le court silence qui accompagna leur contemplation, elle demanda :) Pourquoi le bas est-il sombre, avec cette maison et ces arbres noirs comme pendant la nuit, et le ciel au-dessus bleu comme en plein jour ?

Jury secoua la tête.

— Je ne sais pas trop.

La fillette lui fit comprendre par son expression qu'il aurait pu trouver une meilleure réponse. Puis sa voix résonna dans la grange :

— C'est comme une église.

— Je ne vois pas ce que tu veux dire.

Elle se pencha.

— Le grand arbre ressemble à un clocher.

Il inclina la tête.

— Non, je ne trouve pas.

Il sentait sur lui son regard oblique, il l'entendit reculer sa chaise avec un raclement. Elle vint se planter de l'autre côté de la table, en face de lui.

— Un clocher, répéta-t-elle en levant les bras et joignant les mains dans un geste de prière, les joues rouges de la force de sa conviction.

Jury bougea la tête pour regarder la peinture, mais elle fit un pas de côté qui lui masqua la vue. Elle avait dit ce qu'elle avait à dire, pris position, et il n'était pas nécessaire de vérifier son affirmation.

Jury cilla sous l'éclat intense de ses yeux bleus. Devant son silence, elle laissa retomber les bras. Puis elle contourna la table et le tira par la manche de son pull.

— Venez !

Elle l'arracha du banc sans qu'il opposât de résistance, tout en faisant entendre un claquement de langue ; aussitôt, le chien se leva, les sens en éveil. Elle allait porter un coup terrible aux facultés perceptives de cet homme, et il lui fallait un témoin. Stranger les suivit.

Ils se placèrent tous trois face à la reproduction de *L'Empire des lumières*. Puisqu'elle devait être le guide de ce musée, il la laissa continuer.

— Il y a ce réverbère, juste au milieu.

Elle n'en dit pas davantage.

Il lui jeta un coup d'œil, la vit mordiller sa lèvre inférieure, les bras croisés sur la poitrine, les doigts jouant avec les fils lâches de son châle. Paraissant, lui aussi, se demander comment ce détail pouvait corroborer la comparaison avec une église, le chien leva les yeux sur Jury, qui baissait les siens.

— Tu as raison pour le réverbère et les fenêtres éclairées.

Il promenait son regard de « la nuit » en bas, au « jour » au-dessus, un ciel d'un bleu léger mais vibrant, parcouru de nuages blancs dessinant des figures. Et il s'interrogeait sur les limites de son propre esprit ; de cette habitude qu'il avait de décomposer un tout en parties, en symboles, en emblèmes. C'était son métier, d'une certaine manière. Le tout lui échappait ; il travaillait avec des fragments de miroir, des éclats de lumière. *Que portait-il la dernière fois où il avait été vu ? Signes particuliers ? Enquête de routine.* Le réverbère était ici le point central. Mais si on le regardait trop longtemps, s'éteindrait-il subitement ? Le tableau sur le mur baignait dans une évidence silencieuse, parfaitement accessible si on le regardait comme il fallait.

La voix d'Abby se fit plus aiguë et insistante pour interrompre le cours de ses pensées.

— C'est mieux que l'école de Lowood.

Elle se retourna brusquement, se dirigea vers le

casier à livres et prit *Jane Eyre*, qu'elle tint d'une main contre sa poitrine, tandis qu'avec l'index de l'autre main elle tournait les pages avec une énergie rageuse. Ayant trouvé la preuve qu'elle cherchait, elle revint vers Jury.

— Ici.

Elle lui présenta le livre, écrasant son doigt sur le visage du maître en train d'administrer des coups de canne à un enfant.

L'image se passait de commentaire. Elle s'assit sans dire un mot sur un tabouret de vacher et, tête baissée, feuilleta vivement l'affreux roman, à la recherche d'autres horreurs.

Jury gardait les yeux fixés sur la peinture.

— Ils ne peuvent pas t'envoyer à l'école de Lowood. Tu es quelqu'un de trop important.

Aussitôt le bruissement des pages s'arrêta.

Il sentit son regard sur lui, mais quand il se tourna vers elle, Abby avait le visage presque couché sur le livre ouvert et y traçait une ligne avec le doigt, feignant de ne pas l'entendre.

— Peut-être vivras-tu dans *L'Empire des lumières*.

C'était là une idée si extravagante qu'il s'attendait à la voir protester.

Elle redressa brusquement la tête et reprit son expression de patience poussée à bout, si charmante chez elle. Avec un crétin pareil, elle était obligée d'avoir du sens pratique pour deux, semblait-elle dire.

— On ne peut pas vivre dans les images !

Elle se remit à feuilleter le livre jusqu'au moment où une nouvelle illustration retint son attention. Jury, montrant du menton le tableau de Magritte, poursuivit :

— Ce n'est pas aussi joli que ta grange, mais cela pourrait avoir la même réalité. Tu pourrais habiter l'une de ces pièces éclairées.

— Si c'était la réalité, vous pouvez parier qu'Ethel habiterait l'autre pièce, dit-elle, sans lever les yeux du livre qu'elle tenait sur ses genoux. Et puis, il y fait sombre, je trouve.

— Très sombre, d'une certaine manière.

Il alla s'asseoir sur un fauteuil à bascule. Il tira de sa poche un paquet de chewing-gums, en fit glisser un et, s'adressant à la tête toujours penchée sur le livre, demanda :

— Tu en veux ?

Abby regarda le chewing-gum, le prit, parut l'examiner comme pour s'assurer que la marque lui convenait, le remercia et prit sur la caisse une boîte de métal cabossée où elle rangea le chewing-gum. La boîte fit un bruit de ferraille quand elle la remit en place.

— C'est un type bien, je suppose, dit-elle, tournant le livre de manière à faire voir à Jury l'image du médecin qui — indiquait la légende — était venu s'occuper d'Helen.

— Oui. (Il se balança un moment, la regardant corner une page, d'abord avec le doigt, puis avec la paume de la main.) Eh bien, je peux t'annoncer quelque chose d'autre qui va arriver, bien que cela ne vaille pas *L'Empire des lumières*. Qui va t'arriver, je veux dire. (Jury mit un chewing-gum dans sa bouche et attendit de la voir lever lentement le visage.) C'est beaucoup mieux que l'école de Lowood, même si cela risque de ne pas te plaire beaucoup. (Il se gratta la tête, et elle posa le livre sur le lit.) Ecoute, ta tante Ann était propriétaire du *Weavers Hall*. L'auberge t'appartient maintenant.

D'un claquement, elle ferma *Jane Eyre*, aussi brutalement qu'elle avait rabattu le couvercle de la boîte en métal. Ses traits, pour la première fois, se fondirent en une expression de surprise enfantine, qui lui fit écarquiller les yeux.

— C'est impossible. Je ne possède rien, sauf Stranger et ce qui est ici.

Elle repoussa le livre et, distraitement, se mit à gratter le chien derrière l'oreille qu'il avait dressée en entendant son nom.

— Je ne possède rien, répéta-t-elle, et elle pâlit à la pensée de son incapacité à assumer ce qui lui tombait du ciel, comme lui était tombé sur les genoux le livre qu'elle venait d'abandonner.

— Tu pourras faire tout ce que tu veux, ou presque.

— J'ai déjà tout ce qu'il me faut.

Elle reprit la boîte de métal et la tint sur ses genoux, les mains plaquées sur le couvercle.

— Tu n'auras pas grand-chose à faire. Il n'y aura pratiquement rien de changé. La cuisinière sera toujours là, Mrs Braithwaite et Ruby aussi.

Elle leva la tête vers lui et plissa les yeux, paraissant peser l'avantage de garder Ruby parmi son personnel, puis elle dit :

— Je sais une chose. Si j'étais vraiment propriétaire de cette maison, il y a certaines personnes qui devraient s'en aller.

— Comme qui ?

— Malcolm !

De nouveau, elle fit de son visage une pâte à modeler, abaissant ses joues avec ses doigts, au point de laisser apparaître la bordure rouge de la paupière.

— Il a essayé de tuer mon autre chat. C'est le comte qui l'a sauvé. J'espère que tout va bien pour lui.

Jury crut qu'elle parlait du chat, mais elle leva le couvercle de la boîte et, après y avoir fourragé, lui tendit une carte. C'était une des cartes de visite de Plant. Titre, adresse. Légèrement coupée au bord parce que Lord Ardry n'était plus Lord Ardry. Il ne portait ces cartes sur lui que pour les cas d'urgence. Jury sourit.

— Je le connais. Tout va bien pour lui, je peux te le certifier.

Il lui rendit la carte.

Abby la prit distraitement, absorbée par la contemplation de ses trésors. Elle sortit un médaillon qu'elle tint au bout de sa chaîne en or, le faisant osciller comme un pendule.

— C'est la maman de Billy qui me l'a donné.

C'était de l'or pur, à 20 ou 22 carats, estima Jury. Il l'ouvrit et vit, côte à côte dans un double cadre, deux jeunes garçons qui le regardaient. Leur ressemblance tenait au léger flou de la sépia, à la similitude de leurs sourires et de leurs pull-overs. Un autre coup d'œil lui révéla que celui de droite était plus âgé. La différence d'âge entre des jeunes garçons de onze et quinze ans n'était pas négligeable. De quel trésor, pensa-t-il, Nell s'était-elle séparée !

Il demanda :

— C'est Billy et Toby, n'est-ce pas ?

— Nous étions, Billy, Toby et moi, de très bons amis. J'allais tout le temps là-bas jouer avec eux et grimper aux arbres. Du sommet le plus haut — c'est ce gros arbre géant — je pouvais voir de tous les côtés. (Elle leva les yeux vers les vieilles poutres du haut plafond, le souffle quasiment coupé à l'évocation de ces souvenirs). De tous les côtés. Toutes les landes, et Haworth. Goose Eye et Keighley, même Leeds, ajouta-t-elle, élargissant considérablement son horizon. Je n'y suis jamais allée, affirma-t-elle, avant de retourner à l'inventaire de sa boîte.

Quelle part de réalité et quelle part d'invention comportaient ses propos ?

Jury lui rendit le médaillon et, sans un mot, comme en un solennel rite d'échange, Abby lui remit une enveloppe blanche, salie aux extrémités par des marques de doigts. La suscription était d'une écriture fluide. Sur le timbre-poste à demi effacé, Jury réussit à lire *Venezio* et l'année. C'était celle où Billy et Toby avaient disparu. La carte à l'intérieur était une reproduction du tableau de Magritte.

Il leva les yeux. Avec un haussement d'épaules déniant toute importance au texte, elle lui dit :

— Vous pouvez lire.

Chère Abby, J'aime cette image. Baisers. Nell.

Jury releva la tête, mais elle regardait ailleurs, tirait sa chevelure noire en arrière, la tordant comme pour la nouer en un chignon ; puis elle la laissa retomber et cria à Stranger un ordre brusque qui parut le surprendre. Aussitôt, il alla se poster à la porte de la grange.

Alors Abby se laissa glisser du lit, ses pieds bottés martelèrent le tapis et elle s'agenouilla pour fouiller parmi les disques.

— J'imagine que vous devez partir, maintenant. Après avoir écouté mon disque, j'irai me reposer.

— D'accord.

Il se leva.

— J'ai trois Ricky Nelson — peut-être sont-ils à Ethel —, un Dire Straits et deux Elvis.

Le préféré de Macalvie, de tout temps. Jury sourit.

— J'ai un bon ami qui aime Elvis.

— Il est mort.

Elle posa l'aiguille qui parcourut quelques mesures de la chanson d'Elvis *The Impossible Dream*[1]. Ils écoutèrent.

— C'est quoi « une injustice irréparable » ? (Elle pointa le disque du doigt.) Si c'est quelque chose de si grave qu'on ne peut pas le réparer, alors pourquoi essaye-t-il ?

Elle n'était pas irritée. Elle était inquiète. Il y avait sûrement une réponse.

Jury, les yeux sur le disque, réfléchit un moment et dit :

— Parce qu'il y a des gens qui ne renoncent jamais, quelles que soient les chances de succès.

Réponse à une énigme qui constituait une nouvelle énigme. Mais Abby parut la trouver pleine de sens, car elle reprit son air légèrement désapprobateur et demanda :

1. *Le Rêve impossible.* (*N.d.T.*)

— Et vous, vous n'avez pas de carte ?

Il en tira une de son portefeuille et la lui tendit.

En se retournant, il la vit qui l'examinait en détail.

26

I

Melrose fut envahi d'un immense soulagement.

Essayant de franchir le mur du son, la motocycliste volait sur le chemin rocailleux. Dans une giclée de gravier, elle vint s'arrêter sous la fenêtre du salon. La pièce trembla et le chat gris débarla du rebord quand Malcolm ouvrit toute grande la croisée, s'y pencha et cria quelque chose qui se perdit dans la nuit de janvier.

Elle passa le seuil, accompagnée d'un rythme obsédant de batterie qui évoquait la mélopée d'un chant funèbre.

Ellen traversa le hall d'un pas pesant, ouvrit brusquement la porte du salon et s'immobilisa, portant sur l'épaule un de ces postes radiocassette que Melrose avait vu trimbaler à des bandes de voyous autour de Piccadilly. A présent une voix s'était jointe à la ligne basse-batterie : douce malgré une certaine âpreté, elle surprenait dans ce déchaînement de la section rythmique.

> *Caroline says*
> *as she gets up off the floor* [1]...

— Salut ! lança Ellen à l'assemblée, avec un regard particulier pour Jury.

1. *Caroline dit / en se levant du sol. (N.d.T.)*

Elle portait toujours les mêmes vêtements, mais avait changé de boucles d'oreilles ; c'étaient de longs triangles d'un noir mat qui se chevauchaient et paraissaient assez lourds pour servir d'ancre à un petit bateau. L'attirail de chaînes couvrant son cou semblait, lui aussi, différent.

Life is meant to be more than this
and this is a bum trip [1]

...chantait la voix mélancolique par-dessus les guitares et la batterie.

Ellen baissa le volume et tendit le poste à Melrose, son factotum, avant de se retourner vers Jury qui se levait du canapé et se présentait comme un ami de Mr Plant.

Melrose soupira, posa la radiocassette sur l'une des étagères de la bibliothèque et s'appuya à la rangée des œuvres de John D. MacDonalds.

But she is not
afraid to die
and all her friends call her A-las-ka [2].

Il commençait à s'intéresser à Caroline, qui était apparemment une droguée.

When she takes speed
they laugh and ask her [3]...

— ... un des livres les plus drôles que j'aie jamais lus, disait Jury à Ellen.

C'était la première fois que Melrose voyait Ellen Taylor surprise. Elle resta bouche bée.

---

1. *On attend davantage de la vie / et c'est là un mauvais voyage.* (N.d.T.)

2. *Mais elle n'a pas peur de mourir / et tous ses amis l'appellent Alaska.* (N.d.T.)

3. *Lorsqu'elle prend du speed / ils rient et lui demandent.* (N.d.T.)

— Vous voulez dire que vous avez lu *Savant Sauvage* ?

— Pas entièrement.

Comment pouvait-il, s'étonna Melrose, en avoir lu un tant soit peu ? Il avait entendu parler de la jeune fille pour la première fois la veille au soir. Vendait-on ses livres au presbytère de Haworth ?

Melrose augmenta le volume du poste. On entendit des bruits de verre cassé. Caroline avait passé la main à travers une fenêtre...

It's so cold in A-las-ka [1]

...braillait maintenant la voix.

— Veux-tu éteindre, lui cria Jury, et venir te joindre à nous ?

Jury et la jeune fille étaient tous deux installés sur le canapé, aussi à l'aise que des amis qui se retrouvent après s'être longtemps perdus de vue.

De crainte de ne jamais savoir ce qui arrivait à Caroline, Melrose baissa le son, sans le couper complètement.

It's so cold in A-las-ka.

Caroline devrait essayer le West Yorkshire, pensat-il, en prenant la bergère à oreillettes libérée par George Poges, où il tenta de glisser le poste entre sa cuisse et le bras du fauteuil.

— Avoir du succès ? Cela veut-il dire être célèbre ? demandait Jury à Ellen Taylor.

Succès. Elle n'avait que ce mot-là à la bouche, songea, maussade, Melrose, en montant le son un soupçon. Les choses semblaient s'aggraver dans la chanson. On enlevait ses enfants à Caroline, sous prétexte qu'elle n'était pas une bonne mère.

— Bonne question. (Ellen souriait à moitié.) A vrai

1. *Il fait si froid en Alaska.* (*N.d.T.*)

318

dire, cela signifie probablement être célèbre dans le sens warholien.

Dickensien. Shavien. Warholien. Eh bien, se dit Melrose, on pourrait peut-être un jour faire du nom de n'importe qui un adjectif. Personnellement, il commençait à se sentir extrêmement carolinien.

— Andy Warhol ? (Jury se mit à rire.) Vous êtes modeste !

Et comment ! se dit Melrose *in petto*.

— Célèbre ? reprit-il. (Jury et Ellen le regardèrent.) C'est peut-être aussi bien que vous ne soyez pas célèbre. (Il leva les yeux vers les moulures du plafond.) Cela vient du latin *celeber*, vous savez. (Quel ton pédant il pouvait prendre !) Vous en connaissez le sens ? (Ils se taisaient.) Fréquenté. Mieux vaut éviter la célébrité si elle s'acquiert en suivant les sentiers battus.

Melrose reporta son attention sur la chanson.

> *Because of the things she did in the streets*
> *in the alleys and bars* [1].

— Vous avez raison, je crois.

La jeune fille soupira.

— Vous avez parcouru l'Angleterre à moto, n'est-ce pas ? lui demanda Jury.

— C'est exact. Sur une BMW, dénichée à Londres.

— Une K-100 RS. Quatre-vingt-dix chevaux. Plutôt puissante.

Bon Dieu, pensa Melrose, *il voit à travers les murs, ce type-là ?*

Surprise, elle répondit :

— Oui. Très puissante.

Un mauvais voyage, estima Melrose, *sans aucun doute.*

> *That miserable, rotten slut* [2].

---

1. *A cause de ce qu'elle faisait dans les rues / dans les ruelles et dans les bars.* (N.d.T.)
2. *Cette pourriture, cette misérable salope.* (N.d.T.)

Ainsi Caroline était... disons « une femme légère ». Melrose, d'un geste protecteur, enveloppa le poste d'un bras. Le chat gris s'approcha d'un pas dansant, s'installa à ses pieds et regarda son bienfaiteur en clignant des yeux. Au moins, se dit Melrose — tandis qu'une partie de son esprit observait Jury en train d'observer Ellen —, j'inspire du respect à un être vivant. Le chat gris bâilla et s'éloigna.

— Vous n'étiez pas là pour répondre aux questions de la police du Yorkshire, attaqua Jury, allumant la cigarette d'Ellen.

Elle attira à elle un vieux repose-pied, y cala ses lourdes chaussures lacées et exhala une bouffée de fumée.

— Vous savez pourquoi ?

Elle regardait Jury entre ses cils baissés.

— Je n'en ai aucune idée.

Melrose soupira.

— Parce que j'ignorais qu'ils étaient là.

Elle appuya sa tête contre le canapé et projeta trois ronds de fumée vers le plafond.

Sur un regard de Jury, Melrose baissa de nouveau le son, mais à peine, tant le captivait la terrible, sordide et déchirante histoire de Caroline et de son amant ou mari. Il savait d'ailleurs quelles questions Jury allait poser.

A qui voulait-il faire croire cela ? Non, il ne le savait pas. Son estomac se noua.

— Où étiez-vous, alors ? demanda Jury avec un sourire, tandis que Melrose lui jetait un regard furieux.

— A Harrogate.

Melrose faillit faire tomber du fauteuil le poste de Malcolm. Ellen haussa les sourcils.

— Har-ro-gate. (Elle arrondissait les voyelles comme une institutrice.) C'est un endroit réputé. Ses eaux thermales, etc.

— Ça fait un bout de chemin, à moto ! remarqua Jury.

Elle se frappa le front d'un geste dramatique.

— Bon sang, je viens de vous dire que j'étais venue en BMW de Londres. Harrogate est la porte à côté, en comparaison. Quatre-vingts, cent kilomètres au plus. Jolie ville. Saviez-vous qu'Agatha...

— Oui, répondit Melrose d'un ton brusque au moment où la batterie et la basse ralentissaient leur tempo.

— Miss Taylor...

Elle pencha l'épaule vers Jury :

— Ellen.

— Ellen. Quel a été exactement votre itinéraire ?

Il continuait à sourire.

Elle écrasa sa cigarette et enfonça les mains dans ses poches de jean.

— Savez-vous que vous parlez comme un flic ? J'appelle mon ambassade.

— Excellente idée, approuva Melrose.

Jury ignora leurs remarques et sortit sa carte routière.

— Voyons tout de suite. Etes-vous venue par Ilkley ?

Ellen avait la tête tournée vers la fenêtre, les yeux fixés sur les collines et l'horizon gris sombre. Elle prit un chewing-gum et regarda la carte.

Melrose sentit un malaise l'envahir, comme une remontée de bile. Il trouvait que cela commençait à trop ressembler à l'interrogatoire du major Poges.

Elle haussa les épaules.

— Je ne sais pas. Probablement par ici.

Son doigt désigna un point sur la carte.

Jury lui tendit un crayon.

Melrose fut pris d'un frisson de frayeur. Il la regardait, assise là, mastiquant son chewing-gum, les pieds surélevés, traçant des traits sur la carte comme s'il s'agissait de l'un de ces jeux pour enfants qui consistent à relier des points entre eux.

Melrose avait envie de voir la carte, mais il se sentait

comme rivé à son fauteuil, prisonnier de la chanson déprimante.

> *I am the waterboy*
> *the real game's*
> *not oh-vah here* [1].

Elle rendit la carte à Jury et mit les mains derrière la tête.

— Vous aimez Lou ?

Melrose, qui observait par la fenêtre le ciel couvert de nuages, entendit la question, mais il lui fallut un moment pour réaliser que c'était à lui qu'Ellen s'adressait, non à Jury.

— Quoi ?

— Vous aimez Lou Reed ?

Il arrêta la bande, contraint d'abandonner les deux héros à leur triste sort. En se levant, il se sentit ankylosé comme à la suite d'un récent accident.

— Quel est cet enregistrement ?

— Berlin.

— Est ? Rien d'étonnant.

Avec humeur, il alla jusqu'à la fenêtre proche du canapé, sur le rebord de laquelle il s'assit à demi. Il regarda Ellen avancer les lèvres pour former dans sa direction une bulle rose de chewing-gum, qui finit par lui éclater au visage.

Les yeux toujours sur la carte, Jury tendit la main vers Ellen.

— Pourrais-je avoir un chewing-gum ? Je suis claqué.

Melrose ne l'avait encore jamais vu utiliser le chewing-gum comme remontant.

Ellen haussa les épaules.

— Bien sûr.

---

1. *Je suis le porteur d'eau / ce n'est pas moi / qui tire les ficelles.* (*N.d.T.*)

Elle lui tendit un chewing-gum que Jury prit et mit dans sa poche.

— Merci.

Petite ruse, estima Melrose, simple tactique policière employée par Jury pour inquiéter Ellen et essayer de la démonter. Mais, affalée sur son siège, la suspecte se tournait les pouces, sans se laisser désemparer. Elle bâilla comme le chat gris. Bâilla ? Une femme bâiller en la présence de Richard Jury ? Il jeta un coup d'œil par la fenêtre. Les étoiles étaient-elles toutes là ?

— Comment Abby prend-elle tout cela ?

— Très stoïquement, dit Jury en faisant tourner la carte.

— C'est une brave gosse.

Jury ramena la carte à lui.

— Je suis de cet avis. Une brave gosse.

Elle tourna brusquement la tête.

— Vous voulez dire que vous lui avez parlé ?

— C'est exact.

Melrose redevenait nerveux. Il quitta l'appui de la fenêtre et s'assit sur le bras d'un fauteuil rose chou. Entre le bras et le coussin, s'était égarée une carte de tarot, qu'il extirpa. Le pendu. Il la remit là où il l'avait trouvée.

— Bon, mais où voulez-vous en venir ? Vous a-t-elle confié un secret important ?

La voix d'Ellen avait pris une intensité dramatique qui donnait plus de poids aux mots.

— Non, non.

— Vous a-t-elle dit que j'avais fourré sa tante dans une congère ou que je l'avais balancée par-dessus le mur pour ensuite partir Dieu sait où ?

— Non, non.

— Arrêtez de dire toujours « non, non » !

Ses longs pendants d'oreilles cliquetèrent quand elle se leva. Elle pressa les doigts contre sa poitrine.

— Vous me soupçonnez ? *Moi*[1] ?

Melrose, abritant sa bouche de la main, lui lança :

— Oh, fermez-la, pour l'amour de Dieu ! Cessez de tout dramatiser. Et souvenez-vous que vous parlez à un policier d'une intelligence diabolique.

— Intelligent, je veux bien, dit Jury. Mais d'une intelligence diabolique ? Vous êtes libre, Ellen.

— Je savais bien que vous étiez flic.

Mais elle ne manifestait aucun désir de s'en aller. Elle avait plaqué les mains sur ses fesses, les pouces passés dans les poches de derrière.

C'était, songeait Melrose, furieux contre lui-même, une pose très érotique. En dépit de ce harnachement de cuir noir, de ces chaînes au tintement horripilant, il la trouvait désirable et il ne s'expliquait pas pourquoi. Vivian Rivington, elle, avait toujours affectionné les twin-sets, les lainages de qualité et les couturiers italiens. Il s'arracha à ses pensées. Jury lui tendait la carte.

Melrose la regarda, regarda le tracé crayonné par George Poges à travers la lande de Keighley, jusqu'à la route d'Oakworth et l'auberge de la Grouse. Il regarda le trajet d'Ellen, puis regarda Jury.

Elle les regarda l'un après l'autre.

— Vous comptez communiquer par signaux, tous les deux ?

Jury sourit.

— Vous êtes libre.

— Libre ! Vous avez une de ces façons de parler, les gars !

D'un air las, elle hocha la tête et prit le poste.

— Je monte m'écouter un petit Trane.

1. *En français dans le texte.* (*N.d.T.*)

— Tu viens dîner ? demanda Melrose.

Ils se tenaient tous les deux dans la cour, rentrant les épaules à cause du froid.

— Je regrette. Je dois retourner à Londres. (Jury faisait face à la grange. Au bas du rideau tiré sur la petite fenêtre, il voyait une frange de lumière.) Peut-être devrais-tu inviter ton amie Ellen à dîner ?

— Tant d'histoires à propos de l'itinéraire Ilkley-Harrogate ! Tu ne penses pas vraiment qu'elle était là-bas, sur cette lande... enfin tu comprends.

— Ai-je dit cela ?

— Tu l'as laissé entendre.

Jury remonta le col de son manteau et sourit.

— Dis-lui que je l'adore.

— Tu peux toujours courir !

Melrose se retourna et se dirigea vers la maison, faisant craquer sous ses pas des morceaux de schiste.

Jury alla jusqu'à la porte de la grange, sortit une de ses cartes, la plia deux fois dans le sens de la longueur et l'enfonça entre l'enveloppe extérieure et le papier d'argent enveloppant le chewing-gum qu'Ellen Taylor lui avait donné.

Il s'agenouilla et poussa le tout sous la porte.

TROISIÈME PARTIE

L'EMPIRE DES LUMIÈRES

27

C'était un ancien cinéma. Un cinéma de la compagnie Arthur Rank. Jury aimait associer ces salles à l'architecture massive, avec leurs marquises géantes et leurs rangées de balcons, au souvenir de ces endroits grandioses qui, pendant la guerre, faisaient de la séance du samedi après-midi un événement marquant, tranchant la monotonie de la semaine. Il n'avait en revanche pratiquement aucun souvenir d'avant la guerre. Pourquoi en aurait-il eu ? Il avait grandi avec la guerre, et celle-ci avait tué son père, tué sa mère.

Jury émergea de la confusion dans laquelle l'avait plongé le tunnel qui lui rappelait les courses aux abris antiaériens et s'engagea dans le réseau de rues qui se déployait sous le redoutable pont routier d'Hammersmith. Il prit une rue qui semblait avoir été dévastée par la guerre. Elle était jonchée de bouts de journaux, de canettes, détritus expulsés par les portes de l'Hammersmith Odeon lors du dernier concert. Dans tout ce fatras, un chat molesté, en piteux état, longeait furtivement les murs de la ruelle où s'étalaient les affiches de Sirocco et de trois autres groupes avec les musiciens qui faisaient leur première partie. Sirocco se suffisait à lui-même. La photo de Charlie Raine était celle qu'avait publiée en couverture le magazine *Time Out*. Le poster, flambant neuf, avait été placardé en travers d'un plus ancien, déjà fané. Un concert était aussi vite périmé qu'un bulletin d'informations.

SIROCCO dressait ses lettres noires de soixante centimètres sur la marquise blanche, où s'affairait un jeune homme perché sur une très haute échelle, apportant une légère modification au lettrage ; le S était penché, et de son extrémité partait une étroite ligne noire. Jury imagina que c'était pour évoquer un coup de vent.

Puis le jeune homme, qui, apparemment, n'avait guère plus de dix-neuf ans, redescendit lentement de l'échelle et essuya ses mains sales avec une serviette qu'il fourra dans la poche arrière de son jean, tout en reculant pour contempler son œuvre. Un autre jeune garçon, probablement du même âge, portant trois ou quatre instruments dans leurs étuis ainsi qu'un ampli noir et deux sacs sans doute remplis d'accessoires, avait traversé la rue et demandait manifestement son chemin, tout en hissant un des deux sacs sur son épaule, pour être plus à l'aise. Il repoussa les mèches de cheveux que le vent avait projetées en travers de son visage, remit ses lunettes de soleil d'aplomb sur son nez et franchit une paire de portes à double battant.

Le peintre en lettres recula davantage pour avoir un meilleur aperçu de son œuvre et faillit marcher sur les pieds de Jury.

— Oh, désolé ! (Puis comme si Jury était là pour le conseiller ou pour superviser les travaux en cours, il lui demanda :) Ça fait plus chic, non ?

D'un mouvement de tête, il rejeta ses longs cheveux en arrière, pour dégager son front, et plaça ses mains sous ses aisselles.

— C'est ingénieux. Surtout cette ligne qui part du bas du S. Comment avez-vous fait ?

— J'ai utilisé trois I, couchés. Il est difficile d'exécuter un travail délicat sur une marquise, je suis bien placé pour le dire. Vous voyez, je voulais évoquer une rafale de vent. Vous comprenez, le sirocco est un vent, ajouta-t-il pour l'instruction de Jury. (Une bise âpre se mit à souffler de la ruelle dans laquelle le chat s'était enfilé, ventre à terre. Ils frissonnèrent.) Il fait rudement froid. Ça fait une heure que je suis dehors à travailler sur ce truc. Vous pensez que ça va leur plaire ?

— Absolument.

— Vous venez prendre des billets ? Ils sont tous vendus, paraît-il. Ecoutez, je vais vous donner un tuyau : revenez vendredi, le jour du concert, à dix heures du matin. Les portes sont ouvertes, mais les « retours » ne sont pas mis en vente avant midi. Il se trouve que Mary Lee en garde cinq, peut-être six, au cas où un richard se pointerait. (Le jeune homme eut un rire d'asthmatique.) Un couple lui en a acheté une fois. Les enfants d'un duc, je crois. Mary Lee les a tenus sur des charbons ardents. Je crois qu'elle se faisait une permanente pendant qu'ils attendaient sous la fenêtre. On aurait cru qu'ils allaient pisser dans leur froc. Après vous.

D'un geste large, il lui ouvrit la porte.

— Merci. Et merci pour le tuyau.

Le jeune homme lui fit un signe d'adieu de la main, se précipita dans la vaste entrée et s'engagea dans le grand escalier, montant les marches deux par deux. Jury embrassa du regard le hall désert et imagina la foule qui s'y presserait dans deux jours. Une odeur tenace de corps entassés, de sueur et de bière imprégnait encore le lieu. On devait avoir du mal à respirer. Wiggins allait-il vraiment à ces concerts ? Il allongea le cou pour regarder l'immense balcon d'où regarderaient vers le bas, penchés par-dessus les balustrades, des centaines de visages aux sourires alcoolisés. Et tout en haut, le plafond baroque qui le ramenait à ces après-midi de son enfance passés au cinéma.

— Nous n'avons plus de places.

Une voix nasale et enfantine arracha Jury à ses souvenirs. Il se retourna pour apercevoir une jeune femme qui tapait sur un distributeur de boissons froides. Sa coupe de cheveux semblait être l'œuvre d'une tondeuse à gazon sur une herbe brûlée. Son visage paraissait tout aussi desséché que ses cheveux, et il semblait que seul le mirage du distributeur devant ses yeux pouvait l'empêcher de mourir de soif.

— Mary Lee ?

La surprise atténua son humeur massacrante, le temps de demander :

— Qui êtes-vous ?

Sans répondre, Jury se dirigea vers le distributeur et, l'enserrant de ses mains, le secoua. La canette tomba lourdement. Mary Lee laissa échapper une petite exclamation, ouvrit la canette et entreprit d'arranger sa mini-jupe et son pull décolleté de façon à mettre ses formes en valeur.

— Où avez-vous bien pu apprendre mon nom ?

— Cela remonte à l'époque où j'étais fauché.

— Comment pouvez-vous me connaître ?

Mary Lee leva les yeux de la canette de Coca-Cola sur laquelle elle passait la langue et, lentement, fit battre ses cils couleur de sable.

Pauvre fille, elle aurait eu bien besoin d'une touche de rouge à lèvres tant son visage était pâle. Elle avait du moins quelques points brillants sur sa personne : les longs anneaux de ses boucles d'oreilles et les faux diamants de son médaillon stratégiquement placé au centre de son décolleté.

— Un ami m'a dit que vous étiez en quelque sorte la directrice de ce théâtre. Je voulais seulement y jeter un coup d'œil.

La façon dont elle passait ses longs ongles peints d'un vernis nacré dans ses cheveux presque rasés et ses efforts pour avoir l'air d'une directrice révélaient son embarras, mais il n'était certainement pas dans ses intentions de détromper catégoriquement Jury.

— Eh bien, ce n'est pas tout à fait exact. Je suis seulement l'assistante du directeur. Et je ne peux vous autoriser à visiter le théâtre. Les *roadies* [1] sont en train

---

1. *Roadie* : homme à tout faire qui accompagne un groupe en tournée. (*N.d.T.*)

de monter le matériel. Pour Sirocco. (Ses yeux eurent le même éclat métallique que la canette.) Mon vœu le plus cher est de rencontrer Charlie.

— Arrivez-vous à rencontrer toutes les stars qui se produisent ici ?

— J'ai rencontré Eric Clapton. (Puis, craignant de ne pas être convaincante, elle ajouta :) Bien sûr, ils n'ont pas tous son envergure. La plupart sont des petites pointures.

La porte de la salle de concert s'ouvrit, livrant passage à l'un des roadies. Le jeune homme auquel elle jeta un regard dédaigneux se dirigea vers le distributeur.

Comme il s'apprêtait à mettre une pièce, elle lui cria :

— Cet appareil est réservé au personnel du théâtre, si cela ne vous fait rien. Vous avez le vôtre dans les vestiaires.

Il se retourna, surpris et un peu désemparé, et Jury reconnut le jeune homme qui avait demandé son chemin sous la marquise.

— Désolé, dit-il, battant en retraite.

Il regagna la salle de concert.

— Je ne comprends pas ce qu'ils ont à traîner là un jour à l'avance.

— Répètent-ils ici ?

— *Eux ?* Je suppose que lorsqu'on est aussi célèbre, on n'a pas besoin de répéter. Il est toujours aussi beau, non ?

— Qui ? Le type qui vient de sortir ?

— Non. Charlie Raine. Il est célibataire, vous savez.

Elle soupira, regarda ses chaussures, manifestement neuves, et leva un pied.

— Elles vous plaisent ? Je les ai payées presque trente livres. (Elle reposa le pied à côté de l'autre et pencha la tête pour les contempler d'un air appréciateur.) On dirait du verre, vous ne trouvez pas ?

Ce n'était pas l'avis de Jury. Elles lui évoquaient

plutôt l'acrylique, avec leur dessus clair, les talons gris fumé, les fines brides agrémentées de petites perles du même ton que les talons.

— Elles sont très belles, lui assura-t-il. Très élégantes ; celles que j'ai vues en devanture de — Jury réfléchit un instant — Fortnum and Mason coûtaient deux fois plus cher.

— En devanture de Fortnum and Mason ? dit Mary Lee dans un souffle.

Jury ne parvenait pas à se rappeler à quand remontait la dernière fois où il avait lorgné les vitrines de Fortnum and Mason. Beaucoup trop cher. Et pourtant les gens y achetaient toutes sortes de choses : carottes, choux et rois [1] assurément. Lui se contentait de contempler la devanture en hochant la tête de façon solennelle.

Le téléphone sonna et Mary Lee se retourna, avec une expression écœurée, et se dirigea, tanguant sur ses hauts talons, vers le guichet pour répondre. Elle ne tarda pas à rejoindre Jury et murmura :

— Ecoutez, vous voulez jeter un coup d'œil ? Eh bien, allez-y. Mais ne dites rien à personne, d'accord ?

Elle lui fit un clin d'œil et alla de nouveau répondre au téléphone, dont la sonnerie se faisait insistante.

Ce matin-là, avant de prendre le métro pour Hammersmith, Jury se lança à la recherche du numéro de *Time Out* que, la veille au soir, il n'avait pas réussi à trouver. Il avait fini par s'endormir tout habillé sur le canapé.

Jury se mit à fouiller parmi les piles renversées de magazines et de journaux, retourna les coussins, défit les draps du lit, mit à mal le contenu des commodes et placards. Auparavant déjà en désordre, l'appartement était à présent un capharnaüm sans nom. En dépit de son obstination, il savait ses recherches inutiles. Le

1. Comptine du Morse et du Charpentier, Lewis Caroll, *De l'autre côté du miroir*. (*N.d.T.*)

magazine s'était trouvé au-dessus de la pile ; Carole-Anne avait dû se servir, bien sûr !

Jury se débarrassa de sa veste et enfila un pull-over marron foncé orné d'un orignal tissé dans ses brins de laine. C'était un cadeau de Carole-Anne, qui semblait aussi désireuse de l'habiller mal que de mettre Mrs Wassermann sur son trente et un.

Jury dévala les marches en pierre du perron, puis celles qui conduisaient à l'appartement occupé au sous-sol par Mrs Wassermann.

Elle ouvrit au premier coup de Jury et leva les bras comme si on venait de l'arracher des griffes de toute une bande de brigands.

— Vous êtes enfin de retour !

Elle joignait les mains sous son menton dans un geste de gratitude à l'adresse des anges.

Mais la Mrs Wassermann qu'il avait devant lui n'était pas tout à fait la même que celle qu'il avait quittée. Ses cheveux gris frisottaient après une nou-velle permanente qui ne semblait pas à Jury aussi via-ble que le chignon bien net qu'elle portait d'habitude sur la nuque. De toute évidence, Carole-Anne était pas-sée par là et avait entraîné Mrs Wassermann dans les salons de beauté. Toutefois il la complimenta avec un sourire pour sa permanente.

— Non, non, ce n'est pas une permanente, Mr Jury, mais une « friselure ».

— Pardon ?

— La friselure, c'est la spécialité de Sassoon, avec la « diffusion ». (Elle bougea lentement la main d'avant en arrière, imitant le mouvement d'un séchoir.) Chez lui, on ne vous fait pas de brushing, seulement une diffusion. Sassoon est pour le naturel des cheveux.

Jury s'appuya contre le montant de la porte.

— Dites-moi, Carole-Anne s'est-elle fait faire, elle aussi, une friselure ou une diffusion ?

— Oh, non ! Pas avec les cheveux qu'elle a ! Sassoon a dit que c'était une merveille et qu'il fallait les laisser tels quels.

Mrs Wassermann en parlait comme si elle était Vidal en personne.

— Oui, bien sûr. Eh bien, croyez-vous que je pourrais avoir la clé d'appartement de la merveilleuse ?

— Bien sûr, bien sûr. (Elle se tourna vers les rayonnages de bibliothèque.) Elle est derrière M. le Carré.

Elle avait recours aux noms des auteurs pour désigner ses livres. Miss Austin. Mr Dickens. Miss Krantz.

Elle lui remit la clé sans poser de question. C'était là chez Mrs Wassermann une grande qualité : elle ne manifestait jamais la moindre curiosité indiscrète. Il n'avait connu personne qui respectât autant la vie privée des gens. Dommage que miss Palutski ne suivît pas son exemple.

— J'aimerais qu'elle cesse de faire de mon appartement une salle d'attente dans un aéroport.

— Bien sûr, mais vous savez bien qu'elle n'a pas les moyens de se faire installer le téléphone.

— Pourquoi le ferait-elle ? Elle utilise le mien. Et j'aimerais qu'elle cesse de chaparder à tort et à travers. J'avais un numéro de *Time Out* qui a disparu et j'en ai besoin.

— Oh, *Time Out* ? Il est ici... (Elle s'éloigna à nouveau.) Elle estime que je dois être au courant de ce qui se passe en ville.

Cela ne présageait rien de bon.

— Merci, Mrs Wassermann...

— N'en voulez pas à Carole-Anne, Mr Jury. Vous savez combien elle était sous pression ces derniers temps.

Le pied sur la marche, Jury fit volte-face.

— Oui, elle était en train de devenir complètement folle la dernière fois que je l'ai vue.

Mrs Wassermann baissa les cils et fit un tss-tsst de la langue comme s'il disait du mal d'un mort. Puis d'un air grave, elle précisa :

— Elle a rangé ses cartes routières...

Ses cartes routières ? Tout semblait appartenir à Carole-Anne, même l'Atlantique. Plutôt que de lire le tarot et de dire la bonne aventure à *Starrdust*, elle ferait mieux de se produire avec les Balboas et les Byrds, ou du moins ce qu'il restait de ces groupes.

— ... et elle est devenue très triste.

— Triste ? Non, ça, je ne le croirai jamais. Folle, oui. Triste, non.

Il était heureux que les obsessions de la jeune fille se limitent aux cartes routières et aux horaires des ferries effectuant la traversée de Cork à Belfast. Quelles eaux dangereuses elle allait traverser dans ce voyage vers l'Atlantide, il ne pouvait l'imaginer ; il savait seulement que Carole-Anne écumerait les mers avec une totale assurance, et que Dieu protège les requins !

— Elle a le moral à zéro. Vous devriez la voir, la réconforter. C'est probablement parce qu'elle n'a pas obtenu ce rôle pour lequel elle avait tellement travaillé.

Carole-Anne était restée très vague quant à ce « rôle ». Elle lui avait seulement dit qu'elle s'entraînait dur à jouer l'aveugle. Canne blanche, tâtonnements, le visage légèrement penché, essayant d'avoir le regard fixe.

Carole-Anne, le regard fixe, voilà qui était impossible, pensa Jury, en souriant intérieurement. Essayer de rendre ces yeux lapis-lazuli sans expression aurait été au-dessus des forces de quiconque, à plus forte raison d'une actrice à temps partiel et au répertoire limité.

Mais, si on y réfléchissait bien, Carole-Anne était une actrice à part entière au répertoire étendu, ce qu'elle devait au simple fait d'être Carole-Anne. Il était extrêmement difficile d'atteindre l'être profond de cette fille. Fille ? Femme ? Jeune dame ? Il ne savait jamais ; son âge ne cessait de changer.

— Merci. (Il salua Mrs Wassermann avec le magazine roulé). Je lui parlerai.

Charlie Raine était apparemment bien connu pour son habileté à éviter les interviews et à échapper aux médias.

Jury parcourut l'article sur Sirocco ; il le relut une deuxième fois, puis une troisième. Les autres membres du groupe — Alvaro, Jiminez, Caton Rivers, l'imposant John Swann (sex-symbol, il le savait), le batteur Wes Whelan — avaient tous été interviewés. Jiminez obtenait le meilleur score en matière de sincérité et d'intelligence. Swann marquait seulement des points pour son aptitude à s'exprimer par monosyllabes et son talent à se mettre en avant, tel un homme disputant une partie de tennis avec lui-même. Whelan et Rivers n'avaient pas grand-chose à dire. Quant à Charlie Raine, il n'était même pas à l'hôtel, dans sa suite, ce qui n'avait guère été pour plaire au pseudo-critique, auteur de l'article.

Ainsi les seules informations que le lecteur pouvait recueillir sur le chanteur et guitariste soliste lui étaient fournies par les propos de ses musiciens. De toute évidence, Jiminez était nettement plus digne de confiance que Swann, qui volait la vedette aux autres. Même la guitare à double manche qu'il exhibait ne pouvait convaincre personne qu'il était le membre le plus important de cette équipe.

Si quelqu'un l'était, c'était Alvaro Jiminez, le fondateur du groupe, un Noir du Delta, un maître du blues. Whelan était originaire de Dublin, Rivers de Chicago, et Swann et Raine étaient anglais. Un curieux assortiment, commentait l'interviewer avec plus de délicatesse encore que les journalistes du *Whicker's World*[1]. Aucun d'entre eux ne l'avait éclairé sur cet « assortiment » ; personne ne lui avait expliqué comment ils s'étaient rencontrés. Jiminez disait : « Nous sommes tombés dans les bras les uns des autres. »

---

1. Emission de télévision présentée par Alan Whicker, qui affichait un point de vue colonialiste. (*N.d.T.*)

Personne n'était capable de répondre à la question essentielle : Pourquoi Charlie Raine quittait-il le groupe ? « Je suppose, disait Jiminez, que c'est tout simplement la volonté de Charlie. »

Et l'avenir du groupe ?

« Ça sera comme dans le passé, mon vieux », avait déclaré Swann, avec une certaine agressivité, notait, susceptible, le journaliste.

Ils étaient photographiés dans diverses poses étudiées ou nonchalantes, en bottes et tenue négligée, se prélassant dans leur suite du Ritz.

C'était une interview bébête et nunuche. Jury avait de la sympathie pour les membres du groupe, même pour Swann, en qui il voyait une sorte de héros en carton-pâte. Au moins avaient-ils accordé leurs violons pour cette interview.

Jury posa le magazine et mit les mains derrière sa tête, se laissant glisser sur le sofa. Non, disaient-ils tous, ils ne savaient pas pourquoi Charlie partait. Non, vraiment pas. Ils n'en avaient pas la moindre idée. Jury en avait une petite.

28

Jury franchit les portes à double battant. La salle de concert était vide, à l'exception à sa droite d'un homme devant une console de mixage. Un ingénieur du son, supposa-t-il, travaillant pour Sirocco. Le type ne fit qu'effleurer Jury du regard, manifestement trop absorbé par sa tâche pour se demander s'il avait le droit d'être là ou pas. A moins que, et c'était plus probable, il n'ait pris Jury pour un des permanents de l'Odeon. Peu lui importait sans doute qui il était ; toute son attention allait à la longue table, avec ses boutons de toutes sortes et ses lumières qui évoquaient à Jury un vaisseau spatial.

L'appréciation faite par Mary Lee de la salle de concert était aussi éloignée de la vérité que possible. Loin de ressembler à un hangar d'avions ou à un entrepôt, elle s'accrochait aux vestiges de son ancienne splendeur Art déco. Les éclairages n'étaient sans doute pas ceux d'origine, mais il était difficile d'en être certain.

De l'endroit où il se tenait, à l'arrière de la salle, il devait bien y avoir une trentaine de mètres jusqu'au centre de la scène, et celle-ci avait une largeur équivalente. Son proscenium devait être le plus important de tout Londres, pensa-t-il.

Des lumières avaient été disposées en phalange sur le côté, et, en l'air, deux techniciens s'affairaient sur l'énorme barre d'éclairage qui supportait, alignés le long de bandes métalliques, deux à trois dizaines de projecteurs. Cela semblait, pour qui n'était pas trapéziste, un exercice périlleux que de travailler, perché à cette hauteur. La grosse barre se balançait à environ six mètres au-dessus de la scène. Les éclairagistes terminèrent leur travail, descendirent et disparurent sur la droite. Jury pouvait voir une partie de l'escalier métallique qui devait conduire aux loges privées du niveau supérieur.

L'un des roadies entra, déposa un autre ampli, traversa la scène et ressortit par l'entrée des artistes sur la droite. C'était devant cette porte que Jury avait vu les camions garés.

Le dernier roadie déroulait un câble le long de la scène et tirait un micro — il y en avait cinq — vers son centre, puis il en installa un autre en bordure, à l'extérieur. C'était le jeune homme que Mary Lee avait évincé du distributeur de boissons. Il régla le micro et accorda son attention à la voix qui paraissait provenir de l'escalier à droite. Les bribes de paroles que Jury put entendre se rapportaient aux « éclairages ».

Le jeune homme répondit par un rire et un « pour quoi faire ? ». Puis il mit la main devant ses yeux et regarda vers l'arrière de la salle. Jury crut tout d'abord qu'il allait se faire jeter, mais le type sur la scène regardait apparemment vers la console de mixage. L'ingénieur lui fit signe de la main.

Il sortit de l'un des étuis une guitare, en plaça la courroie sur l'épaule et entama ce que Jury reconnut comme l'introduction d'un morceau de Segovia. Ecoutant le jeu staccato et les suites d'arpèges, Jury se fit la réflexion que l'anonymat n'était pas chose si difficile à garder. Ce jeune homme s'était trouvé en face d'une personne qui avait vu sa photo bien des fois et qui pourtant n'avait pas réagi. Alors même qu'il allait se produire le lendemain, on ne l'avait pas reconnu. Ce n'était peut-être pas si étonnant, après tout. On voit ce que l'on s'attend à voir, et l'on ne s'attendait pas à voir le guitariste soliste d'un célèbre groupe de rock porter lui-même son matériel ou aller se chercher un Coca-Cola au distributeur, alors qu'une demi-douzaine de larbins — Mary Lee y compris — ramperaient à ses genoux pour avoir le privilège de lui apporter tout ce dont il avait besoin. Et l'on ne s'attendait pas non plus à le voir sans son groupe.

Rien en lui n'indiquait la star. Ni le jean et la chemise en jean délavé qu'il portait, ni sa présence scénique. Curieusement, il n'avait pas de présence scénique. Charlie ne semblait pas posséder ce que Wiggins et Macalvie appelaient une « attitude ». Ce n'était pas son attitude qui donnait des ailes à ce morceau de musique espagnole, mais l'osmose qui existait entre le guitariste et son instrument.

C'était un jeu sans artifice. Il lui fallait être plus précis que sur une guitare électrique ; chaque note se détachait, aussi sensible qu'une terminaison nerveuse.

Les notes semblaient se cristalliser dans l'air, de longues notes qui fusaient comme des étincelles et retombaient pour former un riff fulgurant, telle une balle traçante. Jury se sentait comme pris sous des feux croisés.

La musique était fluide et frénétique à la fois. Puis le morceau se termina brusquement par une succession vibrante d'accords soutenus.

Lorsque les échos se furent résorbés, Jury eut la curieuse sensation de se trouver dans le vide, dans un air raréfié, entre des murs prêts à s'effondrer.

Charlie défit la courroie et rangea la guitare dans son étui, déboutonna sa chemise et s'essuya le visage et les cheveux avec les pans de sa chemise. Puis il sortit une autre guitare à laquelle il fixa la courroie. Blanche comme de l'ivoire, elle brillait presque dans la pénombre. Il brancha le cordon qui en pendait à l'une des boîtes noires reliées les unes aux autres, plaqua quelques accords et entreprit de faire des réglages.

Jury poussa doucement la porte la plus proche, juste assez pour pouvoir jeter un coup d'œil dans le hall. Pas de trace de Mary Lee. Puis son visage apparut derrière la vitre du guichet, exprimant à présent l'ennui plutôt que le désarroi. Encadré dans la petite ouverture, il paraissait plus petit, et ses traits semblaient même tirés ; et, sans personne à impressionner, elle avait l'air infiniment plus triste et vulnérable. Jury laissa la porte se refermer avec un chuintement derrière lui et alla mettre des pièces dans le distributeur de boissons. Il prit une canette de Coca-Cola et se retourna pour constater que Mary Lee avait levé les yeux de son magazine. Il lui fit signe de venir.

Elle disparut du guichet et sortit de son « bureau », affichant de nouveau une expression de feinte lassitude.

— Vous êtes encore là ?

— Venez.

Elle fronça les sourcils.

— Pour aller où ? J'ai mes comptes à faire.

— Vous n'avez pas entendu ?

— Entendu quoi ?

Jury lui mit la canette de Coca-Cola dans la main et la prit par le bras. Surprise par la brusquerie de son geste — qu'elle apprécia probablement —, elle se laissa entraîner vers la salle de concert. Elle protesta, pour la forme, marmonnant qu'elle risquait de perdre son putain de travail.

— Taisez-vous.

Il n'eut pas à le lui dire deux fois.

Jury essaya de la faire asseoir à côté de lui dans la dernière rangée, mais elle restait debout dans l'allée, la bouche ouverte, subjuguée par la salle, le chanteur, le chant. Elle penchait sur le côté, comme si la force de gravité qui la tirait vers le siège ne pouvait triompher de la force d'inertie que lui donnait sa découverte. La canette à la main, dans cette curieuse position — comme si elle donnait de la gîte —, elle avait l'air d'un sujet en transe hypnotique capable de garder le bras levé pendant des heures.

La voix de Charlie Raine était aussi modulée que son jeu de guitare ; chaque mot se détachait avec netteté. Elle remplissait la vaste salle vide et rappelait à Jury le son clair du cristal.

> *Et le soleil d'hier*
> *S'est mis à*
> *Perdre de son éclat...*

Charlie n'avait pas, comme Otis Redding ou Presley, une de ces voix d'exception qui vous renversent un public avec une seule note ou une seule phrase. Mais ce qui touchait Jury, c'était sa sincérité, ce timbre sur lequel Wiggins s'était étendu à l'infini au cours d'une vive discussion avec Macalvie, partiellement entendue par Jury. Même son oreille profane était sensible à l'émotion totale qui imprégnait le chant.

> *Je regarde le lampadaire en bas*
> *Je te regarde te retourner,*
> *Je te regarde t'éloigner*
> *Sous le ciel d'hier...*

Les sentiments exprimés par la chanson dépassaient les mots. Elle était comme une fenêtre révélant une vaste vue quand on ouvrait les rideaux. Charlie était transparent ; il était accessible. Et Jury était prêt à parier que c'était cette qualité-là qui bouleversait ceux qui l'écoutaient.

> *Et quand les feuilles voleront dans l'allée*
> *Je sais que je verrai ton visage*
> *Sous la pluie d'hier*
> *La pluie d'hier*
> *La pluie d'hier.*

Mary Lee était abasourdie. Elle pleurait comme certains enfants, silencieusement, sans se rendre compte des larmes qui coulaient, telles des perles liquides, sur la canette de Coca-Cola qu'elle écrasait entre ses mains.

Jury sortit son mouchoir, mais elle restait envoûtée, même après que le silence eut succédé au dernier trémolo.

— Venez, dit-il, lui essuyant le visage. Il remballe.

Lorsque Mary Lee comprit qu'il voulait l'entraîner vers la scène, elle se figea davantage, immobile comme une statue, secouant seulement la tête. Non, non et non. L'ingénieur du son avait disparu ; probablement était-il en train de flanquer des coups de pied dans le distributeur de boissons, à moins qu'il ne fût aux toilettes. Mary Lee avait rentré ses lèvres pâles et les pinçait, comme pour s'assurer qu'aucun son ne jaillirait de sa bouche. Seul en sortait un ummmmmmmmmm continu qui vibrait comme la corde d'une guitare.

Jury posa la main sur son bras et la tira légèrement. Il savait que, plus tard, elle ne se pardonnerait jamais d'avoir laissé passer une telle occasion.

— C'est moi qui parlerai. Vous n'aurez qu'à le regarder.

Elle finit par se laisser fléchir, cédant à la tentation. En équilibre instable sur les hauts talons de ses nouvelles chaussures, elle suivit Jury dans l'allée.

— Vous êtes Charlie Raine ?

Il se retourna, surpris, chargé de ses deux guitares, d'un ampli portatif et de deux petites boîtes en métal. Il s'avança vers l'avant-scène et regarda vers le bas en plissant les yeux.

— Oui. Pourquoi ?

Jury lui présenta sa carte, difficile à sortir car Mary Lee se tenait derrière lui, presque collée à son dos.

— Richard Jury, de la police métropolitaine.

Il ne dit pas qu'il était de la police judiciaire, préférant laisser Charlie Raine croire qu'il s'agissait de la brigade des stupéfiants, puis il se sentit honteux d'avoir proféré un mensonge aussi ridicule. Mais puisqu'il voulait parler à Charlie, c'était la méthode la plus simple. Sinon il aurait été logé à la même enseigne que ses fans pour l'aborder.

Charlie jeta un coup d'œil à la carte, son beau visage ne se départissant pas de son expression impassible et grave. Puis il regarda Jury.

— Vous n'aimez pas mes chansons ?

Le haut voltage de son sourire parut arracher Mary Lee à l'abri que formait le dos de Jury.

— Voici Mary Lee, dit Jury.

Il ne connaissait même pas son nom de famille.

Charlie lui dit bonjour et tendit la main. Il trouva dans celle de Mary Lee la canette de Coca-Cola. Son regard alla de la boîte au visage de la jeune fille.

— C'est pour vous, lâcha-t-elle. Je suis désolée.

Il comprit la raison de ses excuses.

— Merci, Mary Lee.

Avec un pan de sa chemise, il essuya le dessus de la canette et l'ouvrit. Il en but une gorgée et fronça les sourcils.

Tout en se demandant si la boisson avait un goût de larmes, Jury dit à Charlie :

— J'ai aimé les chansons que je viens d'entendre. Beaucoup aimé.

— Alors, de quoi s'agit-il ? Ai-je fait quelque chose ?

— Je voulais savoir si vous étiez au courant de certaines rumeurs.

Il se rembrunit, secoua la tête. Non, il n'était pas au courant. Il se détourna pour prendre un dernier sac.

— Nous avons des ennuis, voyez-vous.

Aussi surprenant cela fût-il, ces paroles avaient été prononcées par Mary Lee. Elle avança, se libérant de la protection que lui offrait le flanc de Jury, et se mit à broder.

— Nous avons trouvé une certaine quantité de cocaïne — un kilo exactement — en haut dans la salle de projection.

346

Jury ne pouvait la regarder, tant il avait envie de rire.

L'acharnement de Mary Lee à poursuivre cette comédie — elle était assez intelligente pour savoir que c'était un jeu — ne pouvait s'expliquer que par le désir qu'elle avait de prolonger cette rencontre. Ou peut-être voulait-elle lui montrer qu'elle n'était pas une simple groupie, mais quelqu'un qui avait du pouvoir.

— Navré. Comme je l'ai déjà dit, je ne suis pas au courant. Je ne consomme pas de drogue.

Les yeux de Mary Lee s'agrandirent.

— Oh, je n'ai jamais voulu dire cela. Ça se voit que vous n'en consommez pas. Mais écoutez : si vos musiciens sont au courant de quelque chose...

Au courant de quelque chose. Jury se mordit la lèvre.

— ... venez tout de suite me trouver. N'en parlez à personne d'autre. (Elle marqua une pause, haussa les épaules, tendit la perche à Jury.) A part lui peut-être.

— Vous pouvez compter sur moi.

— Autre chose... (La voix de Mary Lee monta d'une octave.) Je me demandais, pourrais-je avoir un autographe ?

— Bien sûr.

Charlie sourit et faillit court-circuiter sa frénétique recherche d'un papier sur lequel écrire. Quand Jury la vit se pencher, il craignit qu'elle ne déchirât l'ourlet de son jupon.

Elle tendit à Charlie sa chaussure.

— Ici.

Il eut un rire bref, déconcerté.

— Attendez, ça va abîmer vos chaussures. Je dois bien avoir quelque chose...

Mais il ne trouva rien dans ses poches.

Jury était prêt à sortir son calepin, mais l'intensité que Mary Lee mettait dans cette affaire l'arrêta.

— Peu importe. Ce sont de vieilles chaussures. Je ne les porte presque plus.

Jury tendit son stylo à Charlie, qui paraissait encore hésiter.

— Je ne suis pas sûr que l'encre tiendra sur cette matière...

— Si elle ne tient pas, je trouverai autre chose, dit-elle d'un ton raisonnable, le regardant, fascinée, écrire sur le dessus de la chaussure.

Il la lui rendit.

Mary Lee la prit avec délicatesse, comme si elle était réellement en verre. Elle contempla en silence l'autographe. Derrière elle, Jury lut : *A la chaussure de Mary Lee, Charlie Raine.*

Au comble de l'émotion, Mary Lee, sans dire un mot, se retourna et remonta en clopinant l'allée plongée dans la pénombre.

— Puis-je vous conduire à votre hôtel ? demanda Jury.

Hissant le sac sur son épaule, Charlie répondit :

— Merci. Mais je vais seulement au pub au coin de la rue. Je n'ai rien mangé de la journée. Voulez-vous m'accompagner ?

— Je boirais bien une bière.

Charlie Raine augmenta le voltage de son sourire.

— Nous pourrons parler de drogue.

Jury porta le flanger et le delay, que Charlie utilisait, lui avait-il expliqué, pour obtenir de la distorsion. C'est en pure perte qu'il fit à Jury un cours sur la distorsion. Celui-ci se demandait pourquoi le chanteur avait fait cette dernière allusion à la drogue.

— Parce que vous n'êtes pas de la brigade des stupéfiants, dit Charlie, en réponse à une question de Jury dans le pub, mais de la police judiciaire.

Jury commandait les boissons. Charlie était plongé dans la contemplation de grands récipients contenant du riz et différentes salades qu'une fille aux cheveux d'un rouge rouille s'activait à recouvrir.

348

C'était un pub ordinaire, avec des tables et des chaises en sapin, un long bar dont les seules touches de couleur et de décoration étaient données par les rangées de bouteilles alignées sur les étagères. Pas de beaux miroirs, pas de faux abat-jour Tiffany. Les murs, cependant, étaient couverts de posters encadrés et de photos de musiciens, passés sans doute à l'Odeon. Et derrière la fille en tablier, l'affiche désormais bien connue de Sirocco.

La rouquine se redressa, les mains sur les hanches.

— Il est deux heures passées. On ne sert plus à manger après deux heures.

Elle tourna ses yeux, d'un bleu glacial, sur les deux hommes.

— Vous ne pouvez pas me préparer un sandwich au fromage ? Quelque chose de froid ? insista Charlie.

Elle poussa un soupir énorme et roula les yeux vers le ciel pour prendre Dieu à témoin de son martyre.

— Et qu'y a-t-il de si drôle ? J'aimerais bien le savoir.

Cela s'adressait à Jury, qui, debout au comptoir, regardait le barman adipeux tirer la bière. Il avait levé les yeux sur le poster derrière la fille, avait ri et secoué la tête.

— A votre place, dit Jury, je lui donnerais ce qu'il souhaite.

Son ton était légèrement menaçant. Le sentiment de martyre éprouvé par la serveuse s'en trouva accru.

— *A votre place...* eh bien, vous n'êtes pas à ma place. (Elle porta les mains à ses hanches, qu'elle balança, mettant en valeur cette partie de son anatomie.) Qui êtes-vous pour entrer ici et me dire...

— Police, dit Jury.

Il lui brandit sa carte sous le nez.

Sous le cuivre de son maquillage, le visage de la fille pâlit, comme si elle avait porté un masque qui venait de glisser.

— Eh bien, je n'ai jamais... oh !...

Et elle découvrit l'assiette de fromages et se mit à en couper des morceaux, non sans avoir, au préalable, esquissé un geste de dédain : ce n'était pas la peur qui lui faisait préparer cette collation, mais son infinie générosité, semblait-il signifier.

Lève les yeux, lui ordonna silencieusement Jury. Mais elle n'en fit rien. Charlie regardait, avec une relative indifférence, le visage sur le poster comme si c'était celui de quelqu'un d'autre.

Quand ils se furent assis à une table au plateau rayé et portant des traces de brûlures de cigarette, Jury dit à Charlie :

— Police judiciaire en effet. Vous êtes observateur.

Charlie secoua la tête, regarda Jury par-dessus le bord de sa pinte de lager, et dit :

— Non, ce n'est pas votre carte qui m'a mis sur la piste, mais votre nom.

Jury leva les yeux sur la grande affiche qui, apparemment, n'aidait pas à l'identification du chanteur, et sourit.

— Suis-je si célèbre ?

Charlie ne lui retourna pas son sourire.

— Je lis les journaux, voyez-vous.

La rouquine, les lèvres serrées, toujours aussi hautaine, posa une assiette devant Charlie. Néanmoins elle s'attarda pour le dévisager.

— Merci, dit Charlie.

— Tout le plaisir est pour moi, répondit-elle, sans se départir de son ton sarcastique.

Elle s'éloigna avec la démarche chaloupée d'un marin qui débarque et n'a pas encore retrouvé l'usage de ses jambes à terre. Mais la serveuse, elle, avait tout l'usage des siennes.

— Cela vous arrive-t-il souvent ?

— Quoi ?

Charlie mettait du fromage sur un morceau de pain noir.

— De ne pas être reconnu. Elle essaie de se rappeler

où elle a bien pu vous voir, alors que ce poster est derrière sa tête flamboyante.

— Oui, ça m'arrive souvent. (Il posa un oignon mariné sur le fromage.) C'est surtout Alvaro qu'on reconnaît. Il est grand et noir. D'accord, je doute qu'Hendrix ait pu descendre la rue sans être tripoté par les gens ou provoquer des syncopes et... Ou Elvis. Je suis seulement un visage dans la foule, et cela m'est agréable.

— Vous avez dit que vous lisiez les journaux...

— Votre nom y était. Ce meurtre dans le Yorkshire. Que se passe-t-il quand le témoin est un policier ?

— Rien de spécial. C'est un témoin comme un autre.

— J'en doute.

Charlie posa un morceau de cheshire sur un autre morceau de pain, y colla un pickle, et mordit dans le grossier sandwich. Tout en mangeant, il regardait Jury. Ses yeux métalliques étaient parfaitement inexpressifs, ce qui surprenait, étant donné l'éclat dont ils avaient brillé au théâtre. C'était comme si les touches de couleur d'une peinture impressionniste, un tableau de Monet par exemple, s'étaient volatilisées, pour être éventuellement utilisées ailleurs. Mais Jury doutait que le sourire que Charlie avait accordé à Mary Lee fût quelque chose dont il usait beaucoup.

Jamais Jury ne s'était senti autant décontenancé. L'allusion de Charlie au meurtre était la dernière chose qu'il avait escomptée.

Ils semblaient tous les deux attendre l'un de l'autre, tels des joueurs de poker, une information, un signal, un indice.

Jury finit par dire :

— Vous êtes à Londres depuis deux jours afin de donner un concert et vous vous occupez d'un meurtre obscur commis dans le West Yorkshire ?

Il eut un léger sourire.

— J'ai trouvé intéressant qu'un policier de Scotland

Yard en soit le témoin. Vous voyez ce que je veux dire.

— Oui, se borna à dire Jury.

— Je suppose que vous allez refuser d'en parler ?

— Que voulez-vous savoir ?

— Moi ? (Ses yeux s'agrandirent.) Rien. (Comme Jury restait silencieux, il ajouta :) Eh bien, si je me suis intéressé à ce meurtre, c'est, j'imagine, parce que je suis né là-bas. A Leeds. Mais vous savez probablement cela.

— Pourquoi le saurais-je ?

— Vous êtes un fan.

Son effort pour sourire fut navrant. Jury supposa que c'était pour effacer ce sourire forcé qu'il s'était mis à s'essuyer la bouche avec une serviette en papier.

Jury regarda en direction du comptoir où la fille aux cheveux couleur de feu, debout devant les plats, fumait une cigarette, les jambes croisées, continuant à se demander qui était Charlie. *Un habitué ? Ne sois pas stupide, ma vieille, tu connais tous les habitués. Un musicien des rues, peut-être. Oui, il a cette guitare. C'est tout à fait possible. Peut-être l'as-tu croisé à la station de Hammersmith. Non, ce n'est pas ça.* D'un petit geste irrité, elle fit tomber la cendre de sa cigarette, croisa les jambes dans l'autre sens, et continua à regarder Charlie Raine.

Jury pouvait lire dans l'esprit de la fille ; il aurait aimé trouver la même transparence chez Charlie.

— Je trouve que cet assassinat est une terrible tragédie.

Charlie reposa le reste de son sandwich dans l'assiette qu'il contempla, songeur. On aurait dit qu'il essayait de faire resurgir un souvenir confus. Puis il glissa la main dans la poche de son jean, en sortit quelques pièces et se dirigea vers le juke-box.

Il y resta un moment, les mains à plat sur la vitre, les yeux baissés. Quand il revint à la table, une voix à la fois chaude et rauque chantait : *I was born... by a little old river*[1]. Le chanteur traînait sur le mot *born*, comme s'il se plaisait à étirer le temps ; c'était une voix profondément émouvante.

— Otis Redding, dit Charlie. (Il se rassit, inclina sa chaise, regarda par-delà Jury, dans le vide. Puis il ajouta :) Son avion s'est écrasé dans le Wisconsin ; il n'avait que vingt-six ans.

— Quel âge avez-vous ? Vingt, vingt et un ?

— Vingt-trois. Pourquoi ?

— Parce que vous vous retirez.

Jury s'attendait au même genre d'explications que celles fournies par Jiminez. Aussi fut-il surpris quand Charlie repoussa son assiette et dit :

— Je suis allé aussi loin que je le voulais. (Il s'installa de côté sur le banc, où il posa une Reebok crasseuse, un bras placé sur son genou, dans une pose indolente. La serveuse faisait maintenant la vaisselle, les regardant toujours, les sourcils légèrement froncés.) Vous pensez qu'elle va trouver ? (Il fit glisser une cigarette du paquet de Jury, l'alluma et tira une profonde bouffée.) Ce que je ressens, Otis l'a chanté : *« La vie est trop dure, mais j'ai peur de mourir. »*

Il se tourna vers Jury avec un sourire amer, puis il fixa sa cigarette et continua à fumer.

— Vous êtes au sommet, et vous voulez renoncer, alors que vous avez dû travailler comme un fou pour y arriver. Vous avez dû jouer jusqu'à ce que vos doigts en saignent.

Jury regardait la main qui tenait la cigarette, les doigts couverts de petites cicatrices.

Charlie resta silencieux.

— Qu'allez-vous faire ? demanda Jury.

Il haussa les épaules.

— Rentrer chez moi et rester là-bas un moment.

— A Leeds ?

— A Leeds. Trouver un lieu où jouer régulièrement.

1. *Je suis né... au bord d'une vieille petite rivière.* (*N.d.T.*)

(Les yeux plissés par la fumée, il regarda Jury.) Vous n'êtes guère plus avancé, non ?

Cette fois, Jury se refusa à répondre.

— Faut qu'j'y aille à présent, mon vieux.

L'accent américain avait déteint sur son accent britannique et les américanismes qu'il entendait depuis plusieurs années imprégnaient son langage.

— Qui est au clavier ? demanda Jury.

Sa question surprit Charlie, qui cessa de compter son argent.

— Caton Rivers. Pourquoi ?

— Simple curiosité. Vous arrive-t-il de jouer au clavier ?

Il empila les pièces d'une livre, puis celles de cinq et de dix pence et fit signe à la rouquine.

— Non, pas vraiment.

Il remonta la fermeture Eclair de sa veste et commença à rassembler son matériel.

— Nell Healey ne s'en tirera pas avec un sermon, vous savez. Il a fallu tout le poids du nom Citrine-Healey — sans compter l'argent — pour lui éviter la prison après le meurtre de son mari. Maintenant...

Charlie se figea.

— Elle avait probablement des tas de bonnes raisons pour le tuer. (La serveuse prit l'argent sur la table sans quitter le jeune homme des yeux. Mais il ne la voyait même pas.) Et Dieu sait combien de temps s'écoulera avant le procès !

Jury se leva.

— Je vais à Haworth demain. Vous voulez que je vous accompagne à Leeds ?

— Sirocco joue demain soir. Vous vous en souvenez ?

— Je m'en souviens.

— Vous assisterez au concert ?

— Je l'espère bien. Peut-être pourrai-je convaincre Mary Lee de me vendre quelques billets.

Charlie fouilla dans sa poche arrière.

— Je suis sûr que vous en êtes capable, mais tenez. (Il tendit deux billets à Jury.) C'était pour des amis qui ne peuvent pas venir.

Jury sourit.

— Je vais me faire agresser en rentrant à Scotland Yard. Les billets pour Sirocco sont si difficiles à se procurer.

Charlie Raine passa la main dans ses longs cheveux.

— Ecoutez... (Puis ses yeux dépassèrent Jury pour se poser sur le bar. Jury suivit son regard et vit la rouquine, debout, les pieds serrés, tenant l'argent avec un air de triste certitude.) Attendez-moi un instant, voulez-vous ?

Il se dirigea vers le bar, jeta un coup d'œil autour de lui, prit dans une pile une assiette en papier et s'empara du stylo attaché à la ceinture de la serveuse. Il écrivit sur l'assiette, puis la poussa presque dans la main de la jeune fille, qui se tenait immobile, les yeux écarquillés.

Jamais, pensa Jury, il ne laisserait quelqu'un souffrir s'il pouvait l'empêcher.

— Merci pour la bière, dit Jury. Vous voulez que je vous raccompagne ?

Ils restèrent un moment à contempler le ciel dur et froid.

— Je ne vais pas vraiment quelque part. Je compte traîner un peu. J'aime marcher dans Londres.

— Moi aussi, dit Jury.

29

I

Lorsque Jury pénétra dans son bureau de New Scotland Yard, Wiggins tournait avec soin les pages d'un livre dont l'épaisseur en aurait découragé plus d'un. Pour un volume qui avait dormi pendant aussi longtemps, la reliure semblait bien résister à la douce violence que lui faisait subir Wiggins.

— Bonjour, Wiggins !

Jury accrocha son imperméable au portemanteau et s'installa sur une chaise qui grinçait, comme en symbiose avec le vieil ouvrage. Trois autres livres d'une semblable épaisseur étaient ouverts sur le bureau de l'inspecteur, les pages maintenues par des poids, en l'occurrence un petit pot en céramique dans lequel Jury l'avait vu puiser des cuillerées de quelque chose pour mettre dans son thé, et une boîte de sucrettes. Un biscuit noir servait de signet. Dans le livre qu'il lisait, plusieurs bâtonnets faisaient office de marque-page.

— Qu'est-ce que c'est ? Le *Traité d'anatomie* de Gray[1] ?

Wiggins le gratifia d'un sourire forcé et retourna à sa lecture, marquant une autre page de ce qui semblait être un bâton d'encens.

---

1. Ouvrage de référence en anatomie. Rédigé au XIXe siècle par Henry Gray, chirurgien et anatomiste. *(N.d.T.)*

Il était à ce point absorbé par ses recherches que rien ne pouvait le dérider.

Jury tira à lui la corbeille du Courrier-Arrivée et prit rapidement connaissance du fouillis qu'elle contenait tandis que Wiggins levait poliment la tête pour lui annoncer qu'il avait plusieurs rapports à signer et lui demander, au fait, ce qu'avait dit le médecin.

— Hein ? Comme d'habitude.

Jury signa deux documents marqués « Urgent » et les jeta dans la corbeille du Courrier-Départ avec d'autres qu'il savait n'être que de la paperasserie. Puis il se retourna et se mit à contempler la fenêtre qui n'offrait aucune vue, tout en pensant à Charlie Raine.

— Trouvez-moi ce groupe.

Surpris, Wiggins leva les yeux de son bureau.

— Quel groupe ?

— Sirocco. Ils sont au Ritz, n'est-ce pas ?

— Oui.

— Je veux leur parler — à Jiminez.

Wiggins prit un air affligé.

— Pas *Gim*-inez. *Xim*-in-ez. *Xim*, avec la jota. C'est un son guttural.

— On dirait que vous toussez. Appelez l'hôtel. Dites-lui que je veux le voir. Qu'avez-vous ?

— Rien, monsieur, répondit Wiggins d'un ton plutôt sec.

— Vous n'avez pas besoin de faire des politesses.

— Ils ont un concert demain.

— Et alors ? Je vous parle d'aujourd'hui. Et je souhaite également un rendez-vous avec Morpeth Duckworth et Mavis Crewes.

Wiggins parut étonné.

— Qu'ont-ils à voir avec Sirocco ?

— Peut-être rien. (Il avait décidé de ne rien dire de Charlie Raine à Wiggins. Jury n'avait après tout aucune certitude ; et moins Wiggins en saurait, moins le commissaire divisionnaire Racer serait tenté de le réduire en bouillie avec sa canne parce qu'il avait marché sur les plates-bandes d'un autre. Dieu sait combien il détestait cette expression !) Je suis un fan, c'est tout. (Jury sourit.) Un fervent admirateur.

Il retourna à la contemplation du mur en béton sur lequel s'ouvrait la fenêtre, repensant à la chanson qu'il avait entendue. Il n'avait alors pas bien réalisé le sens des paroles : *Yesterday's Rain*, « *La pluie d'hier* ». Il posa la tête dans sa main et regarda la masse grise du bâtiment en face.

Il ne pouvait dissocier le présent du passé. Les deux se confondaient. *Le soleil d'hier*... Ses pensées le ramenaient à l'appartement de Fulham Road et aux six années qu'il avait vécues là avec sa mère. En grimpant sur un tabouret dans sa chambre, il parvenait à voir, à travers un trou dans le mur, dans l'appartement d'à côté.

Jury entendit vaguement Wiggins parler au téléphone et se dit qu'il était en ce moment bien loin du Ritz. Il y avait pris le thé une fois avec sa tante et son oncle et avait été ébloui par la profusion de lumières, de tapis épais, par les danseurs qui glissaient sans effort sur les parquets polis.

Mais à chaque fois qu'il écoutait de la musique, c'était surtout au disque rayé tournant dans l'appartement d'à côté qu'il pensait. *Yesterdays*. Pas la chanson des Beatles, mais une autre. Lorsqu'il entendait *Yesterdays* dans la pièce contiguë, il sautait du lit, grimpait sur le tabouret et observait sa voisine, une petite fille peut-être d'un an plus vieille que lui, et qu'il avait décidé d'appeler Elicia Deauville.

Elicia Deauville aimait danser sur cet air. Soit c'était la seule chanson qui lui plaisait, soit elle ne possédait que ce disque, dont elle mettait toujours la même face. En dehors de ces rares et merveilleux moments où elle dansait, Elicia Deauville paraissait de glace, métamorphosée en une petite demoiselle hautaine quand elle descendait l'escalier pour aller à l'école. Sa longue chevelure brune était coiffée en une épaisse tresse serrée, enroulée et sévèrement maintenue derrière la tête par une barrette en forme de roue, dans laquelle plusieurs épingles plongeaient comme des sabres. Ses cheveux semblaient ainsi punis pour leur beauté et leur abondance. Jury se demandait si, comme le lui avait affirmé sa mère, l'affreux couple qui s'occupait d'elle — un homme et une femme arrogants et rougeauds — était vraiment ses parents. Sa mère à lui était mince et belle, avec des cheveux blonds soyeux et des yeux de la même couleur que les siens. Il l'adorait et n'avait jamais douté de ses affirmations, sauf dans ce cas précis.

Mais Elicia Deauville révélait sa vraie personnalité, il en était convaincu, à l'heure du coucher (la même que pour lui), quand elle mettait en marche un vieil électrophone et dansait sur *Yesterdays*.

Vêtue d'une simple chemise de nuit blanche, nupieds, ses cheveux d'un brun doré lui tombant jusqu'à la taille, elle glissait d'un bout à l'autre de la pièce, ondulant et ployant comme un jeune arbre dans le vent, avançant et reculant dans un déplacement de ballerine de plus en plus réduit. Son corps s'agitait alors avec frénésie, ses cheveux flottaient et tombaient comme des feuilles soufflées par le vent.

C'était un acte de total abandon allié à une maîtrise de l'espace qu'il n'avait plus jamais retrouvé par la suite. Vingt ans plus tard, lorsqu'il avait vu danser Margot Fonteyn, il s'était dit : excellent, excellent, mais ce n'est pas Elicia Deauville.

Une nuit, observant derrière ses rideaux une attaque aérienne, il avait vu de grands cônes de lumière jaillir, trembler contre le ciel nocturne et il avait pensé à Elicia Deauville. Il avait été ainsi aux premières loges quand était tombée sur son immeuble la bombe qui l'avait à moitié démoli. L'autre moitié, celle des Deauville, était restée debout.

Il avait découvert sa mère dans la salle de séjour, ou plutôt le bras de sa mère, enveloppé d'une manche noire, étendu sous les gravats tombés du mur et du plafond. Le bras était noir, la main blanche, tournée vers le haut.

Le lendemain, assis dehors sur les marches qui existaient encore, attendant que des parents viennent le chercher, il avait regardé grossir devant la porte voisine le petit tas de valises et de sacs, tandis que les Deauville, aussi voyants, dans leur tenue tapageuse, que bruyants et braillards, allaient et venaient, vidant leur appartement de leurs possessions.

Assis là, il avait sorti son petit carnet de poche et avait écrit : *Je t'aime. Richard.* Pas content de lui, il s'était empressé de gommer les mots comme si les mêmes cieux qui s'étaient ouverts et l'avaient laissé sans avenir allaient de nouveau se déchaîner s'ils voyaient sa déclaration.

A demain. Cela n'allait pas non plus, et s'il avait mentionné la chanson, elle aurait pu deviner qu'il l'avait espionnée. Le père était sorti d'un pas lourd et avait descendu l'escalier, des vêtements sous chaque bras, et il avait aperçu, sur le dessus, la chemise de nuit blanche avec sa toute petite poche.

Adieu, Elicia Deauville. Il avait plié en quatre la feuille de papier et l'avait glissée dans sa poche.

— Il a dit six heures.

— Quoi ? (Jury contemplait la flamme de l'allumette qu'il venait de craquer pour allumer sa cigarette.) Qui a dit quoi ?

Wiggins parut inquiet.

— Alvaro Jiminez. Il a dit qu'il pouvait vous voir à six heures.

— Parfait.

— Vous êtes bien pâle. Vous devriez être chez vous, au lit. Je peux vous prescrire un traitement qui vous remettra vite sur pied si vous acceptez de rester alité tout du long.

— Merci bien, mais pas maintenant.

— Je crois qu'il a raison, monsieur.

— Qui a raison ? Vous devenez bien elliptique.

— Le commissaire Macalvie.

— Je suis sûr qu'il sera d'accord avec vous. Raison à propos de quoi ?

Wiggins agita la main au-dessus de l'amas de livres et retira de l'un d'eux un bâtonnet d'encens.

— Fichu casse-tête, dit-il en guise de préambule, que cette histoire de soudure de l'os. Il est impossible de déterminer avec une absolue certitude l'âge d'un individu en fonction du degré de soudure de l'os.

Jury se pencha par-dessus son bureau et regarda Wiggins en plissant les yeux, plus sous l'effet du scepticisme que de la gêne causée par le rayon de lumière qui frappait son visage.

— Dennis Dench a un tas de diplômes...

Mastiquant son chewing-gum, Wiggins, d'un seul geste de la main, abattit l'obstacle que constituait la prestigieuse réputation du laboratoire-caverne de Dench.

— Les os, monsieur, sont de bons indicateurs, mais ne sont absolument pas, à l'exception des dents, déterminants. (Il plaça la main sur chacun de ses quatre livres.) Voici trois autorités qui disent toutes la même chose, et une quatrième dont l'avis diffère. Mais même celle dont l'avis diffère admet une certaine marge d'erreur. Un autre point important, que m'a précisé ici l'anthropologue médico-légal, est que l'os du bras peut aider à établir si quelqu'un est droitier ou gaucher. Mais j'insiste bien sur le fait que ce n'est là qu'une simple indication. En tout cas, le professeur Dench a omis ce détail. (Wiggins ôta le pot placé sur l'un des livres, referma le volume, le tapota et ajouta :) Aussi l'ai-je appelé pour lui demander ce qu'il avait dans ses notes sur les os du bras. Je lui ai demandé en particulier de me dire si le bras droit de son squelette était plus long que le gauche. Billy Healey, vous vous en souvenez, était droitier.

— A vrai dire, je ne m'en souviens pas. La plupart des gens le sont.

Sans être méprisant, le regard que jeta Wiggins à son supérieur indiquait toutefois qu'il n'approuvait pas sa remarque.

— Certes. Mais le Dr Dench a dit qu'il y avait une légère différence, que l'os du bras droit était un peu plus long que le gauche. Puis il a tout de suite ajouté que cela ne signifiait pas grand-chose, vu que ces os étaient ceux d'un enfant, et qu'ils n'avaient donc pas atteint leur plein développement.

— Vous n'avez pas l'air d'accord.

Wiggins mit les mains derrière la tête, se renversa dans sa chaise et examina le plafond avant de donner son avis. Jury reconnut là une pose qu'il prenait souvent lui-même.

— Je me demande pourquoi il a si vite essayé de me prouver que j'avais tort.

Jury se leva de sa chaise et se dirigea vers la petite fenêtre qui offrait une vue lugubre sur les trois autres côtés du bâtiment en face et sur la cour en dessous.

— Parce que cela fait vingt ans qu'il est le meilleur dans son domaine.

— Nous commettons tous des erreurs, monsieur.

Jury leva les yeux vers le petit bout de ciel blanc. Pour Wiggins, tous les hommes étaient égaux, devant l'erreur comme devant la mort.

— Ce que je pense, monsieur, c'est que son jugement pourrait s'être altéré, comme cela nous arrive à tous, vous devez le reconnaître...

Jury se retourna, notant la pause de Wiggins, éloquente.

— Eh bien, il pourrait refuser de voir la vérité. Dans ce cas précis, la vérité, c'est le commissaire Macalvie. Dench le connaît depuis une éternité. Ce sont tous les deux des experts, chacun dans leur rayon. Je ne crois pas qu'il veuille voir Mr Macalvie aboutir à une conclusion plus plausible que la sienne. Il vous faut admettre que c'est possible.

Regardant en bas dans la petite cour, Jury acquiesça.

— Et vous pensez que je refuse de voir la vérité en ce qui concerne Billy Healey ?

Il y eut un bref silence.

— Eh bien, c'est compréhensible. Je crois en effet que vous ne voulez pas que ce squelette soit celui de Billy Healey.

La nuit commençait à tomber, et le peu de clarté qui subsistait avait déserté la cour, le haut bâtiment empêchant la lumière de passer.

— Je refuse d'imaginer que ce soit le squelette de Billy Healey, comme celui de tout autre enfant.

Il se retourna pour voir Wiggins rougir légèrement tandis qu'il plongeait sa cuillère en plastique dans le petit pot, rempli d'un mélange au miel.

— Oui, bien sûr. Il n'en reste pas moins que c'est le squelette d'un enfant.

Il leva les yeux pour s'assurer qu'il pouvait continuer.

— Poursuivez. Vous avez fait un excellent travail. C'est quoi cette mixture ?

Wiggins avait recours aux analgésiques dans les moments difficiles.

— Cette toux sèche persiste. Miel, gingembre, avec du jus de citron et un peu d'eau. C'est la seule chose qui peut la faire stopper. (Il remua la potion avec une cuillère.) Si vous estimez vraisemblable l'analyse de Macalvie, fondée sur la date du décès, la proximité de la maison des Citrine, l'abandon du cimetière, et si vous croyez néanmoins que ce n'est pas le squelette du jeune Healey, alors qui a été enterré là-bas ? Ce ne peut être Toby Holt, tué cinq semaines plus tard, à Londres. Il faudrait donc que ce soit un troisième garçon, âgé disons de onze à quinze ans, coïncidence par trop étonnante.

— Et Macalvie s'est déjà penché sur cette hypothèse... vous aussi ?

— Naturellement.

— Zéro ?

— Zéro.

— Vous avez appelé Macalvie ?

— Oui.

— Et quelle est sa théorie ?

— Elle n'a pas changé. Il a toujours été persuadé qu'il s'agit de Billy Healey. (Wiggins fit une sorte de moue, sa façon à lui de sourire.) Il semblait plutôt satisfait que j'aie tenu tête au professeur Dench.

— Cela ennuie-t-il le commissaire Macalvie que toutes les autres possibilités aient été éliminées ?

— Non.

— « Nous établissons d'abord la vérité, nous cherchons ensuite des explications. » Il a dû dire quelque chose dans ce genre.

— Je crois que ses paroles étaient : « Tirez d'abord, posez-vous des questions ensuite. »

— Comme n'importe quel bandit armé.

Revenu au bureau, Jury s'assit lourdement, négligeant les piles de dossiers qui l'attendaient.

— Macalvie a tort.

Wiggins tapotait, dans un geste exploratoire, sa poitrine du poing. La toux avait disparu. Mais sa voix était tendue.

— Vous parlez comme si vous en étiez absolument certain.

Wiggins attendait, Jury en était conscient, que son supérieur s'explique sur les raisons de son entêtement.

— Nous en reparlerons plus tard. Ce Stanley Keeler...

Avec cette expression blessée toujours latente dans son regard, Wiggins rectifia :

— Stan Keeler. Mes tympans ne lui pardonneront jamais. Je ne sais pas comment sa propriétaire peut tenir le coup, en tout cas elle est persuadée qu'il s'agit d'un espion polonais. Heureusement pour elle, elle est presque aussi imposante qu'un panneau d'affichage. Il faut être costaud pour résister à toutes ces vibrations sonores.

— Je désire lui parler à lui aussi. A propos de Roger Healey.

— Comme vous voudrez (Wiggins ferma le traité d'ostéologie comme s'il clôturait l'affaire.) Mais il vous faudra des boules Quies.

— Je croyais qu'il était tranquillement allongé sur le plancher durant votre entretien. C'est ce que vous m'aviez dit.

— Il avait la tête posée sur un pneu.

Wiggins commençait à montrer un net penchant pour les ellipses, les réponses énigmatiques.

— Il était étendu sur le plancher, la tête sur un pneu ?

— C'est cela, dit Wiggins, soufflant dans son mouchoir. Avec un labrador. Un énorme labrador.

— Et je voudrais voir également Duckworth.

D'un ton grave, Wiggins demanda :

— Avez-vous fait vos recherches en matière de rock and roll ?

— J'en ai fait des tonnes. Qu'est-ce que c'est ? (Il venait d'apercevoir dans la corbeille du Courrier-Départ un des feuillets roses du bloc-notes destiné aux messages téléphoniques.) Riving...

Il ferma les yeux.

— Oui, monsieur. Miss Rivington de Long Piddle-ton. Là où habite Mr Plant. Il y a une heure qu'elle a appelé. Quelque chose ne va pas ?

— Non. (Il prit son portefeuille, en sortit un billet de dix livres et le tendit à Wiggins.) Allez m'acheter des fleurs. (Il réfléchit un instant.) Des lis tigrés. Quelque chose de vert et de marron. Et mettez-y quelques roses blanches. Il y a un fleuriste dans la rue.

— Voilà un curieux mélange, monsieur. Je ne connais aucune fleur marron. Et, de toute manière, il vous faudra les envoyer... monsieur !

Devant l'expression de son supérieur, Wiggins se leva immédiatement.

Elle partait dans deux jours. Après-demain. Comment avait-il pu l'oublier ?

— Bien sûr que non, je n'ai pas oublié, Vivian. Comment aurais-je pu oublier ?

— C'est facile, répondit Vivian, envahie soudain par la tristesse. Je veux dire avec tout ce qui t'est arrivé. Ta photo était dans les journaux. Je suppose que tu auras à témoigner.

— Non, probablement pas.

— Cela ne t'empêchera pas de venir me dire au revoir, alors ?

— Jamais. Rien ne m'empêcherait de venir te dire au revoir. Mais je préférerais que tu ne partes pas. (Il avait peut-être commencé par mentir, mais en fait il regrettait vraiment son départ. Debout, le récepteur dans la main, il leva les yeux vers le petit morceau de ciel sale.) *Et parfois je rêve de hautes fenêtres. De soleil...* Du soleil d'hier.

— Quoi ? Qu'est-ce que tu dis ?

Il avait dû parler tout haut sans s'en rendre compte.

— Je pensais à un mot doux que j'avais écrit il y a longtemps.

— Pour qui ?

— Pour une fille qui aimait danser sur une vieille chanson de Jerome Kern. *Yesterdays*. Est-ce toujours mieux ? Hier, je veux dire. Il y a beaucoup de chansons sur ce thème.

Vivian garda un instant le silence.

— C'était peut-être mieux. Ou cela le deviendra peut-être, ajouta-t-elle tristement. Si c'est un chagrin d'amour, je suis désolée.

— Je n'avais que six ans.

Il essaya de mettre de la légèreté dans son aveu.

366

— Alors, c'est encore plus cruel. (Elle marqua une pause.) Le train part à onze heures. Après-demain. (Son ton était hésitant, comme si elle ne croyait pas vraiment qu'il viendrait.) De Victoria, je crois.

Jury sourit.

— L'Orient Express part toujours de Victoria.

— Oh ! nous viendrons à Londres, Marshall et moi... Où est Melrose ? Je n'arrive pas à le trouver.

Sa voix était distante, comme si elle parlait loin de l'appareil, promenant son regard dans la pièce, espérant trouver Melrose. Bon sang, Melrose avait-il oublié, lui aussi ?

— Où sont-ils tous ? dit-elle en pleurant.

Jury s'empressa de dire :

— Vivian, il est à Haworth. Il s'est arrêté là-bas après avoir déposé Agatha à Harrogate.

— Pourquoi ?

— Il était fatigué, je suppose. Si tu t'étais trimbalé Agatha pendant plus de cent cinquante kilomètres, ne le serais-tu pas ? (Au moins, il réussit à la faire rire.) Je pense que son intention était d'y rester la semaine pour ensuite la reprendre sans avoir à refaire toute la route. (Avant qu'elle ne se souvienne que l'*Old Silent* se trouvait à Haworth, il poursuivit, persistant dans son mensonge :) Ecoute, je vais l'appeler et lui dire de te téléphoner immédiatement. Je crois me souvenir qu'il m'a parlé de problèmes avec le téléphone là-bas.

— Voilà qui est excellent.

— Excellent ?

— Ton histoire. Enfin, tant que vous êtes là tous les deux, Richard. Dis-lui qu'il est pardonné.

— Pardonné ?

Mais elle avait déjà raccroché.

Huit années s'étaient écoulées ; elle s'apprêtait à épouser un Italien plein de suffisance et c'était la première fois qu'elle l'appelait Richard !

— Un ami me les a données, dit Jury. Un cadeau pour un prompt rétablissement.

Tenant délicatement dans les bras l'énorme bouquet de fleurs que lui avait rapporté Wiggins, il regarda, l'air impassible, le commissaire divisionnaire Racer, de l'autre côté du bureau.

L'inspecteur Wiggins était assis sur le bord du canapé en cuir. Fiona, qui avait été sommée de chercher Cyril, piquait une rose blanche provenant du bouquet dans son décolleté plongeant, ce qui ne faisait que mettre plus en valeur son échancrure.

— Vous me paraissez encore bien pâle.

Wiggins approuva :

— Je lui ai conseillé de rester au lit avec un traitement adéquat.

— Oh, ça suffit ! cria Racer. Il est aussi malade que ce modèle réduit de panthère qui rôde par ici. (Il leva légèrement la tête, comme s'il reniflait l'air. Puis sa tête disparut sous son bureau, et d'une voix caverneuse et imbibée de cognac, il demanda :) Où est-il ? (La tête réapparut.) Arrêtez de tripoter cette fichue rose, et trouvez-le, miss Clingmore ! Quant à vous... (Racer pointa le pouce, tel un pistolet, sur la poitrine de Jury.) Votre carrière est finie. Voilà le bouquet le plus laid que j'aie jamais vu. Qui l'a envoyé ? La police de Keighley ?

Le bouquet, il est vrai, était un assemblage hétérogène et curieux de lis tigrés, de roses blanches, de feuillage d'un vert caoutchouc et de choses brunes qui ressemblaient à des chardons. Jury n'avait pas la moindre idée de ce que c'était. Il resta silencieux, espérant que le monologue de Racer ne s'en achèverait que plus vite, n'ayant l'intention de répondre que si c'était absolument nécessaire.

— Sanderson a rappelé, pas plus tard que cet après-midi. Pour dire que vous aviez encore fait l'imbécile...

Marché sur leurs plates-bandes, pensa Jury avec lassitude.

— ... sur leur territoire. (La tête de Racer pivota de droite à gauche tandis qu'il hurlait à Fiona que cette boule galeuse était dans le bureau. Fiona, avec ostentation, regardait derrière les coussins, sous le canapé, d'où Wiggins faisait subrepticement disparaître un paquet de Fisherman's Friends.) Vous les entendez ? Les clochettes ?

Racer était hors de lui.

Jury tira sur le lobe de son oreille, se demandant si son chef allait enfin glisser dans un petit lac sombre tel qu'en décrivait Poe. Les « clochettes » auxquelles son chef faisait allusion étaient quatre grelots en aluminium cousus au nouveau collier de Cyril, collier que le commissaire divisionnaire avait exigé qu'il portât. Fiona avait insisté pour que le collier soit élastique afin d'éviter que, grimpant dans un arbre, le chat ne se retrouve pendu à une branche. *Vous voyez des arbres dans ce bureau, miss Clingmore ? Attendez, c'est une idée, après tout. Plantons un arbre quelque part et laissons l'animal y grimper. Je veillerai à ce qu'il n'en redescende jamais plus*.

Ce que Racer entendait était le tintement non de clochettes mais de bouteilles. Malgré son adresse, il était impossible à Cyril de se frayer un chemin parmi la forêt de verres du meuble à boissons sans faire de bruit. Le collier, bien sûr, il s'en débarrassait chaque matin en un clin d'œil, après que Racer fut parvenu à s'assurer qu'il l'avait bien.

— Signez seulement ceci, Jury. En trois exemplaires.

Avec son stylo Mont-Blanc, il tapota un bloc de papier à lettres à l'en-tête de Scotland Yard.

— Signer quoi ? demanda Jury d'un ton innocent, en haussant les sourcils.

Que manigançait encore son chef ? Le papier était vierge.

— Votre démission. (Son sourire sournois laissa entrevoir des canines à l'émail jauni.) Cela pourra être rempli plus tard.

Jury jeta un coup d'œil à sa montre sous le bouquet de fleurs. Les bureaux de Smart fermaient à cinq heures, et il voulait passer au *Starrdust* avant d'aller au Ritz... Il était plus de quatre heures. Il se mit à faire des calculs. Vingt minutes au moins pour gagner Elizabeth Street (c'était l'heure de pointe), ce qui lui laissait seulement cinq minutes pour écouter l'un des exposés byzantins de Racer sur la réputation de Scotland Yard et sur la façon dont son subalterne avait contribué à la salir. Le commissaire divisionnaire, bien sûr, savait aussi que le contraire était vrai. Mais il n'avait pas le temps d'argumenter.

— Très bien. (Il tira à lui les feuillets vierges, signa les trois pages, avec un paraphe digne du Mont-Blanc de Racer, espérait-il.) Je peux partir maintenant ? Les fleurs sont en train de se faner.

Il avait vu Fiona reculer jusqu'au meuble-bar, et il savait que le haut talon de sa chaussure pouvait libérer le loquet. Aussi continua-t-il à provoquer Racer qui, aveuglé par l'exaspération, n'était nullement conscient de la manœuvre de la jeune femme. Un déclic ne tarda pas à se faire entendre.

Racer s'empressa de détourner le regard de Jury et essaya de sauver son amour-propre en trouvant des raisons de s'en prendre à Wiggins, lequel se tenait sur le seuil de l'antichambre du bureau de Fiona.

— Et où croyez-vous donc aller, comme ça ?

Jury regarda la fourrure cuivrée filer par la porte. Vu sa vitesse, il estima que le chat n'aurait pas besoin d'une cure de désintoxication.

— Aux toilettes, monsieur, répondit Wiggins.

L'homme et le chat sortirent précipitamment du bureau et Jury les suivit avec ses fleurs. Arrivé devant la porte du bureau, il se retourna pour saluer son chef.

— Je reste à votre disposition si vous avez besoin d'aide pour remplir ce papier.

Il adressa à Racer un sourire radieux et referma la porte derrière lui.

Il y eut un bruit sourd accompagné d'un bris de verre, tandis qu'à l'intérieur un autre presse-papiers volait sur le plancher.

30

I

Les fleurs laissaient *carte blanche*[1]. Elles étaient un sésame auprès de presque tout le monde, sauf Racer, pensait Jury, tandis que la réceptionniste des Editions Smart tendait vaguement la main vers l'interphone, éblouie à la fois par Jury et par son énorme bouquet de lis tigrés et de roses.

Jury ne s'arrêta à son bureau que le temps de tirer une rose blanche du bouquet et de la déposer sur son sous-main. Un pied dans l'escalier, il dit :

— Je fais juste un tour en haut, je peux ?

Cela arrêta la petite main qui s'éloigna de l'appareil et vint se poser sous son menton. Elle savait reconnaître le véritable amour...

Il n'en était pas de même pour Mavis Crewes. Quand Jury pénétra dans la jungle qu'était son bureau, les fleurs dans son dos, elle bondit de sa chaise.

— Comment osez-vous ?...

Sa main vola vers le téléphone, soit pour passer un savon à la réceptionniste, soit pour appeler Scotland Yard.

Puis elle vit l'énorme bouquet, qu'il lui tendit avec des excuses. Excuses qu'elle pouvait attribuer aussi

1. En français dans le texte. (*N.d.T.*)

bien à quelque chose qu'il aurait dit en particulier qu'à la totalité de ses propos, car il refusait de s'expliquer.

— J'ai aussi lu dix numéros de *Voyage Passion*.

Il lui adressa un sourire aussi éblouissant que les riffs de Charlie Raine.

Cela stoppa net son mouvement.

— Si vous me trouvez un vase, j'irai le remplir.

— Je... euh... oui. Il y en a un à droite, là.

Elle se retourna vers une bibliothèque ivoire et prit sur une étagère un grand vase de cristal gravé d'un jaguar dans un arbre.

Elle fit un geste vers une porte.

— Le petit coin, dit-elle d'un ton précieux.

Le comble du confort : des toilettes privées en pleine jungle ! Car son bureau, comme sa maison, était peint dans des tons où se mêlaient un vert olive foncé, un brun terne, de l'ivoire et des éclats d'orange. Ou plutôt, c'était un télescopage déroutant de couleurs, dans un espace décoré de plantes et d'objets évoquant les tropiques, comme le singe empaillé grimpant dans un arbre chétif. L'un des murs était peint en trompe-l'œil, représentation très subjective de la jungle. Un énorme félin avançait droit sur lui.

Un autre félin, son chat, apparemment, le regarda en crachant. La tête mollement levée, c'était tout ce qu'il semblait capable de faire. Il était pelotonné sur le siège principal du bureau : un sofa en velours vert foncé, qui s'offrait avec ses coussins marron et ivoire parsemés d'orange. Un animal à long poil, probablement originaire de l'Himalaya, une espèce exotique en tout cas.

Il remplissait le vase d'eau dans les toilettes, pensant à un pub appelé le *Blue Parrot* à l'entrée de Long Piddleton, auquel Trevor Sly, le patron, avait donné un look désert-safari, à moindres frais et sans aucune connaissance de la réalité. Les vieux posters de film montrant Peter O'Toole et Peggy Ashcroft échoués, pour leur malheur, dans les sables lui avaient paru d'une tristesse éloquente. Puis il se mit à penser à Hannah Lean...

— Pourquoi êtes-vous si long ? cria Mavis, d'une voix flûtée.

Jury se regarda dans le miroir Art nouveau au-dessus du lavabo et se demanda qui il était. L'offre en trois exemplaires de Racer n'était pas une mauvaise idée. De longues vacances, un arriéré de repos. D'autres lieux, d'autres pays. Quelque part où la vie était rude, les rations maigres, et où il fallait, pour sortir, user d'astuce, comme Cyril.

Son fume-cigarette à la main (en ivoire véritable, cette fois, estimait-il), Mavis Crewes s'étendait à n'en plus finir sur ses voyages, ses aventures en safari. Jury l'écoutait, assis sur le sofa du chat, à l'autre extrémité du siège. Elle lui faisait horreur. Elle était superficielle, poseuse, égocentrique. Faite de fumée, elle avait la transparence des chaussures neuves de Mary Lee. Et dans sa robe présentant le même tourbillon de couleurs que son bureau, elle aurait pu s'évanouir sous ses yeux sans qu'il s'en aperçût.

— ... une nourriture *absolument* quatre étoiles. Le chef était hongrois. Vous imaginez ?

Elle parlait apparemment d'un de ses safaris.

— Je croyais que les gens buvaient dans des gourdes de fer-blanc et mangeaient des rations de l'armée.

Mavis Crewes accueillit sa remarque avec un cri de joie qui fit cligner des yeux au chat.

— Mon Dieu, non ! On voyage avec tout son personnel.

Jury se demanda pourquoi ceux qui avaient le bonheur d'avoir un « personnel » étaient ceux qui le méritaient le moins. Il pensa à Nell Healey dans la prison médiévale qu'était la maison de son père ; il pensa à la Jenny Kennington d'autrefois, perdue dans une immense salle à manger vide, que seuls égayaient les rayons de soleil tombant sur le plancher ciré. Ces femmes-là, celles dont il se souvenait, n'avaient pas de personnel ; elles se dressaient dans son esprit, telles des statues sous la neige, et pourtant elles avaient de l'argent à flamber.

— Emmenez-vous votre chat ?

Il regarda le chat, manifestement aussi méchant que choyé. Cyril aurait pu lui régler son compte d'un rapide coup de patte.

Jury fit la grimace quand il l'entendit parler de Taffy, mais sourit en pensant à Cyril. Les gens comme Mavis Crewes se montraient si complaisants envers eux-mêmes — les régimes cruels qu'elle s'infligeait pour rester mince en étaient la preuve — qu'ils en devenaient insensibles. Tout comme son chat et ses plantes, Mavis ne pouvait prospérer qu'à une température égale et était incapable de survivre, hors de son solarium, aux intempéries du monde. Son thermostat respirait à sa place.

— ... vous auriez, vous-même, bien besoin de vacances.

Sa large bouche eut un sourire hypocrite, ses paupières s'abaissèrent, sa voix devint un murmure. Elle espérait sans doute donner d'elle une image féline, à la Lauren Bacall.

Jury lui retourna un sourire aussi faux que le sien.

— Oh ! j'en ai bien besoin, en effet. Les safaris sont-ils vraiment reposants ?

Il s'installa plus confortablement sur le sofa, mit les mains derrière sa tête, donna l'impression qu'il avait tout son temps, si cela pouvait plaire à Mavis. Il se força à lui adresser un sourire des plus enjôleurs, à y faire participer ses yeux.

Apparemment, cela « plut » à Mavis. Son attitude eut pour effet d'arracher la rédactrice à sa chaise et de l'amener à contourner le bureau, tout comme le sourire de Charlie Raine avait fait sortir Mary Lee de derrière le dos de Jury.

Adossée au meuble, les deux paumes en arrière plaquées sur la surface polie, comme pour se soutenir, elle répondit :

— Eh bien, cela dépend. Quelle qualité de repos vous faut-il ?

— Un repos total. Qui me permette de tout oublier : cette ville pourrie (il adorait Londres), ce travail éreintant (il adorait son métier), cette vie solitaire (elle lui pesait effectivement). Quelles sont les conditions de couchage ? Sous des tentes ?

— De très belles tentes, très confortables, vraiment.

— On peut y dormir à deux ?

Mavis Crewes prenait un intense plaisir à ce jeu. C'est ce à quoi elle excellait, les jeux. Jury détestait cela.

— Mais bien sûr !

Il ne se leva pas pour allumer sa cigarette : il aurait perdu son avantage.

D'une voix endormie, il dit :

— Je doute de pouvoir résister à la compétition. Les tigres, les jaguars, enfin vous comprenez ce que je veux dire.

— Roger ne se posait pas ce genre de problèmes. Mais vous n'êtes probablement pas un fusil.

— Oh, mais si ! J'ai suivi un entraînement de niveau 6. Je ne suis pas un tireur d'élite, mais mon tir a été estimé excellent. Roger tirait-il bien ?

— Il était bon, mais pas aussi bon que moi — comme dans la plupart des domaines.

Les lèvres en avant, elle rejeta une bouffée de fumée. Puis son visage changea.

Elle venait de réaliser ce qu'elle avait avoué. Son corps se ramollit, son expression se durcit, trahissant son âge. Elle resta un moment debout avant d'envoyer le vase s'écraser sur le plancher.

Taffy se dressa sur ses pattes arrière, cracha et sauta du sofa. Jury se leva, enjamba la flaque d'eau et les éclats de verre et saisit Mavis par la taille dans un geste qui, en toute autre circonstance, aurait été celui d'un amant passionné.

Il lui prit le menton et l'attira plus près.

— Je regrette, mais je n'aime pas qu'on se moque de moi. Vous auriez très bien pu me dire qui était pour vous Roger Healey, nom de Dieu ! Je suppose que vous serez ce que l'on appelle un témoin à charge. Excusez-moi.

Il était sincère ; il avait le sentiment de l'avoir manipulée. Il s'efforça de sourire, de calmer sa colère, ne parvenant probablement qu'à l'attiser.

Telle l'image qu'il avait eue de Cyril, elle lui jeta ses griffes au visage, n'atteignant heureusement que le menton. Jury la lâcha.

Etouffant de rage, elle hurlait maintenant.

— Vous êtes commissaire de police. Quand j'informerai vos supérieurs, quels qu'ils soient, de votre comportement, vous n'aurez plus de travail.

— Racer. Le commissaire divisionnaire Racer.

Jury avait sorti son mouchoir et essuyait le sang sur son menton.

— Mais je ne crois pas être le genre à safari, Mavis. J'ai besoin d'un climat froid, d'un endroit propice à la réflexion. Pas d'abondance, mais de maigres rations qui vous obligent à développer vos talents pour survivre.

Il fait si froid en Alaska
En Alaska...

Il sourit comme lui revenait en mémoire ce couplet de la chanson que Melrose Plant aimait tant.

— Un endroit comme l'Alaska.

II

GRAND SPECTACLE CÉLESTE
LE 15 JANVIER

L'habituel mobile constitué de planètes tournant au bout de leurs fils invisibles avait été déplacé sur le côté, apparemment en perspective de ce « grand spectacle céleste ».

Si ce n'était pas encore le grand jour, Jury se demandait, étonné, ce qu'il pourrait y avoir de plus le 15 janvier. Déjà, la vitrine attirait les passants, et des enfants, aussi solennels que des hirondelles alignées sur un fil, y collaient leur front.

La silhouette familière du Merlin mécanique en cape et chapeau pointu parsemé d'étoiles avait été remplacée par un minuscule prince sur un cheval blanc, étendard au poing, qui se déplaçait lentement sur un petit rail électrique, s'arrêtait, puis regagnait la sombre forêt d'où il avait émergé.

Un immense soupir jaillit du groupe d'enfants qui s'étaient poussés sur le devant, les cheveux hérissés par l'humidité. D'un petit château en cristal, dans le coin opposé, sortait une princesse en verre, sa robe gonflée couvrant le chemin sur lequel elle avançait. La rencontre des deux personnages fut plus symbolique que réelle. Ils ne se touchèrent pas, mais s'immobilisèrent aussi près l'un de l'autre que les merveilles de l'électronique ou du rail électrique le permettaient. Puis chacun retourna à sa prison.

De la neige vola en rafales et retomba à un autre endroit de la vitrine. Il devait y avoir une machine à fabriquer de la neige. De minuscules rayons aux couleurs estompées de l'arc-en-ciel, sans doute des rayons laser, tournèrent dans le ciel, éclairant Pluton et Vénus, avant de revenir jeter une luminescence irisée sur les petites congères.

Et ce microcosme doté de ses propres rouages allait

encore être perfectionné ! Ce que Jury voyait suffisait à l'éblouir.

Wiggins murmura :

— On sera par ici le 15, monsieur ?

Jury lui répondit :

— On ne peut pas rater ça, n'est-ce pas ?

Comme ils franchissaient la porte, Wiggins cessa d'éternuer et rentra son mouchoir. Le *Starrdust* était le seul endroit où Wiggins estimait qu'on n'attrapait rien.

Les jumelles célestes, Meg et Joy, arrangeaient quelque chose derrière le rideau de velours, chuchotant et riant.

Quand elles virent qui venait d'entrer, elles se redressèrent vivement, lissèrent leurs jeans en velours noir, arrangèrent leurs bretelles or et argent sur leurs chemisiers en satin blanc.

— Bonjour !

— Bonjour ! Vous voulez voir Andrew ? Il est avec une cliente.

Tandis que Wiggins contemplait les lumières clignotantes de la voûte du planétarium, Jury se retourna pour scruter la pénombre. L'éclairage provenait pour l'essentiel des appliques murales coiffées d'abat-jour en forme de croissant de lune ou de longs luminaires aux abat-jour évoquant des planètes à anneaux.

Andrew Starr, un antiquaire spécialisé en livres anciens et passionné d'astrologie, leva les yeux de son bureau et fit un geste de la main aux nouveaux venus. La cliente en question était une femme corpulente drapée dans une cape en vison russe avec un collier d'ambre, également russe, autour du cou.

— Je venais me faire dire la bonne aventure, déclara Jury. Qui a réalisé la vitrine ?

— C'est nous, dit vivement Meg. Joy a des dons pour la mécanique.

Jury regarda Joy, surpris. Il ne les aurait pas crues capables, à elles deux, d'ouvrir une porte avec une clé.

— Mais la conception est de Meg, dit Joy, avec

bonne grâce. Et Andrew nous a dit de ne pas regarder à la dépense, ajouta-t-elle fièrement.

Andrew serait amplement récompensé, Jury en était persuadé. En embauchant Joy et Meg, et tout particulièrement Carole-Anne, il avait doublé son chiffre d'affaires pendant les vacances.

Comme plusieurs galopins sortaient de la maisonnette où l'on pouvait lire : *Horror-Scope*, Jury remarqua :

— Eh bien, Andrew a tout intérêt à bien vous traiter, car si Selfridge's voit cette vitrine, adieu Meg et Joy.

Elles eurent l'air peiné devant cette insinuation d'une possible déloyauté de leur part. Après tout, *Starrdust* était leur foyer maintenant.

Cela était également vrai pour Carole-Anne Palutski qui venait vers eux avec une assiette de gâteaux. Depuis que Mme Zostra avait trouvé cette sinécure, l'univers était devenu son foyer.

— Le thé est prêt, les enfants !

Carole-Anne Palutski portait sa tenue harem : un pantalon rouge parsemé de fils d'or ; une courte blouse du même bleu lapis-lazuli que ses yeux et bordée d'or ; et un ample manteau vaporeux sans manches. Si elle n'avait été coiffée d'un turban en lamé d'or, la princesse aurait vu là, imagina Jury, la griffe d'un Lacroix qui aurait forcé sur l'exotisme.

— Je connais quelqu'un à qui ton style coloré plairait beaucoup.

Le visage de Carole-Anne apparut derrière l'épaisse tranche de forêt-noire qu'elle engloutissait avec beaucoup plus de plaisir qu'on n'en lisait dans le regard qu'elle adressa à Jury.

— Vous vous êtes finalement décidé à rentrer. Eh bien... (elle poussa un soupir plus gros encore que sa tranche de gâteau)... qui donc est cette femme ?

— La princesse Rosetta Viacinni di Belamante.

(Jury ferma son calepin.) Je n'ai pas dit qu'il s'agissait d'une femme.

— A-t-elle le téléphone ?

— Aucune idée.

— Il me tarde que vous vous en soyez assuré.

Avec le dos de la fourchette, elle écrasa les miettes de chocolat.

— La princesse a probablement soixante-dix ans.

Carole-Anne haussa une épaule dorée et vaporeuse.

— Depuis quand cela vous arrête-t-il ? demanda-t-elle, semblant insinuer que Jury avait son harem de femmes âgées. (Elle posa son assiette et alla mettre un autre disque sur le vieux phonographe.) Et je doute que B-tiret-H- apprécie beaucoup.

Susan Bredon-Hunt continuait à passer des coups de fil à Jury. Son nom imprononçable avait été réduit à une traînée d'initiales comme les étoiles qui tombaient sur l'Alabama dans la chanson que l'on entendait maintenant.

Seule une musique cosmique était autorisée au *Starrdust*. Pièces de monnaie tombant du ciel, escaliers montant au firmament, étoiles ou poussières d'étoiles, lunes de toutes les couleurs. Perry Como avait un droit d'entrée parce que si son grand amour lui avait demandé d'aller lui décrocher la lune, il l'aurait fait. Soleils, lunes, étoiles — le cosmos. Tout ce qui était céleste passionnait Andrew et son équipe.

Meg et Joy, les vendeuses d'Andrew, étaient tout à fait à leur place. On les aurait crues descendues de la Voie lactée, W.17, avec leurs jolis visages lunaires. Elles pouffaient maintenant de rire dans l'*Horror-Scope*, en compagnie de Wiggins.

Jury prit Carole-Anne par le bras et la conduisit sous la tente où elle jouait le rôle de Mme Zostra. Starr lui-même était un astrologue sérieux doté d'un sens aigu des affaires, et Carole-Anne avait été contaminée ; le démon qui s'était emparé d'elle n'était pas lié, toutefois, à une passion pour les signes du zodiaque ou les anneaux de Saturne, mais plutôt à un désir de diriger la vie de Jury ainsi que celle de gens qui croisaient son chemin jonché d'étoiles, comme Mrs Wassermann. Fort heureusement, elle évitait les horoscopes compliqués comme en faisait Andrew : à quoi bon apprendre tout cela quand le *Daily Mirror* en proposait de tout à fait corrects ? Vidal Sassoon lui était probablement apparu dans la rubrique Astrologie du journal le jeudi précédent.

La tente était faite d'une étoffe légère tendue sur plusieurs barres enfoncées dans le mur et ouverte sur l'extérieur comme un rideau. Carole-Anne et Jury s'assirent l'un en face de l'autre sur d'énormes coussins. Sur un tabouret, dans un coin, se tenait l'espèce de monstre en peluche que Jury lui avait rapporté un an auparavant de Long Piddleton. Le chapeau noir conique avec son croissant doré qu'il ne portait pas à l'origine lui allait plutôt bien.

Après avoir, dans une boule de cristal posée sur un guéridon doré aux pieds arachnéens, vérifié son rouge à lèvres et examiné ses dents, elle prit un jeu de tarot et l'étala sur le tissu noir.

— Choisissez une carte.

— Non, merci. La dernière fois m'a suffi.

— Comme vous voudrez.

Elle haussa les épaules, fit de la place, mit le Pendu et l'Ermite debout, les coiffant de l'Impératrice. Les cartes tenaient.

— Tu es un peu pâle, Carole-Anne. Quelque chose ne va pas ?

Elle s'empressa de se regarder dans la boule de cristal et répondit :

— Non. Sauf que je suis débordée.

— Tu le serais moins si tu cessais d'emmener Mrs Wassermann se faire faire des « friselures ». Laisse-lui son style. Je l'aime comme ça.

— Elle a besoin de changement. Vous ne l'avez pas entendue se plaindre, non ?

De petites rides soucieuses apparurent sur son front lisse.

Jury sourit.

— Non. Mais laisse-la tranquille, veux-tu ? Une autre séance chez Sassoon et elle ressemblera à un mouton.

Pas étonnant que Carole-Anne fût fatiguée. Construire une maison avec des cartes de tarot n'était probablement pas de tout repos.

— Nous avons imaginé que tu t'apprêtais à partir en voyage, avec toutes ces cartes et ces horaires de train, etc. Mrs Wassermann m'a dit il y a quelques jours que tu allais à Victoria Station.

— Oh ! je vois. (Elle plaça délicatement trois autres cartes sur les premières.) C'était une idée comme ça.

Jury attendit la fin de *Moonlight Serenade*. Comme la musique était différente alors ! songea-t-il, repensant à Elicia Deauville.

— Quelle idée ? finit-il par demander.

— Ce groupe. Vous ne le connaissez probablement pas. Sirocco. Vous voyez, je pensais qu'ils viendraient d'Irlande. (Craignant qu'il ne se moque d'elle, elle ajouta, sur la défensive :) Car ils étaient en Irlande. A cause de leur batteur, j'imagine. Wes Whelan.

— N'était-il pas plus vraisemblable qu'ils prennent l'avion jusqu'à Heathrow plutôt que le ferry de Dublin ou de Cork ? Ou même de Belfast ? (*Yesterday's Rain* avait succédé au disque de Glenn Miller. Il tourna la tête, écouta quelques instants la musique qu'elle feignait d'ignorer en fredonnant un tout autre air.) A moins que tu ne fasses seulement allusion au guitariste soliste de Sirocco ?

L'édifice de cartes trembla.

— Je suis surprise que vous en ayez entendu parler.

— Il y avait un article sur Sirocco dans ce magazine que tu m'as piqué. Je l'ai lu. Parfois il voyage seul. Mais la chose était peu probable, cette fois-ci. N'aurait-il pas été plus sensé d'aller à Heath...

— Je déteste les aéroports, coupa-t-elle.

— Tu veux dire que tu as peur de voler ?

Avec un mouvement d'impatience, elle secoua ses cheveux d'or cuivré, qui brillèrent sous les lumières des étoiles au plafond.

— Non, c'est simplement que je n'aime pas ce qui s'y passe. (Elle posa les mains sur ses hanches et dit avec colère :) Vous n'avez jamais remarqué ? Vous avez pourtant dû vous en rendre compte quand vous êtes allé à Heathrow avec votre mitrailleuse, le jour où cette bombe a explosé.

Cela semblait avoir un rapport très éloigné avec ses véritables préoccupations.

— Tu as peur d'être prise sous un feu croisé ? En tout cas, ce n'est pas une « mitrailleuse » que j'avais.

— Ah bon. (Comme si cela résolvait tous les mystères de l'univers, elle mit la dernière carte en place.) Ne respirez pas, pour l'amour du ciel ! (Puis elle prit un air triste pour dire :) Les aéroports sont bien le dernier endroit où s'arrêter. Des gens qui se quittent. C'est comme la dernière... tranchée. Des gens qui meurent dans les bras les uns des autres. (Elle le regardait à travers deux carrés constitués par les cartes.) Avant que certains ne montent en première ligne.

D'où lui venaient, se demanda Jury, toutes ces métaphores militaires ? Peut-être de ses conversations avec Mrs Wassermann, qui avait vécu d'horribles expériences en Pologne durant ce qu'elle appelait la Grande Guerre (celle qu'elle avait partagée avec Jury). Mais Mrs Wassermann n'en aurait pas parlé à Carole-Anne. C'était trop affreux.

Elle s'était mise à lui raconter une histoire :

— ... cette petite fille, non, ce petit garçon. Sa mère le tenait dans ses bras et ils pleuraient tous les deux. C'était près de la porte, et il y avait d'autres personnes autour, l'air bouleversé, dont un vieil homme avec des tas de médailles sur la poitrine — le papy probablement. Le petit garçon avait peut-être trois ou quatre ans. Et il pleurait comme si c'était la fin du monde. Tout comme sa maman. Enfin, c'était sûrement la mère. (Elle passa un doigt sous les cartes et l'édifice s'écroula doucement, comme pour lutter contre la force de gravité.) Le petit garçon avait le visage tout contre celui de sa mère et ce qui était si... si terrible c'est que de la main, malgré son propre désespoir, il lui essuyait ses larmes. Peut-être était-ce le fait qu'elle pleurât, elle aussi, qui donnait à cette tragédie sa réalité.

Elle s'arrêta soudain, le mot « réalité » restant en suspens. Son récit était sans doute loin d'être terminé, mais elle semblait n'avoir ni la force ni le souffle suffisants pour poursuivre.

Jury resta silencieux. Il ne trouvait rien à dire. Il pensait à la façon dont il avait perdu Elicia Deauville. Il pensait à toutes ces histoires invraisemblables (il les aimait, sans l'avouer) que Carole-Anne lui avait racontées pour expliquer qu'elle fût apparemment sans famille. On l'avait trouvée dans une malle à la gare Victoria ; elle avait été chloroformée dans un train — histoires qu'elle avait lues ou entendues. Mais celle relative à son amnésie, après qu'elle eut été frappée par une balle de golf à Saint-Andrews, était certainement de sa propre invention.

Ainsi pendant que les fans de Sirocco guettaient le groupe à la descente de son avion privé, Carole-Anne attendait sur un quai de la gare Victoria.

Jury déglutit. Puis il sortit les billets de sa poche et les glissa sur la table en s'efforçant de sourire.

Lorsque Carole-Anne les aperçut, elle n'eut pas à se forcer pour sourire. Son visage retrouva d'un coup toutes ses couleurs.

— Super ! Où les avez-vous eus ?

Ses yeux se rétrécirent.

— Vous ne les avez quand même pas payés le prix fort en les achetant à un revendeur ? (Puis ses yeux bleus s'agrandirent de nouveau et elle attrapa la petite table, se pencha par-dessus et l'embrassa.) Mais où donc avez-vous eu ces billets ?

Jury eut un autre sourire et se leva, les jambes endolories.

— C'est un secret.

Carole-Anne adorait les secrets.

31

I

Le Ritz était aussi somptueux que dans ses souvenirs, mais pas aussi grand que ses yeux d'enfant de six ans l'avaient vu. Bien que réduit dans ses dimensions, il ne perdait rien de son éclat, de ses couleurs, de sa splendeur : les tapis épais, les lustres en cristal, les fauteuils rose et doré, les alcôves à colonnes où les clients buvaient café ou cocktails, et, bien sûr, le long salon surélevé avec ses tables couvertes de nappes blanches dressées pour le thé, qu'on venait prendre même en cette heure tardive.

Alvaro Jiminez buvait un café dans l'une des alcôves. Il se leva et serra la main à Jury quand celui-ci déclina son identité. C'était un homme imposant, de plus d'un mètre quatre-vingts, au visage noir finement dessiné, vêtu d'un jean griffé et d'une veste en jean cloutée de métal par-dessus un pull à col roulé. Il n'avait pas d'autre bijou qu'une Rolex. Il parlait avec un air de se déprécier, art dans lequel il était probablement passé maître. Sa mère, dit-il à Jury, était portoricaine, son père originaire du Mississippi. Celui-ci était un des meilleurs chanteurs de blues qu'il eût entendus à ce jour.

— Je suis allé à l'école à Earl Hooker. Je n'ai jamais entendu personne jouer comme mon père, sauf peut-être Robert Johnson, ou Otis Rush.

Jury sourit.

— Et vous ?

Jiminez rit.

— Moi ? Eh bien, je ne suis qu'un modeste guitariste de blues. (Il prit la cafetière en argent et se reversa du café.) La virtuosité ne m'intéresse pas. Non que je la méprise. Van Halen a plus d'énergie que tous les guitaristes que j'ai vus. Seulement je ne pratique pas ces « envolées espagnoles » — ce genre de solos. Il y a trop de heavy metal ; encore plus ici qu'aux States. Trop de thrash. Les trucs baroques, c'est ça que j'aime. Notre musique ne se réduit pas à un rythme tchac-poum-poum ou à des suites de douze mesures... (il déplaça sa main le long d'un manche imaginaire) ; elle est bien plus électrique.

Non seulement la diction de Jiminez avait changé quand il en était venu à s'exprimer sur sa grande passion — le blues — mais sa voix avait baissé d'un ton. Jury pouvait voir à ses manières que c'était un homme raffiné. Et bien qu'Alvaro fût la force motrice du groupe — il en était le membre fondateur —, quand il parlait de Charlie Raine qui focalisait sur lui l'attention des journaux à sensation, des médias, et faisait la couverture de magazines, il n'y avait pas une once de rancœur ou de jalousie dans sa voix. Peut-être était-ce parce que Charlie ne cherchait pas ce succès, qui lui était indifférent. C'est ce que Jiminez affirmait.

— J'ai beaucoup de respect pour Charlie. Il n'achète pas sa réputation. Il ne semble rechercher ni la célébrité, ni l'argent, ni le feu de projecteurs de mille watts braqués sur lui. Un jour je lui ai demandé : « Charlie, que veux-tu ? » et il m'a répondu : « Etre aussi bon que toi. » (Alvaro eut un petit rire et secoua la tête.) Je crois qu'il était sincère.

Jury sourit.

— L'est-il ?

Alvaro rit de nouveau tout en tirant une mince cigarette d'un étui sur la table basse.

— Mon Dieu, non. Considérez les choses de cette manière : j'ai quinze ans de plus que Charlie. Quinze ans de bœufs, de concerts dans les clubs... (il regarda Jury à travers la flamme de son briquet)... mais il finira par le devenir.

— Vous aurez toujours quinze ans d'avance.

Alvaro secoua encore la tête, se renversa sur son siège. De la fumée s'éleva en volutes ; il souffla dessus et la dispersa.

— Parce que c'est le guitariste le plus concentré que j'aie jamais rencontré. C'est plus que de la concentration ; c'est comme s'il était investi d'une mission. Vous devez être capable de dissocier votre comportement de star de ce que vous êtes réellement. En concert, vous êtes obligé de jouer un certain personnage, vous avez une attitude scénique, mais, lorsque vous remballez, rappelez-vous, comme Sly Stallone le disait, que « vous devez rentrer chez vous manger des spaghetti avec votre mère. » Quand j'étais môme, je ne me demandais pas si je me faisais avoir dans mes contrats ou s'il y avait une erreur dans mes impôts. A l'époque, je jouais pour le plaisir de jouer. Ce que je veux dire par là, c'est que vous devez pouvoir mettre toute autre considération de côté pour vous concentrer sur votre jeu. Je n'ai pas oublié le gamin merdeux de quatorze ans que j'étais à l'époque où j'échangeais des solos avec mon père, tant j'avais d'amis dans le Mississippi qui me disaient : « Te voilà encore à traîner par ici avec ton étui de guitare ? Que caches-tu dedans ? De la coke ? Du crack ? » Puis, un jour, un ami qui joue aussi bien que Stevie Ray Vaughan me fait comprendre que je ne sais rien. Nous nous lançons dans des phrasés à la S.R.V. et je réalise qu'il est temps que je passe à autre chose. Tout comme Charlie.

— Est-ce la raison pour laquelle il se retire ?

Jiminez haussa les épaules.

— Ce n'est qu'une supposition. Il dit qu'il en a assez et qu'il veut tenter quelque chose de nouveau

— de vagues trucs comme ça. Il ne donne pas de véritable raison. Il n'explique pas davantage pourquoi il a changé la programmation. Nous étions censés jouer à Munich cette semaine. Le manager a failli se trancher la gorge.

— Ça n'a pas de sens. (Jury leva les yeux vers le plafond, vers le magnifique lustre d'où émanait une clarté rose.) Vous dites qu'il se donne à fond, qu'il est concentré, tout cela rime avec ambition pour moi. Mais il s'arrête au sommet, ou presque, de sa carrière.

Jury regarda Jiminez par-dessus la table et le service à café en argent.

— Donnez-moi une explication et nous serons deux à comprendre, mon vieux.

— Vous ne trouvez pas cela curieux ?

— Curieux ? Je trouve cela insensé. Mais chaque homme a sa propre rivière à traverser.

Alvaro Jiminez avait dû en traverser plusieurs, pensa Jury.

— Quand Charlie s'est-il joint à votre groupe ?

— La première fois où j'ai vu Charlie, nous étions en tournée. C'était, voyons... il y a quatre ans. Nous donnions une série de concerts uniques, presque un millier de la Californie à la Floride. Charlie s'est pointé un soir dans le bouge où on se donnait aux Keys. Il avait déjà rencontré Wes ; il jouait de temps à autre à New York. Un lieu réputé, sauf qu'il n'y avait pas de quoi s'en vanter, parce qu'il n'y avait pas plus de vingt, trente personnes dans la salle et que tout le monde était bourré ou presque.

» Charlie se tenait au bar, touchant à peine à sa bière, avec son petit ampli de fortune à la ceinture, sa vieille Fender posée contre un tabouret. Son visage m'a semblé familier. J'ai alors réalisé que c'était un fan.

Jury fronça les sourcils.

— Il vous suivait de concert en concert ?

— Il nous prenait pour les Grateful Dead. Je lui demande s'il m'avait confondu avec Garcia. Et voilà que, impassible, il me répond : « Comment l'aurais-je pu ? » (Alvaro sourit.) A son ton, je pouvais aussi bien être meilleur que Garcia que le dernier des minables. En tout cas, il a poussé vers moi une cassette de démo, m'a dit qu'il aimerait jouer un morceau avec nous, si je n'y voyais pas d'inconvénient. Ici, le soir même. Je lui ai demandé ce qu'un jeune Britannique pouvait bien faire à Key Biscayne. « Je cherche du travail là où je peux » a été sa réponse. Fasciné par ce garçon, je lui ai dit : « Tu joues de la guitare, bien sûr ? » N'est-ce pas le cas de tout le monde ? Il a répliqué : « Je joue de tout : batterie, basse, tout ce que vous voulez. Et n'importe quelle musique. » Eh bien, il a fait tout le dernier set avec nous, et les vingt, trente personnes dans la salle ont été subjuguées. Il a fait un tabac. Il connaissait la moindre de ces vieilles chansons démodées qu'ils aimaient. *Georgia on my mind*... J'ai cru qu'ils allaient mourir de joie et monter droit au ciel. Certains se sont même levés pour danser. Il sait ce qui plaît. Ajoutez à cela un style blues funk à la Clapton et vous avez l'étoffe d'une star.

— Vous avez changé le nom du groupe ? demanda Jury, après un instant de réflexion.

— Oui. Nous avons pensé que *Bad News Coming*[1] faisait plutôt ringard et nous avons tous proposé quelques noms. *Sirocco* était l'idée de Charlie. Nous ne savions même pas ce que cela voulait dire, mais la sonorité nous plaisait.

Jury sourit.

— Charlie le savait-il ?

— Vent chaud soufflant du désert. Quelque chose comme ça. Regardez qui vient vers nous.

Une femme enfouie dans les plis d'un manteau de zibeline grise en parfaite harmonie avec sa coiffure sophistiquée s'avançait d'un pas rapide vers le coin où ils étaient assis, suivie d'une jeune fille à plusieurs pas

1. Mauvaises nouvelles qui arrivent. *(N.d.T.)*

derrière. Gants d'opéra en cuir, chaussures italiennes en chevreau. Une certaine corpulence et les diamants de ses boucles d'oreilles, de son collier et de ses bracelets la faisaient ressembler, estimait Jury, à un des lustres de l'hôtel.

— Vous faites partie du groupe Sirocco ? demandat-elle. (Basse, avec des intonations qui trahissaient son milieu social, sa voix était aussi affectée que le reste de sa personne.) N'êtes-vous pas Mr Jiminez ?

Wiggins aurait noté la prononciation incorrecte du *Jim*.

La jeune fille rougit et détourna les yeux. De toute évidence, c'est elle qui avait reconnu Alvaro Jiminez.

— C'est exact, mon chou.

Il griffonna son nom sur l'une des fiches de l'hôtel, regarda la femme et demanda :

— Je suppose que vous venez au concert ?

La femme eut l'air déconcertée.

— Quel concert ?

La fille aurait pu mourir de honte à l'instant même, Jury était conscient de sa gêne. Alvaro chercha son regard, lui demanda son nom, apprit qu'elle s'appelait Belle et dit :

— Dis à ta mère de quel concert il s'agit, Belle.

Cela parut ravir Belle ; sa rougeur s'atténua, et ce qui en restait éclaira son visage et fit briller ses yeux.

— Hammersmith Odeon, demain soir.

Jiminez eut un large sourire.

— Je compte sur toi.

La mère se lança dans de longues explications concernant son « emploi du temps » du lendemain, les endroits où elles devaient aller, les gens qu'elles devaient voir (tous importants) ; Jiminez continuait à regarder Belle, dont le visage avait perdu son éclat, tandis qu'elle écoutait sa mère, à qui Alvaro n'accordait pas la moindre attention.

— Tu pourras retirer un billet au guichet, Belle. De

ma part. C'est facile de se rendre là-bas en métro, mais prends un taxi au retour.

Les yeux de Belle s'agrandissaient au fur et à mesure qu'il parlait. Jiminez l'avait entraînée au royaume des fées, où toutes les règles étaient soudain merveilleusement différentes. La femme à la zibeline était furieuse, Jury le sentait. Sa Belle autorisée à vivre sa vie et même à courir à Hammersmith !

Alvaro les regarda s'éloigner, secoué d'un petit rire. La zibeline tressautait sur la mère comme elle essayait de se maintenir à la hauteur de sa fille, qui l'ignorait.

— Voilà au moins une place de prise, dit Jiminez. Je suppose que les flics n'ont pas de temps pour ce genre de choses.

— Tous les billets sont vendus.

Alvaro Jiminez semblait trouver cela très drôle.

— Vous êtes commissaire à Scotland Yard et vous ne pouvez pas avoir de billets ? (Il ne laissa pas à Jury le temps de répondre.) Eh bien, il y en aura quatre au guichet. Le régisseur est un chic type. Il nous en met de côté. Vous permettez que je vous dise quelque chose ?

Jury sourit.

— Bien sûr.

— J'ai comme dans l'idée que vous n'êtes pas vraiment pour le maintien de l'ordre par la violence. Je ne saurais dire pourquoi. Et il faut que j'y aille, l'ami.

Jiminez se leva, le dominant de sa haute taille.

Jury se leva à son tour pour lui serrer la main.

— Je ne suis qu'un de vos admirateurs, Alvaro. Je tiens à vous remercier. Vous n'étiez pas obligé de m'accorder de votre temps.

— J'aime bien descendre ici, traîner avec les rupins. On a failli me refuser l'entrée du salon parce que je n'avais pas de cravate. Si notre manager nous loge au Ritz, c'est parce que tout le monde y est si riche que personne ne nous embête. Tant que nous portons nos cravates. (Son visage était inexpressif.) Pourquoi vous intéressez-vous autant à Charlie ?

— Je cherche à sauver la vie de quelqu'un.

— Ah bon !

Jury savait, à son ton, qu'il ne parlerait à personne de leur conversation. Ils se dirigeaient vers l'entrée, où la longue rangée de portes vitrées brillait sous l'effet des reflets des lustres.

— Vous permettez que je vous pose une autre question ? Sur vous ?

— Allez-y, mon vieux.

Ils étaient sur le seuil, regardant Piccadilly.

— Vous avez dit que votre père était un grand bluesman du delta du Mississippi. Son nom était Jiminez ?

— Non. C'était le nom de jeune fille de ma mère. Je me suis appelé Johnson jusqu'à la mort de mon père. J'ai ensuite changé de nom. (Il marqua une pause.) Ma mère s'est enfuie avec un pianiste quand j'avais huit ans. Je n'ai plus jamais entendu parler d'elle.

Ils restèrent un moment à contempler tous les deux les cercles vacillants de lumière réfléchis par la marquise du Ritz, et Alvaro ajouta :

— Il y a beaucoup de Johnson dans le monde, alors j'ai pensé qu'elle reconnaîtrait peut-être son nom et viendrait me voir.

Jury n'avait nul besoin de demander si cela avait été le cas.

II

Dans cet entrepôt de l'Ile-aux-Chiens, Morpeth Duckworth, tout habillé de noir, avait l'air d'une araignée au centre de sa toile.

Quand Jury et Wiggins entrèrent, il était en train de tourner ou de presser des boutons, de pousser des manettes à droite et à gauche, comme un homme doté de dix bras. Il était entouré de piles d'amplis, de composants de chaîne stéréo, d'une sono, de synthétiseurs numériques, d'écrans de télévision. Il avait les jambes étendues, les pieds posés sur deux chaises à roulettes du type de celles qu'utilisent les secrétaires. C'était un homme dans son élément.

Duckworth les salua d'un signe de tête, poussa les chaises vers eux, comme pour les inviter à s'asseoir. Il tripota quelques boutons et régla le son afin de réduire ce qui ressemblait à des cris déformés par un effet Larsen à une sorte de vibration, comme si une nappe de chaleur s'élevait entre eux. Ce que, à ce niveau sonore, Duckworth semblait considérer comme un fond musical viable pour une conversation.

— Pouvez-vous baisser encore ? demanda Jury. Les oreilles de mon collègue saignent facilement.

Pour une fois, Wiggins n'appréciait pas qu'on se préoccupe de sa santé. Il jeta un regard sévère à Jury, peut-être pour le dissuader de se livrer à quelques commentaires sur la qualité de la bande sonore.

Morpeth Duckworth actionna d'autres manettes, manifestement surpris d'une telle demande émanant de quelqu'un en possession de tous ses moyens intellectuels, car c'était là un excellent Hendrix : *The Wind Cries Mary*. « La, la, la plus ballade qu'il ait jamais composée. » Il se mit à parler de renversements, de doubles renversements et de sons très gras, de tirés de cordes avec l'expression hallucinée d'un homme sous les yeux duquel Marie serait soudain apparue.

— On ne joue pas avec ses doigts et on ne chante pas avec ses cordes vocales, c'est ce que tous ces clones ne semblent pas comprendre. On a imité Van Halen à n'en plus finir. N'importe quel guitariste à peu près valable peut copier Van Halen, Yngwie ou tout autre virtuose de la technique. Ce que ces clones ne voient pas, c'est qu'ils ne sont pas ceux qu'ils plagient. Cela tombe pourtant sous le sens. Il leur faudrait changer tout leur système génétique pour avoir un son comme Page ou Knopfler ou n'importe quel autre grand musicien. Ils ont une mentalité de voleur. Le problème est que la plupart des gens ont du plomb dans l'oreille. Si vous avez deux guitaristes qui donnent à fond dans le baroque, la musique classique, et que l'un d'entre eux joue une suite d'arpèges avec rage tandis que l'autre fait des progressions à la Bach, celui qui a du plomb dans l'oreille ne saura pas faire la différence. Moi, je ne critique pas la virtuosité technique. (Il se pencha en avant comme pour mieux se faire comprendre.) Les gars comme Van Halen et Malsteen ont une technique telle qu'elle ne peut que ressortir : elle est tellement manifeste qu'elle paraît indépendante des musiciens. Mais ce n'est pas le cas. Et c'est la raison pour laquelle vous avez des ringards qui tapent des deux mains sur leur manche et se prennent pour Joe Pass. Mais ils ne le sont pas, ils ne sont rien.

« Vous voulez être Riley B. King, alors arrêtez les séances de studio et faites le parcours avec vos tripes, comme les autres, les vrais bluesmen. Si ce que vous voulez vraiment, c'est monter sur le podium lors de la distribution des Grammy [1] et vendre des milliers de disques, alors allez-y, mais ne vous accrochez pas aux basques d'un autre. Vous ne serez jamais Clapton, B.B. King, Hubert Sumlin ou Gatemouth Brown...

Comme Duckworth ne paraissait pas vouloir s'interrompre, ralentir son débit ou aborder quelque chose d'aussi prosaïque qu'une affaire criminelle, Jury dit vivement :

— Que pensez-vous de Stan Keeler ? Il paraît que vous le connaissez.

— Je le considère comme le meilleur guitariste de R-and-B ici. Il vous suffit d'aller au Nine-One-Nine pour comprendre ce que je veux dire. Stan peut tout jouer : rock, jazz, fusion, blues. Du blues, du blues, un blues anarchique. Orchidée noire, dans ses jours les meilleurs, peut surpasser Sirocco. Mais Sirocco est un

---

1. Distinction récompensant les meilleures œuvres musicales américaines de l'année (classique exclu). (*N.d.T.*)

bon groupe. J'aimerais voir ces guitaristes Raine, Jiminez et Keeler, regroupés en trio. Ce serait l'apothéose pour l'Odeon. Mais Stan ne joue pas en concert. Cela tient premièrement à ce qu'il est ; deuxièmement à ce qu'il fait : de l'underground. Les fans ici sont différents : chacun pour soi. Il aura toujours du succès. Bon sang, son chien est plus célèbre que le gosse de Fergie. Les groupes aux States s'imaginent que l'Angleterre ouvre les portes du paradis parce que vous pouvez rapidement vous hisser au sommet. Ce qu'ils ne savent pas, c'est que lorsque votre succès diminue, vous êtes mort. Le zénith, et puis plus rien. La presse ici vous assassine. En une colonne, elle peut démolir un pauvre groupe de heavy metal qui n'a pas encore de fans. Ce n'est pas comme ça aux States.

— Pourquoi Roger Healey est-il venu vous chercher ?

— Parce que, à mon avis, ce salaud mourait d'envie d'écraser Keeler.

— Vous n'aimiez pas Healey ? demanda Wiggins.

Duckworth leur accorda tout juste un regard.

— Pourquoi cet homme avait-il une telle cote auprès de toutes les autres personnes à qui nous avons parlé ? Martin Smart y compris ? demanda Jury. Ce n'est pourtant pas un imbécile.

— Martin Smart n'est pas musicien. Il sort ses torchons et il fait bien son métier. Healey, bon, je lui accorde qu'il avait une certaine connaissance de Bach et Paganini — mais probablement pas aussi bonne que certains guitaristes que je connais. Tout musicien qu'il fût, Healey n'était pas, d'après ce que j'ai entendu dire, un pianiste terrible, et je crois que cela l'a rendu fou. Si vous lisez bien ses articles, vous noterez que certains passages sont écrits au vitriol. C'était un drôle de zèbre. Vous avez parlé à notre Mavis ? Il la baisait.

— Vous lui connaissiez d'autres maîtresses ?

Morpeth Duckworth haussa les épaules.

— Pas que je sache. Mais, évidemment, il savait se montrer discret.

— Où est ce club où joue Keeler ?

— Le Nine-One-Nine ? Quint Street ; elle donne dans Shephard Bush Road. Le club est en sous-sol. Il faut trébucher sur ses marches pour le remarquer. Il n'y a pas d'enseigne, seulement le numéro de la rue.

Jury se leva ; Wiggins rangea son stylo dans sa poche.

— Merci de votre aide.

Duckworth tira de nouveau les chaises à lui et y remit les pieds.

— Y a pas de mal.

Comme ils se dirigeaient vers la porte, Jury se retourna et demanda :

— Qui est Trane ?

Wiggins fixa Jury ; les pieds de Duckworth frappèrent le plancher.

— Trane ?

— J'ai entendu prononcer ce nom l'autre jour. Je me demandais de qui il s'agissait.

Silence de mort.

— John Coltrane, répondit Duckworth, regardant le commissaire comme s'il avait perdu l'esprit.

— Oh !

— Il jouait du saxophone, ajouta Duckworth.

— Oh !

— Il y a vingt ans.

— Quelque chose ne va pas ? demanda Jury, tandis que Wiggins claquait la portière côté passager. On pourrait croire qu'une de vos artères va éclater et que vous avez besoin d'un garrot.

Wiggins décolla de sa bouche une main maigre et blanche, et d'un ton sinistre dit :

— John Coltrane ! John Coltrane est le plus grand saxophoniste de tous les temps. Pourquoi ne m'avez-vous pas posé la question ? C'est vraiment embarrass...

(Wiggins regarda le siège où Jury tripotait un petit appareil.) Qu'est-ce que c'est ?

— Un walkman Sony. (Jury y glissa une cassette et une musique de saxophone s'éleva, parmi les plus suaves que l'on puisse entendre sur terre.) De la musique expérimentale.

Comme la voiture s'écartait du trottoir, Wiggins poussa un soupir qui ressemblait à un râle d'agonie, et Jury eut son premier vrai rire de la semaine.

32

I

Abby était furieuse.

Il fallait être fou pour croire qu'elle allait mourir, là, sur la lande.

De la neige était entrée dans ses bottes et ses chaussettes étaient trempées, mais elle préférait avoir les pieds gelés plutôt que de risquer de trahir sa présence en les enlevant, ce qui aurait forcément fait du bruit. De toute façon, le muret du terrain de chasse étant la seule cachette possible, elle ne voulait pas trop bouger.

Tim était couché à ses côtés ; bien qu'habituée à la présence immobile du chien dans la grange, elle était surprise qu'il parvînt à rester aussi silencieux. Il paraissait néanmoins sur le qui-vive, jetant des regards d'un côté et de l'autre, puis fixant ses yeux sur elle.

Abby ne connaissait rien aux armes à feu, absolument rien en dehors de ce qu'elle avait pu en apprendre les rares fois où elle avait accompagné le major jusqu'à ces buttes où l'on tirait les grouses et où elle l'avait regardé grimper, non sans mal, en haut du monticule, épauler rapidement, tirer, et manquer toute une volée d'oiseaux à moins d'un mètre de sa casquette. « Le fusil », c'est ainsi que la princesse l'appelait.

Jusqu'à ce soir, ç'avait été sa seule expérience en matière d'armes à feu. Mais elle n'oublierait jamais le sifflement de la balle qui l'avait manquée d'un cheveu pour aller ricocher sur le mur. Il y avait combien de temps de cela ? Probablement à peine quelques minutes, parce que le ciel avait commencé à s'obscurcir au moment où elle allait franchir l'échalier. Le coup était parti quand elle s'apprêtait à l'enjamber, et elle était retombée au sol, réfléchissant au choix qui s'offrait à elle : foncer vers le bouquet d'arbres ou vers la ligne des buttes de tir. Sachant de quelle façon sa tante avait trouvé la mort, elle renonça bien vite à courir vers le bouquet de pins.

Ils pensaient qu'elle ignorait que sa tante avait été tuée par balle. Ne s'étaient-ils jamais demandé si les enfants écoutaient aux portes ? Elle avait le sentiment que ce policier de Scotland Yard, lui, savait qu'elle était au courant, parce qu'il semblait tout savoir en ce qui la concernait. Abby gardait sa carte dans la poche de sa robe chasuble. Elle la sortit et la relut, dans l'obscurité grandissante.

Où était Stranger ? Où donc était-il ? Elle était sûre qu'il n'était pas mort, parce qu'il n'y avait eu qu'une balle de tirée.

Abby tira à deux mains sur ses cheveux humides pour empêcher ses pensées de danser comme des flammes indomptées : comme un brasier, ce qu'elle avait le sentiment d'être. Elle avait été folle toute sa vie, et elle ne voyait pas pourquoi cela changerait maintenant.

Elle tendit prudemment la main, ramassa de la neige et s'en frotta la figure pour faire circuler le sang. Le major se plaisait à lui parler de « survie dans la nature », car elle aimait parcourir la lande. Lui aurait eu toutes les chances de survivre, pensa-t-elle : il ne partait jamais sans emporter trois sandwiches et une petite flasque de whisky.

On n'entendait plus un bruit, hormis le murmure du vent dans les joncs et les fougères des marais.

Son ciré était jaune. Jaune. Mrs Braithwaite avait tenu à lui faire porter un ciré de couleur vive pour aller à l'école, de façon à être vue d'un automobiliste déboulant d'un virage. Elle avait rétorqué que les routes étaient trop étroites pour qu'une voiture aille vite et qu'elle aurait préféré avoir un ciré noir. Celui-ci lui faisait penser aux feux arrière de la bicyclette d'Ethel. La lune brillait comme un projecteur, et, vêtue de ce jaune lumineux, elle serait aussi repérable qu'une étoile filante si elle essayait de foncer de la butte au mur. Elle abaissa le regard sur Tim. Un ciré jaune, une lune pleine et un chien blanc. Dieu la haïssait.

L'une des raisons pour lesquelles elle aimait *Jane Eyre* était sa conviction que Dieu la haïssait, elle aussi ; mais lorsque Jane était allée travailler pour Mr Rochester, Abby avait deviné ce qui allait se passer et elle avait décidé que Dieu, finalement, ne détestait pas la fillette, loin de là : il ne faisait que la mettre à l'épreuve.

Comme Job. Sa tante l'avait forcée à suivre les cours de catéchisme et elle avait écouté le pasteur parler de Job et de ses trois consolateurs aux noms invraisemblables, en se demandant pourquoi il ne descendait pas de son tas de fumier pour rosser les trois consolateurs. Elle avait posé la question. Après quelques autres remarques de ce genre durant le cours, sa tante lui avait dit qu'elle n'était pas obligée d'y retourner.

Abby baissa la tête, pensant à sa tante Ann, essayant d'avoir de la peine. Mais elle n'y parvint pas, et ses pensées retournèrent à Stranger. Il les avait suivis, Tim et elle, traînassant derrière eux, explorant ce qui restait de la congère contre le mur, au bout, et il s'était laissé distancer.

Il était là-bas, quelque part.

Et elle était livrée à la fureur meurtrière d'un fou armé d'un fusil, *le Fusil*, celui qui avait tué sa tante, elle en était sûre.

Et elle n'avait aucune arme. Seulement sa houlette, avec laquelle elle aurait volontiers roué de coups le Fusil jusqu'à ce que mort s'ensuive, et lui aurait avec plaisir éclaté le cerveau sur la lande ; c'est avec joie qu'elle aurait ordonné au chien d'Ethel de lui déchiqueter les talons, avant de mettre en pièces le reste de sa personne. Puis elle laissa tomber sa tête, pressa ses tempes de ses poings fermés, tandis qu'elle réalisait que ni la houlette ni le chien ne pouvaient la sauver.

Elle eut alors comme une intuition ; elle releva lentement la tête, mit la main en visière devant ses yeux et regarda au loin sur la lande.

Des moutons.

II

Où diable étaient-ils tous passés ?

Personne au *Weavers Hall*, à l'exception de Melrose et des employés de la maison. En dehors de Ruby, tous étaient dans leur chambre. Mrs Braithwaite avait décidé d'être aussi malade que la cuisinière, puisqu'elle avait cette pauvre cendrillon de Ruby Cuff pour apporter, à l'heure du déjeuner, poulet froid, fromage et salade.

Et après le repas, les clients de l'auberge s'étaient dispersés comme une volée de chevrotines. La cuisine de Mrs Braithwaite aussi bien que le meurtre expliquaient leur fuite, supposa Melrose. Le commissaire divisionnaire Sanderson leur avait pourtant demandé de rester à sa disposition pour répondre à d'éventuelles questions. L'agent, abandonné des siens, qui avait été posté devant la porte, tel un gardien de prison, avait été rapatrié dans la matinée — grâce à Ellen et à sa BMW. Les résidants du *Weavers Hall* semblaient respirer plus librement.

La veille au soir, ils avaient dîné d'un poulet en cocotte, d'une purée de petits pois et de pommes de terre archi-bouillies, et c'était une version desséchée de ce menu qu'on leur avait servi au déjeuner.

Le major Poges avait jeté sa serviette et annoncé qu'il refusait de prendre un autre repas ici jusqu'à ce que la cuisinière fût de nouveau sur pied et qu'il dînerait, ce soir, au *White Lion*. Quelqu'un voulait-il se joindre à lui ? Même la princesse ne voulut pas l'accompagner : elle souffrait d'une violente migraine et préférait se retirer dans ses « appartements ». A l'entendre, on avait toujours l'impression qu'elle occupait tout l'étage d'un splendide — malgré sa vétusté — palais vénitien, dont la façade se reflétait, imaginait Melrose, dans les eaux miroitantes du Grand Canal. Dans ce genre de rêveries, Vivian passait toujours par là en gondole. Il la voyait dans une robe, dernière création d'un grand couturier, aussi nettement qu'il imaginait la chambre de la princesse décorée à profusion de soie et de basin, de velours imprimé et de brocart.

Ramona Braine, durant tout le repas, était restée obstinément silencieuse et avait jeté un coup d'œil à sa montre turquoise toutes les dix minutes, pensant, manifestement, à ses vacances gâchées en Cumbria, à sa rencontre avec l'empereur Hadrien annulée, démoralisée parce que son spectre, après avoir rôdé par là-bas, était à cette heure — midi passé — reparti comme tous les spectres. En essayant de la consoler avec un « l'année prochaine peut-être », Melrose se vit décocher un regard furieux qui lui refusait toute connaissance du monde des esprits.

Seul Malcolm tirait profit de la situation. Il avait épuisé le sujet du meurtre de l'« hôtelière », et d'ailleurs George Poges lui avait froidement commandé de se taire. Ainsi, à sa description du corps ensanglanté de la victime avait succédé un long exposé sur les poulets qu'il avait, prétendait-il, vu Ruby étrangler et débiter à la tronçonneuse. Ce qu'il en restait emplissait leurs assiettes. Malcolm éprouvait en décrivant ce massacre le même plaisir que le père d'Agamemnon, Atrée, servant à son frère Thyeste l'effroyable pâté fait de la chair de ses enfants. Ce qui était impressionnant chez les Grecs, c'est qu'ils n'oubliaient jamais un affront et relevaient le moindre défi en exerçant des représailles. En matière de famille, ils auraient pu en remontrer à la Mafia ! Les Grecs lui rappelaient le commissaire Macalvie.

Melrose repoussa dans un coin de son assiette le pâle morceau de poulet et mangea un bout de pomme de terre froide en pensant au meurtre d'Agamemnon par Egisthe et Clytemnestre. Génération suivante : Oreste et Electre. Oui, c'était sans fin. La vengeance leur montait au ciboulot, comme aurait pu dire Ellen.

Il songeait à cela tout en regardant par la fenêtre le crépuscule tomber. Il fronça les sourcils. Où diable était Ellen, au fait ? Après le petit déjeuner, elle avait détalé sur sa moto, faisant voler pierres et morceaux de schiste, à la recherche de quelques curiosités concernant les sœurs Brontë, cette fois à Wycoller. Cela faisait maintenant presque douze heures qu'elle avait quitté l'auberge.

Il s'approcha de la cheminée, donna un coup de pied dans la bûche presque éteinte, regarda son reflet dans le miroir doré et ne le trouva guère inspirant. Et où était Abby ? Il avait consulté sa montre aussi souvent que l'avait fait Ramona Braine, et il regardait à présent la fenêtre comme si le spectre allait lui apparaître dans son linceul en lambeaux et lui faire signe d'avancer vers le tas de pierres.

Il n'avait pas revu Abby depuis qu'il l'avait retrouvée dans la grange, après le petit déjeuner. Elle avait accueilli Melrose en augmentant le volume du pick-up où tournait son disque d'Elvis, puis elle était partie soigner sa vache, allant et venant d'un pas lourd dans l'étable. C'était tout l'effet que sa présence lui avait fait.

Il avait décidé de demander à Ruby de préparer du thé pour Abby, et s'était entendu dire, quand il était entré dans la cuisine, que c'était inutile. Abby avait sa façon à elle de faire le thé.

— Mais elle devrait au moins venir ici chercher des provisions.

L'amiral Byrd[1] lui-même avait bien eu besoin de vivres, mais Melrose ne se rappelait plus comment il s'en était procuré.

— Elle saura se débrouiller, monsieur ; jamais nous ne nous inquiétons au sujet de cette gamine.

Il trouva cela si étrange que, dans sa perplexité, il prit un torchon et commença à essuyer un plat. Ruby faisait la vaisselle du repas précédent, et ce surcroît de travail ne l'enchantait guère. Ses épais sourcils avançaient vers le milieu de son front, comme des taupes cherchant à s'enfouir dans le sol. De toute évidence, elle avait le sentiment qu'on abusait d'elle, la cuisinière et Mrs Braithwaite ayant abandonné le navire.

Elle dit à Melrose qu'il n'était pas obligé d'essuyer, mais elle était manifestement ravie que l'un des clients de l'auberge se transformât en garçon de cuisine pour soulager ses maigres épaules de leur lourd fardeau.

Le fait est que personne, lui y compris, n'avait accordé à Ruby Cuff plus d'attention qu'à une lampe ou à une chaise. Il posa le plat et prit quelque chose de plus petit : une tasse à thé. La police avait posé à Ruby quelques questions de routine, mais peut-être avait-on expédié la servante parce que Mrs Braithwaite était, selon toute apparence, le chef du personnel et qu'elle avait plus d'ancienneté. Ruby avait un air guindé et engoncé qui rendait son âge difficile à estimer. Elle pouvait avoir vingt ans comme quarante. Si elle avait été une beauté, comme la Princesse, cette incertitude aurait été à son avantage.

— Ruby, combien de temps avez-vous été employée par miss Denholme ?

— Presque dix ans, monsieur. (Sa question semblait lui faire plaisir.) Pas la peine d'essuyer ça, dit-elle en soulevant un grand plat à rôtir.

---

1. Richard Byrd (1888-1957). Amiral, aviateur et explorateur américain. Il survola le pôle Nord, puis le pôle Sud, et explora le continent antarctique. (*N.d.T.*)

Melrose n'en avait nullement l'intention. Il la regarda poser le plat sur l'égouttoir.

— Vous deviez bien la connaître alors.

C'est avec moins de plaisir qu'elle admit que ce n'était pas le cas.

— Inutile de frotter. Cette tache sur le coquetier ne partira pas. La princesse a écrasé sa cigarette dedans. C'est le coquetier du major.

— Elle a dû le faire exprès.

Le coquetier avait deux jambes courtes et épaisses et des chaussures à pois bleus. Il le regarda en fronçant les sourcils.

Elle eut un sourire qui n'en éclaira pas pour autant ses traits grossiers.

— Ils sont comme chien et chat.

— Je suppose que la police vous a demandé quelles étaient vos relations avec miss Denholme ?

Il s'acharna sur le coquetier, en espérant échapper à l'essuyage des couverts et surtout de la lourde poêle.

— Eh bien, ils m'ont demandé depuis combien de temps j'étais là et si, à ma connaissance, quelqu'un avait une dent contre elle.

— Bien sûr, personne ne lui en voulait ; je veux dire, à votre connaissance ?

Comme il semblait avoir répondu pour elle, Ruby ne vit aucune raison d'en dire davantage et elle continua à frotter une casserole cabossée.

Melrose soupira et prit un autre coquetier. Celui-là avait des chaussures jaunes. Il eut la vision d'une armée de coquetiers descendant Oxford Street. Chassant d'un clignement d'yeux cette image, il se demanda comment Jury arrivait à les faire parler tous les uns autant que les autres : suspects, témoins, enfants, chiens, chats ; brins d'herbe, arbres... Ne sois pas ridicule : tu es tout simplement jaloux.

— Miss Taylor aurait-elle dit, par hasard, quand elle serait de retour ?

Melrose n'avait pas eu l'intention de formuler sa question à haute voix. Cela l'écartait de son sujet.

— Non, monsieur. (Ruby écarta une mèche de cheveux de son front.) C'est une drôle de fille, non ? Est-ce qu'ils s'habillent tous comme ça à New York City ?

— Oui.

Mieux valait ne pas se poser en défenseur d'Ellen Taylor et de sa façon de s'habiller s'il voulait obtenir quelque chose de Ruby. Il donna un dernier coup sur les chaussures et la regarda vider l'eau de la cuvette en plastique. Puis, quand elle sortit un nouveau torchon d'un tiroir et tendit la main vers la poêle, il la devança. C'est ce que Jury aurait fait. Il aurait essuyé toute la vaisselle !

— Non, Ruby, vous avez suffisamment travaillé. Reposez-vous un peu.

La poêle semblait peser une tonne. S'il avait été responsable de la cuisine, il aurait immédiatement balancé tout ce qui était lourd pour n'utiliser que de la vaisselle jetable en plastique.

Ruby eut un sourire radieux — si du moins ce terme pouvait convenir à son visage empâté —, puis elle poussa un soupir de martyre et reconnut qu'elle avait bien besoin de s'asseoir un moment.

Elle prit la bouilloire remplie d'eau maintenue à faible ébullition sur la plaque chauffante et se prépara une tasse de thé avant de s'installer dans un rocking-chair près du feu. Elle but son thé en silence.

— Eh bien, j'avoue que je vous admire, Ruby. Vous ne vous effondrez pas, vous. (Son compliment ne réussit pas à la faire parler, mais un petit sourire de satisfaction apparut sur le visage de la servante, suivi de quelques autres soupirs. Le martyre lui allait bien.) C'est horrible ce qui est arrivé, poursuivit Melrose. Horrible ! Et sur la lande ! Ce n'est pas un endroit où l'on imaginerait ce genre de choses arriver.

Elle haussa les épaules.

— C'est un endroit aussi bon qu'un autre. Meilleur même. Personne autour pour le voir faire.

Le ? Il avait posé la poêle à moitié essuyée et essuyait maintenant tout aussi sommairement la théière.

— Vous pensez que c'est un homme ?

Elle le regarda d'un air légèrement incrédule.

— Eh bien, ce n'était pas une femme, pour faire une chose pareille.

— Vous voulez dire qu'une femme en serait incapable ? Mais Mrs Healey...

Il posa le torchon, ignorant les couverts.

— Eh bien, je n'ai pas voulu dire cela. (Elle secoua la tête.) De la part de Mrs Healey... (Elle secouait toujours la tête, marquant son étonnement)... c'était une surprise. Je ne la connais pas, remarquez ; je ne lui ai jamais parlé. C'est quelqu'un de distant. Mais elle aimait beaucoup Abby. Elle lui apportait tout le temps des cadeaux.

Melrose alla se camper devant le feu.

— Vous avez dit « c'était une surprise », comme si le meurtre de miss Denholme, en revanche, ne vous surprenait guère. Et si vous n'avez pas voulu dire qu'une femme n'aurait pu faire cela, qu'avez-vous voulu dire alors ?

Ruby serra résolument les lèvres comme une vieille avare fermant d'un coup sec son porte-monnaie.

Il n'aurait pas dû être aussi direct. Ruby avait à présent les yeux presque clos.

— Entre nous, je trouve plutôt bizarre que miss Denholme ne se soit jamais mariée, dit-il. C'était sans aucun doute une femme séduisante. (Elle rouvrit les yeux, l'observant.) En fait... (il eut un rire forcé) elle avait un peu le... non, il ne faut pas dire du mal des morts.

Il espérait que son sourire brillerait du même éclat que ses yeux verts. Au moins quand on ne les comparait pas à des scarabées leur trouvait-on de l'éclat.

— Vous voulez parler de son comportement avec les hommes ? (Ruby eut un petit sourire presque méchant.) Eh bien, ils étaient des quantités à jouer les cavaliers servants.

Enfin ses efforts payaient.

— Par ici ? (Il rit de nouveau.) C'est un coin bien isolé pour les histoires d'amour, vous ne croyez pas ?

— Je n'ai jamais parlé d'amour. Je fais les chambres, vous savez.

Sur ces paroles elliptiques accompagnées d'un petit sourire pincé et probablement jaloux, elle quitta la pièce pour aller à son tour se reposer.

Ruby Cuff avait l'esprit salace, Dieu merci ! Ann Denholme ne s'était pas interdit certaines choses avec ses clients.

Et avec qui d'autre ? se demandait Melrose, tout en regardant, soucieux, par la fenêtre du salon, et en consultant de nouveau sa montre. Presque neuf heures et pas d'Ellen. Pas d'Abby non plus. Il était allé trois fois à la grange après sa conversation avec Ruby et ne l'avait pas trouvée.

Il s'installa avec un cognac bien tassé pour réfléchir, essayant de se rassurer en se disant qu'Abby était totalement imprévisible et qu'elle était dehors avec Stranger à secourir des moutons.

Mais il n'y avait pas eu de nouvelles chutes de neige.

Et celle qui était tombée s'était mise à fondre.

Mais ce ne pouvait être qu'une histoire de moutons.

III

Un troupeau égaré dans le brouillard !

Abby baissa la tête sur ses bras pliés et regretta de n'avoir pas mieux écouté Mr Nelligan. Un troupeau de moutons disséminés dans le brouillard devait être particulièrement difficile à rassembler et elle ne savait même pas où se trouvait Stranger.

Tim renifla ses cheveux et gémit. Abby releva la tête et plongea ses yeux dans ceux du chien qu'elle avait toujours considéré comme un fainéant, même si elle savait que c'était la faute d'Ethel qui n'avait jamais essayé de le dresser. Les seuls ordres qu'il recevait lui étaient donnés par Abby...

Il devait pouvoir rassembler un troupeau égaré. A présent, regardant dans les yeux brillants de Tim, elle était prête à avaler toutes les histoires possibles à propos de Babylone, de Summertime, du pedigree exceptionnel de l'animal. Abby glissa les doigts dans le pelage de Tim et essaya de se frayer, mentalement, un chemin jusqu'à sa cervelle. Le tout était de se concentrer. Elle avait été à de nombreux concours de chiens de berger et avait vu de quoi ils étaient capables. Elle avait vu le lauréat mener tout un troupeau de moutons sans recevoir le moindre ordre.

Si Tim avait du sang royal, même si il n'avait pas travaillé depuis qu'Ethel avait posé ses petites mains blanches et lisses sur lui, le sang était le sang et ce pour quoi on était né restait inscrit dans les gènes. La reine d'Angleterre saurait toujours se comporter en reine ; c'était comme monter à bicyclette.

Le froid était plus intense, une brume voilait la lune, les murs de pierre paraissaient infranchissables. Sa bouche était glacée, plus sous l'effet de la peur que du froid, le givre formait une croûte sur son ciré, ses cheveux se dressaient, hirsutes, humidifiés par la brume.

Mais elle n'avait pas l'intention de faire comme Helen, l'amie de Jane Eyre, de tourner en rond sous une pluie battante dans une acceptation imbécile des tortures qu'on lui infligeait, une sainte parmi les démons.

Stranger. Eh bien, elle voulait croire qu'il était quelque part dans les parages, dans l'attente d'un signal. Les moutons étaient dispersés sur le flanc de la colline, là-bas. Il était encore plus difficile, maintenant que la lune était voilée, de les apercevoir, tant ils étaient loin. Mr Nelligan, malgré sa négligence, ne semblait jamais en perdre un, et il en avait plus de cent cinquante ! Les rassembler paraissait une tâche irréalisable. Son cœur se mit à cogner dans sa poitrine.

Puis elle entendit, un peu plus près cette fois, cette sorte de bruit qu'on peut faire en escaladant un mur. Elle remua dans sa cachette, leva les yeux et vit, par-dessus la butte de tir, une masse noire enjamber le mur en pierres sèches.

Abby baissa les yeux, se retourna pour regarder Tim. L'énergie qui avait nourri sa rage était maintenant rassemblée comme une boule de feu, entièrement investie dans la concentration. Elle allait faire passer Tim à sa droite, là où au moins il serait protégé par ce qui restait de neige contre la longue haie.

Très lentement, tout doucement, elle dit au chien : « Va-t'en ! »

Tim se redressa brusquement et détala vers la congère où il tourna à gauche et se mit à courir, projectile blanc, sur la lande.

Abby se fit toute petite. Elle ne pensait pas que le Fusil gâcherait une cartouche et révélerait sa position en tirant sur l'animal.

Un coup de feu retentit, qui, pendant une seconde, la désorienta complètement ; son esprit tourbillonnait sous l'effet de la détonation : une explosion terrifiante qui aurait pu faire sauter n'importe quel être vivant sur la lande. Elle ferma les yeux, serra les paupières.

Cependant une autre partie de son esprit restait immobile, lui soufflant de tirer avantage de la détonation. Les yeux toujours fermés, elle mit les doigts dans sa bouche, et siffla. C'était un son si perçant qu'elle savait qu'il porterait jusqu'à la colline, là-bas.

Puis le silence retomba. Abby rouvrit les yeux et vit que Tim fonçait toujours en direction des champs au loin.

Le Fusil avait raté son coup.

Le Fusil n'était pas malin et Abby, dans son excitation, faillit se lever pour crier : Raté ! raté ! Va te faire foutre, espèce d'imbécile, de sac à merde ! « Sac à merde » était une des expressions favorites d'Ellen.

Tout était calme à présent.

Tim était vivant ; elle était vivante ; la lande était toujours là.

IV

Melrose ôta la tablette où s'étalaient encore les cartes de tarot, et s'enfonça dans le profond fauteuil que s'était approprié la Braine.

Il avait le jeu de tarot et la radiocassette de Malcolm pour lui tenir compagnie. Le Magicien levait les yeux vers lui ; le poste diffusait en sourdine des borborygmes inintelligibles : l'un des morceaux pop — oo-ah-oh-oh-oh — chers à Malcolm. Il pressa le bouton Stop/Eject et chercha, parmi les nombreuses cassettes, le boîtier vide avec le nom de ce groupe à vous glacer le cerveau. BROS. La photo sur le boîtier montrait quatre très jeunes hommes qui semblaient tout juste pubères. Il trouva ensuite la cassette de Lou Reed et la glissa dans le lecteur, augmenta le volume, et se renversa dans son fauteuil pour écouter.

> *Caroline says*
> *while biting her lip* [1]...

Melrose dut s'avouer fasciné par l'histoire de Caroline, sa folle vie gâchée de toxicomane. Toutes les autres chansons de la bande avaient trait à Caroline, il en était sûr, bien que son nom ne fût mentionné que dans deux. Caroline et son amant ou mari et leur mariage en enfer.

---

1. *Caroline dit / Tout en se mordant la lèvre.* (N.d.T.)

It's so cold in A-las-ka
It's so cold in A-las-ka...

De vastes étendues neigeuses. Melrose retourna à la fenêtre et vit la lune qui jetait une pâle lumière sur la cour embrumée. Où la fillette pouvait-elle être, si ce n'est sur la lande ? Soudain, il pensa à Mr Nelligan et éprouva un soulagement fugace. Abby était probablement dans la caravane du berger, en train de boire, pour se réchauffer, une tasse de chocolat chaud au moment même où Caroline, elle, se faisait battre.

Mais il n'arrivait pas vraiment à y croire. Il regagna, morose, son fauteuil et fit distraitement tourner son cognac dans le verre ballon. Il songeait à Ann Denholme, Ann Denholme assise sur son lit, aux paroles de Ruby, tout en se laissant pénétrer par la mélopée lancinante de la plus déprimante des chansons.

They are taking her children away
because they said she was not good a mother[1]...

Le chant lugubre et implacable de la guitare évoquait les rencontres sexuelles, sordides et répétées, de Caroline : officiers de l'armée, inceste, elle n'avait aucune limite. Il sourit presque en pensant au major George Poges. Cependant, malgré les insinuations de Ruby quant à la légèreté d'Ann Denholme, Melrose ne pouvait l'imaginer faisant ça avec Poges.

Miserable rotten slut couldn't turn
anyone away[2].

Il se leva de nouveau et se mit à arpenter la pièce. Puis il sortit dans l'entrée, regarda les bottes alignées devant la porte et constata que celles doublées d'hermine de la princesse n'étaient pas là. Peut-être avait-elle finalement décidé de dîner avec Poges.

1. *Ils lui enlèvent ses enfants. / Parce que, disent-ils, ce n'était pas une bonne mère.* (N.d.T.)
2. *Cette misérable catin ne pouvait refuser personne.* (N.d.T.)

Que pouvait bien faire au *Weavers Hall* une femme comme elle, avec ses velours imprimés et ses satins brochés, ses robes de chez Worth et de chez Lady Duff Gordons ?

Il retourna au salon, près de la cheminée, et appuya sa tête sur ses bras pliés. Devait-il appeler la police ? Pour quelle raison ? Il était le seul à s'inquiéter parce qu'Abby n'avait pas pris son thé. Il soupira et se remit à faire les cent pas.

Charles Citrine. Il venait souvent au *Weavers Hall*... Ses soupçons étaient ridicules. Il ne connaissait pas cet homme. Le bref moment qu'il avait passé en sa compagnie ne l'autorisait pas à tirer une telle conclusion. Néanmoins...

Ann Denholme avait reçu un appel téléphonique ; elle était sortie et s'était dirigée vers cette maison. Quand, en venant de Harrogate, il s'était arrêté et avait vu se profiler contre le ciel cette silhouette enveloppée d'une cape, allait-elle dans la même direction ?

Mais si c'était Charles Citrine qui l'avait appelée, si c'était lui qui l'attendait sur la lande, il restait à savoir pourquoi. Charles ou bien une autre personne de la maison : Nell Healey ou sa tante ? Ce ne pouvait être une question d'héritage. La sœur, Rena, avait-elle des vues sur l'argent de son frère ? Selon Jury, ils ne s'entendaient pas très bien. Et Nell Healey était beaucoup plus riche que son père. Si ce n'était pas une histoire d'argent, qu'est-ce que ça pouvait être ?

Un chantage ?

> *Since she lost her daughter*
> *it's her eyes that fill with water*[1].

Cette conversation au petit déjeuner sur Ann Denholme qui était allée soigner sa sœur enceinte parce que le médecin craignait une autre fausse couche.

1. *Depuis qu'elle a perdu sa fille / ce sont ses yeux qui s'emplissent d'eau.* (N.d.T.)

La princesse avait dit qu'Ann Denholme était absente la première fois qu'elle était venue au *Weavers Hall*. Il y avait onze ans de cela. « Elle ne me paraît pas avoir le tempérament maternel », avait ajouté George Poges. Pourquoi a-t-elle pris l'enfant avec elle ? Elle ne semble pas avoir beaucoup d'affection pour elle. »

> *Because of the things that*
> *she did in the streets and* [1] ...

V

Il entendit le son perçant monter de l'endroit où elle se trouvait. Elle ne s'était pas montrée. Il savait ce que signifiait ce sifflement, seulement il était habitué à la voir tout de suite après avoir pointé la houlette ou fait claquer sa langue ou ses doigts, lui indiquant du regard ce qu'il devait faire. Ou essayer de faire. Elle n'était pas très douée, mais elle était petite, comme tous les bruits qu'elle faisait. Elle ne pouvait pas tout savoir.

Ce qu'il savait, lui, c'est qu'il y avait du danger ; ce claquement qui avait déchiré l'air au-dessus de sa tête était lourd de menaces. Il pouvait sentir le danger, comme il sentait l'odeur du sang. Du sang partout sur la neige.

Il ne s'était pas enfui. Il avait couru plus loin, plus haut, pour faire le guet. Il scruta l'obscurité d'un côté, puis de l'autre, reniflant les odeurs capiteuses des Fumées. Elles se dressaient, immobiles, ou descendaient silencieusement la lande et contournaient le flanc abrupt de la colline. Il y en avait d'autres de l'autre côté, et il devrait les prendre par-derrière et...

Il se figea. Quelque chose de blanc se précipitait vers les Fumées. Jamais il n'aurait cru qu'il pouvait courir aussi vite. C'était le Fainéant, celui qui passait sa vie sur le tapis devant le feu.

1. *A cause des choses / qu'elle a faites dans les rues et...* (N.d.T.)

Cet animal-là pouvait-il courir ?

Le Fainéant pouvait-il se déplacer aussi vite ? Si elle l'avait envoyé là-bas, c'est qu'elle voulait travailler avec lui.

Il poussa un court gémissement, qui n'était pas un gémissement de douleur, qui n'était pas un bonjour. Il disait seulement : *oh non ! oh non ! oh non !*

Oh, non !

Essoufflé par sa longue course vers les Nuages, il s'arrêta un instant pour tracer du regard une ligne droite du point où il était à celui où se trouvait le Contemplateur. Il l'avait déjà vu paralyser un Nuage en le regardant fixement et continuer jusqu'à ce qu'il soit lui-même paralysé, comme s'il avait lui-même regardé dans ses propres yeux.

Ce n'était pas le meilleur moyen de faire obéir les Nuages : il fallait y planter les dents.

Mais ils devraient agir ensemble. Oh, non !

Il se mit à grimper la colline, ce que fit également le Fainéant. Une colline faite de talus escarpés que parcouraient les Fumées, un amoncellement de pierres tranchantes comme des tessons qui rendaient la marche difficile, et faisaient de la course une épreuve. Une des Fumées se retourna pour jeter un regard dans sa direction.

Elles savaient, elles savaient toujours.

Il avait atteint l'autre côté en même temps que le Contemplateur. Il le regarda au loin, par-delà les Nuages, et perçut un signal. Ils se précipitèrent tous les deux dans des directions opposées.

Il lui faudrait malmener les Nuages ; mieux valait se jeter sur plusieurs d'entre eux plutôt que de s'accrocher à un seul.

Formant des cercles de plus en plus grands, il courut

jusqu'à se retrouver avec le Contemplateur derrière les Nuages.

VI

Prudemment, Abby tira sur son ciré jaune vif ; l'envers était bleu.

Elle faisait glisser une manche, regardant la lande et la colline, quand elle vit ce spectacle incroyable : une armée de moutons alignée au bord du promontoire ! Comme dans ce film où l'on voyait soudain les Zoulous apparaître. Elle en était restée bouche bée alors. Et elle ressentait à présent le même saisissement.

Elle oublia tout — le froid et le danger —, car jamais elle n'avait vu pareille chose de sa vie.

La lune voilée chevauchait un grand pin noir dressé comme un pilier, qui lui évoquait le réverbère de *L'Empire des lumières*.

VII

Ellen arrêta sa BMW, sortit du panier qu'elle avait fixé sur le porte-bagages des boîtes blanches, les brandit et demanda :

— Vous aimez la nourriture chinoise ? Le porc à la sauce aigre-douce ? Les nouilles Lo Mein ?

— Non. Abby a disparu.

Ellen baissa les bras.

— Disparu ? Que voulez-vous dire par disparu ?

Son ton était féroce. Telle une panthère noire, elle s'approcha de lui.

— Disparue ! Evanouie ! Envolée !

Elle s'arrêta et le regarda, totalement désemparée.

— J'ai appelé le commissaire Jury...

— Vous espérez qu'il va retrouver Abby à Londres ? Vous pensez qu'elle est allée à pied à Londres ?

— Fermez-la ! J'ai appelé la police de Keighley.

— La police ! Merveilleux ! Il leur faut une heure rien que pour faire démarrer leurs bécanes !

Furieuse, elle balança le bras.

— On n'est pas à New York, hurla-t-il tandis que la boîte en carton blanc volait dans les airs, que les nouilles tombaient en cascades et se répandaient en traînées gluantes sur les pierres.

D'un geste rageur, elle leva de nouveau le bras, et le porc suivit les nouilles, la boîte survolant le grillage pour aller atterrir dans le poulailler. Il entendit des gloussements et vit, pendant un instant, battre des ailes. Il fit volte-face et se dirigea vers sa Bentley, froid comme le givre, mais brûlant de colère. Eh bien, qu'elle pique sa crise !

— Où allez-vous ? cria-t-elle dans son dos.

— La chercher, bien sûr, lui répondit-il, toujours en hurlant.

Il se glissa derrière le volant et claqua la portière.

Elle l'avait suivi et se tenait les mains sur les hanches, son regard allant du coffre à l'aile de la Bentley, secouant la tête.

— Formidable !

— Allez donc manger chinois avec les poulets !

Melrose mit le contact. Le moteur tourna doucement et se mit à ronronner.

— Magnifique ! Génial ! Sur la lande avec une Bentley ! (Ellen tendit le bras et l'apostropha dans la nuit.) Je vous reconnais bien là !

— Fichez-moi le camp ! (Il reculait lentement, la traînant avec lui, car elle se cramponnait au bord de la vitre.) Vous me gênez !

Néanmoins, il appuya à fond sur la pédale de frein.

— Ecoutez-moi bien, comte de mes rêves ! dit-elle d'une voix basse et menaçante. Vous ne ferez pas dix mètres sur cette route ! Et si jamais la police arrive ici, qui les recevra pendant que vous multiplierez les accidents dans votre voiture à la Batman ?

— Malcolm. Otez vos mains !

Melrose essaya de les repousser. Elles étaient rivées à la vitre comme des crampons d'acier. Il leva la tête vers la fenêtre faiblement éclairée, à laquelle Malcolm agitait frénétiquement la main.

Elle regarda dans sa direction, plissant les yeux, les fermant presque.

— Vous voulez rire !

— Et vous ?

Elle avait lâché prise. Il recula, faisant gicler les graviers.

Elle se jeta sur la voiture et il freina de nouveau. Elle ouvrit brutalement la portière, le saisit par le bras et l'écarta brutalement du volant.

— Otez vos fichues mains de ma personne !

Elle n'en fit rien.

Il trébucha sur une pierre, faillit tomber, en se disant que, dans ce cas, elle l'aurait tout simplement traîné par le col. Elle le poussait à présent sur le long siège en cuir de la BMW. Quand elle bondit sur le devant, Melrose fut projeté contre le garde-boue. Le bruit du moteur était assourdissant. La moto démarra en trombe et il dut s'accrocher à la taille de la jeune femme. Jetant un coup d'œil derrière lui, il aperçut Malcolm qui agitait un drapeau ridicule. Il aurait pu jurer que les poulets s'étaient précipités en rangs serrés et applaudissaient de leurs ailes.

VIII

La moto avait péniblement roulé et glissé dans un chemin détrempé bordé d'arbres, avait débouché sur la route d'Oakworth, puis trouvé un passage dans une clôture de bois pourri. Ils traversaient maintenant en cahotant un champ gelé.

Melrose haussa la voix, qui n'en fut pas moins emportée par le vent, pour demander :

— Vous savez où vous allez ?

— Non.

Le mot gémit dans la rafale de vent.

— Keighley Moor. (Il libéra un bras et pointa le doigt vers l'ouest.) Par là.

Toujours cahotant, la moto franchit un ruisseau et fila vers l'ouest.

Le vent âpre et cinglant rejetait sa veste en arrière et il savait qu'il était bon pour l'hôpital. Et pourtant, il trouvait grisante, il devait l'admettre, cette course dans l'air froid et humide, ses bras enserrant la taille d'Ellen.

Tel était du moins son sentiment jusqu'au moment où il vit le muret foncer droit sur eux.

IX

Il vit le mur de pierre. Il savait qu'une fois arrivées à cette hauteur les Fumées refuseraient d'avancer, mais il savait également que si lui pouvait voler par-dessus l'obstacle, elles seraient forcées de se frayer un chemin à travers la partie démolie. La meneuse tenterait de résister, puis se précipiterait.

Déjà un groupe de Fumées hésitait devant le mur et déviait à gauche. Il obliqua dans la même direction, décrivit des cercles autour d'elles, pour les dérouter, et réussit à les remettre sur la bonne trajectoire. Les Fumées savaient courir, et elles étaient intelligentes.

Quelque chose lui disait qu'il ne devait pas goûter à cette substance épaisse et salée mais que si le Nuage ne bougeait pas, les autres à côté s'arrêteraient également. Charger tout le troupeau serait une perte de temps. Il tourna autour du gros Nuage rétif, lui attrapa la patte, l'immobilisa. Celui-ci fit entendre un morne grondement de colère, mais rejoignit le noyau principal et les autres suivirent. Le Fainéant se mit à courir en zigzag devant cette partie du troupeau, montrant les dents. Les dents, les dents, les dents, les dents. Puis il revint derrière et ralentit sa course. Il regarda le Contemplateur se précipiter vers un Nuage de l'autre côté. Le Contemplateur, lui, n'avait que des yeux. Des yeux, pas de dents.

Il avait raison. Les Fumées étaient presque arrivées au mur. Noir et humide, le muret coulait comme une rivière sur la lande. Ayant quitté son poste au sommet de la colline, il ne voyait pas l'endroit où il la savait cachée, mais il était sûr qu'elle était derrière ce mur, à un bon champ de distance. L'endroit où elle était allée avec cette personne aux grandes bottes et au fusil qui semblait vouloir abattre le ciel. Sans succès, toutefois.

Il avait vu juste ; il devrait garder un œil vigilant sur la plus vieille, la meneuse. C'est la meneuse qui ferait passer les autres Fumées de l'autre côté du mur.

Baissant la queue, il s'aplatit comme s'il portait une selle sur le dos, son ventre touchant presque le sol.

Il tint pendant un long moment sous son regard celui de la vieille Fumée. Il aurait pu rester là toute la nuit, mais il devait les faire bouger. La vieille Fumée commença à avancer un peu à droite, puis un peu à gauche, sans pouvoir se détacher de son regard.

Elle se déplaçait avec lui.

Le Fainéant, lui, courait à l'arrière du troupeau, décrivant un arc de cercle. Parfait.

Le troupeau était maintenant rassemblé devant le mur mais la vieille Fumée s'était figée et refusait de bouger.

Il n'avait pas de temps à perdre, parce qu'Elle était en danger. Il n'avait pas le choix.

Il frissonna. Il devait aboyer.

La vieille Fumée s'engouffra dans l'ouverture et les autres suivirent.

X

Abby résista à l'envie de se lever, n'arrivant pas à croire que cela avait marché. Marché jusque-là, en tout cas.

Les moutons de Mr Nelligan avaient descendu la colline rocheuse beaucoup plus vite qu'elle ne l'aurait cru possible. C'était là un rassemblement particulièrement difficile à effectuer. Des heures, cela aurait dû prendre des heures normalement.

A présent, ils déferlaient dans le passage, comme si le mur avait été quasiment invisible, simple voile de fumée, de brume et de nuages.

A nouveau, Abby fut prise d'un violent désir de se lever, d'applaudir, de crier sa joie au troupeau qui, conduit par Stranger et Tim, courait vers elle. Le Fusil ne pourrait tirer, recharger son arme et faire feu encore et encore, même s'il était assez bête pour essayer d'abattre quelque cent vingt moutons.

Elle se mit en tout cas à genoux, les mains jointes sous le menton en un geste de prière.

Levant les yeux au ciel, elle pensa : *Oh, pourquoi pas ?* Et elle commença à remercier le Dieu de Jane, le Dieu d'Helen et de Charlotte, mais au bout d'un moment elle abaissa ses poings serrés sur ses hanches et cria : « C'est moi qui ai eu cette idée ! »

Elle retomba en arrière, essayant de se plier comme un accordéon, les bras serrés autour des jambes, continuant à regarder les moutons qui venaient droit sur elle...

Oh, non !

XI

La moto vrombissait, poursuivant sa route dans la brume épaisse qui s'élevait du sol, et Melrose faillit tomber quand Ellen franchit un ruisseau, tel un jockey volant au-dessus d'un obstacle, au cours d'un steeple-chase.

Ils avaient zigzagué entre des murs de pierres sèches, cherchant celui dont se souvenait Melrose. A un moment, la BMW avait dérapé dans la boue, les expédiant tous deux dans une congère en train de fondre. Elle lançait la moto dans des cercles de plus en plus grands, opérait des demi-tours abrupts au bout de chemins verglacés.

Après la seconde chute qui valut à la BMW les charmantes obscénités proférées par Ellen, tandis que le moteur toussotait et grinçait dans une sorte de rythme métallique, Melrose essaya de retirer une pierre de sa chaussure ainsi que la boue dont sa veste était couverte. Sans se préoccuper de son compagnon, Ellen avait déplié la carte routière qu'elle utilisait pour ses expéditions Brontë et la tenait devant le phare avant, tout en faisant tourner le moteur, qui mourait pour repartir de nouveau.

Quand Melrose s'était redressé dans son dos, elle lui avait jeté la carte et avait appuyé si fort sur la pédale de l'accélérateur que la moto s'était mise à ruer comme un cheval sauvage.

En dépit du souci qu'il se faisait pour Abby, Melrose s'accorda le temps de cette réflexion ; malgré son charme, son incroyable détermination, l'intensité de son regard, l'éclat de ses cheveux couverts d'une pellicule de givre, Ellen était impossible, aussi crasseuse que son jardinier et probablement en infraction avec le code de la route.

— Par ici ! cria Melrose, apercevant au loin la lumière de la caravane de Nelligan.

— Où ?

— Droit devant nous. Longez ce mur...

Ses paroles se perdirent dans la nuit, mais la BMW dévala, couchée sur le côté, la pente de la colline, et une autre rafale de vent cingla le visage de Melrose.

Il rouvrit les yeux pour regarder, du mieux qu'il le put, par-dessus l'épaule d'Ellen.

— Là-bas, cria-t-il, distinguant l'ouverture dans le mur.

Protégeant ses yeux de la main, il aperçut une forme, qu'il prit pour un mouton mort, jusqu'à ce qu'il la vît bouger mollement.

— Attention !

Elle évita le mouton. Ils ne se glissèrent pas dans l'ouverture du mur, mais volèrent par-dessus. Il s'était retourné à moitié pour regarder, par-delà les décombres du mur, le postérieur du mouton qui détalait et le brusque coup de frein le prit totalement au dépourvu.

Ellen s'écria : « Bon sang, qu'est-ce que c'est... », tandis que la BMW se mettait à tourner comme un derviche tourneur, projetant Melrose dans la nature. « ... que ça ? » termina-t-elle, stoppant la moto, qui s'immobilisa avec un bruit sourd. Elle tendit droit devant elle son bras gainé de cuir noir. Elle descendit de la BMW, utilisant les pédales comme des étriers.

Melrose s'extirpa de l'amas de pierres et de bruyères durcies par le givre, pour examiner la jambe déchirée de son pantalon et les dégâts subis par sa manche, qui pendait, seulement retenue par quelques fils.

— Eh bien, regardez ! lui cria Ellen.

— Des moutons ! Vous ne savez donc pas reconnaître un mouton ? Je crois que j'ai la cheville cassée.

— Et moi, je crois que je vais regagner le Queens.

Elle parlait maintenant d'une voix aiguë et furieuse.

Melrose se hissa sur la BMW, manifestement impatiente de repartir, et dit :

— Cessez de vous plaindre ! Roulez !

Et il tapa sur le garde-boue.

Moins d'une minute plus tard, la BMW s'arrêtait abruptement à moins d'un mètre du troupeau. Melrose sauta de la moto. Il croyait s'en être bien tiré, mais ses lacets de chaussure s'étaient pris dans les rayons de la roue, et il tomba face contre terre.

— Par les cloches de l'enfer ! marmonna-t-il, se relevant pour essuyer ce qui semblait être du sang.

Ellen, naturellement, avait atterri sur ses deux pieds et, d'un geste frénétique de la main, lui faisait signe d'avancer.

Pour aller où ? Il y avait des moutons partout, deux cents environ, estima Melrose, qui s'avança en boitillant. Il y avait aussi le chien d'Ethel, Tim, qui se jetait sur l'un d'entre eux, prêt à détaler. Les dents du kuvasz étaient plantées dans la laine épaisse de la patte. Melrose se mit à courir, oubliant de ménager sa cheville qui lui faisait souffrir le martyre, jusqu'à l'autre côté où Ellen courait, elle aussi, en zigzag, comme un colley, mais sans but.

Melrose vit Stranger tendu sur ses pattes comme un arc, ne quittant pas du regard une vieille brebis. Une voix s'élevait au milieu des bêlements et de l'abominable odeur de laine mouillée.

— Sortez-moi de là !

La voix lui était familière, le son comme le ton. Un ton exigeant, coléreux.

— C'est elle ! C'est Abby !

Ellen faisait des bonds, pour essayer de la voir.

Au comble de la stupéfaction, Melrose se fraya un chemin jusqu'au muret. Une douzaine de moutons se tenaient là dans une sorte de transe et Melrose les poussa pour avoir accès au mur, qu'il escalada. Il aida Abby à se relever et à sauter par-dessus les moutons.

Elle était dans un triste état, aussi bien physique que mental.

— J'aurais pu mourir là ! dit-elle à Melrose. Et les pattes de Stranger qui saignent... Donnez-moi un morceau de votre chemise.

— Il ne m'en reste pas grand-chose, dit Melrose, déchirant une bande dans le bout de la manche en lambeaux. Tiens.

Abby se baissa et pansa du mieux qu'elle put les pattes du chien. Puis elle se releva, s'éloigna brusquement et secoua la boue et la poussière de son ciré et de son châle. Comme Melrose et Ellen regardaient tour à tour la fillette et les moutons, elle se retourna de nouveau vivement et cria : « Oh, laissez-les ! laissez-les donc ! », comme si le troupeau bêlant n'était rien d'autre qu'un gros tas d'assiettes sales.

— Ce sont les moutons de Mr Nelligan. Il les trouvera et leur fera peut-être la leçon.

Ellen redressa la moto et la fit rouler à côté d'elle, tandis qu'Abby s'empressait de leur raconter *qui* et *quoi* avaient secouru *qui* dans cette opération de sauvetage. Elle se mit à parler de son rôle à elle, puis raconta avec une abondance de détails ce que Stranger et Tim avaient accompli et loua les moutons pour leur participation. L'Homme était absent de son récit.

Ils continuèrent à marcher, suivis, à une certaine distance, des deux chiens épuisés. Melrose affirma qu'il préférait rentrer à Harrogate plutôt qu'au *Weavers Hall*, si, pour regagner l'auberge, il devait sauter à travers des cerceaux de feu, plonger dans les abîmes, faire des vols planés, avec Ellen comme conducteur.

— Je préfère encore aller à quatre pattes. Vous êtes probablement le pire motocycliste qui existe.

Ils entendirent alors le crachotement éloigné de moteurs, puis virent dans le champ, tout au bout, des lumières fantômes danser, apparaître, et disparaître, selon l'inclinaison du sol. Trois motos, peut-être quatre, roulaient sur la lande.

— La police ! s'écria Melrose, prêt à arracher sa chemise en lambeaux et à l'agiter, tel un signal de détresse. La police ! Dieu merci, je vais pouvoir rentrer avec quelqu'un qui sait...

Le bruit fut assourdissant, fracassant. Ça, c'était sur la gauche ; sur la droite, il vit une forme noire voler dans les airs et retomber en faisant trembler le sol.

Une petite flamme jaillit de l'allumette craquée par Ellen pour allumer sa cigarette, qu'elle se mit tranquillement à fumer, appuyée contre sa BMW, tout en regardant Melrose, une question inscrite sur son visage sale. Puis elle haussa les épaules :

— Deux sur trois.

Melrose haussa à son tour les épaules, et sa manche déchirée tomba.

Ils poursuivirent leur chemin sous la lune glacée, des bribes de leur dispute parvenant aux chiens...

— Tous les *trois* ? Sur ça ?

La question de Melrose se perdit avec la distance.

— ... le panier, cria Ellen.

— ... pas moi ! Je ne m'assiérai pas dans ce panier ! proclama la voix d'Abby.

— C'est *moi* qui m'assiérai dans le panier, dit Melrose.

Il continua à avancer en clopinant.

Stranger et Tim les suivaient, en boitant sur leurs pattes ensanglantées, jetant derrière eux un regard de regret au troupeau de moutons qui déjà se dispersait, à la recherche de nouveaux pâturages.

Ils se retournèrent l'un vers l'autre, presque nez à nez, se regardèrent en bâillant et en s'ébrouant.

Les voies du mouton étaient difficiles à saisir, parfois même incompréhensibles.

Les voies de l'homme, absolument impénétrables.

33

Le Nine-One-Nine était une cave où, pour l'instant, rien ne bougeait sauf la fumée provenant des cigarettes et cigares d'une clientèle qui avait l'air de s'ennuyer. Tout au bout de la longue cave s'ouvrait un espace avec une petite scène occupée par des amplis, une batterie, deux micros et un clavier. Des projecteurs bleus suspendus à une poutre transversale étaient braqués sur la scène que venait de quitter le groupe.

Jury défiait quiconque n'y était jamais venu de trouver le club ; aussi estima-t-il qu'il n'y avait là que des habitués, exprimant différents degrés d'ennui. Une foule curieusement asexuée. Des femmes aux cheveux lissés en arrière, des hommes aux boucles cuivrées et aux oreilles ornées d'anneaux qui n'avaient pour eux — Jury était prêt à le parier — aucune signification particulière. Ils se tenaient debout dans l'allée ou étaient assis au bar. Dans ce cadre architectural sans caractère, le seul élément notable était le très long comptoir au plateau de cuivre derrière lequel couraient des mètres de bouteilles avec leurs bouchons doseurs. La fumée s'élevait en volutes, se dispersait, pour former un nuage au-dessus des tables ; contre le mur de gauche étaient disposés des bancs, semblables à ceux des églises.

En dehors de cette foule insolite, on pouvait voir quelques ouvriers serrés en petits groupes compacts, comme des poings fermés, entourant de leurs doigts rudes leur pinte de bière.

Tous les clients de l'endroit semblaient là dans leur élément, parce qu'ils ne l'étaient nulle part ailleurs.

Le club rappelait à Jury un café à Berlin, avec son odeur de renfermé, la même odeur tenace de résine et de cigare froid.

Dans la pièce enfumée, dans ce décor de film des années trente, Jury aurait pu se passer de la description que lui en avait faite Morpeth Duckworth pour reconnaître Stan Keeler. Il y avait chez cet homme assis au centre de la tablée, dans ses attitudes et ses gestes, comme dans le comportement des gens autour de lui, quelque chose qui trahissait son identité. Il portait un simple T-shirt noir, un jeans et des bottillons ; ses pieds étaient posés sur une chaise, le reste de sa personne affalé sur une autre. Un homme et deux femmes lui tenaient compagnie. L'une de ces deux admiratrices avait des cheveux couleur porto qui lui recouvraient presque totalement les épaules ; la seconde, une blonde, claquemurée en elle-même, donnait l'impression de n'avoir pas bougé un muscle depuis des jours ; elle paraissait craindre que ses lèvres ne se crevassent, que ses pommettes ne se fissurent sous son maquillage si elle esquissait un sourire. Une autre femme, grande et serpentine, était adossée au mur, la fumée de sa cigarette venant se mêler au nuage général. On aurait dit que les mêmes ciseaux avaient coupé ses cheveux et sa robe noire, tailladés de la même façon en dégradé. Ses yeux étaient presque fermés, sous le poids de l'eye-liner et d'une épaisse couche d'ombre à paupières qui contrastait avec la blancheur de son visage poudré.

Tandis que Jury traversait un groupe compact, le type vêtu de cuir dont la guitare brillait comme un soleil parlait avec vivacité, penché vers Keeler comme un homme poussant de l'épaule un arbre qui ne voudrait pas céder :

— ... peux-tu dire que ce connard sait jouer le blues ? Cet adepte du heavy metal, ce fou de Bach et de baroque, serait incapable de jouer un boogie en douze mesures, même si sa vie en dépendait. (Tout en parlant, il frappait sur sa guitare et exécutait une progression mélodique qui lui valut de légers applaudissements et des encouragements à poursuivre. Quelqu'un l'appela Dickie. Dickie ne fit pas attention aux exhortations ou n'en tint pas compte.) Ce connard est rapide, certes. (Ses doigts glissèrent le long du manche pour pincer les cordes et d'autres applaudissements éclatèrent, entre les tables.) Il est rapide, et alors ? Tu es rapide, je le suis, et je sais, moi, reconnaître une ligne de blues quand j'en entends. Il en est loin. Allez, admets-le, Stan.

Stan Keeler le fixa sans répondre.

— Toi ou moi pourrions lui donner une leçon. Pourquoi ne veux-tu pas l'admettre ?

— Parce qu'on n'étale pas la merde des autres.

Dickie jura tout bas, prit sa guitare et regagna la scène, à l'autre bout de la pièce, en roulant des mécaniques à la manière de John Wayne. En arrivant à la table, Jury aperçut le labrador noir, la gueule sur ses pattes, apparemment endormi. Il semblait heureux de soutenir un étui noir de guitare, dont le nez reposait sur son dos, comme le museau d'un autre chien.

— Vous êtes Stan Keeler ? demanda Jury, regardant les têtes des filles se tourner vers lui.

La rouquine sourit. La blonde parut ne pas y réussir. Celle appuyée contre le mur baissa davantage les paupières.

Stan Keeler le regarda et Jury sut ce qu'étaient des yeux de braise. Ils lui faisaient penser à un cognac que l'on ferait flamber. Ces yeux, ainsi qu'une peau lumineuse d'enfant, démentaient son expression indolente ; ils auraient pu brûler Jury. Stan était comme le portrait magnifié de la femme maigre derrière lui. Il avait le teint et l'intensité qu'elle avait cherchés dans les pots de maquillage sur sa coiffeuse. Encadré d'épaisses boucles brunes, le visage aux hautes pommettes paraissait un peu émacié et il exprimait une totale indifférence.

D'une voix sans timbre, il déclara :

— J'ai trente-deux ans, je vis dans une chambre meublée à Clapham. Ça craint. Et Orchidée noire n'a pas de date prévue dans les clubs avant deux semaines. Je suis né à Chiswick ; ma mère y habite toujours. Les anguilles en gelée sont mon plat préféré. J'ai arrêté la drogue il y a trois ans, après être tombé de la scène. J'ai une propriétaire avec un nez auquel l'on pourrait pendre ses caleçons. Elle craint. La seule raison pour laquelle je ne déménage pas est que ça craint presque partout à Londres. Je fume et je bois modérément. C'est tout. Imprimez ça. Au revoir.

— Je ne vous ai même pas dit bonjour.

— Bonjour et au revoir. Retournez vite à Fleet Street. Vous êtes de *New Dimensions*, exact ?

— Faux. Je suis de la police judiciaire.

Jury lui montra sa carte.

L'expression de Stan Keeler ne changea pas d'un iota tandis qu'il jetait les yeux sur la carte et sa cigarette dans le cendrier. Tout en ôtant ses bottes de la chaise, il fit signe à Jury de s'y asseoir, puis se tourna vers la blonde et la rouquine :

— Laissez-nous.

Il ne dit rien au domino appuyé contre le mur. Jury avait le sentiment que, de toute manière, leur conversation ne pouvait l'intéresser.

Les deux filles se levèrent en même temps et dirigèrent, par-delà la foule, leurs regards vides vers le bout de la pièce. Dickie semblait être en train d'accorder sa guitare ; un jeune homme au visage cireux et à la longue crinière frisée s'essayait à la batterie ; un Noir émacié était assis près de lui, l'étui d'un instrument à ses côtés.

Stan Keeler croisa par-dessus son genou un pied

chaussé d'un bottillon qu'il frotta avec des doigts qui paraissaient assez agiles pour attraper un papillon sans lui froisser une aile. Il semblait presque content.

— J'ai flanqué une raclée à ma vieille et on m'envoie la police judiciaire ? Elle le méritait. (Il se gratta la tête, emmêlant davantage ses boucles brunes.) Le seul type qu'elle regrette à Clapham est l'exhibitionniste du parc.

— Votre vieille ? J'ai craint un moment que vous ne parliez de votre mère.

— Maman vit à Chiswick. J'ai réussi à scandaliser presque tout le monde sauf elle. Dieu sait pourtant si j'ai essayé. Peu importe si je gagne le disque d'or ou toute autre récompense, elle me demandera toujours : « Stanley, tu as été à la messe ? » (Sa voix était comme un cri aigu.) Alors quelle sorte de merde vous venez mettre ici ? Vous me reprochez d'avoir esquinté Delia ?

— Pas particulièrement.

— Vous, les flics, vous êtes des sadiques. Hé ! (Il claqua les doigts.) J'ai déjà parlé à votre ami. Un type cool. (Stan rit, s'étrangla avec la fumée de sa cigarette et s'essuya les lèvres.) Il est arrivé à échapper à la surveillance de Grand Pif. Cette bonne femme veut me protéger des journalistes. Cela n'a rien à voir avec mon groupe ; si elle agit ainsi, c'est parce qu'elle me croit polonais. Un *agent provocateur*[1], quelque chose de ce genre. Elle m'a vu en photo dans le journal avec Lech Walesa.

— Comment se fait-il que vous ayez été photographié avec Walesa ?

Stan eut l'air écœuré et chercha apparemment sur le visage de Jury une trace d'intelligence.

— Que diable ferais-je sur une photo avec Walesa ? Est-ce que je joue à Gdansk ? C'était un crétin quelconque qui me ressemblait. J'ai raconté l'histoire à ma

1. En français dans le texte.

mère et elle m'a dit que Lech allait tout le temps à la messe ; pourquoi n'étais-je pas comme lui ? Vous voulez une bière ? Si vous la buvez à la bouteille, je peux envoyer Stone vous en chercher une. Hé, Stone, mon vieux ! (Il brandit une bouteille d'Abbott's et le labrador se redressa en bâillant. Keeler tendit un doigt. Le chien disparut dans la foule.) Il ne peut en ramener qu'une à la fois, dit-il, d'un ton d'excuse.

— Je ne peux en boire qu'une à la fois. Ecoutez, Mr Keeler...

— Appelez-moi Stanislas. Grand Pif m'appelle ainsi. Cela vous dit d'aller à Brixton ? Il y a un pub là-bas où je joue gratuitement certains soirs. Ils sont dans la mouise, et j'aide le propriétaire à s'en sortir.

— Vous êtes très généreux.

— La générosité n'a rien à voir là-dedans. J'essaie de me mettre sa femme dans la poche.

— Désolé. Mais pas question d'aller à Brixton. Je veux seulement quelques renseignements.

Deux autres femmes s'étaient glissées sur les chaises vides. Elles avaient l'air de jumelles. Stan leur dit d'aller se faire voir.

— Vous connaissiez Roger Healey, le critique musical.

— Je ne le connaissais pas et je ne dirais pas que c'était un critique.

— Selon mon inspecteur, vous le connaissiez. (Jury entendit Dickie parler au micro et le groupe se mit à jouer.) Healey ne semblait pas beaucoup apprécier votre musique. En fait, les articles que j'ai lus m'ont fait l'effet d'une déclaration de guerre. Pourquoi vous a-t-il consacré une colonne, au fait ? La rubrique pop, jazz et rock dans *Segue*, c'est l'affaire de Morpeth Duckworth.

— Vous avez parlé à Rubber Ducky ?

Il tourna la tête pour regarder le groupe et le gémissement aigu de la slide guitar lui arracha une grimace.

— Oh ! Ça, c'est un virtuose !

Les clients du club commençaient à se réveiller et à se rapprocher de la scène. Stone revint avec une bouteille serrée entre ses mâchoires. Stan la prit et l'ouvrit avec le décapsuleur accroché à son porte-clés. Le chien se recoucha. Stan poussa la bière vers Jury.

— Je répète ma question : pourquoi ?

— Hein ?

— Roger Healey. Pourquoi a-t-il essayé de s'en prendre à vous ?

— Parce qu'il draguait ma vieille, je suppose.

— Etes-vous en train de dire que Healey avait une liaison avec votre femme ?

— Qu'est-ce que vous pouvez être vieux jeu ! Je n'ai jamais dit que c'était ma femme. (Il cherchait un mégot dans le cendrier plein. Jury lança son paquet sur la table.) Merci, mais une cigarette neuve n'a pas autant de goût. (Il trouva une cigarette à moitié consumée et l'alluma.) Deli n'est pas ma femme, même si elle est peut-être l'épouse de plusieurs autres types. En tout cas, elle m'a affirmé que non, elle ne baisait pas avec Healey, mais Deli ne peut ouvrir la bouche sans mentir. Elle ment même à propos du temps. Pathologique, non ?

— Deli qui ?

Les yeux de Stan étaient fixés sur le groupe baignant dans une lumière bleue. Il ne répondit pas.

— Mr Keeler ?

Ses doigts tambourinaient un rythme sur la table.

— Quel est le nom de famille de Deli ? demanda Jury avec patience.

— Je ne lui ai jamais demandé. Dickie s'améliore. Il a dû ôter la mousse de sa guitare.

— Je le trouve formidable, mais nous n'allons pas traîner ici pour l'écouter. Suivez-moi.

Jury se leva et la femme qu'un des clients avait appelée Karla tourna lentement la tête pour le regarder. Son petit ami n'avait pas l'habitude de recevoir des ordres, semblait-il.

435

— Vous suivre où, pour l'amour du ciel ?

— A New Scotland Yard. Ici, vous semblez incapable de vous concentrer pour répondre à mes questions.

— Vous êtes un gars avec qui on ne s'ennuie pas.

— C'est moi tout craché.

— Ecoutez, je ne sais pas si c'est son véritable nom. (Stan lui fit signe de se rasseoir. Karla détourna de nouveau le regard.) Elle a dit que c'était Magloire. Delia Magloire. Personne ne savait exactement comment le prononcer, aussi l'avons-nous appelée tout simplement Deli MacGee.

Jury sortit son calepin.

— D'où est-elle ?

— De la Martinique. C'est ce qu'elle m'a dit. Le fait est qu'elle a un physique à être originaire des îles. Une peau couleur de miel, des cheveux aussi noirs que le pelage de Stone. (Il se pencha pour gratter la tête du chien.) Ne me demandez pas où elle est allée...

Sa voix s'estompa tandis que son attention allait au chien inerte. Stone [1] était un nom qui lui allait bien.

— Jolie ?

— Oh, oui ! Epaisse comme deux planches, mais jolie, très jolie.

— Comment a-t-elle rencontré Healey ?

Stan écrasa son mégot et en chercha un autre.

— Elle se rendait à l'Hammersmith Odeon et elle est entrée au Royal Albert Hall en se trompant de théâtre. Si vous croyez cela, vous pouvez tout croire. Vers deux heures de l'après-midi, elle passe en se dandinant devant Grand Pif, monte jusqu'à l'appartement et me dit : « Mon chou, Eric a un nouveau groupe... (Il leva les yeux sur la flamme de l'allumette.) Le London Symphony. » Elle voulait me faire croire qu'elle était abrutie à ce point. Puis, en commençant à me parler de ce critique musical bien connu, elle va mettre un disque de ce Robert houtchi-koutchi Plant et veut danser.

1. Pierre. (*N.d.T.*)

Je n'ai jamais pu comprendre quelle force centrifuge avait poussé Deli sur le chemin de ce minable de Healey.

— Quand Deli est-elle partie ?

Stan haussa les épaules.

— Il y a un an.

Il jeta un regard à la petite scène où, sous lumières bleues, les musiciens paraissaient cyanosés. La guitare de Dickie se mit à hurler dans les oreilles de Jury. Il se demanda comment Wiggins pouvait tenir tout un concert sans saigner du nez.

— Si cette guitare a de la mousse, il faudra me le prouver, cria Jury par-dessus la table. Vous l'avez crue ? A propos de Healey ?

Stan haussa les épaules.

— Pourquoi ne l'aurais-je pas fait ? Ce type était un coureur de jupons.

Il devenait de plus en plus difficile de parler et d'entendre. Les riffs étaient assourdissants et le batteur était entré en transe. Les oreilles de Jury semblaient s'être bouchées, comme dans une brusque descente d'avion. De l'étui posé au sol Stan avait tiré une Stratocaster noire.

Comme il passait la courroie de cuir autour de son cou, le chien poussa un aboiement sec.

— On dirait que Dickie est encore en train de jouer avec le couvercle d'une boîte de conserve. Je crois que je vais aller le rejoindre. Attendez-moi. Où sont les médiators, Stone ?

Le chien plongea son museau dans le long étui et en ressortit un médiator en écaille de tortue.

— Pas celui-là, pour l'amour du ciel ! Le moins épais.

Stone cracha celui qu'il avait à la bouche, fouilla de nouveau dans l'étui et ramena un médiator noir presque transparent.

— Merci.

Stan glissa le médiator sous les cordes.

— Deli MacGee a-t-elle plaqué Healey ?

— Mmouais. Elle s'est plainte qu'il avait des « improvisations » qui — comment a-t-elle formulé cela ? — « n'étaient pas de mon ressort » (Stan sourit.) L'image m'a plu.

— Qu'entendait-elle par là ?

Stan leva la main des boutons de réglage et pinça une corde.

— Allons, mon vieux ! De quoi croyez-vous qu'il s'agisse ? Healey n'était pas un guitariste. Au mieux un homme à femmes, au pire un obsédé sexuel. Vous paraissez surpris. Vous êtes un flic ; vous avez déjà dû rencontrer ce genre d'oiseaux.

— Et ces articles auraient été écrits après que Deli l'a laissé tomber ?

— Vous avez pigé.

— Jalousie ?

— Qui sait ? (Stan haussa les épaules.) Qui ça intéresse ?

Toi, pensa Jury avec tristesse, en regardant les cernes sous les yeux de Stan Keeler.

— Martin Smart semble croire que Healey connaissait son sujet. Comment l'homme dont vous dressez un tel portrait pouvait-il avoir une aussi bonne réputation en tant que critique ?

Stan tendit légèrement les bras, invitant Jury à parcourir la pièce du regard.

— Vous voyez des critiques ici ? Ils sont tous dans leur bureau, assis dans leur fauteuil de cuir pivotant fabriqué en Italie, à recycler la merde dans leur PC. Le seul qui vienne au Nine-One-Nine est Duckworth. Ecoutez, mon vieux, Healey ne connaissait absolument rien au rock, au jazz, il ne connaissait rien à rien. Mais pourquoi toutes ces questions, au fait ?

— C'est à cause de Mrs Healey. Elle l'a descendu.

— Elle mérite une médaille, pas une fichue enquête policière.

Jury se leva.

— Merci pour votre aide. Je me demande toutefois pourquoi vous n'avez pas dit tout cela à mon collègue.

— J'avais une gueule de bois carabinée. Je ne tenais pas tellement à frayer avec un flic. Ecoutez, restez. Nous pourrons aller plus tard dans ce pub dont je vous ai parlé à Brixton.

Jury secoua la tête, sourit et tendit la main.

Le groupe jouait maintenant un blues et le vieil homme près du piano avait ouvert son étui pour en tirer un saxophone auquel il fixait son bec. Plusieurs couples s'étaient avancés sur la piste de danse et se tenaient dans une proximité langoureuse.

— Hé, Stone ! (Le chien fut debout en un clin d'œil. Stan se tourna vers Jury.) Vous allez essayer de trouver Deli ?

Jury sourit.

— Si je la trouve, je vous le ferai savoir.

— Trouvez-moi plutôt une nouvelle propriétaire. Allez, viens, Stone, allons mettre un peu notre merde.

Son chien sur les talons, Stan se fraya un chemin dans la foule qui s'écarta aussitôt pour le laisser passer. Il sauta sur l'estrade, sous les lumières bleues, et avant même d'avoir posé le pied sur les planches, fit entendre un riff torride, suivi d'un staccato si rapide que Jury en eut la chair de poule. Puis après un tiré de cordes distordant les notes, il se mit à suivre la ligne de blues du vieil homme au saxophone. Sa langueur fit sentir à Jury le poids douloureux du passé, coulant comme un poison dans ses veines.

Il se retourna, jetant avant de partir un regard à Karla, toujours adossée au mur dans une attitude lascive, l'air aussi triste qu'une longue nuit pluvieuse à Berlin.

34

I

Seules la princesse et Ruby qui lui ouvrit la porte étaient apparemment au *Weavers Hall* quand Jury s'y rendit le lendemain matin, de bonne heure.

Mr Plant devait encore dormir, lui dit Ruby, car il avait tendance à être le dernier à venir prendre son petit déjeuner.

Mais Plant n'était pas dans sa chambre. Toutefois, en redescendant, Jury aperçut la princesse dans la sienne. Sa porte était ouverte ; elle finissait de remplir une malle de ses élégants vêtements. Elle tenait une robe contre elle, jugeant de son effet dans une psyché. C'était une robe bleue en crêpe et mousseline de soie, ample et vaporeuse, qui aurait fait l'admiration des préraphaélites.

Voyant Jury se refléter dans le miroir, elle se retourna sans paraître surprise et lui demanda :

— Qu'en pensez-vous ?

— Superbe. Vous partez ?

— Oh, oui ! Le major et moi allons à Londres pour un mois ou deux. Ou même trois. J'en ai assez de la mort...

Elle soupira. Elle aurait soupiré de la même façon en voyant s'achever la saison londonienne ou se terminer un été à Cannes, estima Jury.

— Elle semble faire autant de ravages qu'un virus.

(Elle lui adressa un sourire dans le miroir, puis jeta la robe bleue sur le dessus de la malle ouverte et alla prendre un autre vêtement dans la penderie.) Et on ne voit plus que la police ces temps-ci. (La princesse posa sur ses épaules la veste en velours imprimé aux manches bordées de satin vert.) Cette pauvre enfant, poursuivit-elle en s'examinant dans le miroir sous divers angles, seule sur la lande ! Je n'arrive pas à croire que quelqu'un puisse lui vouloir du mal. (Elle plaça la veste en travers de la malle à côté de la robe bleue.) C'est toujours si difficile de savoir quoi emporter. Vous venez de la capitale. Quelles collections y présente-t-on en ce moment ? Lacroix ? J'ai entendu dire que Saint-Laurent raccourcissait ses modèles. Pas trop, j'espère. Il fait de si belles jupes longues. (Elle ajustait une des siennes contre sa taille, une jupe noire tombant en un millier de plis étroits.) Et inutile de me regarder de cette manière, dit-elle au reflet de Jury dans le miroir.

— De quelle manière ?

— Avec condescendance. Désapprobation. Parce que je ne suis pas aux funérailles.

— Aux funérailles ?

Elle se tourna à droite et à gauche, donnant des coups de pied dans la jupe.

— Les funérailles d'un chat. Vous auriez dû entendre ces hurlements, ce matin ! (Jury la regarda d'un air interrogateur.) Ruby a trouvé le chat dans le congélateur. Mrs Braithwaite a passé un drôle de savon à Abby. Cela ne lui a fait aucun effet. (Elle adressa à Jury un regard impatient, qui n'en brillait pas moins d'un éclat nacré.) Je ne connaissais pas ce chat, bon Dieu !

II

Derrière la grange la cérémonie funèbre était en cours. Les quatre personnes présentes semblaient sorties d'une photographie, posant près des grandes portes ouvertes au bout de l'aire de battage. Jury restait dans leur ombre, hésitant à les rejoindre, ne se sentant pas le droit de participer à la cérémonie. Après tout, il n'était pas là quand la tragédie était survenue.

Melrose et Ellen se tenaient, l'air solennel, d'un côté de la petite tombe, encore ouverte, dans laquelle avait été descendue la boîte, recouverte de son étoffe noire, contenant Buster. Six bougies votives entouraient la fosse. De l'autre côté se trouvaient Tim et Stranger, assis l'un à côté de l'autre, les pattes bandées, portant tous deux à leur collier ces rubans bleus et verts que l'on décernait aux lauréats dans les concours de chiens. Tim essayait d'enlever le sien, le bleu, avec ses dents. Stranger levait sur Abby un regard affligé, puis levait les yeux plus haut vers le ciel, comme si les paroles de la fillette lui faisaient pressentir l'existence d'un paradis pour les animaux.

Une petite fille en bleu pastel avec des rubans neufs dans les cheveux (Jury supposa que c'était son amie Ethel) était debout près des chiens, la tête inclinée, ses petites mains repliées contre sa jupe amidonnée. Avec son visage angélique, elle semblait davantage tournée vers le divin qu'Abby, plantée à la tête de la tombe en ciré noir et bottes de caoutchouc, sa Bible dans les mains, l'air sombre et vengeur, le vent soufflant dans ses cheveux bruns. Elle avait cette expression contenue de ceux qui se résignent à la souffrance et à la mort, comme talonnée par une meute déchaînée.

Jury n'aurait su dire si elle le regardait ou si son regard ne faisait que le traverser. Quand elle reprit sa lecture, il s'aperçut que ce n'était pas la Bible qu'elle lisait, mais un recueil de poésie à la couverture sombre et aux pages minces.

Plus jamais ne verrai tes splendides échappées,
Les oreilles droites, la tête et la queue baissées,
Ni n'admirerai, face aux moutons, tes manœuvres
                                        [coulées.

Durant la récitation de ces vers, il vit Ethel faire la grimace. Puis Abby referma brusquement le livre et ce qui lui avait servi de marque-page en glissa. C'était sa carte, celle qu'il lui avait laissée, pas plus tard que la veille.

Elle prit une poignée de terre, qu'elle laissa glisser sur l'étoffe noire.

Ethel gémit :

— Oh, Buster ! tu vas tellement me manquer...

Plainte qui lui valut un regard furieux de la maîtresse de Buster, et Melrose Plant, qui s'apprêtait à prononcer quelques paroles de circonstance, jugea préférable de se taire.

Abby tourna son visage vers la tombe et secoua légèrement la tête comme si quelque terrible compte venait d'être réglé entre Buster et les misérables forces de cette terre.

— Au revoir.

Et que le froid te garde, pensa Jury.

Abby ramassa la carte, la fourra dans sa poche et tendit la pelle à Melrose.

Ethel jouait l'hôtesse, distribuant des tasses de thé et des tartines beurrées, grossièrement coupées, de pain complet. C'est elle (leur avait-elle dit) qui avait dû rappeler à Abby que les gens devaient être « nourris » après l'enterrement. Les bonnes manières l'exigeaient. Et elle avait passé toute la journée d'hier à faire le gâteau.

Abby était assise dans le rocking-chair, les yeux rivés au plancher, les mains serrées autour des bras du siège. Ethel voltigeait dans la pièce, souhaitant apparemment déployer tout le volume de sa robe et faire admirer son tablier en dentelle.

Tout en posant un morceau de gâteau sur la caisse aux livres, elle murmura :

— Ce poème a été écrit à propos d'un chien ; Buster n'a jamais couru après les moutons.

Abby lui adressa un regard qui aurait foudroyé une foule entière.

Ethel s'éloigna en virevoltant et revint vers Melrose, Ellen et les chiens. Elle ôta les rubans de leurs colliers et alla les épingler au tableau d'affichage. Tim, constata Jury, avait porté le bleu, Stranger, le vert. Le second prix.

Abby la regardait. Elle avait lâché un des bras du rocking-chair pour serrer son poing sur ses genoux.

— C'est Ethel tout craché ! dit-elle avec un soupir, les premiers mots qu'elle adressait à Jury, assis sur son lit, enfoncé dans les édredons.

— C'est Ethel tout craché, acquiesça-t-il, un sourire aux lèvres.

La bouche d'Abby remonta aux commissures, mais elle réprima le sourire qui pointait. Il n'était pas convenable de sourire le jour des funérailles de Buster.

— Le comte était là quand j'ai récupéré Buster, lui expliqua-t-elle. (Comme Jury la regardait, l'air intrigué, elle ajouta :) Aux Vrais Amis. Le vétérinaire. Il avait un chat, mais je ne sais pas ce qu'il en a fait.

La pensée de Melrose Plant se débattant avec un chat pour l'emmener chez le vétérinaire fit sourire Jury. Le seul animal avec qui Plant ait daigné développer quelque rapport était sa vieille chienne, Mindy.

— Je suis sûr que le chat n'était pas à lui, répondit Jury. Il a dû le trouver sur la route ou ailleurs.

— Oh ! (Abby se balança avec plus de force, digérant l'information. Le comte n'était donc pas un misérable, un homme sans cœur qui avait abandonné son animal.) En tout cas, il est drôlement intelligent. (Ses lèvres se retroussèrent en un léger sourire de satisfaction.) Il a trouvé la cachette d'Ethel. (Elle adressa un regard à Jury.) Et il n'est pas policier, pourtant.

— Où était-elle ?

— Derrière les flacons de médicaments. C'était une bouteille sur laquelle était écrit « cadeau de Brighton ».

— Incroyable ! Comment l'a-t-il découverte ?

Elle haussa les épaules.

— Je n'en sais rien, sauf qu'il lui a dit qu'il avait trouvé sa cachette, et que tout de suite elle s'y est précipitée.

Retenant un sourire, Jury regardait les pieds du rocking-chair basculant aussi vite qu'une balançoire. Au bout de quelques instants, il dit :

— Je suis désolé que tu aies dû retourner sur la lande ce matin. Cela a certainement été dur pour toi.

— Pas aussi dur que la première fois, dit-elle avec une étonnante légèreté.

— Tu veux bien en parler ?

Avec un air de feinte lassitude que la princesse elle-même n'aurait pu égaler, Abby raconta à Jury ce qui s'était passé. L'appel téléphonique, les toussotements, la voix étouffée disant quelque chose à propos de Stranger et des moutons de Mr Nelligan. Elle lui raconta dans le moindre détail sa terrible aventure.

Il ne la questionna pas ; il n'avait aucune raison de lui faire répéter ce qu'elle avait déjà dit une dizaine de fois.

— Je suis désolé. Je regrette de ne pas avoir été là.

Il suivit son regard en direction du tableau d'affichage où Ethel épinglait avec soin le ruban bleu.

— Ce n'est pas grave. J'avais Stranger et Tim avec moi. Et les moutons.

Il n'y avait pas la moindre accusation, pas un brin d'ironie dans ses paroles. C'était une simple constatation ; le monde était ainsi fait.

Jury la regardait manger son gâteau, conscient de la désillusion de la fillette.

— Sa fille.

Jury secoua la tête, remettant en place l'allume-cigare de la Volvo.

— Tous ceux qui les voyaient ensemble pensaient qu'Ann Denholme était la mère d'Abby. Quelle ironie !

Installé sur le siège du passager, Melrose tripotait la radio. La voiture de Jury était garée dans l'allée, toutes les portières ouvertes.

— Trouver Trevor Cable a été un jeu d'enfant. D'après Wiggins, il semble être un brave type, quelqu'un de serviable, bien que « un peu croupeux », pour citer mon collègue. Ce n'est pas Trevor qui voulait se débarrasser d'Abby. Lors de la dispute qu'avait entendue Mrs Braithwaite, c'était Ann Denholme qui exigeait le retour d'Abby.

— Elle voulait Abby pour la faire vivre dans une grange ? (Melrose secoua la tête.) J'en ai froid dans le dos. (Il regarda à travers la pluie fine en direction de la grange qu'il venait de quitter.) Comparée à Ann Denholme, Médée aurait pu se voir attribuer le prix de la meilleure mère de l'année, Jocaste était une perle, et Clytemnestre, bon Dieu, une véritable héroïne ! On a tendance à oublier qu'Agamemnon avait offert, sur cette île effroyable, leur fille en sacrifice aux dieux pour les apaiser. Penses-tu que cela aurait mis fin à tous ces parricides, matricides, infanticides et incestes ? Et qui va annoncer la chose à Abby ? Ne vaut-il pas mieux lui éviter une telle déception ?

— Oui, mais l'oncle ? Trevor Cable ? Il veut la reprendre, semble-t-il.

— Acceptera-t-elle de retourner avec lui ? Si tu apprenais que ton père t'a abandonné, souhaiterais-tu le retrouver ?

Melrose laissa la radio de la voiture, se renversa sur

son siège et resta un moment silencieux avant de répondre :

— Ce n'est qu'une petite fille, Richard. Elle a besoin de quelqu'un.

— D'un parent, tu veux dire ? Depuis quand le sang est-il plus épais que l'eau ? Je n'ai encore jamais entendu de parents tenir ce genre de propos. Voilà pourquoi un tel argument n'a aucun poids, je suppose.

Melrose ouvrit la boîte à gants.

— Si Roger est le père, le commissaire division-naire Sanderson estimera que cela fournit à Nell Healey un excellent mobile pour assassiner Ann Denholme.

Jury s'affaissa sur son siège.

— Je flaire des histoires d'argent derrière tout ça.

— Je flaire un drame digne de *La Lettre écarlate*[1].

— Ann Denholme ne m'apparaît pas comme une martyre. Loin de là. Je la vois plutôt en maître chanteur.

— Je veux simplement dire que, dans le cas présent, c'est la petite Pearl[2] qui souffre. Je pense qu'Abby était un constant rappel de sa faute pour Healey. Ann se servait de l'enfant pour faire pression sur lui, tel est mon avis (Melrose ferma la boîte à gants.) Peut-être avaient-ils conclu un « arrangement ». Peut-être l'idée au départ était-elle que si Ann se débarrassait d'Abby, Healey divorcerait pour l'épouser. Quelque chose dans ce genre. Mais elle a fait preuve de stupidité en laissant la situation en *stand-by* pendant plus de dix ans.

— Cela tient debout. (Jury marqua une pause.) Tu cherches quelque chose ?

Melrose s'était penché pour regarder sous le tableau de bord.

1. Roman de Nathaniel Hawthorne, sur le thème de l'adultère, dans une Nouvelle-Angleterre marquée par le puritanisme. *(N.d.T.)*
2. Pearl est fille du jeune pasteur et de la brodeuse Esther, la pécheresse condamnée à porter la lettre écarlate, le A, marque de l'adultère. *(N.d.T.)*

— Moi ? Non.

Jury se redressa.

— Le chantage affectif aurait prise sur le pasteur coupable de ton livre, mais pas sur Healey.

— On peut user d'autres moyens pour garder quelqu'un sous sa coupe. Le plus redoutable à l'encontre de Healey aurait été d'informer son épouse de ses écarts de conduite.

— Et elle l'aurait ensuite tué ? Nell Healey connaissait bien son mari. Elle n'ignorait rien de la séduction qu'il exerçait sur les femmes. Mais elle ne l'aurait pas tué à cause de ses liaisons.

— Mais si elle avait découvert qu'Abby était sa fille ?...

Jury secoua la tête.

— Alors, pourquoi ?

Melrose passait la main sous le tableau de bord.

— Ça commence à ressembler... Mais que diable fais-tu ?

— Cette voiture n'a pas de lecteur de cassette ?

Jury ferma les yeux.

— Judas Priest ?

— Non, pas eux. Ellen a trouvé une cassette de *Rock'n'Roll Animal*. Mais le poste de Malcolm ne marche pas très bien.

Jury se tourna vers le siège arrière et tendit le Sony à Melrose.

— Tiens. Je vais faire un tour chez les Citrine.

Melrose sortit de la voiture et ferma la portière. Il ouvrit le lecteur de cassette, sortit celle qu'il contenait et l'examina :

— C'est quoi ?

Jury la prit.

— Coltrane. Au revoir.

Il démarra et se mit à rouler lentement.

Melrose courut, la main sur le rebord de la vitre.

— Tu n'as pas les écouteurs ?

Jury freina et faillit faire tomber Melrose.

— Voilà !

Il les lui jeta par la fenêtre. La voiture fit une embardée, puis s'arrêta.

— Tu as appelé Vivian ? lui cria-t-il.

— Vivian ? Bien sûr que je l'ai appelée.

Comme la Volvo s'éloignait, Melrose brancha les écouteurs et se dirigea vers le *Weavers Hall* avec l'intention d'appeler Vivian.

35

— Je connais le chemin, dit Jury à la domestique silencieuse qui venait d'ouvrir la lourde porte, lui offrant une vue déprimante sur le froid vestibule et le long couloir qui s'enfonçait dans l'obscurité. Ne vous donnez pas la peine de m'annoncer.

Pliant soigneusement le manteau de Jury sur son bras, elle le regarda avec perplexité. Il se contenta de sourire et attendit. N'ayant visiblement pas l'habitude de demander aux gens si elle devait les annoncer, elle s'éloigna en traînant les pieds, emportant son manteau.

Dans la grande salle un feu brûlait dans l'âtre, ainsi que dans un poêle. En dehors de ces deux foyers de chaleur, la pièce était froide, et on avait l'impression de passer d'une zone ensoleillée à une zone d'ombre. Jury se tenait à présent dans l'obscurité de la voûte.

Installés sur des chaises monumentales à un bout de la longue table, Charles et Rena Citrine se faisaient face. Leur position aurait pu laisser croire à une dispute, mais ils parlaient à voix basse, inconscients de la présence d'une tierce personne dans la pièce, et avaient l'air de conspirateurs plutôt que d'ennemis. C'était peut-être son imagination, mais, en les voyant ainsi, Jury estima qu'il s'était fait une fausse idée de leurs rapports.

Quand retentit son « bonjour », leurs têtes se tournèrent en même temps. Charles Citrine fut prompt à se lever, lui manifestant sans doute autant d'hostilité qu'il

s'autorisait probablement à en montrer. Jury le soup-
çonnait de priser par-dessus tout cette attitude de calme
détachement qu'il avait fait sienne.

Il devait avoir des nerfs d'acier pour contenir la
colère qu'éveillait en lui l'intrusion de Jury, en la
réduisant à cette simple question :

— Eh bien, que faites-vous ici ?

— J'essaie d'aider votre fille.

Citrine se rassit lourdement et garda le silence.

Rena détourna les yeux de son frère pour les poser
sur Jury.

— Parce que vous croyez que nous n'essayons pas
de l'aider ?

Son sourire était un tantinet malicieux.

— Qu'en sais-je ?

Citrine lui décocha un regard venimeux.

— Charles...

Rena Citrine se pencha légèrement.

Jury ne l'aurait jamais imaginée en conciliatrice. En
tout cas, certainement pas en sœur essayant d'ama-
douer le frère qu'elle avait maintes fois appelé « saint
Charles », lors de leur conversation dans la tour. Mais
la gravité de la situation reléguait au second plan la
question de la place qu'elle était autorisée à occuper
dans la maison.

Elle fit un geste en direction d'une lourde chaise en
noyer placée devant le poêle :

— Ne restez pas debout, commissaire.

Elle leva la carafe de cognac que son frère et elle
étaient en train de déguster, comme pour l'inviter à se
joindre à eux. Jury secoua la tête. Ils buvaient dans des
verres fuselés en cristal taillé. La carafe semblait en
vieux verre moulé, poli par les années. Elle la poussa
vers Charles, qui se resservit. Depuis la dernière visite
de Jury, les rides autour de sa bouche s'étaient creusées, en ciselures aussi marquées que celles de son
verre.

Jury annonça sans préambule :

— Ann Denholme a reçu un coup de téléphone avant de partir sur la lande de Keighley. Ce n'était sûrement pas un ami, vu que, d'après la gouvernante, miss Denholme ne parlait pas à grand monde. Cela pouvait être le laitier qui appelait au sujet d'une livraison ou Mr Nelligan à propos de moutons égarés. Cela pouvait être n'importe qui.

Jury regarda une grosse bûche rouler et se fendre dans un jaillissement d'étincelles. Il ne daigna pas jeter les yeux sur leurs visages, car il savait qu'ils avaient déjà entendu ces paroles.

Ce que ne manqua pas de lui rappeler Charles Citrine, avec lassitude :

— Mais plus probablement quelqu'un de cette maison. Nous avons été harcelés de questions par la police de Wakefield et par ce commissaire, Sanderson.

— Vous pensez, renchérit Rena, qu'un des membres de cette maison a attiré la pauvre Ann Denholme sur la lande pour la tuer. Etant donné que notre famille est aujourd'hui considérablement réduite, les suspects sont peu nombreux. Et je doute que vos soupçons se portent sur notre domestique.

Elle fit signe à Charles de lui passer la carafe. A onze heures du matin et des poussières, la carafe semblait avoir fait déjà bon nombre d'allées et venues. Mais ni l'un ni l'autre ne paraissaient le moins du monde ivres.

— Vous oubliez Mrs Healey, dit-il calmement.

Citrine laissa tomber la tête dans ses mains. Sa sœur se tourna de nouveau vers Jury et le foudroya du regard.

— Ne jouez pas l'idiot ! Vous n'avez pas le moindre soupçon à son égard !

Elle reposa son verre d'un geste brusque.

Sans se départir de son calme, Jury ajouta :

— N'importe qui pouvait appeler Ann Denholme ou Abby d'une cabine téléphonique.

Rena reprit son verre sans répondre.

— Sauf que nous savons que ce n'était pas le laitier. Abby a survécu pour en témoigner.

Le frère et la sœur restèrent sans dire un mot, sans même échanger un regard.

Puis, après s'être éclairci la gorge, Charles demanda :

— Il s'agirait de la même personne ?

— Croyez-vous que deux personnes auraient pu se livrer à ce jeu ?

Charles secoua la tête. Rena eut un regard froid dans sa direction. Jury aurait été incapable de dire si elle le voyait ou non.

— Dans le cas d'Ann Denholme, dit-elle finalement, il pouvait y avoir plusieurs candidats au crime. Des hommes.

La voix de Citrine s'éleva d'un ton, pour l'inviter à surveiller ses paroles.

— Rena !

Il y eut un moment de silence, puis elle se leva pour aller devant la cheminée, les mains enfoncées dans les larges poches de sa jupe matelassée. C'était un patchwork de carrés et de croissants, en satin, soie et laine, un kaléidoscope de verts, de bleus et d'ors qui brillaient à la lumière du feu. Elle donna un coup de talon rageur dans la bûche tombée, en faisant jaillir de nouvelles flammes bleues et étincelles dorées qui jetèrent sur ses cheveux roux des reflets argentés, tandis qu'une lueur rougeâtre éclairait ses yeux d'ambre.

Ce carré de la grande salle triste sembla soudain s'embraser autour de Jury : le poêle devant, les bûches lançant des étincelles derrière, Rena et ses croissants aux couleurs flamboyantes. Jury la regarda, conscient de sa fureur, et sut que son personnage comique, son personnage bâclé de folle de la tour, paria et femme prodigue n'était destiné qu'à tromper le monde.

Cela lui apparut clairement.

Il ne voyait pas les détails, il ne voyait ni l'extrémité sombre de l'arbre feuillu, ni la bordure festonnée de ciel bleu, ni les petites fenêtres symétriques, les unes éteintes, les autres éclairées ; ce n'était pas tant le tableau de Magritte dans sa totalité qui s'imposait à lui, la reproduction d'Abby avec son joli cadre, que la lumière projetée par le réverbère dans cette affiche. Et c'est dans ce rayon de lumière que l'imposture de cette femme lui fut révélée.

— Elle est allemande.

Ellen bricolait sa BMW ; la moto avait moins souffert qu'on aurait pu l'imaginer.

— Allemande ? Qui est allemande ?

Elle le regardait par-dessus son épaule en plissant les yeux, une clé à molette dans sa main levée.

— Caroline. Elle est sa « reine germanique ».

Le siège de la BMW devait être particulièrement solide ; il fut surpris que le cuir ne se fende pas quand elle y abattit la clé à molette.

— Vous allez arrêter avec cette fichue cassette ! Quelle idée ai-je eue de vous parler de Lou Reed !

— Ils se sont rencontrés à Berlin. Toute cette série de chansons évoque leurs rapports.

Il remit les écouteurs, malheureusement insuffisants pour couvrir la voix d'Ellen.

— Qui diable désire savoir où ils se sont rencontrés ? !

Elle se mit à tourner sur elle-même, lui rappelant Abby. Il était presque aussi amusant de faire enrager Ellen qu'Agatha.

— Vous avez vraiment l'air d'un idiot avec ces écouteurs sur la tête, lui cria-t-elle.

— C'est tout ce que vous pensez de moi ? demanda-t-il avec douceur.

Cessant de tourner comme un derviche, elle s'immobilisa à cinquante centimètres de lui pour le regarder d'un air suspicieux :

— Pardon ?

Melrose tendit le bras, glissa les doigts dans le col de son pull-over noir et attira Ellen à lui. Tandis qu'il se mettait à l'embrasser comme jamais il n'avait embrassé personne, elle fit entendre le gargouillis de quelqu'un que l'on étrangle, car il tirait trop fort sur le col. Sa bouche toujours sur la sienne, il lâcha le pull pour placer sa main derrière la tête de la jeune femme. Ses cheveux étaient plus doux que ne le laissait supposer son style de coiffure, crêpue et emmêlée. Après avoir pendant un certain temps martelé de ses poings l'épais chandail de l'homme qui l'embrassait, elle se fit toute molle. La partie de son cerveau où le sang continuait à affluer (le reste partait dans de multiples directions) souffla à Melrose qu'elle était peut-être morte. Etranglée. Il n'en continua pas moins à l'embrasser.

Mais il avait dû la lâcher, car elle s'était reculée, reprenait son souffle en grommelant. Il s'en rendit compte comme à travers une vapeur d'eau, comme si coulait entre eux une limpide cascade. Ou peut-être était-il soudain atteint de cataracte.

Ellen s'avança en titubant vers la BMW et s'appuya contre le siège, continuant à grommeler.

— Vous vous sentez mal ? demanda Melrose. Nous nous sommes arrêtés trop tôt ?

Elle se redressa et se tourna vivement vers lui.

— Non ! Bon sang, personne ne m'a jamais embrassée comme ça...

— C'est parce que vous avez jeté votre dévolu sur les hommes de Manhattan. Ce sont tous des balourds qui passent leur vie à poursuivre l'ombre insaisissable du succès plutôt que les femmes.

Elle plaqua les mains sur ses oreilles, comme des écouteurs.

— La ferme ! La ferme ! La ferme ! Ce n'était pas

456

un compliment que je vous faisais. Bon sang, j'ai failli être violée par un comte !

— C'est bien le « failli » que je regrette.

Ses mains retombèrent. Elle le regarda fixement.

— Quelle suffisance ! Comment font les femmes autour de vous ? Elles s'arrachent les oreilles ?

Melrose pensa à Vivian qui partait le lendemain. Elle n'avait pas perdu de temps avec les hommes de Manhattan. Seulement avec les Italiens, songea-t-il tristement. Il ne savait plus où il en était, il ne comprenait pas ce qui lui arrivait. Caroline s'ouvrait les poignets dans la chambre, et son geste lui donnait envie de pleurer. Puis comme s'il avait eu une hallucination due à la fièvre, il revint à la réalité et vit Ellen qui le regardait avec une véritable inquiétude.

— Ellen, vous êtes trop intelligente, trop jeune, vous aspirez trop à devenir une nouvelle Brontë. Partez vite d'ici, ou vous mourrez de vos illusions. (Melrose remit les écouteurs sur sa tête.) Allons à Berlin.

— Je ne vois pas ce dont vous voulez parler. (Son ton dénotait une réelle incompréhension.) Et j'ai des échéances à tenir.

Melrose haussa les épaules.

— Allons à New York, alors, et tenez vos échéances. Et puis taisez-vous ! Je crois que je viens de manquer un élément de l'histoire de Caroline.

Il pressa les écouteurs contre ses oreilles.

Avec calme, Ellen retourna à sa BMW et se remit à serrer les boulons de la roue.

La femme agent l'introduisit dans la salle lambrissée qui ressemblait à une bibliothèque privée, à cette différence près qu'elle était dépourvue de livres et meublée en tout et pour tout d'une longue table flanquée d'une chaise à chaque extrémité. Jury se détourna de la fenêtre à barreaux par laquelle il avait contemplé le ciel annonciateur de nouvelles chutes de neige, à peine plus clair que la pièce elle-même. Ni feu de cheminée ni tapis persan ne venaient égayer la peinture immaculée des murs. Il régnait une propreté caractéristique des lieux peu fréquentés. Jury ferma les yeux et les rouvrit, surpris, tel un enfant enclin à prendre ses rêves pour la réalité, de constater que le décor n'avait pas changé. De ne pas voir un grand arbre, un pâle rayon de soleil, un portail délabré.

Vêtue d'une robe de prisonnière à col carré, Nell Healey donnait l'impression de sortir d'une de ces photographies ferrotypiques, dont le gris acier de la bordure déteignait sur les visages. Ces visages, qui n'avaient jamais un sourire complice pour l'objectif, semblaient tous identiques.

Elle le regardait, dans l'expectative. Ils restèrent tous les deux debout. Ce n'était pas un endroit où s'attarder, où feuilleter l'album de famille, évoquer le passé. Presque toute la pièce les séparait.

— Merci d'être venu.

Sa voix était élimée, effilochée. Elle toussa légèrement.

Il repoussa les préambules d'usage tels que : « J'espère que vous n'allez pas prendre froid ; je viens de voir votre père, votre tante ; vous traitent-ils bien ? » Peut-être les silences de Nell Healey étaient-ils en train de le contaminer. Commençant à comprendre l'inutilité de certaines paroles, il attaqua directement :

— J'ai parlé au commissaire Macalvie. Je sais que vous vous souvenez de lui. Il sera probablement obligé de témoigner.

Etait-ce tout ? Son vague sourire n'était guère encourageant.

— Le banquier de chez Lloyd's et le commissaire alors chargé de l'enquête étant tous deux décédés, il n'y a plus que lui qui soit au courant pour la rançon, c'est ce que vous voulez dire ?

— Le connaissant, je ne crois pas que son témoignage réjouira l'accusation, même si elle s'imagine tenir là une carte maîtresse. Elle verra qu'elle s'est trompée.

Elle fronça les sourcils.

— Cela ne va-t-il pas lui causer des ennuis ? Vous risquez aussi d'en avoir. Je sais que papa a appelé le quartier général de Wakefield...

— J'ai toujours des ennuis. Du moins avec mon chef.

— Le commissaire Macalvie est très persuasif.

— Très.

— Et il a généralement raison ?

— Presque toujours. (*Dis-lui, Jury. Allez, vas-y*. Les photos du squelette de l'enfant défilèrent devant ses yeux.) Presque toujours, répéta-t-il.

Il se sentait malade. La tentation de lui montrer le magazine, de lui parler de son déjeuner avec Charlie était forte, mais il n'en fit rien. Il en était incapable. En partie à cause des convictions de Macalvie, mais aussi pour une autre raison qu'il n'arrivait pas à tirer au clair.

— C'est pour me dire cela que vous vous êtes déplacé ?

— Non. Je veux que vous me racontiez ce qui s'est passé.

C'est tout ? disait son petit sourire. Elle avait tourné la tête vers la fenêtre. Les barreaux la gênaient-ils ? Il en doutait. Elle n'était pas plus prisonnière maintenant que l'après-midi, une semaine auparavant, où elle explorait du regard le verger abandonné.

— Un de mes amis, dit Jury, me parlait dernièrement des Grecs. Médée, Jocaste, Clytemnestre. Vous vous souvenez de l'histoire de Clytemnestre et d'Agamemnon ? De l'histoire tout entière ? On a toujours considéré Agamemnon comme étant une victime : un mari trahi, assassiné par sa femme.

Son évocation de la tragédie grecque parut amuser Nell.

— C'est pourtant l'histoire. Vous établissez une analogie avec mon cas ? Votre ami me croit-il aussi mauvaise que Clytemnestre ?

— Il faisait allusion à Ann Denholme.

L'impassibilité figea de nouveau son visage.

— Vous saviez qu'Abby était sa fille. Vous saviez également que Roger était son père. Je ne sais pas comment vous l'avez appris, mais vous le saviez.

Elle eut alors un véritable sourire.

— Je l'ai assassiné dans un accès de jalousie, c'est cela ?

— Non. Vous l'avez assassiné parce que vous pensiez qu'il avait tué votre fils. Et non pour la raison qui avait conduit Agamemnon à sacrifier sa fille Iphigénie. Dans son cas, il s'agissait d'un sacrifice exigé par les dieux. Dieux qui, heureusement, à la dernière minute, lui ont accordé leur grâce. Dans le cas de votre mari, il n'y avait pas de dieux à apaiser. Et pas de grâce. Healey voulait de l'argent.

460

Sa bouche s'ouvrit légèrement, tandis qu'elle le fixait.

Puis elle se dirigea vers la chaise la plus proche pour mettre la main sur le dossier, et manqua de faire un faux pas. Mais elle était trop maîtresse d'elle-même pour trébucher, et elle se dominait trop pour s'appuyer à la chaise.

— Le commissaire Macalvie a toujours pensé que vous soupçonniez quelque chose, que vous aviez pris avec une rapidité et une détermination extraordinaires la décision de ne pas payer la rançon. Le ravisseur était nécessairement quelqu'un que connaissait Billy, puisqu'il l'avait suivi de son plein gré. On n'avait entendu aucun bruit ; le chien n'avait même pas aboyé. Vous n'avez jamais cru qu'on les avait emmenés de force. Mais qui vous aurait écoutée, étant donné d'une part la réputation sans tache de votre mari et d'autre part « l'extrême fragilité de vos nerfs » ? Personne de toute évidence, pas même votre père. Et je me demande qui lui a mis cette idée dans la tête. Vous êtes la seule de la famille à avoir les nerfs aussi solides que possible. Vous n'aviez aucune certitude que Roger était à l'origine de cet enlèvement, mais cette suspicion ajoutée au conseil du commissaire Macalvie a motivé votre décision. Vous étiez quasiment sûre qu'en payant la rançon, vous ne reverriez jamais Billy. Ou Toby. Et vous n'avez jamais été capable de le prouver. Mais si les choses tournaient mal et si Roger échouait, Billy pouvait alors l'identifier. Cela a dû vous traverser l'esprit.

— Roger n'a jamais échoué, répondit-elle d'un ton morne. Quand il voulait quelque chose.

— Alors, pourquoi avoir attendu toutes ces années ?

Elle regarda ses mains.

— Cela peut paraître idiot. Mais l'une des raisons qui m'ont poussée à cette extrémité est que Billy et Toby avaient été déclarés « officiellement » morts. C'était là quelque chose de terriblement définitif.

Lorsqu'elle se tut, Jury lui souffla :

— Vous avez dit une des raisons ? Y en avait-il une autre ?

— Oh oui ! Celle pour laquelle j'ai rencontré Roger à l'*Old Silent*. Il m'avait écrit de Londres qu'il voulait me parler de Billy et il pensait que ce serait « agréable » de dîner à l'auberge. (Elle leva les yeux.) Il n'y avait absolument rien de compromettant dans sa lettre ; il restait prudent dans ses formulations.

— La lettre qui est allée au feu ?

Elle acquiesça.

— De toute évidence, ce n'est pas dîner avec moi qu'il voulait. Ce qu'il voulait, c'était un million de livres sterling. (Elle tourna la tête vers la fenêtre à barreaux.) En échange de renseignements sur Billy. Il prétendait savoir ce qui s'était passé.

Jury parut décontenancé.

— Il n'était tout de même pas assez stupide pour reconnaître...

— Oh, non !

Elle se leva.

Il la regarda un long moment.

— Vous n'avez donc jamais été entièrement sûre de sa culpabilité ?

— Oh, non !

Elle croisa les bras sur sa poitrine et esquissa un sourire :

— Mais comment vous comporteriez-vous à l'égard d'un père qui voudrait vous extorquer de l'argent en échange de renseignements sur la disparition de son propre fils ?

Le pâle soleil projetait les ombres des barreaux sur la table qui les séparait.

La question n'avait nul besoin de réponse.

38

I

Marshall Trueblood était fou de joie.

Il dit à Melrose au téléphone que tout était réglé avec Viv, qu'elle leur avait pardonné et qu'ils devaient se considérer comme de nouveau invités à son mariage. Sous certaines petites conditions toutefois : ils devaient promettre de ne pas mettre à exécution un ou deux des projets apparemment couvés dans « ces espèces de poulailler que vous et Melrose appelez vos esprits ».

— Ce sont ses propres paroles. Elle est en train de fourbir quelques répliques à l'intention de ce comte efféminé par qui elle se laisse entraîner dans une mort précoce...

Quel projet ? Que voulait-elle dire ? Ils en avaient couvé tellement à eux deux que Melrose ne pouvait se les rappeler tous.

Vivian avait apparemment surpris la conversation à mi-voix qu'ils avaient eue à propos de « briques » et de « cave à vin ».

— Et bien entendu, comme son mariage a lieu pendant le carnaval, elle en a tiré des conclusions. Je lui ai dit de ne pas être ridicule, qu'il aurait vraiment fallu que je sois fou à lier pour vouloir emmurer Franco. « Je termine ma plaidoirie. » C'est ce qu'elle a dit. « Je termine ma plaidoirie. »... Dior, ou Saint-Laurent. Ce sont les robes qu'elle compte acheter à Londres. Je lui ai dit d'attendre d'être en Italie pour s'offrir un Utrillo. Quant à moi, bien sûr, j'ai l'intention de faire des folies dans la boutique Armani. Tu devrais te débarrasser de tes vieux tweeds rugueux et essayer Giorgio. Ah ! quelle élégance ! Quel raffinement !

Le raffinement ? Il n'en serait plus question une fois passé l'engouement de Trueblood pour Giorgio.

Pour l'amour du ciel, étaient-ils obligés de parler vêtements ? Melrose avait eu son compte cet après-midi avec la princesse, qui, à présent, en compagnie du major (encore en train d'astiquer ses bottes), attendait avec sa malle le taxi de Haworth. Comment diable allait-elle faire pour mettre cette chose dans le train à Leeds ? Durant tout le petit déjeuner, elle avait essayé de convaincre Ellen de revêtir une robe « absolument divine », qui l'aurait fait ressembler à un « tronc d'arbre », avait rétorqué Ellen en laissant tomber sur la table la biographie de Charlotte Brontë par Mrs Gaskill et en tirant sur son blouson de cuir noir.

Melrose avait aidé une Ruby au visage rose et souriant à débarrasser, et ce faisant, avait enveloppé subrepticement les deux coquetiers dans des serviettes. Il les avait glissés dans sa poche, s'était dirigé vers la porte, puis s'était arrêté, imaginant sur lui le regard interrogateur de Jury. Avec un soupir, il était revenu sur ses pas et avait fait disparaître le livre de Mrs Gaskill dans son mouchoir.

II

Dans la salle à manger de l'*Old Silent* déjeunait une clientèle plus choisie qu'à l'ordinaire. Jury traversa le salon et la partie « saloon » et demanda au patron une pinte d'Abbott's, un sandwich et l'autorisation d'utiliser le téléphone.

Le couple assis près du feu, visiblement de tout jeunes mariés, ne prêta aucune attention à Jury.

Il avait bu la moitié de son verre et repensait à la dispute entre Macalvie et Gilly Thwaite au laboratoire médico-légal. Il avait appelé le commissariat de Bradford et il avait dû passer par les mains et les oreilles de trois policiers avant que le commissaire divisionnaire Sanderson ne se décide à le prendre en ligne.

— Qu'est-ce qui vous amène, commissaire ? lui avait demandé Sanderson d'un ton agacé, lui faisant comprendre qu'il ne souhaitait pas connaître la réponse.

La jeune serveuse posa son sandwich devant Jury : un morceau de cheddar glissé entre les tranches d'un riche pain aux céréales dans une assiette joliment décorée de cresson et de tomate. Il la remercia.

— De quoi ? demanda Sanderson.

— De rien. Je m'adressais à la serveuse. Je suis à l'*Old Silent*, devant un sandwich.

— Je n'ai malheureusement pas le temps de déjeuner, en ce qui me concerne. Quelle est la raison de votre appel, Mr Jury ?

— C'est au sujet de cette cabine téléphonique sur la route d'Oakworth. A un kilomètre et demi de l'auberge de la Grouse...

Sanderson le coupa avec brusquerie :

— Je sais où elle se trouve. Mes médecins légistes aussi. Autre chose ?

Jury sourit tout en mordant dans son sandwich. Excellent, mais il n'avait pas très faim. Manifestement Sanderson ne s'encombrait pas de préliminaires.

— Non. Je voulais m'excuser.

Le silence qui suivit témoignait du désarroi du commissaire, sur lequel comptait Jury. S'excuser n'avait pas grand sens, mais il savait que Sanderson était sur le point de l'envoyer bouler. A présent, il devait prendre en considération ses excuses. Jury ôta une feuille de cresson de son sandwich et en prit une autre bouchée, sans en avoir vraiment envie.

— Mr Jury, vos excuses sont notées, bien que nous

n'en ayons que faire, moi et mon département. Le hasard vous a rendu témoin d'un crime dans une juridiction qui n'est pas la vôtre, où vous persistez à vouloir enquêter. Tout cela, et je suis sûr que vous le savez à présent, a été rapporté à vos supérieurs. Vous vous êtes mis en travers de notre chemin...

Il n'avait pas dit : « marché sur nos plates-bandes ». Jury n'aurait vu nul inconvénient à travailler pour Sanderson.

— ... aussi, à votre place, je cesserais de mastiquer dans mon oreille.

De nouveau, Jury sourit.

— Je me demandais...

Jury but une gorgée de bière. Il y eut un autre silence.

— Vous vous demandez quoi ?

— A propos de cette cabine téléphonique...

Sanderson devait s'être renversé sur sa chaise, car Jury entendit comme le bruit sourd d'une chute. Le commissaire était probablement furieux contre lui-même d'avoir oublié le point de départ de cette conversation.

— Ecoutez-moi. Vous savez très bien que nous ne sommes pas des culs-terreux et que nous n'avons pas besoin de Londres pour apprendre comment on relève des empreintes. La cabine a été examinée de fond en comble et aura probablement besoin après cela d'un coup de peinture. Nous avons pour habitude de garder des traces de toutes les empreintes que nous trouvons. (Il baissa la voix.) Mais je doute fort qu'un tueur oublie d'essuyer le combiné, la poignée de la porte, voire toute la cabine.

— Il ne pouvait pas essuyer les pièces de monnaie. Il est impossible de les récupérer une fois qu'elles sont dans l'appareil. Tant que les Télécom ne s'y attaquent pas avec une hache.

Sanderson garda le silence.

Les Télécom n'étaient pas venus ; Jury savait que ce

détail ferait tilt dans l'esprit de Sanderson beaucoup plus vite qu'il n'avait fait son chemin dans celui de Gilly Thwaite. La pièce ou les pièces en question se trouvaient probablement sur le dessus, ces appels datant des dernières trente-six heures.

— Je ne suis pas stupide, commissaire division-naire. Je sais que la dernière fois que vous avez demandé de l'aide, c'était pour l'affaire de l'Eventreur. Un homme brillant ; la police du Yorkshire lui a rendu la vie si difficile qu'il a déposé les armes pour retour-ner à Londres.

Jury tablait sur le professionnalisme de Sanderson, qualité étrangère à Racer. Le commissaire compren-drait ses allusions.

Ce fut le cas.

— Les seules empreintes que nous ayons sont celles de Nell Healey, celles relevées au moment de son inculpation.

— Il y a une carafe de cognac qui sert beaucoup chez les Citrine. Je suis sûr que vous trouverez bien quelque prétexte pour emporter un objet de la maison. A propos d'empreintes, j'en ai de nouvelles. Un paquet sera livré à votre quartier général cet après-midi. Vous voulez des détails ?

— Certes non.

La communication fut coupée.

Jury termina sa bière tout en composant le numéro des Holt. Heureusement, ce fut Owen qui répondit. Oui, il pensait pouvoir rencontrer le commissaire à l'auberge si c'était important.

Jury raccrocha et contempla le sandwich pratique-ment intact en pensant à Wiggins. « Il faut prendre des forces, monsieur », lui aurait dit l'inspecteur. Il baissa les yeux sur la table en se demandant ce qui lui avait échappé. Un détail, un petit détail, semblait enfoui dans sa conscience, comme un corps enseveli sous une épaisse couche de glace, impossible à identifier. Il se remémora sa conversation avec Sanderson, essayant de la décortiquer. Rien ne faisait surface. Il soupira, prit le sandwich et le mangea tout en lisant les notes de Plant, au tracé élégant.

La princesse était un coupable « possible ». *(Poss.)* Elle était peut-être restée dans sa chambre après le thé, souffrant de l'une de ses « affreuses migraines », mais ses bottes doublées d'hermine n'étaient pas dans l'entrée quand Plant l'avait traversée. George Poges : *est bien allé dîner à l'*Old Silent, *mais après ? Poss.* Ramona Braine : *couchée de bonne heure. Ronfle.* Quant à Malcolm, eh bien, c'était hautement improbable, bien qu'il fût capable du pire. Devant son nom, était inscrit un X. Impossible. Il en allait de même pour Mrs Braithwaite et Ruby, toutes deux dans leurs chambres ou à la cuisine au moment du crime. Jury sourit en constatant le changement d'écriture quand on en arrivait à Ellen Taylor. On sentait de la réticence dans la main devenue plus rigide ; l'écriture se resserrait pour devenir presque illisible. Il avait dû en coûter à Plant de rayer le X pour écrire *Poss.* à côté du nom de la jeune femme. *Poss.*, car Ellen n'était réapparue au *Weavers Hall* que bien longtemps après que l'absence d'Abby eut été remarquée. Mais Plant n'avait pu s'abstenir de ce commentaire : *Absolument ridicule !*

Jury resta un moment à penser à Dench et à Macalvie. Puis il composa le numéro de Macalvie à Exeter.

Il décrocha à la première sonnerie.

— Macalvie à l'appareil.

Voilà qui était stupéfiant. Macalvie parvenait à être simultanément dehors et dedans ; Jury savait qu'il s'attardait rarement dans son bureau, et pourtant il répondait toujours au téléphone. Il semblait avoir le don de se dédoubler.

Avant que Jury eût pu dire autre chose que son nom, le combiné fut déplacé et le commissaire se mit à injurier quelqu'un. Ce devait être Gilly Thwaite, car Jury put entendre une voix sèche rétorquer.

— Elle a des ciseaux à la place de la bouche. Ouais, Jury, qu'y a-t-il ?

— C'est probablement l'une des personnes les plus compétentes de votre service. Vous allez la pousser à bout et elle demandera sa mutation.

Un son entre le rire et le gargarisme lui parvint.

— Vous plaisantez ?

Cela ressemblait au « *Absolument ridicule !* » de Melrose Plant. Jury sourit et dit aussitôt :

— Vous n'accordez aucun crédit aux affirmations de Dennis Dench ?

— Aucun. Il a tort.

Jury entendit un léger craquement et un petit bruit sourd. Malcavie s'était renversé dans son fauteuil et posait les pieds sur son bureau. Jury se l'imaginait parfaitement, encore vêtu de son manteau.

— Vous avez entendu parler de W.B. Yeats ? lui demanda Macalvie.

Sans laisser à Jury le temps de répondre, le commissaire le mit en attente pour prendre un autre appel.

Macalvie lisait tout ce qui lui tombait sous la main, habitude qui lui était venue à force de rester planté devant les rayonnages de bibliothèque chez les suspects. Cela avait payé à plusieurs reprises, notamment le jour où il était tombé sur l'un des romans policiers de Polly Praed, glissé au milieu de volumes aux reliures en cuir repoussé d'un universitaire grec soupçonné d'avoir assommé un collègue avec le manche d'un coutelas, et qui avait prétendu ne pas même savoir ce qu'était un coutelas. Le roman de Polly avait pour titre *Meurtre dans une grange*. Tandis que son sergent instructeur interrogeait le professeur, auquel on devait une remarquable traduction de Pline le Jeune, Macalvie avait parcouru la première partie du livre. Il avait par la suite dit à Melrose que son amie romancière n'avait pas les ailes de Pégase, qu'en fait elle devait écrire avec des sabots, tant son style était ampoulé et l'intrigue policière stupide. Mais il était devenu un lecteur assidu de ses œuvres, car, sans le savoir, elle l'avait aidé.

Chère miss Praed : le coup de fusil qui a tué votre Doris Quick (p. 134) dans le Sussex l'aurait soufflée jusqu'en Cornouailles, si on avait tiré sous cet angle. Veuillez trouver ci-joint...

Etc. Aussi expéditive que sa balle, Polly lui avait répondu par retour de courrier.

Tandis que Macalvie donnait des « instructions » à une pauvre gourde de médecin légiste qui avait probablement voué un culte à l'Erreur, Jury se demandait où en était la correspondance Praed-Macalvie. Il était clair, à en juger par ses dernières publications, que Polly n'avait pas lu les matériaux que lui fournissait, avec obligeance, le commissaire.

Tout en fumant une cigarette, Jury repensa à Yeats. Que venait faire le poète dans cette affaire ?

— « *Une terrible beauté est née* », reprit Macalvie. Ce Yeats.

— Macalvie, il n'y a qu'un W.B. Yeats.

— Exact. Et que savez-vous au sujet de ses os ?

Jury fronça les sourcils. Ses os ? Un vers lui revint à l'esprit.

« *La vieille boutique de chiffonnier qu'est le cœur* » ?

— *La boutique de chiffonnier*, c'est là où je travaille, Jury. Non...

Jury pouvait l'entendre ouvrir et refermer brusquement des tiroirs, puis il perçut le froissement de feuilles de papier.

— J'ai gardé cela. Je l'ai jeté au visage de Dench. Eh bien, nous parlions de Yeats, vous vous souvenez ? Vous imaginez la difficulté pour identifier ses os ?

— Yeats a été enterré à County Sligo.

— En France, provisoirement, en attendant qu'on ramène sa dépouille en Irlande. Et soudain quelqu'un déclare que ses os ont été jetés dans une fosse commune et que personne ne sait exactement quels sont les restes du poète. Naturellement, la famille est devenue dingue. On la comprend. Voici où je veux en venir : l'expert affirme qu'après aussi longtemps il est impossible de prouver si les ossements trouvés sont vraiment ceux de W.B. Yeats.

— Dennis pourrait donc avoir tort.

— Il a tort. Il y a trop de coïncidences, beaucoup trop. La période et l'endroit où le corps a été enterré, le chien — le petit chien, Jury —, les restes de métal, etc., etc.

— A propos de poésie, Macalvie ; chez les Citrine en Cornouailles, j'ai découvert un petit livre broché dans la chambre de Billy. Un recueil de poésie américaine : Frost, Whitman, Dickinson, etc. Emily Dickinson est l'un des poètes favoris de Nell Healey. Elle avait sur elle un exemplaire de ce recueil quand je lui ai parlé. Elle en a envoyé un autre à Abby Cable, la petite fille du *Weavers Hall*. Nell aime beaucoup la poésie ; elle avait l'habitude d'en lire à Billy et à Toby, notamment les poèmes de Frost et de Dickinson.

— En quoi tout cela nous est-il utile ?

— Plusieurs des poèmes dans ce livre sont abondamment soulignés et annotés. L'un d'entre eux est particulièrement intéressant :

> *Ce n'était pas la mort car j'étais debout*
> *Et que tous les morts gisaient...*

— On se croirait au quartier général...

— Ecoutez, Macalvie :

> *Ce n'était pas le gel, car sur ma peau*
> *Je sentais ramper le sirocco.*

Jury s'arrêta pour reprendre après un court silence :

— Dans la marge, il y avait cette note : « *vent chaud du désert* ». (Jury marqua une pause.) Vous avez entendu parler du groupe Sirocco ?

— Oui...

— Vous avez lu le *London Weekend* ou *Time Out* ?

— Je n'ai pas un moment de libre. Je dois assister à une première au Haymarket, j'ai des places au premier rang pour Derek Jacobi. Il y a aussi Jimmy Page au Wembley Arena. Et je ne rate jamais un concert de Michael Jackson. Bon sang, non, je n'ai rien lu au sujet de ce groupe.

— Son nom était à l'origine Bad News Coming. Jusqu'à ce qu'il en change ; Alvaro Jiminez dit qu'ils cherchaient une nouvelle identité. Sirocco était une suggestion de Charlie. C'est aussi Charlie qui a eu l'idée de changer la date de leur concert à l'Odeon. Sirocco avait d'abord un concert prévu à Munich. Vous savez combien c'est difficile de changer des dates ? Le manager s'est arraché les cheveux.

— Pourquoi ont-ils changé leurs dates ? Non pas que cela signifie grand-chose, car je sais où vous voulez en venir et vous avez tort.

— Non, vous ne savez pas où je veux en venir, Macalvie. Je vais vous le dire dans un instant. Vous avez entendu leurs chansons ? Ou vous n'écoutez qu'Elvis ?

— J'ai entendu certains de leurs morceaux. Nous en avons passé un quand nous nous rendions en Cornouailles.

— *Yesterday's Rain.*

— Ne me le chantez pas. Vos vers m'ont suffi.

— Les paroles ne vous diront rien sauf si vous connaissez une peinture de Magritte appelée *L'Empire des lumières*. Il y en a une reproduction dans... peu importe, sauf que c'est une des peintures préférées de Nell Healey. Les paroles de cette chanson évoquent fortement à la fois la Cornouailles et l'atmosphère du tableau.

Macalvie soupira :

— Au moins Denny a-t-il quelques os pour s'amuser.

— J'ai parlé à Charlie Raine. Il était au courant de l'affaire Healey...

— La moitié du pays l'est.

— Il ne vit plus en Angleterre, Macalvie. Avec tout ce qu'il a à faire, pourquoi se serait-il intéressé à cette affaire ? Il en connaissait les moindres détails. Plus encore, il croyait que j'étais venu à l'Odeon parce que je savais qui il était. Il a changé la date du concert parce qu'il voulait être ici.

— Hum, hum.

— Ce qui veut dire ?

— Nous en revenons à l'hypothèse de l'enfant inconnu, à la solution d'un troisième individu, à moins que... laissez-moi deviner. Vous allez maintenant m'annoncer que le squelette dans la tombe était...

— Celui de Toby Holt.

Le silence de Macalvie était tel que Jury pouvait entendre, dans la pièce, les ronflements du chat noir installé sur la chaise à porteurs.

— Toby Holt. Bravo ! Mais n'oubliez-vous pas un point important ? Toby Holt a été écrasé par un camion cinq semaines plus tard. Owen Holt a identifié le corps.

— Qui vous dit qu'il ne mentait pas ?

— Pourquoi aurait-il menti ?

— Pour dix mille livres sterling. Un fidéicommis établi par Nell Healey en faveur de Toby pour ses études. Vous n'étiez pas au courant ; on vous a retiré l'enquête. (Jury rapporta à Macalvie les paroles des Holt.) Vous savez combien dans ce genre d'affaires les chances de réussite s'amenuisent de jour en jour ; à chaque heure un enfant disparaît que l'on ne retrouvera jamais. Ce n'est pas forcément un manque de cœur que de...

— C'est seulement un chouia illégal, nom de Dieu ! Mais comment savez-vous cela ?

— Je ne sais rien encore. Mais je pense que je le saurai après avoir parlé à Owen Holt.

Jury entendit un tiroir s'ouvrir et se refermer bruyamment. Macalvie sortait ses gobelets en papier.

— Ce n'était pas votre enquête, Macalvie.

— Bien sûr ! L'affaire n'a jamais été résolue.

— Ce guitariste soliste, Charlie Raine... (Jury marqua une pause.)... je crois que c'est Billy Healey, en fait.

De cette voix calme et feutrée qu'il prenait à chaque fois qu'il était vraiment troublé, Macalvie affirma :

— Billy Healey est mort.

— Je m'attendais à une telle affirmation de votre part. Ecoutez...

— Non. Je préfère encore parler à Denny. Au moins, lui me sert du vin.

— Ecoutez, dites que je suis fou...

— Pas de problème.

— La sécurité dans ces concerts est nulle. Elle ne sert qu'à maintenir l'ordre. A juguler les grandes gueules, les gros buveurs de bière, les fouteurs de merde, les fans trop enthousiastes. Wiggins a alpagué au théâtre quelques individus qui n'avaient rien à y faire.

— Etes-vous en train de me dire que l'on va essayer d'enlever votre guitariste en plein milieu d'un concert avec... Bon Dieu, vous avez vu trop de films de Hitchcock !

Jury commençait à perdre patience ; il réussit toutefois à ne pas hausser le ton.

— Enfin, Brian, bon sang, je ne vous parle pas du London Symphony Orchestra ou du Royal Albert Hall ! Je vous parle de l'Hammersmith Odeon ; il n'est pas fréquenté par des gens qui revêtent une robe du soir ou un habit à queue pour être sûrs qu'on les remarque, mais par des fans. Et ils ne sont pas à reluquer les loges, pour savoir qui porte une couronne. Ils casquent dix livres pour venir voir les plus grands musiciens du monde et ils *écoutent*...

— Vous devriez écrire pour *Juke Blues*. Très bien, très bien, je comprends ce que vous voulez dire. Le bruit est tel que vous n'entendriez pas Gilly si elle était à côté de vous. Vous voulez donc des renforts. Eh bien, je vous écoute. A quelle heure, ce soir ?

— Huit heures ?

— Parfait. Cela nous laisse six heures pour rassembler tous ceux qui seraient assez stupides pour marcher dans ce coup et les conduire au théâtre. Formidable ! Sauf que ce n'est pas Billy Healey.

— Dans ce cas, qu'avons-nous à perdre ?

— Sans doute nos emplois. Rien de très grave.

Jury pouvait presque le voir sourire.

— Merci. Je vous envoie par fax la photo de six personnes. L'une d'entre elles est à Londres, les autres ici. On note une émigration massive du West Yorkshire à Londres.

Le silence se prolongea à tel point que Jury se demanda si Macalvie avait raccroché.

— Et avez-vous dit à Nell Healey que vous croyiez son fils vivant ? Qu'il était devenu célèbre, comme l'avait toujours voulu son salaud de mari ?

Jury ne répondit pas.

— Billy Healey était pianiste, Jury, pas guitariste.

De la part de Macalvie, c'était un argument bien faible.

— Il pouvait jouer de tout ce qu'on lui mettait dans les mains, à en croire de nombreux témoignages. Et je suppose que Charlie joue du clavier, bien qu'il m'ait affirmé « pas vraiment ».

— C'est votre théorie qui n'est « pas vraiment » convaincante. Elle pèche même sérieusement par son invraisemblance psychologique. Vous trouvez plausible que pendant huit ans le môme n'ait jamais repris contact avec sa belle-mère qu'il adorait ?

— Si l'on avait essayé de vous enterrer vivant, j'imagine que vous n'auriez guère envie de courir le risque qu'on vous retrouve.

— Donc, voilà Billy Healey devenu on ne sait comment un jeune guitariste célèbre à New York. Ridicule. Absolument ridicule !

Il raccrocha brutalement.

Jury resta un moment le récepteur à la main, conscient que Macalvie avait maintenant de sérieux doutes sur sa propre théorie. Il pensa à la liste dressée par Plant.

Absolument ridicule !

Jury reposa le combiné et songea à la belle Américaine de Plant, jeune auteur célèbre à New York.

Poss.

III

Owen Holt n'avait pas du tout l'air d'un homme habitué à fréquenter les pubs ; il se tenait devant la porte de l'*Old Silent*, à l'intérieur, tournant sa casquette dans ses mains et regardant autour de lui comme s'il s'était aventuré dans un pays dont il ne connaissait pas la langue. Quand il aperçut Jury, il lui adressa un sourire hésitant, l'air déconcerté.

Jury le conduisit au salon.

— Merci d'être venu aussi vite.

L'homme se borna à secouer la tête.

— Asseyez-vous. Je vais vous commander à boire.

— Ce sera une demi-pinte de Guinness pour moi. Ça m'aide à dormir.

Tout en attendant les boissons, Jury observait Owen Holt. Celui-ci étudiait la pièce et son ameublement avec la curiosité de quelqu'un qui sort rarement de chez lui. Holt lui apparaissait comme un personnage balourd de conte de fées ; le loyal bûcheron peut-être, ou encore le mari dans ce couple généreux, mais pas futé pour deux sous, qui recueille un enfant abandonné. Les enfants dans les contes de fées n'en voyaient-ils pas souvent de toutes les couleurs ?

Comme il posait les boissons sur la table, Jury dit :

— J'espère que votre femme n'était pas trop contrariée que je vous enlève à elle.

— Je ne lui ai pas parlé de vous. Je lui ai seulement dit que j'allais au *Black Bush* voir un pote. (Il but lentement une grande gorgée, s'essuya la bouche et se pencha en avant.) Je suppose que c'est au sujet de l'argent.

— Oui et non. Ce qui m'intrigue, c'est pourquoi vous n'en voulez pas davantage aux Citrine. N'estimez-vous pas que c'était bien cavalier de leur part de prendre cette décision quant à la rançon, étant donné que votre fils était lui aussi en danger ?

Holt soupira, leva de nouveau son verre, le reposa.

— La police est venue à la maison, nous a dit ce qui s'était passé et que c'était rarement une bonne chose de payer une rançon. Ça nous faisait une belle jambe, non ? Comme si nous avions une telle somme !

— Mais cinq semaines plus tard, vous l'aviez, dit doucement Jury. Vous avez dû vous demander pourquoi Toby était allé à Londres ?

— Ouais.

Holt serrait son verre en évitant le regard de Jury.

Le commissaire se pencha en avant :

— Mr Holt, vous vous êtes sans doute également demandé pourquoi Toby n'avait pas essayé de vous contacter pendant ces cinq semaines. (Il attendit. Holt ôtait lentement ses mains du verre pour les poser sur ses genoux.) Etiez-vous absolument certain d'avoir reconnu le corps de Toby ?

— Eh bien, vous avez raison sur ce point. Je n'ai pas compris pourquoi Toby n'avait pas essayé de nous donner un coup de fil, au moins. Aucune nouvelle. Aucune. Aucune.

Il ignora la dernière question, gardant les yeux fixés sur ses mains, en pétrissant les jointures comme si ses doigts le faisaient souffrir.

Jury essaya de forcer Holt à le regarder. Il voulait voir son expression. Mais l'homme gardait la tête obstinément baissée. Après un moment de silence, il dit :

— Un grand nombre d'enfants disparaissent, que l'on ne revoit presque jamais. Et chaque heure qui passe réduit les chances de les retrouver. Peut-être avez-vous cru qu'on ne retrouverait jamais Toby ?

Owen Holt finit par lever les yeux et dit avec un sourire incertain :

— Vous êtes malin. C'était pas Toby. Mais si vous pensez que j'ai menti pour avoir l'argent, vous vous trompez.

— Pourquoi alors, Mr Holt ?

— Pour Alice. (Il regarda de nouveau le verre dont il n'avait bu que la moitié.) La pauvre femme continuait à espérer. Vous ne croyez peut-être pas qu'elle aimait ce garçon, eh bien vous avez tort. Jour après jour, elle lavait les fenêtres de la cuisine ; ou plutôt elle faisait semblant, car, en fait, elle surveillait la petite allée à l'arrière de la maison que Toby avait l'habitude de remonter. Un jour, je suis resté assis dans la cuisine et j'ai compté qu'elle avait lavé six fois le même petit carreau. (Il secoua la tête à plusieurs reprises.) J'ai cru que c'était ce qu'il y avait de mieux à faire. (Il adressa à Jury un rapide sourire.) Au moins maintenant elle nettoie pour nettoyer, elle n'espère plus.

— Je suis désolé.

Owen Holt retint son souffle et gonfla les joues, ce qui le fit ressembler au Vent du Nord tel que le représentent les illustrations du conte.

— Que va-t-il m'arriver maintenant ?

— Rien.

Holt haussa les sourcils, surpris.

— Rien ?

— Pourquoi vous arriverait-il quelque chose ?

Il y eut un nouveau silence.

— Il est mort, je suppose.

L'inflexion montante faisait de sa phrase une question. Jury pensa à Dennis Dench et à cette tombe en Cornouailles. Il ne trouva rien à dire à son interlocuteur qu'il continuait à observer. Holt finit par tourner la tête vers la fenêtre de l'*Old Silent* dont les vitres étaient opaques.

39

Le chauffeur du TAXI BRONTË, aidé par George Poges et Melrose Plant, essayait de hisser la malle sur la galerie puisqu'il était exclu de la rentrer dans la voiture ou même de la faire tenir dans le coffre en l'attachant.

Ils transpiraient tous tandis que la princesse Rosetta Viacinni di Belamante, dans un tailleur Chanel digne de son nom, faisait à Ellen un récit nostalgique de sa vie, symbolisée par chacun des autocollants défraîchis sur sa malle, souvenirs de ses voyages et de ceux du prince (ses « escapades », aimait-elle à dire) sur plusieurs continents. Ah, Saigon ! Ah, le Kenya ! Ah, Sienne ! Ah, Orlando !

Ellen la regarda.

— Vous voulez parler d'Orlando, la ville à côté de Disneyworld, et non du roman de Virginia Woolf, je suppose.

Ellen tenait sur son bras une robe d'un vert sombre que lui avait offerte la princesse. C'était une trouvaille exceptionnelle, expliquait celle-ci, l'une de ses robes favorites, et Ellen ne pouvait la refuser. Elle était faite pour elle, Ellen s'en rendrait compte quand elle la mettrait. La princesse l'avait achetée à Venise, dans une boutique de la Calle Regina, une rue où l'on venait réaliser ses rêves d'élégance. Dessinée par un Indien.

Probablement un moine tibétain, pensa Melrose,

agacé, souhaitant que la princesse cesse de parler de Venise.

George Poges dit :

— Pourquoi diable n'avez-vous donc pas des valises ordinaires, comme nous tous ?

Avec un mouchoir, il essuya sa nuque, moite de sueur, malgré le froid sec et glacial.

— Je ne fais pas de publicité pour tel ou tel produit, moi ! Vous ne verrez aucun nom griffonné sur mes bagages, pas de cygne sur mes fesses. Pouvez-vous imaginer madame Vionnet[1] collant un logo sur le revers de sa veste ? La vulgarité ne connaît pas de limites en ce monde. Croyez-moi, cette robe (elle toucha l'étoffe sombre et fanée sur le bras d'Ellen) vaut presque toutes les splendeurs de Venise. Mais encore faut-il qu'elle soit bien portée.

La princesse prit Ellen par l'épaule et l'embrassa sur la joue, l'embrassa vraiment. Ce n'était pas un de ces détestables simulacres de baiser, dont avaient l'habitude les femmes de la haute société.

Puis le major Poges embrassa à son tour la jeune femme, non sans une certaine brusquerie.

Ni le major ni la princesse, toutefois, n'éprouvèrent le besoin de ces effusions physiques dans leurs adieux aux Braine, qui venaient d'apparaître sur le seuil.

Ellen était assise, l'air malheureux, sur l'une des pierres de la cour, fumant une cigarette.

— Ellen, je ne comprends pas pourquoi vous refusez d'aller à Londres avec Richard Jury et moi.

Ignorant sa remarque, elle déclara :

— Charlotte Brontë dit que tous ses livres ont été écrits dans la souffrance.

Melrose s'était disputé avec Ellen au petit déjeuner, après le petit déjeuner, au déjeuner et après le déjeuner.

1. Madeleine Vionnet (1876-1975). Couturière française.

— Elle aurait dû choisir un autre sujet : les épiceries fines par exemple.

Ellen regardait le sol d'un air sombre.

— Cette école près de Kirksby Londale a probablement servi de modèle à celle de Lowood. La discipline y était extrêmement sévère. Marie Brontë est morte de phtisie à l'âge de onze ans et Eliza l'a suivie dans la tombe un mois plus tard : elle avait dix ans (Melrose put lire dans ses pensées quand elle ajouta :) Que va-t-il advenir d'Abby ?

— Elle ne va certainement pas mourir de phtisie. Elle hérite de...

Ellen écrasa sa cigarette.

— Une balle dans le dos, voilà l'héritage qui l'attend. Bon Di... bon sang ! comment pouvez-vous la laisser seule ici, espèce d'ordure ?

— Elle ne va pas rester seule ! Combien de fois vous ai-je dit que la police de Keighley...

— Ah, ah, ah ! (Ayant ainsi marqué son mépris pour la police du Yorkshire, elle demanda après une pause :) Quand devez-vous dire au revoir à votre Grande Amie, au fait ?

Vivian. Cela avait été votre « grande amie » par-ci, votre « grande amie » par-là, et maintenant cette expression prenait des majuscules. Il lui répéta :

— Demain matin à onze heures. Elle prend l'Orient Express pour Venise.

— Je suppose qu'elle a de l'argent.

— Vous aussi, si cela signifie quelque chose.

Mais elle n'écoutait pas ; elle tenait la robe de la princesse devant elle, essayant de la plaquer sur le blouson en cuir et le jean de velours côtelé qu'elle portait.

— Qu'en pensez-vous ?

— Je n'en sais trop rien. Vous mettez des robes ? (Il lui en voulait encore d'avoir une fois de plus amené la conversation sur sa Grande Amie. Puis il regarda la tête baissée de la jeune femme et eut honte de lui.

Quant au cadeau de la princesse, d'une couleur sale — un vague vert foncé et fané —, il était aussi difficile de déterminer sa forme que son usage.) Eh bien, peut-être devriez-vous la mettre. Elle a dit qu'elle prenait la forme de la personne qui la portait.

Ramona Braine aurait pu tenir ce genre de propos. A entendre la princesse, certaines robes étaient entourées d'une aura à laquelle n'osaient pas se frotter les personnes à qui elles n'étaient pas destinées.

En plein conflit avec lui-même, Melrose n'entendit vraiment la voiture de Jury que lorsqu'elle vint se garer devant le *Weavers Hall*.

Jury descendit de voiture et se dirigea vers eux, provoquant l'émoi de quelques canards qui accoururent vers le grillage en se dandinant.

— Nous étions en train de parler d'Abby, dit Ellen. Nous nous inquiétions de la voir rester seule alors que vous rentrez tous à Londres.

Naturellement, elle englobait Melrose dans son inquiétude.

Au lieu de la rassurer, Jury lui demanda :

— Et vous, Ellen, ne partez-vous pas aussi ?

— Moi non. Pas question de laisser Abby toute seule !

Jury jeta un regard vers la grange, puis reporta son attention sur Ellen.

— Je croyais que vous aviez des choses à faire à Londres avant de rentrer chez vous ? N'avez-vous pas une réservation sur le *Queen Elizabeth II* ?

Elle enfonça les mains dans les poches de son blouson et donna un coup de pied dans le gravier.

— Je peux toujours prendre le Concorde.

— Il y a un concert ce soir : Sirocco. Vous ne voulez pas rater ça, n'est-ce pas ?

Melrose détestait le tour que prenait la conversation ; les questions de Jury avaient l'apparence d'un interrogatoire.

— Venez avec nous, Ellen ; nous pourrons dîner

avec ma Grande Amie, ma Grande-Tante et l'antiquaire du coin. A lui seul il vaut le déplacement, dit
Melrose avec un large sourire.

— Non.

— Je ne pense pas qu'Abby coure un quelconque
danger ici, intervint Jury.

— N'essayez pas de m'avoir.

Ellen se détourna, passa les doigts dans le grillage
de la clôture et ignora les deux hommes.

Ethel sortit de la grange, un panier à la main, suivie
d'Abby portant son seau de nourriture pour les canards.

Ethel avait troqué sa parure de deuil contre une robe
de tous les jours en vichy, dont la jupe amidonnée
s'évasait en forme de tente à carreaux colorés là où
s'arrêtait la jaquette. Avec sa robe bouffante, sa veste
rose gonflée par une doublure en duvet d'oie et ses
boucles rousses semblables à des cheveux d'ange, on
avait l'impression qu'elle allait se mettre à flotter en
semant des pétales de roses, puisés dans son panier.

A côté d'elle, Abby semblait marcher avec des bottes à semelles de plomb. Elle avait mis son ciré jaune
sur l'envers, de la même couleur que ses yeux, un bleu
d'encre profond.

Ethel sautillait ; Abby se traînait. Sur leurs talons
venaient Stranger et Tim. Parvenues devant le petit
groupe rassemblé dans la cour, les fillettes s'arrêtèrent.
Stranger voulut s'avancer vers Melrose, qui recula
légèrement, tandis que d'un claquement de langue
Abby rappelait le chien à l'ordre. Il s'assit et regarda
autour de lui.

Dans la cour régnaient le bruit et la confusion qui
accompagnent les départs, inspirant le désir de disparaître dans un nuage de poussière, d'en finir avec les
bavardages futiles destinés à masquer la réalité de la
séparation, les *venez nous voir la semaine prochaine,
le mois prochain, l'année prochaine* ; les promesses
que l'on ne peut tenir, les *on se verra cet hiver, aux
vacances du premier trimestre* ; l'agitation autour des

valises, les directives pour placer malles et sacs juste là, les serrements de main, les sourires pincés. Et pourtant, personne ne partait.

Ramona Braine, plantée gauchement devant le taxi, le considérait avec perplexité, comme si les cartes ne lui avaient pas annoncé sa venue. Le major, qui s'apprêtait à allumer un cigare, décida de s'en abstenir. La princesse, ses adieux faits, contemplait, une main sur la hanche, le petit cercle avec un sourire hésitant. Ellen fuyait les regards, appuyée contre sa BMW, figure en noir sur fond noir. Ruby enveloppée dans sa cape se tenait sur le seuil derrière Mrs Braithwaite, les deux femmes paraissant sortir d'un tableau de Bruegel.

Tous ces personnages, réunis dans des circonstances dramatiques, formaient une sorte de cercle fermé.

Stranger, au centre, les fixait un par un, comme s'il les avait attirés là et les retenait par le magnétisme de son regard.

Ce fut Abby qui rompit le cercle ; elle s'écarta de Jury et avança la main. Abby, avec ses cheveux noirs inégalement coupés, son visage aussi pâle qu'un rayon de lune et ses yeux bleu marine, tendit une main qui se posa un instant, tel un papillon blanc, dans celle de Jury.

Puis elle alla vers Melrose, à qui elle tendit également la main, tout en le regardant avec gravité.

Tel fut l'adieu de l'enfant aux yeux d'un bleu profond.

QUATRIÈME PARTIE

COMME EN ALASKA

40

Jury était content d'avoir vu le théâtre vide avant qu'il ne se remplisse. La foule s'écoulait des bouches de métro, sautait par-dessus les barrières de fer, sous la pluie oblique qui se réfléchissait en éclats de diamant sur la marquise illuminée, se pressait dans le hall et s'entassait à l'étage où le bar était ouvert.

Bousculé par la queue qui se formait devant le stand des posters et des T-shirts, Jury leva les yeux vers le grand ovale, désert la veille, ce soir bourré de têtes lorgnant par-dessus les balustrades, et vers le lustre étincelant qui jetait des petits carrés de lumière sur les visages et les mains. Il aurait souhaité n'être là que pour le spectacle. C'était extraordinaire, cette atmosphère d'impatience ; la couronne de spectateurs regardant en bas semblait perchée d'une hauteur où l'on respirait un air plus capiteux. Et à voir certaines mines de pochards, l'air avait bien un effet grisant. Ils parlaient, riaient, gloussaient, criaient à l'adresse de leurs copains en dessous, car, par cette sorte de magie que font naître certaines occasions, ils étaient tous copains.

Mary Lee était dans son élément en bas, en sécurité derrière la vitre du guichet où elle délivrait avec une infinie largesse les billets restants, faisant quelques heureux dans la queue de ceux qui, malgré leur espoir, attendaient pour rien. Billets accordés en priorité à qui la suppliait, supposa Jury. Mary Lee était habillée de soie pourpre, et ses paupières ombrées de bleu avaient des reflets d'or.

Wiggins avait demandé à Jury pourquoi la chaussure de Mary Lee était posée derrière la vitre.

Cela avait toujours étonné Jury comme Carole-Anne : que la foule fût dense ou clairsemée, qu'une pièce fût petite ou vaste, Carole-Anne attirait toujours les regards, les gens paraissaient d'instinct se reculer un peu pour qu'on puisse voir miss Palutski. Elle portait ce soir sa robe chinoise, aussi rouge qu'un feu de signalisation, sur laquelle elle avait jeté un court manteau à paillettes d'argent qui brillaient autant que le lustre à coupole. Mais pour briller, Carole-Anne n'avait besoin que de sa chevelure flamboyante d'un rouge doré, que de ses yeux bleus.

— Fantastique !

Elle lança la main en l'air et fit un léger bond, inconsciente, semblait-il, des têtes masculines qui se tournèrent simultanément vers elle. Carole-Anne, chose assez curieuse, n'était pas vraiment vaniteuse. Avec un physique pareil, pensait Jury en se frayant un chemin dans la foule, la vanité était superflue.

Parmi ceux qui se bousculaient autour d'elle, il chercha Andrew Starr ou l'un de ceux — ils étaient une dizaine — que Jury rencontrait parfois à l'occasion de ses enquêtes.

Il entendit prononcer son nom à quelques mètres. C'était une Mrs Wassermann hors d'haleine qui, apparemment, venait de se dégager de la queue devant le stand. Elle brandissait un T-shirt portant sur le devant le mot Sirocco en lettres d'argent, et dans le dos, un carré avec les photos des membres du groupe.

— Je ne sais pas s'il va vous aller, Mr Jury. Il semble petit, dit-elle en le lui tendant.

Mrs Wassermann était redevenue Mrs Wassermann, ou presque. La « friselure » n'avait pu être entièrement effacée, mais ses cheveux étaient maintenant peignés en arrière, frisés seulement autour du visage. Elle portait une de ses habituelles robes de bonne coupe, foncée et confortable, ornée d'une broche d'argent.

Jury la remercia pour le T-shirt, regarda Carole-Anne et se pencha pour l'embrasser. Ce qui lui valut les applaudissements d'un petit groupe de musiciens ambulants, venus écouter Sirocco en espérant peut-être que sa magie déteindrait sur eux.

— Attends-moi dehors, devant la porte, à la fin du concert ; il y a quelqu'un que je veux te faire rencontrer.

— Qui donc ?

— Un homme, le genre musicien.

Carole-Anne essaya de cacher le plaisir que lui procuraient et le baiser de Jury et ses mystères. Dans son chignon bas sur la nuque étaient plantés deux peignes espagnols rose vif à paillettes.

Au milieu de la foule qui se pressait autour de lui en direction des jeux de doubles portes, Jury sentit une tape sur son épaule.

— Si tu dois me confier une autre mission, que ce soit à Lourdes, dit Melrose Plant qui, sa canne sous le bras, retirait des gants de cuir assez souples pour convenir à un chirurgien. En tout premier lieu, Trueblood m'a fait du chantage pour que je l'accompagne dans une de ses folles virées dans les boutiques londoniennes, et il ne me reste qu'à remercier Dieu qu'il m'ait conduit dans Upper Sloane Street et non chez Harrods. Il a insisté pour que j'achète cela.

Melrose secoua les revers d'un pardessus neuf.

— On dirait Armani en personne. As-tu pu mettre la main sur notre homme ?

Melrose se glissa entre une fille à la chevelure arc-en-ciel et une autre, en veste de cuir, qui lorgna son manteau et lui rappela un peu Ellen.

— Oui, mais il m'a fallu laisser ma Rolex.

— Tu ne portes pas de Rolex !

— J'en ai acheté une pour l'occasion, que j'ai troquée contre ceci. (Il montra ses jumelles de théâtre en nacre.) Il tient une boutique de prêteur sur gages.

Jury entraîna son ami sur le côté jusqu'aux fauteuils d'orchestre et ils laissèrent défiler la foule.

— Où est le sergent Wiggins ? demanda Plant.

— Là-haut. (Il fit un signe de tête vers le balcon.) Cabine de projection.

— Tu es trop souvent allé voir... hé !... (Un jeune homme éméché lui avait envoyé son coude dans l'estomac.)... *Un crime dans la tête* [1]. C'est pas vrai !

Un talon de botte venait d'écraser sa chaussure.

— Probablement, répondit Jury qui repérait les indications de sortie et les doubles portes de derrière.

Cinq hommes, c'était tout ce qu'il avait pu réunir : un devant l'entrée des artistes, un devant la porte du théâtre, un autre qui jouait les revendeurs, les deux derniers dans la salle. Pas de quoi former un bataillon. Les deux énormes projecteurs à chaque extrémité du balcon s'allumèrent soudain et se mirent à balayer la scène, sous les applaudissements de l'assistance.

Une nouvelle pluie de coups sur l'épaule souleva les protestations de Plant.

— Bon Dieu, on peut se faire tuer là-dedans, rien qu'en restant debout !

— Alors, vous voilà tous les deux là à attendre qu'un tueur se lève d'un des sièges de devant, nom de Dieu !

— Macalvie ?

Jury n'en croyait pas ses yeux.

— Eh bien, vous vouliez de l'aide, non ? Dieu sait si vous risquez d'en avoir besoin. (Il repoussa un couple qui lui soufflait de la fumée dans la figure.) Je ne connais personne au quartier général qui aime le rock. Je me suis donc déplacé personnellement. Combien

---

1. Film de John Frankenheimer, ayant pour sujet la tentative d'assassinat d'un homme politique. (*N.d.T.*)

d'hommes avez-vous ici ? Non que cela fasse une grande différence, vu le monde.

— Cinq, dit Jury, levant les yeux vers le balcon dont les projecteurs l'aveuglèrent un instant.

Les faisceaux entrecroisés des lumières sur la scène lui firent penser à un raid aérien. Il se rappela que le théâtre avait été le lieu de réunion des membres de l'opération Overlord[1]. L'assistance, des centaines de spectateurs debout, aurait aussi bien pu attendre les derniers briefings avant le jour J.

La scène était vide, en dehors de la sono, une plate-forme noire à deux niveaux, avec, en toile de fond, un long rideau noir où l'on pouvait lire SIROCCO écrit en lettres d'argent. Derrière, ou en coulisse, il devait y avoir une machine à produire du vent, car le rideau ondulait, ce qui faisait bouger les lettres.

Ils montèrent tous les cinq sur les planches, salués par une tempête d'applaudissements. Ils étaient vêtus essentiellement de noir, chemises et jeans en velours côtelé. John Swann avait la poitrine nue sous un gilet argenté qui laissait voir ses biceps et ses pectoraux. La veste flottante de Jiminez était noire, doublée de satin rouge ; Wes Whelan portait une chemise de satin rouge et une casquette de la même étoffe argentée que le gilet de Swann. Whelan s'installa sans tarder à la batterie, au second niveau, tandis que Caton Rivers prenait place au milieu d'un demi-cercle de pianos électroniques, au premier niveau.

En même temps que les projecteurs du balcon faisaient pleuvoir comme d'énormes pièces de monnaie sur la scène, celle-ci fut baignée par une lumière irisée, tombant des cintres. C'était le signal du départ.

Sirocco ne se moquait pas de son public ; ils jouaient sans esbroufe, sans complaisance. Dès que la lumière

1. Nom de code donné à l'opération qui devait permettre le débarquement des Alliés en Normandie en juin 1944. (*N.d.T.*)

vint les assaillir, Wes Whelan attaqua, à la batterie, un solo magistral, prélude à la chanson qui avait fait leur succès, *Aubaine*. Et la foule, aussitôt, fut prise de folie. Jiminez entra en action avec un riff sur une seule note, construisant sa ligne de basse, puis Charlie Raine avança de quelques pas et égrena une de ses fameuses suites d'arpèges. La musique faisait vibrer l'immense salle qui retentissait des manifestations d'enthousiasme du public.

— Je crois comprendre ce que tu veux dire, dit Plant en ôtant une poussière de son manteau neuf.

Il leva les yeux et fut un moment ébloui par le projecteur.

Le premier balcon n'était qu'une masse informe de corps en mouvement. Seule s'y distinguait, au milieu du deuxième ou du troisième rang, Carole-Anne avec sa veste à paillettes que venait d'atteindre le faisceau lumineux.

En hauteur, réfléchissait-il.

Le tueur serait nécessairement posté en hauteur.

— Le hall, jeta Jury à Plant et Macalvie.

Mary Lee tenait tête, derrière la vitre du guichet, à un groupe intrépide qui essayait encore d'entrer. Quand les portes d'où s'échappait le flot de musique se refermèrent derrière Jury et Plant, elle s'empressa de retirer sa chaussure de derrière la vitre et cria à un couple tout de cuir vêtu : « Ça commence, mes chéris ! » et elle verrouilla la porte du guichet.

Les admirateurs de Sirocco laissés pour compte balançaient les bras en signe de désespoir.

— Vous en avez une autre ? demanda Macalvie en voyant Jury tirer sur l'antenne de sa radio.

Ce dernier secoua la tête, tandis que la voix de Wiggins grésillait dans le récepteur.

— Tout va bien, monsieur. Il y a deux projectionnistes ici. Personne ne peut entrer sans être vu. J'ai même examiné le vieux projecteur qui doit dater de l'ouverture du théâtre. Il est assez volumineux pour cacher un cadavre. (Il fit une pause pour rire de sa propre plaisanterie.) Il y a un dédale de salles et d'escaliers. Nous avons fouillé partout où c'était possible.

— Quel est votre champ de vision ? Le premier balcon ?

Une pause, le temps que Wiggins regarde autour de lui.

— Guère plus.

— Descendez au premier balcon et essayez de couvrir l'arrière de la scène.

— Bien, monsieur.

Une vague de musique leur parvint tandis que la double porte s'ouvrait sur Macalvie, qui la franchit en disant :

— Formidable, ce groupe ! Mais une chose m'inquiète...

— Je peux voir votre billet, s'il vous plaît ? intervint Mary Lee, son ton laissant entendre qu'il avait resquillé.

— T'en fais pas, mon chou. Je suis de *Juke Blues*.

— Le magazine ? demanda-t-elle en haussant les sourcils.

Macalvie lui tendit une carte qui sembla l'impressionner.

— Bon, ça va. Mais ils devraient nous avertir.

Le hall n'était pas vide. Les deux types du stand aux T-shirts se tenaient près de l'autre jeu de portes, à l'écoute ; ceux qui n'avaient pu entrer squattaient les lieux, assis, la mine renfrognée, à côté du guichet comme si, par quelque miracle, il pouvait encore en sortir des billets. Certains, défoncés, se dirigeaient d'un pas lent vers la sortie.

— Mary Lee... (Il la regarda, se demandant si elle aurait le cran de monter sur scène, en cas de besoin.) Mary Lee, il y a quelque chose que je vous demanderai peut-être de faire.

Il lui tendit une radio.

— Quoi donc ?

— Prenez ceci, et allez dans les coulisses.

— Dans les coulisses ! Mais pourquoi ?

— Je vous le dirai le moment venu, s'il vient. (Il lui montra comment se servir de l'appareil.) Vous allez adorer ça.

Mary Lee le regarda de travers. Elle n'avait pas le coup de foudre pour cet engin.

— C'est que je ne sais...

— Faites-le, c'est tout, d'accord ? dit Macalvie. *Juke Blues* compte publier un article sur ce concert, un article important, et nous voulons y englober le personnel dans les coulisses.

Il la gratifia d'un clin d'œil et d'une tape sur l'épaule.

Elle écarquilla les yeux.

Jury prit le relais :

— D'abord, je veux que vous montiez au premier balcon et que vous disiez à la dame en rouge et argent, assise au milieu du deuxième ou troisième rang...

— Oh ! je vois de qui vous voulez parler. Elle ne passe pas inaperçue.

Mary Lee ajusta son décolleté comme s'il devait rivaliser avec l'encolure chinoise.

— Dites-lui que s'il arrive quelque chose, je compte sur mon équipe chargée de la claque : applaudissements, hurlements, sauts...

— Ça ne marchera pas, Jury. Quelques secondes peut-être. Pas plus.

— Je n'ai besoin que de cinq secondes.

— Et moi, c'est d'une explication que j'ai besoin, intervint Melrose.

Découvrir que le gandin près d'elle n'était apparemment pas dans le coup galvanisa Mary Lee.

— Bien, mon chou.

Et elle se précipita vers l'escalier.

L'Odeon aurait pu ne vendre que des places debout,

car personne n'était assis. Jury paria que le public resterait debout durant toute la durée du concert, étant donné l'enthousiasme suscité par les deux morceaux qui suivirent.

Puis John Swann, accompagné au clavier par Caton Rivers, se mit à chanter *Encore un dimanche de passé*. Swann, non seulement était quelqu'un d'assez ouvert pour jouer avec une dizaine de groupes, mais il avait aussi une voix de rossignol d'une tessiture incroyable. Ses notes aiguës avaient une sonorité argentine, comme la veste qu'il portait. Il n'était pas étonnant que Jiminez le voulût dans sa formation.

Jury retint son souffle pendant le solo de Charlie Raine. Charlie ne bougeait pas comme les autres. Il ne tournoyait pas comme Jiminez, qui avait la grâce d'un danseur. Il n'occupait pas toute la scène comme Swann, qui s'attribuait chaque salve d'applaudissements. Charlie, réservé et calme, restait immobile.

Inondé de lumière par les deux projecteurs braqués sur lui, il chantait *Yesterday's Rain*, remplissant, dans une atmosphère de recueillement, le théâtre de sa voix amplifiée. Il termina par une reprise du dernier couplet. Un silence tomba, aussi impressionnant que les applaudissements, les trépignements, les hurlements qui lui succédèrent.

Jury reprit sa respiration, jeta un coup d'œil à Macalvie près de l'escalier, puis à Plant qui balayait le balcon de ses jumelles.

Le groupe jouait depuis presque une heure. Il restait encore quarante, cinquante minutes, sans entracte.

Jiminez et Rivers, le pianiste, se livrèrent à quelques improvisations, de courts solos inspirés qui laissèrent à l'assistance le temps de souffler, et à Charlie celui de s'essuyer le visage. Puis les projecteurs se séparèrent, l'un suivant Jiminez, l'autre, Raine, tandis qu'ils se mettaient à rivaliser en prouesses techniques, Alvaro avec une ligne de blues funk qui prit une consonance classique — on aurait dit du Bach. Jury sourit, bien que, sous l'effet de la tension, il eût mal dans la nuque et le dos.

Jury sentit se presser autour de lui les spectateurs, ceux de derrière, ceux de devant, ceux qui étaient dans l'allée, le dos au mur, faisant une ovation aux duettistes. Progressant lentement, il vint se placer sous le signal lumineux « Sortie », gêné par les reflets des projecteurs de poursuite braqués sur les musiciens.

De son poste près de l'escalier, Macalvie, sourcils froncés, lorgnait la scène. Les projecteurs n'étaient pas synchronisés. L'un suivait le Noir, Jiminez, l'autre était fixe ; il n'était pas sur Raine ; c'était Raine qui entrait dans sa lumière et en sortait. Le dos courbé, Macalvie s'avança dans l'allée pour rejoindre Jury.

Plant détourna rapidement ses jumelles de la scène pour les braquer sur le projecteur. L'appareil était dans une zone d'obscurité et tout ce qu'il pouvait voir de l'éclairagiste était une silhouette en blouson de cuir et casquette, qui semblait régler quelque chose au bas du projecteur. A côté, il y avait un sac de musicien.

Tandis que Macalvie essayait de se frayer un chemin dans la foule enthousiaste, le vacarme s'amplifia à faire éclater l'Odeon. Bon Dieu !...

Jury les vit s'avancer, et il porta aussitôt la main au revolver dans son étui d'épaule et se déplaça lentement le long du mur.

Il aurait dû y penser : ce qui déchaînerait la frénésie de la salle, ce ne serait pas le solo de Charlie écouté par le public, aussi tranquille qu'un enfant endormi, mais le concours de virtuosité entre Charlie et Alvaro. Ils jouaient ensemble, bien que loin l'un de l'autre.

Charlie envoyait sur la longue scène de fougueuses suites d'arpèges. Jiminez y répondait par des accords soumis à une forte distorsion. C'était un duo complexe, époustouflant, qui tint l'assistance dans un état de surexcitation contenue avec des petites salves d'applaudissements tout au long des attaques de Charlie et des répliques d'Alvaro.

Plant n'avait pas le temps de remonter jusqu'au fond de la salle, de la traverser pour redescendre ensuite vers la scène. Il sauta sur le siège vide et marcha sur la rangée entière pour se rendre de l'autre côté, sous les cris indignés le sommant de descendre, bordel, et de dégager, bon Dieu de merde ! En cours de route, il trouva le moyen de faire valser avec sa canne un magnétophone illicite, deux bouteilles de bière et un T-shirt Sirocco qui s'agitait, et faillit briser (on entendit un craquement) le poignet qui tentait de le jeter à bas.

Ce n'était pas un sac de musicien.

Le fût pliant du fusil s'enclencha avec un déclic et elle introduisit le canon entre les barreaux du balcon. C'était la cachette idéale, dans une zone d'ombre, où ne l'atteignait pas la lumière intense et aveuglante. Et qui prêterait attention à un quelconque éclairagiste opérant des réglages sur le Super Soldat ? De toute façon, elle se trouvait entre lui et le mur.

Jury était accroupi, tenant le Wembley à deux mains.

— Rena !

Le mot claqua comme un cran de sûreté.

— Lâchez ça ! cria Macalvie qui avait sorti un 38.

Rena tira une demi-seconde avant cet ordre, dans la direction de la scène.

Wes Whelan fit un tour complet sur lui-même et retomba dans le tempo, marquant tous les accents, sans manquer une mesure.

Les autres hésitèrent un instant, le regardèrent, puis se remirent à jouer, à son exemple.

Comme elle balançait le fusil de façon à avoir Jury dans sa ligne de mire, Melrose lança son manteau sur l'arme. Macalvie se jeta dans les jambes de Rena Citrine et leva la crosse de son pistolet. Le projecteur tomba sur Rena et heurta le plancher dans un horrible fracas.

Et maintenant, se dit Jury, le plus dur reste à affronter. La panique dans un théâtre rempli de plus d'un millier de spectateurs.

Au deuxième rang, Carole-Anne et Mrs Wassermann criaient, sautaient, applaudissaient le batteur et Jiminez qui improvisaient toujours, accaparant l'attention de la salle. Mais ceux qui se trouvaient le plus près du champ de bataille regardaient, figés dans un silence glacé. Il ne faudrait que quelques secondes pour que l'affolement s'empare d'eux, Jury en était conscient. A l'orchestre, les spectateurs ne s'étaient encore aperçus de rien, mais les mauvaises nouvelles vont vite. Il pressa le bouton de sa radio.

Melrose Plant, voyant Macalvie et Jury se jeter sur Rena Citrine, alluma calmement une cigarette, se tourna vers les personnes les plus proches et dit :

— Ça, c'est du show-biz, mesdames et messieurs !

Une femme hurla. C'était un des sons les plus perçants que Jury eût jamais entendus.

Il se redressa pour regarder la scène, en bas : aussi prompte que sa pensée — Maintenant ! Mary Lee !... —, la jeune fille apparut... Nerveuse, boitillant, haut perchée sur les talons de ses pantoufles de verre. Aux places d'orchestre, les yeux allaient de Mary Lee au balcon, où il semblait se passer quelque chose d'assez inquiétant.

Wes Whelan serrait son bras ; il y eut un moment de flottement dans le groupe lorsque la jeune fille apparut.

Allez, Mary Lee, vas-y !

Elle fit ce qu'on attendait d'elle. Elle saisit le micro et cria :

— Mesdames et messieurs, Staaaan KEEELER !

Quand Stan Keeler bougeait, c'était quelque chose. Il sortit des coulisses à une vitesse telle qu'il parcourut les derniers mètres sur les genoux, s'arrêta dans une glissade et se releva, jouant déjà.

Près de lui, ceux qui se sentaient le plus mal flottaient maintenant entre la peur et le ravissement de cette surprise.

Il suffit à Keeler de plaquer les premiers accords de *La Dame blanche* pour les ramener au calme.

Le mouvement amorcé vers la sortie, la bousculade avaient cessé, et quand la femme se remit à hurler, Jury vit surgir une main qui la plaqua sur son siège.

Pendant ce temps, le groupe accompagnait Stan.

Stan Keeler, en personne, en concert, et avec Sirocco !

Face à une telle prestation, un tueur fou pouvait-il faire le poids ?

41

L'ambulance sans sirène de la police venait de partir avec son chargement, laissant bouche bée le chauffeur de la limousine et quelques roadies qui la suivaient des yeux. Les services de la sûreté étaient dans leur élément, bien que n'étant pas trop certains de la nature de cet élément. Ils avaient l'air déçu de ne pas trouver de foule à retenir, de ne pas avoir à contenir les débordements d'amateurs de punk rock se bousculant pour être aux premières loges. A part la civière portée par deux infirmiers en vêtements de tous les jours et un homme assez jeune soutenu par deux autres, jamais sortie par l'entrée des artistes n'avait été aussi facile. Quant aux vedettes, elles poursuivaient leur prestation.

Jury, Plant, Macalvie et Wiggins étaient assis dans l'un des camions transportant le matériel de Sirocco, sur des amplis et des caisses, et se faisaient apporter du thé et des sandwiches rassis par Mary Lee qui, elle aussi, était dans son élément. Quand un des roadies l'agrippa pour lui demander ce qui se passait, elle le repoussa brutalement et lui dit, ainsi qu'au chauffeur de la limousine : « Du balai ! », et elle repassa d'un pied léger l'entrée des artistes avec son plateau en étain vide.

Toutefois, elle s'arrêta pour se faire photographier par un jeune homme qui prétendit être le photographe de *Kregarrand* et qui était en fait l'expert de Jury en « topologie criminelle », s'amusant de son double rôle.

Quand Jury vit sortir par l'entrée des artistes le médecin légiste de la police, il sauta du camion.

Le Dr Phyllis Nancy était pour Jury la crème de la crème des médecins, la perle qu'il avait découverte, précieuse non seulement pour son efficacité redoutable au travail, mais aussi pour son aptitude à comprendre une situation, faculté qui faisait défaut à ses collègues.

Phyllis Nancy avait une personnalité pleine de contradictions. Dans le cadre du travail, elle affectait de dédaigner sa féminité et son physique en portant des tailleurs de coupe sévère et de petites cravates en corde. Mais elle versait dans l'excès inverse quand elle n'était pas de service.

A voir la façon dont elle avançait, sans se presser, vers Jury, il était manifeste qu'elle n'était pas de service. Sous son manteau de fourrure, elle portait une longue robe verte fendue par-devant. Etre ainsi dérangée au milieu de ses loisirs était un inconvénient de son métier qu'elle vivait mal.

— Arrachée à une représentation de *La Bohème*, commissaire, avec Pavarotti ! Loge, chablis supérieur...

— Je suis au courant. Pour la loge, je veux dire. Pas pour le vin.

Phyllis Nancy tourna les yeux à droite, à gauche, vers le ciel, n'importe où, sauf vers Jury, tout en serrant le col de son manteau de fourrure autour de son cou. De l'autre main, elle tenait son sac noir.

— La victime est dans un état critique. L'une des côtes cassées — quatre au minimum — a perforé le poumon et provoqué une hémorragie, avec du sang qui coule de l'oreille et de la bouche. Le poignet droit est brisé, fracture compliquée avec un os saillant. Un côté du crâne a reçu un coup porté par un objet contondant, des esquilles de l'os malaire sont collées par le sang...

Jury écouta patiemment la suite du rapport du Dr Nancy. D'ordinaire, ses comptes rendus ressemblaient à ses tailleurs, stricts et sans fantaisie : brièveté, staccato, atonie étaient leurs caractéristiques. Elle recueillait et examinait comme des coquillages les pièces détachées de corps humains. Mais pour Jury, elle semblait se plaire à agrémenter ses rapports de toutes les touches possibles de Grand-Guignol. Elle termina en lui demandant ce que diable il se passait. En même temps, elle tira de sa poche un étui à cigarettes, en sortit une et fit craquer son petit briquet avant que Jury ait pu lui présenter une allumette. Elle ne paraissait pas remarquer que le crachin feutrait sa fourrure et défrisait ce qui devait être une coûteuse mise en plis.

Sans attendre la réponse de Jury, elle exhala un mince filet de fumée et ajouta :

— Ce photographe de la police (elle désigna le jeune garçon devant l'entrée des artistes photographiant un couple de roadies qui s'en montraient ravis) était au deuxième balcon et prenait les curieux au flash en prétendant qu'il était envoyé par *Kregarrand*.

Jury sourit.

— C'était pour faire diversion, Phyllis. Comment va l'éclairagiste ? Nous l'avons trouvé dans un cagibi, ligoté et gelé. Qu'il soit encore en vie me dépasse.

— Je l'ai ranimé. Il a dit que vingt ou vingt-cinq minutes avant le début du concert une femme est montée le trouver alors qu'il réglait le projecteur. Elle a prétendu qu'elle était envoyée par la société ayant fourni les appareils et que celui-ci était défectueux. Il lui a affirmé qu'il marchait.

— Et il a tenu à le lui prouver, je suppose.

— Le temps de lui enlever son blouson et sa casquette, elle avait disparu. Mais nous savons où elle était. Dans la foule, vu son état. A croire qu'elle a été attaquée par une bande de punks. Ces coups à la tête ne sont pas tous dus à la chute du projecteur.

— A une bouteille de bière, peut-être ? demanda Macalvie qui descendait du camion.

Phyllis Nancy le dévisagea, bouche bée, et comme elle ne lui répondait pas, il haussa les épaules et suggéra :

— Deux bouteilles ?

Elle laissa tomber sa cigarette sur le pavé et l'y écrasa sous sa chaussure de satin vert.

— Qui êtes-vous ?

— Macalvie. Police du Devon-Cornouailles. (Il brandit sa carte.) Je suis en mission commandée.

Elle le regarda, reporta son regard sur Jury, puis essaya de voir à l'intérieur du camion.

— Qui d'autre y a-t-il là-dedans ?

— Vous savez quelle folie s'empare des fans dans ces concerts, dit Macalvie. Tout peut arriver.

Comme pour renforcer cette assertion, le sergent Wiggins déboula de l'entrée des artistes ; on l'aurait dit propulsé par le crescendo de la musique et le tonnerre d'applaudissements.

— J'ai eu Sanderson au bout du fil !...

Phyllis Nancy s'écria :

— Eh bien, mais n'est-ce pas le sergent Wiggins, notre expert en karaté ?

— Kung-fu, corrigea-t-il. Et je ne suis pas un expert, ajouta-t-il modestement.

— Suffisamment pour casser un poignet ou un bras, je suppose. Pourquoi êtes-vous tous assis dans ce camion ? Vous attendez vos complices ?

— Nous attendons pour avoir des autographes, répondit Jury. Je vous raconterai tout cela plus tard.

— Ce devrait être l'un des plus intéressants rapports que j'aie rédigés. (Elle consulta sa montre minuscule.) Je pourrai peut-être assister à l'aria finale de mon opéra.

Elle ramassa son sac noir et se dirigea vers la voiture de police.

— Vous auriez dû venir au concert, Phyllis, lança Jury dans son dos. C'est mieux que d'écouter *O Sole Mio*.

Elle s'arrêta et se retourna :

— Je n'ai pas pu avoir de billets.

Le Dr Nancy claqua la portière et la voiture fit une embardée avant de prendre la direction de Hammersmith Road.

— Qu'a dit Sanderson ?

Wiggins soufflait sur ses mains.

— Qu'il envoyait quelqu'un du quartier général de Wakefield. Et que les pièces de monnaie dans la cabine téléphonique portaient les mêmes empreintes que la carafe de cognac : celles d'Irene Citrine. Il a ajouté que cela n'indiquait pas l'heure des appels.

— Il est aussi dur à convaincre que le commissaire Macalvie, dit Jury.

— Un bon point pour lui. Je suppose qu'Irene Citrine était l'une des bonnes amies de Roger Healey.

— Elle aurait pu agir par pure cupidité, et non par amour et cupidité à la fois. Rena est la pauvresse de la famille. Tous les autres avaient de l'argent. Roger et Rena devaient faire une belle paire, tous deux courant après l'argent de l'épouse. Ils avaient prévu de kidnapper Billy, mais Toby était là. Il leur fallait régler leur affaire aux deux garçons. Billy a réussi à s'échapper. Et ils ne pouvaient pas laisser Toby les identifier par la suite...

— Alors, on enterre Toby Holt, dit Wiggins. Le Dr Dench avait donc raison quant à l'âge.

Il semblait presque déçu.

Macalvie les regarda tous.

— Non, il n'a pas raison.

— Pourquoi vouloir encore discuter, Macalvie ? La femme a essayé de le tuer. Vous êtes aussi têtu que Sanderson dans son estimation de l'heure à laquelle ont été passés les coups de fil. C'est un peu dépassé, non ?

— Oui et non. Elle a essayé d'abattre quelqu'un.

— Vous êtes pire qu'un pitbull.

Macalvie continua à passer le rouleau compresseur.

— D'un point de vue psychologique, votre théorie

ne tient pas, Jury. Au lieu de courir chez lui auprès de sa mère — réaction naturelle —, il disparaît.

— Ne pouvons-nous admettre que sous l'effet de la peur il ait pu perdre la tête ?

— La peur l'aurait fait courir chez lui ou chercher refuge quelque part dans la région. Au lieu de cela, il part pour l'Irlande.

— L'Irlande ?

Jury soupira.

— Je ne prétends pas que c'est à douze ans...

— Il ne serait jamais parti ! le coupa Macalvie, assis, les bras sur la poitrine, la visière de sa large casquette en tweed sur les yeux. Or, selon votre théorie, ce pianiste prodige de douze ans se volatilise, tout simplement, prend le ferry pour Larne, devient guitariste et laisse sa belle-mère adorée se consumer huit années durant dans la pensée qu'il est mort. Vous avez des Fisherman's Friends, Wiggins ? Je crois que je vais m'étrangler. (Macalvie secoua lentement la tête d'avant en arrière, à plusieurs reprises.) Hé hé ! (Il se leva et vida sa tasse de thé.) Je dois filer à présent. On me croit à Sidmouth. Tenez-moi au courant : je suis curieux de savoir ce qui va se passer à la fin du concert. (Il désigna Melrose.) Plant est passionné par cette affaire : le voilà plongé dans la lecture de *Segue*.

Melrose leva les yeux.

— Jimi Hendrix était gaucher.

— Ah oui ?

Macalvie se releva au moment où Mary Lee franchissait de nouveau l'entrée des artistes et se frayait un chemin parmi les policiers, chargée d'un plateau avec de nouvelles tasses et des sandwiches en apparence aussi rassis que les premiers.

Elle poussa le plateau sur le plancher du camion.

— Une autre tasse ? Une personne a téléphoné et demandé à parler à... une seconde... (Elle tira un bout de papier de sa chaussure, le seul endroit, semblait-il, qui lui parût aussi sûr qu'un coffre-fort, et elle lut :) au commissaire divisionnaire Macalver.

Elle insista sur la seconde syllabe.

— Mac-al-vie, rectifia-t-il. Quelle personne ?

— Une femme. Elle veut que vous la rappeliez immédiatement.

En marmonnant des imprécations, Macalvie sauta de la camionnette. Il faillit renverser le plateau, mais ce fut Mary Lee qui fut bel et bien renversée par la surprise :

— C'est vous ? Vous avez dit que vous étiez de *Juke Blues* !

— C'est un travail à temps partiel parce que je ne gagne pas ma vie comme flic. (Il lui caressa la joue.) Ne vous en faites pas : votre photo sera dans les journaux. Où est le téléphone le plus proche ?

— Vous pouvez utiliser mon bureau, dit-elle, non sans une certaine agressivité.

Macalvie pivota sur ses talons puis se retourna vers Jury :

— Si vous êtes aussi sûr de vous, Jury, pourquoi ne téléphonez-vous pas au quartier général de Wakefield ? J'imagine que Mrs Healey aimerait savoir qu'il est vivant.

Il s'éloigna sous la pluie battante.

Le premier à sortir fut Stan Keeler, suivi de Stone. Le crachin avait viré au déluge et sa cigarette était complètement détrempée.

— Ça c'était un concert, mon vieux ! (Il laissa tomber sa cigarette à terre.) Suis-je dingue ou était-ce une balle qui a fait tournoyer Wes ? Est-ce un fou qui a voulu faire savoir qu'il n'aimait pas Sirocco ? Que diable s'est-il passé ? (Il ne paraissait pas attendre de réponse.) Votre ami a été très persuasif. Où est donc cette nouvelle propriétaire dont il m'a parlé ?

— Devant le théâtre. Vous ne pouvez pas la manquer. Cheveux roux, veste d'argent, joli nez.

Stan eut un large sourire.

— O.K.

Il se tourna vers le labrador noir, qui l'avait précédé dans la ruelle.

— C'est le dernier morceau ; ils auront fini dans une minute, répondit Wiggins à Jury. Vous devriez entretenir vos forces, monsieur.

Le sergent poussa vers lui l'assiette en papier. Wiggins dévorait à belles dents un des sandwiches au fromage de Mary Lee, qui bâillait aux extrémités. Jury prit un pain rond et blanchâtre, puis le reposa.

Il se revoyait assis dans le salon de l'*Old Silent*, les yeux baissés sur son assiette après la conversation avec Sanderson. Le détail qui avait alors essayé de faire surface et qui à présent s'imposait à sa conscience, ce n'était pas une parole de Sanderson ou de lui-même, c'était l'assiette.

Wiggins était en train de lui parler de l'éclairagiste.

— Il pouvait l'identifier. Pourquoi ne l'a-t-elle pas tué, puisqu'elle semblait prête à tout ?

Jury considéra son sergent sans répondre, ne voyant plus en lui que le spécialiste en allergie dont l'avis lui était nécessaire.

— Wiggins, on peut se débarrasser d'une allergie, non ?

Wiggins sembla étonné par l'intérêt de son supérieur pour un sujet que, généralement, Jury trouvait aussi palpitant qu'un des sermons de Racer. Néanmoins, il fut ravi de disserter un moment sur les différents types d'allergie.

— Dans le cas de Billy Healey ? (Wiggins fronça les sourcils.) C'est douteux. La sienne était très sérieuse.

— Alors, je ne crois pas qu'il prendrait un sandwich au fromage. (Son regard alla des sandwiches au sergent.) Qu'il ne déjeunerait pratiquement que de fromage.

Wiggins suspendit son geste.

— Si vous m'aviez seulement dit son menu...

— Un article de Duckworth, coupa Melrose, signale les particularités de certains guitaristes. Hendrix était gaucher, et il inversait les cordes sur des guitares de droitier, les trouvant sans doute supérieures.

— Pourquoi cette remarque ? Charlie est droitier.

— Il a appris à jouer tout seul avec l'aide de manuels et, naïvement, a supposé que telle était la façon de tenir une guitare. L'image vue dans le miroir. (Il lança le magazine à Jury.) Aujourd'hui, il est ambidextre. Mais il est né gaucher.

— Faites-moi penser à appeler le Dr Dench, dit Wiggins d'un ton suffisant.

Le groupe Sirocco sortit.

Jury sauta du camion et alla à la rencontre de Wes Whelan. Sa manche de chemise rouge était raidie par le sang.

— Vous me stupéfiez. Vous n'avez pas même raté une mesure. C'est le numéro le plus acrobatique que j'aie jamais vu.

Il lui serra la main.

Wes rétorqua avec un large sourire :

— Vous oubliez que j'ai grandi à Derry avec l'IRA. (Il regarda sa chemise.) Ce n'est qu'une écorchure. Il n'y a pas de quoi en faire une histoire. La balle n'a fait que m'effleurer.

— Vous avez tous montré une incroyable présence d'esprit.

Jiminez eut un rire profond et guttural.

— Mon vieux, nous étions tellement à notre affaire que je ne suis pas certain que nous ayons compris ce qui se passait jusqu'à l'arrivée de Stan Keeler sur les planches. Nous n'avons aucun mérite.

— Non, bien sûr que non, dit Jury avec un sourire. Où est Charlie ?

Swann fit un signe par-dessus son épaule.

— A l'intérieur. Charlie a toujours un mal fou à quitter la scène.

Il rejeta en arrière sa chevelure dorée et sourit.

— Ne l'attendez pas, dit Jury aux musiciens qui s'entassaient dans la limousine.

— Si vous allez au Ritz, demanda Melrose, vous pouvez m'emmener ?

42

Il était assis au bas de la plate-forme noire, au centre de la scène, une serviette autour du cou, tenant la Fender blanche, dont il pinçait une corde, puis une autre, faisant sonner un accord, comme si la foule hurlante, extatique, était toujours là à l'écouter, fantômes occupant les sièges vides, comme si retentissait encore l'écho des applaudissements.

Peut-être est-ce parce qu'il était là, parcourant des yeux la salle, que le théâtre ne semblait pas vide. Dans les allées, deux jeunes garçons ramassaient les détritus ; ils s'en allèrent en traînant derrière eux des sacs plastique. Quelques roadies, à l'arrière de la scène, s'attardaient, fumant et bavardant tout en jetant des coups d'œil autour d'eux. Ils se demandaient sans doute ce qui avait bien pu se passer ce soir.

Quand Jury s'assit près de lui, Charlie, sans tourner la tête, dit :

— Wes est un grand batteur. Je n'ai jamais vu quelqu'un réagir avec une telle vivacité.

— Plus grande que la mienne, certainement.

— Je ne connais personne qui aurait pu mener à bien une affaire comme celle-là.

— Et vous, Charlie ?

Il baissa les yeux, joua un accord, puis un autre, et scruta la pénombre avec la même expression que Nell Healey regardant par-delà le mur en ruine, comme si quelqu'un allait se matérialiser sous ses yeux.

— « J'essayais de monter mon tirant de botte, et le tirant s'est cassé. » C'est une phrase de Stevie Ray Vaughan. Un grand guitariste.

— Stevie Ray a réparé son tirant. Vous vous retirez à l'apogée de votre carrière — une sorte d'expiation, c'est cela ?

Il ne répondit pas, se contentant d'égrener encore quelques notes, de plaquer quelques accords.

— Ou bien l'expiation était-elle, d'abord, d'apprendre à jouer de cet instrument ?

Jury désigna la guitare.

Après un long silence, Charlie dit :

— Tous les matins, parfois deux fois par jour, depuis mon arrivée à Londres, je vais à la gare de Waterloo. Je prends un thé au buffet, je ressors et je traîne dans la gare, regardant les trains partir. Il y en a un pour Leeds sans doute presque toutes les heures. (Il ôta la main des cordes pour la mettre dans la poche arrière de son jean.) Voilà ce que j'ai acheté. (Il étala quatre billets avec retour dans la journée pour Leeds.) Depuis huit ans, j'essaye de revenir pour lui raconter ce qui s'est passé. (Il marqua une pause.) Mais je n'en ai pas encore eu le courage.

Jury attendit, le laissa reprendre sa guitare, jouer les accords de *Yesterday's Rain*, fixant le vide, qui semblait lui offrir la même désolation que la lande de Haworth.

— La dernière fois où je l'ai vue, j'étais à ma fenêtre, celle face à la mer ; elle s'est arrêtée sur le chemin de la falaise, a levé les yeux et a fait signe de la main. Elle avait une façon si joyeuse d'agiter la main et de sourire ! On aurait dit qu'elle ne vous avait pas vu depuis une éternité. Un peu comme les mères qui accueillent leurs gosses à la descente du train pour les vacances scolaires. Vous savez... (Il leva les yeux vers Jury qui baissait les siens.) Je l'aimais vraiment. Ça paraît difficile à croire, mais je serais mort pour elle.

Jury redressa la tête et regarda au-dessus des sièges vides.

— C'est ce que vous avez fait.

— J'étais en train de m'habiller quand, par l'autre fenêtre, celle qui donne sur l'arrière, je l'ai aperçue, elle. (Il lorgna le coin du balcon.) Elle arrivait par la route de derrière. Je me suis demandé ce que diable venait faire ici la tante Irene. Personne n'avait mentionné sa visite. Elle a disparu à l'intérieur, dans la cuisine. J'ai commencé à descendre — la chambre était en haut de l'escalier de la cuisine — et puis tout à coup je me suis arrêté. Je ne sais toujours pas pourquoi je ne me suis pas précipité en bas. J'ai seulement pu entendre des voix étouffées et, au bout d'une minute, la porte a claqué. La porte de la cuisine. Je suis retourné dans ma chambre et j'ai vu la tante Irene prendre la route avec Billy, et Gnasher, son terrier, qui le suivait à pas feutrés. J'ai failli ouvrir la fenêtre et crier, mais là encore, quelque chose m'a arrêté. Le sentiment, peut-être, qu'il ne fallait pas.

« Alors, j'ai couru en bas et cherché Mrs Healey. Sa promenade devait l'avoir entraînée plus loin, le long de la falaise. Je me suis dit, non, ce serait perdre du temps que de la chercher. J'ai fait le tour de la maison pour rejoindre la route, essayant de les rattraper sans me faire remarquer. Puis j'ai aperçu la voiture, celle de la tante. Je l'ai reconnue, pour l'avoir vue chez les Citrine. Elle était garée devant l'entrée, et ils y sont montés. Il m'a semblé qu'ils avaient une discussion à propos du chien ; Billy a fini par le pousser à l'intérieur. En tout cas, cela m'a donné le temps d'aller à la remise, de prendre le vélo et un vieux ciré. Le jour baissait rapidement. Le terme du voyage...

Il s'arrêta, baissa les yeux sur sa guitare comme si c'était la première fois qu'il la voyait.

Jury se tourna et compléta :

— ... était un cimetière désaffecté.

Il acquiesça.

512

— La nuit est tombée tout d'un coup. La seule touche de lumière émanait des phares de la voiture et d'une torche électrique, tenue par un homme que je n'ai pas réussi à identifier ; j'avais l'impression que la lumière était braquée sur mes yeux et me clouait au sol. Mais ils ne m'avaient pas repéré. Je me souviens du reste comme d'une succession d'images incohérentes, pareilles à celles d'un rêve. J'ai pu entendre Billy dire quelque chose et ensuite pleurer. J'ai pu entendre Gnasher aboyer une fois, puis, plus rien. Mais je ne les entendais pas, eux. Je veux dire qu'ils agissaient en silence, tandis que j'étais tapi derrière une stèle funéraire. Je lisais et relisais l'inscription sur la pierre avec le sentiment de vivre un véritable cauchemar.

« Billy gisait sur le sol, le petit chien près de lui. La tante a poussé le chien dans la terre. (Il s'arrêta.) Avez-vous jamais eu l'impression de vous dédoubler ? Qu'une partie de vous-même est assise dans un fauteuil et que l'autre partie se lève et marche dans la pièce ? C'est ce qui m'arrivait. C'était comme si une partie de moi restait cachée derrière cette pierre et l'autre courait vers la tombe. Je hurlais, mais ma voix me semblait être celle d'un autre. Je ne pouvais pas voir le visage de l'homme parce qu'il était en bas dans la tombe, mais le sien, à elle... Bon Dieu, je n'oublierai jamais son regard !

« Et alors tout s'est déroulé au ralenti. Elle a tiré de sa poche un revolver, un petit, et l'a braqué sur moi. Je me suis reculé contre un arbre et elle a tiré. Elle doit être aussi douée avec un revolver qu'avec un fusil... il eut un rire triste... car elle m'a manqué. La balle m'a seulement touché l'oreille, mais, mon Dieu, le sang... (Il s'arrêta pour pincer quelques cordes et chercher une cigarette. Jury en fit sortir une de son paquet.) Elle a cru m'avoir tué, je pense. Je me suis laissé glisser en bas de l'arbre et je me suis roulé en boule. L'homme était remonté du trou et l'avait rejointe, il la poussait par-derrière, la traitait d'idiote, d'espèce de garce. Pendant qu'ils s'injuriaient, j'ai pu m'éloigner furtivement de l'arbre, me relever, et je me suis mis à courir. Comprenez-moi, j'étais convaincu de la mort de Billy. Je suis revenu sur la route, me disant que je pourrais peut-être arrêter quelqu'un. D'une main, j'étanchais le sang de ma blessure avec un morceau d'étoffe arraché à ma chemise, de l'autre, j'essayais de héler une voiture. Car c'était une bonne idée ! (Il se mit à jouer un riff fortissimo dans un accès de colère contre lui-même.) Avez-vous essayé d'échapper à des phares de voiture ?

— Non. Je suppose que c'était leur voiture.

— Je ne sais comment elle s'est débrouillée, mais elle m'a encore manqué, avec la voiture, cette fois. On aurait mis ma mort sur le compte d'un chauffard.

— Sauf que les circonstances étaient difficilement explicables.

— J'ai quitté la route et j'ai couru vers la côte, vers les falaises. Il ou elle ne pouvait guère me suivre en voiture. Je ne saignais probablement pas autant que je me le figurais. Les jambes vacillantes, j'ai réussi à faire un kilomètre, peut-être plus. Je n'ai pas compté. C'est alors que j'ai eu la plus grande chance de ma vie : je suis arrivé dans un cercle de campeurs. Ils étaient cinq, assis autour d'un feu de camp. C'étaient des Américains en randonnée dans les îles Britanniques. Tous jeunes, dans les vingt ans. (Charlie sourit.) Et tous défoncés. Ils étaient complètement fascinés par ce Britannique perdant son sang qui leur tombait dessus — littéralement. Je ne les oublierai jamais : Katie, Miles, Dobby, Helena, Colin. Ils avaient dans leur sac à dos de quoi panser ma blessure. Ils m'ont pris pour un fou quand j'ai insisté pour appeler la police, quand je leur ai dit que je venais d'assister à un meurtre. Je n'oublierai jamais le clin d'œil que m'a adressé Miles. Il m'a tendu un joint en disant : « Hé, mon vieux, calme-toi ! » Pour ça je me suis calmé. Ou plutôt je me suis évanoui. J'ai dormi toute la journée suivante et quand je me suis réveillé, Dobby et Miles improvisaient sur leurs guitares. Toujours défoncés. Seules les filles commençaient à me prendre au sérieux, mais avec tout autant de sérieux, elles m'ont recommandé d'éviter les flics. Je n'ai pas vu un journal pendant six jours et lorsque j'ai appris la demande de rançon, j'avoue que j'étais terrifié. J'étais un témoin, et j'avais sans doute trop regardé la télé.

— Qui a eu l'idée d'identifier le corps d'un autre comme étant le vôtre ?

— Oncle Owen et moi. Je ne pouvais pas supporter qu'il me croie mort, comme Billy. Je l'ai finalement appelé.

— Vous voulez dire qu'il était au courant des agissements d'Irene Citrine et qu'il n'est pas allé à la police ? Cela ne ressemble pas à Owen Holt.

— Il ne savait rien. Je ne lui ai pas dit. J'avais peur pour lui et pour tante Alice. Je lui ai dit... que je ne savais pas qui étaient les ravisseurs.

— Mais votre tante ignorait que vous aviez téléphoné. Votre oncle ne le lui a jamais dit. Pourquoi ?

Un silence tomba.

— Il allait le faire, puis il a pensé, en fin de compte, qu'il serait sans doute plus facile pour elle de me croire mort que de ne plus jamais me revoir. (Il regarda sa guitare.) Et vous avez rencontré tante Alice. A votre avis, aurait-elle vraiment été capable de garder cela pour elle ? Oncle Owen avait peur qu'elle n'aille à la police. Et elle aurait eu du mal à vous parler sans tout vous raconter. Peut-être était-ce un manque de compassion, je ne sais pas.

— Ni lui ni vous ne me semblez en manquer. Continuez.

— Oncle Owen m'a dit de ne pas m'inquiéter, de le laisser faire, de me cacher — il trouverait un moyen de me procurer de l'argent. C'est ce qu'il a fait. Une grosse somme.

Jury sourit.

— Votre oncle ne m'a jamais donné l'impression d'être un joueur.

— Quoi ?

Le jeune homme fronça les sourcils.

— Rien. Vous êtes allé en Irlande ?

— Oui. De Stranraer à Larne. Et j'ai rencontré Wes. (Il sourit.) Il avait plus que du talent. Il avait des relations : parmi lesquelles un des membres de l'UDC[1], qui connaissait une personne qui en connaissait une autre pouvant fabriquer de faux passeports.

A l'arrière de la salle un faisceau de lumière balaya un instant le mur tandis que s'ouvrait et se refermait une porte. Il y avait maintenant quelqu'un.

Mary Lee, paria Jury avec un sourire. L'image de Charlie écrivant sur sa chaussure lui revint.

— Plus je gardais le silence, poursuivit Charlie, plus je me sentais coupable, et plus il était difficile de faire quelque chose, de rentrer, de raconter l'histoire. L'éternel cercle vicieux de la culpabilité. Pourquoi n'ai-je pas fait quelque chose pour le sauver ?

La question était de pure forme, mais Jury y répondit tout de même.

— Parce que vous saviez pertinemment qu'ils vous tueraient.

— Mais être resté ensuite sans agir !...

— Vous avez agi. Vous avez pensé que, s'il avait vécu, Billy Healey aurait continué le piano pour mener une brillante carrière de concertiste...

— C'est certain.

Charlie reposa la guitare sur ses genoux.

— Eh bien, j'en doute.

Charlie se retourna vivement.

— C'est ce qui était prévu.

— Prévision de son père, non de Billy, et pas nécessairement de Nell Healey. N'était-ce pas difficile de le faire travailler ?

1. Urban District Council. Conseil de district urbain. (*N.d.T.*)

— Oui, mais il était doué.

— Allons, Toby ! Vous êtes bien placé pour savoir que même en étant doué, il faut travailler comme un dingue pour arriver au niveau qu'ambitionnait Roger Healey pour son fils. Billy était paresseux. Irene Citrine l'a dit. Vous étiez tout le contraire. Résolu. Ou, selon l'expression de votre tante, entêté.

Il ne put s'empêcher de sourire.

— Je crois, oui.

— Vous croyez ? Vous n'étiez pas doué. Vous n'arriviez à rien jouer. C'est un sentiment de culpabilité qui vous a amené à entreprendre la carrière que le fils de Nell n'a pu mener. Vous avez dû souhaiter par moments être mort à sa place.

— Par moments.

— Et vous êtes mort. En un sens, vous êtes devenu Billy. Cela a dû être un enfer. Sans goût pour la musique, sans acquis, vraisemblablement sans talent. Mais j'ai pensé que vous étiez Billy.

— Vous avez pensé cela ! Pourquoi ?

Jury lui parla du sentiment poétique, des images, de l'impression que Charlie, en s'exprimant sur l'affaire Healey, avait fait naître en lui.

— Disons que j'ai pensé que vous étiez Billy parce que vous ne pouviez être Toby Holt. Et Toby aurait été la seule autre personne à connaître tout cela.

— Si vous jouez douze, treize heures par jour, vous n'avez pas besoin de bases. Parfois les doigts de ma main gauche saignaient. Je me contentais de les envelopper avec de la gaze, d'enfiler un gant de chirurgien et je continuais. Un martyre, n'est-ce pas ?

— Que vous projetez apparemment de couronner en vous retirant au sommet de votre carrière. Vous avez dit que vous étiez allé aussi haut qu'il vous fallait et je me suis demandé ce que cela pouvait signifier. Ainsi, maintenant, vous vous retirez. Et pour faire quoi ? Vivre dans le West Yorkshire et devenir berger ? Gardien de stade ?

— Je dois rentrer. Je dois leur dire ce qui s'est réellement passé. Je veux la voir.

— Oui, je sais. Mais pour l'amour du ciel, ne restez pas là-bas. Ce n'est pas une vie pour vous, Charlie. Vous pourriez y laisser vraiment votre peau, cette fois.

— Vous dramatisez. Je pensais à Abby. Sa tante n'étant plus là, elle a peut-être besoin d'aide.

Abby. Oui, il y a bien longtemps qu'elle avait besoin d'être aidée.

— Nell Healey y veillera.

Jury se retourna, cessant de scruter la pénombre, pour regarder Charlie.

— Vous avez payé, Charlie. Et de toute façon, vous n'êtes pas allé au bout de ce que vous aviez juré de faire.

Charlie adressa un petit sourire triste à Jury.

— C'est-à-dire ?

— Vous n'avez pas encore atteint le sommet. Sirocco n'a pas joué au stade de Wembley. (Jury lança vers l'arrière de la salle :) N'est-ce pas l'ordre, Mary Lee ? Marquee, Town and Country, Odeon, Wembley Arena et Wembley Stadium ?

Une ombre bougea et une silhouette s'engagea dans l'allée.

— Et le Ritz ?

Jury s'abrita les yeux de la main.

— Vous vous souvenez de moi ? demanda Vivian.

Vivian portait, jeté sur les épaules, le manteau de Marshall Trueblood. Quand elle approcha de la scène, Jury vit la robe en dessous, qui aurait reçu l'approbation de la princesse. De couleur bordeaux, l'étoffe fluide et à demi transparente s'ajustait à son corps comme une deuxième peau jusqu'en dessous des hanches, où elle s'évasait. C'était un style vaporeux, préraphaélite. Les cheveux de la jeune femme étaient en partie relevés sur sa tête, en partie flottants, comme tombés de son chignon, et elle portait de longs pendants d'oreilles en émeraude.

Cette toilette magnifique s'ajoutant à la surprise de la voir, Jury eut un passage à vide.

— Pourquoi diable portes-tu le manteau de Trueblood ?

Quelle question idiote ! se dit-il, en se maudissant. Mais elle y répondit.

— Parce que j'avais le ticket de vestiaire de ce manteau dans mon sac. Au moment des hors-d'œuvre, je suis partie soi-disant me poudrer le nez. Nous avons commencé à dîner sans toi, mais personne n'aura terminé, surtout si Agatha s'est lancée dans un repas de sept plats et si Melrose commande une autre bouteille de vin. C'est lui qui m'a dit que tu étais ici. (Vivian leva un visage rayonnant vers Charlie Raine qui lui fit un sourire à illuminer l'Embankement [1]. J'ai été flouée. Ils sont venus vous entendre, pas moi.

— Je peux toujours réparer cela.

— J'en doute.

— Mais si. (Charlie passa la courroie de sa guitare à son cou.) Que voulez-vous entendre ?

Vivian réfléchit un moment.

— *Yesterdays* — pas la chanson des Beatles, mais celle de Jerome Kern. Vous la connaissez ?

Charlie secoua la tête.

— Je connais la chanson des Beatles. Est-ce que ça ira ?

— Ça ira, dit Jury, s'asseyant au premier rang à côté de Vivian dont il entoura le dossier de son bras.

Tandis que Charlie, vingt-trois ans, chantait une époque où ses tracas étaient encore bien loin, dans le bâtiment même où s'étaient déroulés les derniers préparatifs du jour J, Jury était ramené à l'appartement de Fulham Road, à Elicia Deauville, aux décombres de ce qui avait été son salon et celui de sa mère.

Il était heureux de ne pas s'être trouvé sur la lande,

1. L'un des quais le long de la Tamise. (*N.d.T.*)

pour voir le bras gainé de noir d'Ann Denholme étendu sur la neige.

Il craignait, comme le disait la chanson, que tous ses ennuis ne fussent pas terminés.

43

— Toby Holt ? dit Melrose. Mon Dieu ! Sa détermination n'a d'égale que les tentatives d'Agatha pour écarter toute femelle susceptible de faire un bon parti !

Assis à une table aussi éloignée que possible de la petite scène, Jury eut un sourire.

— Merci de ne pas avoir commencé par : « Ainsi Macalvie avait raison. »

Il avait des élancements dans la tête, résultats conjugués du manque de sommeil, du rapport de Wiggins émanant de l'hôpital, et des solos déchaînés de Dickie dans son interprétation de *Déjà vu*, résolu à prouver qu'il était aussi rapide que Yngwie.

Melrose jeta un coup d'œil dans la salle remplie de fumée.

— Comment Vivian a-t-elle pu venir ici ?

Quand Dickie leur assena une nouvelle série d'accords meurtriers, Jury porta la main à la tête et, pour une fois, souhaita avoir accès à la pharmacie de poche de Wiggins.

— C'est elle qui a eu cette idée. (Il agita la main en direction de la scène éclairée en bleu du *Nine-One-Nine* où Vivian, pieds nus, applaudissait, en effervescence.) Tu as un cigare ?

— Vivian, avoir cette idée ?

Melrose chercha dans la poche de sa veste son étui à cigares.

— Un des secrets les mieux gardés de Londres. Un

de ces endroits underground dont on parle à demi-mots. Les habitués tiennent à en avoir la jouissance exclusive. Vivan désirait voir le « vrai » Londres.

« *Je ne veux pas retourner au Ritz avec tous ces touristes riches et assommants. Tu dois bien connaître un de ces clubs miteux et charmants,* avait dit la jeune femme.

Ce à quoi Jury avait répondu :

— *Je ne fréquente guère les clubs.*

— *Bah, Tu dois bien parfois y faire une descente !* »

Elle était certaine qu'il connaissait chaque club des bas-fonds londoniens.

— Elle ne cessait de me rappeler que c'était sa dernière nuit à Londres. En termes exacts sa « dernière nuit sur le sol anglais ».

Il sourit à Melrose.

— Quelle comédienne ! (Melrose étala la doublure en satin gaufré de son smoking noir sur le dossier de la chaise.) Si nous la faisons boire, elle va oublier de descendre du train et se retrouvera à Istanbul.

— Je crois que l'Orient Express s'arrête à Venise. Ils la videront.

— Wiggins est-il toujours à l'hôpital ? (Jury acquiesça.) Dans quel état se trouve Rena ?

— Aussi mauvais qu'on peut s'y attendre. Elle ne sort du coma que pour y retomber. Wiggins a dit qu'elle parlait comme dans un rêve. De Healey, d'Ann Denholme. De tout ce que nous avions supposé.

— Extorsion, chantage, ce genre de choses ?

Jury but une gorgée du soda maison. Son mal de tête diminuait.

— Malheureusement, Ann Denholme a choisi de faire chanter Rena au lieu de Charles. « Payez, ou je révélerai à la femme de Roger la vérité sur Abby. » Bon Dieu, elle s'est condamnée à mort en apprenant à Rena qu'Abby est la fille de Roger !

— Et si Nell Healey avait découvert l'identité d'Abby, la Furie aurait-elle eu le magot ?

— L'héritage entier, à mon avis.

— Seigneur ! Healey a pris de ces risques : une double liaison juste sous le nez de sa femme ! Sans parler de Mavis Crewes.

— Je pense que sa liaison avec Rena était strictement intéressée. Elle a certainement essayé de me détourner du mobile de la vengeance et voulu me faire croire à un adultère. (Jury haussa les épaules.) Mais alors, avec qui était-elle en fait aux Bimini ? Je fais vérifier s'il y a un acte de mariage établi entre Rena Citrine et Littlejohn. Roger a pu décider de boulotter l'argent de Rena. Nous ne le saurons sans doute jamais. Rena avait certainement quelques espoirs du côté de Nell ; elle a pris soin de défendre sa cause, de la soutenir. (Jury regarda à travers le voile de fumée vers le mur à sa droite.) Je vois que Trueblood a trouvé une amie.

Marshall Trueblood n'était là que depuis un quart d'heure, et il était déjà plongé dans une discussion animée avec Karla. Du moins c'était Trueblood qui mettait l'animation. Karla, elle, n'avait pas changé de position, adossée au mur contre lequel Marshall Trueblood appuyait un coude, une main tenant sa tête, l'autre se livrant à force gesticulations. En réponse, Karla se contentait de fumer et d'offrir son meilleur profil à Trueblood. Il portait un smoking de cachemire avec une ceinture noire et un nœud papillon cerise sous un col cassé.

— Mais essayer de tuer Abby ? La nuit même après l'assassinat d'Ann Denholme ? Elle avait tout son temps pour cela... (Melrose fit une pause.) Non, elle ne l'avait pas. Parce que Nell Healey allait être arrêtée le lendemain matin, et ces trois meurtres devaient apparaître comme sa vengeance contre un mari qui non seulement avait une liaison, mais encore un enfant de cette liaison.

— Essaie d'imaginer l'état d'esprit d'Irene Citrine

quand elle est entrée dans la grange et qu'elle a vu ce poster de Sirocco.

— Comment se fait-il qu'elle ait été la seule à le reconnaître ? Avait-il tellement changé depuis ses quinze ans ?

— Elle était la seule à savoir que Toby Holt était vivant. Même son oncle n'en était pas certain. Il y a trois ans, le groupe jouait dans les clubs aux Florida Keys. Rappelle-toi : elle a passé plusieurs mois aux Bimini. Mais il n'y a pas que cela. Il y a le contexte. Rena a vu le poster dans un contexte qui ne pouvait que lui dire quelque chose. Un jeune homme contre un arbre, à côté d'une vue de la côte de Cornouailles : l'unique témoin de ses agissements criminels, et il était justement à Londres.

— Regarde cela, veux-tu ?

Melrose fit un signe de tête en direction de la petite piste de danse. Trueblood et Karla dansaient sur une version blues, jazzy, de *Limehouse Blues*, se tenant à bout de bras, la main de Karla sur l'épaule de Trueblood. Ils dansaient les yeux dans les yeux. Les autres couples en piste ne semblaient pas s'apercevoir de leur présence, évoluant dans une sorte de rêve, chacun accroché à son partenaire comme s'il y allait de sa vie.

— Ah, la jeunesse ! dit Melrose, qui se leva à moitié de son siège. Avec qui Vivian danse-t-elle, si on peut appeler cela danser ? Elle lui a passé les bras autour du cou.

— A propos, où est ta chère tante ?

Il regarda vers la porte du Nine-One-Nine, comme si Agatha allait la franchir.

— Quelque part à Wanstead.

— Wanstead ? Que fait-elle à Wanstead ?

Melrose se rassit.

— Elle a insisté pour venir avec nous. Après ton appel à l'hôtel, nous avons essayé, vainement, de nous débarrasser d'elle. Trueblood lui a raconté que c'était un bouge mal famé où se rencontraient les dealers de cocaïne et de crack. Rien à faire. Il a fallu qu'Agatha vienne. Alors Trueblood et moi avons décidé que, au moment où le portier la ferait monter dans le taxi, Trueblood y entrerait à son tour, me laisserait sur le trottoir, tendrait l'adresse au chauffeur, puis se rappellerait soudain qu'il avait laissé son argent dans sa chambre, claquerait la portière en disant : « Allez-y sans nous ; nous vous retrouverons là-bas. »

— Tu veux dire que tu as abandonné la pauvre Agatha, qui erre maintenant dans Wanstead ?

— Nous n'avons pas abandonné la pauvre Agatha. Nous sommes des gens bien élevés, non ? Il y avait un mot pour le chauffeur, lui disant de ramener sa cliente directement au Ritz s'il avait des problèmes pour trouver l'endroit. Naturellement, il a eu des problèmes : cette adresse n'existe pas. (Melrose eut un petit sourire satisfait.) Nous ne sommes pas sans cœur, seulement prompts à la détente. Et il était temps de se bouger.

— Tout de même ! murmura Jury. En parlant de se bouger, je crois que je vais rejoindre les autres.

Peut-être était-ce l'effet de la mélodie apaisante jouée par le vieux saxophoniste, mais son mal de tête avait presque disparu.

— Parce que tu danses ?

— Comme cela, certainement.

Il engloba d'un geste la piste où les couples cyanosés paraissaient revenir à la vie, ranimés par la force de leurs étreintes.

Melrose fit mine de se lever.

— Eh bien, moi, je danse, et je suis même un bon danseur.

Jury le repoussa sur sa chaise.

— Pourquoi aller flirter ? Tu as ton amie américaine. (Jury se rassit.) Laquelle, ajouterai-je, tu soupçonnais en fait d'être l'auteur de ces meurtres. « Je suis content qu'Ellen soit dans le Yorkshire, je suis content qu'Ellen soit dans le Yorkshire. »

— La ferme ! Naturellement, je l'ai soupçonnée de

rester — elle était la seule — pour se débarrasser de nous. D'avoir sauté sur cette fichue moto dix minutes après notre départ et foncé à Londres par l'autoroute n° 1.

— Je suis surpris que tu n'aies pas appelé le *Weavers Hall* pour t'assurer qu'elle était encore là-bas.

— Je l'ai fait, dit Melrose, d'un ton maussade. Elle était partie. Envolée. Volatilisée.

— Tu as soupçonné ta petite amie ? (Jury fit claquer sa langue.) Quels liens aurait-elle eu avec les Citrine et Charlie Raine ?

— Des liens par la filière new-yorkaise. Evidemment, je ne voyais pas de mobile. Et d'abord, qui te dit que c'est ma petite amie ?

Jury sortit plusieurs brochures en couleur estampillées *Sloane Street Voyages*, qu'il déposa sur la table.

— Le Chrysler Building est tombé de ton manteau.

Melrose s'en empara.

— C'était près de la boutique d'Armani. Je n'y ai fait qu'un saut.

— Hum ! (Jury se leva.) Si tu fais un saut à « New Yawk », que tu prennes le *Queen Elizabeth II* ou le Concorde, il te restera à faire une sacrée trotte. Elle est du Maryland.

Melrose, qui était en train d'enfoncer dans sa poche le catalogue de l'agence de voyage, s'immobilisa :

— Quoi ? Ne sois pas ridicule. Qu'est-ce qui te fait croire...

Tel un prestidigitateur faisant un tour de passe-passe, Jury laissa alors tomber un livre sur la table. *Savant Sauvage*, édition de poche. Il l'ouvrit d'une chiquenaude à la page de garde. Apparut la photo d'Ellen prise par un jour de vent ; elle avait exactement la même allure que la première et la dernière fois qu'il l'avait vue. Jury frappa du doigt la légende.

— Baltimore, lut-il, un sourire aux lèvres.

D'un geste désinvolte, Melrose sortit son étui à cigarettes, en tapota une avant de l'allumer et dit :

— Je savais que c'était un accent affecté. Dans la réalité, personne ne parle comme cela.

44

Debout devant la somptueuse toile de fond formée par les wagons Pullman, brun et crème, de l'Orient Express, Vivian arborait un sourire emprunté chaque fois que Jury et Melrose, à tour de rôle, brandissaient l'appareil photo. Vivian avec Melrose, Vivian avec les mains de Trueblood comme des ailes de chauve-souris derrière elle — ce dont Vivian, s'appliquant à sourire, n'avait pas conscience —, Vivian avec Agatha ; Agatha seule, Agatha seule, Agatha seule. Clac, clac, clac.

Comparées à Vivian, avec sa robe impeccablement coupée, en souple lainage crème, et son chapeau à bord, ses compagnes de voyage, déambulant le menton haut et prétendant ignorer qu'elles attiraient l'attention, semblaient présenter les dernières créations des couturiers préférés de la princesse : Worth, Mme Vionnet, Chanel, et même Lady Duff Gordon : longues jupes drapées, velours et soie imprimée, crêpes de Chine, robes à taille basse, écharpes flottantes en imprimé, colliers de perles, chapeaux cloche et bandeaux. Elles n'auraient pas détonné dans un bistro des années 20.

Les messieurs étaient également sur leur trente et un : vestes à rayures bleu paon et saumon, pantalons de daim, gilets vert bouteille, et vareuses croisées bleu foncé, en quantité. Au milieu d'eux, Marshall Trueblood, qui était venu avec Karla à son bras — ou lui au sien, étant donné leur différence de taille —, incarnait la quintessence du goût parmi tous ceux qu'il appelait les « cinglés de la vareuse ». Il portait son manteau neuf de chez Armani aux épaules basses et aux manches larges. Les vêtements d'Armani avaient toujours l'aspect confortable de ceux qui ont déjà été portés, et cela dès le premier instant où on les mettait. Melrose regrettait presque de ne pas en avoir acheté davantage. Il pourrait peut-être lancer au *Jack and Hammer* la mode du costume confortable et chiffonné.

Il entendit aboyer son nom. Agatha, encore elle, avait pris position près des armoiries dorées du wagon Pullman. Elle paraissait elle-même passablement chiffonnée après son séjour à Wanstead, à la suite duquel elle avait juré à Trueblood et à son neveu qu'elle ne leur reparlerait plus jamais. Malheureusement, Agatha ne tenait jamais parole.

— Trueblood ! hurlait-elle. Laissez cette personne et venez ici pour une autre photo.

La personne en question, Karla, qui ne manifestait pas le moindre intérêt pour les gens élégants ni pour le raffinement des compartiments — petites tables mises pour le déjeuner, revêtement des sièges, aspect bigarré des passagers —, alla s'appuyer contre le mur de la cafétéria pour fumer son éternelle cigarette. Avec son extraordinaire coupe de cheveux à la garçonne et la coupe similaire de sa robe qui retombait en angles bizarres, elle était parfaitement à sa place parmi la faune présente. Karla regardait de l'autre côté des voies de la gare Victoria, comme si elle cherchait un mur pour s'y appuyer. C'était tout ce qui semblait pouvoir susciter son attention.

Melrose demanda à Agatha, qui s'était mise d'autorité face à l'objectif, de s'écarter de Jury, dont la haute stature la ferait ressembler à un crapaud. Vu sa corpulence à elle, se retint-il d'ajouter. L'argument porta : elle se poussa. Melrose visa soigneusement pour la mettre hors champ. Toutefois, la plume d'autruche de son chapeau vint caresser le menton de Trueblood.

Il était exactement dix heures 40 ; une queue se formait devant le contrôleur, et ceux que leurs places de seconde classe reléguaient vers d'autres quais, moins hauts en couleur, circulaient autour de cette élite, certains souriant à la vue de cette foule bariolée, d'autres secouant la tête comme pour condamner cet hommage à une consommation effrénée et méprisable.

Le personnel de l'Orient Express, en uniforme marron pour la plupart, affichait un sourire qui promettait le service le plus personnalisé après l'unité de soins intensifs de l'hôpital de Charing Cross. Pour le moment, ils s'occupaient des billets et des bagages.

Melrose apposa l'étiquette sur l'unique malle de Vivian.

— Seigneur, c'est tout ! Cette seule malle ? Elle ne suffirait pas à Agatha pour une journée à Harrogate.

Agatha s'en retournait tout droit, disait-elle, à Harrogate. Elle allait appeler un taxi. « Non, Mr Trueblood, je n'ai pas besoin de votre aide ! » et foncerait à Waterloo dès que l'Orient Express s'ébranlerait, à onze heures pile. Elle avait dit à Melrose qu'elle n'avait aucune intention de revenir en sa compagnie à Long Piddleton, après les événements de la nuit précédente. Il lui fallait assumer les conséquences de ses actes.

Trueblood croisa les bras et fit la moue en regardant la malle.

— Oh, je ne sais pas, Melrose ! Je crois que cela ira. Elle est très longue. Lourde, naturellement, mais elle ne contient que de la terre anglaise. Vivian est sortie avec une pelle...

Vivian, encore embellie par le rouge qui lui montait aux joues, projeta son visage si près de celui de Trueblood qu'il recula le sien. Vite, il se tira l'écharpe sur le nez et cria, simulant la terreur :

— N'approche pas ! N'approche pas !

— Oh ! la ferme ! Je ne sais pas si j'oserai vous inviter à la noce.

Son regard étincelant englobait Melrose.

— Ne me regarde pas, moi ! Ai-je dit un mot ? Non.

— Continue à te taire. (Elle se tourna vers Jury.) Tu es bien silencieux, dit-elle doucement.

— Je ne peux pas supporter les gares. (Il pensa à Carole-Anne.) Ni les aéroports. Je hais les départs.

Agatha était trop occupée à agripper Melrose pour penser à se venger de Marshall Trueblood.

— Qui, demanda-t-elle en pointant le doigt vers la cafétéria de la gare, est cette femme-là ?

— Karla. C'est l'amie de Trueblood.

— Pas elle ! Cette personne, là, à la cafétéria. Cela fait une demi-heure qu'elle a les yeux braqués sur nous. Ou plutôt sur toi. Je l'observais pendant que tu me prenais en photo.

Melrose regarda, lorgna, se rapprocha de la vitre derrière laquelle se tenait une jeune femme en vert foncé, aussi immobile que l'était Karla dehors.

Melrose mit ses lunettes, lorgna encore... *Ellen !*

Il détacha les doigts d'Agatha, serrés comme un étau sur son bras, et se fraya un chemin à travers le flot de passagers qui se précipitaient pour prendre leur train.

Aussitôt, Ellen tourna le dos, s'assit dans un fauteuil souple et but sa tasse de thé.

Melrose tapa et tapa au carreau. Finalement, elle se retourna avec l'air de se poser des questions. Où diable s'étaient-ils rencontrés ?

Il agita furieusement la main, lui faisant signe de sortir.

Quand enfin elle le rejoignit — Karla semblait les ignorer tous les deux —, Melrose décréta que la princesse avait raison.

— Vous avez une allure étonnante.

Et c'était vrai. Sa robe était absolument informe, sauf là où elle prenait les formes — remarquables — d'Ellen, d'un vert marécage qui ne contribuait guère à éclairer son visage. Ah ! mais ce visage était propre, les ongles étaient nettoyés, les cheveux peignés et peut-être même « sassoonnés ». Et l'on voyait ses jambes, perchées sur de hauts talons. C'était un spectacle que le Lido aurait eu du mal à égaler. L'idée d'une mort dans un transat avait cessé de séduire Melrose.

La tenant par la main, il l'entraîna vers le train. Il adressa un sourire radieux à Jury, hésitant à Agatha, qui restait bouche bée, incertain à Vivian, maintenant installée dans son compartiment — à deux minutes du départ —, qui tendit sa main fine pour prendre celle d'Ellen.

Elle la lâcha pour saisir celle de Melrose et son autre main fut pour Jury. Trueblood marchait d'un pas vif près du porteur en livrée tirant le chariot à bagages. Il brandit une décalcomanie du drapeau britannique et, avec un sourire, le claqua sur la malle de Vivian, en prenant son temps pour l'y appliquer. Il fit signe au porteur de continuer et revint en courant.

— Viv-Viv chérie, va contempler les canaux et attention à la cave de Giopinno ! Ah, mais suis-je bête ! Il ne boit pas de vin, n'est-ce pas ? Aïe, aïe, aïe ! (Vivian lui avait jeté son livre de poche à la figure.) Ma Viv chérie, ma Viv adorée ! Je ne dirai plus un mot, jamais... Bon Dieu, il part, il part !

Plus un mot, Melrose en doutait ! Il regarda le chariot à bagages qui s'éloignait. Le drapeau britannique ! Et tout à côté était collé le découpage de Dracula se balançant dans sa gondole. Melrose ferma les yeux.

— Ne faites pas de sottises, Vivian ! Méfiez-vous de ces gondoliers ! Avez-vous seulement quelques notions d'italien ? furent les dernières paroles d'Agatha.

— *Arrivederci*, c'est à peu près tout ce que je sais.

Elle essuyait les larmes qui coulaient lentement sur son visage.

Tenant toujours ses mains, Melrose et Jury accompagnaient le train en courant presque. Bientôt sa vitesse fut telle qu'ils durent lâcher prise.

On lança, on cria, on hurla des au revoir jusqu'au bout, jusqu'au moment où le Pullman disparut dans la lumière plombée de cette blafarde journée de janvier à Londres.

Jury restait planté sur le quai sans avoir conscience qu'un landau lui écorchait le mollet et que des punks coiffés à l'iroquoise le poussaient sur le côté.

La voix de Trueblood, près de lui, détourna son attention des rails. Karla lui avait repris le bras.

— Allez viens, vieille carne. Nous allons revoir *Les Incorruptibles*.

— Quoi ? Comment peut-on désirer voir Al Capone quand on vient d'assister au départ de Vivian ?

— Ne sois pas stupide ! Nous ne resterons que pour le générique.

— Ça me paraît logique.

Jury reporta son regard sur le train, dont le dernier wagon n'était déjà plus qu'un point, cendre à l'horizon.

Trueblood déroula dans l'air une bannière imaginaire.

— *Habillé par Armani !* on applaudit. Et on va se soûler quelque part.

Jury, en souriant, regarda Karla, dont la bouche se relevait à un coin.

— Allez-y tous les deux. Je vous retrouverai plus tard.

Trueblood eut l'air inquiet.

— Nous irons tous ensemble au Nine-One-Nine. Comment est-ce ?

— Euh ? Bien.

Jury regardait Melrose et Ellen qui étaient venus prendre la place de Trueblood et Karla.

— Je propose d'aller déjeuner au Ritz. Qu'en dis-tu ? demanda Melrose. Agatha est partie à Waterloo. Dommage ! conclut-il avec un large sourire.

Un sourire de gamin. C'était la première fois que Jury voyait son ami sourire vraiment.

— Non, allez-y tous les deux.

— Pas sans toi. Et j'ai quelque chose pour toi. (Melrose plongea la main dans les profondeurs de sa poche de pardessus et en tira le walkman Sony. Puis de l'autre poche il extirpa des cassettes. Il y en avait six. *Transformer*. Lou Reed. *Rock'n' Roll Animal*. Lou Reed. Lou Reed : *Berlin*... Lou Reed : *Live in Italy*. Lou Reed : *Mistrial*. Lou Reed : *New York*. Que du Lou Reed.) Je suis désolé. Je n'ai pas réussi à dénicher *Metal Machine Music*.

Ellen soupira.

— Il faut vraiment être un inconditionnel de Lou Reed pour aimer cet album. Des cris avec effet Larsen.

— J'aime ça, les cris avec effet Larsen. J'apprécie ta compagnie, non ?

— Les mots me manquent pour te remercier, dit Jury, admirant le visage réjoui de Melrose Plant. J'ai un travail à finir. Elles m'y aideront.

Il leva les cassettes.

— Du travail ! Pour l'amour de Dieu, tu n'as pas arrêté ! Viens avec nous.

— Oui, venez.

D'une main elle tira Jury par le bras, son autre main dans celle de Melrose.

— Comment dites-vous aux USA ? *Later days* ?

Ellen sourit.

— *Later days*, alors.

Il les poussa tous les deux, doucement.

— Allez !

Jury les regarda s'éloigner, tête contre tête.

Il se retourna pour contempler la voie déserte, puis regarda dans l'autre sens, par-dessus la foule dense de la gare Victoria. Il pouvait apercevoir tout au bout le signe Métro, ce bon vieux métro, si fiable. Jury serra dans sa main les cassettes de Melrose, mais en sortit une autre de sa poche.

Il allait rentrer chez lui et s'écouter un petit Trane. C'était tout aussi bien.

J'aimerais pouvoir te promettre de penser
La nuit, allongé dans mon lit, au calvaire des arbres
   d'un verger dont peu à peu,
Personne ne venant l'éclairer,
Le cœur s'enfonce dans la terre.
Mais il faut bien laisser sa part à Dieu.

Robert Frost
Au revoir et que le froid te garde

Il faut une foi extraordinaire
Pour se tirer d'affaire.

Lou Reed
New York

Imprimé en France sur Presse Offset par

BRODARD & TAUPIN

GROUPE CPI

5913 – La Flèche (Sarthe), le 24-01-2001
Dépôt légal : février 2001

POCKET – 12, avenue d'Italie - 75627 Paris cedex 13
Tél. : 01.44.16.05.00

COLLECTION « NOIR »
CHEZ POCKET

BERNARD ALLIOT
Eaux troubles

WILLIAM BAYER
Hors champ
Punis-moi par des baisers
Voir Jérusalem et mourir

ROBERT BLOCH
Autopsie d'un kidnapping
L'éventreur
L'incendiaire
La nuit de l'éventreur
Un serpent au paradis

JAMES M. CAIN
La femme jalouse
La femme du magicien

CAMILLERI ANDREA
La forme de l'eau

CHRISTOPHER CARTER
Un assassin modèle
Le dernier crime d'Agatha Christie

RAYMOND CHANDLER
Nouvelles (2 tomes)

ROBIN COOK
Mutation

MARTIN CRUZ SMITH
Blues pour un tsigane
Requiem pour un tsigane

MILDRED DAVIS
La chambre du haut
La voix au téléphone

NELSON DEMILLE
Retour de l'enfer

MARK FROST
La liste des sept

LOREN D. EASTLEMAN
Le pro

ARTHUR CONAN DOYLE
Les aventures de Sherlock Holmes
Le chien des Baskerville
La vallée de la peur

EVANOVICH JANET
Deux fois n'est pas coutume
La Prime

FYFIELD FRANCES
Ombres chinoises
Sommeil de mort
Un cas de conscience
Le fantôme de la plage

BRIAN GARFIELD
Poursuite

ELISABETH GEORGE
Enquête dans le brouillard
Cérémonies barbares
Le lieu du crime
Une douce vengeance
Pour solde de tout compte
Mal d'enfant
Un goût de cendres
Le visage de l'ennemi
Le meurtre de la falaise

GIOVANNI JOSÉ
La mort du poisson rouge

SUE GRAFTON
" A " comme Alibi
" B " comme Brûlée
" C " comme Cadavre
" D " comme Dérapage
" E " comme Explosif
" F " comme Fugitif
" G " comme Gibier
" H " comme Homicide
" I " comme Innocent
" J " comme Jugement
" K " comme Killer
" L " comme Lequel ?
" M " comme Machination
" N " comme Nausée

MARTHA GRIMES
L'auberge de Jérusalem
Le vilain petit canard
Le crime de Mayfair
Les cloches de Whitechapel
L'énigme de Rackmoor
La jetée sous la lune
Le mystère de Tarn House
L'affaire de Salisbury
La nuit des chasseurs
Les mots qui tuent

PATRICIA HIGHSMITH
L'art du suspense

ALFRED HITCHCOCK
Histoires terrifiantes
Histoires épouvantables
Histoires abominables
Histoires à lire toutes portes closes
Histoires à lire toutes lumières allumées
Histoires à ne pas fermer l'œil de la nuit
Histoires à déconseiller aux grands nerveux
Histoires préférées du maître ès crimes
Histoires qui font mouche
Histoires sidérantes
Histoires à claquer des dents
Histoires qui riment avec crime
Histoires à donner le frisson
Histoires à lire avec précaution
Histoires drôlement inquiétantes
Histoires percutantes
Histoires à faire froid dans le dos
Histoires à donner des sueurs froides
Histoires à vous glacer le sang
Histoires à suspense
Histoires à frémir debout
Histoires à vous faire dresser les cheveux sur la tête
Histoires renversantes
Histoires qui font tilt
Histoires à faire pâlir la nuit
Histoires noires pour nuits blanches
Histoires à vous mettre K.-O.
Histoires diaboliques
Histoires fascinantes
Histoires qui virent au noir
Histoires à vous couper le souffle
Histoires à faire peur
Histoires ténébreuses
Histoires à lire et à pâlir
Histoires ciblées
Histoires à rendre tout chose
Histoires en rouge et noir

WILLIAM IRISH
Concerto pour l'étrangleur
Une étude en noir
Lady Fantôme
Nouvelles (2 tomes)
Rendez-vous en noir

CHARLES KING
Mama's boy

DICK LOCHTE
Temps de chien

ED McBAIN
Downtown
Escamotage
Poison

CAROL O'CONNELL
Meurtres à Gramercy Park
L'homme qui mentait aux femmes
L'assassin n'aime pas la critique
Les larmes de l'ange

JEFFERSON PARKER
Un été d'enfer

DAVID M. PIERCE
La neige étend son blanc manteau
Rentre tes blancs moutons
Le petit oiseau va sortir
Sous le soleil de Mexico

JACK RICHTIE
L'île du tigre

LAURENCE SANDERS
L'homme au divan noir

JOHN SANDFORD
La proie de l'ombre
La proie de la nuit

La proie de l'esprit

SANDRA SCOPPETTONE
Tout ce qui est à toi...
Je te quitterai toujours

LISA SEE
La mort scarabée

GEORGES SIMENON
L'affaire Saint-Fiacre
L'amie de Madame Maigret
L'âne rouge
Les anneaux de Bicêtre
Au bout du rouleau
Au rendez-vous des Terre-Neuvas
Les autres
Betty
La boule noire
La chambre bleue
Le charretier de la providence
Le chat
Chez les Flamands
Le chien jaune
Les complices
Le coup de lune
Un crime en Hollande
Le crime impuni
La danseuse du Gai-Moulin
Le destin de Malou
L'écluse n° 1
En cas de malheur
Les fantômes du chapelier
Les fiançailles de Monsieur Hire
Le fond de la bouteille
Le fou de Bergerac
La fuite de Monsieur Monde
Les gens d'en face
La guinguette à deux sous
Le haut mal
L'homme au petit chien
L'homme de Londres
Liberty Bar
Maigret
Maigret et les braves gens
Maigret au Picratt's
Maigret s'amuse
Maigret et le voleur paresseux
Maigret et la grande perche

Maigret et le corps sans tête
La maison du canal
Marie qui louche
Mémoires intimes
Monsieur Gallet décédé
La mort d'Auguste
La mort de Belle
La nuit du carrefour
L'ombre chinoise
Le passager clandestin
Le passager du Polarlys
Pedigree
Le petit saint
Le pendu de Saint-Phollien
Pietr-le-Letton
Le port des brumes
La porte
Le président
Le relais d'Alsace
La rue aux trois poussins
Strip-tease
Tante Jeanne
Les témoins
La tête d'un homme
Le train
Les treize coupables
Les treize énigmes
Les treize mystères
Un nouveau dans la ville
Une confidence de Maigret
Une vie comme neuve
Le veuf
La vieille

ROSAMOND SMITH
Œil-de-serpent

DOROTHY UHNAK
Victimes

ANDREW VACHSS
Blue Belle
Hard Candy

JACK VANCE
Charmants voisins
Lily street
Méchante fille
Un plat qui se mange froid

MINETTE WALTERS
Chambre froide